十字军骑士

Krzyżacy

〔波兰〕亨利克·显克维奇 / 著
林洪亮 / 译

名著名译丛书

人民文学出版社

Henryk Sienkiewicz
KRZYŻACY
据 Państwowy Instytut Wydawniczy, Warszawa, 1986 版本译出

图书在版编目(CIP)数据

十字军骑士/(波)亨利克·显克维奇著;林洪亮译.—北京:人民文学出版社,2017(2024.10重印)
(名著名译丛书)
ISBN 978-7-02-012360-5

Ⅰ.①十… Ⅱ.①亨…②林… Ⅲ.①长篇小说—波兰—现代 Ⅳ.①I513.45

中国版本图书馆 CIP 数据核字(2017)第 026932 号

责任编辑	欧阳韬　刘　彦
装帧设计	刘　静　陶　雷
责任印制	苏文强

出版发行	人民文学出版社
社　　址	北京市朝内大街 166 号
邮政编码	100705

| 印　　刷 | 三河市中晟雅豪印务有限公司 |
| 经　　销 | 全国新华书店等 |

字　　数	702 千字
开　　本	890 毫米×1290 毫米　1/32
印　　张	24.625　插页 3
印　　数	22001—25000
版　　次	2018 年 1 月北京第 1 版
印　　次	2024 年 10 月第 6 次印刷

| 书　　号 | 978-7-02-012360-5 |
| 定　　价 | 58.00 元 |

如有印装质量问题,请与本社图书销售中心调换。电话:010-65233595

亨利克·显克维奇

亨利克·显克维奇（1846—1916）

　　波兰最杰出的历史小说家。出生于波兰卢布林省，在华沙大学读书时便已显露出文学天赋。曾以记者身份赴美采访，创作了许多报告文学。主要作品包括历史小说《火与剑》《洪流》《伏沃迪约夫斯基先生》等，以及大量现代题材的长篇小说和中短篇小说。1905年荣获诺贝尔文学奖，"表彰他作为一个历史小说家的显著功绩和对史诗般叙事艺术的杰出贡献"。

　　1900年出版的《十字军骑士》是显克维奇的五大历史小说之一，以中世纪波兰、立陶宛人民反抗十字军骑士团的光辉历史为主题，热情歌颂了波兰人民的爱国精神，展现了波澜壮阔的时代风貌，具有高度的思想意义和艺术感染力。

译　者

林洪亮（1935—　），江西南康人，中国社科院外文所研究员。1960年毕业于波兰华沙大学语文系，获硕士学位。1955年开始发表作品，1986年加入中国作家协会，著有《波兰戏剧简史》《显克维奇》《东欧当代文学史》等专著，译有《你往何处去》《人民近卫军》《十字军骑士》等长篇小说。曾获波兰文化功勋奖章和波兰总统颁发的十字骑士勋章等荣誉。

出 版 说 明

人民文学出版社从上世纪五十年代建社之初即致力于外国文学名著出版，延请国内一流学者研究论证选题，翻译更是优选专长译者担纲，先后出版了"外国文学名著丛书""世界文学名著文库""二十世纪外国文学丛书""名著名译插图本"等大型丛书和外国著名作家的文集、选集等，这些作品得到了几代读者的喜爱。

为满足读者的阅读与收藏需求，我们优中选精，推出精装本"名著名译丛书"，收入脍炙人口的外国文学杰作。丰子恺、朱生豪、冰心、杨绛等翻译家优美传神的译文，更为这些不朽之作增添了色彩。多数作品配有精美原版插图。希望这套书能成为中国家庭的必备藏书。

为方便广大读者，出版社还为本丛书精心录制了朗读版。本丛书将分辑陆续出版。

人民文学出版社
2015年1月

译 本 序

《十字军骑士》是波兰著名作家显克维奇的五大历史小说之一,于1900年出版。小说通过中世纪波兰、立陶宛人民反抗十字军骑士团侵略的斗争,热情歌颂了波兰人民的爱国精神和必胜信念,全面展示出那个时代的历史风貌和社会习俗,是一部具有高度思想意义和艺术感染力的作品,因而自出版以来,便一直受到广大读者的喜爱,历久不衰。

亨利克·显克维奇1846年5月5日生于波兰东部波德拉什地区的伏拉·奥克热伊村。祖父和父亲都曾在波兰军队中服役,分别参加了1794年和1830年的爱国武装起义。因此他的家庭虽是没落贵族,但却具有久远的爱国传统。母亲出身名门,知书达理,多才多艺,显克维奇从小就受到母亲教诲,对文学和绘画产生浓厚兴趣。1858年显克维奇到华沙求学。三年后他父亲经营的农庄破产,举家迁居华沙,显克维奇不得不半工半读以维持学业。1866年考入华沙高等学校(即华沙大学)法律系,后转入语言文学系学习。1871年当沙俄政府将学校改名为华沙帝国大学时,显克维奇为了表示抗议,没有参加完毕业考试,便愤然离开大学。在大学期间,显克维奇便开始文学活动,发表过多篇文学评论文章。1872年他的第一部中篇小说《徒劳无益》问世,随后又发表了中篇小说集《沃尔希瓦皮包里的幽默作品》。同时以李特沃斯的笔名为多家报刊撰写通讯和随笔。

1876年他作为《波兰报》的记者赴美国采访,历时两年。回国途中又在法、意停留一年。美国和西欧之行不仅扩大了他的眼界,还使他写出了大量的通讯报道,其中就有《旅美书简》。在此期间他还写出了许多脍炙人口的中短篇小说,其中有《炭笔素描》《为了面包》《灯塔看守》《酋长》和《音乐迷扬科》等。这些中短篇小说题材丰富多彩,风格简约有力,是波兰同类小说中的精品。从1883年开始,在五年多的时间里,显克维奇连续发表了以波兰17世纪重大历史事件为题材的三部曲《火与剑》《洪流》和《伏沃迪约夫斯基先生》。第一部描写波兰军民平定赫米尔尼茨基掀起的哥萨克叛乱,后两部描写波兰抗击瑞典和土耳其入侵的战争。三部曲场面壮阔宏伟,人物形象鲜明生动,故事情节曲折起伏,体现了显克维奇历史小说的创作特色。1891年出版的《毫无准则》和1895年出版的《波瓦涅茨基一家》则是两部反映现实生活的小说。1896年显克维奇又完成了"波兰最著名的小说"《你往何处去》。1905年他主要因这部小说荣获诺贝尔文学奖。

《十字军骑士》自1897年2月开始在克拉科夫的《言论报》和华沙的《插图周刊》上同时发表,直至1900年3月才连载完,但显克维奇早在1891年便开始了资料的收集工作。他翻阅了克拉科夫图书馆的有关古代文献,并亲自到当年十字军骑士团都城马尔堡实地考察了一番,使小说的内容和描写真实可信。《十字军骑士》描写的是波兰15世纪初的历史事件和社会生活,从1399年雅德维佳王后逝世到1410年的格隆瓦尔德会战结束。小说以波兰、立陶宛反对十字军骑士团侵略的斗争为基本内容,但它涉及的历史背景却更为深远。波兰民族于10世纪中叶建立了封建王国,并于966年按拉丁仪式接受了基督教。到了12世纪初,波兰出现封建分裂割据的局面,各公国独自为政,纷争不息。在波兰东北部,居住着信奉多神教的普鲁士人。由于民族和宗教信仰不同,他们经常与接壤的波兰玛佐夫舍公国发生战争。1226年玛佐夫舍大公决定引入十字军东征时在耶路撒冷建立的德意志条顿骑士团去征讨普鲁士,并允诺把赫乌姆诺割让给他们作为封地。骑士团便在征服普鲁士后大量迁入德意志移民,推行日耳曼化政策。1234年,罗马教皇宣布普鲁士为骑士团私产。1237年,条顿骑士团与波罗的海东岸的持剑骑士团合并,组成一个强大的十字军骑士团国家,定都于马尔堡。骑士团在得到德意志皇帝的支持后,便脱离玛佐夫舍公国的控制,不断向外扩张,侵占波兰、立陶宛的领土,威胁两国的安全。1320年符拉迪斯瓦夫加冕为波兰国王,波兰开始走向统一。1355年玛佐夫舍公国承认波兰王国的宗主权。1370年波兰王国与匈牙利联合,由于波兰王朝的王统中断,便由具有波兰王家血统的匈牙利安茹王朝的路易接任波兰王位。路易死后,由其女雅德维佳继承波兰王位。为了抗击骑士团的侵略,1385 年波兰与立陶宛达成合并协议。根据协议,立陶宛大公雅盖沃成为雅德维佳的丈夫和波兰国王,立陶宛公国将按拉丁仪式接受基督教。1386 年 2 月雅盖沃来到克拉科夫,接受洗礼,并与雅德维佳结为夫妻,随即加冕为波兰国王,称符拉迪斯瓦夫二世(1386—1434),开始了波兰历史上著名的雅盖沃王朝时期。1409 年春,被骑士团占领的日姆兹地区爆发了反抗骑士团压迫的武装起义,得到雅盖沃堂弟、立陶宛大公维托尔德的支持。1410 年 7 月,十字军骑士团纠集西欧的大量骑士开始入侵波兰,并于 7 月 15 日在格隆瓦尔德进行决战,结果波兰、立陶宛联军大获全胜,骑士团几乎全军覆没。

　　显克维奇在这部小说中,并没有把目光只局限在格隆瓦尔德这一场战役上,而是通过尤兰德一家惨遭骑士团残害和马奇科叔侄的种种不幸经历,以及边境地区的屡遭骚扰和抢劫,深刻揭露了十字军骑士团的贪婪、凶暴、虚伪、狡诈和背信弃义的行径,多角度、多方位地揭示出十字军骑士团是波兰和立陶宛人民的不共戴天的仇敌,着重阐述了格隆瓦尔德决战的必然性和战败骑士团的正义性。

　　显克维奇以其犀利的文笔淋漓尽致地揭露了骑士团的种种暴行。尤兰德一家的悲惨遭遇非常典型。尤兰德先是痛失爱妻,后来爱女达奴霞又被骑士团用阴谋诡计劫走,自己也被骗到他们的城堡,遭到惨绝人寰的凌辱和残害。然而受到骑士团残害的绝不止尤兰德一家,兹比什科因年轻气盛而触犯骑士团使臣险些送了性命,他的叔叔马奇科也受到骑士团的袭击而身中矛枪,差点命丧黄泉。就连波兰、立陶宛的王公贵戚也不例外。立陶宛大公维托尔德的子女就惨遭骑士团杀害,玛佐夫舍的雅鲁什大公也曾在和平时期受到他们的偷袭而被俘。而遭受骑士团蹂躏迫害最深的还是普通百姓,骑士团城堡外的路两旁,都是挂满了无辜者尸体的绞刑架,住在边境上的人经常遭到骑士团的奸淫烧杀,被他们占领的日姆兹地区的人民更是苦不堪言。甚至对于自己属下的农民,他们也是巧取豪夺、百般剥削。骑士团的罪行不仅激起波兰人民的同仇敌忾,还造成统治地区的众叛亲离,于是失败和毁灭就成了十字军骑士团无法避免的结局。作家以其娴熟的技巧,对战争的爆发作了许多铺垫,把波兰人民的那种保家卫国的爱国热诚和箭在弦上的紧张气氛烘托得跃然纸上、历历在目。而格隆瓦尔德会战更是写得气贯长虹、有声有色,把小说的情节推向高潮,充分显示出波兰人民敢于抗击强敌的英雄气概。

《十字军骑士》的人物形象丰富多彩。但与三部曲不同的是,执掌着国家权势的王公将帅大都是陪衬人物,而居于中心地位的则是中小贵族出身的骑士。尤兰德出身较为"高贵",也不过是边境上的一个小城堡的主人,而马奇科叔侄更是出身于门庭败落的小贵族,但他们都具有爱国的传统,又亲身遭受过骑士团的侵略迫害之苦,因此,他们对骑士团的仇恨就表现得特别深沉和强烈,他们只有起来保家卫国、消灭敌人,才能获得个人的平安和幸福的生活。他们个人的命运与祖国的命运紧密相连、息息相关。显克维奇在刻画这些人物时,善于抓住他们的主要特点,而将他们写得栩栩如生。

兹比什科是小说中的主要人物,也是作者着意塑造的一位理想的骑士。他没有像三部曲的主人公那样,一出场便是个叱咤风云的英雄和富于战斗经验的骑士,而是个十七八岁的毛头小伙子,虽然身高体壮,但不失一脸的稚气。他心地单纯而又疾恶如仇,达奴霞是他遇到的第一个美貌纯洁的姑娘,便对她一见倾心,而她母亲的悲惨遭遇更激起他的正义感,使他发下重誓,要为她母亲报仇。由于他年轻气盛、急于报仇,一遇见骑士团的骑士便冲上前去发起攻击,结果因攻击前来觐见波兰国王的骑士团使臣而招致死罪,后来又是达奴霞从断头台上救下了他,于是他对达奴霞的爱更深、更专一了。尽管他回到故乡,遇见了童年好友雅金卡,她的热情美貌、她的善良能干,也曾在他心中掀起不平静的涟漪,但他还是毅然决然地离开了她而去寻找达奴霞,并在林中行宫里与达奴霞举行了婚礼。第二天达奴霞便被骑士团劫走了。兹比什科伤病初愈,便置个人安危于度外,出去寻找妻子。在搭救达奴霞的过程中,他变得日益成熟,成了一个真正的骑士。当气焰嚣张的罗特盖尔在玛佐夫舍官廷中向波兰骑士挑战而无人敢应战的时候,他敢于挺身而出,接受挑战,并在决斗中将罗特盖尔劈死于斧下,显示出了他那非凡的胆量和武功。后来在马尔堡的比武中,他一连打败了十二个骑士，在与骑士团大团长的弟弟比武时，兹比什科本来是可以将他摔下马来的，却扶了他一把，使他没有当众出丑。这一光明磊落的举动，不仅赢得对方的好感，还获得了大团长的赞赏，发给了他特别文书，使他能畅行无阻地在骑士团的地区内去寻找他的妻子。即使在妻子死后，他也忠于自己的誓言，将他夺得的骑士团骑士的孔雀羽，献在达奴霞的坟上。兹比什科是作家笔下一个理想化了的人物，他有英俊的外表，又有高尚的品德，但他并没有脱离生活的根基，作家反而刻意描写了他的成长过程，使这个人物更真实可信、更丰满生动。

马奇科也是个刻画得相当鲜明的人物。他阅历丰富而又精明能干，既是个骁勇刚强的武夫，又是位具有爱国心的长者。他珍惜骑士的荣誉，却更喜欢土地和财富。由于他的家族屡遭骑士团的践踏，几近毁灭，而他的侄子是他家族的单根独苗，因此他特别关心家族的绵延，渴望家业的振兴和子孙的昌盛。马奇科在积蓄财富方面工于心计，有时甚至显得狡猾，可他这样做并不是为了他自己，后来他依然住在破屋里，过着俭朴的生活。尤兰德是另一种骑士的典型。他在丧妻之后，心中便燃起了复仇的烈焰，从此他对骑士团便恨之入骨，杀起侵犯的骑士团成员来犹如刈草。骑士团便千方百计地要把他除掉。为了拯救女儿，他只身来到什奇特诺堡，受尽骑士团的凌辱和残害。可是当兹比什科历尽千辛万苦才把残害他父女的元凶罗维俘获送交他处置时，他竟把这个十恶不赦的凶徒释放了。这完全是一种基督教的恕道精神。作家还把他写成个大彻大悟的人物，在忏悔中度过余生，死后升入天堂；罗维则上吊自杀，永堕地狱。这不能不说是显克维奇的宗教思想的表现。

显克维奇在写《十字军骑士》的时候，已是个经验丰富的历史小说家了，既有写三部曲中那样宏伟场面的经验，也有写《你往何处去》罗马宫廷生活的经验。《十字军骑士》既吸取了这些小说的艺术长处，但又与它们有所不同。《十字军骑士》也写了许多战争场面，特别是格隆瓦尔德大会战，更是写得气势磅礴而又惊心动魄，层次分明而又扣人心弦，但它却没有像三部曲一样，自始至终充满着金戈铁马、刀光剑影的战争场面，而是同时描写了许多色彩斑斓的波兰中世纪的社会生活和风土人情。通过众多人物活跃在宫廷、王府、城堡、乡镇、庄园、客栈、酒店、森林和湖泊之中,多角度、多方面地再现了那个时代的政治、经济、军事等制度和狩猎、宴饮的生活场面。《十字军骑士》与《你往何处去》的不同之处,就是它不仅描写波兰和骑士团的宫廷生活和行为活动,更主要的是写了中小贵族的生活,特别是斯佩霍夫和博格丹涅茨的人物和事件占有重要的位置。而且许多场面写得优美动人,甚至还富于传奇色彩,有的则充满娱乐性和惊险性。可以说,《十字军骑士》是中世纪波兰的百科全书式的史诗作品。

《十字军骑士》在艺术上也更富于特色。首先它更加重视人物的心理描写。显克维奇善于刻画人物的内心变化,不仅描写了人物心理活动的结果,还着重写出了心理活动的整个过程,从而使人物显得更有血有肉、更生动丰满。小说第二部第七章对罗维的心理描写就是最好的例证,他时而为罗特盖尔挑起决斗而高兴,时而又为害怕"上帝的裁判"而畏惧,时而想释放尤兰德父女,时而又燃起复仇的凶焰,时而顾虑骑士团的荣誉和利益,时而又为自己的撒谎和作恶多端而辩解。通过这个人物的心潮起伏,我们更加看清了他狰狞的面貌和内心的恐惧。

结构上的匠心独运和故事安排上的引人入胜,是这部小说的另一艺术特色。小说由两条经线组成,一条是波兰、立陶宛人民与十字军骑士团侵略的斗争,一条是兹比什科与达奴霞和雅金卡的爱情故事,这两条线紧密联系在一起,把小说从一个高潮推向另一个高潮。小说的最后是终于爆发的战争,作品中的每一个情节,骑士团的所有为非作恶,波兰人民的全部深仇大恨,都与这次战争息息相关,就像百川入海似的融进这一战争中。营造时代气氛、再现历史风貌又是这部小说的另一特点。为了真实地反映所写时代的历史面目和生活习俗,作者付出了巨大努力。他在细节描写中不仅力求忠实于时代,还把古代的习俗引进小说,以突出时代的气氛和加深对那个时代的印象。让达奴霞用头巾蒙住兹比什科的头,把他从断头台上救下来,就是最好的例证。这种把人物命运与古老习俗相结合的描写,给小说平添了一种古朴的韵味。在语言方面,显克维奇也有所创新,他从古代用拉丁文写成的法院记录文件中，找到波兰语的片言只字，再从南方山区的方言中吸取一些古老的语词，并加以改造，应用到他的小说中去，使小说语言既带有15世纪波兰语言的特征，又能为现代人所理解所接受，这种融古通今而又和谐一致的语言，为小说增色不少。

《十字军骑士》出版之际，正值波兰全国各地为庆祝显克维奇创作二十五周年而举行各种活动，因而受到广大读者的热烈欢迎，小说一出版，便被抢购一空，而且立即被译成英、德、俄、法等各种文字出版。《十字军骑士》是1945年后波兰出版的第一部文学作品，随后便成为波兰中小学生必读的课外名著。1960年改编成电影，又受到波兰国内外观众的喜爱，观众人数和票房收入都位居波兰电影之首。希望小说中文版出版后能得到广大读者的喜爱和批评指正。

林洪亮
于北京

第 一 章

在梯涅茨的"凶牛"客栈（属修道院管辖）里，有几个客人坐在那里，倾听一位来自远方的骑士，他正在向他们讲述自己在战争中和流浪期间所经历的冒险。

这位骑士满脸胡子，正当年富力强，肩臂有力，身材高大而略显清瘦，头发被束在镶有珠子的发网里。他身穿一件皮外套，上面有被甲胄压出的痕迹，外套上束有一条皮带，全由铜扣联结而成，皮带上系有一把插在骨质刀鞘里的利刃，腰间挂有一把旅行用的短剑。

和他一起坐在桌子旁边的是一位年轻的武士，满头长发，眼里闪耀出欢乐的光辉。显然是他的伙伴，也许是他的侍从。因为他也穿着一件同样的旅行皮外套，上面也有甲胄压出的痕迹。在场的人还有两位来自克拉科夫的贵族和三个戴着红折帽的市民，帽上细长的璎珞一直垂落在他们的胳膊肘上。

店主是个日耳曼人，身穿一件已经退色的外衣，领口是锯齿形的。他一边提着一桶啤酒，往客人们的陶瓷杯里斟酒，一边竖起耳朵好奇地听着他讲的种种战争经历。

那三个市民听得更是入了迷。当年沃凯特克统治时期所形成的那种市民与贵族骑士之间的仇恨，如今早已烟消云散。市民们也不再像过去那样卑躬屈膝、俯首听命了，而且他们"钱财充裕"，更是受到人们的重视。因此，在客店里便能常常看到商人和贵族在一起像兄弟那样欢歌畅饮，贵族甚至很乐意和他们一起喝酒，因为他们有的是钱，而且常常为那些有纹章的人付账。

现在，他们就正好坐在一起，相互交谈着，还不时地向店主递眼色，要他把酒杯斟满。

"这么说来，高贵的骑士，你可见过不少的世面呀！"一位商人说道。

"可不是吗！从四面八方赶到克拉科夫的人中间，见过这样世面的也是屈指可数的。"这位外来的骑士答道。

"赶来的人还会更多，"商人接着说道，"这对王国来说真是莫大的声望，莫大的荣幸。现在人们正在议论纷纷，而且这是事实。国王已经下令，要在王后的寝宫中挂起嵌有珍珠的金线锦幔，还要张起一顶同样质料的华盖，还要举行些盛大安全的比武，那场面的豪华壮观，实为世上罕见。"

"甘罗兹大叔，别打断骑士说话。"第二个商人说道。

"我不是要打断他的话，艾耶特雷特大叔。我只是认为，他也很乐意知道人们在说些什么，因为我相信他也是到克拉科夫去的。反正今天我们进不了城，城门一定早就关了。晚上蚊虫又多，无法睡觉，所以我们有的是时间。"

"别人说一句，你就要回答二十句。我看你是老了，甘罗兹大叔。"

"我每个腋下还能夹提起一匹湿毛呢绒哩。"

"嘿嘿，那匹毛呢绒准是稀疏得像筛子一样。"

他们的争执给骑士打断了，他说：

"的确，我是要去克拉科夫的，因为我也听说过比武的事。我很乐意在比武场上试试气力，显显身手。他是我的侄子，尽管年纪不大，嘴上没有长毛，却已经把不少穿胸甲的骑士掀倒在地上了。"

客人们都朝那个青年身上望去，他高兴地微笑着，用双手把长头发拢到耳后，接着又把一杯啤酒送到嘴边。

老骑士接着说道：

"而且，即使我们想回家，也是无家可归了。"

"为什么？"一个贵族问道，"请问你们府上何处，尊姓大名？"

"我是博格丹涅茨的马奇科，这个小伙子是我胞兄的儿子，名叫兹比什科。我们的族徽是圆马蹄铁。我们的战斗口号是'格拉迪'（冰雹）。"

"博格丹涅茨在哪儿？"

"噢，你最好是问，这位老兄，它过去在哪儿！因为这个地方现在没有了。嘿！还是在格齐马利奇克人和纳温奇人打仗的时候，我们的博格丹涅茨就被烧毁了。财产被抢劫一空，仆役们也都逃光了，只剩下一块荒芜之地。邻近的农民也都迁居森林深处去了。我和我的哥哥，也就是这个小伙子的父亲，重建了家园。谁知第二年的一场洪水又把这一切都冲光了。不久我的哥哥又去世了，只剩下我和这个孤儿。当时我就想到，我不能在这儿待下去了。那时候打仗的消息传得沸沸扬扬，我还听说符拉迪斯瓦夫国王在派了莫斯科佐夫的米科瓦伊到维尔诺去之后，又派了奥列希尼察的雅希科到波兰各地去招兵买马、招募骑士。我认识一位正直的修道院院长，杜尔奇的扬科，他和我们还有点亲戚关系，我把地产都押给了他，用得来的押金添置了甲胄和战马。我像经常出征那样装备了自己。这孩子当时只有十二岁，我让他骑上一匹小马，嘿嘿，我们便去投奔奥列希尼察的雅希科了。"

"还带着这个半大不小的小伙子？"

"那个时候他还算不上什么小伙子，但他从小就身体健壮。十二岁那年，他就能把一张石弓支在地上，用胸腹抵住曲柄，把弓弦拉得那样饱满，就连我在维尔诺见过的英吉利人，也不能比他拉得更好了。"

"他真的有这样大的力气？"

"他先替我拿头盔，一过十三岁，他就能替我拿盾牌了。"

"你们那里老是在打仗吗？"

"都是维托尔德的缘故。这位大公待在十字军骑士那里，每年都要进攻立陶宛，一直打到维尔诺城下。跟他们一起入侵的各国人都有：日耳曼人、法兰西人、特别善于使箭的英吉利人，还有捷克人、瑞士人和勃艮第人。他们一路上砍伐森林，沿途建起堡垒，最后用火和剑残酷地践踏和折磨着立陶宛，以及住在那里的全体人民。人们都情愿离开那里，逃到别处去，哪怕是逃到天涯海角，逃到恶魔的子孙中间去也心甘情愿，离日耳曼人越远越好。"

"我们这里也听说过，所有的立陶宛人都带着自己的妻子儿女远走他乡，可是我们对此都不相信。"

"这可是我亲眼目睹的。唉，如果没有莫斯科佐夫的米科瓦伊，没有奥列希尼察的雅希科，这不是自己吹嘘，如果没有我们的话，立陶宛早就完了。"

"我们知道,你们没有放弃那座城堡。"

"我们当然没有放弃。现在你们要专心听我说,因为我是一个有战争经验而且对战争非常熟悉的人。老年人常常说:坚毅不屈的立陶宛!事实的确是这样。他们勇敢善战,但是他们在战场上无法与骑士抗衡。要是日耳曼的战马陷入沼泽之中,或者进入浓密的丛林,那又另当别论了。"

"日耳曼人都是善战的骑士啊!"那三个市民大声说道。

"他们身穿铁甲,全身捂得严严实实,只有透过铁条才能看见他们的眼睛。他们一个接一个地排成队列前进,犹如一堵铜墙铁壁。通常他们一进攻,立陶宛人就像一盘散沙那样溃不成军。即使不四散溃逃,也会被打倒在地,任敌人践踏。在骑士团里不单有日耳曼人,世界上所有国家都有人在十字军里服役,他们都是些骁勇善战的人!一旦走上战场,他们便会弯起身子,端起长矛,单枪匹马地向敌方的整支军队挑战,犹如老鹰冲入一群飞禽里那样。"

"基督呀!"甘罗兹大声叫道,"请问他们里面哪些人最能打仗呢?"

"这要看用什么武器了。论起弯弓射箭,英吉利人是最优秀的射手,他们能射穿胸甲,百步之内射起鸽子来真是百发百中;捷克人使起斧头来真是可怕;至于双刃大刀,没有人能胜过日耳曼人;瑞士人能用铁拐砸破头盔;但是最优秀的骑士还是要算法兰西的,他们无论是骑马还是步行,都很善于行军打仗。他们还说非常勇敢的话,他们的话是那样怪腔怪调,就像敲打锡盘那样,你一点也听不懂。他们都是虔诚的信徒。他们通过日耳曼人来骂我们,说我们是在保卫异教徒和穆斯林,反对天主教。因此他们提出要用一场骑士的比武来说明这一点。这场上帝的审判是这样的,双方各派四名骑士,在罗马与捷克国王瓦兹瓦夫的宫中举行决斗。"

说到这里,贵族和商人们的好奇心更强了,以至于他们都把脖子转向了博格丹涅茨的马奇科,焦急地问道:

"我们派出的骑士是谁?您快说呀!"

马奇科把杯子举到嘴边,喝了一口,说道:

"唉嘿,你们不必为他们担心。有多布钦的总督符沃什佐夫的扬,有瓦什蒙托夫的尼古拉,有兹达科夫的雅希科和切霍夫的雅诺什。全是武艺超群的骑士、刚毅的男子汉。无论用哪种武器,是用剑还是用斧头,他们都能得心应手。真是令人大开眼界、大饱眼福啊!因为我已经说过,即使你用脚踩住了法兰西人的脖子,他们也还会用骑士派的语言向你回答,上帝和圣十字可以为我作证,尽管他们满口豪言壮语,但我们的骑士还是打败了他们。"

"上帝保佑,那真是无上的荣光!"一位贵族说道。

"也请圣斯达尼斯瓦夫保佑。"另一个贵族补充了一句。

接着,他便转向马奇科,继续问道:

"嘿,请您再说下去。您那样赞美日耳曼人和别的骑士,说他们骁勇善战,摧毁了立陶宛,难道他们和你们作战,也会这样轻易吗?难道他们也能这样大胆地攻击你们?情况究竟如何?请你们捧捧我们的骑士吧!"

然而,博格丹涅茨的马奇科显然不是个自吹自擂的人,他的回答谦虚谨慎:

"那些刚从远方国家来的骑士,都有攻击我们的强烈欲望,可试了一两次之后,他们的心情就大不一样了。因为我们是个刚强的民族。为此他们常常责骂我们的这种刚强劲儿:'你们的确不怕死,不过你们却是在帮助穆斯林。你们必将受到上帝的惩罚。'这样一来,我们的勇气反而更加增强,因为他们是胡说八道。国王和王后已经给立陶宛施过洗礼了,那里的人个个都信奉天主基督,虽然不是每个人都知道该如何去信奉基督。众所周知,当人们在普沃茨克大教堂把魔鬼的偶像掀倒在地的时候,我们仁慈的君主还吩咐在他的面前点起一根蜡烛,以致我们的神甫都不得不对他说这样做不行。国王尚且如此,更何况一般的平民百姓!有些人私下里说:'既然公爵命令我们受洗,我就受洗,命令我们向基督跪拜磕头,我就跪拜磕头,但是何必对古老的异教魔鬼吝惜一小块干酪呢?也不妨碍我对他们抛去一些煎萝卜,或者洒给他们一些啤酒泡沫。我若是不这样做,我的马就会死,牛就会生病,或者挤出的奶变成血,或者收割就会遇到麻烦。'有许多人这样做了,因而他们便受到怀疑。但是他们这样做是出于无知和惧怕魔鬼。以前这些魔鬼过得不错，他们有自己的森林、宽敞的居室，还有可供乘骑的马匹，还能收取什一税。可是现在，它们的森林被砍伐了，也没有什么好吃的了，城里钟声长鸣，它们就只好躲进深山老林中去了。在那里，它们念念不忘过去而大肆呼号。立陶宛人只要到森林中去，魔鬼们就会一个抓住他的衣袖，另一个扯住他的皮外套，说：'给我们吃的！'有些立陶宛人给了。不过，也有一些勇敢大胆的小伙子不但不给它们东西，反而把它们抓住了。有一个小伙子把煮熟的豆子装进了牛膀胱，立刻就有十三个魔鬼钻进去了。小伙子用花椒木塞塞紧牛膀胱，把它们带到维尔诺，卖给了圣方济会的教士们。教士们给了他十二块钱。他们要以基督的名义去消灭这些敌人。我亲眼见过这只膀胱，远远就能闻到里面散发出刺鼻的臭气，因为这些无耻的魔鬼以此来表明它们对圣水的恐惧。"

"不过有谁数过它们正是十三个的呢？"商人甘罗兹卖弄聪明地问道。

"那个立陶宛人看到它们钻进去时便数过了，而且从里面散发出来的那股臭气也能看出它们确实有那么多。谁也不愿意再去拔起那个木塞了。"

"真是怪事，怪事！"一个贵族大声说道。

"我亲眼见过不少的奇闻怪事。尽管不能不说这是个优秀的民族，然而那里的一切都是那样独特奇怪、与众不同。他们的头发又长又乱，难得有个公爵去理理头发的。他们靠煎萝卜过活，这是他们最喜欢的食物。他们说吃煎萝卜能增强勇气。他们同他们的牲畜和蛇一起住在林中的茅屋里。他们的饮食毫无节制。他们看不起结了婚的女人，但对少女却非常尊敬，而且赋予她们以无比的威力。他们说，男人肚子痛的时候，只要请一个黄花闺女用干树叶擦擦，肚痛就会好起来。"

"要是擦肚子的是个漂亮女人，就是肚子痛也是值得的！"艾耶特雷特大叔大声说道。

"这样的事，你们还是去问问兹比什科好了。"马奇科说道。

兹比什科大笑起来，笑得连他坐的凳子都颤动起来了。

"那里的确有些漂亮的女人,难道林佳娃不是美人?"

"谁是林佳娃?是个放荡的女人还是别的?快说呀!"

"怎么?难道你们连林佳娃都没有听说过?"马奇科问道。

"我们从来也没有听说过。"

"她是维托尔德的妹妹,玛佐夫舍公爵亨利克的妻子。"

"你们说什么?哪个亨利克公爵?叫这个名字的玛佐夫舍公爵只有一个,他是普沃茨克的遴选主教,但是他已经去世了。"

"就是这个公爵。他本来会得到罗马的特许证的,可死神却先给了他特许证,显然是上帝不喜欢他的所作所为。奥列希尼察的雅希科正好那时派我给维托尔德公爵送信。国王这时也正好派普沃茨克主教亨利克公爵到里特尔斯维德去。维托尔德也对战争感到厌恶了,因为他久攻不下维尔诺。我们的国王也对他的同胞兄弟不满,看不惯他们的淫逸放荡。他看出维托尔德要比他的兄弟更机智,更富于才华谋略,于是便派主教去劝说他,要他脱离十字军骑士团而听命归附于国王,国王则让他执掌立陶宛的权力。见异思迁的维托尔德听了使臣的话十分高兴,便举行了一系列宴会和比武。普沃茨克主教也很乐意地上了马,尽管别的主教并不赞成他的举动。可他在比武场上却显示出他那骑士的力气,因为所有玛佐夫舍的公爵都是孔武有力的人,而且众所周知,就连这个家族出身的姑娘们也都能轻而易举地折断马蹄铁。这位公爵第一次就把三个骑士掀下马来,第二次又掀倒了五个。在我们的人中间,我也被他掀下马来,在比武开始之前,兹比什科的马便竖起了两只前蹄,一下子也把他掀下了马。公爵从美貌的林佳娃手中接受了所有的奖品。他全副武装地跪倒在她的面前。他们一见钟情,使得随他而来的那些神甫们,不得不在宴会上拉住他的衣袖,把他从她的身边拉开。她哥哥维托尔德也阻止她。可是公爵却说:'我给自己颁发了许可证。罗马的教皇不给我许可证,阿威农的教皇也会给我的。婚礼立刻举行,因为我等不及了。'这是对上帝的重大亵渎。但是维托尔德不想反对他的意志,免得得罪这位使臣——婚礼举行了。随后他们双双来到苏拉兹,后来又到了斯乌兹克。兹比什科为此非常伤心,因为他按照德意志习俗,选择这位天仙般的林佳娃做他的心上人,并向她宣誓，要终生效忠于她……"

"呸！"兹比什科突然打断他说，"事情倒是不假，但是后来人们都说，林佳娃后悔了，不该和主教结婚。因为主教虽然结婚了，却又不愿意放弃他的教职，而且认为上帝不会祝福这样的婚姻。于是她便把丈夫毒死了。我一听到这个消息，就请了卢布林城外的一个最虔诚的隐士，替我解除了誓约。"

"他是隐士倒是真的，"马奇科笑着说道，"但是否虔诚，我却不敢说，有一次星期五我们到深林中去，就碰见他在用斧头砍碎熊的骨头，拼命吸着骨髓，吸得连喉咙都咕嘟响了。"

"他说过，骨髓不是肉。此外，他还得到特别的许可，因为他吸了骨髓之后，便能在梦中出现许多奇妙的幻象，第二天他便会说出预言，一直说到中午。"

"唔！唔！"马奇科说道，"现在美貌的林佳娃成了寡妇，也许会要你前去效力的。"

"她叫我去也是白费劲！我要另选一位姑娘，终身为她效力，然后再找个妻子。"

"首先你要获得骑士腰带。"

"啊！是的！不过，王后生育之后难道不会举行比武了吗？而且国王一定会在比武的前后册封不少骑士的。我可以向任何人挑战，如果不是马失前蹄，亨利克公爵也不可能把我掀下马来。"

"比你强的骑士有的是！"

说到这里，来自克拉科夫的两个贵族大声叫道：

"上帝保佑！在王后面前参加比武的可不是像你这样的人，而是世界上最著名的骑士。参加打擂台的有加尔博夫的查维夏和法鲁列伊、奥列希尼察的多布科，还有塔切夫的波瓦瓦、比斯库皮兹的帕什科·兹沃吉伊，以及纳赞的雅希科、古拉的阿布丹克、布罗霍奇兹的安德烈、奥忒罗夫的克里斯丁和科贝兰的雅库布……你怎能和他们相比呢？不管是这里，还是在捷克的宫中，抑或是在匈牙利的宫中，都没有人能与他们抗衡。你在胡吹些什么？难道你比他们都强吗？你多大了？"

"十八岁了。"兹比什科答道。

"他们之中任何人都能把你捏扁的。"

"等着瞧吧!"

不过,马奇科又说:

"我听说,国王将对从立陶宛战争回来的骑士大加赏赐,你们是从都城来的,你们说说,这是真的吗?"

"千真万确。一点不错。"一位贵族回答说,"国王的慷慨大方闻名遐迩。不过,现在要接近国王非常困难,克拉科夫已是宾客云集。他们都是前来祝贺王后分娩和孩子受洗的,想借此对我们的国王表示敬意,或者朝贡。即将前来的有匈牙利国王,他们还说,罗马皇帝也要来。还有不少的亲王、公爵和伯爵。而前来的骑士多如罂粟,他们之中人人都不想空手而回。有人甚至还说,罗马教皇波尼伐也要来,他需要我们国王的名声和帮助以反对他的阿威农的敌人。所以宾客如此之多,要想接近国王实非易事。但是你只要能碰见他,向他跪拜致意,那他就会慷慨赏赐那个该受封赏的人。"

"我一定要拜见他,我也已经为他尽忠效力了。然而战争一旦爆发,我又会奔赴战场。我已经得到了一些战利品,维托尔德公爵也有所赏赐,我们并不穷困。但我已是暮年之人,力气不支,便想找个宁静的角落安度晚年。"

"国王很愿意接见那些从立陶宛来的奥列希尼察的雅希科手下的骑士,他们现在都受到了盛宴款待。"

"你们知道,我那时还没有回来,还在继续打仗。我还得让你们知道,国王和维托尔德大公的和解,使日耳曼人受到沉重打击。维托尔德先是施展计谋,把人质放了回来,接着便狠狠地揍起日耳曼人来。他破坏城堡,沿途烧杀掠夺,屠杀骑士和人民。日耳曼人竭力想报复,便与逃到那里去的希维德里盖沃相勾结,于是又爆发了一场大战。康拉德大团长亲自率领大军围住维尔诺,他们利用云梯强攻城堡,还企图施展阴谋诡计来夺取这座城市,但他们的阴谋并未得逞。他们撤退时伤亡惨重,只有一半逃回。于是我们又去攻打大团长的弟弟、桑姆比亚的总督荣京根的乌尔里克,然而这个总督害怕立陶宛的大公,挥泪而逃。他一跑战争便平静下来,城市又得到重建。有一个虔诚的教士——他能赤脚在烧红的铁板上行走——曾预言,从此以后,只要世界还存在,维尔诺城下便再也看不见一个武装进攻的日耳曼人了。如果真是那样,那又是谁的功绩呢?"

说到这里,马奇科伸出了他那双又宽又大的手掌,在座的人频频点头表示赞许。

"不错,不错,你说的都是实情,是的!"

然而,谈话却被窗外传来的声响打断了。由于夜晚温暖而晴朗,窗上蒙着的牛膀胱薄皮都被取了下来。从远处传来了辚辚马车声、说话声、歌唱声和马匹的喷鼻声。在座的人甚为惊讶,因为夜色已深,月亮也高悬在天空之中。店主人立即奔到客栈的院子里。不过,客人们还来不及喝完杯中的酒,店主人又匆匆跑了进来,叫喊道:

"好像是宫廷来的!"

过了一会儿,一个身穿蓝制服、头戴折帽的侍从便出现在门口,他站在门边,朝在座的人望了一眼,发现店主人后便大声说道:

"快擦净桌子,把灯点亮。公爵夫人安娜·达奴塔要在这里休息。"

他一说完便转身走了。客栈一下子忙乱起来了,店主大声喊叫着仆役们。客人们都惊讶得你望着我,我望着你。

"安娜·达奴塔公爵夫人,"一个市民说道,"她是凯斯杜特的女儿,雅鲁什·马佐维茨基的妻子。她来到克拉科夫已经两个星期了,这次她是到查托尔去拜访瓦茨瓦夫公爵的,现在一定是从那里回来。"

"甘罗兹大叔,"第二个商人说道,"我们还是到库房的草堆上睡觉去吧,我们高攀不上这样的贵人。"

"晚上走路,我不觉得奇怪!"马奇科说道,"因为天气太热了,不过,修道院就在附近,为什么要到这家客栈来休息呢?"

说到这里,他转向兹比什科:

"你知道吗?她就是那个艳如天仙的林佳娃的亲姐姐。"

兹比什科却回答说:

"和她来的一定有不少玛佐夫舍的宫女。嘿,嘿!"

第 二 章

　　就在这时候,公爵夫人走进了大门。她是位中年女子,脸带笑容,披着一件红色斗篷,身着一套浅绿色的、剪裁合身的外衣,腰间系着一条镀金的腰带,由大环紧紧扣住。公爵夫人后面跟着一群宫女,有的年龄较大,有的尚未成年,头上戴着玫瑰色和百合花色的花环。多数宫女手里抱着一把诗琴。有的捧着一大束鲜花,显然是在路上采来的。宫女后面还有几位宫廷侍从和小厮。店堂立即被挤满了。大家都很高兴,脸上露出愉快的神情。有的在大声交谈,有的在低声悄语,仿佛被温馨的夜晚和皎洁的月色所陶醉。宫廷侍从中间,有两位游吟歌手,一人手持诗琴,一人手拿三弦琴。宫女中间有一位非常年轻、十二三岁的少女,拿着一把小诗琴,站在公爵夫人的身后。

　　"赞美耶稣基督!"公爵夫人站在店堂中间说道。

　　"永生永世!阿门!"在场的人齐声回答,同时躬身施礼。

　　"店主在哪里?"

　　日耳曼人一听到召唤,便立即走上前来,按照日耳曼风俗,单膝跪地。

　　"我们打算在这里休息一下,吃吃夜宵。你赶紧去准备,我们都饿了。"公爵夫人说道。

　　三个市民早已离开。现在只留下了两个当地贵族,还有博格丹涅茨的马奇科和年轻的兹比什科。他们再次鞠躬致意,准备离开,不想妨碍这些宫廷的人。

　　但是公爵夫人却把他们留下了。

　　"你们都是贵族,不碍事的!你们可以和宫廷侍从们交交朋友。你们是从什么地方来的?"

　　他们各自说出了姓名、族徽、外号,以及他们注册过的村庄的名称。

公爵夫人听到马奇科是从维尔诺来的，便拍手说道：

"真是太好了！请你给我们说说维尔诺和我们的兄弟姐妹的情况。维托尔德公爵是否要来这里参加王后的分娩和洗礼大典呢？"

"他很想来的，但是否能来，我却不知道。于是他先给王后送来了一只银摇篮作为公爵和骑士们的贺礼。我和我的侄子兹比什科就是押送这只摇篮来的。"

"这只摇篮在这里吗？我很想看看，它是全银的吗？"

"是纯银的。不过它不在这里，他们已经送往克拉科夫去了。"

"那你们在梯涅茨干什么？"

"我们来拜访修道院院长，他是我们的一个亲戚。我们想把我们在战争中所得到的和公爵赐给我们的财宝，交给高尚的教士保管。"

"这是上帝赐给你们的幸运，战利品很贵重吧？不过，你告诉我，为什么我的兄弟不能确定来不来呢？"

"因为他正在准备攻打鞑靼人！"

"这我知道。不过令我担忧的，是王后并没有预言这次战争会有美好的结局。而王后的预言总是准确无误的。"

马奇科笑着说道：

"唉，我不能否认王后的确是个灵验的预言家，不过同维托尔德大公一起出征的还有我们的骑士，他们都是些能征善战的男子汉。任何人都敌不过他们的。"

"难道你不去吗？"

"我是给派来送摇篮的，而且我五年都没有脱下过这身甲胄了。"马奇科用手指着皮外套上给胸甲压磨出来的痕迹，答道，"不过，等我休息好了就会去的，即使我自己不去，也会让我的侄子兹比什科去投靠梅尔斯廷的斯佩特科，我们所有的骑士都将在他的麾下去征战。"

达奴塔公爵夫人朝兹比什科的魁梧身材望了一眼，然而他们的谈话却被一位从修道院来的教士打断了。他先向公爵夫人问安致意，然后便以恭顺的口气轻责她事先也不派信使告知她前来的消息，说她不到修道院去休息，而停在这样普通的客栈里，是有悖于她的高贵身份的。修道院里并不缺少房屋，就连一个平民百姓也会受到盛情的接待，何况是高贵的皇亲国戚哩,更不消说是公爵夫人了。修道院从公爵的祖先和亲属那里接受过多少恩惠啊!

但是公爵夫人神情愉悦地答道:

"我们只是在这里歇歇脚,清早就要到克拉科夫去。我们白天睡够了,晚上凉快好赶路。况且这个时候雄鸡已经打鸣了,我们不愿意扰醒虔诚的教士们,尤其是这么一大群人,他们想要的是唱歌跳舞,而不是休息。"

可是这个教士一再恳求,公爵夫人只得说道:

"不,我们就留在这里!在这里听听民歌,时间很容易消磨掉。我们一定会去教堂做早祷,跟天主一起迎接新一天的开始。"

"我们要为公爵和夫人的万事如意做一次弥撒。"教士答道。

"我的丈夫公爵大人再过四五天也要来的。"

"天主不论相距多远,也会赐予他幸福的。现在至少要让我们这些贫穷的教士从修道院里送些酒来。"

"我们很乐于领情。"公爵夫人说道。

等教士一离开,公爵夫人便大声说道:

"嘿,达奴霞!达奴霞!站到凳子上去。给我们唱你在查托尔唱过的那支歌,也让我们高兴一下。"

宫廷侍从们一听见这话,便立即把凳子摆在厅堂中央。两个游吟歌手坐在凳子两端,他们中间站着那位少女。原先她手中拿着一把饰有铜钮的诗琴,站在公爵夫人身后。她头戴花环,头发披在肩上。她身穿蓝衣裙,脚穿一双长尖头的红鞋。她站在凳子上看起来真像个小孩,可是又无比美丽,恰像教堂里的神像或画中人。她这样给公爵夫人唱歌,显然不是第一次,因为她毫无忸怩不安的神情。

"唱呀,达奴霞,快唱呀!"宫女们喊道。

她握紧诗琴,像一只想唱歌的小鸟那样高高地抬起了头,双眼紧闭,开始用银铃般的歌喉唱了起来。

> 如果我有一双
> 像小鹅那样的翅膀,
> 我就会跟随雅希科

飞往西里西亚。

两个游吟歌手立即为她伴奏起来。一个弹起三弦琴,另一个拨动着大诗琴。酷爱民歌的公爵夫人,开始把头左右摇摆起来。这位小姑娘又接着唱了起来。她的歌声甜润而又美妙,恰像歌唱春天的林中小鸟。

我就会坐在
西里西亚的篱笆上,
紧紧盯住可怜的孤儿
我亲爱的雅希科。

两个游吟歌手又伴唱起来。年轻的博格丹涅茨的兹比什科,从小就习惯了战争及其残酷的场面,有生以来就没有看到过这样的景象,于是他用肩膀碰了碰身旁的那个马茹尔人,问道:

"她是谁?"

"她是公爵夫人宫中的一位小姑娘。宫中有的是娱乐宫廷的歌手,但她却是个最迷人的歌手,公爵夫人从来没有像这样全神贯注地去听别人唱歌。"

"这我不奇怪。我还以为她是一位天使呢,真令我百看不厌。她叫什么名字?"

"难道你没有听见吗?她叫达奴霞。她的父亲就是斯佩霍夫的尤兰德,是位富有的地方长官,也是一位骁勇的骑士。"

"嘿,这样的美人,凡人的眼睛从来没有见过。"

"我们大家都喜欢她的歌唱和美貌。"

"谁是她的骑士?"

"她还是个孩子哩!"

谈话被达奴霞的歌声打断。兹比什科从旁边望着她那金黄色的头发、昂起的脑袋和眯起的眼睛,望着她那被蜡烛和从窗外射进的月光照亮的整个身体,便越来越感到惊诧不已。他觉得以前在什么地方见过她,可是他记不清是在梦中,还是在克拉科夫某座教堂的玻璃窗上。

他又碰了碰那个宫廷侍从,悄悄问道:

"那她是你们宫中的人了?"

"她的母亲是和公爵夫人安娜·达奴塔一道从立陶宛来的。公爵夫人把她嫁给了斯佩霍夫的尤兰德伯爵。她长得很美,又出身于名门望族,深得公爵夫人的喜爱胜过其他的宫女。她也很爱公爵夫人,所以她给自己的女儿取了同样的名字——安娜·达奴塔。但是五年前,日耳曼人在兹沃托里亚附近攻击公爵城堡的时候,她却被吓死了。从那时起,公爵夫人便把这个女孩子带在身边,一直抚养着她。她的父亲经常到宫里看她,看到女儿身体健康,得到夫人的钟爱,十分高兴。然而,他每次看到女儿便想起自己的妻子,总是悲痛流泪。他回去以后就总要去向日耳曼人报那血海深仇。他是那样地爱自己的妻子,至今还没有一个玛佐夫舍人能比得上他。他也杀死了不少的日耳曼人。"

兹比什科顿时鼓起双眼,额上暴出了青筋。

"是日耳曼人杀害了她的母亲?"他问道。

"是,也可以说不是——她是被吓死的。五年前,天下太平,谁也没有想到战争,人人都安居乐业。公爵前往兹沃托里亚去建造一座城堡。他像正常和平时期那样,没有带军队去,只带着宫廷侍从。就在这时候,背信弃义的日耳曼人,没有任何宣战,没有任何理由……便发动了突然袭击。他们抓住公爵,既不顾忌天主的谴怒,也不想到公爵的祖先对他们的所有恩惠,把他绑在马上带走了,还屠杀了他的无数臣民。公爵被关押了很久。直到符拉迪斯瓦夫国王用战争来威胁他们的时候,他们才被迫放回公爵。达奴霞的母亲就是在这次袭击中被吓死的,她是因为惊吓过度窒息而死的。"

"您,先生,当时在场吗?请问您贵姓?我记不清了。"

"我是德乌戈拉斯的米科瓦伊。他们叫我'奥布赫'。当时我在场。我看见一个头盔上插有孔雀羽的日耳曼人想把达奴霞的母亲缚在马鞍上,他眼睁睁地看着她惊吓而死。我也被他们用戟刺伤了,至今身上还留有伤疤。"

说到这里,他指着头上,一道深深的伤疤从头发根一直伸到了眉毛。

沉默了片刻。兹比什科又望了达奴霞一眼,接着问道:

"先生,您说过她没有骑士,真的吗?"

他还来不及听到回答,歌声便停住了,那个身宽体胖的歌手突然站起来,板凳便立即翘了起来。达奴霞摇摇晃晃,双手伸开。兹比什科没等她掉下来或者跳下来,便像只野猫似的冲了上去,双手抱住了她。

起初吓得惊叫起来的公爵夫人,这时高兴地笑了,她大声说道:

"这就是达奴霞的骑士!来吧,小骑士,把这迷人的小歌手交还给我们吧!"

"他真是勇敢地把她抱住了!"宫廷侍从中间有人这样说道。

兹比什科把达奴霞抱在胸前,朝公爵夫人走去。达奴霞一只手搂着他的脖子,另一只手高举着诗琴,担心它会被打碎。尽管脸上还带着惊吓,但她甜甜笑着,十分高兴。

兹比什科来到公爵夫人的面前,将达奴霞放下,他自己跪在地上,昂首挺胸,用一种在他这样年纪的人少有的勇气说道:

"就照您的话办吧,仁慈的夫人。这位美貌的小姐到了自己骑士的时候了,我也到了有自己女主人的时候了。我将永远颂扬她的美貌和德行。为此,我想得到您的容许,向她起誓,在任何情况下,我将永远忠实于她,至死不渝。"

公爵夫人的脸上露出了惊讶的神情。这不是兹比什科的表白所致,而是因为这一切发生得太突然了。骑士起誓的确不是波兰的习俗,但是玛佐夫舍是与日耳曼接壤的,经常有异国的骑士从远方前来拜访,因而比别的地区更为熟悉这种习俗,而且还常常有人效仿,公爵夫人早在她父亲的宫廷中便已熟悉这种习俗。在那里,西方的一切习俗都被看成是高贵的骑士应该遵循的法律和规范。正是由于这个缘故,她才不认为兹比什科的言行是对她和达奴霞的冒犯。相反地,她甚至还为她疼爱的姑娘能博得一个骑士的欢心和赞美而欣喜异常。

因此,她满脸喜色地朝姑娘问道:

"达奴希卡①,达奴希卡!你想自己有个骑士吗?"

满头金发、脚穿红鞋的达奴霞跳了三跳,搂住公爵夫人的脖子,高

---

① 达奴希卡是达奴霞的爱称,而达奴霞是达奴塔的爱称。

兴得喊叫起来,仿佛是她得到了一种只有年纪大的人才能享用的娱乐似的。

"我想!我想!我想……"

公爵夫人笑得眼里都噙满了泪水,她的所有随从也都和她一起大笑起来。随后,公爵夫人拿开了达奴霞的双手,向兹比什科说道:

"好吧!你就起誓吧,起誓吧!你向她起誓些什么呢?"

兹比什科却在这片大笑声中显得无比镇定自若,依然跪在地上,神情严肃地说道:

"我向她发誓:我一到克拉科夫,就要把我的盾牌挂在客房门口,盾牌上贴有博学的教士替我写得工工整整的纸条,纸条上将写着:达奴霞·尤兰多芙娜①小姐是世上最美、最有德行的小姐。谁对此持有异议,我便要和他决斗到底,直到不是他死,便是我亡,要么就是做对方的俘虏。"

"不错,看得出来,你对骑士的规矩很熟悉。还有什么?"

"我从德乌戈拉斯的米科瓦伊先生那里得知,尤兰德小姐的母亲是被头盔上饰有孔雀羽的日耳曼骑士活活害死的,我发誓,我要从那些日耳曼人头上拔下数根这样的孔雀羽来摆在我女主人脚下。"

听到这里,公爵夫人变得严肃起来,问道:

"你可不是把起誓当成儿戏吧?"

兹比什科回答说:

"上帝和圣十字一定会保佑我的。我会在教堂的神甫面前重复一遍我的誓言。"

"和我们民族的凶残敌人斗争,的确是件光荣的事。不过可惜的是你太年轻了,很容易送命。"

在这之前,博格丹涅茨的马奇科作为一个旧时代的老人,对侄子的举动只是耸耸肩膀。现在他认为该他出面说话了,便走上前来。

"仁慈的夫人,这一点请您不必担心,在战斗中任何人都有可能战死,但对一个贵族来说,无论年老还是年轻,这是一种无上光荣的事情。

---

① 波兰女子在出嫁前都会在父母姓氏的后面加上"芙娜"作为自己的姓。

而且,战争对这个小伙子来说并不是什么新奇的事。尽管他年纪不大,但说到打仗,无论骑马还是徒步,用矛还是用斧,用长剑还是短剑,用盾牌还是不用盾牌,他都经历过了。一个骑士看上一个姑娘就向她起誓,这倒是一种新规矩。我并不责怪兹比什科向自己的姑娘许下孔雀羽的誓言,他早就敲打过日耳曼人了,就让他再去敲打他们好了。要是能把几个日耳曼人的脑袋敲碎,那也是给他自己增光生辉啦!"

"看来,和我们打交道的已经不是一个年轻无知的小伙子了。"公爵夫人说道。

接着她便对达奴霞说道:

"今天让你作为上宾坐到我的位置上去,只是不要笑,否则有失体统。"

达奴霞坐到夫人的位置上。她很想装成严肃的样子,可是她的一双眼睛却对着跪在地上的兹比什科在笑,她的一双脚也高兴得晃来晃去的。

"把手套给他。"公爵夫人吩咐道。

达奴霞脱下手套,递给兹比什科。兹比什科无比尊敬地接过手套,吻了一下,说道:

"我要把它放在头盔里,谁要是敢碰它一下,那他就要倒霉了!"

随后,他吻过达奴霞的双手双脚之后才站了起来。这时,他严肃的神情消失了,心中充满了无限的欢欣。因为从此时起,整个宫廷都会把他当个成年人看待了。于是他摇动着达奴霞的手套,半是高兴、半是愤恨地大声喊道:

"等着瞧吧,你们这些插孔雀羽的狗杂种!等着瞧吧!"

然而就在这时候,刚才来过的那位教士又来到了客店,和他一起来的还有两位级别更高的教士。跟在他们身后的修道院的仆役们手提着柳条篮子,篮子里放有好几瓶葡萄酒和其他赶做的食物。两位新来的教士向公爵夫人问候之后,又责怪她没有到修道院去,她又解释了一番,说是他们白天睡够了觉,晚上凉快好赶路,所以他们不需要夜宿,也不想去叨扰高贵的修道院院长和其他虔诚的教士,情愿停留在这客店里歇歇脚。

说了许多客套话之后，双方终于商定，做完早祷和弥撒后，公爵夫人及其全部侍从便在修道院里共进早餐并休息。好客的教士们又邀请了克拉科夫的贵族和博格丹涅茨的马奇科。马奇科本来就打算去拜访修道院院长的，想把他在战争中得到的财宝和从慷慨大方的维托尔德那里得到的赏赐寄存在修道院里，以便日后用来赎回被典押出去的博格丹涅茨庄园。但是年轻的兹比什科却未受到邀请，因为他当时正好到仆人们看守的他和叔父的大车那里，以便换身最漂亮的衣服好在公爵夫人和达奴霞面前展示一番。他从大车里拉出一只箱子，让仆人们搬到客店的一间仆人住的房间里，在那里穿戴打扮起来。他先是匆匆忙忙地梳了一下头发，然后戴上饰有琥珀珠子、前面是真正珍珠的丝织发网，接着穿上了一件绣有金格里芬的白丝绸雅卡①，外束一条宽大的腰带，上面挂着一把插在白色象牙剑鞘里的短剑。所有这些东西都是新的，光彩夺目，全未染上一点血迹，尽管都是从一个在十字军骑士团中服役的弗里兹年轻骑士手里夺来的战利品。然后他又穿上一条华丽的裤子，一条裤腿饰有红绿条纹，另一条饰有紫黄条纹，两条裤腿的上端是横竖的花纹。接着，他又穿上了一双高筒红鞋。他满身崭新的服饰，打扮得英俊漂亮，朝大厅走去。

他在门口一出现，便给在场的人以强烈的印象。公爵夫人看到这位向达奴霞起誓的年轻人竟是这样一个英俊的骑士，心中更是欢欣无比。达奴霞像只羚羊似的立即朝他奔了过去。然而不知是因为这个年轻人的美貌，还是宫廷侍从的赞赏声，使她还没有走到他跟前，便止步不动了。她突然垂下眼皮，满脸羞红，惊慌不安地扭起手指来。

公爵夫人、宫廷侍从、宫女、游吟歌手和教士，也都跟在她后面，走近前来。大家都想更近地看看兹比什科。玛佐夫舍的少女们像望彩虹似的望着他，个个都在怅惘自己没有被他选中，年纪较大的宫女们为他华丽的衣服惊羡不已。他被这些好奇的人围在当中，年轻的脸上露出春风得意的笑容。他慢慢转动着身子，好让他们看得更加清楚。

"他是谁呀？"一位教士问道。

---

① 格里芬，神话中狮身鹰头的怪物。雅卡，一种短外衣。

"他是一个小骑士，就是这位贵族的侄子。"公爵夫人指着马奇科说道，"他刚刚向达奴霞宣过誓了。"

教士们毫无惊讶之色，认为这样的誓言并无任何约束力。常常有人向结过婚的女人起誓，根据众所周知的西方习惯，在那些名门望族中间，几乎每个女人都有自己的骑士，如果一个骑士向一位小姐起誓，那他也并不一定就是她的未婚夫，相反地，她往往会和别人结婚。而他呢，只要具有持久不变的德行，也会忠实于他的誓言，可他也可能和别的小姐结婚。

倒是达奴霞这样年轻，有点让教士们感到惊奇，不过也不是十分奇怪，因为在那个时代，一个十六岁的青年就能当上地方长官，就连伟大的雅德维佳王后从匈牙利来的时候，也才十五岁。十三岁的姑娘往往便嫁人了。另外，此时此刻，他们更多注意的是兹比什科，而不是达奴霞。他们也在专心致志地听马奇科说话。为自己侄子感到自豪的马奇科，正在讲述这位年轻的骑士是怎样得到这身华贵的衣服的。

"一年又九个星期之前，"他说道，"我们被萨克森的骑士们邀去做客。同时应邀在那里做客的还有一位来自远方的弗里兹民族的骑士，弗里兹民族住在海边。这个弗里兹骑士还带来一个比兹比什科大三岁的儿子。有一次在宴会上，那个儿子笑兹比什科嘴上没毛。兹比什科本来就是个性情急躁的人，听了很不是滋味，于是立即揪住他的胡子，将他的胡子全部拔掉了。就为了这个，我们进行了一场生死的或被对方俘虏的决斗。"

"怎么，你们决斗了？"德乌戈拉斯的骑士问道。

"因为那个父亲在卫护他的儿子，我也在卫护兹比什科，于是我们四个当着主人的面，就在坑洼不平的地上，进行了一场决斗。我们当时约定，胜方可以把败方的马匹、车辆和奴仆收为己有。多亏上帝的保佑，我们杀死了那两个弗里兹人，尽管胜得很艰苦，因为他们都很英勇顽强而且膂力过人。我们得到了一笔很丰厚的战利品——九辆双马牵挽的马车和四匹高大的种马以及九个奴仆，还有两套我们很难见到的精美甲胄。的确，我们在决斗时把头盔打烂了，但是主耶稣却让我们得到了一些别的东西——一只装满了贵重衣物的大箱子。兹比什科现在穿的这套服装，就是那箱子里的东西。"

两个克拉科夫的贵族和所有马茹尔人听了这话，都以尊敬的眼光看着这叔侄二人，而德乌戈拉斯的那个被称为"奥布赫"的骑士说道：

"看来你们都是出众的硬汉子。"

"现在我们相信，这个小伙子定能获取孔雀羽了！"

马奇科大笑起来，随后他脸上的表情使他有如一头猛兽。

这时，修道院的仆人们已经从柳条篮子里拿出了葡萄酒和美味食物，客店的姑娘们也把一盘盘热气腾腾的煎鸡蛋端了上来，盘子四周摆满了香肠。整个厅堂充满了强烈的猪油香味，这大大刺激了人们的胃口，在场的人都朝桌子走去。

但是等公爵夫人在中间座位上坐定之后，大家才一一入座。她让兹比什科和达奴霞坐在她的对面，随即对兹比什科说道：

"不错，你们俩应该共用一个盘子。不过你可不能像别的骑士那样，在椅子下面踩她的脚，或者用膝盖去碰她，因为她太年轻了。"

兹比什科回答说：

"仁慈的夫人，我不会那样做的，也许再过两三年，上帝保佑我实现了我的誓言之后，那时候这个小浆果也长大成熟了。至于踩她的脚，即使我想，也不可能，因为她的双脚还悬在空中够不到地面呢。"

"真的，"公爵夫人说道，"不过我很高兴你很有礼貌。"

接着，是一片沉默，因为大家都忙于吃喝。兹比什科把香肠中的肥肉去掉以后送给达奴霞，或者直接送到她的嘴巴里。她为有这样一个年轻英俊的骑士效劳而欣喜异常。她嘴里塞满了食物，还挤眉弄眼的，时而朝兹比什科微笑，时而朝公爵夫人笑笑。

修道院的仆人们收拾完盘碟之后，又给大家斟上了甜葡萄酒，给男人们斟得满满的，给女士们倒得较少。当他们端上一大盆修道院送来的坚果时，兹比什科表现得特别卖力。这些坚果里有榛子和当时少见的、从远方运来的意大利核桃，大家都拥向它们。顷刻之间，满室都是咬碎果壳的声音。如果谁以为兹比什科只顾自己吃，那就大错特错了。他情愿在公爵夫人和达奴霞的面前表现出他的骑士膂力和克制力，也不愿因为贪图美味而影响自己的形象。他不像别人那样用牙去咬，而是随手抓上一把榛子或核桃，用有力的手指把它们捏碎，然后从壳里拣出果仁递给达奴霞。他甚至还为达奴霞想出了一种游戏：把拣出的果仁放到嘴边，然后用力一吹，便把果仁吹到了天花板上。达奴霞放声大笑起来，以至于公爵夫人担心达奴霞会给噎住，不得不要他停止这种游戏。不过她看到小姑娘这样高兴，便问道：

"怎么样？达奴霞，你有了自己的骑士，好不好？"

"啊，太好了！"她回答道。

接着，她便用一个又嫩又红的手指，拉了拉兹比什科的白色丝雅卡，问道："明天你还是我的吗？"

"明天和星期天，一直到死，都是你的。"兹比什科回答道。

夜宵还在继续，因为吃过坚果之后，又送上了带葡萄的甜饼。宫廷侍从之中，有的想跳舞，有的则想听歌手或达奴霞演唱。但这时达奴霞已经睡眼惺忪、脑袋左右摇晃。她朝公爵夫人和兹比什科看了一两眼，眼皮还睁开了几次，然后把脑袋非常信赖地靠在兹比什科的肩上睡着了。

"她睡着了吗？啊，你已经有了自己的'情人'了。"

"她睡着了，但可比那些跳舞的人更让我喜爱。"兹比什科回答道。他坐在那里一动不动，身子挺得笔直，生怕惊醒他的姑娘。

然而，游吟歌手们的演奏和歌唱都不能把她吵醒，在场的人有的随着音乐踏着节拍，有的敲着碟子伴奏。但是，响声越大，她反而睡得越沉，还像小鱼那样张着小嘴。

直到公鸡啼鸣，教堂响起了钟声，她才醒来。这时候，大家离开了座位，大声喊着：

"做晨祷去，做晨祷去！"

"我们步行去，表示对天主的敬意！"公爵夫人说道。

她挽起刚刚醒来的达奴霞的手，第一个走出了客栈。所有的宫廷侍从也都跟在她的后面走了出来。天色开始发白，东方的天空中已是一线亮光，上边是绿色，下边呈玫瑰色，再下边是一条金色的光带。人们看着它越来越大，而西边天空中的月亮，仿佛在这道光亮面前撤退似的。那道玫瑰色的亮光也越来越明亮了。被浓雾染湿的世界苏醒了，显得生机盎然、朝气蓬勃。

"上帝赐给我们好天气,准会热得要命。"宫廷侍从们说道。

"不要紧!"德乌戈拉斯的骑士安慰大家,"我们可以在修道院里睡一觉,傍晚再动身到克拉科夫去!"

"那里一定会举行宴会吧?"

"现在那里每天都有宴会。到了王后分娩和比武大会举行之后,还会举行盛大的宴会。"

"我们倒要看看达奴霞的骑士将会有怎样的表现。"

"啊,他们都是些像橡树一样结实的汉子……你们都听过他们说的四对骑士的决斗?也许他们会加入我们的宫廷,因为他们还在商量这件事哩。"

他们的确是在商量。年纪大的马奇科对于过去所发生的事情很不满意。于是他故意落在队伍的后面,以便能自由自在地和兹比什科说话。他说:

"的确,这件事情你做得太仓促了。我总能设法见到国王,即使是和公爵夫人一道。也许还能得到什么奖赏哩。我多么想拥有一座自己的城堡或者一座小城镇啊……唔,等着瞧吧,无论如何我们一定要赎回我们的博格丹涅茨,因为这是我们祖传的产业。可是哪里能弄到农民呢?修道院院长安插的农民一定会被抽走。没有农民,土地就会一文不值。你要好好想想我说的话,你尽管向你喜欢的人去起誓,不过,你还得和梅尔斯廷的老爷一道到维托尔德大公那里去打鞑靼人。如果在王后分娩之前发生战争,那你就用不着等到分娩,也不要参加骑士比武,就立即前去,因为在那边总能得到好处。你知道,维托尔德大公慷慨大方,他又是认识你的,只要你干得好,他就会赏赐你。而且,最重要的,如果上帝保佑的话,你还能得到无数的奴隶。世界上的鞑靼人真是多如蚂蚁,如果打了胜仗,每人总能得到不少鞑靼人的。"

说到这里,这个渴望土地和农奴的马奇科,便这样设想道:

"老天保佑,我只要能弄来五十名农民,安置在博格丹涅茨就够了。那时候,我们就能伐倒一片森林。这样一来,我们就能发财了。你也知道,任何地方也不会像在那里那样,获得这样多的奴隶的。"

但是，兹比什科却摇起头来。

"哎呀，您是要我去把那些穿羊皮袄、吃马肉、什么农活也不会干的家伙弄来？他们能在博格丹涅茨干什么！另外，我已经发誓要取得三簇日耳曼人的孔雀羽，在鞑靼人中间怎么能得到这些孔雀羽呢？"

"你发誓是因为你笨。而且这样的誓言又算得了什么？"

"那么我的骑士的荣誉呢？怎么办呢？"

"你以前不也向林佳娃起过誓吗？"

"林佳娃毒死了公爵，隐士已解除了我的誓约。"

"到了梯涅茨，修道院院长也会为你解除这次誓约。况且修道院院长要比隐士好多了，隐士所见的是盗匪而不是教士。"

"我不想解约。"

马奇科停了下来，带着明显的怒气问道：

"那你说怎么办呢？"

"您自己到维托尔德那里去，我不去！"

"你这个无赖……那么谁去晋见国王呢？难道你不可怜我这把老骨头吗？"

"即使一棵大树压在您的骨头上，也不会把它们压断的。尽管我很可怜您，我也不愿意到维托尔德那里去。"

"那么你要干什么呢？是想在玛佐夫舍的宫廷中当一个看鹰的人，还是做一个游吟歌手？"

"当一个看鹰的人又有什么不好？既然您唠唠叨叨不听我说的话，那您就唠叨去吧！"

"你要到哪里去？难道你一点也不关心博格丹涅茨？没有农民你能用爪子去耕地吗？"

"不对，您对鞑靼人可是想得太好了。难道您不记得罗斯①人是怎样说鞑靼人的？您在战争中只能见到死鞑靼人，一个活的俘虏也抓不到，因为在大草原上您无法追上鞑靼人，您让我骑什么样的马去追他们呢？是骑我们从日耳曼人那里缴获的笨重的战马吗？您就会知道，我

---

① 指东斯拉夫，包括白俄罗斯、俄罗斯和乌克兰。

什么战利品也不会得到,除了破羊皮袄之外什么也不会得到的。啊,我回到博格丹涅茨的时候竟是这样一个富翁,竟是这样一个贵族?"

马奇科只好沉默不语了,因为兹比什科的话里也有不少对的地方。过了一会儿他才说道:

"不过维托尔德大公会赏赐你的。"

"呸,您自己也知道,他对有的人慷慨大方,对另一些人则分文不给。"

"那你说说,你要到哪里去?"

"我要到斯佩霍夫的尤兰德那里去。"

马奇科怒气冲冲地扭着皮外衣上的带子,说道:

"你真是瞎了眼!"

"您听我说,"兹比什科平静地说道,"我曾和德乌戈拉斯的米科瓦伊交谈过,他告诉我,尤兰德为了妻子的死,正在想方设法向日耳曼人报仇。我要去帮助他。首先,您也曾说过,和日耳曼人战斗,对我来说,已经不是什么陌生的事了。对于他们的为人和如何与他们战斗,我们都有所了解。第二,那里离边境不远,更容易获得那些孔雀羽。第三,您也知道,能插上孔雀羽的可不是什么无赖,如果上帝保佑我能获得孔雀羽,那我也准会得到战利品。最后,那里弄来的奴隶可不像鞑靼人,您要是派他们开辟林地,就连上帝也会满意的。"

"嘿,小伙子,你大概失去理智了吧?现在并没有发生战争,而且只有上帝才知道什么时候才会有战争。"

"啊,您真是太聪明了。熊和养蜂人签订了合约,既不弄坏蜂房,也不偷吃蜂蜜!哈!哈!我们都知道,尽管双方军队并未开战,国王和大团长在和约上也盖了印鉴,可是边境上的骚扰却是层出不穷。他们如果在放牧牲畜时损失了一头母牛,就会烧掉你好几个村落,还会围攻你的城堡。他们抓走农夫和姑娘,在大路上抢劫商人,这又是怎么个说法呢?想想您以前曾对我说的事吧,就说那个纳文奇吧,他俘获了四十个投靠骑士团的骑士,把他们关在地牢里,直到大团长给他送来了一满车的金银财宝,他才把他们放了,这件事他干得太漂亮了。斯佩霍夫的尤兰德现在别的事不干,就干这个,而在边境上,这种事总是有得干的。"

他们默默不语地走了一会儿。这时候,天已经完全亮了,灿烂的阳光照耀在修道院所在的岩石上。

"上帝处处都能给人以幸福,"马奇科用终于平静下来的口吻说道,"你就祈求上帝给你幸福吧!"

"那当然,一切都靠上帝所赐!"

"你要多想想博格丹涅茨。你说你是为了博格丹涅茨,而不是为了那个可爱的小鸭子,才到斯佩霍夫的尤兰德那里去,我是不怎么相信的。"

"请您不要这样说话,否则我会生气的。我很高兴看到她,我不否认这点。这次的起誓与向林佳娃起的誓完全不同。您看见过比她更漂亮的小姐吗?"

"她的美貌和我有什么关系?既然她是个富有的伯爵的女儿,等她长大了,你就和她结婚好了。"

兹比什科的脸上立即现出了愉快的笑容。

"一定会这样。绝不会再要别的情人,也绝不会娶别的女人为妻。等您的身子骨不行了,您就可以同我与她生的孩子们享受天伦之乐了。"

马奇科听了,也笑了起来。他用完全平静的声音说道:

"格拉迪!格拉迪!但愿我们家族子孙满堂。子孙是老年人的欢乐,也是死后的拯救。耶稣啊,请赐予我们多子多福吧!"

第 三 章

达奴塔公爵夫人、马奇科和兹比什科都曾到过梯涅茨,然而在她的随从当中,却有一些宫廷侍从还是第一次来到这里,他们抬头看到修道院是这样雄伟壮观,都不免露出惊讶之情。修道院坐落在一座高山的山坡上,四周的齿形高墙沿着悬崖峭壁而建。初升的太阳把高大雄伟的修道院映照得金光灿烂。从这些雄伟的建筑,从各有专门用途的房间和厅堂,从山脚下的菜园和一望无际、精耕细作的田地,便可一眼看出修道院拥有取之不竭的巨大财富。从贫穷的玛佐夫舍来的人都看得惊讶不已。的确,在波兰其他地区,例如奥德河上的卢布什、普沃茨克、大波兰和莫吉尔纳等地,都有一些古老而富有的本尼狄克派修道院,但是没有一座能与梯涅茨的修道院相比。这个修道院的财产胜过许多诸侯公国,其收入甚至连当时的一些国王都称羡不已。

因此,宫廷侍从们越来越感到惊讶不已,有的人甚至不能相信自己的眼睛。就在这时,公爵夫人为了使旅程更愉快些,也给身边的宫女们增添一些乐趣,便请一位教士给大家讲讲有关瓦尔格什·夫达维的古老而又令人害怕的故事。她显然在克拉科夫已听过这个故事,但听得不详细。

宫女们一听见这话,都蜂拥到夫人身边,慢慢地行进着,犹如一簇簇在朝霞中晃动的鲜花。

"就让希多尔夫教士讲讲瓦尔格什吧,有天晚上,他曾见他出现过。"一位教士望着另一位教士说道。这位教士已届古稀之年,身材有点佝偻,走在德乌戈拉斯的米科瓦伊的旁边。

"虔诚的神甫,你曾亲眼见过他吗?"公爵夫人问道。

"看见过,"教士阴沉地说道,"因为规定有这样的时刻,上帝允许他离开地狱来到人世之间。"

"那是在什么时候?"

他朝其他两位教士看了一眼,便闭口不说了。因为有一种传说,如果教士们有损风化,而且对人世间的财富和享乐抱有过分的追求,瓦尔格什的幽灵就会出现。

当然他们之中任何一位都不愿说出这种事来。同时还有另一种说法,这个幽灵的出现便预示着战争或其他灾难的降临,不过希多尔夫在沉默了片刻之后,说道:

"他的出现的确是不祥之兆。"

"我是不想见到他的,"公爵夫人一边画着十字,一边说道,"不过他为什么会进地狱呢?据我听说,他不过是为了自己所受的莫大冤仇才进行报复的。"

"即使他的一生都在行善,他也要受到谴责,因为他生活在异教的时代,而他犯的原罪也不是洗礼所能洗净的。"

公爵夫人听了这些话,眉头痛苦地紧蹙起来,因为她想起了她所敬爱的父亲,也是在异教的迷失中死去的,他也会受到无休无止的煎熬。

"我们都在等着听你讲哩!"公爵夫人沉默了一会儿之后说道。

希多尔夫教士便讲了起来。

"那还是在异教时代,有一位十分富有的伯爵,由于才能出众而被人称为瓦尔格什·夫达维。凡是目力所及的整个地区都归他所有。每逢战事,他都不带大批人马,而是只率领百名枪矛兵出征,他们都是夫沃迪克(小贵族)。西起奥波尔、东至山多密什,都是他拥有的属地。他的畜群多得无人能够数清。他在梯涅茨有一座装满钱币的塔楼,就像十字军骑士团在马尔堡所建的塔楼一样。"

"我知道,他们的确有。"公爵夫人插了一句。

"他是一个巨人,力大无穷,"教士继续说道,"他能把大橡树连根拔起。无论是在美貌方面,抑或是在演奏诗琴和歌唱方面,世界上都无人能与之相比。有一次,他来到法国国王的宫廷里,国王的女儿赫根达对他一见钟情。于是她就和他一起私奔到了梯涅茨,过着罪孽的生活。当地的神甫都不愿意给他们举行天主教的结婚仪式,因为法国国王为了敬奉上帝,已经许下诺言要把女儿送进修道院。在维希利察,有一个出身于波庇尔国王家族的维斯瓦夫·宾克尼①,趁着瓦尔格什·夫达维不在家的时候,竟劫掠了伯爵在梯涅茨的所有财产。后来瓦尔格什打败了维斯瓦夫,并把他囚禁在梯涅茨。可是他没有注意到:无论哪个女人一看见维斯瓦夫,就会为了满足自己的情欲,抛弃自己的父母和丈夫。赫根达也不例外。她立即设计出了一种能锁住瓦尔格什的镣铐,就连这位能连根拔起橡树的巨人,都无法挣脱这副镣铐。她把他交给维斯瓦夫,维斯瓦夫又把他带回了维希利察。可是,维斯瓦夫的妹妹林佳娃因为听见瓦尔格什在地牢里唱歌的歌声而爱上了他,便偷偷将他放了出来。于是他用剑杀死了维斯瓦夫和赫根达,把他们的尸体扔给乌鸦去啄食。他自己便和林佳娃一起回到了梯涅茨。"

"难道他做得不对吗?"公爵夫人问道。

希多尔夫教士回答道:

"如果他受了洗礼,并且把梯涅茨献给本尼狄克教派,上帝就会宽恕他的罪孽。可是他没有这样做,大地便把他吞没了。"

"那时候,在波兰王国有本尼狄克教派吗?"

"没有。那时候波兰王国还没有本尼狄克教派,当时只有异教徒。"

"那么,他怎么能去接受洗礼或者献出梯涅茨呢?"

"不能——正是由于这个原因,他才被打入地狱,遭受永世的痛苦。"教士一本正经地回答。

"不错,他说得对!"好几个人齐声应道。

正在这时候,他们走到了修道院大门口。修道院院长已经率领一大批教士和贵族等候在门口,恭迎公爵夫人到来。修道院里经常有不少俗人:"管家""律师""代诉人",以及各个教团的办事人员。同时还有不少地主,甚至富有的骑士,根据波兰独特的租赁法,向修道院租赁了大量土地。还有一些食客,很愿意待在他们"恩主"的府邸里,因为他们跻身于大祭坛周围,凭借自己的微薄效劳或者花言巧语,或者由于势力雄厚的修道院院长一时兴致所至,总能比较容易地得到一些馈赠

---

① 即"美丽的"。

和其他种种好处。正准备在首都举行的盛典吸引了不少来自各地的游客，他们很难在拥挤不堪的克拉科夫找到住处，便都拥到了梯涅茨。由于这些原因，这位身为百村之主的修道院院长才能率领比平常多得多的扈从来欢迎公爵夫人。

他身材高大，脸孔显得消瘦而又富于机智，头顶剃得光光的，只有耳际留着一圈灰白的头发。他的额头有一条伤疤，显然是年轻时从事骑士活动留下的。黑眉毛下面的一双眼睛显得敏锐有神。他像别的教士一样，身穿一件法衣，外面披着一件镶有紫边的黑斗篷，脖子上挂着一条金链，金链下面垂挂着一个嵌有宝石的金十字架。他的整个姿态显示出他是个傲慢的人，习惯于发号施令而又充满自信。

不过，他在欢迎公爵夫人时却显得彬彬有礼，甚至颇为谦卑。因为他记得她的丈夫和玛佐夫舍的亲王公爵们属于同一个家族，而国王符拉迪斯瓦夫和卡其密什也都是出自这个家族的。他也记得，现在世界上最强大的王国之一的王后出自公爵夫人的娘家。于是他跨过门槛，趋步向前，深深地鞠了一躬，然后用握着小金十字架的右手向安娜·达奴塔夫人和她的全体随从画了个十字，说道：

"欢迎，欢迎，仁慈的夫人，欢迎您驾临我们贫寒的修道院。愿鲁尔斯亚的圣贝内迪克特，以及圣马鲁斯、圣博尼发奇和阿尼安的圣贝内迪克特，还有托罗梅的圣扬——我们荣光永存的保护神——保佑您健康幸福，并且每天祈祷七次，为您祈祷一辈子。"

"如果他们听不见像您这样伟大的修道院院长的话，那么他们一定是聋子了。"公爵夫人亲切地说道，"我们是来做弥撒的，我们把自己全心全意地交托给他们保护了。"

说完之后，她便向他伸出手去。修道院院长按照宫廷礼仪，单膝跪下，以骑士的方式吻了吻她的手，随后一起走到大门前。很显然，人们都在等待晨祷开始，因为就在这时，大大小小的洪钟齐声鸣响起来，站在大门两边的号手们也立即吹奏起来，向公爵夫人致敬，有的乐手还敲起扎着红绸的大锣，发出震天动地的响声。每一座教堂都给这位不是在天主教国家里诞生的公爵夫人留下了强烈的印象，而梯涅茨修道院留给她的印象尤为深刻，因为在雄伟庄严方面，很少有教堂能够与之相匹敌。教堂里面依然是一片漆黑,只有大祭坛一带闪耀着一片由点燃的烛光和镀金塑像的反光形成的五彩缤纷的颜色。一位身穿法衣、主持晨祷的教士走了出来,向公爵夫人致敬,之后,晨祷便开始了。一炷炷祭香的烟雾袅袅升起,直达教堂穹顶。教士和祭坛都笼罩在烟雾中,更增添了教堂神秘庄严的色彩。安娜·达奴塔低着头,双手放在面前,虔诚地祷告着。当时在教堂里还很稀少的管风琴开始演奏,发出庄严优美的声响,使整个教堂充满天使般的音乐声,仿佛夜莺在歌唱。公爵夫人抬眼向上,她的脸上除了虔诚和敬畏之情外,还显露出无限欣喜。这时候如果你看到她,会认为她是上帝钟爱的一个圣徒,仿佛在奇妙的幻想中观看着敞开的天堂。

这位生长在异教地域的凯斯杜特的女儿就这样做着祈祷。尽管她在日常生活中也像当时的人一样,常常友好而亲切地提起上帝的名字,然而每当她置身在这天主之家的时候,却总是诚惶诚恐地抬起眼睛,仰慕着他那种奇妙无穷的威力。

所有的宫廷侍从虽然不像她那样全心敬畏,但都虔诚地做着祷告。兹比什科和马茹尔人一起跪在祭坛前面——只有宫廷侍从才能占据前面的位置——祈求上帝的保佑。他不时朝坐在公爵夫人旁边眯起双眼的达奴霞投去一瞥。他觉得能够成为这个姑娘的骑士真是一种光荣。不过他的誓约也不是可以轻而易举完成的。因此,在客栈喝了大量啤酒和菊苣酒的他,如今头脑渐渐清醒,就开始沉思默想,应该怎样才能实现他的誓言。眼下没有发生战事。在边境的骚扰中的确比较容易碰上武装的日耳曼人,反正不是他打倒敌人,就是把自己的脑袋搭上。他已经把这种想法告诉过马奇科。不过,他又想,并不是每个日耳曼人的头盔上都饰有孔雀羽和鸵鸟羽的,在十字军骑士团的客人中,也许只有伯爵才有这种头饰;而在十字军骑士团里,大概康杜尔才会有这样的头饰,而且并不是所有的骑士都是康杜尔。如果不发生战争,等取到三簇孔雀羽时,悠长的岁月已经虚度了。同时他又想到,他还没有被册封为骑士,因此他只能向那些尚未册封的骑士挑战。他的确希望能够在比武期间从国王手里得到骑士的腰带。他所盼望的比武已经宣布将在受洗礼期间举行。不过,以后又怎么办呢?他要到斯佩霍夫的尤兰德那里去帮助他。他会帮助尤兰德消灭他所碰见的所有日耳曼军人，但那样做对他益处不大。因为十字军骑士团的士兵并不是骑士，他们的头上没有孔雀羽。

因此他陷入焦虑和犹豫之中。他看到，要是没有上帝的大恩大惠，他难以达到目的，于是他便默默地祷告道：

"耶稣啊，请赐给我们一场同十字军骑士团和日耳曼人作战的机会吧。他们都是我们王国的敌人，是一切信奉您威名的民族的仇敌。请祝福我们，让我们消灭他们。他们宁愿侍奉地狱的主子而不愿侍奉您，他们心里怀着对您的刻骨仇恨，他们还格外仇恨我们，因为我们的国王和王后给立陶宛受了洗，又禁止他们用剑去屠杀您的那些信奉基督的仆人。请惩罚他们的仇恨吧！

"我兹比什科是个罪人，现在我跪在您的面前，并从您的五处伤口向您祈求帮助，祈求您能让三个有名望的、头盔上饰有孔雀羽的日耳曼人迅速出现，并准许我杀死他们。这样做是因为，我曾经以骑士的荣誉向尤兰德的女儿达奴霞小姐起过誓，答应过她的。

"如果我从战败者身上得到了其他战利品，我一定会诚实地向您神圣的殿堂缴纳什一税。让我为您，仁慈的耶稣，增添一些利益和荣光，也让您知道，我是真心实意地向您许愿的。既然这一切都是真诚的，那就请您帮助我吧。阿门。"

在祈祷时，他心中的虔诚之情更加高涨。于是他许下了新的心愿：一旦博格丹涅茨被赎回，他就要把蜂房全年所产的蜂蜡统统捐献给教堂。他相信他的叔父马奇科是不会反对他这么做的，而主耶稣也会因为得到做蜡烛的蜡而感到高兴，并且会为了早日得到蜂蜡而尽快帮助他去实现他的愿望。他觉得这种想法是如此合情合理，他的心里便感到无比欢欣。现在他几乎认定，耶稣已经听见了他的祈祷，战争不久便会发生，即使战争不会发生，他的誓言也一定能实现。他觉得他浑身都是力量，他完全能立刻就独自去迎击一支军队，他甚至想，既然对上帝的许愿已经增加，那么他也应该增加对达奴霞的许诺，再为她俘虏两个日耳曼人。他这样想是出于年轻人的激情。后来，还是谨慎占据了上风，因为他担心，过分的要求会使上帝失去耐心。

然而做完晨祷,全体宫廷侍从都得到充分休息之后,兹比什科在早餐时听见修道院院长和公爵夫人的谈话,更增强了他的信心。

当时,各地诸侯夫人以及王后本人,出于虔诚的信仰,加上骑士团团长赠送给她们丰厚的礼物,对十字军骑士团都非常友好。就连虔诚的雅德维佳王后,只要她活在世上一天,就不会容许她的夫君对十字军骑士团动武。只有安娜·达奴塔,由于她的家族受过骑士团的残酷迫害,对骑士团抱着刻骨仇恨,因此,当修道院院长向她问到玛佐夫舍的情况时,她就愤怒地控诉起骑士团来了:"公国有了这样的邻居,情况还会好吗?表面上是太平的,使节和书信也互相来往,可是时时刻刻都让人感到危机四伏。住在公国边境上的人,晚上睡觉时不知道明天醒来之后会不会被套上枷锁,脖颈上会不会被人捅上一刀,屋顶是不是会着火。无论是誓约,还是印记,或是羊皮纸文件,都没法制止他们背信弃义。在兹沃托里亚不就发生过这样的事情吗?朗朗乾坤,清平世界,他们竟公然在边界上劫走公爵,把他囚禁起来。十字军骑士团说,我们的城堡对他们构成了威胁。其实修建城堡完全是为了防御,而不是为了进攻。难道公爵没有权利在自己的领土上修筑或扩建城堡?无论是强国还是弱国,他们都不放过。对于弱国,他们嗤之以鼻,对于强国,他们则千方百计要把它消灭掉。他们以怨报德。世界上有哪一个骑士团从别国得到的好处,能比得上这个骑士团从波兰各个公国得到的好处多呢?他们又是怎样来回报我们的呢?他们报答我们的是敌视,是掠夺土地,是发动战争和背信弃义。就是到罗马教廷去控告他们也毫无用处,因为他们傲慢得连罗马教皇本人的话都不听了。现在,他们装腔作势地派使节来祝贺王后的分娩和众所企盼的王子的洗礼庆典。那也不过是因为他们在立陶宛干尽坏事,想借此缓解一下我们这位强大的国王对他们的愤怒而已。可他们心里,却总是在千方百计地想要消灭波兰王国和整个波兰民族。"

修道院院长专心地倾听,点头赞同,然后说道:

"我知道,康杜尔里赫顿斯泰因已经率领使团前来克拉科夫。这位骑士在骑士团中因出身名门望族、勇敢机智,很受尊敬。仁慈的夫人,你不久就会见到他了,因为昨天他派人来说,他要到梯涅茨来拜访,要向我们的圣物祈祷。"

听了这话,公爵夫人又开始诉说起来:

"人们都在议论,我也相信很有可能,不久就会发生一场大战。战争的一方是波兰王国和所有说着与波兰话相似的语言的国家,另一方是所有的日耳曼人和骑士团。有个圣徒预言过这场战争。"

"那是布里吉达的预言,"博学的修道院院长插嘴说道,"八年前她就已被册封为圣徒。虔诚的阿瓦斯特尔的彼得和林可平的马切伊都曾记录过她的启示,其中就有她关于一场大战的预言。"

兹比什科听到这些话,高兴得全身颤抖起来,禁不住问道:

"很快就会发生吗?"

然而修道院院长在全神贯注地同公爵夫人说话,没有听见,或许假装没有听见他的问话。

公爵夫人继续说道:

"我们的年轻骑士们都很高兴这场战争即将发生,不过,谨慎的老一代骑士却这样说:'我们不怕日耳曼人,虽然他们强大而且傲慢,我们却不怕他们的刀枪剑矛。不过,我们怕十字军骑士团的圣物。因为以人类的力量去反抗圣物,那是无济于事的。'"

安娜·达奴塔说到这里,以畏惧的目光望了修道院院长一眼,接着又低声说道:

"据说他们有一块真正的圣十字架上的木片,我们又怎么能和他们作战呢?"

"那是法兰西国王送给他们的。"修道院院长说道。

沉默了片刻,阅历丰富、绰号"奥布赫"的德乌戈拉斯的米科瓦伊开口说道:

"我曾被十字军骑士团囚禁过,看见过他们抬着这件圣物游行。此外,在奥利瓦的修道院里还有一些最珍贵的圣物,没有这些圣物,骑士团也不会像现在这样强大。"

听到这话,本尼狄克派的教士们都把头转向说话的人,十分好奇地问道:

"请您告诉我们,是些什么圣物?"

"有一块圣母马利亚的衣服碎片，"德乌戈拉斯的领主回答道，"一颗马格达列纳的马利亚的臼齿，天父向摩西显圣的灌木丛中的几根树枝，还有利贝留斯圣徒的一只手。至于其他圣徒的骨头，那就多得用我的手指和脚趾一块儿数也数不过来了。"

"那么我们怎么能和他们作战呢？"

修道院院长双眉紧蹙，沉思了一会儿，说道：

"的确，和他们作战之所以困难，还因为他们是教士，他们的斗篷上面都绣着十字。但是，如果他们作恶多端，这些圣物不仅不会给他们增添威力，反而会削弱他们的力量，这些圣物就会落到更虔诚的信徒手里。愿上帝怜惜天主教徒的鲜血吧。不过，若是战争当真发生，我们王国也有一些圣物会保佑我们去打仗的，而且布里吉达圣徒的启示也曾这样说过：'我给了他们许多好处，把他们安置在天主教地域的前沿上，可是他们却和我作对。他们并不关心当地民众的信仰和痛苦，那儿的民众已经改邪归正，皈依了基督教，信奉我了，可是骑士团却把他们变成了奴隶，不去教他们做祷告，也不给他们做临终圣礼，让他们去经受比他们信奉异教时还要残酷的地狱的痛苦。他们为了掠夺财富而进行战争。因此，报应的时刻一定会来到，那时候，他们的牙齿会被打碎，右手会被砍去，右脚会被折断，他们将会认识到自己的罪孽。'"

"愿上帝这样安排！"兹比什科高声喊道。

其他的骑士和教士听到这番预言，心中也充满了巨大的喜悦。修道院院长又朝向公爵夫人，说道：

"因此，仁慈的夫人，你们要信任上帝，因为他们气数将尽，而你们则来日方长。现在请您以感恩的心情接受这只匣子，里面装有普托罗梅斯圣徒的一根手指，他是我们的一位保护神。"

公爵夫人愉快地伸出手，跪下去接过了匣子，立即把它送到唇边亲吻着。宫廷的男女侍从们也分享着公爵夫人的喜悦之情，因为大家都相信，这样的礼物，会给大家，甚至给全公国带来祝福和恩惠。兹比什科也感到同样的欢乐，因为他认为，克拉科夫的庆典一结束，战争就会爆发。

第 四 章

公爵夫人离开好客的梯涅茨到克拉科夫去时,早已过了中午。当时的骑士前往较大的城市或者城堡,去拜访某个名人时,往往穿上全副的武装,而且根据当时的习惯,进门之后就立即脱下,主人也会以客气的话语恳请他们脱去身上的甲胄:"高贵的爵爷,请脱去你们的甲胄,你们已到了朋友的家里!"这种战时的进门仪式的确显得更加隆重,也提高了骑士身份。为了适应这种隆重而又豪华的习惯,马奇科和兹比什科也穿上了最精良的盔甲和带绣的肩章——那是他们从弗里兹骑士那里得来的战利品——这身戎装用金线镶边,闪闪发亮,光彩夺目。德乌戈拉斯的米科瓦伊是个见过世面、认识不少骑士的人,又是一位战争用具的行家里手,他一眼就看出,这两套盔甲是米兰的一位最著名的盔甲工匠制作的,这样的盔甲只有最富有的骑士才能置办得起,每一套都得花上一大笔钱。由此他得出结论,那两个弗里兹骑士在他们本国必定是有钱有势的人物,他也就用更敬重的眼光去看待马奇科和兹比什科了。他们的头盔虽然也不是普通物品,但就没有那么贵重了。然而他们那两匹披着美丽马衣的纯种骏马,却使宫廷侍从们大为赞叹,惊羡不已。马奇科和兹比什科坐在高高的马鞍上,俯视着全体宫廷侍从。他们每人手中握着一支长矛,腰间佩挂着一口剑,倒把盾牌留在了马车上。尽管身边没有盾牌,但他们看起来依然像是去打仗,而不是去进城的。

他们两人都策马走在大马车的旁边。大马车的后排坐着公爵夫人和达奴霞,前排坐着素以稳重而闻名的宫廷女官奥芙卡——她是雅章布科夫的克里斯丁的未亡人,还有年老的德乌戈拉斯的米科瓦伊。达奴霞饶有兴趣地望着这两位铁甲骑士,而公爵夫人却时时从怀里拿出那只装有圣普托罗梅斯圣物的小匣子,送到嘴边去吻。

"我非常好奇,想看看这里面的骨头到底是什么样子。"公爵夫人终于开口说道,"不过我不能打开它,以免冒犯这位圣徒,就让克拉科夫的主教打开它吧!"

听到这话,做事稳重的德乌戈拉斯的米科瓦伊回答道:

"哎,这是十分珍贵的东西,最好不要落到别人手里。"

"也许你说得对!"公爵夫人考虑了一会儿说道。接着她又说了一句:

"好久以来,还没有一个人像这位尊敬的修道院院长送给我这件礼物让我这样高兴过。同时他还让我消除了对十字军骑士团圣物的恐惧。"

"他说得聪明又合情合理。"博格丹涅茨的马奇科说道,"他们在维尔诺城下也拿出了各种各样的圣物。他们这样做,是想说服客人们,他们是在和异教徒作战。这又有什么用呢?我们的骑士都看出,只要一斧头劈下去,就会劈开头盔,让他们人头落地。"

"圣徒们会帮助人——不这样说会是一种罪过——但他们帮助的是正义之人,是以上帝的名义为正义而战的人。所以,仁慈的夫人,我认为如果再发生大战,即使所有的日耳曼人都去帮助十字军骑士团,我们也会把他们打得落花流水,因为我们的国家较大,救世主耶稣会赐给我们更大的力量。至于圣物,我们的圣十字修道院里不是也有一块圣十字架的木块吗?"

"上帝保佑,这是毋庸置疑的事实。"公爵夫人说道,"不过,我们的圣物都是放在修道院里,而他们则为了需要把圣物带来带去。"

"这毫无关系,上帝的权力是无处不在的!"

"这是真的吗?你说说这是怎么回事?"公爵夫人转向足智多谋的德乌戈拉斯的米科瓦伊问道。

"每个主教都会明白此事的,罗马相距很远,但教皇却统治着全世界。上帝的权力就更不用说了。"他回答道。

这些话使公爵夫人完全放心了,于是她把话题转到梯涅茨和它的豪华壮丽上来。马茹尔人使她感到惊讶,不仅是修道院的富有,更是整个地区的富有和景致的优美。现在他们正穿过这个地区,沿途都是稠密的村庄，显得繁荣富庶。村庄周围都是果实累累的果园和枝叶茂密的菩提树林，菩提树上还筑有鹳鸟巢，树下则是盖着草顶的蜂房。大路两旁都是种着各种谷物的田野，阵阵轻风把依然碧绿的谷穗海洋吹得波浪起伏，矢车菊的深蓝色花冠和鲜红的野罂粟花点缀其间，犹如天上闪闪发光的繁星。放眼望去，在田野的尽头，是一片片黑黝黝的森林，有的是高大的橡树，有的是赤杨，它们都沐浴在阳光中。到处都有潮湿的草原，上面长满了青草。凤头麦鸡在沼泽地边上窜来窜去。接着又是建有农舍的山丘，再走下去又是一大片田野。很显然，这里人口稠密，居民勤劳而又热爱这片土地。目光所及之处，不仅是一片盛产牛奶和蜂蜜的富庶之地，也是一块清平安宁、幸福美好的乐土。

"这里真是卡其密什国王的领地！住在这里真会长生不老！"公爵夫人说道。

"主耶稣看到这样富饶的土地也会喜笑颜开的。这片土地得到上帝的恩赐，怎会不这样富庶呢?! 只要这里的钟一敲响，钟声就能响彻四面八方，任何角落都能达到！大家都知道，魔鬼一听见钟声就会受不了，不得不逃到匈牙利边境的浓密森林里。"德乌戈拉斯的米科瓦伊说道。

"我感到奇怪的，"雅章布科夫的克里斯丁的未亡人奥芙卡夫人说道，"是梯涅茨每天都要敲七次钟，可是那个教士谈到的瓦尔格什·夫达维，怎么还会在这里出现呢？"

这个问题把米科瓦伊窘住了一会儿，他想了一想，这才回答道：

"首先，我们还不知道上帝的判决；其次，你自己也注意到，他每次出现都是经过特许的。"

"无论如何，我们不在修道院过夜，这让我高兴。如果这样一个地狱巨魔出现在我的面前，那我一定会吓死的。"

"嘿！这可不一定，据说他一表人才！"

"即使他长得很美，我也不想要他来吻我。他的嘴里一定有股硫磺味。"

"不过你怎么会知道，他就会来吻你呢？"

听到这句话，公爵夫人、米科瓦伊老爷和博格丹涅茨的两位骑士都哈哈大笑起来。不明就里的达奴霞也跟着大家笑了。但是雅章布科夫的奥芙卡却把一张满布怒意的脸孔转向德乌戈拉斯的米科瓦伊,说道:

"我宁愿要他,也绝不会要你!"

"哎,你可别把狼从森林中引出来,"这个马茹尔人愉快地回答道,"这个巨魔常常在克拉科夫和梯涅茨之间的大路上游荡,尤其是在黄昏时分。要是他听见你的话,说不定就会变成个巨人出现在你的面前!"

"你胡说!"奥芙卡答道。

可是,就在这时候,博格丹涅茨的马奇科——由于他骑在高大的种马上,要比坐在大车里的人看得更远——勒住马缰,说道:

"啊,我的上帝,那是什么?"

"怎么回事?"

"一个巨人从山后朝我们走来!"

"你的话灵验了!"公爵夫人叫道,"你们可不能再乱说了!"

兹比什科从马上站起来,说道:

"真是不假,那是巨人瓦尔格什,绝不会是别人!"

一听到这话,马车夫立即停住了马,画起十字来。不过他没有放下缰绳,因为他从座位上也看见从对面山丘上走来一位身材魁梧的骑手。公爵夫人也站了起来,但立即又坐了下去,吓得脸色都变了。达奴霞把脸藏在公爵夫人衣裙的褶皱里。宫廷侍从、宫女和歌手们原先骑着马跟在大马车后面前进,这时一听到这个凶恶的名字,都围在大马车的四周。男人们虽然还在强作笑脸,但眼里却充满恐惧,年轻的宫女们脸色煞白,只有久经世故的德乌戈拉斯的米科瓦伊,依然面不改色。他想安慰公爵夫人,便说道:

"您不用害怕,仁慈的夫人,现在太阳还没有落下。即使在晚上,普托罗梅斯也能对付得了瓦尔格什。"

这时候,那个陌生的骑手已经走上了山丘的脊峰。他勒住了马,一动不动地站在那里,在落日的霞光中显得更加清晰,身躯看起来也确实比普通人高大得多。他和公爵夫人的侍从相距不过三百步。

"他为什么站住不动了?"一个歌手问道。

"因为我们也停下来了。"马奇科回答说。

"他在窥视我们,仿佛在挑选什么目标似的。"另一个歌手说道,"如果我能断定他是人而不是鬼的话,那我就要走近他的身边,用诗琴敲打他的脑袋。"

女人们全吓得失魂落魄了,都大声地念起祷告词来。兹比什科为了在公爵夫人和达奴霞面前表现他的胆量,便说道:

"我要去看看,我才不在乎那个瓦尔格什!"

一听到这话,达奴霞便哭喊起来:"兹比什科!兹比什科!"但他还是骑马上前,而且愈骑愈快。他相信自己,即使遇到的是真的瓦尔格什,那他也能用长矛刺他个窟窿!

目光敏锐的马奇科说道:

"他看起来像个巨人,是因为他站在山丘上,然而他不过是个普通人,只比别人高大一些。啊,我也去看看,别让兹比什科和他争吵起来。"

兹比什科一边策马前进,一边在思考着:是立即用矛进攻呢,还是先走近前去看看清楚那个站在山顶上的到底是何许人?他决定先看看清楚,而且他深信这样做最好,因为他愈走近,那个陌生人的身躯就在他眼里愈小。那是个身材魁梧的人,又骑在一匹比兹比什科的种马还要高大的骏马上,但是他并没有超过凡人的身材,而且他也没有穿盔甲,头上只戴着一顶天鹅绒的钟形圆帽,身上披着一件防尘的白布风衣,风衣下面露出了绿色衣裤。他神情严肃地站在山丘上做着祷告,很显然,他勒住马停下来就是为了做完他的晚祷告。

"嘿,这哪里是什么瓦尔格什!"这个年轻人暗忖道。

他走得很近,他的矛几乎可以碰到那个陌生人了。陌生人看到前来的是一位穿着华丽的骑士,便亲切地朝他笑了一笑,说道:

"赞美耶稣基督!"

"永生永世!"

"请问下面是玛佐夫舍公爵夫人殿下吗?"

"是的!"

"你们是从梯涅茨来的?"

然而陌生人没有听到回答,因为兹比什科这时惊讶得连问话都没有听见。他像座雕像似的站了一会儿,简直不敢相信自己的眼睛。因为他看见在这个陌生人的后面大约四分之一斯达雅①远的地方,有十几个骑兵,为首的是个全身穿着闪闪发亮的甲胄的骑士,披着一件绣有黑十字的白色斗篷,头上戴着一顶钢盔,钢盔上插着一簇华丽的孔雀羽。

"十字军骑士!"兹比什科低声说道。

此情此景使他立即想到:上帝一定是听到了他的祈祷,而把他在梯涅茨祈求的日耳曼骑士送到他的面前来了。他绝不能辜负上帝的恩惠。于是他毫不犹豫地——这一切还来不及在他的脑海里过滤一下,也没有经过冷静的深思——便弓身在马鞍上,把矛平端在马耳旁,喊起了他家族的战斗口号:"格拉迪!格拉迪!"便策马朝十字军骑士冲了过去。

那个骑士也大吃一惊,他勒住了马,但他的矛依旧直竖在马镫边。他眼睛朝前望着,不能断定这是冲着他去的。

"拿起你的矛来!"兹比什科喊叫着,同时用马镫的铁尖刺踢着马腹。

"格拉迪!格拉迪!"

他们之间的距离越来越短了。十字军骑士看到攻击确实是朝着他去的,于是他勒紧坐骑,拿好了武器。兹比什科的矛尖快要刺到他的胸口时,突然有一只大手飞快地把他的矛像根芦秆那样折断了,随即这只手又勒住了兹比什科的坐骑,用力之猛,竟使这匹骏马的四蹄都陷进了地里,仿佛生了根似的。

"疯子,你想干什么?"一个深沉而严厉的声音响起,"你攻击了使者,你是在侮辱国王!"

兹比什科看了他一眼,便认出了他就是那个被当成瓦尔格什的彪形大汉,就是那个刚才使公爵夫人及其随从受到惊吓的巨人。

"放开我,我要打日耳曼人!你是什么人?"他大声叫道,同时拿起

---

① 古代波兰长度单位,1斯达雅约长1公里。

了大斧。

"放下你的斧子,上帝保佑,放下你的斧子!否则,我就要把你打下马来!"那个陌生人更加凶狠地喊道,"你侮辱了国王殿下,你要受到审判的!"

随后,他转身对着那些跟随十字军骑士而来的骑士们喊道:

"过来!"

正在这个时候,马奇科赶到了,他的脸上露出不安和凶狠的神情。他已经明白,兹比什科像个疯子似的干了错事,其后果可能非常严重,不过他还是准备打一场。那个陌生人和十字军骑士的全部随从总共不过十五个人,他们的武器一部分是矛,一部分是弓弩。两个全副武装的骑士和他们打起来,不是没有战胜他们的希望的。马奇科还想到,既然有受到审判的威胁,倒不如把他们打败,然后找一个地方躲起来,直到暴风雨过去。于是他立即绷紧脸,张开了要咬人的狼似的嘴巴,把马驱至兹比什科和那个陌生人的中间,挥舞着剑,问道:

"你是什么人?你又有什么权力?"

"我的权力就是,"陌生人答道,"国王把维持克拉科夫四周安全的职责交给了我,人们称呼我为塔切夫的波瓦瓦。"

一听到这话,马奇科和兹比什科都朝他看了一眼,随即都把抽出一半的剑插回了剑鞘,低下了头。他们这样做,并不是因为害怕,而是出于对这位尽人皆知、声震天下的骑士的尊敬。塔切夫的波瓦瓦既是位出身名门望族的贵族,又是个有钱有势的老爷。他在拉多姆一带拥有大量的田庄,还是王国最著名的骑士之一。游吟歌手们在歌曲中歌颂他,把他奉为公正和英勇的楷模,赞美他的名字如同赞美加尔博夫的查维夏和法鲁列伊、古拉的斯卡尔贝克、奥列希尼察的多布科、纳赞的雅希科、莫斯科佐夫的米科瓦伊和马什科维奇的增德拉姆一样。此时此刻,他是代表国王行事,攻击他就等于把自己的脑袋送到刽子手的斧头下面。

马奇科冷静下来之后,以充满崇敬的语气说道:

"向阁下的威名和英勇致敬。"

"也向阁下致敬!"波瓦瓦回答道,"不过,我宁愿不在这样尴尬的情势中与您相识。"

"为什么?"马奇科问道。

波瓦瓦转向兹比什科,说道:

"为什么你要干这样的好事,你这个毛头小伙子?你是在京畿大道上,又是在国王的护卫之下袭击了一个使者!你难道不知道这种行为的后果吗?"

"他攻击使者是因为他年轻愚蠢,容易鲁莽冲动而缺乏谨慎思考。"马奇科说道,"等我把整件事情给你说明白之后,你就不会这样严厉地对待他了。"

"不是我要审判他。我的职责只是把他绑起来……"

"什么?"马奇科说道,他用阴沉的眼光望了那伙人一眼。

"按照国王的命令。"

说完这话之后,大家都默不作声了。

"他是个贵族。"马奇科终于说道。

"那就请他以骑士的荣誉起誓,他会自己投案,接受审判。"

"我以骑士的荣誉起誓!"兹比什科大声说道。

"很好。你叫什么名字?"

马奇科说了他侄子的名字和族徽。

"如果你们是雅鲁什公爵夫人殿下的侍从,那你们就去恳求她,代你们去向国王求情。"

"我们不是公爵夫人的侍从,我们是从立陶宛维托尔德大公那里来的。要是我们不碰见任何宫廷的人就好了!正是这次碰见才给他带来了不幸。"

于是马奇科便开始讲述客栈里发生的事:他谈到了与公爵夫人的萍水相逢,和兹比什科的誓言。讲到后来,他突然发起怒来,责怪兹比什科不该那样鲁莽行事,使他们陷入了严重的事态中,于是他转向兹比什科,大声骂道:

"我宁愿你倒在维尔诺城下。你这个愣头青,你为什么要这样干呢?"

"哎,发誓之后我就向耶稣祈祷,让我能遇上一些日耳曼人,为此,我还向主许了愿。因此,当我一看见孔雀羽,一看见绣有黑十字架的斗篷,就像有一个声音在呼唤我:'去打这个日耳曼人!这可是天赐良机啊!'于是我便冲上前去。有谁会不这样做呢!"

"你们听着,"波瓦瓦打断了他,"我并不希望你们倒霉,我看得很清楚,这个少年之所以这样做,并不是故意去干坏事,而是由于年幼无知、天性轻率。我倒乐意不过问这件事,继续走我的路,就像什么都没有发生一样。不过,只有那个康杜尔答应不向国王控诉,我才能那样做。你们去求求他吧,也许他也会可怜这个孩子的。"

"让我去向一个十字军骑士赔礼道歉,还不如去接受审判。"兹比什科叫道,"这不符合我这个贵族的人格!"

塔切夫的波瓦瓦严厉地望着他,说道:

"你错了。长辈的人都比你知道得更清楚,怎样做才符合骑士的人格。我的身份大家都是知道的,不过我要告诉你,如果我干了你这样的蠢事,我会向他请求宽恕而不会感到羞耻的。"

兹比什科感到羞愧了,但他环视了四周一眼之后,接着说道:

"这里地势平坦,有回旋的余地。与其向他求饶恕罪,我宁愿和他在马上或徒步决一雌雄,直到你死我活,或者成为对方的奴隶。"

"笨蛋!"马奇科打断他的话,说道,"难道你还要与使者决斗吗?不要说你不能,他也不会和你这样的黄口小儿动手的!"

他说到这里,便转向波瓦瓦。

"请您原谅,尊敬的爵爷。战争使他变得粗野了。最好不要让他去和这个日耳曼人说话,以免他又说出难听的话,侮辱人家。还是让我来说吧,我去求他宽恕。如果这个康杜尔想在他的使命结束之后再来一次战斗,那也由我去应战。"

"他是个名门望族出身的骑士,他不会随便和人交战的。"波瓦瓦说道。

"什么?难道我没有配上骑士腰带、装上踢马刺吗?即使对方是位公爵,也值得和我交战。"

"这倒是真的,不过您不要和他说这些话,除非他自己提出。我担心他会向您发火的。唉,愿上帝保佑你们!"

"我要为你去向别人卑躬屈膝啦!"马奇科对兹比什科说道,"你等着吧!"

他一说完,便朝那个离他有几步远的十字军骑士走去。那个骑士坐在他那匹像骆驼一样高大的马上,一动不动,有如一座铁铸的雕像,毫不经意地听着他们的谈话。马奇科在长久的战争岁月里学会了一点德语,于是他就用德语向那个康杜尔解释事情的来龙去脉。他把罪过归结于这个孩子的年轻无知和暴躁,误以为是上帝送来了插着孔雀羽的骑士,最后他请求饶恕这个孩子的罪过。

那个康杜尔的脸上毫无表情,他依然昂着头,冷淡而又傲慢地望着说话的马奇科。他那铁青色的眼睛里露出了不屑一顾和极其轻蔑的神情,仿佛他看见的不是一个骑士,甚至不是一个人,而是一根做栅栏用的木桩。博格丹涅茨的这位贵族也看出了这一点,尽管他依然在说着道歉的话,可是心里却开始怒吼了。他说得越来越不自然,黝黑的脸孔也涨红了。很显然,面对着这个傲慢的家伙,他竭力克制住自己,以免怒火爆发出来。

波瓦瓦看到这个情势,由于他心地善良,便决定帮助马奇科一把。他年轻时曾经在匈牙利、勃艮第、拉库斯和捷克的宫廷中待过,丰富的骑士冒险经历使他声名远扬,而且也学会了德语。现在他就用这种语言,以调解和故作诙谐的语气对马奇科说道:

"您瞧,阁下,这位高贵的康杜尔认为这整个事情都是不值一提的。不仅在我们王国,就是在别的任何一个国家,年轻人都不免轻率鲁莽。不过,这位高贵的骑士既不会用剑,也不会用法律去和孩子们战斗的。"

里赫顿斯泰因对此一言不发。他摸了摸亚麻色的胡须,便策马从马奇科和兹比什科的身旁走过去了。

一股可怕的怒火使他们头盔下面的头发都直竖起来,气得发抖的手紧握着利剑。

"等着吧,你这个十字军的狗杂种!"博格丹涅茨的老骑士咬牙切齿地说道,"现在我要对你发誓,你的使命一结束,我就会找你算账的!"

波瓦瓦的心里也感到非常难过，说道：

"那是以后的事！现在只有请公爵夫人替你们求情了，否则，这孩子可要遭殃了。"

波瓦瓦说完这话，便去追那个十字军骑士，让他停了下来，和他谈了一会儿，谈得很热烈。马奇科和兹比什科都注意到，那个日耳曼骑士瞧着波瓦瓦时并不像瞧着他们那样傲慢，这更使他们心中不快。过了一会儿，波瓦瓦回到了他们的身边，等那个十字军骑士走远了，他才对他们说道：

"我为你们求情了，但是他是个顽固不化的人。他说，只有你们完全按照他的要求去做，他才不会向国王提出控诉。"

"什么要求？"

"他说：'我要在中途停下去向公爵夫人致意，要他们也赶到那里，下马，脱下头盔，光着头站在地上向我求情，到时我会告诉他们。'"

说到这里，波瓦瓦急速地望了兹比什科一眼，接着说道：

"我知道，要出身贵族的人这样做是很困难的。不过，我必须提醒你，你要是不这样做，谁也难以预料等待你的是什么，也许就是刽子手的屠刀了。"

马奇科和兹比什科顿时愣住了，又是一片沉默。

"怎么办呢？"波瓦瓦问道。

兹比什科平静而又极其严肃地回答，仿佛在这一刻里他长大了二十岁似的。

"好吧，上帝的威力是胜过凡人的！"

"你这是什么意思？"

"意思就是，即使我生有两颗脑袋，宁愿让刽子手把这两颗脑袋都砍掉，但我的荣誉只有一个，决不会让它受到玷污！"

听了这话，波瓦瓦的神情变得严肃起来，他转向马奇科问道：

"您又怎么说呢？"

"我要说的是，"马奇科阴郁地说道，"我是从小把他抚养大的……我们的家族全靠他了，因为我老了——但是他决不会那样做的，哪怕他会送掉性命也在所不惜。"

他那严峻的脸孔也开始战栗起来。突然间,一种强烈的对侄子的挚爱在他身上爆发了,他紧紧地抱住了侄子,大声喊道:

"兹比什科!兹比什科!"

年轻的骑士大感意外,他也把叔父搂得紧紧的,说道:

"啊,我还不知道您是这样爱我哩!"

"看得出来,你们都是真正的骑士。"波瓦瓦心情激动地说道,"既然这个年轻人已经向我发誓,他一定会出庭的,那我也就不捆他了。像你们这样的人是完全可以信任的。你们就不要太伤心了。那个日耳曼人要在梯涅茨玩一两天,因此我会尽快去晋见国王。我会把这件事好好地告诉他,使他不至于大发雷霆。幸亏我及时地把长矛折断了,这可真是万幸啊!"

但是,兹比什科说道:

"要是我的头真要被砍掉,倒应该打断这个十字军骑士的几根骨头才解心头之恨。"

"你既然知道爱惜自己的荣誉,难道你就不懂得我们国家的名誉不能受到侮辱吗?"波瓦瓦焦急地说道。

"我知道,我懂得。因此我才感到很悲哀⋯⋯"兹比什科说道。

波瓦瓦朝马奇科说道:

"您知道,阁下,如果这个孩子这次能逢凶化吉的话,您就该给他戴上一顶兜帽,就像人们给猎鹰戴上头罩那样,否则,保不准他还要丢掉自己的性命的。"

"如果阁下您不把这件事告诉国王,那么就不会有事了。"

"我们怎么来对付那个日耳曼人呢?我又不能封住他的口。"

"的确是这样!的确是这样!"

他们边走边说,又回到了公爵夫人的侍从中间。刚才还和里赫顿斯泰因的随从混杂在一起的波瓦瓦的仆人们,这时也跟在他们的身后。朝远处望去,在一群马茹尔人的帽子之间,可以看见里赫顿斯泰因摇摆不定的孔雀羽饰和在阳光中闪闪发亮的头盔。

"十字军骑士的秉性真古怪。"塔切夫的骑士像在沉思那样说道,"处境困难时,他会像法兰西斯派教士一样忍辱负重,像绵羊一样顺从，像蜂蜜一样甜美，你很难在世界上找到一个比他更善良的人了。可是一旦他感到自己得势了，那他就变得无比凶残，再也没有丝毫的同情心了。显然他们的心是上帝用石头做成的。我见过各种各样的民族，而且也常常目睹那些真正的骑士如何宽恕比自己弱的骑士，他们总是这样说道：'如果我把打倒在地的对手踩在脚下，那也不会给我带来荣誉。'可是，在这个时候如果是一个十字军骑士，那他就会毫不留情地砍下你的头，决不会放过你的。这个使臣就是这样的人。他不但要你向他道歉，而且还要侮辱你。但是，我很高兴，他没有得逞！"

"他绝不会如愿以偿的！"兹比什科喊道。

"你们别让他看出担心的神情，否则他会更加神气十足。"

说完这些话，他们便走到了随从们那里，和公爵夫人的宫廷侍从们会合。十字军骑士团的使臣一看到他们，便立即露出满脸傲慢和轻蔑的神情。然而他们也假装没有看见他。兹比什科站在达奴霞那一边，心情愉快地对她说，站在山丘顶上就能清晰地看见克拉科夫了。马奇科也在向一个游吟歌手谈起塔切夫的爵爷膂力过人，说他折断兹比什科的长矛就像折断一根干芦苇那样。

"他为什么要折断长矛呢？"游吟歌手问道。

"因为这个小伙子袭击日耳曼人。他是在开玩笑。"

这个游吟歌手也是一位贵族，而且又是个阅世很深的人，他认为这样的袭击绝不是好玩的事情。不过看到马奇科说得很轻松，他也就没有放在心上了。那个日耳曼人看到他们持这种态度，更是一肚子的气。他朝兹比什科和马奇科看了两眼，终于明白了，他们是不会下马的，而且是在故意冷落他。于是他的眼中露出了一种冷峻的神情，立即向公爵夫人告辞了。

他刚一走开，塔切夫的波瓦瓦也止不住要嘲讽他几句，告别时对他说：

"您大胆地走吧，勇敢的骑士。这个国家是平静安全的，除了个别不懂事的孩童之外，绝不会有人袭击您的。"

"尽管这个国家的风俗很古怪，但我并不是要求您保护，而是想要您做伴。"里赫顿斯泰因答道，"我希望，我们能在这里的王宫和其他地方再次和您见面。"

他最后的这句话含有威胁的口气，于是波瓦瓦也就严肃地说道：

"悉听上帝安排！"

他说完这句话，便点了点头，回转身来，耸了耸肩，用很低但大家都能听见的声音说道：

"魔鬼！我要用矛尖把你从马鞍上挑下来，并把你高高举在半空念完三遍祈祷文！"随后他便和公爵夫人交谈起来，他对她是非常了解的。安娜·达奴塔问他在大道上干什么，他告诉她，他奉国王的旨意在京畿大道上巡查，以维护这一带的治安。因为最近这段时间，会有许多客人从四面八方来到克拉科夫，容易发生问题。他举出了刚才目睹的事件作为例证。由于他考虑到，还有时间来请求公爵夫人去保护兹比什科，他就没有把事情的严重性告诉公爵夫人，以免扫了大家的兴致。公爵夫人还笑这个孩子太急于弄到这簇孔雀羽了，其他的人听到折断长矛的事，也都敬佩塔切夫的爵爷，特别是他用一只手就能折断长矛更使他们惊羡不已。

他本来就有虚荣心，如今听到别人这样称赞他，心里也是很高兴的。于是他就主动讲起了他的一些事迹，特别是他在勃艮第"大胆腓力普"的宫廷中所立下的功绩，更使他声名远扬。有一次他在比武场上打断了长矛，他就拦腰抱住一个阿提宁骑士，将其拉下马鞍，抛到空中，尽管那个骑士全身穿着铁甲，依然无济于事。"大胆腓力普"公爵为此而奖给了他一条金链，公爵夫人也给了他一双天鹅绒饰，至今他还戴在头盔上。

大家听了都深为叹服，只有德乌戈拉斯的米科瓦伊例外，他说道：

"在我们这样脆弱的时代里，再也找不到像我年轻时见过的好汉了，也看不到我父亲给我说起的那种英雄了，如今这里有某一个贵族能打碎胸甲，不用曲柄就能拉开一张弩，或者能用手指扭弯一把短刀，就自诩为大力士了，吹得神乎其神的。可是在从前，这样的事，连姑娘们都能做到。"

"我不否认，从前的人们的确力气要大些。"波瓦瓦答道，"不过，今天也能找到身强力壮的人。主耶稣对我也没有吝惜力气。可是我并不认为自己是这个国家里最有力气的人。请问阁下是否认识加尔博夫的查维夏？他就比我强。"

"我见过他。他的肩膀宽得像挂克拉科夫大钟的大梁。"

"还有奥列希尼察的多布科呢！有一次他参加了十字军骑士团在托伦举行的比武大会。他一下子就打败了十二名骑士，为他自己，也为我们民族增光添彩了。"

"不过，我们的马茹尔人斯达什科·乔伟克却要比您，阁下，比查维夏和多布科更强壮哩！人们说他能把一节新鲜的木头捏出汁来啊！"

"我也能捏出树汁来！"兹比什科大声说道。他没有等别人请他试试看，便自己跳到路边上，折下了一根大树枝，在公爵夫人和达奴霞的面前，用力一捏，树汁便一滴滴地落到了地上。

"啊，老天爷！"雅章布科夫的奥芙卡大声说道，"你再不要去打仗了，像你这样的人还没有结婚就战死在沙场上，那真是太可惜了。"

"的确是太可惜了！"马奇科说道，突然变得阴郁起来。

但是，德乌戈拉斯的米科瓦伊大笑起来，接着公爵夫人也跟着他笑了起来。其他人都交口称赞起兹比什科的膂力来。在那个时代，力气要比其他品质更受到人们的称赞。因此那些年轻的姑娘们便向达奴霞喊道："你应该高兴呀！"她的确很高兴，尽管她还不大清楚，她能从这根捏出汁的树枝里得到什么好处。兹比什科完全忘记了那个十字军骑士的事情，表现出一副傲然的神气。德乌戈拉斯的米科瓦伊想杀杀他的傲气，让他冷静下来，便说道：

"你别以为你的力气大，比你强得多的人有的是。我虽然没有亲眼看见过，可是我的父亲却目睹过比这要难得多的事情。那是发生在罗马皇帝卡罗尔的宫殿里，我们的国王卡其密什率领一批宫廷侍从到他那里访问。在这批侍从中间有膂力过人的斯达什科·乔伟克，他是总督安德热伊的儿子。罗马皇帝大肆吹嘘说，他有一位捷克侍从能拦腰掀倒一头熊，并把它扼死。于是他们举行了一次表演，那位捷克人一下子扼死了两头熊。我们的国王岂能丢面子、甘拜下风？于是他说道：'我的乔伟克绝不比他差！'他们一致决定，三天后进行决斗。许多著名的贵妇和骑士都云集而来。三天以后,乔伟克和那个捷克人的角斗如期在城堡的广场上举行。这场比赛为时很短,两人刚刚扭抱在一起,乔伟克就把捷克人的脊椎骨扭断了,还打断了他的全部肋骨,直到他断气了才放开手来,给国王带来了巨大的荣誉。从此以后,他被称为'沃米格纳特'(打断别人骨头的人)。有一次,他在钟楼里独自一人举起了一座当地居民二十人都无法搬动的巨钟。"

"那时他多大了?"兹比什科问道。

"他很年轻!"

这时候,走在公爵夫人右边的塔切夫的波瓦瓦,终于俯身向着她,据实说出了兹比什科所犯事件的严重性,同时还请求她去替兹比什科说说情,当他因这次鲁莽行为而受到惩处的时候。公爵夫人因为喜欢兹比什科,听了这个消息,也深为不安和忧心忡忡了。

"克拉科夫主教很喜欢见到我,我会请求他和王后去说说情。为这个年轻人说情的保护人愈多,对他愈有利。"波瓦瓦说道。

"只要王后能出面说情,那他连一根毫发也不会受到损害。"安娜·达奴塔说道,"因为国王非常尊重王后的虔诚和才华,特别是现在,他再也不会蒙受不育的羞辱了。不过,国王喜爱的妹妹杰莫维特公爵夫人不是也在克拉科夫吗?您也可以去求求她。我也会尽我的所能去做。不过她是国王嫡亲的妹妹,而我只是国王的堂姐。"

"国王也爱您的,仁慈的夫人。"

"哎,但是还是有所不同。"她带点忧郁地说道,"我不过是链条里的一个环节,而她却是整整一条链子;我不过是一张狐皮,她可是一张黑貂皮。在他的嫡亲兄弟姐妹中,只有杰莫维特公爵夫人最受他的挚爱,她没有一次是空手而归的。"

他们就这样边谈边走地来到了克拉科夫。从梯涅茨开始,这条大路上都是车来人往的,到了这里更是车水马龙。他们遇到了许多带着仆役进城的地主贵族,这些人有的全副武装,有的穿戴着夏天的外衣和草帽,有的骑马,有的和妻子女儿乘着马车,都来观看这场早已预告的大比武。有些地方,路上挤满了商人们的货车,他们必须付许多税才能进入克拉科夫。货车上装有盐、蜡、谷物、兽皮、鱼、麻和木材。另外一些从城里驶出的货车则装有衣服布匹、一桶桶的啤酒和各种货物。克拉科夫已历历可见了:国王的花园,城市四周的贵族和平民的房屋,教堂的墙壁和钟楼也都清晰可辨了。他们离城市愈近,车辆就愈多,到了城门口就更难通行了。

"这才是大城市!世界上也许找不到第二个这样的城市!"马奇科说道。

"总是像集市似的!"一个游吟歌手说道,"您很久没来了吧,阁下?"

"很久了!可是我依然像第一次看到它时那样惊奇,因为我们是从穷乡僻壤来的。"

"据说,打从雅盖沃国王登基后,克拉科夫才有了迅猛的发展。"

这的确是事实,打从立陶宛大公登上王位起,辽阔广袤的立陶宛和罗斯国家便向克拉科夫开放贸易了。这个城市的人口、财富和建筑物也因此而在日新月异地增长着,成了世界上最大的城市之一。

"十字军骑士团的城市也是很富有的。"一个身材肥胖的游吟歌手说道。

"如果我们能攻占他们的一座城池,我们就能获得相当可观的战利品!"马奇科说道。

然而,塔切夫的波瓦瓦却在想别的事情,即兹比什科的事情。这个年轻人仅仅由于一时的冲动而使他目前的处境相当危险。这位塔切夫的老爷,尽管在战争期间性情暴戾而又凶狠,但在他那宽广的胸中却有颗真正温柔的心。他比别人更清楚地知道,等待这个罪犯的将是什么惩处,因而他非常可怜他。

"我考虑来考虑去,究竟要不要把这件事禀告国王。"他又向公爵夫人说道,"如果那个十字军骑士不去告状,那就什么事也不会有;要是他告状的话,最好是先把一切都告诉国王,免得他大发雷霆。"

"十字军骑士只要有毁灭人的机会,就决不会放过。"公爵夫人答道,"不过我会先告诉这个年轻人,让他成为我的宫廷侍从,也许国王对我的宫廷侍从不会那么严厉。"

她一说完这话,便把兹比什科喊了过来。兹比什科得知情况后,便立即跳下马来,抱住了她的双脚,他无比高兴地答应做她的宫廷侍从。他这样高兴,与其说是为了他自己的安全,倒不如说是因为这样一来可以常常接近达奴霞。

这时候,波瓦瓦向马奇科问道:

"你们打算住在什么地方?"

"住在客店里。"

"现在的客店里,早已没有空房间了。"

"那我们就到商人阿米列伊家去,他是我们的熟人,也许他会让我们住在他的家里的。"

"我要告诉您的,就是请您到我那里去做客。您的侄子可以和公爵夫人的侍从一起住在宫殿里,不过,不能让国王看见他。常常在第一次发脾气时会干的事情,等到第二次发脾气时就不会做了。当然,这样一来你们一定要把你们的财物、马车和仆人分一分的,这就需要时间了。因此,你们还是到我那里去吧,更方便,也更安全一些。"

波瓦瓦这样关心他们的安全,倒使马奇科很过意不去,他非常感激地向波瓦瓦道了谢,随后一起进城了。他们两人也和兹比什科一样,看到四周的繁华景象,便暂时把忧虑抛开了。在立陶宛的边境线上,他们见到的只是单个的城堡,维尔诺是他们见过的一座城市,但建筑简陋而且又被烧毁了,到处是残垣断壁,完全成了废墟。在这里有些商人的住房也比立陶宛大公的城堡还要华丽得多。这里的确还有许多木房子,然而这些木房子的高高的墙壁和屋顶,还有镶着铅皮的玻璃窗,都令人惊羡不已。落日的霞光映照在玻璃窗上,使人觉得这些房子都着了火。市场附近的街道上都是鳞次栉比的房屋,而且装饰考究,全是红砖房和石屋,一栋挨一栋,像士兵似的排列着。有的宽大雄伟,有的狭小只有六米宽,但都是高高的,而且都有拱形的门厅,大门上面都塑有救世主耶稣受难像,或者是圣母马利亚像。有些街道两旁净是高高的房屋,上面只能望见一线天空,下面则是一条石子铺砌的道路。放眼望去,两旁商店挨着商店,商品琳琅满目,而且全是上等的货物,有的商品非常奇特,人们从来没有见过。习惯于长年战争和掠取战利品的马奇科,用贪婪的目光望着这些商品。而那些公共建筑物就更使他们叔侄二人叹为观止了:那里有广场上的圣母马利亚教堂,绒布市场,设有大酒窖用来出售斯维德尼啤酒的市政厅,法院大楼,一些别的教堂,还有绸布市场,以及专供外国人使用的巨大商场。再过去又是一座大楼,里面设有公平秤、警卫室、浴室、铜作坊、蜡作坊、金银作坊和酒坊。而"斯赫罗塔姆特"(专门供应酒桶的大商店)的周围堆满了小山似的酒桶。一句话,这里的富有和财宝,对于一个不谙城市生活的人(哪怕他是个非常富有的土财主)来说,连想象都是无法想象的。

波瓦瓦把马奇科和兹比什科带到了他在圣安娜街上的宅第里,吩咐给客人准备一间宽敞的房间,还把他们介绍给仆人们。随后他就到城堡里去了,等他从城堡回来吃晚饭,已经是深夜了。和他一起回来的还有他的几个朋友,他们高高兴兴地吃了一顿酒肉丰盛的晚餐,只有主人显得很忧郁。等客人们告辞回家之后,他才对马奇科说道:

"我跟一个熟悉文件和法律的神甫谈过,他说,侮辱一个使臣那是砍头的事。现在只有祈求上帝保佑,那个十字军骑士不会去告状。"

听了这些话,原先在晚餐时还是那么开心的两位骑士,现在都怀着闷闷不乐的心情回到自己的房间去了。马奇科辗转反侧不能成寐,他们上床之后不久,马奇科就对侄子说道:

"兹比什科?"

"什么事?"

"我从各方面都考虑了一下,但是我还是认为,他们会处死你的。"

"您是这样想的吗?"兹比什科用充满睡意的声音反问了一句。

他翻了个身,脸向墙壁,便呼呼睡着了,因为旅途实在令他太疲倦了。

第 五 章

　　翌日早晨，两位博格丹涅茨的骑士和波瓦瓦一起前往大教堂去做早祷，同时也为了去参观一下宫廷和看看那些已来到城堡的客人。一路走去，波瓦瓦遇见了不少的熟人，其中有几个还是闻名遐迩的骑士。年轻的兹比什科好奇地望着他们，心中暗暗立下宏愿，如果这次侮辱里赫顿斯泰因的事件能无罪判决的话，他一定要在勇猛豪侠和道德情操方面和他们并驾齐驱。其中有一位名叫托波尔齐克，是克拉科夫总督的亲戚，他告诉他们，神学院的伏伊捷赫·雅斯琴毕茨已经从罗马回来了。他是去给教皇波尼伐九世送邀请信的，国王想请他到克拉科夫来参加王嗣的洗礼，教皇接受了邀请，但还不能确定他是否能亲自来，不过他已授权给使者，以他的名义一直留到孩子的降生，并参加孩子的洗礼，他还请求给这孩子取名为波尼伐齐，或者波尼伐兹雅，[①]以证明他个人对国王和王后的喜爱。

　　他们还谈到匈牙利国王齐格蒙特的即将到来，他们料定他一定会来，因为这位齐格蒙特国王，不论受到邀请与否，只要有宴会和比武，他都热衷于参加，他想通过这些场合，使他作为一位统治者、一位歌手和一流骑士中的一员而名扬于世。波瓦瓦、加尔博夫的查维夏、奥列希尼察的多布科、纳赞的雅希科和其他一些同负盛名的骑士一提起齐格蒙特的最近一次访问，都忍俊不禁，在那次访问中，符拉迪斯瓦夫国王悄悄地请求他们，在比武时别太使劲，要对"这位匈牙利客人"手下留情、让让他，因为这位匈牙利国王的虚荣心在全世界都是出了名的，如果他被打败了，眼泪便会立即簌簌地流下来。然而他们最感兴趣的是维托尔德的事情，流传最广的是那只银铸的华丽摇篮，那是维托尔德和他的

[①] 如生的是男孩取名为波尼伐齐，如是女孩则取名为波尼伐兹雅。

妻子送来的礼物，由立陶宛的公爵们和骑士们护送到克拉科夫来的。像往常做弥撒之前那样，人们都在相互交谈着各种各样的新闻，马奇科听到大家在议论摇篮的事，也谈起了这只摇篮的精致和华美。不过他讲得最多的是维托尔德计划大规模征讨鞑靼人的战事，这次征讨几乎已完全准备就绪，因为大批军队已经向东朝罗斯开过去了。如果这次征讨成功，那么雅盖沃国王的权力就要扩展到半个世界了，也就是要扩展到许多亚洲深处的陌生国家，一直延伸至波斯国界和阿拉尔海岸。以前一直在维托尔德麾下效力的马奇科，对他的计划了解较多，因而能向大家讲得非常详细，甚至说得头头是道、十分动人，以至于在敲响弥撒钟之前，他的身边已围有一大圈好奇的人了。他说：问题在于要不要再来一次十字军远征。维托尔德本人，尽管人们都称他为大公，但他是受命于雅盖沃而去统治立陶宛的。他不过是个大总督，因此，功绩都会落在国王的身上。当联军背负着十字架远征到那些只有在诅咒时才提到救世主名字的国家时，这对于新受洗的立陶宛和波兰的强大说来，该是何等的荣耀啊！波兰人和立陶宛人的足迹从未到达过这些国家。当波兰和立陶宛联军重新把被驱逐的托赫塔米什扶上卡普恰克的王位时，他将承认自己是符拉迪斯瓦夫国王的"儿子"，而且他也答应过要率领整个金帐汗国去向十字架顶礼膜拜。

　　人们都全神贯注地听着马奇科的讲话，不过许多人都不明白，到底维托尔德要帮助的是什么人，要征讨的又是什么人。于是，有的人便开口问道：

　　"请您说得明白点，到底是和谁作战？"

　　"和谁？和帖木儿·赫罗梅①。"马奇科回答道。

　　随后是片刻的沉默。西方的骑士们的确常常听到金帐汗国、蓝帐汗国、阿佐夫汗国和其他种种汗国的名字，但是他们都不大了解鞑靼人的事情，也不了解各汗国之间的内战情况。不过在当时的欧洲，却很难找到一个人没有听说过可怕的跛足帖木儿的事情。听到这个名字，就像以前听到阿提拉一样令人胆战心惊。他是"世界的君主"、世世代代

---

① 即跛足帖木儿。

的君主,是二十七个被征服国家的统治者,是莫斯科罗斯帝国的统治者,是西伯利亚、中国,甚至印度的统治者,是巴格达、伊思巴罕、阿勒普、大马士革的统治者。他的影子也笼罩着阿拉伯的沙漠,笼罩着从埃及经博斯普鲁斯直到希腊帝国!他是人类的魔王,也是凶残的人头金字塔的缔造者!他是所有战役的胜利者,从未打过一次败仗,他是"灵魂和肉体的主宰者"。

托赫塔米什曾被他扶上金帐汗国和蓝帐汗国的帝王宝座,承认是他的"儿子"。但是,当这位儿子的统治权已从阿拉尔扩展到克里米亚,其国土大大超过欧洲其余部分的时候,他就想成为一个独立的统治者。为此,他便被可怕的"父王"用"一个指头"撵下了王座。于是他逃到立陶宛的统治者那里,请求给他援助,维托尔德决定使他回到自己的国家,让他复位。而要做到这点,就必须先和世界统治者跛足帖木儿较量一番了。

正是由于这一原因,他的名字在听众中间产生了很深的印象。沉默了一阵之后,一位年龄最大的骑士,雅格沃夫的伏伊捷赫说道:

"同这样的人作战可是件困难的事情。"

"也是件不值得的事情。"德乌戈拉斯的米科瓦伊不无怀疑地说道,"在什一税土地①范围之外,管他是托赫塔米什,还是某个库特乌克去当那些魔王子孙们的君主,对我们说来都是毫不相干的事情。"

"托赫塔米什答应改信天主教。"马奇科答道。

"他改信也好,不信也好,对这些根本不信奉基督的狗杂种,你能相信吗?"

"不过,为了基督的名义我们甘愿赴汤蹈火!"波瓦瓦说道。

"也为了骑士的荣誉。"城防司令的亲戚托波尔齐克插嘴说道,"我们中间就有要去的人,梅尔斯廷的斯佩特科骑士,尽管他有个年轻而心爱的妻子,但他还是到维托尔德大公那里去了。"

"这毫不奇怪!"纳赞的雅希科说道,"即使一个人犯下了可怕的罪孽,只要他参加了这样的战争,那他的灵魂一定会得到宽恕和拯救!"

---

① 指天主教国家。

"而且还会万古流芳！"塔切夫的波瓦瓦补充说道，"战争就是战争，越难打越有劲，帖木儿征服了世界，他拥有二十七个国家，如果我们打败了他，对我们的国家来说，那是无上的光荣。"

"怎么会不呢？"托波尔齐克说道，"哪怕他拥有一百个国家，别人会怕他，我们可不怕！您说得好极了！如果我们能召集到一万名优秀的枪矛手，那我们就能打遍天下无敌手了！"

"如果不是我们，又有哪个国家能打败这个跛子呢？"

骑士们这样交谈着，兹比什科现在深以为憾，为什么他以前没有想到要追随维托尔德到那荒蛮的草原去呢？！他在维尔诺停留期间，一心所想的，却是克拉科夫，他想来见识这里的城市和王宫，想参加骑士的比武大会。而现在他却担心会在这里受到审判，失去名誉，可是在草原上，最坏不过是光荣地战死……

但是，那位活了一百岁的雅格沃夫的伏伊捷赫，却向这些热情的骑士们浇了一盆冷水。由于年老，他的脖子常常摆动着，然而他的智慧却与他的年龄一样丰富。

"你们真蠢！"他说，"难道你们没听说过，耶稣显灵对王后说过话吗？既然救世主本人都对王后这样信任，那么三位一体的第三者圣灵还会对她不亲切仁慈吗？正因如此，王后才看得见未来的事物，仿佛这些事物就在她眼前出现似的，她曾这样说过……"

说到这里，他停住了，摇了摇头，然后说道：

"我忘记了她说过的预言，不过，我会马上想起来的！"

他开始回想起来，他们都在聚精会神地等待着，因为大家都相信，王后能预见未来的事物。

"啊哈！"他终于又开口说道，"我记起来了！王后说，如果这里的所有骑士都跟维托尔德大公去打跛子，那么异教势力就会被消灭，但这是不可能的，因为信奉天主教的君主们常常背信弃义，我们必须守卫我们的边界，以防备捷克人、匈牙利人和十字军骑士团的攻击，因为他们不守信用。如果只有一小部分波兰骑士跟着维托尔德去征战，那么，跛足帖木儿，或是他的总督们，就会率领无数的蝼蚁前来应战，维托尔德必败无疑。"

"可是现在是和平时期,"托波尔齐克说道,"而且骑士团似乎也会向维托尔德提供某种帮助的。十字军骑士团不得不这样做,即使是装装样子——为了向圣父表明,他们是准备和异教徒进行斗争的。宫廷侍从们也都在说,库诺·里赫顿斯泰因的到来,不仅仅是为了参加洗礼,也是要和国王举行会议的。"

"那不就是他!"马奇科吃惊地喊道。

"真的!"波瓦瓦边看边说道,"上帝保佑!真的是他!他在修道院院长那里待的时间很短,不到一天就离开了梯涅茨。"

"看来他很匆忙哩!"马奇科阴郁地答道。

库诺·里赫顿斯泰因此时正从他们的身旁走过。马奇科是从他的斗篷上绣有十字才认出他的,可是他却没有认出马奇科和兹比什科,因为上次他们都戴着头盔,即使把脸甲掀开,也只能看见骑士的部分脸孔。他走过的时候,向塔切夫的波瓦瓦和托波尔齐克点了点头,便和他的随从们迈着庄严的步伐踏上了大教堂的台阶。

这时候,钟声敲响,惊动了一群栖息在钟楼上的鸽子和寒鸦,同时也预示着弥撒的即将开始。马奇科和兹比什科同其他骑士一道走进了教堂,他们都因里赫顿斯泰因的匆匆赶来而心事重重。但是,这位年老的骑士更是忧虑重重,因为那位年轻骑士的注意力都被国王的豪华宫廷吸引过去了。兹比什科在他的一生中从未见过这样富丽堂皇的教堂和这样高贵的人群。他的四周都是王国中最杰出的文臣武将,他们在谋略和武功方面都是有名的人物。当年那些促使立陶宛大公与年轻貌美的波兰女王联姻的大臣们,许多都已作古,健在的已为数不多,大家都以非常敬佩的眼光望着他们。兹比什科对克拉科夫总督、邓钦的雅希科的魁梧身材注视良久,在他身上严厉、威武和忠诚融合为一体。他也惊叹其他文官的聪慧仪表,惊叹骑士们的威武雄壮的身躯,他们的额头上都覆盖着修剪得整整齐齐的头发,脑后和两侧都垂落下长长的鬓发。有的头上戴着发网,有的则束着带子,不使头发乱成一团。外国来的客人们——罗马国王的使臣,捷克、匈牙利和奥地利的代表,以及他们的随从,都为服饰的华丽考究而不胜惊讶。来自立陶宛的公爵和贵族们,分列在国王的两旁,尽管夏日炎热,但为了显示他们的高贵,都穿着珍贵的裘衣；俄罗斯的公爵们穿着宽大笔挺的外袍，在教堂墙壁和镀金挂屏的衬托下，活像一幅幅拜占庭的画像。兹比什科怀着最大的好奇心期待着国王和王后的出现，他尽力朝神甫座位那边挤了过去，他看见祭坛前边摆放着两个红丝绒的垫子，因为国王和王后在做弥撒时都是跪着的。并没有等多久，国王便通过圣器室的门首先走了进来，他还没有走到祭坛前，兹比什科就已清楚地看到了他。他有头黑长发，蓬蓬松松的，披散到额头上，两边垂在耳下，脸容清癯，修饰得很干净，鼻子又高又尖，嘴角边上已是露出一些皱纹。他的眼睛细小、乌黑、炯炯有神。他朝四周巡视了一番，仿佛他想在到达祭坛之前，能估量一下教堂里的人数。他的脸上有一种和善而又敏感的神情，就像一个交了好运的人一跃而登上了连自己都意想不到的高位那样，时时刻刻都在思考他的一举一动是否符合他的高贵身份，也时时刻刻都在担心别人的恶意中伤。因此，他的脸上、他的动作总带有一种急躁的神情，很容易让人猜想到，他会突然大发脾气，而且一发起脾气来就令人胆战心惊。他的秉性还是和过去的那个大公一样，那时候，他对十字军骑士团的背信弃义十分气愤，便对他们的使者吼道："你们拿着羊皮文书到我这里来，我却要手持长矛到你们那儿去！"

不过，现在他的那种天生的暴烈性格，已被伟大而又诚挚的虔诚心所遏止住了。在教堂里，国王不仅为那些新皈依的立陶宛公爵们，也为那些世世代代早已信教的波兰贵族们树立了榜样。他常常拿走垫子跪在光洁的石板上，使自己经受更大的考验；他还常常高举起双手，一直举到疲累不堪支持不住才让它们自然垂落下来。他每天至少参加三次弥撒，而且都是怀着非常的热诚去听的。打开圣怀、升天钟响的声音往往使他的心中充满了激动、崇敬、欢乐和惊惧。做完弥撒走出教堂时，他仿佛是刚从睡梦中惊醒过来似的，显得心平气和而又慈祥。宫廷侍从们都知道，这时候去求他宽恕或者向他讨赏，那是最好的机会。

雅德维佳王后也从圣器室门口走了出来。站在神甫座位附近的骑士们一看见她进来，尽管弥撒还没有开始，便都一齐跪了下来，他们都情不自禁地把她当成圣徒来向她致敬。兹比什科也跪了下去。在场的人谁也不怀疑她是个真正的圣徒，她的像总有一天会供奉在教堂的祭坛上。尤其是最近几年来,雅德维佳所过的那种虔诚而又圣洁的生活,使得大家不仅对她表示出对一位王后的应有的尊敬,也为了她的宗教热诚而对她崇拜。无论是豪绅显贵,还是平民百姓,都在传说着王后会施行种种奇迹。据说她只要手一摸就能医好病人,手脚不能动弹的人只要穿上王后穿过的旧衣服就能行动。可信赖的目击者们也证实说,他们曾亲耳听见过基督从祭坛上对她说话。外国的君主们也都跪在地上来向她表示崇敬,就连傲慢的十字军骑士团也都尊敬她,不敢对她有所冒犯。教皇波尼伐九世称赞她为教会的虔诚而又优秀的女儿。全世界都在注视着她的功绩,而且都记得她是安德加文家族①和波兰庇亚斯特②的后裔,是强大的卢得维克(即路易)的女儿,是由最杰出的宫廷教育出来的公主,也是世界上最美貌的少女。她不惜抛弃个人的幸福,抛弃她少女的初恋③,而以女王之尊,嫁给了"野蛮的"立陶宛大公,为的是和他一起,把基督教传入这欧洲的最后一个信奉异教的国家。用全部日耳曼人的武力,用十字军骑士团的强大、十字军远征和血流成海的代价都无法达到的事情,她用一句话就实现了。使徒的荣光从来没有照耀在比她更年轻、更娇媚的额头上,使徒的职责从来没有和这样的奉献精神结合在一起,女性的美貌也从来没有放射出像她这样的天使般的善良和一种淡淡的忧郁的光辉。

　　游吟歌手们在欧洲所有的宫廷里歌唱她的事迹。最边远国家的骑士们来到克拉科夫,为的是瞻仰这位波兰王后。而她本国的人民爱戴她,就像爱护自己的眼睛一样。波兰国家也由于她和雅盖沃的结婚而增强了国力、扩展了威望,只是,有一个极大的忧愁紧压在她和全国人民的心头上,这就是多年以来,上帝没有赐给她这位优秀的女儿以后嗣。

　　但是,这种不幸终于过去了。上帝施恩于王后的喜讯,如同闪电一

---

① 即安茹家族,本是法国南部的一个诸侯,14世纪达到鼎盛,其成员成为意大利、匈牙利和克罗地亚诸国的国王,雅德维佳的父亲——波兰和匈牙利的国王,也是出自这个家族。
② 波兰最早的国王。
③ 雅德维佳在国王委员会的压力下,终止了与奥地利公爵威廉的婚约。

样，从波罗的海传到黑海、传到喀尔巴阡山，使这个幅员辽阔的国家的全体人民都充满了无比的欢乐，甚至连外国的宫廷，除了十字军骑士团外，听到这个消息都非常高兴，罗马唱起了"我们赞美你，主啊！"的赞歌。在波兰国土上已经形成了一种坚定的信念：凡是"这位圣女"向上帝祈求的，她一定会得到。

因此，人们纷纷前来恳求她赐予他们平安健康。各地各界也派出代表，前来恳求她为他们的需要祈祷。有的是来求雨，有的是来祈求收获时节风和日丽，有的祈求水草丰美和蜂蜜丰收，有的祈求湖中鱼虾丰产和林中狩猎满载而归。那些住在边境地区城堡和小镇的残暴的骑士，接受了日耳曼人的习惯，不是成为强盗，就是相互械斗，但是只要一经她的调解，他们就会立即插剑入鞘，不收赎金释放俘虏，归还抢来的牲畜，彼此握手言和。所有受苦受难的人、所有饥寒交迫的人都拥向克拉科夫城堡的大门口。她那纯洁的灵魂已深入人心，而使奴隶的悲惨命运有所改善，使贵族地主的傲慢有所收敛，使法官的严刑酷法有所缓和。她像幸福的曙光，像正义和安宁的天使，君临在全国的上空。

因此，大家都怀着激动的心情等待着那个赐福的日子。

骑士们目不转睛地望着王后的身段，他们想从她的体态估量出，未来王位的继承者还要多久才会降生于世。克拉科夫大主教维什神甫，也是一位波兰国内外久负盛名的最能干的医生，尚未预告王后的分娩日期，不过他们已开始准备。因为按照当时的习惯，庆祝活动都得尽早开始，而且要持续好几个星期。王后陛下的身材尽管已朝前凸起了，但依然保持着往日的俏丽，她的衣着极其简朴。可是在从前，由于她出身显赫的宫廷，又比同辈的公主更为娇美，所以她非常喜欢华贵的衣料、贵重的项链和珍珠，以及昂贵的金手镯和戒指。而现在，甚至最近几年里，她都是身着修女的衣服，还戴上了面罩，担心别人赞赏她的美丽会激起她的世俗傲气。雅盖沃得知她怀孕之后，真是欣喜若狂，立即下令用锦缎和珠宝装饰她的卧房，但她不同意。她摒除了过去的一切奢侈豪华，她觉得生育的时刻常常就是死亡的时刻，因此，她认为，不应在珠宝之中，而要在安静谦恭之中去接受上帝赐予的恩惠。

她把金银珠宝都拿去办大学了，或者供给那些新受洗的立陶宛青年到外国大学去求学。

王后只同意换去她的修女外衣,而且从做母亲的希望变为确凿事实的那个时候起,她就不戴面纱了,认为赎罪修女的衣服从此不再适合于她了。

现在,所有的眼睛都满怀深情地望着这张天仙般的脸庞,任何金银宝石都不能再给这张脸增添妩媚。王后从圣器室门口款款地走向祭坛。她扬起眼睛,一只手拿着书,另一只手拿着一串念珠。兹比什科看到的是一张百合花似的脸庞,一双湛蓝的眼睛,和简直是天使般的容貌,充满了平静、善良和仁慈。他的心开始激烈地跳动起来。他以前就知道,按照上帝的旨意,他应该爱国王和王后,而且他也是这样去爱他们的,可是如今他的心里涌起了一种伟大的爱。这种爱不是受命于人而产生的,而是像烈火那样突然爆发出来的。他心里也充满了对她的无比崇敬、谦恭和甘愿为她赴汤蹈火的愿望。这位年轻而又性情急躁的骑士——兹比什科,萌发出一种强烈的愿望,想立即把他的这种骑士的爱和忠诚表达出来:为她去做一件事情,或者跑到什么地方去征服别人,去夺取什么战利品,甘愿冒生命的危险。他对自己说:"既然现在这里还不会发生战争,那我怎样才能为这位圣女效劳呢?我只好去投奔维托尔德大公了。"他甚至没有想到,一个人除了用枪、用矛和用斧外,还能用其他的方式去效劳,他甚至想单独一人去进攻跛足帖木儿的整个军队。他想在弥撒之后便立即骑马去干点事情。干什么呢,他自己也不清楚,他只知道,他按捺不住了,他的双手火辣辣的,他的整个心都在汹涌奔腾。

他完全忘记了那威胁着他生命的危险,甚至也把达奴霞丢在了一边。当他听到教堂里突然响起的儿童歌声时,他才意识到她的存在,不过他觉得"这是另一种感情"。他曾向达奴霞发过对她忠诚、为她杀死三个日耳曼人的誓言,他一定会遵守这些誓言,但是,王后是超越一切女人的人。当他考虑应该为王后杀死多少敌人的时候,他的眼前就出现了成堆成堆的甲胄、头盔、孔雀羽、鸵鸟羽。他依然觉得,即使把这全部敌人都杀光,和他的愿望比起来,也还是不足挂齿的。

此时此刻,他神情专注地望着王后,在他激荡澎湃的心里,正在思考着：该用怎样的祷告才能表达他对王后的崇敬。因为他认为，一般的祷告是不适合她的高贵身份的。他会念：Pater noster, qui es in coelis, sanctificetur nomen Tuum……①这是一个法兰西斯派教士在维尔诺时教会他的。也许是这个教士本人就知道这么两句，也许是兹比什科自己忘记了，反正他连"我们在天之父"这篇祈祷文的全文都背不出来。因此，他现在只好反复念着这两句，以表达他的心意："请赐予我们仁慈的夫人以健康、长寿和幸福，对她的关怀要超过对其他人的关怀。"这些祈祷是出自一个就要被法院宣判死刑的人，因此，在整个教堂里，再也没有比这更诚心诚意的祷告了。

弥撒结束后，兹比什科便在想，要是他能够跪在王后的面前，吻着她的双脚，以后就是世界末日来临，他也不在乎了。但是在做过第一遍弥撒之后，又做了第二遍、第三遍弥撒，直到这时，王后才回自己房间去了。通常她在中午以前是不进食的，而且也是有意不去参加欢庆的早餐。在这种早宴上，为了取悦于国王和客人们，魔术师和小丑都要进行表演。这时候，德乌戈拉斯的那位老骑士出现在兹比什科的面前，把他唤到公爵夫人那儿去。

"早餐时，你作为我的宫廷侍从侍候我和达奴霞吧！"公爵夫人说道，"要是赶巧你能说几句幽默有趣的话，或者做出滑稽的动作而使国王高兴，便能博得他的欢心。即使那个十字军骑士认出了你，他看到你在国王的餐桌旁侍候我，也许就不会向国王告状了。"

兹比什科吻了公爵夫人的手，转身望着达奴霞。尽管他过惯了戎马生活，不谙于宫廷风习，然而他非常清楚，早晨遇见了自己的意中人，该怎样保持自己骑士的身份。于是他退后一步，装出一副惊讶的表情，一面画着十字，一面大声说道：

"以圣父、圣子和圣灵之名！"

达奴霞抬起她那双蓝眼睛，望着他，问道：

"兹比什科，弥撒都做完了，你干吗还要画十字？"

"因为一夜之间，亲爱的小姐，你又变得更漂亮了，使我不胜

---

① 拉丁文，意为"我们在天之父，您的英名……"。

惊奇。"

然而,德乌戈拉斯的米科瓦伊作为一位老人,看不惯这种时新的外国骑士习惯,他耸了耸肩膀,说道:

"你在这里跟她大谈她的美貌,真是浪费时间!她还不过是棵刚刚出土的嫩草!"

兹比什科听了这话,立即对他怒目而视。

"您当心些,别再叫她'嫩草'!"兹比什科气得脸色煞白,说道,"我要告诉您,要是您年轻些,我会立即向您挑战,和您斗个你死我活!"

"闭上你的嘴,你这个臭小子!就是今天决斗,我也能对付得了你!"

"安静点!"公爵夫人说道,"你不想想自己的脑袋,还在这里和人争吵!我情愿给达奴霞再找一个更可靠的骑士,不过我要告诉你,你想要使性子,那就请你到别处去,我们这里可不要这样的人!"

兹比什科听了公爵夫人的话,深感惭愧,便一再向她道歉。但是他心里却在想,如果德乌戈拉斯的米科瓦伊有个成年的儿子的话,将来总有一天,他要向他儿子挑战,骑马或徒步决斗都可以,决不会原谅他称她为"嫩草"。不过,现在是在国王的王宫里,应该安安静静地待着,决不要再去招惹别人,也许这是骑士的荣誉所要求的。

号角齐鸣,宣告早宴即将开始,于是安娜公爵夫人便携着达奴霞的手,朝王宫大厅走去,那些世俗的达官贵人和骑士们都站在大厅门前,恭候她的莅临。杰莫维特公爵夫人是第一个进来的,因为她是国王的亲妹妹,便入了上座。不一会儿,大厅里便挤满了外国客人和受到邀请的本国显贵与骑士。国王坐在餐桌一端的首席位置上,左右是克拉科夫的主教和伏伊捷赫·雅斯琴毕茨,后者的职位虽然低于主教,但他是作为教皇的使者而坐在国王的右首。再往下便是两位公爵夫人,安娜公爵夫人的旁边是格涅茨诺大主教杨斯,他坐在一张舒适的大椅子上,这位神甫出自于西里西亚的庇亚斯特家族,是奥德尔公爵博尔科三世的儿子。兹比什科在维托尔德的宫殿里就曾听到过这个名字,如今他站在公爵夫人和达奴霞的身后,一下子就从那一头浓发认出了这位大主教。他的那头鬈发使他的脑袋看起来就像一把教堂里用的洒水刷子。因此在所有波兰公爵的宫廷中都戏称他为"克罗庇德沃"（洒水刷子），就连十字军骑士团也叫他为"格拉庇德拉"。他以贪图享乐和举止轻率而闻名。他刚刚被提名为格涅茨诺大主教的候选人，便不顾国王的意旨，用武力夺取了这个职位，为此他被剥夺了职衔，驱逐出了教区。于是他投靠了十字军骑士团，骑士团把他委派到波莫热的卡敏涅茨去当一位可怜的主教。直到此时，他才明白，和这位强大的国王和好，才是上策。于是他回到了国内恳求国王宽恕。现在，他正在等待空缺的位置，期望这位慈和的君主能让他补缺。的确，他的希望后来并没有落空，不过现在他却在竭力讨好卖乖，想博得国王的欢心。可是他依然和十字军骑士团眉来眼去的，就连现今，在这个雅盖沃的王宫里，达官贵人和骑士们都不愿见到他，他便想巴结里赫顿斯泰因，心甘情愿地坐在他旁边的座位上。

兹比什科站在公爵夫人的座椅后面，非常靠近那个十字军骑士，几乎一伸手就能碰到他。因此，他的手指情不自禁地扭动起来，他竭力克制住自己的火暴脾气，免得干出什么蠢事来。但是他禁不住时不时地朝里赫顿斯泰因半秃的后脑勺投去仇恨的目光。他望着他的脖子、后背和双肩时，心里就在揣摩着，如果有一天在战场上或者在决斗中，和他兵刃相见时会不会立即取胜。他断定，要打败他不需要费很大的劲。因为这个十字军骑士身穿灰色薄衣，肩胛骨显得又宽又大，然而和波瓦瓦相比，和比斯库皮兹的帕什科·兹沃吉伊相比，和两位最出名的苏利姆乔克兄弟相比，和科奇赫格沃夫的克容以及坐在国王席上的其他骑士相比，他不过是只瘦猴。

兹比什科望着这些骑士，既羡慕又惊讶。不过，国王本人却激起了他更大的注意力。国王环视着四周，不时用手指拢拢耳边的头发，仿佛因早宴尚未开始而等得不耐烦似的。有一瞬间，他的目光停留在兹比什科的身上。这时候，这位年轻的骑士便有一种恐怖感，心想，他马上就要被唤到怒气冲冲的国王面前，于是一种可怕的恐惧笼罩他的全身。直到这时，他才第一次想到自己所要承担的罪过和会受到的惩处。而在这之前，他一直觉得这是件无所谓的事，一件模糊不明、不值得担忧的事情。

不过，这个日耳曼人并不知道，那个在官道上袭击他的骑士，此时就在他的近旁。早宴开始了，酒、汤端上来了，汤内的鸡蛋、肉桂、丁香、姜和番红花散发出的香味是如此强烈。整个餐厅立即充满了馥郁芬芳。与此同时，坐在门口一张椅子上的弄臣恰卢舍克开始模仿夜莺的声音唱起歌来，立即就把国王逗乐了。第二个弄臣随着上菜的仆役一道绕着餐桌转来转去，他悄悄地来到客人们的身后，发出了蜜蜂的嗡嗡声，声音逼真得竟使这几位客人放下了勺子，抱着头担心被蜇。其他的人看到这种情景，禁不住开怀大笑起来。兹比什科殷勤地侍奉着公爵夫人和达奴霞。可是当里赫顿斯泰因开始拍着自己半秃的脑袋时，他便又忘了自己的危险，也放声大笑起来，笑得连眼泪都流出来了。斯摩棱斯克总督的儿子、立陶宛的雅蒙特公爵正好也站在他的旁边，看到这情景也放声大笑起来，笑得连盘子里的菜肴都掉了下来。

这个十字军骑士终于发觉自己闹了笑话，便把手伸到钱袋里，同时转身朝向克罗庇德沃主教，用德语对他说了几句话，这个主教立即用波兰语复述出来。

"这位尊贵的先生对你说，"他对着那个小丑说道，"你可以得到两个斯科伊奇，就是不要嗡嗡叫得太近了，否则蜜蜂就要给赶跑，而雄蜂也会被打死。"

小丑接下了十字军骑士给他的两个斯科伊奇，同时利用各个宫廷给予小丑的自由权，这样回答道：

"多布钦地区①的蜜蜂多的是，但却被雄蜂包围住了，打掉它们吧，符拉迪斯瓦夫国王！"

"你说得不错，这是我赏给你的小钱。"克罗庇德沃说道，"但是你要记住，如果梯子断了，养蜂人就会摔断脖子。② 而围住多布钦地区的马尔堡雄蜂都是有刺的，爬到它们蜂房跟前去是很危险的！"

"哎呀！"克拉科夫掌剑官——马什科维奇的增德拉姆喊道，"可以把它们熏出去！"

---

① 多布钦地区是符拉迪斯瓦夫国王割让给十字军骑士团的。
② 当时常把蜂房放在树上，养蜂人靠梯子上下来取蜂蜜。

"用什么熏呢?"

"用火药!"

"或者用斧头把蜂房劈碎!"身材魁梧的帕什科·兹沃吉伊说道。

兹比什科心里非常高兴,因为他认为,这样的话预示着战争的爆发。库诺·里赫顿斯泰因也理解了这些话的含义,因为他长期住在托伦和赫尔姆,学会了波兰话,他只是出于傲慢而不肯使用这种语言。然而,现在他被马什科维奇的增德拉姆的话激怒了,他的那双灰眼睛紧紧盯住后者,说道:

"我们等着瞧吧!"

"我们的祖先在普沃夫崔都早已看到了,而我们也在维尔诺亲眼目睹了。"增德拉姆回答说。

"Pax vobiscum!"①克罗庇德沃大声喊道,"Pax②,Pax!只要库诺夫的米科瓦伊神甫退出库雅瓦主教的职位,而仁慈的国王能任命我去接替他的位置,我就会给你们做一次关于基督教国家之间友爱的美妙动人的布道,使你们悔恨莫及。至于仇恨,那是 ignis③,而且是一种 ignis infernalis④。这种火是如此可怕,就是用水也扑不灭的。应该用葡萄酒去泼它。快拿葡萄酒来!让我们来狂欢痛饮吧!正如已故的库罗兹文克的查维夏主教常说的那样。"

"也像魔鬼说的那样,由狂欢而入地狱!"小丑恰卢舍克接口说道。

"让魔鬼把你抓去!"

"要是魔鬼把你抓去,那就更妙了!大家都还没有看见过魔鬼捉拿克罗庇德沃。不过,我想,我们大家都会看到这种乐事的!"

"我首先就要给你洒圣水,请给我葡萄酒,并祝愿天主教徒们相亲相爱!"

"愿真正的天主教徒们相亲相爱!"库诺·里赫顿斯泰因着重地补充说道。

---

① 拉丁文:大家不要吵了。
② 拉丁文:安静。
③ 拉丁文:火。
④ 拉丁文:魔火。

"什么?"克拉科夫主教维什抬起头来喊道,"难道您来到的不是一个古老的天主教王国吗?难道这里的教堂不比马尔堡的教堂更古老吗?"

"我不知道!"十字军骑士回答道。

国王对于信奉天主教的问题是特别敏感的,他觉得这个十字军骑士是冲着他来的,他的两颊立刻现出绯红,眼睛也开始发亮了。

"你说什么?"他声调低沉地说道,"难道我不是位信奉天主教的国王?难道不是吗?"

"这个王国倒是个天主教国家,可是它的风俗习惯依然是异教的!"

听到这话,许多著名的骑士都愤怒地站了起来,包括伏罗奇莫维奇的马尔钦(他的族徽是"普乌科扎",即"半个山羊")、科里特尼查的弗罗里安、伏吉内克的巴尔托什、科贝兰的多马拉特、塔切夫的波瓦瓦、比斯库皮兹的帕什科·兹沃吉伊、马什科维奇的增德拉姆、塔尔戈维斯科的雅克沙、科奇赫格沃夫的克容、波波瓦的齐格蒙特和哈尔比莫维奇的斯塔什科。他们都是身强力壮、声名昭著的骑士,都是多次战斗和比武的常胜将军。他们气得脸一会儿红一会儿白,个个都咬牙切齿地说道:

"真是可恨极了!他是个客人,我们无法向他挑战!"

恰尔尼·查维夏·苏利姆乔克,是著名骑士中的佼佼者,也是"骑士们的楷模",他前额紧蹙,转身向着里赫顿斯泰因说道:

"我真看不出你,库诺,作为一个骑士怎么能侮辱一个伟大的民族!当然你也知道,作为一个使者,你是不会因此而受到惩罚的!"

然而,库诺却是镇定自如地接受这严厉的目光,他慢悠悠地、口齿清晰地回答道:

"我们的骑士团在来到普鲁士之前,是在巴勒斯坦作战的。但是在那里,就连撒拉逊人也是尊重使臣的,唯有你们不尊重使臣,因此我才认为你们的风俗习惯还是异教的。"

他的话激起了更大的喧哗,餐桌周围又响起叫喊声:"可恨!可恨!"

可是,当勃然大怒的国王按照立陶宛习惯拍了几下手掌时,大厅里顿时静了下来。这时候，邓钦的雅希科·托波尔——克拉科夫的城防长官，一位德高望重、神情严峻，并以其担任的职务而令人畏惧的爵爷——说道：

"高贵的里赫顿斯泰因骑士，如果您作为使臣受到了侮辱，那么您就说出来，我们会立即严惩不贷的。"

"在任何别的天主教的国家里，我还从来没有遇到过这种事。"库诺答道，"昨天在通往梯涅茨的官道上，你们的一位骑士袭击我，尽管他从我斗篷上的十字就能立即认出我是什么人，他还是要谋害我的性命！"

兹比什科一听到这话，脸色一下子煞白了，他不由自主地朝国王望了一眼。只见国王满脸怒气，邓钦的雅希科也大吃一惊，说道：

"这可能吗？"

"你们去问塔切夫的老爷好了，他是这件事的目击者。"

所有的眼睛都朝波瓦瓦望去，他耷拉着眼皮，神情忧郁地站了一会儿，说道：

"是这样的……"

骑士们听了，都大声喊了起来："可耻！可耻！让大地吞没这种人吧！"有的骑士因为这件可耻的事，竟擂打起自己的胸脯来，有的用手指敲着银盘子，不知怎么办好，眼光也好像没有地方可放似的。

"为什么你不把他宰了？"国王怒吼道。

"因为他的头是属于法庭的！"波瓦瓦答道。

"把他下狱了没有？"城防长官邓钦的托波尔问道。

"没有，因为他以骑士的荣誉发了誓，随时听候发落。"

"他不会这样做的！"库诺昂起了头用嘲讽的口吻叫道。

就在这时候，从这个十字军骑士的身后不远处，响起了一个年轻的、略带忧郁的声音：

"上帝可以作证，我决不怕死！这是我干的，我是博格丹涅茨的兹比什科。"

听了这话，所有的骑士都朝这个不幸的兹比什科冲了过去，然而国王狠狠地摇头，把他们止住了。国王怒目圆睁，他的声音也因暴怒而变得嘶哑，像马车驶在石子路上发出的响声一样。

"砍他的头！砍他的头！让那个十字军骑士带着他的头回到马尔堡，交给大团长！"

随后，他便朝站在他近旁的年轻的立陶宛公爵喊道：

"抓住他，雅蒙特！"

被发怒的国王吓得胆战心惊的雅蒙特，把一双发抖的手按在兹比什科的肩上，兹比什科把煞白的脸转向他说：

"我不会逃跑的……"

但是，满颔白须的克拉科夫城防长官、邓钦的托波尔，举起了一只手，表示他想说话，等到大家都静了下来，他才开口说道：

"仁慈的君主，我们要让这个康杜尔相信，我们对一个袭击使臣的人判处死刑，绝不是由于您的怒火，而是根据我们的法律。否则，他还会认为在我们的王国里没有天主教的法律哩！我会亲自审讯这个罪犯的！"

最后一句话，他是提高了声调说的，很显然，他决不让人以为，他的决定是可以更改的。他朝雅蒙特颔首说道：

"把他关进塔楼里去。而您，塔切夫的老爷，一定要出庭作证！"

"我要把这个孩子犯罪的整个情况都说出来，像我们这些成年人是绝不会干出这种事的。"波瓦瓦回答道，冷眼望着里赫顿斯泰因。

"他说得对！"别的人立即响应道，"他还是个孩子，为什么由于他的原因就要来侮辱我们大家呢？"

出现了片刻的沉默，他们都愤愤不平地望着这个十字军骑士。这时候，雅蒙特押着兹比什科，交给了在城堡庭院里站岗的弓箭手。在他年轻的心中，充满了对这个囚徒的怜悯。由于他那憎恨日耳曼人的天性，他的怜悯心变得更为强烈。但是他是个立陶宛人，习惯于盲目服从大公的意旨，再加上他被国王的暴怒吓住了，因此他一边走一边善意地低声劝说这个年轻的骑士：

"你听我说，你还是自个儿吊死吧，最好马上就去上吊！国王发怒了，反正要砍你的头，你干吗不让国王高兴一下呢？自己吊死吧，我的朋友，这是我们那里的习惯！"

由于羞愧和悲伤,兹比什科几乎有些昏昏然了。开头他像是不理解公爵那番话的意思,后来他终于明白了,便惊讶地止住了脚步,问道:

"你说什么?"

"你去吊死吧!干吗要让他们来审判你,你这样做会让国王高兴的!"雅蒙特重复了一遍。

"还是你自己去吊死吧!"年轻的骑士喊道,"尽管你受洗了,可你的本性还是异教徒的,难道你不知道,自杀对于一个天主教徒来说是一种罪孽吗?"

公爵只是耸耸肩,说道:

"事情绝不会以你的意志为转移的,他们肯定要砍你的脑袋!"

兹比什科暗暗在想,为了这些话他该不该立即向这位公爵少爷提出决斗,无论是骑马,还是徒步,用斧还是用剑都可以。不过,他一想起他的时间所剩无几了,便把这种念头压下去了,于是他伤心地低下了头,默默无言地让他们把自己交到了城堡弓箭手队长的手中。

然而这时候,餐厅里的所有目光都转向达奴霞那边,她一明白出了什么事,便顿时吓得目瞪口呆了,她的脸色白得有如夏布,眼睛吓得圆鼓鼓的,一动不动地望着国王,简直像教堂里的一尊塑像。然而,等她听到兹比什科要被处死,看到他被带走的时候,她伤心到了极点,眉毛和嘴唇都在发抖,无论是对国王的畏惧,还是紧紧咬住牙齿,都不能阻止她放声大哭起来。她哭得那样悲恸欲绝,使得所有在场的人都把脸转过来看她,连国王本人也在问她:

"你怎么啦?"

"仁慈的国王!"安娜公爵夫人大声说道,"她是斯佩霍夫的尤兰德的女儿,那个不幸的小骑士对她起誓过,他发誓要为她拔下三簇日耳曼人头盔上的孔雀羽。因此,他一看见这个康杜尔头盔上的孔雀羽,便以为是上帝亲自把这个十字军骑士给他送来了。国王,他攻击这个康杜尔,并不是出于恶意,而是由于愚蠢,陛下,我们跪下来求您了,求您对他大发慈悲,免除对他的惩处。"

说完这话,她就站了起来,拉住达奴霞的手,一起朝国王奔去。国王看见她们这样,就朝后退去,但是她们两人已在他面前跪下了,达奴

霞双手抱住国王的双脚,开始哀求道:

"请赦免兹比什科吧!陛下,请赦免兹比什科吧……"

由于情急,再加上畏惧,她便把自己长着金发的头埋在国王灰衣的褶皱中,她吻着他的双膝,身子像树叶一样簌簌发抖。杰莫维特公爵夫人跪在另一边,合着双手,用恳求的眼光望着国王,国王的脸上露出了为难的神情,他向后挪动了一下椅子,但没有把达奴霞推开,只是挥动着双手,像在赶苍蝇那样。

"你们别来难为我!"国王喊道,"他犯了罪,他使整个王国蒙受了耻辱,他必须砍头!"

然而,那双小手把他的膝盖抱得越来越紧,她的哭声越来越悲痛。

"陛下,赦免兹比什科吧!赦免兹比什科吧!"

这时候,响起了骑士们的声音:

"斯佩霍夫的尤兰德是一位著名的骑士,又是日耳曼人的眼中钉!"

"而且那个少年骑士还在维尔诺立下了不小的功劳!"波瓦瓦插口说道。

尽管国王也为达奴霞的举动所感动,但他还是毫不容情。

"你们不要为难我吧,他不是对我犯了罪,我无法宽恕他。只有十字军骑士团的使臣宽恕他,我才会宽恕他,否则的话,他就得砍头了!"

"请宽恕他吧!库诺!"恰尔尼·查维夏·苏利姆乔克说道,"大团长本人绝不会因此而怪罪你的!"

"宽恕他吧!阁下。"两位公爵夫人喊道。

"宽恕他吧!宽恕他吧!"骑士们齐声说道。

库诺闭起了双眼,仰着头,坐在那里。看到两位公爵夫人和许多优秀的骑士都有求于他,他便扬扬得意起来,转瞬之间,他的态度突然变了,他低垂着头,双手交叉在胸前,从一个傲慢的人变成了一个谦和的人,用一种压低了的、轻柔的声音说道:

"我们的救世主耶稣,饶恕过自己的敌人和把他钉在十字架上的坏蛋!"

"真正的骑士才会这样说的!"大主教维什说道。

"不错,他是个真正的骑士!"

"我不仅是个天主教徒,也是个教士,我怎么能不宽恕呢?"库诺继续说道,"因此,我作为基督的仆人和教士,诚心诚意地宽恕他!"

"向他致敬!"塔切夫的波瓦瓦大声喊道。

"致敬!"别人也再三喊道。

"但是,"这个十字军骑士说道,"我是作为使臣来到你们这里,代表着整个骑士团的尊严,也就是耶稣教团的尊严。因此,谁冒犯了作为使臣的我,谁就是在冒犯骑士团;而谁侮辱了骑士团,谁就是侮辱了基督本人。这样的罪过,我在上帝和人民的面前是不能宽恕的,如果你们的法律宽容这种行为,那我就要让所有天主教的君主都知道这件事!"

他说完这席话后,出现了深沉的静默。过了一会儿,到处都能听到咬牙切齿的声音、压制住狂怒的骑士们的沉重喘气声和达奴霞的抽泣声。

直到晚上,所有的人都在同情兹比什科,早上只要国王一声令下,便会对他千刀万剐的那些骑士,如今都在谋划怎样帮助他了。两位公爵夫人决定去求王后,请她说服里赫顿斯泰因完全撤回他的控诉,或者,如果必要的话,由她写封信给康拉德·冯·荣京根大团长,恳请大团长命令库诺放弃这次控诉。这样做把握很大,因为雅德维佳王后受到普遍的特别尊敬,如果大团长拒绝她的请求,那么他就会受到教皇的怒责和所有天主教的君主的申斥。这样的事他是不愿发生的,因为他是个心平气和的人。不幸的是,克拉科夫的大主教维什,也是王后的重要御医,严厉禁止她们向王后提起这件事情,哪怕一个字也不许透露,他说:"她从来就不喜欢听到死刑,即使是处死一个普通的盗匪,她也会惴惴不安的,何况是个年轻骑士的性命,这更会刺激她的仁爱之心。任何烦恼都会给她带来严重的后果,而她的健康对整个王国来说要比十个骑士的脑袋更宝贵。"他最后警告说,如果谁不听他的劝告,胆敢去打扰王后,他就要让国王迁怒于他,同时他也定会把他革除教籍的。

两位公爵夫人都被他的威胁吓住了,决定不再向王后提及此事。她们要去恳求国王,得不到赦免决不罢休。整个朝廷和所有的骑士都站到了兹比什科一边,塔切夫的波瓦瓦宣称他将把全部真相说出来,而且他的证词将会有利于这个年轻人,因为他把整件事情都归之于年轻人的冲动和鲁莽。即使如此,人人心里都知道,而且邓钦的雅希科总督还大声说出,如果那个十字军骑士坚持不撤诉,那么,就不得不按严厉的法律处置了。

所以,骑士们愈加愤恨起里赫顿斯泰因来了。有的不仅心里在想,而且还公开说了出来:"他是个使臣,不能把他叫到比武场上。但是只要他一回到马尔堡,上帝就会让他不得好死!"这可不是空洞的威胁,因为凡是束有腰带的骑士是不能言而无信的,谁许了愿,谁就得去实现他的誓言,否则就只有去死。威严的波瓦瓦表现得尤为坚决,因为他在塔切夫有个与达奴霞年龄相仿的心爱的女儿,正是由于这个缘故,达奴霞的眼泪也使他心如刀割。

于是波瓦瓦当天晚上就到地下牢房去看望了兹比什科,嘱咐他不要失望,还把两位公爵夫人为他奔走的事和达奴霞为他悲恸欲绝的事全都告诉了他。兹比什科一听到那位姑娘为了他而跪在国王的面前,便被感动得泪水横流,不知道该如何来表达自己对她的感激和思念之情。他一边用手掌擦着眼泪,一边说道:

"唉!让上帝保佑她吧!也保佑我能尽快为她去进行骑马或徒步的决斗。我为她起的誓,要杀死的日耳曼人太少了,对于这样的姑娘,我应该是她今年多少岁就许下多少个日耳曼人。只要主耶稣能救我出这个牢狱,我就会为了报答她,而不吝惜一切的……"

于是,他抬起了那双充满感激之情的眼睛。

"首先你该给教堂许些愿。"塔切夫的老爷说道,"因为你许的愿如果能让上帝喜欢,你一定会很快获得自由。其次,你听着,你叔叔去见里赫顿斯泰因了,随后我也会去拜访他的,去求他宽恕,对你来说并不是耻辱,因为你犯了罪。而且你求的并不是什么里赫顿斯泰因,而是一位使臣,你愿意去求他吗?"

"既然像阁下您这样一位骑士都说合适,我就一定去做。不过,若是他像在梯涅茨来的路上那样要求我求他宽恕,那么我宁愿掉脑袋也不会去求他的。我的叔叔还活在世上,他会为我报仇的,只等他的使臣使命一结束……"

"我们还是等等,看他对马奇科说了些什么。"波瓦瓦答道。

马奇科晚上真的到那个日耳曼人那里去了,但是却受到了冷淡的接待。他竟没有吩咐掌灯,谈话都是在黑暗中进行的。因此,这位老骑士回来时脸上像黑夜一样阴沉。他又去见国王了,国王和善地接见了他,这时的国王已经心平气和了。马奇科刚一跪下,他就要他起来,问他有何要求。

"仁慈的陛下!"马奇科说道,"犯了罪,就该惩处,否则,法律何在?我是有罪的,因为我没有设法阻止那个少年的鲁莽行为,反而对他赞扬了一番,我从小就是这样教育他的,后来又是战争伴随着他长大。我是有错的,仁慈的陛下,因为我常常对他说:'先去砍杀,然后再去看你砍死的是谁!'战争中这样做是对的,但是在宫廷场所却是大错特错了。不过,他可是个像金子一样纯洁的人,也是我们家族的唯一后代,为了他,我心如刀割……"

"他使我受到了耻辱,也使我们王国受到了耻辱!"国王说道,"这样的事我能对他宽容吗?"

马奇科不吱声了,因为他一想起兹比什科,就感到揪心的痛苦。直到过了好一会儿,他才悲伤地、若断若续地说道:

"我以前真不知道,我是那样地爱他,只有在他遭到不幸之后,我才明白过来。我老了,他是家族的唯一后代,他一死,我们的家族也就完了,仁慈的国王陛下,请您可怜可怜我们的家族吧!"

说到这里,马奇科又跪在了地上,他伸出那双久经战争风云的手,噙着眼泪说道:

"我们保卫过维尔诺,上帝赐给了丰厚的战利品,我把它留给谁呢?十字军骑士一定要惩处,那就惩处好了。陛下,我只想请求您允许,让我去替代他吧!没有了兹比什科,我活着还有什么意义呢!他年轻,让他去添置田产,生儿育女,完成上帝交给人类的使命好了。十字军骑士一定不会过问砍的是谁的脑袋,只要砍了脑袋就行。我们的家族也不会蒙受耻辱。要一个人去死是很沉重的,但我权衡了一下,与其让一个家族遭到毁灭,不如让一个人去死更好。"

他说着这话,同时抱住了国王的双脚。国王开始眨起了眼睛,这表明他已受了感动。他终于说道：

"我不能这样做,我不能把一个授过骑士腰带的骑士无辜处死,不能这样！不能这样！"

"而且这样做也就没有什么是非曲直了。"城防长官接着说道,"法律所要惩处的是犯过罪的人,而不是什么见血就喝的妖龙。而且您也该想一想,如果您的侄子同意您的做法,这对你们家族来说正是莫大的耻辱。这样做不仅对他本人,就是对他的后代也是件不光彩的事,大家都会把他们看成是小人的……"

马奇科回答道：

"他是不会同意的。但是,如果瞒住他就这样办了,他以后会为我报仇的,就像我会为他报仇一样。"

"唉,"邓钦斯基①说道,"您还是去求求那个十字军骑士,请他撤销控诉吧！"

"我已经去过他那里了！"

"怎么样？"国王伸长着脖子问道,"他怎么说的？"

"他是这样对我说的：'你们本来就该在梯涅茨的路上向我求饶的,可是那时候你们不愿意,现在我也不答应了。'"

"你们那时候为什么不愿求他呢？"

"因为他要我们下马,站着求他饶恕。"

国王把头发朝后拢了拢,正要说话,恰好有个宫廷侍从前来通报：里赫顿斯泰因骑士请求晋见国王！

听到这报告,国王雅盖沃朝邓钦的雅希科瞥了一眼,随后又看了看马奇科,他让他们留了下来,他希望利用这种场合,以他国王的威望使这件事情得到解决。

这时候,那个十字军骑士走进大厅,向国王鞠躬致意,说道：

"仁慈的陛下,这就是我在贵国遭受侮辱的书面控诉状。"

"您向他投诉好了。"国王指着邓钦的雅希科回答道。

然而,这个十字军骑士却直望着国王的脸孔,说道：

---

① 即克拉科夫城防长官、邓钦的雅希科。

"我既不了解贵国的法律,也不了解贵国的法院情况,我只知道,骑士团的使臣只能向国王本人控诉。"

雅盖沃的一双小眼睛焦躁地眨动着。他伸出手去接过了那张控诉状,把它交给了邓钦的雅希科。

他展开控诉状,开始念了起来,可是他越往下读,他的脸色便越忧虑,越阴暗。

"阁下!"他终于说道,"你这样要这个少年的命,好像他对整个骑士团都是个可怕的人。难道你们,十字军骑士,连孩子都害怕吗?"

"我们十字军骑士不怕任何人!"康杜尔傲慢地答道。

这位年老的城防长官轻声说道:"更不怕上帝!"

翌日,塔切夫的波瓦瓦向城防长官的法庭陈述了一切的经过,他竭尽全力以便减轻兹比什科的罪过。然而,尽管他把他的行为归之为年幼无知和缺乏经验,也是无济于事。尽管他说,即使是一个年纪大的人,要是他也发过夺取三簇孔雀羽的誓言,并祈求上帝让他实现这一誓言,一旦他突然看见了这样的羽饰,他也会以为,这是上帝的特别恩赐,依然是无济于事。这位高尚的骑士有一个事实连他自己也无法否认,那就是,如果不是他波瓦瓦及时阻止,兹比什科的长矛便早已刺进了十字军骑士的胸脯。库诺还把他当时穿的甲胄带到了法庭上,这套甲胄由薄铁片制成,是专供访问用的,而且非常单薄,单凭兹比什科的过人膂力,就会轻而易举地把它刺穿,这位使臣也就没命了。接着,他们又问了兹比什科,他是否蓄意要杀死这个十字军骑士,对此他没有否认。他说:"我老远就曾大叫大喊,要他端起长矛来,以便斗个你死我活,如果他也大声回答我,他是位使臣,我也就会让他平安无事的。"

这些话令在场的骑士们感到满意,他们由于同情这个小伙子,都纷纷来到了法庭,大厅里立即响起了许多喊叫声:"对呀,为什么他不答话?"然而,总督的脸色依然阴郁而又严峻,他命令在场的人保持安静,他自己也沉默不语了片刻,然后,他用审视的眼光望着兹比什科,问道:

"你能凭着受难的天主发誓,你当时没有看见斗篷和斗篷上的十字?"

"不!"兹比什科回答道,"要是我没有看见十字,那我就会认为他是我们的骑士,我也就不会去攻击他了。"

"那么,你不想一想,在克拉科夫城外,除了使臣,或者他的随从之外,怎么能遇见别的十字军骑士呢?"

对于这个问题,兹比什科没有回答,他又能说什么呢?现在,大家心里都很清楚,如果不是塔切夫的波瓦瓦及时拦阻,那么此时此刻,摆在他们面前的就不是这位使臣的一副甲胄,而是使臣本人,他被刺穿的胸口就会给波兰人民带来永久的耻辱。因此,现在就连那些真心同情兹比什科的人也都明白,对他判刑是无法避免了。

过了一会儿,总督又说道:

"你是因为性情急躁,当时没有好好想想你袭击的是什么人,你这样做也不是出于恶意,因此,我们的救世主将会宽恕你。但是,你还是把自己的灵魂献给圣母吧!因为法律无法赦免你的罪行……"

兹比什科听了这些话,虽然不出所料,脸色依然煞白了。他顿了顿,然后晃了晃他的一头长发,画了个十字,说道:

"这是上帝的旨意!我还能说什么呢!"

随后他转向马奇科,用眼神指着里赫顿斯泰因,好像示意给马奇科,要他记住这个人似的,马奇科也点点头,表示他意会了,一定会记住这个家伙的。里赫顿斯泰因也明白这一瞥一动的含义,尽管他的胸膛里跳动着一颗大胆无畏而又固执凶狠的心,但他还是从头到脚都打了一阵寒战。此时此刻,那位老骑士的脸色是多么可怕、多么凶煞啊!十字军骑士知道,在他和那个老战士之间,从此以后必有一场你死我活的搏斗,而且他还知道,他想回避这场决斗也是不可能的。他知道,他的使臣任务一结束,即使在马尔堡,他们也是要相遇的。

这时候,总督来到隔壁的房间,给书写流利的文书口授对兹比什科的判决书。有几位骑士趁法庭休息之际,来到那个十字军骑士的身旁。

"愿您在最后审判日获得较仁慈的判决!您心满意足了吧?"

但是,里赫顿斯泰因只想听到查维夏的意见,因为查维夏是以他的战斗功绩、他对骑士法规的渊博知识,以及他自己对法规的严格遵守而闻名于世的。在最复杂的案件中,只要是涉及骑士的荣誉,人们都不惜远道前来向他求教,他的意见从来没有人反对,这不仅是因为同他相争毫无取胜的希望，而且也由于人们都视他为"荣誉宝鉴"。凡是从他口中说出的赞美或贬责的话，便会立即传遍波兰、匈牙利、捷克和德意志的骑士界，而能决定一个骑士的名声的好或坏。

里赫顿斯泰因便朝他走了过去，仿佛要给自己的刚愎辩解似的，说道：

"只有大团长本人和教会才能恩赦他，我却不能！"

"你们的大团长同我们的法律毫不相干，在这里能够恩赦的，只有我们的国王，而不是你们的大团长。"查维夏答道。

"而我，作为一个使臣，不得不要求惩处！"

"你首先是个骑士，而后才是个使臣，里赫顿斯泰因……"

"难道你认为我这样做有损于骑士的荣誉吗？"

"你熟悉我们骑士的经典，而且你也知道，经典上要求我们仿效两种动物：羊和狮。在这次事件中，你仿效的是这两种动物的哪一种呢？"

"你不是我的审判官！"

"你刚才问我，你是否有损于骑士的荣誉，我不过把我的想法告诉你就是了……"

"你的这种想法太坏了，简直要把我噎死。"

"叫你噎死的是你的卑劣，而不是我的恶意。"

"但是，基督是知道我的，我所关心的是骑士团的尊严，而不是我自己的荣耀。"

"我们大家都要受到天主的审判。"

总督和文书的出现，打断了他们的谈话。大家都知道，判决一定是严厉的，大厅里一片静寂。总督在桌子后面入座后，便拿起了一座耶稣受难像，命令兹比什科跪下。

文书开始念拉丁文的判决书，无论是兹比什科，还是在场的其他骑士，都听不懂拉丁文，但是大家都能猜想到，这是死刑的判决书。听完判决书后，兹比什科捶打了几下胸脯，口里喃喃地一再说道："上帝啊，请宽恕我这个罪人吧！"

随后他便站了起来，扑到马奇科的怀里，马奇科默默地吻着他的头、他的眼睛。

当天晚上,等号角响过之后,一位传令官沿着市场的四角,向在场的骑士们、客人们和市民们宣布:博格丹涅茨的贵族兹比什科,已由总督法庭判处斩首的死刑。

但是,马奇科请求不要立即执行处决,他的要求得到了批准。因为那个时代的人都喜欢积攒家财,法院总是要给犯人一定的时间,以便他们处理自己的产业,同时也好让他们能归顺于天主。里赫顿斯泰因本人也不想快点执行判决,因为他知道,骑士团受到侮辱的尊严已得到补偿,就没有必要再去触犯这位强大的君主了。他被派为使臣,不仅是为了参加王嗣的受洗典礼,也是为了要和这位君主谈判多布钦地区的问题,但延期的主要原因是王后的健康问题。维什主教甚至不愿她在生育之前,听见有关执行死刑的消息。他知道得很清楚,这样的事情是很难瞒过王后的,一旦让她听到了这种事情,她一定会非常伤心的,这对她的玉体大有损害。这样一来,他们便准许兹比什科多活几个月,以便他安排后事,和亲友诀别。

马奇科每天都去看望他,竭尽全力地安慰他。他们伤心地谈到兹比什科的不免一死,谈到家族的可能断嗣绝后,更是悲恸欲绝。

"您必须结婚,否则毫无办法可救了!"有一次兹比什科说道。

"我宁愿去找一个远亲来做继嗣!"无限伤感的马奇科回答道,"他们就要砍你的头了,我哪有心思去想什么女人哩。即使将来我不得不结婚,那也要等和里赫顿斯泰因决斗了,为你报了仇之后再说,你不要担心这些。"

"上帝定会报答您的。这下我就安心了!我知道,您是不会放过他的,您打算怎样做?"

"等到他的使臣任务一结束,要么就是战争,要么就是和平,你知道吗?如果发生战争,我就先向他下挑战书,要在战斗打响之前,和他进行一场个人决斗。"

"是在决斗场上吗?"

"在决斗场上,骑马或是徒步都可以。非斗他个你死我活不可,决不要留活的。如果没有发生战争的话,我就亲自到马尔堡去,用长矛敲开城门,我要命令号手吹起号角,宣布我要和库诺决一死战,他想躲也躲避不了的。"

"当然,他是无法躲避的!我知道您会打败他的。"

"会打败他的……如果是查维夏,我打不过他,我也打不过帕什科、波瓦瓦。但是,像他那样的人,我不是吹牛,就是两个我也不放在眼里。他妈的,让这个十字军骑士等着瞧吧!那个弗里兹骑士不是比他强壮得多吗?我的斧子一下子就把他的头盔劈开了,直把他的牙齿劈掉才住手。我不是这样干的吗?"

听了这话,兹比什科舒心地吁了一口气,说道:

"我死也安心了。"

他们两个都开始叹起气来,顿了顿,老骑士非常动情地说道:

"你不要灰心丧气,到最后的审判日,你的骨头绝不会到处散落的。我已经给你订做了一副上等的橡木棺材,就连圣母教堂里的神甫也不见得有这样好的棺木。你不会死得像个农民那样,而且,我也决不允许他们砍你头的时候给你穿着市民的衣服,我已经向阿米列伊订下了一套漂亮的衣服,这套衣服穿在国王身上也是毫无愧色的。我也不会吝惜给你做弥撒的,你放心好了。"

兹比什科听了,心里很是高兴,他弯下身子靠在叔父的手上,一再说道:

"上帝会报答您的!"

然而,尽管他有了这些安慰,依然有一种强烈的思念之情不时涌上心头。于是,有一次马奇科来看他,在相互问过好之后,兹比什科便望着墙上的铁窗问道:

"外面的情况如何?"

"天气好极了,阳光普照,温暖宜人,一切都是那么美好。"

兹比什科听了,双手抱着脖子,头朝后仰起,说道:

"嘿,万能的上帝,如果我能骑上匹骏马,飞驰在广袤无际的原野上该有多美啊!要一个青年人去死,真是悲惨!真是悲惨!"

"有的人就是死在马背上的!"马奇科答道。

"哎嗨!但是他们在死以前,不知杀死过多少人啊!"

接着，他便开始问起他在王宫中见过的那些骑士的近况，他问到查维夏、法鲁列伊、塔切夫的波瓦瓦、塔尔戈维茨的李斯和别的骑士都在做什么、玩什么，从事些什么高深的练功活动来消磨他们的时间，并贪婪地听着马奇科的讲述。他告诉他说，早晨他们身着甲胄跃过马身，力拔绳索，彼此用带铅头的剑斧来切磋武艺。最后，他还告诉他，他们参加了些什么宴会，唱了些什么歌。兹比什科真想飞到他们的身边去，和他们在一起，等他得知查维夏在参加完洗礼之后，便立即要到匈牙利的南部去打击土耳其人，他不禁大声喊道：

"要是他们放我和他一起去该有多好啊！我宁愿死在与异教徒进行的斗争中。"

不过，这是不可能的事，这时候却发生了另外一件事，两位公爵夫人一直在关心着兹比什科，他的青春和英俊也把她们给迷住了。因此，亚历克山德娜·杰莫维特公爵夫人特意给大团长写了一封信。当然，大团长的确无权撤销总督的判决，但他可以为这个年轻人求情。雅盖沃也的确不会赦免他的，因为事情涉及企图杀害使臣，但是，如果是大团长本人来向国王求情，那他就会宽恕兹比什科的，这是毫无疑问的。于是两位公爵夫人心里又充满希望了。亚历克山德娜公爵夫人对于久经考验的教团骑士很有好感，而且她也受到他们的特别尊重。他们经常从马尔堡给她送去许多贵重的礼物和信件，大团长在这些信件中称她为令人尊敬的、虔诚的女恩主和骑士团的特别保护人。她的话具有很大的威力，而且她的要求一般也不可能遭到拒绝。现在的问题是要找到一位信使，他需要有极大的热诚，不顾一切地尽快把信送到并带回复信来，一听到此事，老马奇科便毫不迟疑地承担了这一任务。

总督规定了日期，在这之前绝不执行处决。充满希望的马奇科当天就做着出发前的准备工作，随后他又前去看望兹比什科，把这个令人高兴的消息告诉他。

刚听到这个消息，兹比什科感到无比欣喜，仿佛钟楼的大门就要给他打开似的，但是后来，他变得忧心忡忡，显出一副悲愁的脸色说道：

"谁还能对那些日耳曼人抱有良好的期望呢！里赫顿斯泰因就能请求国王赦免我的，而且他这样做，对自己更有利，可以避免您对他的报仇——可是他却不愿这样做。"

"他是因为我们在梯涅茨的路上不肯向他道歉而耿耿于怀,不过,人们对大团长康拉德的印象倒还不坏。此外,这样做,对他也不会有什么损失的!"

"当然!"兹比什科说道,"不过您在那里可不能对他卑躬屈膝!"

"我干吗要对他卑躬屈膝呢?我是给亚历克山德娜公爵夫人送信才到那里去的……仅此而已。"

"好吧,你们都是好人,愿上帝保佑你们……"

突然,他目光炯炯地望着他的叔父,说道:

"如果国王赦免了我,这个里赫顿斯泰因就是我的,而不是您的了。您要记住这点!"

"你的脖子还不一定能保得住,你还能许什么愿呢!你那些愚蠢的许愿已经够你受的了。"老人生气地说道。

说完,他们便拥抱在一起。后来便剩下兹比什科一人了,希望和疑虑交替出现在他的心里。夜幕降临,随之而来的是狂风暴雨,装有铁栏的窗子被凶恶的闪电照亮,四壁被响雷所震动。后来,呼啸的狂风刮进了钟楼,把床前那盏暗淡的灯吹灭了。陷于黑暗中的兹比什科,又失去了一切的希望。他彻夜未眠,连眼睛都未能合上一会儿。

"我终究不免一死,什么也帮不了我的!"他思忖道。

第二天,高贵端庄的安娜·达奴塔公爵夫人带着达奴霞前来看望他了。达奴霞的腰带上还挂着她的小诗琴。兹比什科跪在她们的脚下。尽管他忧虑重重,一夜未眠,而且身居囚室,命运未卜,但他依然没有忘记自己作为一个骑士的职责,对达奴霞的美貌表示惊异和赞美。

但是,公爵夫人抬起了充满忧郁的眼睛,望着他说道:

"你不要惊羡她的美貌。要是马奇科不能带回佳音,或者他自己也回不来了,啊,上帝,你不久就会对天堂里的更美的东西感到惊讶了。"

她一想起这个小骑士的吉凶莫测的命运,就止不住泪如泉涌。达奴霞也呜呜地哭了起来。兹比什科又跪在她们的脚前面,面对着她们的痛哭流涕,他的心也像遇热的蜡一样软化了。虽然他对达奴霞的爱并不像一个丈夫爱他的妻子那样,然而他依然感到,他是全身心地在爱着她。一看到她,他就觉得心里在发生变化,仿佛变成了另一个人,不那么凶狠,不那么急躁,不那样渴望打仗了,而是更想得到一种甜蜜的爱情。后来,他想到他还未实现自己对她许下的誓愿,就舍她而去了,一种莫大的悲哀涌上他的心头。

"我可怜的人儿,我再也不能把孔雀羽盔饰献在你的脚下了。"他说道,"如果我能站在天主面前,我就会说:'主啊,请宽恕我的罪孽,而把人世间一切最美好的东西都赐给斯佩霍夫的尤兰德小姐。'"

"你们刚认识不久,"公爵夫人说道,"天主不会允许的,你求也没有用。"

兹比什科回想起在梯涅茨客栈发生的一切,便禁不住心潮澎湃。最后,他请达奴霞为他再唱一遍那支她从凳子上跌下来,他把她抱住,并把她送到公爵夫人跟前去时唱过的歌。

虽然达奴霞并不想唱歌,但她还是向着塔顶抬起了头,闭起了双眼,开始唱了起来:

> 如果我有一双
> 像小鹅那样的翅膀,
> 我就会跟随雅希科
> 飞往西里西亚。

> 我就会坐在
> 西里西亚的篱笆上,
> 紧紧盯住可怜的孤儿
> 我亲爱的雅希科。

但是突然间,从她浓密的眉毛下面,泪水汩汩地流了下来。她再也唱不下去了。

兹比什科又像那次在梯涅茨的客栈里一样,一把抱起了她,在房间里来回走动,激动得一再说道:

"要是上帝救我出了牢房,我除了你以外决不找别的小姐,等你长大了,得到了你父亲的同意,我就一定娶你为妻。啊,我的姑娘……"

达奴霞双手紧紧抱住他的脖子,把满是泪水的小脸伏在他的肩膀上。从他那斯拉夫人酷爱自由的天性中涌现出来的悲哀越来越汹涌,在他淳朴的心田里,几乎化成了一首田园之歌:

我一定要娶你,姑娘!

我一定要娶你……

第 六 章

就在这时候,发生了一件大事。大家都认为,和这件事情比起来,所有其他的事情都微不足道了。六月二十一日的傍晚,王后突然发病的消息传遍了整个城堡。维什主教和其他应召而来的医生们,全都通宵达旦地留在她的房间里。大家还从宫廷女仆的口中探听到,王后还有早产的危险。克拉科夫总督、邓钦的雅希科·托波尔连夜派出多路信使去通知已在外地的国王。第二天早晨,这消息不胫而走,很快就传遍了克拉科夫全城和郊区。这一天恰逢星期天,所有的教堂都挤满了前来做弥撒的人群。神甫吩咐大家,都来为王后的健康祈祷。这样一来,大家都知道真相了。做过弥撒之后,本来是来参加庆典的外国骑士们、贵族们和市民们都拥到城堡去了。各种行会和宗教团体也打着他们的旗帜出来了。从中午开始,无数的人围集在瓦维尔宫的周围,国王的弓箭卫队在维持着秩序,命令大家不要喧哗、保持安静。全城几乎万人空巷了。空旷的街道上,不时有一群群从郊区来的农民走过,他们也是听说他们所爱戴的王后生病之后,前往城堡打听消息的。终于,大门口出现了主教、总督和大教堂的神甫们,以及国王枢密院的大臣们和骑士们。他们分散走向王宫的四周和群众混杂在一起,脸上露出了报告喜讯的神情,不过,他们都发出了严厉的命令,严禁人们狂呼欢叫,免得妨碍病人。接着他们便向大家宣布,王后生了一个女儿。大家听了,心里都充满了欢乐。特别是听到,王后虽然是早产,但眼下母女都很平安,更是欣喜异常。人们开始散开了,因为人人都想把自己的喜悦表达出来,可城堡附近不让大声喊叫,等到通向市场的大街小巷都挤满了人群时,欢乐的歌声和呼喊声便响遍了各个角落。人们并不因为王后生的是女儿而伤心,大家都说:"当年路易国王没有儿子,而让雅德维佳当上了我们王国的女王,这又有什么不好呢?由于她和雅盖沃结婚,王国的威力成倍地增长了,同样的事情将会重现,哪儿能再找到一位像我们公主这样的继承者呢?无论是罗马皇帝,还是其他国家的君主,都不会拥有如此伟大的国家、如此辽阔的领土和如此众多的骑士。世界上最有权势的君主们都会争着来向她求婚。他们会向我们的国王和王后致敬。他们都会拥到克拉科夫来,这对我们商人来说,定将会有不小的好处,更不用说又会有新的国家,比如捷克或者匈牙利,并入我们的王国。"商人们这样谈论着,人们的欢乐情绪每时每刻都在高涨。他们在自己家里或者在客栈里举行宴会,市场上满是灯笼和火把。城近郊区的农民们纷纷拥入城市,他们的大车组成了一座营地。犹太人都齐集在卡其密什的犹太教堂里,相互交谈起来。市场上通宵达旦都是狂欢的人群,特别是市政厅和衡器所的前面更是热闹非凡,完全像举行大展览会期间的情景。人们相互交换消息,派人到城堡去探听消息,他们便带着种种消息回到了人群中。

最坏的消息是,彼得主教当天晚上就给婴儿施了洗礼,他们便由此推断出,孩子一定很虚弱。不过,那些生活经验非常丰富的城市妇女也举出了许多事例,说明有的婴儿刚生下来时半死不活,但一经受洗之后便会强壮起来。因此,他们便用这种希望来安慰自己,而且公主的命名也增强了他们的信心。大家都在说,凡是取名为波尼伐齐或者波尼伐兹雅的孩子,都不会刚生下来就夭亡的,因为取这样名字的孩子注定将来要成大器的。在开头几年里,特别是最初的几个月中,是看不出什么好坏来的。

第二天,从城堡中传出了有关产妇和婴儿都不顺利的消息,于是全城都震动了。整整一天,教堂里像斋戒节后那样挤满了祈祷的人。为了王后和公主的健康,人们献上了数不清的供品。人们激动地看到贫苦的农民纷纷献上了谷物、羊羔、母鸡、一串串干蘑菇或者一篮篮干坚果,骑士、商人和手工业者也都献上了珍贵的供物,他们派出信使到各个显过灵的地方去。星相家们在观察着星象。在克拉科夫城里举行了庄严的宗教游行,所有的行会和所有的宗教团体都参加了,整个城市都是旗幡飘扬,还举行了儿童游行,因为大家都认为这些天真无邪的孩子更容易得到上帝的垂爱。四方的人群不断从各个城门拥进城来。

一天又一天就这样过去了,每天都是钟声不停地敲响,教堂里人们在议论,每天都有游行和祈祷。但是,一个星期过去了,受到爱戴的王后母女都还活在人世上。人们的心中又燃起了希望,人们都认为这是不可能的事情,如果上帝过早地把这位对国家作出过许多贡献的王后召去。因为还有许多事业有待她去完成,也不可能过早地把这位女使徒召去,她为了让欧洲最后一个异教民族信奉天主教而牺牲了个人的幸福。学者们想起了她对大学所做的种种事情;神甫们在说她为了上帝的荣耀所作的巨大贡献;政治家们都在谈论她为了天主教各国之间的和平作出了多大的贡献;法学家们也在称赞她对正义事业所作的贡献;穷人们也都在赞扬她为穷苦百姓所做的多少善事。总之,大家都很难相信,这个对王国和全世界说来都是非常需要的生命真会过早地寿终正寝。

然而,七月十三日的丧钟,宣告了婴儿的死亡。全城又沸沸扬扬起来了,大家都深感不安,人群又围住了瓦维尔宫,打听王后的健康情况,可是这次却没有人带出好的消息来。相反地,进出城堡的老爷们个个脸色阴郁,而且一天比一天更加愁容满面。据说克拉科夫的医学泰斗、斯卡尔比密兹的斯坦尼斯瓦夫神甫,都已经守在每天领受圣餐的王后的身边了。人们还说,每天领受圣餐之后,她的房间都是满室圣光,有的人还从窗口看到了这种圣光,但是这种景象使那些全心全意爱着这位王后的人更加忧心忡忡,这表明她已开始了天国的生活。

但是许多人都不相信会发生这样可怕的事情,他们用希望来安慰自己:正义的天国在接受了一位牺牲者之后便会停止接受了。然而,到了七月十七日的早晨,人们又听到了王后奄奄一息的消息,每个活着的人都奔往瓦维尔宫,城里的人都走空了,除了不能行动的残疾人外,甚至连怀抱婴儿的母亲们也都朝城堡的大门急急奔去。所有的商店都关了门,大家连饭都不做了,所有的事情都不办理了。只有瓦维尔宫的下面,是一片黑色的人海,这里聚集着无数的人,他们惶惶不安,愁容满面,但都默不作声。

到了下午一点钟,大教堂钟楼上的钟声响了,大家一开始还不明白这钟声的含义,但都惊吓得头发直竖了起来。大家都把头转向钟楼,望着那摇动得越来越快的大钟。转瞬之间,城里的其他教堂,如圣法兰西斯派教堂、圣三位一体教堂和圣母马利亚大教堂也都立即响应,响起了凄楚的悲声。不久之后整个广大的城市都敲起了丧钟,大家终于明白了这钟声的意义,人人的心里都是那样惊恐不安而又悲恸欲绝,仿佛那些铜钟里面的铃锤径直敲打在他们的心上一样。

突然间,钟楼上出现了一面绣着骷髅头的大黑旗,骷髅头下面是两根交叉的人骨。这时候,人们全都明白了:王后已把自己的灵魂交给了上帝。

城堡下面立即响起了成千上万人的呼号声、悲泣声,它们与忧郁的钟声交织在一起。有的人悲痛得在地上打滚,有的人在撕扯自己的衣服,有的人在抓自己的脸,有的则默默无言地凝望着城墙,有的在悲哭,有的朝教堂和王后的卧房伸出双手,祈求奇迹的出现和上帝的慈悲。但是,也能听到这样一些愤怒的、由于绝望而近似咒骂的声音:"为什么要夺走我们挚爱的王后?我们的宗教游行、我们的祈祷和哀求又有什么用呢?我们献上了金银供物,但上帝毫无怜惜之情,只会索取,不予回赠!"有的人泪流满面,一再地哭叫着:"耶稣!耶稣!耶稣!"人们都想拥进城堡去,以便最后一次瞻仰王后的遗容。他们没有能进去,只是被告知,遗体很快便会移至教堂。人人都可以去向她的遗体告别,并在她的遗体旁祈祷。到了傍晚,悲伤的人群开始回到城里去,一路上他们谈起了王后临终的情形、未来的葬礼,以及将会在她的遗体旁边和她的坟墓周围出现的种种奇迹。大家都深信这样的奇迹一定会出现,他们还谈到,王后死后就会立即被封为圣徒。当有些人怀疑这事的可能性时,他们便暴跳起来,威胁要去见阿威农的教皇。

阴郁和悲痛笼罩着全城、全国。不但普通老百姓,就是全国上下也都一致认为,随着王后的逝世,波兰王国的福星也都陨落了,甚至连一些克拉科夫的高官显爵,也把未来看得一团漆黑了,他们开始问自己和别人,以后会怎么样?王后死了,雅盖沃是继续统治王国,还是会回到立陶宛去,满足于他大公的宝座呢?有些人还预测——后来证明他们的想法不无道理——国王自己会退位,这样一来,就会有大片土地要脱离王国,立陶宛人就会重新骚扰王国的居民,而王国的居民又会进行血腥的报复。十字军骑士团将会更加强盛,罗马皇帝和匈牙利国王的权势也会得到加强,而波兰王国呢,昨天还是世界上最强大的国家之一,从此便要走向没落和受人欺凌了。

　　立陶宛和罗斯的广阔领土曾为商人们敞开了大门,现在这些商人们预见到将来会受到巨大的损失,便纷纷许愿,希望雅盖沃能继续留在王国。同时他们也预见到,如果他留在王位上,不久就会与骑士团发生战争。大家都知道,只有王后才能阻止这场战争。现在,他们回想起了从前有那么一次,她也被十字军骑士的贪婪和凶残激怒了,便有先见之明地对十字军骑士说道:"只要我活着,我是会约束我丈夫的手和他的正当的愤怒的,但是你们要记住,我死了以后,你们的罪行必定要受到惩处!"

　　一贯傲慢而又盲目自信的十字军骑士团,的确是不害怕战争的,他们反而希望王后一死,她那份虔诚的魔力便不再约束西方各国拥来的志愿者了。到那时候,便会有成千上万的来自法国、德意志、勃艮第和其他国家的骑士前来帮助十字军骑士团。因此,雅德维佳的逝世是一件如此重大的事件,以至于十字军骑士团的使臣——里赫顿斯泰因等不及外出的国王回来,便匆匆地赶回马尔堡去,想尽快地把这件重大又带有几分危险的消息报告给大团长和神甫会。

　　匈牙利、奥地利、罗马和捷克的使臣们也都和他一样回去了,或者派出信使去见自己的君主。雅盖沃非常悲痛地回到了克拉科夫。一见面他便向大臣们宣布,王后去世了,他不想再当国王了,他要回到立陶宛去,后来他悲痛得几乎神志麻木了,不想处理任何事情,也不愿回答任何问题。有时候,他对自己也非常愤恨,责怪自己不该出门在外,王后去世时他不在她的身边,未能听到她的临终遗言和心愿。尽管斯卡尔比密兹的斯坦尼斯瓦夫神甫和维什主教一再劝解,也是徒劳。他们说,王后的病太突然了,按照人们的估计,如果临盆正常,国王是有充足时间回到京城的。但是这种种劝解,都不能给他带来任何的安慰,也不能减轻他的悲痛。"没有她,我还当什么国王,"他回答主教道,"我只是一个再也没有欢乐的负疚的罪人。"一说完这句话,他就望着地上,任何人都无法再使他说一句话了。

这时候，大家都忙于王后的殡葬。大批大批的骑士、贵族和农民都从全国各地拥到了京城，来得最多的是穷苦百姓，他们期望能在殡仪期间得到大量的布施，而王后的殡仪要持续一个月之久。王后的遗体安放在大教堂的一座高台上，并且让棺材头安置得高一些，这是特意这样放置的，以便让人民群众更好地瞻仰王后的遗容。教堂里连续不断地在举行祈祷仪式，灵台四周点燃了成千上万支蜡烛。王后双手交叠在紫色衣裙上，面露笑容地躺卧在烛光环绕的鲜花丛中，犹如一枝神秘的白玫瑰花，显得那样宁静、慈和。老百姓视她为圣徒，他们把精神错乱者、残废者和有病的儿童带到她的身旁。教堂里不时可以听到一个母亲看到病儿恢复神色、病情好转时的欢叫声，或是一个麻痹病人突然痊愈的欢呼声，这时候，人们的心都震撼了，出现奇迹的消息传遍了教堂、城堡和全城，招来了越来越多的那些只有靠奇迹才能得救的病残人。

在这段时间里，人们完全忘记了兹比什科，面对着如此巨大的不幸，谁还会记得这样一个普通的贵族青年，谁还会想起他还被囚禁在城堡的钟楼里！不过，兹比什科却从看守们的口中得知了王后患病的消息，他也听到了城堡四周的老百姓的喧闹声。等到他听到人群的悲哭声和丧钟敲响的时候，他也立即跪在了地上，忘记了自己的命运，完全沉浸在悲悼这位令人崇敬的王后的逝世中。他觉得，随着王后的去世，他也仿佛失去了什么，而且她一死，世界上也就没有什么值得他活下去了。

接连几个星期，他听到的都是有关殡仪的消息、教堂的钟声、宗教游行时的圣歌声和人群的悲哭声。在这段时期里，他变得更忧郁了，不思饮食，不能入眠，像只关在铁笼里的野兽，在地牢里来回走动。他受着孤独的折磨，常常是一连好几天，看守们都不给他送饭送水，大家都忙于王后的殡葬，以至于从她逝世之后，就没有人来看过他了。公爵夫人、达奴霞没有来过，就连非常同情他的塔切夫的波瓦瓦和马奇科的朋友、商人阿米列伊也都没有来过。兹比什科痛苦地想到，马奇科不在这里，大家就把他忘得一干二净了。有时他甚至还认为，兴许法律也把他忘记了，他就会在监牢里霉烂，直至死亡。这时候，他便祈求着痛快地死去。

王后下葬后已经过去一个月了,等到第二个月开始时,兹比什科开始怀疑,马奇科能否回来了。马奇科曾答应他催马赶路,日夜兼程,马尔堡并非远在天涯,十二个星期就能打个来回,何况是急着赶路的哩!"也许他并不是急着赶路的!"兹比什科悲伤地想到,"也许他在途中看上了哪个女人,更乐意把她带到博格丹涅茨去为他自己生儿育女、传宗接代,而我就得在这里等下去,要等多久就只能听天由命了。"

他终于不再去计算时日了,他也不再和看守们交谈了。他只是从铁格子窗上越来越密的蜘蛛网,才猜想到,外面已是秋天了。现在他一连好几个小时地坐在床上,双肘支在膝上,手指插进长发里——他的长发一直垂到了肩膀的下面——仿佛处在半梦、半麻木的状态中,甚至连看守前来给他送饭、跟他说话的时候,他都不抬起头来。直到有一天,监狱的门栓嘎吱嘎吱地响了起来,一个熟悉的声音从门槛外喊叫他:

"兹比什科!"

"叔叔!"兹比什科喊叫着,从床上直朝他跳了过去。

马奇科立即把他抱在怀中,接着用双手捧住他的脸,开始吻了起来。悲伤、痛苦和思念之情在这个年轻人的心中汹涌澎湃,使他止不住像个孩子似的在他怀里号啕大哭起来。

"我还以为您永远也不会回来了。"他边哭边说道。

"这倒是说得不错。"马奇科回答说。

直到这时,兹比什科才抬起头来,望着他叫道:

"您到底出了什么事?"

他望着这位老战士的憔悴、瘦削而又苍白的脸,望着他那弯腰弓背的身躯和灰白的头发,感到无比惊讶。

"您出了什么事?"他又说了一遍。

马奇科在床上坐了下来,沉重地喘息了一会儿。

"出了什么事吗?"他终于开口答道,"我刚刚越过边境,就被埋伏在树林里的日耳曼人用箭射伤了,这是一群骑士抢匪!你知道吗?到现在我的呼吸还很困难……幸亏上帝救了我,否则你就看不到我在这里了。"

"是谁救了您?"

"是斯佩霍夫的尤兰德!"马奇科答道。

出现了片刻的沉默。

"日耳曼人攻击了我,半天之后,他攻击了他们,他们逃脱的还不到一半人,他把我带到了他的庄园。在斯佩霍夫,我跟死神搏斗了三个星期,上帝没有让我死去,我总算回来了,尽管身体还很虚弱。"

"那您还没有去过马尔堡了?"

"我怎么能去呢?他们把我抢了个精光,连那封信都拿走了,我回来是要请杰莫维特公爵夫人再写一封信,可是我和她在路上错过了,也不知道我能不能赶上她,因为我就要准备到另一个世界去了。"

他说完这话,便朝自己的手掌吐了口痰,伸给兹比什科看,里面净是鲜血,同时说道:

"你看到了吗?"

顿了顿,他又补充了一句:

"这显然是上帝的旨意!"

他们两人都忧心忡忡,沉默了好大一会儿,兹比什科才开口说道:

"您一直都在吐血吗?"

"我怎能不吐呢?!有一根半宾吉①长的矛尖卡在我的肋骨中间,换了你也会吐血不止的。我比在斯佩霍夫的尤兰德那里要好得多了。现在我不过是非常疲劳,因为路程很远,而我又急于赶路。"

"哎,您为什么要急着赶路呢?"

"因为我急于见到杰莫维特公爵夫人,从她那里再得到一封信。斯佩霍夫的尤兰德这样对我说:'你快去把信拿到斯佩霍夫来,我的地下室里关有几个日耳曼人,如果他们之中有人以骑士名誉来起誓,我便释放他,让他把这封信送到大团长手中。'他为了替死去的妻子报仇,经常关有几个日耳曼人,他很喜欢夜里听到他们的呻吟声和镣铐的叮当声。他是个脾气执拗的人,你懂吗?"

"我懂。不过,我觉得奇怪的是,既然尤兰德抓住了那些袭击过您的人,为什么您没有找到您失去的那封信?那封信应该在他们身上。"

---

① 1宾吉等于8厘米。

"他并没有抓住他们全部的人,逃走了五六个,我们的命运就是如此。"

他说完这话便咳嗽起来,又吐了一口血,胸口痛得他哼了几声。

"他们把您伤得不轻。"兹比什科说道,"事情是怎么发生的?他们是打埋伏的吗?"

"他们埋伏在那样稠密的树林里,连一步之外的东西都看不清楚。我骑着马,没有穿甲胄,手上也没有带武器。因为商人们告诉我,边境很安宁,而且又是大热天。"

"那伙强盗的首领是谁?是十字军骑士吗?"

"不是骑士,是个日耳曼人,名叫伦茨的黑尔明齐克,以拦路抢劫而闻名。"

"他后来怎样了?"

"尤兰德给他上了链条,不过他的地牢里也关了两个马茹尔贵族,他想用他们来交换自己。"

又出现了片刻的沉默。

"亲爱的耶稣!"兹比什科终于开口说道,"里赫顿斯泰因还活着,那个伦茨的盗首也会活着,而我们的冤仇未报就要死去。他们要砍我的头,而您也定难活过今年的冬天。"

"是的,我连冬天也活不到,若是能把你救出去……"

"您在这里看见过哪些人呢?"

"我去见过克拉科夫总督。我听说里赫顿斯泰因已离开这里,我想,他也许会对你不那么铁面无情的。"

"那个里赫顿斯泰因真的走了?"

"王后刚死,他就回马尔堡去了,我那时正好在总督那里,他这样回答我说:'我们要处决您的侄子并不是为了取悦于里赫顿斯泰因,而是他罪有应得、判决如此。即使里赫顿斯泰因不在这里,也都是一样。即使他这个十字军骑士死了,也不会有任何的改变。'因为,他说,法律是根据正义而制定的,它可不像一件外套,可以把它翻个面。他说,只有国王才能宽赦,任何别的人都是无法办到的。"

"国王在哪里?"

"葬礼一完他就到罗斯去了。"

"唉,这就没有希望了。"

"是的,总督还说:'我可怜他,安娜公爵夫人也曾替他求情,但是我无能为力啊,真的无能为力……'"

"安娜公爵夫人还在这里吗?"

"愿上帝保佑她,她真是个好夫人,她还在这里,因为尤兰德小姐病了,公爵夫人爱她就像爱自己的亲生女儿一样。"

"啊,老天爷,连达奴霞也病了,她病得怎么样啦?"

"我不知道,公爵夫人说,有人在诅咒她。"

"那一定是里赫顿斯泰因!不会是别人,就是里赫顿斯泰因这个狗杂种!"

"也许是他。但你能对他怎么样?什么也不能。"

"所以大家都不来看我了,原来是她病了。"

一说完这句话,兹比什科便在囚室里大步地走来走去,后来,他抓住马奇科的一只手,亲了一下,说道:

"上帝会为这一切而报答您的。如果您死了,都是我害的,是我让您跑到普鲁士去的。现在趁您的身体还没有恶化,请您再替我去做一件事,请您到总督那里去,求他放我出去十二个星期,我要以骑士的名誉起誓,十二个星期之后,我就会回来,他们就可以砍我的头了。我们决不能什么仇也不报就死去的!您知道……我要到马尔堡去,立即就向里赫顿斯泰因发出挑战,非这样做不行,不是他死,就是我亡。"

马奇科擦了擦额头,说道:

"去我是会去的,但是,总督会不会准许……"

"我会立下骑士的诺言。只要十二个星期,我不需要更多了……"

"还说什么十二个星期!如果你受伤了,如果你回不来了,那他们会怎么想呢?"

"我就是爬也要爬回来。不过,您用不着担心。也许这个时候国王就能从罗斯回来了,到那时候,就可以去请求他宽赦了。"

"这倒是实话。"马奇科答道。

但是,过了一会儿,他又继续说道:

"可是总督还对我说过这话:'由于王后的逝世,我们顾不上您的侄子,现在该执行他的判决了。'"

"嗨,他会准许的!"兹比什科充满信心地回答说,"他会知道,一个贵族是会遵守他的誓言的。是现在砍我的头,还是过了圣米哈尔节砍我的头,对他说来都一样。"

"好吧,我今天就去见他!"

"今天您还是到阿米列伊那里去休息一下,让他们给您包扎一下伤口,明天您再去见总督好了。"

"好吧,与主同在!"

"与主同在!"

他们相互拥抱了一下,马奇科转身朝门口走去,走到门槛前又停了下来,他皱了一下眉头,仿佛刚想起一件什么事似的。

"嘿,你现在连骑士腰带都还没有束上哩,如果里赫顿斯泰因对你说'我不同没有束上骑士腰带的人决斗',那你该怎么办呢?"

兹比什科愣住了,但是过了一会儿,他就回答道:

"就像战争时期那样! 难道只有束带骑士才能和束带骑士决斗吗?"

"战争归战争,决斗可又是另一回事。"

"真的……不过,您等一等……该好好想想办法……啊,有办法了,雅鲁什公爵会授给我腰带的。只要公爵夫人和达奴霞去求他,他就会授给我腰带的。而且,我还得顺便在玛佐夫舍与德乌戈拉斯的米科瓦伊的儿子先决斗一场。"

"为了什么?"

"因为米科瓦伊,您知道,就是那个站在公爵夫人旁边,别人叫他'奥布赫'的人,他把达奴霞叫成'嫩草'。"

马奇科惊讶地望着他,兹比什科想把他的意图解释得更详细一点,便接着说道:

"那是我无法原谅的,但是我不能和米科瓦伊决斗,因为他是位快八十的人了。"

马奇科听了这话,大声说道:

"你听着,小家伙!我可惜你的头,却不可惜你的理智,因为你蠢得像只山羊。"

"您为什么生气呢?"

马奇科什么也不想说了,便朝门外走去,但兹比什科却朝他跳了过去,说道:

"达奴霞怎么样了?她现在好了吗?您用不着为这点小事生气。您好久都没有来过这里了。"

他又弯腰去吻马奇科的手,马奇科耸了耸肩膀,语气温和地说道:

"尤兰德小姐已经痊愈了,但他们还不准许她走出房门。再见!"

兹比什科又是孤独一人留在牢里了,但无论是精神,还是肉体,他都像是个获得了新生的人,他一想到他也许能多活三个月就觉得舒坦,他可以到遥远的地方去,他要找到里赫顿斯泰因,和他决一死战。单是这样想想,他的心里也是美滋滋的。在这十二个星期里,他能骑上马,驰骋在辽阔的原野上,再去决斗一场,然后报完仇死去,便感到心满意足了。然后呢?管他会发生什么事情,总还有一段较长的时间。也许国王已从罗斯回来了,会赦免他的罪行;也许会爆发战争,这场战争是大家所期望的;也许总督本人在三个月之后看到他这位打败傲慢的里赫顿斯泰因的胜利者,便会对他说:"你可以到森林和田野去了!"因为兹比什科知道得很清楚,只有打败了十字军骑士才能消除这位严厉的克拉科夫总督的固执,况且他也是不得不判决兹比什科死刑的。

因此,他心里的希望越来越大,他认为他们决不会不准许他三个月的。甚至他还认为,他们还可能给他更多的时间,因为这位年老的邓钦老爷,决不会认为一个贵族凭骑士的荣誉起了誓会不遵守诺言的。

第二天黄昏时分,马奇科才到牢狱来。坐立不安的兹比什科急忙朝他奔了过去,问道:

"他准了吗?"

马奇科在床上坐了下来,他的身体还很虚弱,不能久站。他沉重地喘息了一会儿,才开口说话:

"总督说:'如果他需要时间去处理田产问题或其他财产,我可以凭骑士的信誉,放他一两个星期,但是不能更长了。'"

兹比什科惊讶得好一会儿都说不出话来。

"就两个星期吗？"过了一会儿，他问道，"这两个星期，我连边境都到达不了！怎么会这样呢？也许您没有告诉总督，我是要到马尔堡去的吗？"

"不仅是我，连安娜公爵夫人也为你求过他了。"

"嗯，怎么样？"

"怎么样？老总督对她说，他并不在乎你的头，他自己也很可怜你。不过，他说：'要是我能找到一条有利于他的法律，或者某个借口，我就会彻底放了他。但是，我未能找到，也就不能放他了。'他还说：'若是在我们王国里，人人都不看重法律，而是凭友情办事，那不是要乱成一气吗？我是不会这样干的，就是我的亲属托波尔齐克，或者是我的亲兄弟，我也不会那样做的，这里的老百姓都是很难对付的。'他还这样说过：'我们不需要看十字军骑士团的眼色行事，但我们也不能让他们来侮辱我们，如果我把一个判了死刑的贵族放了，让他到十字军骑士团去决斗，那他们会怎么想呢？从全世界来的那些客人又会怎样看我们呢？他们会相信他会受到惩处吗？他们还会相信我们国家还有什么正义可言吗？我宁愿砍下一个人头，也不愿让国王和王国受到别人的嘲讽。'公爵夫人听了他的话，便说道：'这种秉公执法的正义性倒是美妙得很，连国王的亲戚来求情也不给面子。'那老头子便回答她说：'就算国王宽赦他了，那也不是宽赦无法无天。'于是他们两个便争吵起来。公爵夫人已是火冒三丈地说：'那你们可不能让他在牢里腐烂！'总督回答说：'很好，明天我就下令在市场上搭起一座断头台来。'他们就这样不欢而散了。现在只有主耶稣才能救你了。"

又是长久的沉默。

"什么？"兹比什科声调低沉地问道，"难道他们马上就要执行吗？"

"就在这两三天之内。这是毫无办法的了，我也尽了自己的力啦！我曾向总督下跪，求他大发慈悲。可是他还是这句话：'去找出一条法律来，或者找到一个借口。'我还能找到什么呢？我也去见过斯卡尔比密兹的斯坦尼斯瓦夫神甫，请他到你这儿来为你祈祷。至少你会得到这样的一种荣誉：听你忏悔的神甫，也是那个听过王后忏悔的神甫。但是他不在家里，正好到安娜公爵夫人那里去了。"

"也许是去看达奴霞的？"

"那不会的，这个小姑娘已经大大见好了。明天一早我再去看他，人们都说，如果他听了你的忏悔，你就会像探囊取物那样，一定得救了。"

兹比什科坐了下来，双肘支撑在膝上，低垂着头，头发把他的脸都遮住了。老人久久地望着他，最后才轻轻地叫他。

"兹比什科！兹比什科！"

小伙子抬起了头，脸上是一种愤怒而又冷漠无情的、坚决的表情，看不出丝毫的悲伤。

"什么？"

"你仔细听着，我已经想出了一个办法。"

他一边说着，一边朝侄子挪了过去，悄悄地说道：

"你听说过维托尔德大公的事吧？他曾被我们现在的这位国王关在克列沃，后来他穿上女人的衣服，化装逃出了监狱。现在你这里没有什么女人来，只好换上我的外套，拿上我的斗篷，大大方方地走出去，你懂吗？他们绝不会发现你的。天已经黑了，他们不会用灯来照你的脸。昨天他们看见我出去，没有人来检查我，你别做声，听我说，明天他们会发现是我在这里，那又能怎么样呢？砍我的头吗？那又有什么关系呢？反正我再过两三个星期就要死了的。而你呢，只要一走出这里，你就骑上马，直接投奔维托尔德去。你去求见他，向他表示敬意，他会接受你的。你和他在一起，保你会像和天主在一起那样平平安安的。这里的人都说，维托尔德的军队被鞑靼人打败了，不知道这是不是真的，不过这很有可能，因为已故的王后就曾这样预言过。如果真是这样的话，那么这位大公就更需要骑士了，他一定会很高兴见到你，你一定要在那里待下去，因为在这个世界上再也没有比这更好的差事了。别的国王打了败仗，就会一蹶不振，而维托尔德大公却智略过人，他打过败仗之后反而会更加强大起来。他为人慷慨大方，也非常喜欢我们。你要把发生的一切事情都告诉他，还要告诉他，本来你想追随他一道去打鞑靼人，可是你被关在钟楼里，无法去了，如果上帝赐恩，你会从他那里得到土地和农民,他还会授予你腰带,册封你为骑士,他还会替你向国王说情,他是个很好的保护人。你等着瞧吧,怎么样?"

兹比什科默不作声地听着,马奇科像是受到自己这些话的感染,越来越激动,便继续说道:

"你不能这样年轻就死掉,你要回到博格丹涅茨去。你一旦回去了,就得立即娶妻成婚,免得我们家族断代绝嗣。等你生了子女之后,你才可以去和里赫顿斯泰因决一死战。但是在这以前,决不可去想报仇的事情,因为你也可能像我那样,一到普鲁士便被人射中,到那时候,可就没有什么办法可救了。现在你穿上我的外套,披上斗篷,快点逃出去吧。"

马奇科一说完,便站了起来,开始脱下他的衣服。但是,兹比什科也站了起来,把叔叔按住了,说道:

"我决不能按照您想的那样去做,上帝和圣十字架会帮助我的。"

"为什么?"马奇科惊讶地问道。

"我就是不干!"

由于激动和生气,马奇科的脸色煞白了。

"你真是白长了这么大!"

"您已经给总督说过,您愿拿您的头来换我的头。"兹比什科说道。

"你怎么知道的?"

"塔切夫的老爷告诉我的。"

"那又怎么样呢?"

"怎么样? 总督不是对您说过,这对我,对我们整个家族都是一种耻辱。若是我从这里逃出去,留下您来顶替我去伏法,那不是更大的耻辱吗?"

"什么顶替伏法的,法律能拿我怎么样,反正我就要死了。你得放明白点,我的老天爷!"

"我更不能这样做了。您年老多病,我若是把您留在这里自己逃走,就让上帝来惩处我吧!呸,这是耻辱!"

又是一阵沉默,只能听见马奇科沉重而又嘶哑的喘气声,以及在大门外站岗的弓箭手的口令声。已是深夜了。

"你听着!"马奇科终于悲哀地说道,"维托尔德从克列沃逃走都不是耻辱,你这样做又算得上什么耻辱。"

"嗨!"兹比什科不无伤感地回答道,"您知道,维托尔德大公是个伟大的大公,他从国王手里接受了爵冠、财富和权势,我只不过是个穷贵族,只有荣誉。"

过了一会儿,他怒气冲冲地说道:

"您根本不知道,我是多么地爱您,我决不会让您的头来换我的头。"

听了这话,马奇科站了起来,两腿直抖得厉害,他伸出双手,尽管那时候的人都有一副铁石心肠,他依然用一种撕心裂肺的声音喊叫道:

"兹比什科!"

第二天,法院的仆役们开始把搭断头台用的木板运到市集的广场上,断头台将搭建在市政厅正门的对面。

但是,公爵夫人仍在和伏伊捷赫·雅斯琴毕茨、斯卡尔比密兹的斯坦尼斯瓦夫,以及其他精通法律和习惯法的神甫们进行磋商。她是受了总督的一番话的启迪才这样做的,总督说过,只要能找出某条法律,或者一个借口,他就有可能放掉兹比什科。他们进行了长久而又认真的商议,看看是否有这样的法律和借口可资引用。尽管斯坦尼斯瓦夫神甫已经为兹比什科安排好了后事,举行过临终的圣餐礼,但他还是一走出地牢,便径直前去参加会商,会商几乎一直持续到天明。

处决的日子到了。打从早晨起,人们便纷纷来到市集广场上,因为砍一个贵族的头比砍一个普通百姓的头更能激起人们的好奇心,而且这天的天气又好得出奇。受刑人的年轻英俊一经在妇女中间传开,穿得五颜六色、打扮得像鲜花一样的女市民们,便挤满了通往市中心的各条街道。广场四周的窗口和凉台上,都可以看到各种各样的女帽,还有姑娘们的金发或浅灰色头发,她们的头上还戴着玫瑰或百合花的花冠。市参议员们为了显示自己的重要,尽管这件事不属于他们的职责范围,也都来到了断头台的近旁。骑士们为了向这个年轻人表示同情,都云集在高台的周围。他们的后面,是一群群穿着工作服的手工业工人和小商人，还有不少的学生和儿童被挤到了外层，于是他们便像一群无头苍蝇一样，在人群的空隙中间钻来钻去。越过这层层的人头，可以看见覆盖着绒布的断头台，台上站有三个人，一个是身材魁梧的刽子手，他是个日耳曼人，身穿红色的短外套，头上系着一条红头巾，手上拿着一把双刃的利剑，还有两个是他的助手，他们光着脊梁，腰带上挂着粗绳。他们的旁边还摆放着一个砍头用的木墩子和一口棺材，都是用绒布覆盖着。圣母马利亚教堂的钟楼上，铿锵的钟声响彻全城，惊飞起一群群的鸽子和穴鸟。人群时而望着通向城堡的大街，时而望着断头台，时而又望着站立在上面的刽子手，以及他那把在阳光中闪闪发亮的利剑，时而又望着前面的那些骑士们。市民们对于他们往往是既羡慕又尊敬。这一次更有看头了，因为最著名的骑士都站立在断头台的四周。他们惊羡恰尔尼·查维夏的双肩宽阔，体态威武，长长绺发直垂到肩上。他们对马什科维奇的增德拉姆的矮胖身材和一对弯脚大为惊奇。他们赞赏比斯库皮兹的帕什科·兹沃吉伊的高大而又魁梧的身材。他们还惊叹伏吉内克的巴尔托什的那张严厉的脸孔，以及奥列希尼察的多布科的美貌，他在托伦的一次比武会上，一连击败了十二个日耳曼骑士。他们还赞赏着在与匈牙利的比武中取得过同样辉煌成就的波波瓦的齐格蒙特以及科奇赫格沃夫的克容，还有以拳脚搏击而令敌人心颤的塔尔戈维茨的李斯，他们也惊羡哈尔比莫维奇的斯塔什科，他奔跑起来能赶上飞驰的骏马。大家的注意力也转向了脸色苍白的博格丹涅茨的马奇科，他是由科里特尼查的弗罗里安和伏罗奇莫维奇的马尔钦两人扶着来的，大家都认为他是被处决的人的父亲。

但是，激起人们最大好奇心的是塔切夫的波瓦瓦，他站在第一排，用粗大的胳膊搂扶着达奴霞。达奴霞穿的是一身白衣裙，金发上戴着芳香馥郁的绿色花冠。人们不明白这是什么意思，也不知道，这位身着白衣的姑娘为什么要来观看处决犯人。有些人认为她是犯人的妹妹，有些人认为她是那个年轻骑士的情人，但是他们都不明白，她为什么要穿这样的白衣服，为什么要站到断头台的跟前来。人们一看到她那像红苹果一样的脸上流满了眼泪，个个心里都充满了同情和激愤。在这稠密的人群中，人们纷纷指责总督的顽固不化和法律的残酷无情，这些指责渐渐变成了威胁,以至于到最后,到处都能听到这样的议论:"如果我们把断头台掀翻了,处决就会延期。"

人群开始骚动不安起来了。大家都是众口一词地在说,如果国王在这里,他一定会赦免这个年轻人的,他们都担保,这个年轻人是不会犯什么罪的。

但是,当远处传来吆喝声,宣告国王的弓箭手和王家卫队押着犯人前来的时候,广场上便都鸦雀无声了。押送的队伍很快就来到了广场上。队伍前面是一个殡仪队,他们人人都身着长可及地的黑长袍,戴着黑头套,只在两只眼睛的位置开有两个圆孔。人们一见这些人阴森可怕的形象,都噤若寒蝉了。跟在他们后面的是一队弓弩手,由精选出来的立陶宛人所组成,他们身穿没有抛光的鹿皮外套,这是国王的近卫卫队。再后面,是另一队荷戟的卫队。在这支卫队的中间是兹比什科,走在他前面的是即将宣读判决的文书,他的身后是手捧着耶稣受难像的斯坦尼斯瓦夫神甫。

现在,所有的眼睛都朝他望去,所有的窗户和凉台都伸出了女人们的头。兹比什科身穿他缴获得来的雅卡,上面绣有金格里芬,下摆还饰有金色花边。他穿着这样豪华的服装,俨然是个年轻王子或皇家侍从。他那高大的身材,他那宽阔的双肩,他的熊腰虎背,都显示出他已是个成熟的男子汉了。但是,在这个男子汉的身材上,却长着一张孩子似的脸,嘴唇上才刚刚长出汗毛。他的脸长得那样美丽,简直就像国王的侍从一样,他的一头金发修饰得整整齐齐,前面垂到眉毛上面,后面直垂到肩背上。他迈着平稳而坚定的步伐,只是脸色非常苍白。他时而望着人群,仿佛是在梦中一样,时而又抬起头来,望着教堂的钟楼,望着一群群穴鸟和摆动着的铜钟,钟声宣告他临终时刻的到来。后来,当他意识到,这钟声,还有女人们的悲恸声,以及这种庄严的景象,都是因他而起的时候,他的脸上露出了惊愕的表情。当他走进广场,远远地就看见了断头台和台上的刽子手的身影,不禁全身颤抖了一下,他画了个十字。这时候,神甫把耶稣受难像伸给他,让他吻了一下。他朝前走了几步,一个年轻的农村姑娘把一束矢车菊抛到了他的脚下,他俯身下去,拾起了那束花,随后他朝姑娘笑了笑,姑娘便放声哭了起来。很显然,他认为，面对着这密集的人群和在窗口上挥动着手帕的女人们，他必须勇敢地去死，至少可以在身后留下"一个勇士"的名声。于是他鼓起了全部的勇气和坚定的意志，用一个突然的动作，把头发朝后甩去。他把头抬得更高了，迈着更加坚定的步伐，简直就像个在骑士比武之后前去领奖的胜利者。但是队伍行进得很慢，因为越往前走人越多，而且都不愿让开通道。走在前面的立陶宛弓弩手们徒劳地高喊着："让开道！让开道！"人们假装听不懂他们的呼叫，反而围得越来越紧。尽管当时克拉科夫的市民中，有三分之二是日耳曼人，然而四周却依然可以听到诅咒十字军骑士的斥责声："可耻！可耻！愿这些十字军豺狼不得好死。他们连孩子的头都不放过！这是国王的耻辱！这是王国的耻辱！"立陶宛卫队看见人群不肯让道，便从肩上取下弩弓，开始审视着人群，但是他们没有命令，不敢向人群放箭。这时候，卫队长下令让枪戟手走在前面，因为枪戟手更容易打开通路，他们就这样才走到了站在断头台周围的骑士们跟前。

骑士们顺从地让开了道路。首先走进来的是枪戟队的士兵，接着是兹比什科，他是和神甫与文书走在一起的，然而，就在这时候，发生了一件谁也没有料到的事情：塔切夫的波瓦瓦抱着达奴霞突然从骑士们中间闪身出来，大声喊道："站住！"他的声音是这样威猛，使整个队伍都像被钉在地上似的站住不动了。无论是卫队长，还是那些士兵都不愿意违抗这位老爷和受过册封的骑士，他们常常看到他和国王在一起密谈。后来，一些著名的骑士也以命令的口吻大声喊道："站住！站住！"塔切夫的老爷走到兹比什科的身边，把一身雪白的达奴霞交给了他。

兹比什科以为她是来和他告别的，便一把抱住了她，把她紧紧压在自己的胸前。但是，达奴霞并没有去依偎他，也没有用双手去抱住他的脖子，而是立即从绿色花冠下面取出了白头巾，把它包在兹比什科的头上，同时用悲伤的、充满孩子气的声音竭尽全力地叫喊起来：

"你是我的，你是我的人！"

"他是她的人啦！"骑士们洪亮地一齐嚷道，"去见总督！"

响应他们的是人民群众的雷鸣般的吼声："去见总督！去见总

督!"神甫抬眼望着天空,文书不知所措,神情惶然,卫队长和士兵们都放下了武器,大家都明白这是怎么一回事了。

在波德哈尔,在克拉科夫,甚至在其他地区,都有这样一种古老的波兰和斯拉夫的风俗习惯,它具有法律一样的威力,那就是:如果一个纯洁的少女把自己的头巾抛到一个被执行死刑的人身上,就表明她愿意嫁给他为妻,从而救了他的性命,解除了对他的刑罚。骑士们知道这种风俗习惯,农民们和波兰的城市居民们也都知道这种风俗习惯,而那些祖祖辈辈就住在波兰城镇的日耳曼人也知道这一习惯的威力。年老的马奇科一看见这情景便激动得差点昏迷过去。骑士们推开了弓弩手们,把兹比什科和达奴霞围在了中间,激动而又欣喜欲狂的人们全都大喊大叫起来,声音越来越响:"见总督去! 见总督去!"突然间,人群有如海洋的波涛那样掀动起来。刽子手和他的两个助手急忙从断头台上飞跑下来,这又引起一阵骚动,现在大家都明白,如果邓钦的雅希科敢于拒绝这种神圣的风俗习惯,城里便会立即发生骚乱。这时候,有一群人冲上了断头台。转瞬之间,他们便拉下了罩布,将它撕成了碎片。后来他们又手拉斧砍,将木板和梁柱掀起、推倒,只听得一阵阵啪啪声,接着是轰隆一声巨响,不到几分钟,广场上的断头台便荡然无存了。

兹比什科一直抱着达奴霞,朝城堡走去。可是这一次,他是以一个真正胜利者的姿态向城堡走去的,走在他身边的都是王国中最著名的骑士,他们个个都是满脸的喜气,前后左右都是成千上万的男人、女人和孩子在欢呼、在歌唱,他们朝达奴霞伸出双手,他们赞美这一对年轻人的勇敢精神和绝色美貌。窗口上那些富有的女市民都使劲地向他们鼓掌,到处都可以看到一张张高兴得泪水纵横的脸孔。无数的玫瑰花、百合花、丝带,甚至金戒指和金手镯,像雨点似的落在这个幸运的年轻人的身边,而他也是满脸容光焕发,心里充满了感激之情。他时而把自己心爱的姑娘高高地举了起来,时而又深情地吻着她的膝盖。这种场面深深打动着女市民们的心,她们有些人也情不自禁地投入了自己爱人的怀抱中,还同时宣称,如果他们也被判了死刑,那她们也准会这样去搭救他们的。兹比什科和达奴霞如今成了骑士们、市民们和普通百姓所喜爱的孩子。年老的马奇科,一直由科里特尼查的弗罗里安和伏罗奇莫维奇的马尔钦搀扶着,他高兴得真是要疯了,而且他自己也感到奇怪,这种解救侄子的方法,为什么他连想都没有想到呢!在一片喧闹嘈杂声中,塔切夫的波瓦瓦以其雄浑的嗓音对骑士们讲述着这个办法是怎么想出来的,那是他和伏伊捷赫·雅斯琴毕茨神甫与斯卡尔比密兹的斯坦尼斯瓦夫一起商量时才想起来的,他们两个都是法律和习惯法的专家。骑士们都为这种简单的方法而感到惊异。他们都说,就是因为它太简单了,他们谁也没有想起来,而且城里早就住着许多日耳曼人,这种办法也就很久没有采用了。

不过,一切都还要取决于总督。骑士们和平民们都向城堡拥去。国王外出期间,克拉科夫总督就住在城堡里,法院的文书、斯坦尼斯瓦夫神甫、查维夏、法鲁列伊、增德拉姆和波瓦瓦都一起去见他,要向他说明这条习惯法律的威力,同时还要提醒他自己说过的话:只要找出任何"法律或借口",他就一定会释放犯人的。比起这条从未废除过的古老习惯法来,还有什么更好的法律呢?邓钦的这位老爷说道,这种习惯更适用于普通老百姓和盗匪,对贵族就要差一些,不过,他精通各种法律,不能不承认它的威力。这时候,他用手掌遮住他那很白的胡须,微笑着,显然他也是非常高兴的。最后,他在安娜·达奴塔公爵夫人和几位神甫与骑士的陪同下,朝低一层的门廊走去。

兹比什科一看见他,便又把达奴霞举了起来。老总督把一只手放在她的金发上,停留了一会儿。随后,他便神情严肃而又慈和地点了点他那白发苍苍的头。

所有的人都明白这个动作的意义,于是欢呼声把城墙都震动得颤抖了。"愿上帝保佑您,祝您长寿!公正的老爷,祝您长命百岁!愿您永远是我们的法官!"四面八方都是这种欢呼声。后来,人们又朝达奴霞和兹比什科欢呼起来。过了一会儿,这两个年轻人来到门廊前,拜倒在慈和的安娜·达奴塔公爵夫人面前,感谢她的救命之恩。正是她和这些博学之人想出了这个办法,又是她教达奴霞这样做的。

"祝这对年轻的夫妇白头偕老!"塔切夫的波瓦瓦看见这对年轻人跪在地上便大声叫道。

"白头偕老!"其他在场的人也大声喊道。

这位年迈的总督转身对公爵夫人说道：

"仁慈的公爵夫人，必须立即订婚，因为老习惯要求这样做！"

"我会让他们立即订婚的，"慈和的夫人回答道，她的脸上容光焕发，喜气洋洋，"但结婚必须得到她父亲斯佩霍夫的尤兰德的同意。"

第 七 章

在商人阿米列伊家里,马奇科和兹比什科正在商量下一步的行动。这位老骑士知道自己将不久于人世,一个法兰西斯派教士、深谙伤病医术的齐贝克神甫也是这样估计的,因此他想回到博格丹涅茨,以便死后能葬在奥斯特罗维他祖先安息的墓地里。

当然,他的祖先并不全都葬在那里。过去有个时候,他的家族是个人多势众的大家族,他们在战斗中的口号是"格拉迪",他们的族徽是"邓帕·波德科瓦"①,所以他们认为自己要比那些无权使用族徽的贵族更显贵。在一三三一年的普沃夫崔一战中,有七十四位博格丹涅茨的战士被日耳曼的弓弩手射死在沼泽中,只有一位外号叫"公牛"的伏伊捷赫逃脱得救了。国王符拉迪斯瓦夫·沃凯特克在打败日耳曼人之后,赐予他使用族徽的特权,并把博格丹涅茨赐封给他为领地,那些人的白骨至今还埋在普沃夫崔的土地里,伏伊捷赫回到了故乡,就是想看看他那已完全毁灭的家族。

因为,当博格丹涅茨的勇士们死在日耳曼人的弓箭下的时候,邻近的西里西亚匪徒却袭击了他们的老家,把他们的房屋烧个精光,留在家里的人不是惨遭杀害,便是被劫去为奴隶,伏伊捷赫独自一个住在唯一一座没有被烧成灰烬的房子里,成了过去属于全家族的大片土地的主人,可惜这片土地已是无人耕种,荒芜了。五年之后,他结了婚,有了两个儿子:雅希科和马奇科,后来他在森林里打猎时被一头野牛撞死了。

两个儿子在母亲的抚养下长大成人。母亲名叫卡赫纳,娘家是斯帕列尼察。她曾两次出征,打败了邻近的西里西亚的日耳曼人,报了仇,雪了耻。可是在第三次征战中她却牺牲了。雅希科成年后,娶了莫

---

① 即圆马蹄铁。

察热夫的雅金卡为妻，后来生下了兹比什科。马奇科没有结婚，他在征战之余，也尽力去照顾产业和侄子。

但是，在格奇马利特和纳温奇两个家族发生内战的期间，博格丹涅茨的房屋又一次被烧毁了，佃夫们也都逃光了。马奇科孤军奋战了好几年，家业依然无法重建起来，于是他把全部土地押给了一个当修道院院长的亲戚，自己带着当时还非常年幼的兹比什科，前往立陶宛去和日耳曼人作战了。

但是，他从来也没有忘记过博格丹涅茨。他之所以要到立陶宛去，就是想夺取一大笔战利品，以便有朝一日再回到博格丹涅茨，赎回土地，让俘虏去耕耘、去繁衍生息，他要重建小镇，使兹比什科有家可归。所以，在兹比什科幸运获救之后，他们现在便在阿米列伊家里商讨起这件事来。

他们已经有钱去赎回土地了。他们从获得的战利品中，从俘虏的骑士的赎金中，再加上维托尔德的赏赐，已经积累了一笔可观的财富，特别是从与两个弗里兹骑士的生死决斗中获得的好处最大，单是他们获取的两套甲胄，就是一宗不小的财产，除了甲胄之外，他们还俘获了马车、马匹、仆从、衣服、金钱和全部的作战装备。商人阿米列伊就从他们手中收购了不少的战利品，其中就有两匹非常漂亮的佛兰德斯①的宽幅呢子，是那两个富有的弗里兹骑士随车带来的。马奇科还把他那套华贵的甲胄也卖掉了，因为他觉得他人都快死了，留着也没有什么用。商人第二天转手便卖给了伏罗奇莫维奇的马尔钦——他的族徽是"普乌科扎"——得到了一大笔利润，因为在那时候，米兰制作的甲胄被认为是世界上最好的甲胄。

卖了这套甲胄，兹比什科感到非常惋惜。

"如果上帝让您恢复了健康，您到哪里去找这样一副甲胄呢？"他对叔叔说道。

"那就像这副一样，到日耳曼人那里去找呗！"马奇科答道，"不过，我是不免一死的，我肋骨中间的那根矛头总也拔不出来，每次我用手去

---

① 古代西欧地名，位于现今的比利时、荷兰和法国的交界处。

拔，它反而越陷越深，现在真是无法可想了。"

"只要您喝下一两锅熊油就行了。"

"不错，齐贝克神甫也这样说过，这是种不错的药物，能让矛头滑出来。可是在这里，我怎么能弄到它呢？要是在博格丹涅茨，晚上拿着斧子到森林里去，就能打到一头熊。"

"我们这就回博格丹涅茨去，只要保佑您别死在路上就行了。"

老马奇科深情地望了他侄子一眼。

"我知道你想到哪儿去：不是想去雅鲁什的宫廷，就是想到斯佩霍夫的尤兰德那里去打赫尔姆的日耳曼人。"

"这个我不否认。的确我很乐意跟随公爵夫人的宫廷侍从们一道到华沙或者到捷哈诺夫去。主要原因是想和达奴霞待在一起，待得越久越好，没有她我真不知道怎么过下去，她现在不仅是我的主人，也是我的爱人。我真想时时刻刻看到她，每当我想起她的时候，我的全身就会发抖，我会和她一起走遍天涯海角。可是现在，您对我来说是第一位的。您没有抛弃我，我也不会丢下您不管。现在既然非回博格丹涅茨去不可，那就回去好了！"

"你真是个好小伙子！"马奇科说道。

"如果我不是个好小伙子，上帝会惩罚我的。您看，他们已经把车准备好了，我吩咐过他们在车上给您铺上一层稻草，阿米列伊的女儿送来了一床柔软的羽绒被子，但我怕您会觉得太暖了。我们跟着公爵夫人和她的随从一起缓慢地前进，让您得到很好的照顾。然后，他们到玛佐夫舍去，我们便回到家里，愿上帝帮助我们！"

"但愿我能活得久一些，直到我把小城堡重建起来。"马奇科说道，"因为我知道，只要我一死，你就不会再多想博格丹涅茨的事情了！"

"我怎么会不想呢！"

"因为你到时候满脑子都是打仗和恋爱了。"

"难道您过去就没有想过战争吗？现在我把该做的一切都考虑好了。首先我要把小城堡重建起来，然后要把护城河挖得整整齐齐的。"

"你真是这样考虑的吗？"马奇科好奇地问道，"那么，你建好小城堡以后干什么？你说说？"

"只要小城堡一建好,我就要到华沙的公爵夫人宫中去,或者到捷哈诺夫去!"

"在我死后吗?"

"如果您很快就死,我就等您死了再走,我一定会把您安葬好了再走的。如果主耶稣让您恢复了健康,那您就留在博格丹涅茨。公爵夫人已经答应过我,公爵会授予我骑士腰带的,如果不这样,里赫顿斯泰因就不会和我决斗了!"

"以后你还要到马尔堡去吗?"

"为了找到里赫顿斯泰因,就是到马尔堡去或者走遍天涯海角也在所不辞!"

"这件事我是不会责怪你的,不是你死就是他死!"

"我一定会把他的手套和腰带带回博格丹涅茨来给您。别担心!"

"你必须小心,谨防受骗上当,他们那里很容易让人受骗上当的。"

"我会请求雅鲁什公爵写信给大团长要来通行证的。现在是和平时期,我一有通行证便到马尔堡去,那里经常有许多骑士客人。您知道吗?我先找里赫顿斯泰因决斗,然后,我再去找那些插孔雀羽的人,一个个地和他们决斗,如果上帝保佑我打胜了他们,我的誓言也就实现了。"

兹比什科一面说着,一面也对自己的这种想法感到好笑,然后,他的脸上显出了这样一种神气,仿佛一个孩子在诉说自己成年后所要完成的骑士业绩一样。

"嘿!"马奇科点点头说道,"如果你打败了三个出身名门望族的骑士,就不但是完成了你的誓言,还能从他们身上得到一大笔战利品哩!我的老天爷!"

"不止三个!"兹比什科喊道,"我在牢里的时候就对自己说过,我决不对达奴霞吝惜,不是三个,而是要打败双手之数的骑士!"

马奇科耸了耸肩膀。

"您会觉得奇怪,或者您不相信。"兹比什科说道,"我会从马尔堡直接上斯佩霍夫的尤兰德那里去,他是达奴霞的父亲,我怎能不去向他致敬呢!我要和他一道去袭击赫尔姆的日耳曼人,您自己不是就说过,在整个玛佐夫舍再也没有比他更伟大的反日耳曼人的豪侠了。"

"如果他不肯把达奴霞嫁给你呢?"

"为什么不肯?他要报仇,我也要报仇。他还能找到比我更好的助手吗?而且连公爵夫人都给我们订婚了,他还能反对吗?"

"我现在明白了,"马奇科说道,"你是要把博格丹涅茨的人都带去做你的随从,摆摆你骑士的威风,让这里的土地无人耕种,但只要我活着,我就决不会让你把人带走。不过,我知道,等我一死,你还是要把他们带走的。"

"天主会让我得到一队随从的。杜尔齐的扬科是我们的亲戚,他会帮助我的。"

就在这时候,房门开了,仿佛就要证明上帝会帮助兹比什科得到一队随从似的,走进了两个人,他们肤色黝黑,身矮体宽,各穿着一件黄色的、酷似犹太服装的长袍,头戴红帽,裤子无比宽大。他们站在门边,开始把手举到前额、嘴边和胸前,然后深深地鞠躬到地。

"这是什么怪家伙?"马奇科问道,"你们是什么人?"

"你们的奴隶。"来人用不地道的波兰语回答说。

"什么?你们是从哪里来的?是谁把你们送到这里来的?"

"是查维夏老爷把我们当成礼物,送给这位年轻的骑士做奴隶的。"

"啊!老天爷,又多了两个人!"马奇科高兴地喊叫起来,"你们是哪国人?"

"我们是土耳其人!"

"土耳其人?"兹比什科重复了一句,"我的随从队伍中又多了两个土耳其人,您见过土耳其人吗?"

他朝他们跳了过去,双手把他们扳过来扳过去,仔细打量着这两个海外怪人。马奇科说道:

"见我是没有看见过,不过我倒是听说过,加尔博夫的老爷的仆从中就有土耳其人,那是他在罗马皇帝齐格蒙特麾下服役时在多瑙河上作战时俘虏过来的。这么说来,你们这两个狗杂种,一定是异教徒了。"

"老爷命令我们受洗了。"一个俘虏说道。

"你们没有钱赎身吗？"

"我们是从远方来的，是从亚洲海岸，从布鲁舍来的。"

兹比什科特别爱听各种各样的战争故事，特别是声名昭著的加尔博夫的查维夏的事迹更是他百听不厌的。于是他便问他们是怎么被俘的，可是在他们的讲述中却毫无特别之处！查维夏在山谷里袭击了他们几十个人，打死了一部分，另一部分被俘虏了，后来，他把俘虏来的一些人当成礼物分送给了别人。兹比什科和马奇科一看到这样珍贵的礼物，真是高兴得心花怒放了。尤其是这个时候很难弄到人来的。因此，拥有人手便成了一桩真正的财富。

过了不久，查维夏本人在波瓦瓦和帕什科·兹沃吉伊的陪伴下也来到他们的住处。因为这些人在营救兹比什科时都出过力，现在都很高兴他们的努力没有白费，如今个个都带着礼物前来和他们告别，以示纪念。慷慨大方的塔切夫老爷送给他的是宽大贵重的马衣，胸前还饰有金绦子，帕什科送的是一把价值好几个格日温的匈牙利宝剑。随后，塔尔戈维茨的李斯、法鲁列伊和克容，以及伏罗奇莫维奇的马尔钦都先后来了，最后前来送别的是马什科维奇的增德拉姆，他们个个也都带来了满手的礼物。

兹比什科热情地欢迎着他们，他真是喜出望外，一是因为这些贵重礼物，二是由于有这许多王国内最著名的骑士来向他表示友情。他们也问他何时动身，以及马奇科的健康情况，他们都是阅历丰富的人，于是纷纷向马奇科介绍能医治创伤的种种灵丹妙药和民间药方。

但是，马奇科却恳请他们以后多多照顾兹比什科，他自己要到另一个世界去了。他说他的肋骨中间刺进了一个铁矛头，很难活下去了。他还诉苦似的说他老是吐血，吃不下东西。他每天的食物只是一夸脱剥了壳的果仁、两根一指长的香肠和一盘煎鸡蛋。齐贝克已经给他放过好几次血了，他原以为能用这种办法消除他胸中的内热，以恢复他的食欲，可惜毫无成效。

不过，他看到大家送给他侄子这样多的贵重礼物，非常高兴，顿时也觉得自己的身体好多了。当商人阿米列伊提来一桶葡萄酒来招待这些著名的客人时,马奇科也和他们一起举杯痛饮。他们谈起了兹比什科的获释,以及他和达奴霞的订婚。这些骑士都相信,斯佩霍夫的尤兰德决不会违背公爵夫人的意旨,特别是将来,兹比什科为了替达奴霞的母亲报仇,能夺到几簇孔雀羽,那他就更不会反对这场婚事了。

"至于说到里赫顿斯泰因,"查维夏说道,"我们就不知道他是否会响应你的挑战,因为他是修道士,又是骑士团的高级官员。呸,他的扈从人员还说,他还有可能当上大团长哩!"

"如果他拒绝应战,就会有损于他的名誉!"塔尔戈维茨的李斯说道。

"不!"查维夏回答说,"因为他不是世俗的骑士,修道士是不允许和人单独决斗的。"

"他们不是常常和人决斗吗?"

"那是骑士团的腐败堕落所致。十字军骑士立下种种誓言和信条,但他们也因一次次违背誓言而臭名远扬,真给天主教世界丢尽了脸。不过,一个十字军骑士,特别是一个康杜尔,是不允许和人决斗的。"

"嘿!也许你只有在战争中才能和他决一雌雄了!"

"但是,人们都在说不会发生战争,"兹比什科说道,"因为十字军骑士团害怕我们的国家。"

增德拉姆听了这话,说道:

"和平是不会持久的,同豺狼是不能和睦相处的,他们总是靠掠夺别人才活着的。"

"也许这段时间,我们要和跛足帖木儿打仗哩,"波瓦瓦说道,"维托尔德大公被艾迪加打败了,①这是确凿无疑的。"

"这是真的,斯佩特科总督也不会回来了。"帕什科·兹沃吉伊说道。

"已故的王后也曾预言过这样的结局。"塔切夫的波瓦瓦说道。

"哈哈,这样一来,我们也许真的要去打帖木儿了。"

---

① 1399 年 8 月 12 日,维托尔德在伏尔斯克瓦被鞑靼首领艾迪加打败。

谈到这里，话题又转到立陶宛人远征鞑靼人的事情上来了。毫无疑问，维托尔德大公，这位暴烈有余而谋略稍逊的统帅，在伏尔斯克瓦遭到了惨败，许多立陶宛和罗斯的骑士被打死，浴血沙场的还有一小部分波兰骑士，甚至还有十字军骑士。这些聚集在阿米列伊家里的骑士，对于斯佩特科的失踪感到特别惋惜，因为他是王国里最富有的一位贵族，他是自愿去参加这次征战的，那一仗之后他就失踪了。人们把他的骑士业绩吹得天花乱坠，还说他从敌人的首领那里得到了一顶护头用的高顶呢帽，但他却不愿在战斗中戴上它，宁可光荣地战死沙场，也不要异教国家君主饶命。不过，现在还无法确定他是死了还是被俘了。若是被俘了，他倒可以去赎身，因为他家的资财多得难以计数。此外，符拉迪斯瓦夫国王还曾把整个波多列地区赐予他为封地。

然而，立陶宛人的失败，也许会给雅盖沃的整个国家带来危害。因为谁也不敢肯定，这些鞑靼人是否会挟战胜维托尔德之势，大举侵犯大公国的所有土地和城镇。如果是的话，王国就不能不卷入战争，因此，许多骑士，其中包括查维夏、法鲁列伊、多布科，甚至还有波瓦瓦，他们过去都热衷于在国外的宫殿中寻找冒险和战斗，如今都特意地留在克拉科夫。他们不知道不远的未来会发生什么事情。如果统治二十七个国家的君主帖木儿率领整个蒙古帝国前来进攻西方，那么王国就会有莫大的危险。王国中的许多骑士都断定，这样的事一定会发生。

"如果有必要，我们就和跛子本人较量一番。他要对付我们国家，可不会像对付那些被他征服和灭亡的国家那么轻而易举。到时候，别的天主教国家也会来帮助我们的。"

特别憎恨骑士团的增德拉姆听了这话，痛心疾首地说道：

"别的王公大臣我不知道，不过十字军骑士团倒是会和鞑靼人攀亲附戚的，会从另一方面来攻打我们。"

"那就会有一场战争可打了！"兹比什科高声喊道，"我去打十字军骑士！"

不过，别的骑士们开始反驳起增德拉姆来。十字军骑士虽然不敬畏上帝，只顾自己的利益，但他们还不至于去帮助异教徒来攻打天主教国家。另外，帖木儿现在也正在亚洲的某个地方作战。而鞑靼人的可汗艾迪加也在这一战役中损失了不少人,以至于他连打胜仗都害怕了。维托尔德大公是个足智多谋的人,他一定会严加防备的,尽管这一次他们吃了败仗,但是打败鞑靼人,对他们来说,也不是什么新鲜事儿。

"我们不是和鞑靼人,而是和日耳曼人进行一场你死我活的战争!"增德拉姆说道,"如果我们不打败他们,他们就要消灭我们。"

继而,他转向兹比什科说道:

"首先灭亡的会是玛佐夫舍,你在那边有你干的事情,你用不着担心!"

"嘿!若是我叔父的身体好,我会马上到那儿去的。"

"愿上帝保佑你!"波瓦瓦举杯说道。

"祝你和达奴霞身体健康!"

"为消灭日耳曼人干杯!"增德拉姆接着说道。

骑士们开始向兹比什科告辞了。这时候,公爵夫人的一位侍从走了进来,他手臂上站着一只隼鹰。他向在场的骑士们鞠躬致敬后,脸上露出一种特别的笑容向兹比什科说道:

"公爵夫人命我前来告诉阁下,她将在克拉科夫再住一晚,明日一早上路。"

"很好!但是,为什么?是谁生病了吗?"兹比什科说道。

"不,是公爵夫人那里来了一位玛佐夫舍的客人。"

"是公爵本人来了吗?"

"不是公爵,而是斯佩霍夫的尤兰德。"宫廷侍从回答道。

兹比什科听到这话,立即感到惊恐不安,他的心跳动得那样厉害,就像他在听到宣读死刑判决时一样。

第 八 章

安娜公爵夫人对于斯佩霍夫的尤兰德的到来，并不感到十分意外，因为这样的事常常发生。每当他同邻近的日耳曼人进行了连续不断的偷袭、追击和斗争之后，便会突然思念起达奴霞来。这时候，他便会出人意料地来到华沙，或者来到捷哈诺夫，或者到雅鲁什公爵宫廷临时驻足的某处地方去。

每次见到孩子，他都要悲恸欲绝一番。达奴霞随着年岁的增长，越来越像她的母亲。因此，他每次见到达奴霞，就像是从前在华沙的公爵府中初次见到他的亡妻那样禁不住悲从中来。人们常常以为，他那专注于报仇的铁石心肠，经过了一番悲伤之后，便会软下来。公爵夫人也不时地劝解他，要他放弃那血腥的斯佩霍夫，留在她的宫中，和达奴霞住在一起。公爵本人也很看重他的英勇和作用，同时也为避免边界纷争所带给他的种种烦恼，答应给他掌剑官的职位，但这一切都毫无结果。只要一见到达奴霞，他的旧伤便会复发，接连几天都会茶饭不思、夜不成寐、不言不语。他的心里很显然是悲愤极了。于是他便会突然离开宫廷，回到他那遍地是沼泽的斯佩霍夫去，好让他的悲痛和愤怒淹没在血河中。这时候，人们总是这样议论着："日耳曼人要倒霉了！尽管他们不是绵羊，但对尤兰德来说，他们就是绵羊。因为对于日耳曼人来说，他是一只恶狼。"而且，在过了一段时间之后，便传来了种种不同的消息，有的说，许多越过边境志愿投靠十字军骑士团的骑士都在路上被抓去了；有的说，不少城堡被烧毁，农夫被掳去；还有的说，可怕的尤兰德在生死搏斗中总是以胜利而告终。由于马茹尔人和从骑士团那里租得土地和城镇的日耳曼骑士都有贪婪凶狠的本性，即使在玛佐夫舍各公国和骑士团和平相处的时期，边界上也总是不断地发生骚乱和斗争。居民们即使是到森林中去伐树，或者到地里去收割庄稼，也总是武器不离身的,都要带着大刀或者长矛。那里的居民总是忐忑不安,不知过了今天是否还有明天,总是处在战争戒备中,心肠都变得铁硬了,个个都不再局限于防守,都是以抢劫反抢劫,以纵火反纵火,以袭击反袭击。这样的事常常发生:每当日耳曼人偷越森林去攻打某个城镇、掠夺农夫和牲畜的时候,马茹尔人也同时干着这样的事情。有时候,他们双方相遇便会立即兵刃相见,打得难解难分。不过,通常只是两边的首领展开决斗,胜者便把战败者的全部扈从俘获过去。因此,当华沙的宫廷接到对尤兰德的控诉时,公爵也就用控诉日耳曼人袭击来挡了回去。这样一来,尽管双方都要求得到公正处理,但没有一方会这样去做。于是,所有的掠夺、纵火和袭击都依然在进行着,根本不会受到任何的惩罚。

尤兰德住在灯芯草密布的沼泽地中的斯佩霍夫。心怀着难以抑止的复仇愿望,他便成了邻近日耳曼人的凶神恶煞,以至于到了最后,他们的恐惧超过了他们的勇敢精神。于是与斯佩霍夫相邻的土地都成了荒地,森林里长满了野生的蛇麻草和榛树,草原上也是灌木丛生。有几个在国内横行霸道惯了的日耳曼骑士,曾试图在离斯佩霍夫不远的地方住了下来。可是,过不了多久,这些人都宁愿放弃自己的领地、牲畜和农夫,而不愿生活在这个残暴无情的邻居的近旁。这些骑士也曾常常在一起策划,共同向斯佩霍夫发动进攻,但每次均以失败而告终。他们试用过种种的方法和手段,有一次,他们聘请了一位梅恩来的骑士,他膂力过人而又心狠手辣,在所有的战斗中保持不败,是个常胜将军。他前来向尤兰德挑战。可是等他们在比武场上一露面,这个日耳曼人一看到这位可怕的马茹尔人,竟像见到鬼似的怕得要命,立即掉转马头就想逃走,尤兰德一矛朝他没有护甲的后背刺去,从此便结束了他的荣誉和生命。打那以后,邻近的日耳曼人更是胆战心惊了,只要日耳曼人一看到斯佩霍夫的炊烟,不管离得多远,都要在自己身上画十字,默默向自己的保护神祈祷。因为他们都深信,为了报仇,尤兰德已经把自己的灵魂出卖给魔鬼了。

种种关于斯佩霍夫的可怕事情不胫而走,有的说,通往斯佩霍夫的那条小路,穿过长满水草和满是深渊的沼泽地,小路是那样狭窄,两个人骑马都不能并缰而行。有的说,小路两旁都是日耳曼人的白骨。一到晚上,淹死的大头鬼便会撑着两只蜘蛛般的细腿出来行走,他们呻吟着、喊叫着,把骑马的人连人带马一起拉进深渊中去。有的还说,小城堡的木栅栏柱上都挂有骷髅骨以作装饰之用。不过这些都是流言飞语,只有这一点是真实的——在斯佩霍夫的装有铁栅栏的地牢里,经常关有几个或十几个囚徒哀号呻吟。实际上,尤兰德的名字要比那些传闻中的僵尸和落水鬼还要可怕得厉害。

兹比什科一听说尤兰德的来到,便立即赶到他那里去。因为是去见达奴霞的父亲,他心里总有点发怵。他挑选达奴霞为自己的意中人并向她许过愿,任何人都不能禁止他这样做。可是后来公爵夫人却给他和达奴霞订了婚,尤兰德对这件事是什么态度呢?同意还是不同意?如果他这个父亲大声喊叫"绝不允许",那又该怎么办呢?这些问题使他心神不定,因为现在达奴霞对他来说,胜过世界上的一切。可是他一想到,尤兰德一定会把他袭击里赫顿斯泰因看成是件好事而不是坏事去赞赏他,心里又萌生了希望,增添了胆量,因为他是为达奴霞的母亲报仇才这样做的,而且还几乎送掉了自己的脑袋。

这时候,他想向这个到阿米列伊家来找他的宫廷侍从探探口风:

"你把我带到哪儿去?是到城堡去吗?"

"是到城堡去,尤兰德和公爵夫人的随从住在一起。"

"你给我说说,他是怎样的一个人……也好让我知道,该怎样同他说话。"

"我能说什么呢!他是个完完全全与众不同的人。据说,他以前是个很快活的人,后来才变得性格乖戾凶狠的。"

"他干练聪明吗?"

"很老练,他抢别人,却不让别人抢他。嗨,可惜他只有一只眼睛了,另一只被日耳曼人的弓箭射瞎了。不过,光凭这一只眼睛,他就能把你看透。他很难和别人相处……他只喜爱公爵夫人,我们的夫人。他爱她,是因为他娶了她的宫廷侍女为妻,现在又把他的女儿送到我们这里来抚养。"

兹比什科松了一口气。

"那你就是说,他不会反对公爵夫人的意旨了!"

"啊,我知道你要打听的是什么了,好吧,我把我听到的都告诉你。公爵夫人和他说起过你们订婚的事,因为向他隐瞒这件事情是不合情理的,不过他到底说了些什么,我就不知道了。"

他们就这样说着说着,便来到了城堡的大门口。王家弓弩队队长,也就是那个押着兹比什科走向刑场的人,现在却向他们友好地点着头。他们经过岗哨,便走进了大院,随后向右拐,朝公爵夫人住的一排厢房走去。

宫廷侍从在门口遇见一个仆人,便问道:

"斯佩霍夫的尤兰德在哪里?"

"在转角的那个房间里,和女儿在一起。"

"就在那边。"宫廷侍从指着一扇门说道。

兹比什科画了个十字,掀起门帘走了进去,他的心怦怦直跳。他并没有立即看见尤兰德和达奴霞,因为这房间不仅曲里拐弯,还很昏暗。过了一会儿,他才看清了姑娘的一头金发,她正坐在她父亲的膝头上。他进来的时候,他们也没有听见,于是他只好停在帘子前面,咳嗽了一声,才开口说道:

"赞美上帝!"

"永生永世!"尤兰德站起身来,答道。

就在这时候,达奴霞也跳了起来,直朝兹比什科奔了过去,抓住他的手,喊道:

"兹比什科!我爸爸来了!"

兹比什科吻过她的手之后,便和她一起走到尤兰德面前,说道:"我特意前来向您致敬,您知道我是谁了吧?"

他微微弯下身子,双手做了个像要去抱尤兰德双脚的动作,但是,尤兰德抓住了他的手,把他拉到了高处,一声不响地打量着他。

兹比什科已经镇定下来,他抬起头来,好奇地望着尤兰德。他看到站在他面前的是个身材魁梧的人,有着一头亚麻色的头发和同样颜色的胡子,脸上长有麻点,只有一只铁青色的眼睛。他仿佛觉得,这只眼睛一下子就能把自己看穿,他又开始慌乱起来,以至于不知道该说些什

么好。可是他又真想说点什么,以便打破这令人难受的沉默,最后他终于问道:

"您就是斯佩霍夫的尤兰德,达奴霞的父亲吧?"

但是,尤兰德只是指了指橡木凳旁的一张椅子,他自己也坐了下来,一句话也不说,又打量起兹比什科来。

兹比什科再也忍耐不住了,说道:

"您也知道,要我像在法庭上那样坐着是很不舒服的。"

直到这时候,尤兰德才开口说道:

"你想要和里赫顿斯泰因决斗吗?"

"是的!"兹比什科回答说。

斯佩霍夫主人的眼里闪现出一种奇异的光辉,他那严厉的脸上也露出了慈和的光亮。过了一会儿,他朝达奴霞望了一眼,又问道:

"你这是为了她吗?"

"不是为了她还会为谁呢!我的叔叔一定告诉过您,我为她起誓的事,我要拔下日耳曼人头上的孔雀羽。现在不是三簇了,至少是一双手的手指的数目了,我这样做,也可以帮助您替达奴霞的母亲报仇。"

"那他们更要倒霉了!"尤兰德回答说。

重又出现了沉默。但是,兹比什科却在估摸着,只有他表现出对日耳曼人的切齿仇恨,才能打动尤兰德的那颗心,于是他又说道:

"就是为了我自己,我也决不会饶了他们的,他们差点让我掉脑袋了!"说到这里,他转向达奴霞,加上了一句:

"是她救了我。"

"我知道。"尤兰德回答道。

"您不会生气吧?"

"你既然已向她起过誓,那你就为她效力好了,这是骑士的规则。"

兹比什科忧心忡忡,过了一会儿,他才带着明显的不安心情说道:

"您也知道了……她是用她的头巾蒙住我的头……所有在场的骑士和那个手持十字架、站在我身边的法兰西斯派神甫都听见她说'你是我的人'。而且毫无疑问,我将永远效忠于她,至死不变,上帝一定会帮助我的。"

他一说完，又跪了下去。为了表明他懂得骑士的规矩，便以无限的崇敬心情吻着达奴霞的双脚，她此时正坐在椅子的扶手上，然后他站了起来，转身向尤兰德问道：

"您曾看见过第二个像她这样的人吗？"

尤兰德突然把他那双男子汉的巨手放在后脑勺上，双眼紧闭，声如洪钟地说道：

"看见过，但是，日耳曼人却把她杀害了！"

"请您听我说，"兹比什科满怀激情地说道，"我们受过同样的欺凌，也有一样的报仇心。这些狗杂种把我们博格丹涅茨的人都抓走了，把陷入沼泽地里的马也都用弓箭射死了……您再也找不到比我更适合干这件事情的帮手了。跃马横枪，弄刀挥剑，对我来说，都不是什么新鲜事了。您可以去问问我的叔叔！无论是用长矛，还是用大斧，也无论是用长剑，还是用匕首，我都一样能战斗！我的叔叔一定对您说过那两个弗里兹人的事情。我一定会像宰羊似的去宰那些日耳曼人。至于这位姑娘，我跪下向您发誓，为了她，就是去和地狱里的恶魔老儿决斗也在所不惜。无论给我多少土地、多少牲畜、多少嫁妆，我都决不会放弃她的。如果没有她，即使别人给我金山银屋，我也决不会要的。我宁愿追随她，直至天涯海角。"

尤兰德双手抱着头，默默地坐了一会儿。后来，他像从梦中惊醒似的，忧郁而又悲伤地说道：

"小伙子，我喜欢你，可是我不能把她给你，她命中注定不是属于你的。我的上帝！"

兹比什科一听到这话，便呆若木鸡了。他鼓起双眼望着尤兰德，一句话也说不出来了。

但是，达奴霞却来帮助他了，兹比什科是她最心爱的人，特别令她高兴的是，他不是把她看成一棵"嫩草"，而是一位"成熟的姑娘"。无论是婚约，还是这个小骑士每天向她所献的殷勤，都使她心花怒放，因此，当她明白现在这一切都要失去时，她立即从椅子上跳了下来，把头埋在父亲的膝盖上，大声嚷道：

"爸爸！爸爸，我真要哭了！"

很显然,尤兰德爱他的女儿胜过世上的一切,他温柔地把手放在她的头上,脸上也没有了那种严厉和愤恨的表情,有的只是一种淡淡的悲愁。

这时候,兹比什科恢复了镇定,说道:

"怎么回事?难道您要反对上帝的旨意?"

尤兰德回答说:

"如果这真是上帝的旨意,你就会得到她的。但是,我不能答应把她给你。唉,尽管我很乐意这样做,但我不能……"

他一说完,便抱起达奴霞,朝门口走去。兹比什科想阻住他的路,他停了一下,说道:

"你以骑士身份为她效劳,我是决不会生你的气的,但是,你别再多问我了,我什么也不会告诉你的。"

说完,他就走出去了。

第 九 章

　　第二天,尤兰德并没有回避兹比什科,也没有阻止兹比什科一路上为达奴霞所做的种种事情,因为这都是她的骑士应尽的职责。相反地,兹比什科虽然心神不安,却注意到了这位阴郁的斯佩霍夫老爷,常用友善的目光望着他,仿佛在后悔昨天对他作出的那样残酷的回答。这位年轻的贵族也好几次试图去接近他,想和他说说话。从克拉科夫动身上路以来,一路上他们本有很多交谈的机会,因为他们两人都是骑着马陪伴公爵夫人的。本来就沉默寡言的尤兰德,倒也很想说说话,但是,只要兹比什科想要探听他为什么不能和达奴霞结合,谈话便立即中断,尤兰德的脸上也是浓云密布。兹比什科以为,公爵夫人一定知道其中详情,因此,他一有机会便向她打听消息,可是她也无法告诉他更多的东西。

　　"当然是有秘密的,"公爵夫人说道,"尤兰德本人就对我说过。但他同时也求我,别再向他盘根问底了。很显然,这一定和什么誓言有关系。骑士们中间常常会有这样的事。但是,上帝会帮助我们的。总有一天,一切都会真相大白的。"

　　"要是没有达奴霞,我活在这个世界上,就会像一只套着锁链的狗,或是像一只掉进陷坑里的熊一样不幸。"兹比什科答道,"既没有欢乐,也没有幸福,除了悲伤和叹息,再也没有什么别的了,我还不如跟维托尔德大公到塔湾岛去,让鞑靼人打死我好了。不过,首先,我要把叔叔送到博格丹涅茨去,然后,我要按照我立下的誓言,从日耳曼人头上拔下几簇孔雀羽来。也许日耳曼人会把我杀死,但我宁愿这样死去,也不愿活着看到别人娶走达奴霞。"

　　公爵夫人抬起她那和善的蓝眼睛望着他,不无惊奇地问道:

　　"这么说,你会允许别人娶走达奴霞的了?"

"我？只要我还有一口气，我就决不会让这种事发生，除非我的手坏了，拿不起斧头来。"

"这才是人话！"

"唉，可是我怎么能够不顾她父亲的意旨而娶她为妻呢？"

听了这话，公爵夫人像是自言自语似的说道：

"万能的上帝！难道这种事没有发生过吗？"

接着，她便对兹比什科说道：

"难道上帝的旨意不是要强过父亲的旨意吗？尤兰德就对我说过：'如果这真是上帝的旨意，他就会得到她的。'"

"他对我也说过这种话！"兹比什科大声喊道，"他对我说：'如果这真是上帝的旨意，你就会得到她的。'"

"你还不明白吗？"

"现在全靠您的垂顾了，仁慈的夫人，这是我唯一的安慰。"

"我会照顾你的，达奴霞也会等着你的。我昨天还对她说：'达奴希卡，你会等着兹比什科吗？'她这样回答我说：'我要么是兹比什科的人，要么就不嫁任何人。'她还是一颗碧绿的嫩果，不过她一定会信守自己的诺言的，因为她是个贵族出身的孩子，而不是个无知的村妇。她的母亲和她一样也是个高贵的女人。"

"感谢上帝！"兹比什科说道。

"不过你得信守你的誓言。许多男人都是轻浮的，山盟海誓地表示要永远爱这个，可是过不了多久，就爱上了别人。我说得对吗？！"

"我若是这样的人，就让主耶稣来惩罚我好了。"兹比什科热情激昂地回答说。

"好吧，你记住就行了。你把你叔叔送到博格丹涅茨以后，就到我们的宫廷来。你在我们那里总有机会得到骑士腰带的，至于其他的事情，那就要再想办法了。在此期间，达奴霞也长大成人了，她自己能体会到上帝的旨意了。尽管她现在也非常地爱你，可是我不得不说，她现在的这种爱，还不是一个成年姑娘所表示的那种爱。到那时候，尤兰德也许就会同意了，因为我看出，他还是顶喜欢你的。你可以到斯佩霍夫去，和尤兰德一道去打日耳曼人。也许你碰上个机会，给他帮了大忙，他就会对你改变态度了。"

"仁慈的夫人,我也是这样打算的。不过,有了您的准许,我也就更放心了。"

这次谈话给了兹比什科以莫大的欢乐,然而就在这时,当他们刚走到第一个驿站的时候,马奇科的病情恶化了,不得不留下来,要等病情有所好转后才能继续上路。善良的安娜·达奴塔公爵夫人把她带来的全部药品都留给了他们,她自己不得不继续赶路,于是博格丹涅茨的两位骑士便只好和玛佐夫舍宫廷的人们分开了。兹比什科先是跪倒在公爵夫人的脚下,后又跪在达奴霞的面前,他再一次向她发誓,要永远忠实地为她效劳。他保证不久就会到捷哈诺夫或者华沙去看她的。最后,他用那双强壮有力的手抱住了她,把她举得高高的,以充满炽热的声调再三说道:

"你要记住我,我最心爱的小花!记住我,我的小金鱼!"

达奴霞双臂紧紧抱住了他,就像妹妹抱住她喜欢的哥哥那样,用她的小鼻子擦着他的脸颊。她哭得像泪人儿一样,也是一再地说道:

"没有兹比什科,我不想到捷哈诺夫去,我不要到捷哈诺夫去!"

尤兰德看到她这样,并没有发火。相反地,他非常友好地和这个年轻人告别。他上马之后,还转过身来对他说道:

"愿上帝保佑你,别生我的气!"

"我怎么会生您的气呢?您是达奴霞的父亲。"兹比什科诚心实意地回答说。

他向尤兰德的马镫俯下身去,但尤兰德却握住了他的手,说道:

"愿天主赐给你幸福和万事如意!你明白吗?"

他策马离去,兹比什科终于明白了,尤兰德最后几句话所包含的深情厚爱。于是他回到了马奇科躺着的那辆大车旁,说道:

"您知道,他也是愿意把达奴霞给我的,不过,好像有什么事情不让他同意这件事。您去过斯佩霍夫,头脑又很灵敏,请您好好地想想,到底是什么原因呢?"

但是,马奇科病得太重了。他从早晨起就发着高烧,到了傍晚,高烧越来越厉害,竟连神志也不清了,因此,他没有回答兹比什科,而是吃惊似的望着他，后来才问道：

"这里为什么鸣钟呀？"

兹比什科一听，害怕了，因为他马上想到，如果病人听见了钟声，就表示死神正在走近。他同时也想到，老人也许等不到神甫来听忏悔就死去，这样一来，他就有可能不是被打入地狱，就是在炼狱里待上至少几个世纪。于是他决定继续往前赶去，以便最快地赶到某个教区，让马奇科能够得到临终的圣餐。

为此，他们连夜兼程，兹比什科坐在铺着稻草的马车上，细心照看着躺在马车里的叔叔，一直守护到天明，不时地给他喝口葡萄酒，那是商人阿米列伊特意送给他在路上喝的。马奇科贪婪地喝了一口又一口，很显然，这酒减轻了他的痛苦。喝完两夸脱，他的神志开始清醒了，等喝完三夸脱，他便睡得那样深沉，使得兹比什科时时俯下身去，看看他是否还活着。

一想到这事，兹比什科便感到十分伤心，直到他被囚禁在克拉科夫以前，他一直都没有意识到，他是多么地爱他的这位叔父，对他来说，这位叔父就是他的亲生父母。现在他才茅塞顿开，然而同时他又觉得，叔父一死，他在这个世上就是孤独一人，该会多么凄凉。除了那个把博格丹涅茨作为抵押品而接管过去的修道院院长外，他就没有别的什么亲戚了。他没有朋友，也没有可以帮助他的人。同时他又想到，如果马奇科死了，那也是日耳曼人造成的，就是那些日耳曼人差点让他人头落地，他的祖先也是被他们杀害的，还有达奴霞的母亲，以及许多他所认识的或者他从朋友那里听说过的无辜者，都惨遭他们杀害。于是他不无惊奇地想道："在整个王国里，没有人没有受过他们的欺侮，也没有人不想向他们报仇的。"想到这里，他又回忆起了那些在维尔诺城下和他打过仗的日耳曼人。他知道，即使鞑靼人也没有他们那样残忍，在这个世界上再也没有第二个国家的人像他们那样的。

黎明中断了他的联翩浮想，天气晴朗而略带寒意。马奇科的病情显然有所好转，因为他的呼吸更为均匀而平静了。直到阳光相当暖和之时，他才睡醒，睁开眼睛问道：

"我好多了，我们现在到了什么地方？"

"我们到了奥尔库斯的地界了。您知道,就是人们采挖银矿充实国库的地方。"

"要是我们能得到地下的这些东西该多好啊,那就可以再建一座博格丹涅茨了。"

"看得出来,您真是好多了!"兹比什科笑着回答道,"嘿,即使要建一座石砌城堡也足够了。我们要到那座小教堂去。那里的神甫一定会招待我们的,您也可以做忏悔了。一切都是上帝安排的,不过,一个人要是问心无愧就更好了。"

"我是个有罪之人,我很愿意忏悔!"马奇科答道,"晚上我做了一个梦,梦见魔鬼来剥我脚上的皮……他们叽里咕噜,说的是德语。感谢上帝,我好多了。你睡了没有?"

"我要照看您,怎么能睡呢?"

"那你就躺一会儿,到了小教堂,我就会叫醒你。"

"我怎么睡得着呢?"

"为什么睡不着?"

兹比什科用孩子似的眼光望着马奇科,说道:

"除了爱情,还会有别的? 我的心里真有一种揪心的痛苦。不过让我骑一会儿马,也就会好过一些的。"

他跳下马车,骑上了一个土耳其仆人——就是查维夏送给他的——给他牵来的马。马奇科摸了摸伤痛的地方,不过,他显然是在想别的事情,而不是在想自己的伤病,因为他转过头来,咂了咂嘴巴,终于问道:

"我真觉得奇怪,奇怪得无法弄明白,你为什么会这样迷恋于爱情? 你父亲不是这样的人,我也不是。"

然而,兹比什科却没有回答。他突然在马鞍上伸直了身子,两手向旁边一伸,头往上一扬,便放开嗓子唱了起来:

　　我为你哭泣,从晚上哭到天明,
　　你在哪里,我心爱的姑娘!
　　即使我眼泪哭干,又有何用。
　　因为我再也见不着你了,

我的姑娘，嗨！

这"嗨"的声音在森林中回响着，碰到路旁的树干便发出回响。回声一直飘向远处，直到森林密处才消失了。

马奇科又摸了摸他伤痛的地方，那里还留有日耳曼人的矛头，呻吟了一声，说道："以前的人比现在的人要聪明，你知道吗？"

随后，他又思考了一会儿，仿佛在回忆古时的事情似的，然后他又继续说道：

"尽管古时候的一些人也很笨。"

这时候，他们走出了森林，看见了采矿工人住的小棚屋，再过去就是卡其密什国王所建的奥尔库斯的城墙，和符拉迪斯瓦夫·沃凯特克国王所建的教堂钟楼。

第 十 章

　　教堂的主持神甫听了马奇科的忏悔,殷勤地留下他们过夜,第二天早上他们才动身上路。过了奥尔库斯,他们转向西里西亚,沿着交界的路线,一直通往大波兰地区。这条大道要通过一座大森林,每当黄昏降临,森林中常常能听到一种像是从地下发出的声音,还有野牛和欧洲牦牛的吼叫声。到了夜晚,便能看见在浓密的榛树中间,狼群的眼睛在闪烁。然而,在这条大道上,比野兽更加危险的是来自西里西亚的日耳曼人和日耳曼化了的当地骑士,他们常常威胁着过往的路人和商人,这些日耳曼人沿着边界建起了许多小城堡。的确,在奥帕尔齐克·纳德斯潘反对符拉迪斯瓦夫国王的战争中,由于西里西亚人曾帮助奥帕尔齐克,大部分小城堡都被波兰人摧毁了。但是,还是应该提高警惕为妙,尤其是在日落之后,武器绝不能离手。

　　他们平安无事地前进着,以至于兹比什科都有点感到旅途单调乏味,可是那天晚上,等到他们离博格丹涅茨还有一天的路程时,他们听到身后有马匹的响鼻声和马蹄声。

　　"后面有人在追踪我们。"兹比什科说道。

　　马奇科还没有入睡,他望了望天上的星星,像一个富有经验的人那样回答道:

　　"离天亮不远了,匪徒们不会在黑夜快过去的时候前来打劫,因为他们必须在天亮之前赶回家里。"

　　兹比什科却把马车停住了,他让仆从们一字排在路中间,面向着后面赶来的人,他自己却站在最前面,等在那里。

　　过了不久,他在夜色苍茫中看到了有十来个骑马人:其中一人骑在头里,后面的人相隔几步远,看来那个人并不打算暗中偷袭,因为他在高声歌唱。兹比什科听不清他唱的是什么,但那个陌生人唱到每一节歌词的结尾,高兴地叫着"跳呀！跳呀！"时,他却听得清清楚楚。

"是我们的人。"他想。

过了一会儿,他大声喊道:

"站住！"

"你坐下来吧。"一个幽默风趣的声音答道。

"你们是什么人？"

"你们又是什么人？"

"你们为什么要追踪我们？"

"你们又为什么要拦路？"

"快回答,否则我就要放箭了。"

"我们也张弓……搭箭——放！"

"还是用人话来回答吧！否则你会倒霉的。"

听了这话,回答兹比什科的却是一支愉快的歌:

> 倒霉鬼碰上了另一个倒霉鬼,
> 他们来到十字路口跳起了舞。
> 跳吧！跳吧！跳吧！
> 他们为什么翩翩起舞,又有何用？
> 尽管他们贫穷,跳舞真是其乐无穷！

听到这样的回答,兹比什科甚感惊异,可是这时候,歌声却停住了,还是原先的那个声音在问:"老马奇科的身体怎么样了？他还活着吗？"

马奇科在马车上抬起了身子,说道:

"啊,老天爷,这是我们自己人！"

兹比什科策马走上前去。

"是谁问起马奇科的？"

"一个邻居,兹戈热利兹的齐赫。我追赶你们已经一个星期了,一路上都在打听你们。"

"好呀,叔叔,是兹戈热利兹的齐赫！"兹比什科喊道。

他们愉快地互致问候。齐赫确实是他们的邻居,而且他是个好人,他的幽默风趣深受人们的喜爱。

"唔,您好吗?"他握住马奇科的手,问道,"是还能'跳'呢,还是不能'跳'了?"

"唉,已经不能'跳'了。"马奇科回答道,"真高兴见到您。啊,我的上帝,我好像已经回到了博格丹涅茨似的!"

"您怎么了?我听说日耳曼佬把您打伤了。"

"是的,这些狗杂种袭击了我,把一根矛头刺进了我的肋骨中间。"

"上帝保佑!现在好些了没有?您喝过熊脂油没有?"

"您瞧,"兹比什科说道,"人人都劝他喝熊脂油,等我们一回到博格丹涅茨,我会立即拿起斧头,晚上去森林中的蜂巢。"

"也许雅金卡有,若是没有,我会派人告诉你们的。"

"哪个雅金卡?您的妻子不是叫马乌戈赫娜吗?"马奇科问道。

"唉!马乌戈赫娜早已不在人世了。到圣米哈尔节,马乌戈赫娜躺在教会墓地里就满三年了,她是个刚强的女人,主啊,愿您的光辉照耀着她的灵魂!不过,雅金卡和她母亲一样,尽管她很年轻。"

　　山谷之上便是高山,
　　女儿和母亲一模一样。
　　跳啊!跳啊!

"我曾对马乌戈赫娜说过'别再去爬松树了,你已经五十岁了'。可是她不管,还是要去爬,树枝断了,她摔了下来,摔得很重,过了三天她就离开人世了。"

"主啊,愿您的光辉照耀她的灵魂吧!"马奇科说道,"我记得,我记得……她发起脾气的时候,样子很凶,长工们都躲到草堆里去,不过她在管理家务方面真是能干!您说她是从松树上摔下来的,真想不到……"

"她就像松果那样掉到了地上……真是祸从天降。您知道,葬礼之后我悲痛得喝了个酩酊大醉,他们三天都无法把我叫醒,他们认为我也活不过来了。后来我哭得这样伤心,连眼泪都装了一大罐。不过,雅金卡也是个理家的能手,现在家里的一切都全靠她了。"

"我都不太记得她了。我离开的时候,她还只有斧头把那样高。她在马肚下钻来钻去,头还碰不着马肚哩。唉,不过,这是很久以前的事了。现在她一定长大成人了。"

"到圣阿格涅斯卡节,她就满十五岁了,我也有一年多没有看见她了。"

"您干什么去了?您打哪里回来的?"

"打仗去了。有雅金卡照管一切,我何必关在家里呢?"

尽管马奇科病魔缠身,但一听到打仗,便竖起耳朵听着,他问道:

"也许您跟着维托尔德大公在伏尔斯克瓦那里打过一仗的吧?"

"是的,我就是在那儿打过仗的。"齐赫愉快地答道,"唉,上帝没有赐给他好运气,我们被残酷的艾迪加打败了。他们先把我们骑的马射死,鞑靼人并不像天主教骑士那样直接攻打你,而是远远地放箭,你攻打他,他就逃走,随后他又向你放起箭来。对付这种人,你真是无法可想。您知道,我们军队里的骑士们都非常轻敌,他们吹牛说:'我们用不着端起我们的长矛,也用不着拔出我们的利剑,就能把这些毛毛虫踩死在我们的马蹄下。'他们就这样自吹自擂,可是当对方的箭铺天盖地地射过来的时候,仗一下子就打完了。我们的人十个里头有一个活着就是好的了。您相信吗?大部分的骑士被打死了,七十位立陶宛和罗斯的公爵战死在疆场上。至于被打死的贵族和形形色色的各种随从,以及被称为'奥特罗克'的宫廷侍从究竟有多少,您就是去数两个星期那也是数不完的。"

"我听说过了。"马奇科插嘴说,"我们去支援的骑士也死了不老少哩!"

"嘿,甚至还有十个十字军骑士也被打死了,他们是奉命到维托尔德军中来服役的。我们的人也死了一大批,这是因为,您也知道,别人一见势不妙便向后逃,而我们的人是从来不逃走的。维托尔德大公最信任我们的骑士,每到打仗的时候,他不要别的人,只要清一色的波兰人来当他的卫队。唏!唏!在他身边成堆的人倒下了,可他却丝毫无损!梅尔斯廷的斯佩特科被打死了,掌剑官贝尔纳特和御膳官米科瓦伊也战死沙场,被打死的还有普罗科普、普热兹瓦夫、多布罗戈斯特、拉日维兹的雅希科、皮利克·玛茹尔、米霍夫的瓦尔什、索哈总督、董布罗瓦的雅希科、米沃斯瓦维亚的彼特尔科、什切皮耶斯基、奥德尔斯基和托姆科·瓦果塔等等。谁还能数清楚这么多人呢！我亲眼看见有些人浑身都插满了箭头，死后就像只豪猪，看了真叫人发笑啊！"

说到这里，他果真笑了起来，仿佛在说一件最有趣的事情似的，还突然唱起歌来。

　　啊，你才知道鞑靼人的可怕，
　　他要割你的肉，活剥你的皮。

"唔，后来怎么样了？"兹比什科问道。

"后来大公逃掉了，不过他像往常那样，很快便恢复了勇气，压得他越重，他跳得就越远，像根榛木杖那样。我们这时候都赶紧撤到塔湾的河滩上，去保护那些过河的人。这时候，又有一小队波兰骑士赶来支援我们，真是好极了！第二天，艾迪加又带着一大群鞑靼兵来进攻了，但是他再也不能为所欲为了。嗨，每当他向河滩攻来，我们便奋勇抵抗，打得他无计可施，我们打死了他们好多人，也活捉了不少鞑靼兵，我自己就俘获了五个，我现在要把他们带回兹戈热利兹去。等到了天亮，你们就可以看到他们长的是怎样的一副狗头。"

"在克拉科夫，有人说，战争会打到波兰王国来。"

"嘿，艾迪加可不是个傻瓜，他清楚地知道我们的骑士是什么样的。他也知道，我们的最伟大的骑士都留在了家里，因为王后不高兴维托尔德随心随意地挑起战端。哎，这个老艾迪加，真是个狡猾的人！他在塔湾就看出来了，大公的兵力已加强，他便立即下令撤退，早已跑出收什一税的地区，逃得无影无踪了。"

"可您却回来了。"

"是的，我回来了，那里没有什么事可干了。在克拉科夫，我听到了你们的消息，说你们刚离开那里不久。"

"所以您早就知道是我们了。"

"是的，我知道是你们，我是一路打听过来的。"

说到这里，他转向兹比什科：

"嘿！我的上帝！我上一次看见你的时候，你还是个小孩子，如今，虽然夜色朦胧，我也能估摸到，你已经长得像头野公牛那样高大了。你的石弓已拉紧了，看得出来，你是打过仗的。"

"我从小就是在战争中长大的，您可以问问我叔叔，我在这方面是不是经验丰富。"

"我根本不需要问你的叔父，我在克拉科夫的时候，见到了塔切夫的波瓦瓦，他把你的事都告诉我了。不过，我也知道那个马茹尔人不想把女儿给你。我可不是一个顽固不化的人，你令我喜欢……等你见到了我的雅金卡，你就会把那个姑娘忘记的，那才是天作之合！"

"您错了，即使我看到十个像您的雅金卡那样的姑娘，我也决不会忘记她的。"

"我会把带磨坊的莫奇多瓦庄园作为她的嫁妆，那里有肥沃的草原，每当我骑马到那里的时候，总能听到几十只蟋蟀在纵情欢唱……有好多人来求我要娶雅金卡……不过你不用担心！"

兹比什科本想要回答他"求您的可不是我"，但是兹戈热利兹的齐赫还没有等他开口，便又唱了起来：

　　我将跪在您的面前
　　请您把雅金卡嫁给我
　　嗨，求求您！

"您总是满脑子的好兴致，满嘴的歌儿。"马奇科说道。

"请问，天上的诸圣在做什么呢？"

"在唱歌。"

"啊，那就对了！只有爱诅咒的人才哭泣。我宁愿到唱歌的人中间去，而不愿跻身于悲哭的人中间，圣徒彼得一定会说：'我们要把他送进天国，否则他就是到了地狱也要唱歌的。那就太不适合了。'你们看，天亮了。"

白天真的已经来临。过了一会儿，他们来到了一块林中空地，这里显得更加明亮。空地的大部分被湖水占据着。湖边有几个人在捕鱼，他们一看见这些带有武器的人，便立即抛下渔网，离开湖水，急忙拿起竿篙和棍棒,摆出一副威武的姿势,准备战斗。

"他们把我们当成强盗了。"齐赫笑着说道,"哎,打鱼的,你们是哪个村里的人?"

那些打鱼的人依然一声不响地站了一会儿,怀疑地望着他们。最后,其中一位年纪较大的认出了他们是骑士,便回答道:"我们是杜尔恰修道院院长神甫的人。"

"那是我们的亲戚,"马奇科说道,"就是他接管博格丹涅茨的。这片森林一定是他的了,一定是不久以前才买下来的。"

"哪里是买的。"齐赫回答道,"为了这片森林,他和布单佐夫的维尔克干了一仗,看来他是打赢了。一年以前,他们为了这片森林,骑着马用矛和长剑决斗过,结果如何我不知道,因为我离开这里了。"

"嗯,我们是亲戚。"马奇科说道,"他不会为了抵押的事和我们争吵的。"

"也许不会。和他打交道,必须顺着他,也许他还会倒贴给你一些东西的。他是个富于骑士精神的修道院院长,知道怎样戴上头盔,而且他还是个虔诚的人,唱起弥撒来也非常好听。您一定还记得……他做弥撒时声若洪钟,连燕子都从天花板下的巢窝里惊飞走了。嗯,那真为上帝增光了。"

"我怎么会不记得呢!他能在十步之远一口气把祭坛上的蜡烛吹灭,他有没有去过博格丹涅茨?"

"当然去过,他还把五个农夫和他们的妻子安插在那座庄园里,他还来过我们的兹戈热利兹,而且,您也知道,他还给雅金卡施过洗礼,他非常喜欢她,还叫她小女儿。"

"上帝保佑,他要是把那些农夫留给我就好了。"马奇科说道。

"嘿,对这样一个富翁来说,五个农夫算得了什么。让雅金卡去求求他,他一定会留下他们的。"

说到这里,谈话便停顿了一会儿,因为这时候,一轮红日已经从粉红色的沙丘那边冉冉升起。越过这片黝黑的森林,把周围的景物照得金光灿亮。骑士们按照惯例齐声欢呼:"光荣归于耶稣基督!"他们画过十字后便开始做起早祷来。

齐赫第一个做完早祷,他在胸口上拍了几拍,转身对着他的旅伴说道:

"现在,让我来仔细地看看你们。你们两个都变了……您,马奇科,首先要恢复健康……雅金卡会精心照看您的,因为你们家里连个女人也没有。现在,谁都看得出来,您肋骨中间有块碎铁,一定很难受。"

说到这里,他又转身对着兹比什科,说道:

"你也让我看看,啊,全能的上帝,我记得你小时候,常常拉住马尾巴,爬到小马驹的背上,如今呢,却长成了一个真正的骑士!从相貌看,完全是个小少爷,身体却像个魁梧的男子汉。这样的小伙子甚至能同一头熊搏斗了……"

"一头熊对他来说算得了什么。"马奇科说道,"他比现在还要小的时候,有一个弗里兹人叫他'黄口小儿',他一生气,就把那个弗里兹人的胡子扯下了一把。"

"我知道,"齐赫插嘴说道,"后来你们打起来了,得到了他们的全部东西。塔切夫的老爷已把你们的事全都告诉了我。"

> 来了一个非常富有的日耳曼人,
> 人们埋葬他时,只有一抔黄土,
> 跳啊!跳啊!

他的一双好奇的眼睛盯住兹比什科,看来看去。而兹比什科呢,看到齐赫那瘦削的身材,看到他清瘦的脸上长着一个大鼻子,看到他那会笑的圆眼睛,心里也觉得非常奇怪。

"啊!"兹比什科说道,"有您这样的一位邻居,只要上帝能让我的叔叔恢复健康,准会过得无忧无虑的!"

"宁愿有一个快乐的邻居,因为和快乐的邻居在一起是不会吵架的。"齐赫说道,"现在请你们听听我的忠言:你们离开家里已经很久,博格丹涅茨也没有收拾得整整齐齐,我并不是指农事,因为在农事上修道院院长倒是经营得不错,他开发了一大片森林,并且把一些农夫安插在那里……但是,他自己并不是常常到那里去的,因此,你们会发现那里的库房是空的,而且在屋子里大概只有一两把木凳子,甚至连干草都很难找到一把,可是病人是需要舒适的。所以你们还是和我一起到兹戈热利兹去,在我那里住上一两个月,我是真心实意邀请你们的。在这段时间里,雅金卡会把博格丹涅茨安排得舒舒服服的。你们都交给她去做,不用操心了。兹比什科可以到那里去照看一下田庄的事务,我会替你们把修道院院长请到兹戈热利兹来,你们可以立即同他结清账目……至于您,马奇科,雅金卡会像照看父亲一样来照看您的,生病期间,有女人照看是最好的事了。就这样吧!我亲爱的邻居,你们就按照我的请求去做吧!"

"大家都知道您是个好人,一向都是个好人。"马奇科不无感动地回答说,"不过,您也知道,由于肋骨中间的这个铁头,我将不久于人世,我宁愿死在自己的家里。再说,一个人回到了自己家里,尽管他病得不轻,他也能过问一下各种事情,也能检查和安排一些事情。既然上帝要我到另一个世界去,那是命中注定,无话可说。至于照看得是好是坏,也就请您不要费心了,我们在战争中都习惯了不舒服的生活。对于一个在光板地上睡过多年的人来说,能睡在一堆干草上也就心满意足了。对于您的好意,我表示衷心的感谢。如果我无法回报您的话,上帝也会让兹比什科来回报您的。"

兹戈热利兹的齐赫的确是个以心地善良和见义勇为而著名的人,他再三劝说和邀请,可马奇科一再坚持:"既然我要死了,那就要死在自己的院子里。"多年来他梦寐以求的就是回到博格丹涅茨去看看。如今就快要到家门口了,他怎能不急着回去呢?哪怕是在家里度过他最后一夜,他也就无悔了。他也会觉得那是上帝对他的仁慈,让他这个垂死的人及时赶到了家里。

他用手擦了擦眼里涌出的泪水,朝四下环视了一番,说道:

"如果这里是布单佐夫的维尔克家的森林,那我们今天下午就能到家了。"

"现在这片森林不是维尔克的了,而是归修道院院长所有。"齐赫答道。

"如果是修道院院长的,那么将来也许会是我们的。"

"嘿,您刚才还说到死,"齐赫笑着说道,"现在却想要活得比修道院院长还要长。"

"不是我活得比他长,而是兹比什科。"

他们的谈话被林中传来的号角声打断了,齐赫立即把马勒住,开始倾听起来。

"好像有人在打猎,"他说道,"等一等。"

"也许是修道院院长,能在这里见到他,那倒是件好事。"

"你们静一静!"

说完这话,他转向他的随从,喊道:

"站住!"

他们都停住不动了。号角声越来越近,过了一会儿,便听见狗吠声了。

"站住!"齐赫又说了一遍,"他们朝我们这边过来了。"

这时候,兹比什科跳下马来,喊道:

"快把弓箭给我!也许野兽会向我们冲过来!快!快!"

他接过仆从递过来的石弓,立即支撑在地上,用肚子压下去,弯着腰,背脊也像弓似的绷得紧紧的,双手抓住弓弦,转瞬之间便把铁钩搭上了,再把箭按上后,便跳进了树林里。

"他不用拉手就拉开了石弓!"齐赫低声说道,对于他的非凡力气感到惊奇。

"啊!他是个膂力过人的小伙子!"马奇科骄傲地回答道。

这时候,号角声、狗吠声越来越近了。从森林的右面,突然传来了一阵沉重的脚踏声和树枝折断的声音。接着,从密林深处朝大路冲出了一头毛茸茸的老野牛,弯垂着硕大的脑袋,眼睛充血,舌头耷拉下来,凶猛可怕。它冲到路边的一条水沟,一步便跳了过去,前脚收势不住,跌倒了,但它立即站了起来,眼看就要钻进路另一边的密林中去了。可是就在这一刹那间,石弓的弦嗖的一声,一支箭急射而去,发出一阵唿哨声,这头野牛后脚一仰,在原地转了几转,发出可怕的吼叫声,随后便像遭到雷殛那样倒在了地上。

兹比什科从树后走了出来,手里依然拉紧着石弓,随时准备再补上一箭,他警惕地朝这头躺在地上、后脚还在踢动的野牛走去。

但是,等看过它一会儿之后,他便平静地对他的扈从们,远远地大声喊道:

"我这一箭射得它屁滚尿流!"

"你真了不起!"齐赫一边说着,一边也朝他走了过去,"一箭就把它射死了!"

"没有什么,距离近,弓又猛,您看看,不光铁箭头,就连整个箭身都射进它的肩胛骨里去了。"

"这附近一定有猎人,他们会来要这头野牛的!"

"我不给!"兹比什科答道,"我是在路上打死它的,这条路又不是私人的。"

"如果打猎的是修道院院长呢?"

"要是修道院院长的话,那就让他拿去好了。"

这时候,从森林中首先出现的是十几只猎狗,一看见那只野兽,便吠叫着朝它冲了过去,开始撕咬起来。

"猎人们马上就要追出来了。"齐赫说道,"噢,瞧,他们来了,他们朝我们这边跑来,还没有看见野牛,站住!站住,到这边来,到这边来,野牛倒在这里了!野牛倒在这里了!"然而他突然不做声了,用手遮住了眼睛,过了一会儿才说道:

"天啊!这是怎么回事?难道是我眼花了吗?还是我的幻觉在作怪……"

"前面一人骑的是匹乌黑的马。"兹比什科说道。

齐赫立即喊了起来:

"仁爱的耶稣啊!那一定是雅金卡!"

他随即大声喊道:

"雅格娜①!雅格娜!……"

他一喊完,便策马朝前奔了过去,不过他的马还没有迈开大步驰骋时,兹比什科便看见了世界上最为奇妙的景象——一位穿着男装的姑娘,骑着一匹黑马,手里拿着石弓,背上背着一把长矛,直朝他们飞驰过

---

① 雅金卡的昵称。

来。她飞扬的头发上沾有忽布花粉,她的脸孔像朝霞一样鲜红,她的衬衫前胸敞开着,衬衫外面罩有一件呢褂子,她奔到他们面前时才勒住了马。有好一会儿,她的脸上流露出惊奇、难以相信和欢快的神情。最后,她终于不能不相信自己的眼睛和耳朵,便用一种轻快的、还带有孩子气的口吻喊了起来:

"爸爸,最亲爱的爸爸!"

一眨眼,她就从马上跳了下来,等齐赫也下了马来欢迎她时,她便扑到父亲的身上,紧紧抱住他的脖子。有好大一会儿,兹比什科听到的是亲吻声和这两个词的呼喊声——"爸爸!""雅格娜!""爸爸!""雅格娜!"他们一再愉快地重复着。

双方的扈从们现在都走到了一起,马奇科的马车也来到了他们的身边,可他们还是一再地说着"爸爸""雅格娜",而且还是拥抱在一起。直等他们亲够了、喊够了,雅金卡才开口问道:

"您是打完了仗回来的?您身体好吗?"

"是的,是打完仗回来的,我的身体怎么会不好呢!你呢?还有小伙子们怎样了?我想,你们都很健康吧?一定都不错。否则,你们也就不会在森林里奔跑了。但是,你在这里干什么呀,我的小姑娘?"

"您不是看见了,我在打猎呀!"雅金卡笑着回答说。

"在别人的森林里打猎?"

"修道院院长允许我的,他还给我派来了几个精于此道的猎人和一群猎犬。"

说到这里,她转向她的仆人们:

"快把那些狗赶开,它们会把兽皮咬坏的!"

随后又对齐赫说道:

"啊呀!我真高兴,您回来了,我看见您真是喜出望外!家里一切都很好。"

"你以为我就不高兴吗?"齐赫回答道,"我的小姑娘,让我再亲亲你。"

他们又亲吻起来,等亲吻过了,雅金卡说道:

"现在离家还有好长一段路呢……都是追赶这头野兽的结果,我们追了至少有两米拉①远。连马都跑累了。不过,这头野牛真不小,你们都看见了吧? 它的身上至少中了我三支箭,最后一箭才使它倒下了。"

"最后使它倒下的一箭可不是你的,而是这位小骑士射的。"

雅金卡抬手把遮住眼睛的头发往后拢了拢,迅速地朝兹比什科望了一眼,显露出一种不大友好的表情。

"你知道他是谁吗?"齐赫问道。

"我不知道。"

"他长大了,怪不得你不认识他了。不过,你也许还记得博格丹涅茨的老马奇科吧?"

"啊,我的上帝,这就是博格丹涅茨的马奇科!"雅金卡喊道。

她走到马车跟前,吻了吻马奇科的手。

"真的是您吗?"

"是我,日耳曼人把我打伤了,我不得不躺在马车里。"

"什么日耳曼人? 不是在和鞑靼人打仗吗? 这个我是知道的,因为我不止一次地求我爸爸,让他也把我带去。"

"是和鞑靼人打的仗,不过我们没有参加那场战争,我们倒是在立陶宛打过仗,我和兹比什科都打过。"

"兹比什科在哪里?"

"难道你不认得他就是兹比什科吗?"马奇科笑着回答。

"他就是兹比什科?"这姑娘一边喊道,一边打量着这个年轻的骑士。

"不错,就是他!"

"你们早就是熟人了,让他亲亲你。"齐赫高兴地说道。

雅金卡欢快地转向兹比什科,但是,她突然往后退去,用手蒙住了眼睛,说道:

"我怕羞……"

"我们不是从小就认识了!"兹比什科说道。

---

① 波兰古时的长度单位,1 米拉合 7467 米。

"啊哈！我们真是很熟。我还记得您的，我记得八年前您和马奇科到我家来，我母亲当时给了我们一些蜜渍的果仁，可是您，等大人一离开房间，马上就朝我的鼻子打了一拳，独自把所有的果仁都吃光了。"

"现在他再也不会那样做了！"马奇科说道，"他到过维托尔德大公那里，他也去过克拉科夫的王宫，他已经懂得宫廷礼节了。"

但是，雅金卡现在却在想别的事情了，她转向兹比什科，问道：

"这头野牛是您打死的吗？"

"是我。"

"我来看看箭射在什么地方。"

"您看不见的，因为整支箭都射进了它的肩胛骨下面。"

"安静点，别吵了！"齐赫说道，"我们大家都亲眼看见他射死这头野牛。我们还看到他更大的本事，他不用拉手就能把弓拉开。"

雅金卡第三次打量着兹比什科，不过这一次充满惊奇的神情。

"您不用拉手就能拉开石弓吗？"她问道。

兹比什科在她的话里听出一种怀疑的声调，于是他又把松了弦的石弓撑在了地上，转瞬之间便把它拉开了，一直拉得满满的。然后他为了表示他懂得宫廷礼节，便单膝跪在地上，把弓递给了雅金卡。

雅金卡并没有从他手里接过弓来，反而突然脸红了，她自己也不知道为什么，只是赶忙把骑马时被风吹开的衬衫扣紧了。

第十一章

　　马奇科和兹比什科回到博格丹涅茨的第二天，便对自家的古老住宅巡视了一番，他们立即就明白了兹戈热利兹的齐赫对他们说过的话没有错，刚开始他们就遇到了不小的麻烦。

　　农田方面的事情倒还说得过去，有好几处田地经过原来的农民和由修道院院长新近安置的农民的精心耕耘，看来还不错。博格丹涅茨原本有不少耕地的，但是经过普沃夫崔一役，"格拉迪"家族几乎伤亡殆尽，因而缺乏人手，再经过西里西亚日耳曼人的袭击，然后又是格奇马利特和纳温奇两个家族的械斗，于是肥沃的博格丹涅茨的耕地大部分变成了树木丛生的森林。马奇科单靠自己是无能为力的。十多年来，他一直想从克热希尼亚招进一批自由的农民，把田地租给他们耕种，可惜毫无进展，他们宁愿待在自己的一小块土地上，也不愿去耕种别人的土地。不过，他还是招募到了一些无家可归的人。在各次战争中，他又俘获了十多个俘虏，给他们结了婚，把他们安置在农舍里。这样一来，村庄又开始兴旺了起来，但是，这一切对他来说都太困难了，因此，只要一有典押的机会，马奇科就会把整个博格丹涅茨都典押出去的。首先，他认为典押给修道院院长，让这位富有的修道院院长去经营博格丹涅茨会更容易些。其次，他认为战争会给他和兹比什科带来人力和钱财。事实上，修道院院长把博格丹涅茨管理得有条不紊。他把博格丹涅茨的劳动力扩大了五户，还增加了牛马等牲畜，另外，他还建起了一座谷仓、一间牛棚和一间马厩，但是由于他不长期住在博格丹涅茨，对住房就不那样关心了。马奇科曾常常想，等他回来的时候，他的府宅便会被水沟和栅栏所环绕，现在一看，依然和他离开时一模一样，所不同的是，墙基有些歪了，墙壁也显得矮了，因为房墙陷进地里更深一些了。

整座府宅由一个大厅、两间带套房的大房间和厨房所组成,房间的窗户由牛膀胱做成,每间房子的中央砌有一个火炉,炉基由泥砖砌成,烟从天花板上的一个洞孔出去。在那块被烟熏得漆黑的天花板上,先前在家境兴旺的时期,总是挂满了各种熏肉制品,一排排挂钩上挂着野猪肉、火腿、熊肉、鹿肉、麋鹿的后臀、牛里脊和一根根各种各样的香肠,然而现在,这些排钩上都是空无一物。就连四周墙上的柜架上,一般府宅里都摆满了铅制器皿和陶瓷盘碟,如今在博格丹涅茨,也是空荡荡的,只有柜架下面的墙壁上还挂有衣物,因为兹比什科曾吩咐他的仆人在墙上挂起了头盔、甲胄、匕首、长剑、长矛、叉子、石弓、骑士用的矛枪、盾牌和斧头。马衣、武器挂在这里很容易被烟熏黑,需要经常擦洗,但是用起来方便,随手可取,而且矛把、石弓和斧柄也是不容易熏黑的。至于贵重的衣物,细心的马奇科都让仆人们拿到他的卧室里放好。

在前厅靠近窗户的地方,放有几张松木桌凳,主人们和他们的仆役们就是在桌子上一同进餐的。多年过惯了战争生活的人总是要求不高,很容易满足的。但是,在博格丹涅茨却连面包也没有,没有面粉,没有其他的副食品,更没有盘碟器皿。农民们拿来了他们有的东西,马奇科期待着邻居们会按照当时的习俗前来帮助他们。他的希望也的确没有落空,至少兹戈热利兹的齐赫就是这样做的。

回来的第二天,这位老头子便坐在屋前的圆木头上,想享受一下秋天的大好阳光。就在这时候,雅金卡还是骑着她那匹黑马来到了院子里。在栅栏旁边劈柴的仆人想去帮助她下马,可是她自己先跳了下来,朝马奇科走去。由于路上跑得太快了,她气喘吁吁的,脸孔红得像个小苹果。

"赞美耶稣基督,我爸爸派我来问候您的健康。"

"没有比在路上时更坏!"马奇科答道,"至少我能睡在自己的脏屋里了。"

"你们一定很不方便,而且病人是需要照顾的。"

"我们是两个硬汉子。的确,开始是有些不方便,不过我们也没有挨饿,我们已叫人宰了一头牛、两只羊,这样我们就有肉可吃了。农妇们也拿来了一些面粉和鸡蛋,就是太少了,最糟糕的是没有餐具。"

"我已经吩咐装了两马车东西来。一辆车上装的是床垫、被子和餐具,另一辆车上装的是各种食物。有大馅饼、面粉、猪油和晒干的蘑菇,还有一桶啤酒、一桶蜂蜜——凡是家里有的东西,我每种都拿了一点来。"

对于家里每增加一份财物都会感到欣喜的马奇科这时伸出了手,抚摸着雅金卡的头,说道:

"上帝会报答你和你父亲的。等我们的家境好转了,我们一定会还清的。"

"您说什么话呀!我们可不是日耳曼人,给出的东西还要收回来。"

"好吧,那就更要求上帝报答你们了。你父亲说你很会料理家务,你自己单独管理了兹戈热利兹整整一年?"

"是的!如果你们还需要什么东西,就派个人来好了,不过要派个知道需要什么东西的人来,因为常常会发生这样的事情,派去的是个笨仆人,连为什么派他去都不知道。"

说到这里,雅金卡开始东张西望的,马奇科看见后,微笑了一下。问道:

"你在找谁吗?"

"我不找谁!"

"我一定派兹比什科去向你和你父亲表示感谢的。你喜欢兹比什科吗?怎么样?"

"噢,我连看都没有看清楚。"

"那你现在就好好地看看他吧,他正好来了。"

兹比什科真的从牲口饮水处那边走了过来,他一看见雅金卡便加快了步伐。他穿了一件鹿皮上衣,戴了一顶圆毡帽,就像头盔下面戴的那种帽子,他的头发也没有戴上发网,但在齐眉处修剪得整整齐齐,后面的金发垂在肩上。他急匆匆地朝他们走来,他高大、英俊、举止文雅,俨然是个豪门贵绅的侍从。

雅金卡完全转向了马奇科,想以此表明她是特意来看望马奇科的,但是兹比什科却很高兴地向她表示欢迎,握住她的手举到嘴边去吻,尽管她很不情愿。

"您为什么吻我的手?"她问道,"我又不是神甫。"

"您不能拒绝,这是规矩!"

"即使他吻你的双手,也不足以表示对你送来这么多东西的感谢。"马奇科说道。

"您送来了什么?"兹比什科问道,同时朝院子里扫视了一遍,没有看见什么别的东西,除了拴在桩上的那匹黑马之外。

"马车还没有来,但快到了。"雅金卡答道。

马奇科开始列举她带的东西,一样也没有落掉。当他提到两副床垫的时候,兹比什科说道:

"我睡在野牛皮上就很满意了。不过,我还是要感谢您的,因为您想到了我。"

"不是我,是我父亲想到了您的。"姑娘满脸羞红地回答道,"您要是喜欢睡在牛皮上,那就睡好了,没有人干涉您。"

"我是有什么就睡什么的。有时候,在打过仗之后,我就头靠在十字军骑士的尸体上睡着了。"

"您是说您杀死过十字军骑士? 我敢肯定地说,您没有。"

兹比什科没有回答,反而大笑起来。马奇科高声嚷道:

"啊,上帝! 姑娘,你还不了解他哩! 他除了杀日耳曼人之外,别的事情没有干过。无论是用长矛,还是用斧子,他样样精通。只要他远远地看见了日耳曼人,你就是用绳子拴住他,他也会挣脱绳子去攻击人家。在克拉科夫,他还要打死使臣里赫顿斯泰因,为此他差点丢了脑袋,他就是这样的人! 我还要告诉你那两个弗里兹人的事,我们得到了他们的扈从和一笔可观的财物,只要用其中的一半就能把整个博格丹涅茨赎回。"

说到这里,马奇科便开始讲起了他同弗里兹人的决斗。随后,他又讲了他们的种种冒险经历和他们所立下的英雄业绩。他还讲述了他们在城墙里面和露天战场上与外国最伟大的骑士决斗的情形。他们打过日耳曼人,打过法兰西人、英国人和勃艮第人,他们也曾卷入最激烈的战斗旋涡中,那里真是万马奔腾、刀光剑影,还有许多骑士、日耳曼人和他们的羽饰纠结在一起。他还告诉她,他们看见过各种各样的事物:他们看见过十字军骑士团的红砖城堡、立陶宛的木头小城堡和教堂,这是博格丹涅茨难以媲美的,还看见过各种各样的城市,以及被赶出神庙的立陶宛神灵在晚上悲哭的荒野,还有形形色色的奇迹。无论在什么地方,无论是哪一次战役,兹比什科总是冲在前面,连最伟大的骑士们都对他称赞不已。

雅金卡坐在马奇科身旁的圆木头上,听得连嘴都张得大大的。她一边听着,一边转动着脑袋,时而转向马奇科,时而又望着兹比什科,她越来越钦佩地望着这个年轻的骑士,最后,当马奇科讲完时,她深深地叹了一口气,说道:

"我要是个男孩该多好啊!"

兹比什科在马奇科讲述的时候,也是很仔细地瞧着雅金卡的。不过,这个时候他想的是别的事情,因为他突然说道:

"您也是个多么美丽的姑娘!"

雅金卡半不乐意、半带悲愁地回答道:

"比我美的姑娘您一定见过不少。"

兹比什科可以毫无隐瞒地对她说:像她这样的美女,他真的见得不多。因为从雅金卡身上发出的是健康、青春和力量的光辉,无怪乎修道院院长常常说她既像一棵樱桃树,又像一棵小松树,她的一切都是那样完美。婀娜多姿的身材,宽厚的肩膀,仿佛是用大理石雕塑而成的胸部,鲜红的嘴唇,还有那双机灵的蓝眼睛。她的穿着也比在林中狩猎时更为华丽,脖子上挂有一条红珠子项链,上身穿一件绿布衫,外罩一件对襟的皮背心,下面穿着一条手工做的裙子和一双新皮靴,甚至连老马奇科也注意到了她这身漂亮的打扮。他盯住她看了一会儿之后,说道:

"您穿得这样漂亮,像是过节一样。"

但是她没有答话,却大喊起来:

"马车来了!"

等马车一到院里,她就跳了过去,兹比什科也跟着她走了过去,直到太阳西落才把车卸完。马奇科感到非常满意,每一件东西他都要看一看,而且每看一件他都要向雅金卡夸奖几句。姑娘动身回家时已是夜幕降临了。她正准备上马,兹比什科突然把她抱了起来,她还来不及说话,就被放到了鞍上。这时候,她的脸红得像朝霞一样。她朝他转过脸来,用温柔的口气对他说道:

"您真是个力大无比的小伙子!"

然而,由于天黑,他没有注意到她的脸红和惶惑不安。他只是笑了一笑,问道:

"您不怕野兽吗?已经是晚上了。"

"车上有把长矛,请您把它给我。"

兹比什科走到马车跟前,拿起了长矛,交给雅金卡,说道:

"祝您健康!"

"祝您健康!"

"上帝保佑您!我明天或者后天,会到兹戈热利兹去拜访齐赫的,我要感谢你们的热情帮助。"

"那您就来吧,我们会很高兴见到您的。再见!"

她策马离去,不一会儿就消失在路旁的林中。

兹比什科回到叔叔的身边:

"现在您该进屋了。"

但是,马奇科并没有从圆木头上移动身子,只是答道:

"哎,多好的姑娘啊,连我们的院子都沾她的光了。"

"的确是这样!"

出现了片刻的沉默。马奇科望着天上的星星,陷入了沉思,后来他仿佛是自言自语地说道:

"她人又漂亮,又会理家,尽管她才只有十五岁!"

"不错!"兹比什科说道,"所以老齐赫才会像爱惜眼睛那样去爱她的。"

"他还说过,要把莫奇多瓦作为她的嫁妆送给她,那里的牧场上还有一群母马和不少马驹子。"

"不过,在莫奇多瓦的森林里也有大片可怕的沼泽地呀!"

"沼泽地里还有水獭!"

又是一阵沉默,马奇科侧目望了兹比什科一会儿,终于问道:

"为什么你这样沉默？你在想什么？"

"因为……看见雅金卡，使我想起了达奴霞，我的心里就感到一阵刺痛。"

"我们回屋里去吧！"老马奇科说道，"已经很晚了。"

他吃力地站了起来，靠在兹比什科身上，由他搀扶着进了套房。

兹比什科第二天便到兹戈热利兹去了，因为马奇科一直在催着他。他还要他的侄子带两个仆人去以显显他的排场，又要他穿上最漂亮的衣服，以表示对齐赫的敬意和衷心的感谢，兹比什科都一一照做了。他打扮得像去参加婚礼那样，穿上了他那件得来的镶有金线、绣有金怪物的白缎子雅卡。齐赫张开双臂，愉快地用歌唱来欢迎他。雅金卡刚走到门边，便像被钉子钉住似的停在那里，手上提着的一壶葡萄酒也差点脱手掉落下来。她看到这个年轻人，还以为是来了一位王子哩，她一下子变得胆怯起来，一声不响地坐在那里，只是时不时地擦擦眼睛，仿佛想让自己从睡梦中惊醒过来似的。阅世不深的兹比什科还以为她不知是何缘故不大想见他，于是他只同齐赫说话，赞美他的慷慨大方，惊羡兹戈热利兹府邸的富丽。

说起这座府邸，博格丹涅茨的房屋真是无法与之相比。这里处处都显得富裕而又整洁，房间里的窗户都是用牛角切成的薄片制成的，这些牛角片又薄又光滑，就像玻璃一样透明。房间中央也没有火炉，只是四角砌有很大的烟囱。地板是用落叶松板铺成的，擦洗得非常光洁。墙上挂着一套套甲胄和许多精光闪亮的碟子，还摆有一排排的各种勺子，其中两排是银勺。地上都铺有从战争中缴获来的或从流动商贩那里买来的地毡，桌子下面还铺有大张的野牛皮或者野猪皮。齐赫很愿意展示自己的财富，而且时时都要加上一句"这是雅金卡的理财有方"。他还把兹比什科领到散发着松香和薄荷香味的厢房里去。那里的天花板下挂满了一大捆一大捆的狼皮、狐狸皮、貂鼠皮和水獭皮。他还让他看了干酪、蜂蜡和蜂蜜，一桶桶的面粉，一堆堆的干饼、大麻和干蘑菇。后来他还领着兹比什科去看了谷仓、储藏室、马厩、猪圈、牛棚，以及堆放着车辆、打猎器具和渔网的棚屋。这些财富真让兹比什科看得眼花缭乱，使得他在吃晚饭时也止不住要大加赞赏一番。

"住在你们的兹戈热利兹这里真会长生不老啊!"他说道。

"在莫奇多瓦那里也有同样的财富。"齐赫说道,"你还记得莫奇多瓦吗?它正好在博格丹涅茨的那个方向。过去我们两家的祖先还为边界争吵过,甚至还决斗过,但我是不会为这些事争来争去的。"

说到这里,他和兹比什科碰了碰酒杯,问道:

"你也许想唱首什么歌吧?"

"不,我喜欢听您唱歌。"兹比什科回答道。

"兹戈热利兹将来归这些小熊所有,只要他们将来不败落就行了。"

"什么小熊?"

"就是小伙子们,雅金卡的弟弟呀!"

"嘿,他们用不着冬天舔自己的爪子了!"①

"的确如此。不过,雅金卡在莫奇多瓦也不会没有肉吃的。"

"那是真的!"

"你为什么不吃不喝啊?雅金卡,你给我们斟酒。"

"我正在尽力地大吃大喝呀!"

"把你的皮带松一松,你就能多吃多喝。多漂亮的皮带!你们在立陶宛一定得到了不少的战利品吧?"

"我们是没有什么可抱怨的。"兹比什科答道。他正好利用这个机会来表明,博格丹涅茨的后代不再是"穷贵族"了。"一部分战利品我们在克拉科夫卖掉了,得到了四十个银格日温……"

"老天爷,有这么多钱都能置办到一大笔产业哩!"

"是的,那是一套米兰制的甲胄,我叔叔认为他快死了,便把它卖了,这事您是知道的。"

"我知道。唔,真是值得到立陶宛去啊!我本来也想去,可是我害怕了。"

"您怕什么?怕十字军骑士吗?"

"哎,谁还会怕他们!当他们不杀你时,你用不着害怕;如果他们

---

① 意思是说他们不会忍饥挨饿的了。

杀了你,你也就没有什么可怕的了。我是害怕那些异教的鬼神,好像森林里的鬼神多如蚁群。"

"他们的庙宇都烧光了,他们真是无处藏身呀!从前他们过得很好,如今只有靠野菌子和蚂蚁过活了。"

"你看见过他们没有?"

"我自己没有看到过,但我听看见过的人说起过……有时候会突然从树后伸出一只毛茸茸的脚爪子来,晃来晃去的,要讨东西吃。"

"马奇科也说过这种事。"雅金卡说道。

"啊,是的,他在路上也对我说过。"齐赫补充道,"这没有什么可奇怪的,就连我们国家里也还有鬼神的,尽管我们早就是个天主教国家了,但是我们有时在沼泽地里也能听见笑声。虽然神甫们也在大声斥责这种事情,但是在家里最好还是为那些小鬼们放一盘食物。否则,他们就会在墙上敲来敲去的,吵得你无法入睡……雅金卡,好女儿,放一盘食物在门边。"

雅金卡拿了一只粗盘,盛了满满的一碗乳酪夹饼,放在了大门外。齐赫说道:

"神甫会大叫大喊,会厉声责骂!可是主耶稣不会为了这一点夹饼而发脾气的。只要那些鬼神吃饱了,就会和善对你,使你免遭火灾、免遭盗窃。"

随后,他转身向着兹比什科说道:

"不过,你还是松松皮带、唱支歌好吗?"

"还是您唱吧!我早就看出,您很想唱了。要不,雅金卡小姐先唱也行。"

"我们大家轮流唱。"心情愉快的齐赫喊道,"我们家里有个会吹木笛的仆人,让他来给我伴奏,快叫那仆人来。"

他们把那仆人叫来了,他坐在板凳上,把木笛举到唇边,随后把手指按在木笛上,眼望着在场的人,等待着给人伴奏。

他们都在推来让去的,谁都不想第一个先唱。最后,齐赫只好叫雅金卡唱了。尽管雅金卡因为兹比什科在场而感到羞涩,也只好从凳子上站起来,把双手伸到围裙里面,开始唱了起来:

如果我有一双
像小鹅那样的翅膀，
我就会跟随雅希科
飞往西里西亚……

兹比什科先是眼睛睁得大大的，接着便跳了起来，大声叫道：

"您是从哪里学会唱这支歌的？"

雅金卡也非常惊奇地望着他，说道：

"大家都会唱这支歌……您怎么了？"

齐赫以为他是喝多了，便把笑脸转向着他，说道：

"松松皮带吧，这样你会更好受些！"

兹比什科脸色变幻不定地站了一会儿，心情平静下来了，便对雅金卡说道：

"请您原谅，我突然想起了一件事情。请您再唱下去吧！"

"也许您听了这支歌便心里难受。"

"唉，您说哪里话，让我整夜听这支歌我都是愿意的！"他回答道，声音有些发抖。

他说完这句话便坐下了，用手蒙住眼睛，默默地听着，一句话也不想多说了。

雅金卡接着唱起了第二节，等她唱完时，便看见大滴大滴的泪珠从兹比什科的手指缝里冒了出来。

这时候，她快步朝他走去，在他身旁坐下，用胳膊肘碰了他几下：

"喂，您怎么啦？我并不想要您哭的，您快告诉我，到底是怎么一回事？"

"没什么！没什么！"兹比什科叹了一口气，说道，"说来话长……已经过去了，我现在感觉好多了。"

"要不您再喝点甜葡萄酒？"

"我的好姑娘！"齐赫喊道，"你们干吗老是'您'呀'您'的，你叫他兹比什科，而你称呼她雅金卡。你们不是从小就认识的……"

他又朝着他女儿说道：

"尽管他小时候打过你，不过这是过去的事，现在他不会打人了。"

"我不会打人的!"兹比什科心情愉快地说道,"如果她现在想要惩罚我,就来打我一顿好了。"

雅金卡为了让他更高兴些,便捏紧了小拳头,一面笑着,一面擂打起他来。

"谁叫你打我的鼻子!谁叫你打我的鼻子……"

"快拿葡萄酒来!"乐开了怀的兹戈热利兹的老爷大声喊道。

雅金卡跑进了储藏室,过了一会儿,她拿来了一瓶葡萄酒和两只好看的酒杯,杯上都镶有银花,出自伏罗兹瓦夫一个著名银匠之手,还有两块香气扑鼻的奶酪。

齐赫喝得头都有点昏昏沉沉了,他一看到酒来了,心里更加高兴,他紧紧抱住那酒瓶,仿佛抱住的是雅金卡,动情地说道:

"噢,我的小女儿!噢,可怜的孩子!等他们把你从兹戈热利兹娶走了,我这个老可怜虫,该怎么办呢?"

"唉,您要不了很久,就得把她嫁出去的!"兹比什科喊道。

齐赫顿时笑了起来,说道:

"嘿嘿!姑娘才不过十五岁,就喜欢亲近男孩子了!远远地看见了男孩子,两只脚便会情不自禁地快步走过去。"

"爸爸,您再说下去,我就要走啦!"雅金卡说道。

"别走!还是留在这里好……"说完,他便神秘地朝兹比什科眨了眨眼睛,继续说道,"有两个小伙子常到这里来,一个是小维尔克,就是布单佐夫老维尔克的儿子。另一个是罗戈夫的奇坦。要是他们看见你在这里,一定会把你恨得咬牙切齿的,就像他们相互恨得咬牙切齿一样。"

"是吗?"兹比什科说道。

他转向雅金卡,开始按照齐赫的吩咐用"你"来称呼她了,问道:

"你喜欢哪一个呢?"

"两个都不喜欢。"

"维尔克是个能干的小伙子!"齐赫说道。

"让他到别处叫去!"①

---

① 维尔克(Wilk)在波兰语中原意为"狼",此处含双关之意。

"那么,奇坦怎么样?"

雅金卡笑起来,转身对兹比什科说道:

"奇坦嘛,他脸上的毛长得像山羊一样,连眼睛都看不见了,身上的脂肪像熊一样多。"

兹比什科用手拍了一下脑袋,仿佛突然想起了什么重要事情似的,说道:

"啊呀!你们对我这样好,我还得麻烦你们一件事情,你们家里还有熊油吗?我想要点给叔叔做药用。我在博格丹涅茨没有找到熊油。"

"原来是有的,"雅金卡回答道,"不过仆役们都拿去擦弓了,剩下的不多便喂狗了。"

"一点也没有剩下吗?"

"连罐子都底朝天了!"

"唔,没办法,只好到森林中去找啦。"

"你应组织一次围猎,树林中的熊有的是。如果你需要什么打猎的用具,就到这里来拿吧!"

"我等不及了,晚上我就到蜂巢下面去看看。"

"你带五个有经验的猎人去。"

"我什么人也不带,那样反而会把野兽吓跑的。"

"那你怎么去?带石弓去吗?"

"夜里带石弓到树林中去有什么用呢?现在又没有月亮,我要带一把铁叉、一把利斧,明天晚上我一个人去。"

雅金卡沉默了一会儿,随后她的脸上露出了不安的神情。

"去年有一个名叫贝兹杜赫的猎人离开了我们。他是被熊咬死的。这种事总是很危险的,因为熊一见到站在蜂巢下面的只有一个人,而且又是在晚上,便会立即用两条前腿扑过来。"

"要是它跑掉了,我就打不着它了。"兹比什科答道。

这时候,正在打盹的齐赫突然惊醒过来,开始唱歌:

> 你是辛苦劳累的库巴,
> 我是快快活活的马切克,

早晨,你扛着犁到田里去,
我却情愿和卡霞在一起作乐。
跳吧!跳吧!

随后他对兹比什科说道:

"你知道吗?他们是两个人,布单佐夫的维尔克和罗戈夫的奇坦……你呢……"

雅金卡生怕齐赫说得太多,赶忙朝兹比什科走去,问道:

"你什么时候去?明天吗?"

"明天,日落之后。"

"到哪个蜂巢去?"

"到我们博格丹涅茨的那个去,离你家的那座小山不远,靠近拉捷科夫的沼泽地。他们告诉我说,那里较容易捕到熊。"

第十二章

兹比什科按照原来的计划去猎熊了,因为马奇科的身体越来越坏。起初,由于高兴,再加上刚到家忙于家事,马奇科总算挺了过来。可是等到第三天,他又开始发烧了,伤口痛得那么厉害,他又不得不躺在床上了。兹比什科白天先到蜂巢那里去察看了一次,他看见潮湿的地上有熊的大足印,他也和养蜂人瓦夫雷克谈过话。这个养蜂人夜里就睡在附近的小棚里,带着他的两条波德哈拉猎犬。不过现在他要回到村里去住了,因为秋天的天气转冷了。

他们拆除了小棚,带走了两条猎犬,还在四周的树干上涂了一些蜂蜜,以便它的香味能把野兽吸引前来。随后,兹比什科就回到了家里,开始作打猎的准备。为了防寒,他加穿了一件鹿皮背心,头上戴着一顶铁丝织成的帽子,免得熊把他的头皮撕裂,随后他拿了一把结实的、带有倒刺的叉子,和一把又宽又厚的利斧,斧把也比木匠用的斧柄要长一些。夜幕降临之前,他就到了目的地。他选好了合适的地方,便画了一个十字,坐在那里等着。

夕阳的红霞斜照在巨大的松树枝叶之间。松树顶上,乌鸦在展翅飞翔,还呱呱地鸣叫着。到处都有野兔朝水边跑去,弄得发黄的浆果树叶和低垂的树枝沙沙作响,有时一只貂鼠敏捷地飞窜而过。密林里面传出了鸟类的鸣叫声,后来又渐渐地沉寂了。

太阳落山时,树林里并不平静。立刻有一群野猪从兹比什科身旁呼啸而过,还发出很响的鼻息声,接着是一长列的麋鹿首尾相连地接踵而过,枯枝在它们践踏下发出嚓嚓的响声,连森林都激起了一片回响。它们要在天黑之前赶到沼泽地去,因为晚上那里又阴湿又安全。晚霞终于映红了天空,松树顶端被它映照得好像在燃烧似的。最后一切都归于寂静了。森林开始进入了梦乡,暮霭从地上升起,渐渐地不断升高,与朦胧的天光相融合,光线越来越暗,最后变得更加昏沉、黝黑,终于消失不见了。

"现在一切都要归于寂静了,只等狼嚎了。"兹比什科想道。

但是,他后悔没有带石弓来,否则就能轻易地猎到一只野猪或一头麋鹿。这时候,从沼泽地那边传来一阵不大清晰的响声,像是沉重的喘息和呼气声。兹比什科疑惧地望着那片沼泽地,因为这里过去住过一个农民拉吉克,他和他的全家住在一所土屋里,后来他们全家人都突然失踪了,仿佛被大地吞没了似的。有的说,他们是被强盗绑架了。但别的人后来在土屋四周发现了一些非人非兽的奇怪足迹。这些人一提起这事便摇头,甚至想去请克热希尼亚的神甫来为这所土屋除魔驱邪。但是这种事没有做成,因为没有人想住到那座土屋里去,后来这座篱笆墙的房子由于雨雪的冲刷而倒塌了。不过这个地方从此便有了不好的名声。养蜂人瓦夫雷克对此却毫不在乎,他夏天就住在这里的木棚里。但是人们对这个瓦夫雷克也有不同的看法。兹比什科因为手中握有叉子和斧子,并不害怕野兽,但是一想起那些妖魔鬼怪,心里仍不免惶恐不安。所以当那阵响声停息后,他反而高兴起来了。

最后的一丝阳光消失了,现在完全是黑夜了。风已止,松林也不再簌簌作响,这里或那里时而掉下的松果打破了这万籁无声的寂静。这里是那样寂静,兹比什科都能听见自己的呼吸声。

在这样的寂静中,他久久地坐在那里,心里不免想到将会出现的野熊。后来他又想起了达奴霞,她从玛佐夫舍宫廷回到了遥远的故乡。他想起在和公爵夫人他们分别的时候,他是怎样地握住她的双手、她又是如何泪流满面的情景。他想起了她那光亮的脸孔、她那金黄的头发、她头上的花冠和她的歌声。他记起了她的那双便鞋,他还趁她走的时候吻过它们,最后他又想起了他们初次见面的一切,如今,她不在他的身边,他心里涌起一种难以言述的痛苦,一种深沉的思念之情。他完全沉浸在这种思念之中,忘记了他现在是在林中,在等候着野兽的到来,反而在心里这样说道:

"我一定要去找你,没有你我无法活下去!"

他觉得自己确实是这样,所以他要到玛佐夫舍去,否则会在博格丹涅茨闷死的。他又想起了尤兰德及其奇怪的拒绝,一想起这点,他就觉得更应该去了,他要找出尤兰德拒绝的秘密和阻碍。难道这种阻碍和秘密非得经生死决斗才能消除吗?他觉得达奴霞正在向他伸出双手,向他喊道:"快来吧!兹比什科,快来吧!"他怎能不去找她呢!

他没有睡,但是他就像是在幻觉中或者是在梦中那样,清楚地看见她了。他看见她走在公爵夫人的旁边,拨动着她的诗琴,一面唱着歌,一面还想着他。她在想,不久就能见到兹比什科了,他一定会毫不停留地追赶上他们的——可是他现在却正待在漆黑的树林里。

就在这时候,他清醒过来了。他醒来并不是因为他想到了他现在正在漆黑的树林里,而是别的原因。他听到了远处有一种沙沙声。

他把叉子握得紧紧的,竖起了耳朵去听林中的响声。

响声越来越近,越来越清晰,干树枝和枯树叶在一种脚掌的践踏下发出了嘎嘎声……有什么东西走来了。

有一阵子,响声停息了,好像是野兽停在某棵大树边似的。这时候周围是那样寂静,连兹比什科也耳鸣起来了。随后又传来了缓慢的脚步声,而且它的前进是那样谨慎小心,连兹比什科都感到有点莫名其妙了。

"一定是那'老熊'害怕木棚里的两只猎犬。"兹比什科自言自语,"说不定是只狼,它已经闻出我来了。"

这时候,脚步声又停下来了,不过兹比什科已经清楚地听到,在他身后二三十步远的地方,有个什么东西停在那里不动了。他又朝四周看了一看,虽然还能够清晰地看见树干,但他什么动物也没有看到。他没有别的办法,只好等在那里了。

他等了那么久,以至于再次感到莫名其妙了。"熊是不会来到蜂巢下面睡觉的,狼既然闻出了我,也不会等到早晨的。"他这样一想,突然浑身颤抖起来了。

如果是什么"可怕的"东西从沼泽地里走出,从后面来吓唬他呢?如果是个淹死鬼突然用湿滑的双手来抓住他,或者是个魔鬼在用绿眼睛直视着他的脸孔,或者是个有蓝色大脑袋和蜘蛛脚的怪物从松树后面走出,向他狂笑不止呢?

他顿时觉得铁丝帽下的头发直竖了起来。

可是,过了一会儿,他的前面又响起了沙沙声,而且比前次更加清晰。兹比什科松了口气,他以为这个怪物已经围着他转了一圈,现在正从前面朝他走了过来,不过这是他所希望的。他紧握住叉子,悄悄地立起身来等待着。

这时候,他听到头上松树的簌簌声,他的脸上也感觉到了从沼泽地那边吹来的阵风,同时也嗅到了熊的气味。

现在毋庸置疑的是,熊来了!

兹比什科不再害怕了,他侧起头,睁大眼睛,全神贯注地听着。沉重的脚步声越来越近、越来越清晰了,气味越来越强烈,随后他便听见鼻息声和咕嘟声。

"我希望来的不是两只!"兹比什科心想道。

就在这一瞬间,他看到他前面的那只野兽又大又黑的身躯,它是顺着风向走来的,因此没有嗅出他来。它的注意力完全被涂在树干上的蜂蜜的气味吸引住了。

"来吧,狗熊!"兹比什科喊道,从松树后面走了出来。

熊短促地吼叫了一声,像是被意外的生灵吓了一跳似的,但由于距离太近,已无法逃走了。它立即竖起了后脚,张开了前脚,像是要把对方抱住似的。这正是兹比什科所期待的。他集中全力,像闪电似的跳向前去,双臂竭尽全身的力量,把钢叉直朝熊的胸膛刺了进去。

整个森林现在都响彻了可怕的吼叫声。熊用它的脚爪抓住钢叉,想把它拔出来,但被钢叉的倒刺卡住了,疼痛使它叫得更可怕了。熊为了能抓住兹比什科,便紧靠着钢叉向他扑了过来,结果反而刺得更深了。兹比什科不知道钢叉刺得够不够深,便一直没有放下叉柄。人与兽展开了搏斗,森林一直回荡着愤怒和绝望的尖吼声。

兹比什科先得把钢叉尖齿插到地上,才能用上斧子,可是熊却抓住了叉柄,尽力要把它拉出来,也像兹比什科那样摇来晃去,尽管每次摇动都会使叉尖刺得更深,痛苦越来越厉害,但是它依然不让给"顶压"在地上。这样一来,可怕的搏斗就一直在继续着。兹比什科明白,再这样下去他一定会精疲力竭的。他有可能倒下去,那时他就要完了,于是

他集中全力,摆开双脚,背弯得像张弓,免得被摔个屁股蹲儿,他咬牙切齿地一遍又一遍地说道:

"不是你死就是我亡……"

愤怒、顽强使得他此时此刻决定宁愿自己死去,也决不放开那只野兽。后来,他的一只脚被松树根绊住了,他摇晃了一下,在这紧急关头,要不是有一个黑色的身影站在他的面前,要不是有另一把钢叉顶住了那只熊,那他一定会倒下去的,同时他耳边突然响起了一个声音:

"用斧头劈呀!"

兹比什科在斗争的关键时刻,根本没有时间去考虑,他是怎样得到意外帮助的。他拔出斧子,用力砍了下去,野兽倒下了,叉子经受不住它的重量和它死前的最后痉挛,立即折断了。那只野兽就像突然遭到雷殛那样倒在了地上,它大声地哼喘起来,不过很快就平息下来了。在一片静默中,只能听到兹比什科的喘息声,他背靠在松树上,双脚还在抖动着。过了一会儿,他才抬起头来,望着他旁边的身影,心里怕极了,认为那可能不是人。

"你是谁?"他不安地问道。

"雅金卡!"一个细小的女人声音答道。

兹比什科真不敢相信自己的眼睛,所以他惊讶得说不出话来。但是他的怀疑没有多久,雅金卡的声音又响了起来:

"我来烧堆火……"

立即响起了敲火石的声音。火星爆出来了,在火星的闪闪光亮中,兹比什科看清了姑娘的白前额、黑眉毛和向前伸出的嘴唇,她正撅着嘴在吹刚刚点着的火堆哩。这时候他才想起她所以会到这座森林里来,就是为了要帮助他,若不是她的那把钢叉,他可能就没命了。他是那样地感激她,竟一下子抱住了她,热情地吻着她的脸颊。

她的火刀、火石和火绒掉到了地上。

"放开我,你干什么呀?"她低声说道,但是她并没有把脸挪开,相反地,她装成是偶然碰上的,让自己的嘴唇碰着了兹比什科的嘴唇,然而他却放开了她,说道:

"上帝会报答你的,我不知道,如果没有你的帮助,我会遇到什么事情。"

雅金卡弯身拾起火石和火绒,开始解释道:

"我为你担心,因为贝兹杜赫就是独自一人带着钢叉和利斧去猎熊的,结果被熊撕成了碎片。如果你出了意外,马奇科便会伤心极了,他现在已是奄奄一息……于是,我就拿起钢叉赶来了。"

"那么在松树后面的声音就是你了。"

"是我。"

"我还以为那是'鬼怪'哩!"

"我自己也怕得要命,因为在拉捷科夫沼泽地的周围,没有火是非常危险的。"

"那你为什么不叫我呢?"

"我怕你把我赶走。"

她一说完,便重新敲打起火刀、火石来,并且把一把干燥透了的麻绒放在火绒上,火绒一下子便烧着了。

"我这里有两片松香木片,你去拾一些枯枝来,我们就会有一堆火了。"她说。

过了不一会儿,一堆篝火果然点着了,火光把四周照得通亮,也照亮了那躺在血泊中的褐色大熊。

"啊!真是一头可怕的野兽!"兹比什科有点得意地说道。

"你几乎把它的头都劈开了,啊,耶稣!"

她一边说着,一边弯下身去摸了摸熊的尸体,看看熊的脂肪有多厚,随后她满脸喜色地说道:

"它身上的油脂足够用两年!"

"可是钢叉断了,你看。"

"这太糟糕了!我怎么对家里说呢?"

"说什么?"

"爸爸根本不让我到森林里来,我只好等他们睡着了才偷偷跑出来的。"

顿了顿,她又说道:

"你不要告诉别人,说我到这里来过,免得他们怪罪我。"

"让我把你送到家门口好了,你没有钢叉了,我怕狼群会追扑你。"

"那……好吧!"

他们就这样在火势很旺的火堆旁边交谈了一会儿。在熊的尸体衬托下,他们两个看起来像是森林中的一对小精灵。

兹比什科望着雅金卡那被火光照亮的美丽脸孔,情不自禁地赞赏道:

"像你这样勇敢美丽的姑娘,世界上找不到第二个,你应该去打仗。"

雅金卡直视着对方的眼睛,望了一会儿才怅然地回答说:

"我知道……但是你不要取笑我。"

第十三章

雅金卡亲自熬了一大罐熊脂油,马奇科首次很高兴地喝下了一夸脱,因为它很新鲜,又有一种当归的味道。懂得药物的姑娘曾把适量的当归放进锅里一道去熬的。马奇科立即就来了精神,增加了他一定会恢复健康的希望。

"这正是我所需要的。"他说道,"等到我身上的一切都变得油滑滑的,这个狗杂种的矛头也就会滑出来。"

以后的几夸脱熊脂油就没有第一次的那样好喝了,但是他的理智要求他喝下去,雅金卡也在鼓励他,说道:

"您就会好起来的。奥斯特罗格的比鲁德把锁子甲的一个环卡进了脖子里,后来他喝了熊油,就滑出来了。不过,等您的伤口一张开,就得涂些水獭油在伤口上。"

"你有水獭油吗?"

"我们有。如果需要新鲜的,我和兹比什科去捉一头水獭来,捕捉水獭并不难。不过,您也可以同时向某个保护伤口的圣徒许个愿。"

"这件事我也正好想到了,只是我不知道该向谁去许愿。圣杰西是骑士的保护神,他保护战士不受伤害,同时给予他们勇气。不过,据说他常常亲自出马,为正义一方作战。但是,一个乐于帮助别人而战的圣徒,就不一定乐于为人治伤了。因此,就必须有另一位圣徒来管理这种事。大家知道,每个圣徒在天堂都有自己的职权范围,他们各司其职,互不干涉,否则就会引起不和;而在天堂里是不准许争吵和决斗的……还有科斯曼和达米安,他们也是伟大的圣徒,可是医生们都求他们不要让疾病从人世间消失,否则他们就没有饭吃了。还有牙齿的保护神阿波罗尼亚和石头的保护神利贝留斯圣徒——但是他们都不适合我的要求。等那位修道院院长来了,他会告诉我该去求谁的,并不是每个神甫都知道所有天国的秘密,也不是每个光头的人都知道这些事情的。"

"您还不如向主耶稣本人许愿哩!"

"当然,他是高于他们全体的。如果我去向主耶稣许愿,就等于,如果你父亲打了农民,我到克拉科夫去向国王控告,你想国王会对我说什么呢?他一定会这样告诉我:我是全王国的主人,可是你却为了一个农民的事来向我控告,难道你那里没有办事机构吗?你怎么不去城里找我的总督和下属官员?主耶稣是整个世界的统治者。你明白吗?小事情应该找圣徒。"

"那我告诉您怎么办,"刚好他们谈话快结束时兹比什科走了进来,说道,"您就向我们死去的王后许愿好了,如果她让您如愿以偿,那您就到克拉科夫去朝拜一下她的墓地。难道我们看到她创造的奇迹还少吗?既然我们有了比别的圣徒更好的夫人,我们又何必去找别的陌生的圣徒呢?"

"唉!要是我知道她会管伤者的事情就好了。"

"即使她不是伤痛的圣徒,那也不要紧。没有哪一个圣徒敢对她不买账的,如果他敢那样做,那么他就会受到上帝的惩罚。因为她不是个普通的女人,而是波兰的王后……"

"就是她让最后一个异教的国家皈依了天主教……你说得不错。"马奇科回答说,"她在天国的会议上必定坐在显要的位置上,所以谁都不会反对她。只要我身体好了,我会按照你的建议去做的!"

这个建议也令雅金卡很是高兴,她不能不对兹比什科的智慧感到佩服。这天晚上马奇科便许了愿,而且从这天开始,他更加自觉地喝下熊油,看起来也是一天比一天更有起色了。但是,过了一个星期,他开始失望了。他说那油脂在他胃里"烧得很厉害",在他腰里靠近最后一根肋骨的皮肤上长起了一个肿包。十天过后,他更加糟糕了,肿包越来越大,而且红肿化脓了,马奇科也更加虚弱了,烧热一直不退,只得又开始准备起后事来了。

有一天晚上,他突然叫醒了兹比什科。

"快把松木片点起来。"他说,"我身上不对劲,但我不知道这是好是坏！"

兹比什科跳下了床，立即到另一个房间的炉子上点着了松香，回到叔叔的房间，问道："您怎么啦？"

"怎么！脓包痛得很厉害，一定是给什么东西刺破了，一定是那矛头，我已经摸到它了，就是拔不出来，我已经感觉到它在里面有点响动了。"

"一定是矛头，不会是别的！好好抓住它，把它拔出来。"

马奇科痛得翻来滚去的，呻吟不止，但是他的手指伸得越来越深，直到抓住了那硬东西，他终于把它拔出来了。

"啊，耶稣！"

"拔出来了吗？"兹比什科问道。

"拔出来了，我真出了一身冷汗，你看，这就是那矛头！"

他一面说着，一面把那块长长的尖铁片拿给兹比什科看。这块铁片是从矛头上断裂出来的，留在他体内已有数月之久了。

"光荣归于上帝和雅德维佳王后，您就会好起来的。"

"也许是的，现在虽然好些了，但痛得厉害。"马奇科说道，同时用力把脓包里的血和脓挤压出来，为了减少后遗症，必须把里面的毒素去除干净。

雅金卡说："现在该在伤口上涂水獭油了。"

"明天我们就去猎只水獭回来。"

第二天，马奇科就感觉好多了。他一直睡得很好，一醒来就嚷着要东西吃，他连看都不想看到熊脂油了。雅金卡为了谨慎起见，只给他煮了二十个鸡蛋，他不仅狼吞虎咽地吃下了这些鸡蛋，还吃了半个大面包，喝了四夸脱啤酒，随后他就嚷着要把齐赫请来，好让他更开心一些。

于是，兹比什科便把查维夏送给他的一个土耳其仆人派去请齐赫来。中午过后，齐赫便骑着马来了。这时候，那两个年轻人正好要到奥德斯达雅尼湖去猎水獭。这两个老头子开始一面豪饮蜜酒，一面又唱又笑，后来他们便谈起这两个孩子来，各自对自己的孩子赞不绝口。

"兹比什科真是个难得的汉子！"马奇科说道，"世界上难找到第二个像他这样的人，他不仅骁勇，而且敏捷得像只野猫，还精明能干。您知道吗？当他在克拉科夫被押赴刑场的时候，有多少站在窗口边的姑娘在为他尖叫悲哭，仿佛有人在身后针刺她们似的。而且这些姑娘都是骑士和总督的女儿，至于那些美貌的女市民们就更不用提了。"

"尽管她们是总督的女儿，长得又漂亮，但怎么能比得上我的雅金卡呀！"兹戈热利兹的齐赫答道。

"难道我说过她们比得上吗？要找到一个像雅金卡这样体贴入微的姑娘真是难上加难啊。"

"我对兹比什科也是毫无微词的，他不用曲柄就能拉开一张石弓。"

"他还独自一人打死一头熊哩。您看到他把那头熊劈成了什么样子？他一斧子就把整个脑袋和一条前腿都砍下来了。"

"脑袋是砍下来了，但熊可不是他一人打死的，雅金卡帮了他的大忙。"

"她帮了大忙？兹比什科没有给我说过。"

"那是他答应过她的，不告诉任何人，因为雅金卡害羞，怕人知道她夜里走进森林里去会笑话她的。可是她一回来便对我说了事情的全部经过，别的姑娘会说假话，可是她决不会隐瞒真相。说老实话，我是很不高兴的，谁知道会发生什么问题呢？我真想呵斥她一番。可是她说：'要是我自己都不能保护我的贞操，您做父亲的又怎能保护我的贞操呢？'不过，您不用担心，兹比什科也是知道骑士荣誉的。"

"确实如此！今天他们也是两个人一起去的。"

"不过他们不到天黑就会回来。可是到了晚上，魔鬼就更坏了，因为在黑暗里，连姑娘也不觉得害羞了。"

马奇科沉思了一会儿，然后像是自言自语似的说道：

"不过他们很高兴在一起……"

"嘿！要是他没有向别的姑娘起过誓就好了。"

"不过，您知道，这是骑士的习惯……如果一个年轻的骑士没有情人就会被看成是乡下佬。他起誓要拔下几簇孔雀羽，那他就必须做到，因为他是对骑士的荣誉发誓的，他还必须和里赫顿斯泰因决斗，至于其他的誓言，修道院院长是可以替他解除的。"

"大概这一两天修道院院长就会来的。"

"是真的吗?"马奇科问道。然后他又说道:"既然尤兰德对他说过,他决不把姑娘嫁给他。那样一来,他的那些誓言又有什么用呢?我不知道他是把姑娘许配给了别人呢,还是把她奉献给了天主!不过,他断然说过,他是不会把姑娘嫁给他的……"

"我告诉过您没有?"齐赫问道,"修道院院长爱雅金卡就像爱自己的女儿一样。上次他就曾这样对她说过:'我除了母亲方面的亲戚外,就没有别的亲人了。然而,就在母亲的亲戚当中,你也要比别的亲戚得到我更多的财产。'"

听了这话,马奇科不安地,甚至责怪地望着齐赫,过了一会儿,他才说道:

"您是不会欺骗我们的吧?"

"我要把莫奇多瓦给雅金卡。"齐赫避而不答地说道。

"是立即就给吗?"

"当然是立即就给的。别人我是不会给的,只有她我才会给。"

"博格丹涅茨也有一半是兹比什科的,如果上帝让我恢复了健康,我一定会好好经管这份产业。您喜欢兹比什科吗?"

齐赫听了这话,便眨巴起眼睛来,说道:

"糟糕的是,每当雅金卡听到有人提起他的名字,便立即转过身去,面对着墙。"

"如果是提到别的人呢?"

"每当我提起别人的时候,她便鼻子哼哼说道:'那又怎么样?!'"

"啊!是这样,上帝保佑,有这样一位姑娘和他在一起,兹比什科一定会忘记那一位姑娘的,尽管我老了,我也会忘记的……您还要再喝些蜂蜜酒吗?"

"好!再来一些。"

"唔,修道院院长真是个聪明人!您知道,有些修道院院长是世俗之人,可是这一位呢,尽管他不跻身于教士之中,却是地地道道的神甫,而神甫比普通人更会出谋划策。因为他会读书识字,与圣灵也就更加亲近。您能立即把莫奇多瓦给姑娘做嫁妆,那是做对了。至于我,只要主耶稣帮助我恢复了健康,若是能从布单佐夫的维尔克那里挖几个农民过来,我一定会这样做的,我会给他们提供更多的良田,因为博格丹涅茨有的是良田沃土。让他们在圣诞节前离开维尔克,转到我这里来,难道他们不能这样做吗?迟早我会把博格丹涅茨的小城建起来。一座用上好橡木建成的小城堡,四周有护城河环绕……现在就让兹比什科和雅金卡一道去打猎好了……我想不久便要下雪了……他们会亲热起来,小伙子会把那个姑娘忘掉,让他们多在一起吧。何必说这么多话呢!您肯不肯把雅金卡嫁给他?"

"我当然肯。我们不是早就商量好了,让他们彼此相亲相爱,让莫奇多瓦和博格丹涅茨将来成为我们孙子的财产。"

"格拉迪!"马奇科高兴地叫了起来,"上帝保佑他们生的子女会像冰雹那样多,修道院院长一定会给他们施以洗礼的。"

"只要他赶得及!"齐赫也兴致勃勃地喊道,"我很久都没有看见您像今天这样高兴了。"

"因为我心里高兴呀……矛头去掉了,至于兹比什科,您不用为他担心。昨天,当雅金卡上马的时候……您知道……正好刮起了一阵风。我当时问他:'你看见了吗?'他立即就脸红了。我也注意到他们最初谈话不多。可是现在,只要他们走在一起,两个人的脖子便会不停地转向对方,谈呀……谈呀……没完没了……再喝些蜂蜜酒,好吗?"

"好的……"

"为兹比什科和雅金卡的健康!"

第十四章

　　老马奇科说得没有错,兹比什科和雅金卡不仅喜欢待在一起,甚至还彼此想念哩。雅金卡借口来看望生病的马奇科,常常到博格丹涅茨来,不是她一个人前来,便是同她的父亲一起来。兹比什科为了感谢对方,也常常到兹戈热利兹去。这样一来,数日之后,他们的关系更加亲密了,还建立了友谊。他们开始相互喜欢了,而且很愿意在一起交谈,谈论着他们感兴趣的一切事情。不过在这种友谊中也有相互倾慕的因素。因为这位年轻而又英俊的兹比什科,早已在战争中出了名,还参加过多次比武,到过好几个王宫,在姑娘的眼里,和罗戈夫的奇坦或者布单佐夫的维尔克这样的小伙子一比,兹比什科才是一个真正的宫廷骑士,甚至与王子相差无几。而姑娘的美貌也时时令兹比什科倾慕不已。他的确想忠于他的达奴霞,但他在森林里或者在家里偶尔目光触及雅金卡时,便不由自主地惊叹:"啊,她真是个美人!"每当他抱起她放上马鞍时,他的手掌触及她那有如大理石一样光滑的皮肤,就会心神不定,用马奇科的话说,就会为她着迷,同时全身就会一阵颤抖,一阵眩晕。

　　雅金卡虽然天性骄傲,喜欢嘲笑人,甚至爱和人争闹,但在兹比什科面前,却越来越温柔了,完全像个女仆那样,看他的眼色行事,想方设法博得他的欢心。他也明了她对他的情意,因而对她感激不已,也越来越喜欢和她待在一起。后来,特别是从马奇科开始喝熊脂油以来,他们几乎每天都见面,等到碎矛铁头从伤口里取出之后,他们决定一起去捕猎水獭,获取那医治伤口所必需的新鲜水獭脂油。

　　他们拿了石弓,便骑马先到将是雅金卡陪嫁的莫奇多瓦去,然后再到森林的近旁,把马交给仆人看管,他们自己则徒步前进,因为树木稠密,地面潮湿,骑马是很难行走的。在途中雅金卡指着一大片长着芦苇的草原和一条绿色的林带,说道:

"这是奇坦家的森林。"

"就是那个想娶你的奇坦吗?"

她大笑了起来。

"他想娶就让他去娶吧!"

"你有维尔克帮助,是很容易自卫的。我听说,这个人对奇坦咬牙切齿。不过,我觉得奇怪的是,他们为什么还不决一死战。"

"因为我父亲出去打仗的时候,便对他们说过:'你们要是打架了,我就再也不想看见你们了。'他们怎么能打架呢?他们在兹戈热利兹的时候,相互视为仇敌,但是过后他们便在克热希尼亚的客栈里一起开怀畅饮,直到喝得酩酊大醉。"

"真是两个蠢家伙!"

"为什么?"

"既然齐赫不在家,他们之中的某个人可以用武力把你抢过去,这样一来,等到齐赫回来时,看见你已经抱上了孩子,那他又还能有什么办法呢?"

雅金卡的蓝眼睛顿时放出光来。

"你以为我会束手就擒吗?难道兹戈热利兹就没有人了吗?难道我不会使用石弓和长矛吗?让他们来试试好了!我不但能把他们赶回家去,甚至我自己也会到罗戈夫或者布单佐夫去攻打他们。我父亲知道他出去打仗,我在家里会很安全的。"

雅金卡一面说着,一面紧蹙起她那很好看的双眉来,还威胁似的摇动着石弓,竟使得兹比什科大笑起来,说道:

"唔,你应该是位骑士,而不该是个姑娘!"

她心情平静下来后才回答道:

"奇坦会替我防备着维尔克,维尔克也会替我防备着奇坦。此外,我还受到修道院院长的保护!没有人敢去惹修道院院长的。"

"啊哈!"兹比什科说道,"这里的人都怕修道院院长!但是我,愿圣乔治帮助我,既不怕修道院院长,也不怕齐赫,更不怕你的那些农民和你本人。我能把你抢过来的。"

听了这话,雅金卡便站在原地不动,抬眼望着兹比什科,用一种惊奇、柔和而又拉长了的声调问道：

"你会把我抢去的？"

随后,她张开嘴巴,期待着他的回答,脸红得像朝霞。

但是,很显然,当时他只是在设想,如果他处在奇坦或维尔克的位置上,他是会那样做的。因为过了一会儿,他摇了摇他那金黄色的头发,继续说道：

"既然姑娘必须嫁人,怎么可以和小伙子们战斗呢！如果你没有第三个小伙子,你就得在他们两人当中选一个,你别无其他选择了。"

"你用不着告诉我这个！"姑娘怅然地回答道。

"为什么？我离开这里很久了。我真不知道在兹戈热利兹一带有没有更让你中意的人。"

"嗨！算了吧,不谈了。"雅金卡回答道。

他们默不作声地朝前走去,拨开浓密的丛林。由于树木和灌木丛都被野啤酒花缠住了,前进更加困难。兹比什科走在前面,一面扯开那些绿色的蔓藤,一面折断横在路中的树枝。雅金卡背着石弓,紧跟在他身后,俨然是个女猎神。

"过了这座浓密的树林,有一条很深的河,但是我知道能过河的浅水处在什么地方。"

"我的长筒靴高过膝盖以上,不脱鞋也能过去。"兹比什科说道。

他们没走多久便到了那条河,熟知莫奇多瓦森林的雅金卡,轻而易举地找到了那个渡河的浅水处,但是由于雨后河水上涨,河水也就更深了。这时候,兹比什科不管对方同意不同意,就用双臂抱起了姑娘。

"我自己能过去的。"雅金卡说道。

"抱住我的脖子！"兹比什科答道。

他在水里慢慢地前进,每走一步都要用脚去试试,怕陷进深坑里,姑娘听从吩咐,紧紧贴在他的身上。当他们快要走到对岸的时候,姑娘说道：

"兹比什科！"

"什么？"

"我既不会嫁给奇坦,也不会嫁给维尔克的……"

这时候，他们到达了对岸。他小心翼翼地把她放在了地上，略显激动地回答说：

"愿上帝赐给你一个最好的丈夫，他决不会欺侮你的！"

离奥德斯达雅尼湖已经不远了。现在是雅金卡走在前面，她不时地回过头来，把一根手指放在嘴唇上，示意兹比什科不要出声。他们行进在柳树和灰杨树之中，脚下是低洼而又潮湿的土地，右边传来了群鸟鸣啭的声音。兹比什科听见鸟叫甚感奇怪，因为现在该是鸟类南迁的季节了。

"那边是一处不结冰的沼泽地，"雅金卡悄悄说道，"野鸭子就在那里过冬。就连湖里的水也只有近岸的地方在特别寒冷的时候才结冰。你看，那里的雾气多重。"

兹比什科透过杨柳树往外一看，只见前面一片雾气腾腾！那就是奥德斯达雅尼湖。

雅金卡又一次把手指放在嘴唇上，过了一会儿，他们便到达湖边了。雅金卡轻轻地爬上了一株完全弯伸在水面上的老柳树，兹比什科也学她的样爬到了树上，他们静静地趴在那里等了很久。由于大雾弥漫，他们什么也看不见，只能听见白头麦鸡和燕鸥在头顶上悲鸣。终于起风了，柳树和杨树的黄叶发出了沙沙的响声，露出了湖水，风吹湖水掀起了一阵阵的涟漪。

"你看见什么啦？"兹比什科轻声问道。

"什么也没有看见，别做声！"

过了一会儿，风停浪息，一片寂静。这时候湖面上露出了一个小脑袋，然后是第二个，终于，在他们的身旁，一只大水獭从岸上跳进了水中，嘴里还叼着一根新折下来的树枝，在浮萍和驴蹄草中间游了过去，它把嘴露在水面上，推着树枝游来游去。兹比什科躺在雅金卡下面的树枝上，突然看到她的手臂在轻轻移动，她的头伸向前面，显然是在瞄准那只动物，那只水獭根本没有想到会有任何危险，一直在距离不到半箭之遥的平静湖面上漫游着。

只听得石弓嗖的一声，同时响起了雅金卡喊叫的声音：

"我射中了！我射中了！"

兹比什科立即向上爬去,透过树枝朝湖面望去,只见水獭沉入水中,又浮出水面来,不停地翻滚着,时时可以看到它那比脊背更加雪白的肚皮。

"我给了它致命的一击,它马上就会停止不动了。"雅金卡说道。

她说得不错,野兽的动作渐渐慢了下来,过了还不到念诵一遍"健康祷词"的时间,它便肚皮朝天浮在水面上了。

"我去把它弄回来。"兹比什科说道。

"你不要去,这里的岸边有好几人深的淤泥,不会对付的人一定会陷进去的。"

"那我们怎么把它弄上来呢?"

"傍晚它便会到博格丹涅茨的,这点你就不必费脑筋了。现在我们该回家去了。"

"你一箭就致它于死命!"

"嘿,这又不是第一次。"

"别的姑娘看到石弓都害怕,和你这样的姑娘在一起,一生都敢在森林里行走了。"

雅金卡听了这种溢美之词,高兴得笑了起来,但是她什么也没有回答,他们便双双从原路回去了。兹比什科向她询问有关水獭的情形,她告诉他说,在莫奇多瓦的水獭有多少,在兹戈热利兹又有多少,它们是怎样在湖里和河里栖居生息的。

她突然用手侧拍了一下自己的腿,喊道:

"啊呀,我把箭忘记在树上了。你等一等!"

他还来不及回答让他去取,她便像只獐子似的转身跑走了,一眨眼便跑得不见人影了。兹比什科等了又等。最后他感到奇怪,为什么她耽搁得这样久。

"也许是她的箭不见了,她正在寻找。"他暗忖道,"不过,我应该去看看她是否出了什么事。"

但是,他刚刚才走了几步,姑娘便已经手持石弓站在他的面前了,羞红的脸上满是笑容,背上还背着那只水獭。

"啊,我的上帝,你是怎样把它弄上来的?"兹比什科喊道。

"怎么弄上来的？我下到水里了，就是这样弄上来的。我又不是第一次，但我不能让你去，因为你不了解那里的地势便游起来，淤泥会把你吞没的。"

"可是我却像个傻瓜蛋那样在这里等着你，你真是个狡猾的姑娘！"

"不这样做行吗？难道我能让你看见我脱衣服吗？"

"那么，你并没有忘记你的箭了。"

"是的，我只是想让你离开湖岸远一点。"

"哎，要是我跟着你去就好了，我准能看到奇妙的事情。那是比什么都更加美妙的！嘿！"

"别说了！"

"我敢向上帝发誓，我刚才就真要到你那儿去的。"

"别说了！"

过了一会儿，她显然想转变话题，便开口说道：

"给我拧拧发辫，它把我的肩背都沾湿了。"

兹比什科一只手拿住发辫，另一只手便开始绞扭了起来，同时说道：

"最好是把辫子打开，风会立刻把它吹干的。"

但是她不想那样做，因为他们要穿过浓密的树林。现在，兹比什科已把水獭扛在肩上，走在前面的雅金卡说道：

"现在，马奇科一定会很快好起来的。对于伤口来说，再也没有比内服熊脂油、外敷水獭油更见效的了。不出两个星期，他就能骑马走动了。"

"愿上帝保佑他！"兹比什科答道，"我就像等待救世主那样等待这一天，因为我既不能离开病人，可待在这里我又感到苦闷。"

"你在这里感到苦闷？"雅金卡问道，"为什么？"

"难道齐赫没有把达奴霞的事告诉过你吗？"

"他只给我说过一点点……我知道她曾用她的头巾蒙住了你。我还知道……他告诉过我，每个骑士都会发誓为他的情人效劳。不过他还告诉过我，这样的效劳没有什么。有些骑士结婚了，也还照样在为自己的情人效劳。兹比什科,你把这个达奴霞的事给我说说吧,这个达奴霞是个怎样的人?"

她走近他的身边,非常不安地盯着他的脸,可是他一点也没有注意到她那惊惧的声音和目光,只是说道:

"她是我的情人,也是我最爱的爱人。我没有对任何人说起过她,可是我要像对自己的亲妹妹那样告诉你,因为我们从小就认识了。我愿跟随她走遍十座大山,十条河流,即使到日耳曼人和鞑靼人那里去也在所不惜,因为在这个世界上再也找不出第二个像她那样的姑娘了。让我的叔叔留在博格丹涅茨好了,我可要出去找她的。没有她,博格丹涅茨算得了什么!什么家产,什么牲畜,还有修道院院长的财产,我都不在乎!我要骑上马去找她,上帝一定会帮助我实现我对她的誓言,否则我宁愿去死!"

"这些我都不知道……"雅金卡轻轻地答道。

兹比什科开始向她讲起了他是怎样在梯涅茨见到达奴霞的,他怎样向她发誓,以及后来所发生的一切事情,包括坐牢、达奴霞的救他、尤兰德的拒绝。他还讲起了他们的分别、他的思念,以及他的快乐,因为只要马奇科的病体一复原,他就能到他心爱的姑娘那儿去了,去为她实现他的誓言。直到他看见了那个守着马等候在森林外面的仆人,他才住口,没有再说下去。

雅金卡立即飞身上马,和兹比什科告别,说道:

"让这个仆人拿着水獭跟你回去好了,我要回兹戈热利兹去。"

"这么说你不到博格丹涅茨去了?可是齐赫还在那里。"

"不,我父亲说过,他会回去的,而且也吩咐过我,要我直接回家。"

"那么好吧!愿上帝为这水獭而报答你!"

"再见……"

雅金卡独自一人回去了。她穿过野花丛生的林地朝家里走去,她还回转身来,朝兹比什科的背影望了一会儿。等到他消失在树林后面时,她便用双手蒙住了眼睛,像是在遮避阳光似的。

但是,不一会儿,大滴大滴的泪水便从她的手下顺着脸颊流了下来,像雨点似的落在马鞍和马鬃上。

第十五章

那次和兹比什科谈话之后,雅金卡有三天没有到博格丹涅茨去了。直到第四天她才匆匆赶去告知他们,修道院院长已经到了兹戈热利兹。马奇科听了这消息心情有些激动,他的确有足够的钱去赎回他的田产,他还计算过,他的钱还能够招收到一些农民来,再添置一些牲畜和其他农用器具。不过这整个事情,很大程度上还有赖于这位富有亲戚的态度如何,比如说,他可以带走或者留下他原先安置在这里的农民,而这份田产的价值也可以因此而有所增加或减少。

因此,马奇科向雅金卡详细询问了修道院院长的情况:他是怎么来的?是高兴还是心情不好?他说过他们一些什么?何时到博格丹涅茨来?雅金卡也很机智地回答了他的问题,竭力从各个方面去鼓励他、安慰他。

她说修道院院长心情愉快、身体健康,还带了一大群扈从,除了武装的仆役外,还有好几个游方教士和游吟歌手。他还和齐赫一起唱歌,而且还非常喜欢听歌,不仅爱听宗教的歌曲,世俗的歌曲也听得津津有味。她还注意到他非常关切地问起了马奇科的情形,又非常注意地听着齐赫谈起兹比什科在克拉科夫的遭遇。

"你们自己最清楚,该怎样处理这些事情。"这位聪明的姑娘最后说道,"不过,我认为兹比什科应该立即前去向这位长辈亲戚表示欢迎和问候,而不要等到修道院院长先到博格丹涅茨来。"

这个意见正合马奇科的心意,于是他吩咐把兹比什科叫来,对他说道:

"你穿上漂亮的衣服,立即前去向修道院院长叩头请安,向他深表敬意,以博得他对你的好感。"

随后,他又转向雅金卡,说道:

"你如果是个笨蛋,我倒不会奇怪,因为你是个女人,但是你那样聪明伶俐,倒让我感到惊讶了。请你告诉我,如果修道院院长来了这里,我该怎样招待他,怎样才能使他开心?"

"关于食的问题,他自己会告诉你,他喜欢吃什么,他喜欢丰盛的酒宴。但是,只要多放些番红花,他就不会挑食了。"

马奇科听了这话,双手捧住了脑袋,说道:

"我到哪里去弄来番红花呀!"

"我正好带来了。"雅金卡说道。

"像这样的姑娘多生一些就好了。"马奇科欣喜地喊道,"你真是个漂亮的姑娘,又聪明,又会理家,又是那样善解人意!嗨!要是我年轻的话,我会立即娶你做老婆的!"

听了这话,雅金卡偷偷瞟了兹比什科一眼,轻轻地叹了一口气,接着说道:

"我还带来了骨牌、茶杯和桌布,因为修道院院长喜欢在饭后玩玩骨牌。"

"他早就有这个习惯,而且经常发脾气。"

"他现在也爱发脾气,他一发脾气,就爱把杯子摔在地上,冲出房门跑到地里去。过后,他又会满脸笑容地回来,嘲笑自己刚才发的那顿脾气……不过,您是知道他的……只要不去顶撞他,他便是世界上最好的人了。"

"谁还会去顶撞他呢,他比所有别的人都更聪明!"

他们就这样交谈着,兹比什科却在套房里换衣服,他出来的时候,打扮得那样华丽漂亮,真让雅金卡看得眼花缭乱了。他和第一次到兹戈热利兹去的时候完全一样,还是穿着他的白雅卡。但是这一次她的心里充满了悲伤,悲叹他的风采不再属于她了,悲叹他爱上了别的姑娘。

但是,马奇科却很高兴。因为他认为,修道院院长一定会喜欢兹比什科的,这样一来,和他解除契约时便不会有什么困难了。他为这种想法高兴得甚至想亲自去走一趟。

"吩咐仆人套车!"他对兹比什科说道,"既然我身上有铁片的时候都能从克拉科夫回到博格丹涅茨,那么现在我身上的铁家伙没有了,我一定能到兹戈热利兹去。"

"只要您不会昏过去就行。"雅金卡说道。

"哎,我不会出事的,我觉得我的身体有力气了,即使我有点头昏脑涨的。修道院院长知道了我这样还赶去问候他,他就会对我们更加慷慨大方了。"

"对我来说,您的健康比他的慷慨更重要!"兹比什科说道。

但是,马奇科却坚持己见,非去不可。在路上,他只是呻吟了几声,然而他依然在教导兹比什科,到了兹戈热利兹应该如何彬彬有礼,特别劝告他对于这个富有的亲戚应该听话和顺从,决不能做任何有悖于他的事情。

他们到达兹戈热利兹的时候,正逢齐赫和修道院院长坐在房前,一面欣赏着明媚的自然景色,一面喝着葡萄酒。在他们身后,靠墙一排坐着修道院院长的六名随从,其中有两位游吟歌手和一个朝圣者——从弯曲的手杖和腰带上的木碗以及黑斗篷上绣的贝状物便可以看出他是个香客,其他的看起来像是游方教士,因为他们都是剃了光头的人,可是穿的却是世俗的衣服,腰上围着牛皮带,还都挂着佩剑。

一看到坐车来到的马奇科,齐赫便急忙奔了过去。修道院院长为了保持他的宗教尊严,便留在原地不动,只是向刚刚走出房门的几位教士说着什么。兹比什科和齐赫扶着身体还很虚弱的马奇科朝房前走去。

"我的身体还不太好。"马奇科一面吻着修道院院长的手,一面说道,"但是我还是要来向您,我们的恩主致敬,感谢您对博格丹涅茨的照管,来请求您给予我们这样的罪人最需要的祝福。"

"我听说您好些了,"修道院院长抱了抱他的头,说道,"还听说您许过愿要去朝拜我们已故的王后的陵墓。"

"因为我不知道该向谁许愿,就只好向她了。"

"您做得对!"修道院院长热情地说道,"她比其他的圣徒都要好。别的圣徒都会羡慕她的!"

转瞬之间,他的脸上便怒气冲冲,双颊充满了血,眼里冒火。

他们都知道他的火暴脾气,于是齐赫大笑起来,喊道:
"信奉上帝的人,战斗吧!"
修道院院长大声地喘着气,环扫了在场的人一眼,随后便笑了起来,望着兹比什科,问道:
"这位是您的侄子,我的亲戚吗?"
兹比什科俯下身去,吻了吻他的手。
"上次看到他还是个小孩子,现在我都认不出来了!"修道院院长说道,"让我看看你。"
他那犀利的眼睛从头到脚把他看了一遍,最后说道:
"他长得太漂亮了!是位小姐,而不是个骑士。"
马奇科听后,回答说:
"日耳曼人邀请这位小姐去跳舞,可是邀请她的人总是跌倒在地,便爬不起来了。"
"他不用手柄就能拉开石弓!"雅金卡突然叫道。
修道院院长转向她说:
"你在这里干什么?"
她立即羞红了脸孔,连脖子和耳朵都红了,忸怩不安地回答道:
"我亲眼看见……"
"你可得小心,别让他偶然射中了你,否则,你得花三个季度才能把伤口愈合。"
听了这话,游吟歌手、朝圣者和游方教士们都一齐大笑了起来,使得雅金卡更加慌乱得不知所措,修道院院长怜爱她,便抬起手臂,把自己道袍的大袖口对着她。
"快躲到这里面去吧,姑娘!"他说道,"你看你脸上红得都要滴出血来了。"
这时候,齐赫扶着马奇科坐到了椅子上,吩咐给他拿酒来,雅金卡便急忙去拿酒了。修道院院长的目光转向兹比什科,说道:
"玩笑开够了。我把你比成姑娘,不是讥笑你,而是称赞你的美貌,你的美貌准会让不少的姑娘羡慕极了。我当然知道你是个真正的男子汉!我听说过你在维尔诺城下的功绩,也听说过那两个弗里兹人的事情和你在克拉科夫的遭遇。齐赫把你的一切都对我说了,你知道吗?"

说到这里,他开始紧紧盯着兹比什科的眼睛,过了一会儿,他又继续说道:

"你许过三簇孔雀羽的愿,你就自己去找吧!去追击我们国家的敌人,这是一件光荣的、会使上帝高兴的事情……不过,如果你还许过别的什么愿,我在这里可以解除你的誓约,我有这样的权力。"

"嘿!"兹比什科说道,"如果一个人在灵魂里向主耶稣许了愿,谁能有权力解除这样的誓愿呢?"

听了这话,马奇科惶恐不安地望着修道院院长。但是看来,修道院院长的心情很好,他不仅没有勃然大怒,反而高兴地用一个手指点着兹比什科,说道:

"你这个聪明的家伙,你可得小心,别碰上日耳曼人贝哈德①那样的事情。"

"他出了什么事?"齐赫问道。

"他们把他在火堆上烧死了。"

"为了什么?"

"因为他经常散布:世俗的人也能像神职人员一样懂得上帝的秘密。"

"他们对他惩处得太厉害了!"

"但是很正确!"修道院院长嚷道,"因为他亵渎了圣灵。你认为怎样?难道一个凡夫俗子能知道上帝的秘密吗?"

"绝不能够!"游方教士们异口同声地喊道。

"你们这些'小丑',安安静静地待在那里吧!"修道院院长说道,"你们又不是神职人员,尽管你们都是光头。"

"我们既不是'小丑',也不是游吟歌手,我们是阁下您的随从。"他们之中的一个一面回答,一面望着一个大桶,远远就能闻到桶里发出的

---

① 贝哈德是创建于 1220 年的一个宗教协会的成员。这个协会反对正统的教会,否定许多宗教信条。

啤酒味。

"你们瞧！他好像是在桶里说话似的！"修道院院长喊道，"嘿，你这个头发蓬乱的家伙！你干吗老是盯着那只木桶？你在桶底上是找不着拉丁文的。"

"我不是在找拉丁文，我是在找啤酒，可是我没有找到。"

修道院院长转向兹比什科，可是兹比什科正在惊奇地望着这些随从。修道院院长说道：

"他们都是神学院的预备生，但是他们中的每个人都想抛开书本，拿起诗琴，到世界各地去流浪。我把他们召集在一起，供给他们食宿，我还有什么别的办法呢？他们都是些懒鬼和流浪汉，可是他们会唱歌，也懂得一点宗教礼仪，所以他们留在教堂里还是有点用处的。必要的时候，他们还能负起保卫的作用，因为他们中间有几个还是勇猛非凡的仆从。这个朝圣者说，他到过圣地，可是我徒费口舌地问了他一些海洋和国家的事情，他连希腊皇帝的姓名和他住在什么城市都是一问三不知。"

"我本来是知道的。"那个朝圣者结结巴巴地说道，"打从我在多瑙河畔害了一场热病之后，便把我脑子里的一切东西都忘得一干二净了。"

"最使我感到惊讶的是他们的剑。"兹比什科说道，"我从来没有看见过游方教士还带着剑的。"

"他们是可以带剑的，"修道院院长说道，"因为他们还没有得到神职。连我都带着一把短剑，这没有什么可奇怪的。一年前，我还曾向布单佐夫的维尔克挑过战，就是为了你们回博格丹涅茨而经过的那座森林，可是他没有来应战……"

"他怎么敢和神甫决斗呢？"齐赫插嘴道。

修道院院长一听这话便发火了，用拳头捶着桌子嚷道：

"我一穿上甲胄，就不是神甫，而是个贵族了！但是他不来决斗，而宁愿带着仆役夜里在杜尔查偷袭我。所以，我才随身带着一把短剑。所有的教规和所有的法律都允许用武力反抗武力，并允许采用一切手段来保卫自己。① 所以我也让他们都带着长剑。"

---

① 原文是拉丁文。

齐赫、马奇科和兹比什科一听见他说拉丁文，便都沉默不语了，他们都深深佩服修道院院长的博学多识而低首下心，尽管他们一个拉丁字也听不懂。修道院院长愤怒地朝周围环视了一阵子之后，又说道：

"谁知道他会不会在这里攻击我呢？"

"啊哈！那就让他来试试吧！"这些游方教士手握着剑柄，齐声喊道。

"就让他来攻击我吧！我倒也想打打仗了。"

"他不会来攻击您的。"齐赫说道，"他会很快来向您问候并同您和解的。他已经放弃了那些森林，他现在正在为他的儿子奔忙哩。您知道！他是绝不会来攻击您的。"

这时候，修道院院长已经平静下来了，说道：

"我见到过小维尔克，他正在克热希尼亚的一家酒店里和罗戈夫的奇坦喝酒，他们没有认出我们，因为天太黑了。他们还谈起了雅金卡。"他说到这里，又转向兹比什科："他们还谈到了你。"

"他们想和我干什么？"

"他们什么也不干，就是不愿意在兹戈热利兹附近，出现第三个年轻人。奇坦当时正向维尔克说道：'等我把他的皮撕裂了，他的皮肉就不会这样光滑了。'维尔克说道：'他也许会怕我们的，要是他不怕，我就把他的骨头敲碎！'后来他们两人都一致认为，你怕他们。"

马奇科听了这话，便望着齐赫，齐赫也望着马奇科，他们两人的脸上都露出了狡黠而又欢欣的微笑。他们谁都不能确定，修道院院长是否真的听到过这样的谈话，还是他为了刺激刺激兹比什科，而故意编出来的。但是他们两人，尤其是对兹比什科了解甚深的马奇科，都明白没有比这种方法更能让兹比什科去接近雅金卡的了。

修道院院长像是故意的，又说了一句：

"说句老实话，他们两个倒是不错的小伙子。"

兹比什科丝毫也不露声色，只是用一种不自然的声音问道：

"明天是星期天吗？"

"是星期天。"

"你们去做弥撒吗？"

"当然会去的!"

"去哪里?去克热希尼亚吗?"

"当然到最近的教堂去。"

"嗯,那好吧!"

第十六章

兹比什科追上了齐赫和雅金卡，他们两人是同修道院院长和他的教士们一道到克热希尼亚去做礼拜的。兹比什科和他们走在一起，目的就是要向修道院院长表明：他既不怕奇坦，也不怕维尔克，更没有想过要去躲避他们。他再一次为雅金卡的美貌所倾倒，尽管他常常在兹戈热利兹和博格丹涅茨看见她穿着做客的衣裙，显得非常好看，但是，从未像她现在到教堂去这样打扮得那么漂亮。她穿了一件镶有银鼠皮的红呢外衣，手上戴着红手套，头上戴着一顶嵌有金饰的银鼠皮帽，帽子下面两条辫子垂在肩上。她这次也不像男人那样骑在马上，而是坐在高高的马鞍上，前面有一把扶手，还有一张搁脚的小凳子。那张小凳子在她的缝制精美的长裙下面只露出了那么一点儿。齐赫允许女儿在家里穿羊皮外套和高筒靴，却要她去教堂时打扮得华丽漂亮，就是要让每一个人都知道，她不是一个穷贵族的女儿，而是一个出身于富有骑士家庭的小姐。为此，她的马还由两个小男孩牵着，他们上穿宽松的外衣，下穿紧身的裤子，打扮成侍僮的模样，后面跟着四个骑马的仆人。游方教士们和仆人走在一起，他们身佩短剑，腰上挂着诗琴。兹比什科非常欣赏这支扈从队。尤其是雅金卡，她美得真像画中人一样，还有修道院院长，他身穿两件红长袍，双袖又宽又大，简直就像一位出巡的亲王。只有齐赫自己穿得最为朴素，他要求别人穿得华丽，自己却只喜欢唱歌和快活。

修道院院长、雅金卡、兹比什科和齐赫并排骑马前行。一开始，修道院院长吩咐他的歌手们唱一些宗教歌曲。后来，他听厌了他们的歌唱，便开始和兹比什科说起话来。兹比什科恰好这时正望着他那把并不比日耳曼人双手使用的大刀要小多少的短剑，便不禁笑了起来。

"我看出，"修道院院长严肃地说道，"你对我的这把剑感到奇怪。

你大概也知道,高级神甫会议允许神甫外出时佩带剑,甚至可以带抛石炮①。现在我们就是在外出啊!圣父在禁止神甫身带刀剑和穿红色衣袍时,所想到的当然是那些出身低贱的神甫,因为上帝在创造贵族的时候就是为了让他们能用武器。谁要是夺去了贵族的这种权利,那他就是在反对上帝的永恒决定。"

"我看见玛佐夫舍亨利克公爵在比武场上决斗。"兹比什科说道。

"他受到谴责,并不是因为决斗,"修道院院长举起一根手指回答道,"而是由于他的结婚,而且很不幸,因为他娶了一个放荡而酗酒的女人。她正像人们所说,从小就献身于酒神而且还是个荡妇。和这样的女人结婚怎么会有好结果呢?"

说到这里,他勒住了坐骑,更加严肃地教诲道:

"谁想要结婚,就得选个好妻子。你要看她是否虔诚,是否品行端正,是否会勤俭持家,是否爱好整洁。总而言之,要看你是否听从教堂神甫的劝告,或者是异教圣贤塞内加的劝告。如果选好了一位你终身的伴侣,而你连她的出身都不清楚,那你怎么知道你选对了呢?另一位圣贤也曾说过:苹果掉落在离苹果树不远的地方②;什么样的牛就会有什么样的皮;有其母必有其女;你,作为一个罪人,必须接受这种教诲;应该在近处而不是到远方去找你的妻子,因为你如果娶了一个淫荡的坏妻子,就会像那位哲学家那样,当他那位泼辣爱吵的妻子大发淫威,把脏水泼到他的头上时,他就只有号啕大哭的份了。"

"永生永世,阿门!"③那些游方教士齐声喊道。这些游方教士在回应修道院院长的话时总是这么一句话,而不看它是否恰当。

在场的人都聚精会神地听着修道院院长说话,他们都惊羡他的口才和对《圣经》的熟悉。他表面上并不是直接对兹比什科说话,相反,他大多是向着齐赫和雅金卡说话的,好像他特别想规劝他们似的。不过,雅金卡显然领会了他的意图,因为她老是从她那长睫毛下面望着这个小伙子。而他却紧锁眉头,低垂着脑袋,仿佛正在全神贯注地思考修

---

① 古时用的一种装置,可以射出石炮弹。
② 原文为拉丁文。
③ 原文为拉丁文。

道院院长说的话似的。

过了一会儿,整个队伍又朝前行进了,不过大家都不再说话了。直到看见了克热希尼亚的时候,修道院院长才整了整腰带,把短剑朝前移了移,以便能一下子抓住剑柄。他开口说道:

"布单佐夫的老维尔克一定会带一大队仆从来的。"

"肯定会的。"齐赫答道,"但是我听仆人们说,他好像病了。"

"我的一位教士听说,他想等到做完礼拜之后在酒店前面攻击我们。"

"没有预先通告,他是不会那样做的,尤其是在做过弥撒之后。"

"愿上帝赐给他理智。我不愿和任何人挑起事端。我是能忍辱负重的。"说到这里,他朝他的歌手们望了一眼,说道:

"别先拔出你们的剑,要记住,你们是上帝的仆人。如果他们先动手拔剑攻击我们,我们就攻击他们!"

这时候,兹比什科和雅金卡并排走在一起,他向她打听他脑海里一直在思考的问题。

"我认为,奇坦和小维尔克一定会到克热希尼亚来的。"他说,"你远远地把他们指给我看,好让我认识他们。"

"好的,兹比什科!"雅金卡答道。

"他们在做礼拜的前后都会碰上你的。那时候,他们会干什么呢?"

"他们会千方百计向我献殷勤。"

"他们今天不能向你效劳了,你懂吗?"

她几乎是顺从地回答道:

"懂,兹比什科!"

木槌声打断了他们的谈话,因为克热希尼亚还没有钟。不一会儿,他们便来到了教堂门前。在教堂门口等待做弥撒的人群中,立即走出了奇坦和小维尔克。但是兹比什科立即跳下马来,赶在他们前面,把雅金卡从马鞍上抱了下来。接着他挽起她的手臂,挑衅似的望着他们,把她带进了教堂。

在教堂的门廊里,他们再度失望了。他们两个匆匆赶到圣水盘,伸进手去掬了圣水,把手伸给了姑娘,但是,兹比什科也同样做了,姑娘摸了摸他的手指,画了个十字,便和他一道朝教堂里面走去。这时候,不仅年轻的维尔克,就连那个傻里傻气的罗戈夫的奇坦,也都明白了,这一切都是故意这样做的,于是他们两个顿时火冒三丈,连发网下面的头发都要竖立起来了。不过,他们还没有失去理智,他们担心上帝的惩罚,不想在怒气冲冲的时候进入教堂。维尔克冲出门廊,像个疯子似的,在坟场的树木中间跑来跑去,自己都不知道要跑到哪里去,奇坦也跟在他后面,漫无目的地跑着。

他们直跑到围墙的转角处才停了下来,那里堆放着一堆大石头,准备给克热希尼亚建钟楼做基石用的。维尔克为了要消消他满胸的怒气,便抓住一块大石头,用尽全力把它摇来摇去。奇坦看到他这样做,也抓住一块大石头摇动起来,不一会儿工夫,他们两个怒容满面地将大石在墓地里滚来滚去,一直滚到了教堂的门前。

人们惊奇地望着他们,以为他们这样做是在完成他们的誓愿,为建造钟楼在尽自己的一份力量。但是他们这样做的结果倒使他们的气消了不少,也更为清醒了。他们站在那里,脸色因用力过度而显得苍白,一面喘着气,一面用迟疑的目光望着对方。

罗戈夫的奇坦首先打破了沉默。

"哎,怎么办?"他问道。

"什么怎么办?"维尔克回答道。

"我们立即去攻击他吗?"

"不能在教堂里,等弥撒完了再干。"

"可是,他是和齐赫和修道院院长在一起。你难道不记得齐赫说过的话:如果我们打架,就再也不准我们到兹戈热利兹去了。要不是这样,我早就把你的肋骨打断了。"

"要不就是我打断你的肋骨!"维尔克回答道,紧紧握起他的那双大拳头。

他们的眼里又发出了凶光,但是他们立刻认识到,现在他们比以往任何时候都需要团结。过去,他们常常打架,但是打过之后又和好了,因为,尽管他们对雅金卡的爱情常常使他们反目成仇,但是他们却不能没有对方而生活下去,而且常常一分开就会想念对方。何况现在他们有了共同的敌人,他们都知道这是一个极其危险的敌人。

过了一会儿,奇坦问道:

"怎么办呢?也许要派人送挑战书到博格丹涅茨去?"

维尔克虽然更聪明一些,一时也不知道该怎样办好。幸亏木槌声帮助了他,木槌声重新响起,表示弥撒就要开始了,于是他说道:

"怎么办?先去做弥撒,以后怎么办,那就全凭上帝的安排了。"

罗戈夫的奇坦对他这种聪明的回答也大为高兴。

"也许主耶稣会给我们启示的!"他说道。

"而且会保佑我们的!"维尔克补充说道。

"按正义行事!"

他们走进了教堂,虔诚地听过弥撒之后,他们的心里又萌生了希望。弥撒完了,当雅金卡又从兹比什科手里接受圣水的时候,他们也没有失去理智。在教堂的大门外,他们向齐赫、向雅金卡,甚至向修道院院长都鞠躬致敬,虽然后者是老维尔克的仇人。他们对兹比什科怒目而视,但都没有去招惹他,可是他们的心却由于愤怒、忌妒和悲伤而跳动得飞快。他们都认为,雅金卡从来没有像现在这样好看过,完全像位公主。直到这支显赫高贵的队伍打道回去,远处传来那些游吟歌手的歌声之时,奇坦才开始擦掉他那多毛的脸颊上的汗水,像匹马似的翕动鼻翼。维尔克却咬牙切齿地说道:

"到酒店去!到酒店去!我心里烧得厉害!"

这时,他们想起了刚才使他们感到好受一些的举动,于是他们又抓起那块大石头,把它滚回到原来的地方去。

兹比什科和雅金卡并排骑着马朝前走去,听着修道院院长的那些游吟歌手们唱起的欢乐歌声。可是,当他们走了五六公里的时候,兹比什科突然勒住了坐骑,说道:

"啊,我本想为叔父的健康做一次弥撒的,可是我忘记了,现在我要回去一下。"

"不要回去!"雅金卡喊道,"我们回到兹戈热利兹再派人去好了。"

"我就会回来的,你们不要等我,再见!"

"再见!"修道院院长说道,"你去吧!"

他满脸喜色,等到兹比什科消失不见时,他用胳膊轻轻地碰了一下齐赫,说道:

"你明白吗?"

"我明白什么?"

"他一定会在克热希尼亚和奇坦、维尔克干一仗,不过这是我所希望的,也是我所鼓励的。"

"他们都是身强力壮的汉子,要是他们把他打伤了,那怎么办呢?"

"这还有什么怎么办?如果他是为了雅金卡而去打架的,那他怎么会再去想那位尤兰德小姐呢?他的情人就会是雅金卡而不是那一位姑娘了。这是我所希望的,因为他是我的亲戚,我的希望要成功了!"

"可是,他的誓约呢?"

"我马上就能解除他的誓约,你没有听见我说过会给他解除誓约的吗?"

"您那样聪明的头脑,一切都能应付自如。"

修道院院长听了这种恭维话,很是高兴,随后便朝雅金卡走去,问道:

"你为什么这样忧心忡忡呢?"

她从马鞍上弯下身来,抓住修道院院长的一只手,送到自己的嘴边,说道:

"我亲爱的教父,请您派几个游吟歌手到克热希尼亚去。"

"为什么?他们会在酒店里喝得醉醺醺的,仅此而已。"

"但是他们能阻止一场殴斗。"

修道院院长直盯着她的眼睛,突然厉声地说道:

"就让他们杀死他好了!"

"那也让他们杀死我!"雅金卡喊道。

自从上次和兹比什科谈话以来,郁结在她心里的辛酸痛苦,顿时化作一股泪水汩汩流泻出来。修道院院长看到她这样伤心,便立即用手臂搂住了她,他那宽大的袖子几乎把她整个人都遮起来了,他开始劝解道:

"你不用怕,我的小女儿,什么事也不会有。争吵可能会发生,但那两个人也都是贵族,绝不会以多敌少的,只要按照骑士风习在田野上和他决斗,他就能应付自如,即使同时要和两个人打斗,他也能对付得了他们的。至于那位尤兰德小姐,你也听说过她的事情。那我可以这样告诉你,为她做婚床的树还没有长出来哩!"

"既然他喜欢那个姑娘,那我也不在乎他了。"雅金卡泪流满面地答道。

"那么你为什么还哭呢?"

"因为我怕他出事。"

"哎,真是女人的见识!"修道院院长笑着说道。接着他弯下身来,对着雅金卡的耳朵说道:

"你自己想一想,我的小姑娘,即使他娶了你,他也会常常和人决斗的,因为贵族生来就是要决斗的。"

说到这里,他的身子弯得更低了,继续说道:

"他会娶你的,而且很快就会娶你,上帝可以作证。"

"你说什么呀!"雅金卡说道。

她立刻便转涕为笑了,她望着修道院院长,像是在问:"你是从哪里知道的?"

这时候,兹比什科回到了克热希尼亚,便直接去见神甫,他确实要为他叔父的健康举行一次弥撒。这件事一办完,他便到酒店去了,他估计在那里一定能找到布单佐夫的小维尔克和罗戈夫的奇坦。

他们两个都在那里,而且还有许多别的人,有贵族,有自耕农,有佃农,还有几个"江湖艺人"在那里表演日耳曼人的戏法。他刚进酒店什么人也分辨不清,因为牛膀胱做的窗户很难透进光来,等到酒店的侍役在火炉上加入一块木片后,他才在啤酒桶后面的角落里看到脸上长满细毛的奇坦和满脸怒色的维尔克。

于是,他躲开别人直朝他们走去。他走到他们身边时,便一拳打在桌上,响声震动着整个酒店。

他们也立即站起身来,迅速挪动他们的腰带,还没有来得及抓住剑柄,兹比什科便已把手套扔到了桌上,同时按照骑士在挑战时用鼻音说

话的习惯,说出了下面这番出人意料的话:

"无论是你们两个之中的任何一人,或者是在场的其他骑士,要是否认斯佩霍夫的尤兰德小姐是世界上最美丽、最有德行的少女,那我就要向他挑战,骑马也好,步行也好,都要决斗到一方下跪求饶或者你死我活为止。"

奇坦和维尔克都感到非常惊讶,要是修道院院长在场,听到这番话的惊讶程度可以和他们等量齐观。有好一阵子,他们都说不出话来。这位小姐是什么人?他们所追求的是雅金卡,而不是那位小姐,既然这个家伙所关心的不是雅金卡,那他干吗要来招惹他们呢?为什么他在教堂前面要对他们怒目而视呢?为什么他要回到这里来?为什么要向他们寻衅呢?这些问题把他们的头脑搞得一塌糊涂,以至于他们都张开了大嘴,奇坦还睁大眼睛望着兹比什科,仿佛站在他面前的不是一个人,而是日耳曼的什么怪物。

但是,头脑较为灵敏的维尔克,对骑士习惯有所了解。他知道,有的骑士发誓要为自己的情人效劳,却和别的女人结婚,于是他就想到,现在的情况可能就是这么回事,他要抓住这个机会来为雅金卡辩护。

于是,他从桌子后面走到兹比什科的身边,怒气冲冲地问道:

"你这狗杂种,难道你是说,雅金卡·齐赫小姐不是世界上最漂亮的姑娘吗?"

奇坦也跟着他走上前去。人们都朝他们围了过来,因为大家都知道,这件事不会单是动动口就能了结的。

第十七章

　　雅金卡一回到家里，便立即派了一个仆人到克热希尼亚去，要他打听酒店里是否发生过争斗，或者有没有挑战决斗过。然而，这个仆人由于得到了一文赏钱，就同神甫的仆人们喝起酒来，并不急于回家。第二个被派往博格丹涅茨去的仆人，很快便回来了。他是被派去通知马奇科，修道院院长就要去访问他的。这个仆人还报告说，他看见兹比什科正在和老主人玩骨牌。

　　这个消息多少使雅金卡放了心。因为根据兹比什科的丰富经验和机智灵活，她并不担心正规的决斗，她所怕的是通常在酒店里发生的那种凶狠残暴的事件。雅金卡真想陪修道院院长到博格丹涅茨去，但修道院院长不同意她去，因为他这次去要和马奇科商谈田庄租押契约和其他重要事务，不愿让雅金卡成为他们的见证人。

　　他选择了晚上到博格丹涅茨去。他一听说兹比什科已平安回家，便眉飞色舞地命令他的那些神学院预备生放声歌唱和呐喊，使得整个森林都喧嚣不已。而在博格丹涅茨，农民们都从家里跑了出来，看看是着火了，还是敌人前来侵袭了，那个手持曲杖的朝圣者策马走在前面，他要他们不要惊慌，并告诉他们说，来的是一位高级神职人员。因此，当他们看见来人是修道院院长的时候，便都一齐向他鞠躬致敬，有的人还在胸前画着十字。他看到人们对他如此尊敬，便禁不住心花怒放而又矜持地策马前行。于是他对这个小小的世界感到满意，对这里的人也都更为慈祥和善。

　　马奇科和兹比什科一听到呐喊声和歌声，便都来到了大门外迎接他。有几个神学生以前曾和修道院院长来过博格丹涅茨，但是另外几个神学生是后来加入扈从队的，从来也没有到过这里。他们一看到这里的房屋如此简陋，简直无法和兹戈热利兹的巨大宅院相比，便都大失所望。然而，当他们看到茅草屋顶上面的炊烟袅袅飞扬的时候，他们便又安心了，等他们走进厅屋，闻到了番红花和各种肉的香味，心里便感到美滋滋的。他们还看到两张桌子上都摆满了锡盘，虽然它们现在还是空的，但是这些盘子那样大，他们一见都止不住乐开了怀。在为修道院院长准备的那张小桌上，一只银盘闪闪发亮，还有一只雕刻得非常精美的酒杯，这两件器皿和别的贵重物品一样，都是从两个弗里兹人那里得来的。

马奇科和兹比什科立即邀请客人入席。但是修道院院长因为在离开兹戈热利兹的时候就已经吃得很饱，便拒绝了，尤其是他现在一门心思都放在别的事情上，更不想吃饭了。从来到博格丹涅茨的那一刻起，他就非常注意而又不安地望着兹比什科，希望能从他身上看出殴斗的痕迹。但是，他看到这青年人脸色平静，就不耐烦起来了，终于克制不住自己的好奇心。

"我们到里面房间去。"他说道，"来谈谈房产抵押的事情，别反对我，否则我会生气的。"

他转向那些神学院预备生，吼道：

"你们给我安静地坐在这里！别到门边来偷听！"

他说完，便打开里间的房门走了进去。马奇科和兹比什科也跟着进去了。他们在箱子上坐了下来，修道院院长面向着兹比什科，问道：

"你又回到克热希尼亚去了吗？"

"我回去过。"

"嗯，怎么样？"

"我是去给叔父的健康做弥撒付钱的，就是这么回事。"

修道院院长在箱子上焦急地移动着身子。

"嗨，"他心想，"看来他没有碰上奇坦和维尔克，也许他们不在酒店里，要么是他没有去找他们。我弄错了。"

也许是因为他弄错了，也许是他的计划落空了，他突然发起脾气来，满脸通红，大声喘着气。过了一会儿，他说：

"现在来谈谈那笔抵押的田产吧！你们有钱吗？要是没有钱……那就是我的财产了。"

马奇科早已知道该怎样行事，于是他站起身来，打开了他坐过的那只箱子，拿出一个显然是早已准备好了的钱袋，说道：

"我们是穷人，但我们还有这笔钱，该付的我们一定付清，文书上都写了，而且我也在那上面画了圣十字的花押。如果您还要我们付管理修建的附加费，我们也毫无异议，您要多少，我们就付多少，我们还要跪在您面前向您表示我们的感激之情。"

他说到这里，便双膝跪在地上，兹比什科也跟着跪下了。修道院院长本以为会有一场争吵、讨价还价的，看到他们的这种举动，实在是出乎意料，反而有些不高兴了。他本来想提出种种不同的条件，可是现在没有机会了。

因此，在交还马奇科在上面画过押的文书，或者不如称之为抵押单据之后，他便说道：

"你们为什么要提到附加费呢？"

"因为我们不想收取任何礼物。"马奇科诡谲地回答道。他知道，在这种场合，他争论得越凶，得到的好处便越多。

修道院院长顿时便气得脸红脖子粗了。

"你听他们说的，不愿意收取一个亲戚的任何礼物！你们的面包太多啦！我取走的不是荒地，送还的也不是荒地。如果我喜欢，我连这一袋钱也要送给你们。我现在就把它送给你们！"

"您可不能这样做呀！"马奇科喊道。

"我不能这样做！这就是你们抵押的田产！这就是你们的钱！我给是由于我的宽宏大量。我即使把它扔在大路上，你们也管不着，你看看我会不会这样做！"

他说着便抓起袋子，朝地板上狠狠地扔下去，袋子立即裂开了，撒了一地的钱。

"上帝会报答您的，上帝会报答您的，神甫和恩人！"马奇科喊道，他等待的就是这一刻，"别人的我决不会收，但是又是亲戚，又是神甫送的，我就只好收下了。"

修道院院长严厉地望了望马奇科和兹比什科，最后说道：

"虽然我在发怒，但是我清楚我在干什么。我给你们的，你们就收下好了,不过我要告诉你们,你们再也不会从我这里得到一文钱了。"

"我们就连这笔钱也没有想过。"

"不过,你们也该知道,我身后的全部财产都归雅金卡所有。"

"连土地也归她所有吗?"马奇科问道。

"当然!"修道院院长吼道。

马奇科听见这话,脸都拉长了,但他镇定了一下,说道:

"哎,您怎么会想到死呢?主耶稣会赐给您长命百岁,而且不久就能让您得到一个重要的主教职位!"

"那当然!难道我比别人差吗?"

"绝不会差,而是更好!"

这些话让修道院院长心平气和了,而且一般来说修道院院长的怒气发得快、消得也快。

"唔,你们是我的亲戚。"他说,"她只是我的教女,但是我爱她,也爱齐赫,在这个世界上没有比齐赫更好的人,也没有比雅金卡更好的姑娘了!谁还能说他们什么坏话呢?"

他又用严厉的目光望着他们,不过,马奇科不仅不会反对他,反而深表赞同地说道:"在整个王国内,再难找到比他更高尚的邻居了。"

"至于那位姑娘,"他说,"我爱她胜过爱自己的亲生女儿。由于她的精心照顾,我才恢复了健康,我至死也不会忘记这一点的。"

"如果你们忘记了,无论是你,还是他,都要受到谴责的。"修道院院长说道,"我首先就会诅咒你们。我不愿让你们吃亏,因为你们是我的亲戚,因此我想出了一个办法,让我的财产在我死了之后能归你们和雅金卡共同所有,你们懂我的意思吗?"

"让上帝保佑这件事能实现就好了!"马奇科答道,"慈爱的耶稣!就是徒步,我也要到克拉科夫去朝拜王后的陵墓,或者到韦萨·古拉① 去向圣十字架的木块顶礼膜拜。"

修道院院长听了马奇科这番实心实意的话语,非常高兴,便大声笑

---

① 又名光秃山,在今波兰南部的圣十字山上,山上建有波兰最古老的修道院,其中供奉着救世主的十字架的一部分。

了起来,说道:

"这姑娘有权利去挑选她的意中人,因为她天生丽质,家庭富有,而且又是出身名门,即使是总督的儿子也不一定配得上她,奇坦和维尔克就更不用说了。不过,如果是我看中了的人,给他做媒,那她一定会嫁给他的。因为她爱我,而且知道我总是为她好。"

"您给做媒的那个人真是太幸运了!"马奇科说道。

但是,修道院院长转身向着兹比什科,说道:

"你怎么样?"

"啊,我的想法和叔叔的一样。"

修道院院长严厉的脸色变得更加温和了,他在兹比什科的肩上用力拍了一下,声音之大,响彻整个房间,问道:

"为什么你在教堂里不让奇坦和维尔克接近雅金卡?"

"为了不让他们以为我是怕他们的,我也不愿意您那样看我。"

"你还给了她圣水。"

"我给了。"

修道院院长又拍了一下他的肩头。

"那么……那么你要娶她了!"

"会娶她的!"马奇科像回声一样应道。

兹比什科拢了拢发网下面的头发,平静地回答道:

"我在梯涅茨的祭坛前已经向达奴霞·尤兰德小姐发过誓,我怎么能娶她呢?"

"你起的誓是关于孔雀羽的,那你把它们弄来就是了。但是你立刻就和雅金卡结婚。"

"不,"兹比什科回答道,"后来达奴霞用头巾蒙住我的头时,我曾发誓要娶她为妻。"

修道院院长满脸通红,耳朵都发青了,两眼鼓鼓的。他走近兹比什科,用气得嘶哑的声音说道:

"你的誓约是谷糠,而我是风,你懂吗?嘿!"

他用劲朝兹比什科的头吹去,把他的发网都吹落了,头发零乱地垂在肩背上。兹比什科蹙起眉头,直盯着修道院院长的眼睛,说道:

"我的誓言就是我的荣誉,我的荣誉要靠我自己来保护。"

从来不习惯于别人顶撞的修道院院长听了这话,气得连气都喘不过来,话也说不出来了。出现了片刻的不祥的沉默,马奇科终于打破了沉默。

"兹比什科!"他喊道,"你发晕了!你是怎么回事?"

这时候,修道院院长抬起手来,指着兹比什科,嚷道:

"他怎么啦?我知道他是怎么一回事,他的心不是骑士的心,也不是贵族的心,而是兔子的心。他是怕奇坦和维尔克,就是这么回事。"

但是,兹比什科依然镇定自若,只是不经意地耸了耸肩膀,回答道:

"哎嘿!我在克热希亚尼把他们的头都打破了。"

"我的上帝!"马奇科喊道。

修道院院长瞪起眼睛,看了兹比什科好一会儿,愤怒和惊讶在他心里展开了斗争,然而他那天赋的聪明头脑告诉他,这场和奇坦与维尔克的殴斗对实现他的计划不无裨益。

于是等他稍微平静下来,便朝兹比什科大声训斥道:

"你为什么不早说?"

"因为我感到羞愧,我原来以为他们会按照骑士规则向我挑战,进行骑马或者徒步的决斗。但是他们是强盗,不是骑士,维尔克首先从桌子上掰下一块木板,奇坦也掰下了另外一块板,两人便朝我打了过来,我当时能怎么办呢?我也抓起了一条板凳,嗨,后面的事你们也能猜到了。"

"他们还活着吗?"马奇科问道。

"活着,但伤得不轻。我在那里的时候,他们还有气。"

修道院院长一面听着,一面擦着额头。随后他就从箱子上突然跳了下来——他原来坐在箱子上是为了能更好地思考问题,喊道:

"等等!我现在要给你说件事。"

"您要说什么?"

"我要对你说的是,如果你是为了雅金卡打架,而且还当众把别人的脑袋打破了,那你就是她的真正的骑士,而不再是别人的骑士,那你就应该娶雅金卡了。"说完,他就两手叉腰,以胜利的眼光望着兹比什科。

但是,兹比什科只是笑了笑,说道:

"嘿,我明白了,您为什么要我去和他们打架,不过您完全搞错了。"

"为什么搞错了?你说说。"

"因为我是要他们承认,达奴霞·尤兰德小姐是世界上最漂亮、最有德行的姑娘。而他们则认为雅金卡是最漂亮、最有德行的姑娘,这才招致了我们的打架。"

修道院院长听了这话,便呆若木鸡,一动不动站在那里好一阵子,只有他那转动的眼珠,表明他还活着。后来,他突然转过身去,一脚踢开房门,冲进了厅堂。他从朝圣者手里夺过了歪手杖,就打起那些游吟歌手来,像一头受了伤的野牛吼叫着:

"上马!你们这些骗子!上马,你们这些狗杂种!我的脚再也不会踏进这所房子了!上马!信奉上帝的人!上马……"

他又踢开大门,来到了院子里,那些胆战心惊的神学院预备生也跟着他跑了出来。他们蜂拥着向马厩奔去,少时就给马上好了鞍。马奇科徒劳地追上了修道院院长,无论他怎样恳求、道歉,再三解释这不是他的错,都是枉然。修道院院长怒气冲冲地诅咒这座房屋、这里的人和这里的田地。他们给他牵来了马,他不踏马镫,一下子便跳上了马背,驱马飞驰而去。两只宽大的袖子被风吹得飘扬起来,恰像一只红色的巨鸟。扈从们慌乱地跟在他后面奔跑着,恰像一群牲畜跟在领头马的身后奔跑一样。

马奇科站在那里望着他们远去的身影,直到他们消失在森林里,他才缓慢地回到了屋里,一面摇着头,一面对兹比什科说着话。

"看看你干的好事!"

"要是我早走了,就不会发生这种事了。我没有走,是因为您的缘故。"

"为什么是我的缘故?"

"嗨,因为我不愿在您生病时就离开家。"

"现在该怎么办呢?"

"我现在就走。"

"到哪儿去?"

"先到玛佐夫舍去看达奴霞,后到日耳曼人那里去找孔雀羽。"

马奇科沉默了一会儿,说道:

"他把'文件'退回来了,但是抵押这件事还记录在法院的抵押簿上。修道院院长现在连一文钱也不会给我们了。"

"他不给拉倒,您有钱,我路上又不用花钱,人们到处都会接待我,也会给我的马喂饲料。只要我身上有甲胄,腰间挂着剑,我就什么也不需要了。"

马奇科对刚才发生的一切又思考了一番。他的计划和安排如今都化为泡影了,他本来就是真心实意想要兹比什科娶雅金卡的,现在他已经明白,那不过是黄粱美梦。一想到修道院院长的愤怒,一想到对不起齐赫和雅金卡,一想到和奇坦与维尔克的打架,他认为还是让兹比什科离开为好,免得再生事端,引起新的不和。

"哈!"他终于说道,"既然你一定要去弄到十字军骑士的孔雀羽,而又没有别的方法,那你就去吧,但愿一切都能按主耶稣的意旨实现……但是,我必须马上到兹戈热利兹去,也许我能得到修道院院长和齐赫的原谅。失去齐赫的友谊,我会很伤心的。"

说到这里,他直盯着兹比什科的眼睛,问道:

"难道你不为雅金卡感到伤心吗?"

"愿上帝赐予她健康和万事如意!"兹比什科答道。

第十八章

马奇科耐心地等了数日,希望得到一些来自兹戈热利兹的消息,或者有关修道院院长的怒气已消的信息。可是他一直没有确切的消息,等得实在不耐烦了,终于决定亲自去看望一下齐赫。过去所发生的事情,都是他的过错。但是他现在急于知道,齐赫是否还在生他的气,因为他断定,修道院院长是再也不会理他和兹比什科的了。

不过,他要竭尽全力去缓解修道院院长的怒气,于是他一面骑着马,一面就在想,他到了兹戈热利兹,应该说些什么,才能平息人家的怒气,才能保持和老邻居的友谊。可是,他的脑海里还没有理得很清楚,因此,当他看到只有雅金卡一人在家时,便十分高兴。雅金卡还像过去一样接待他,向他鞠躬致敬,吻他的手。一句话,她很友好,只是有点忧郁。

"你父亲在家吗?"马奇科问道。

"他陪修道院院长打猎去了,一会儿就会回来的。"

她边说边把马奇科让进了家里。他们两个默不作声地坐了很久,后来,还是姑娘先开口问道:

"您现在一个人在博格丹涅茨感到寂寞吗?"

"寂寞!"马奇科答道,"也许你已经知道,兹比什科走了?"

雅金卡轻轻地叹了一口气。

"知道,当天我就知道了。我原以为他会来这里向我们告别一声的,可是他没有来。"

"他怎么能来呢?"马奇科说道,"要是他来了,修道院院长准会把他撕成两半,你父亲也不会高兴见到他的。"

她摇了摇头,答道:

"唉!我绝不会让人欺侮他的!"

马奇科听了这话,虽然他年老心硬,但还是激动地把姑娘抱在了怀里,说道:
　　"上帝保佑你,姑娘!你心里不好受,我也不好受。不过我要告诉你,无论是修道院院长,还是你父亲,都不会比我更爱你的。我情愿我受伤而死,也不愿兹比什科去娶别的姑娘,只希望他娶你。"
　　这时候,悲伤和思念一下子涌上了雅金卡的心头,使她再也抑制不住自己的感情了,她说道:
　　"我再也看不见他了,等我再看到他时,他一定是和尤兰德小姐在一起了,我宁愿我的眼睛先哭瞎了。"
　　她撩起围裙的一角,遮住了她那泪水横流的眼睛。
　　马奇科说道:
　　"你别哭,他走是走了,但蒙上帝的恩典,他绝不会和尤兰德小姐一起回来的。"
　　"为什么不会?"雅金卡依然蒙着围裙说道。
　　"因为尤兰德不肯把女儿嫁给他!"
　　一听见这话,雅金卡便立即放下了围裙,急切地对马奇科说道:
　　"兹比什科曾对我说过。不过,这是真的吗?"
　　"真的,就像天上的上帝一样真实!"
　　"为什么?"
　　"谁知道呢!也许是由于什么誓约。如果是誓约那就没有办法取消了!他很喜欢兹比什科,因为兹比什科答应帮助他报仇。可是这也毫无用处,就是安娜公爵夫人做媒也不行。无论是恳求,还是劝说,甚至是命令,尤兰德都一概置之不理。他只是回答:不行!唉,很显然,他的不行是有原因的。他又是个很倔的人,他说过的话,绝不会改变。姑娘,你别失望,要有信心。说句公道话,兹比什科是一定要走的。因为他在教堂里发过誓,要拔下三簇孔雀羽来。况且那姑娘曾用头巾包住过他的头,这表明她是要嫁给他的。没有她,他的头早就被他们砍下了。因此,他欠了她的情,应该感激她,这是谁也不能否认的。但是,上帝保佑,他不会是她的丈夫的。不过,从法律来说,他是她的未婚夫。齐赫在生他的气,修道院院长骂得他全身都起鸡皮疙瘩了,我也很生他的气。不过,只要仔细想一想,他又有什么办法呢?既然他还欠着另一个姑娘的,那他就不得不去,因为他是个贵族。但是,我可以告诉你,只要他不给日耳曼人杀死,他就一定会回来的。他不仅会回到我这个老头子的身边,回到博格丹涅茨,而且也会回到你的身边,因为他非常喜欢你。"

"他怎么会喜欢我呢?"雅金卡说道。

然而她却走近马奇科,用胳膊肘碰了他一下,问道:

"您是怎么知道的? 一定不是真的……"

"我怎么知道?"马奇科答道,"因为我看到他走的时候心里很难过。当他已经决定要走的时候,我还这样问过他:'难道你不为雅金卡感到伤心吗?'他当时回答说:'愿上帝赐予她健康和万事如意。'接着,他便叹息不止,就像打铁匠的风箱那样。"

"一定不是真的!"雅金卡低声说道,"不过,您再说一遍。"

"我敢保证,这是真的! 他结识了你,就不那么看重那位姑娘了。你自己知道,像你这样聪明能干、长得又漂亮的姑娘,世界上是找不出第二个的了。也许他对你的情意,甚至超过你对他的情意哩!"

"没有的事!"雅金卡喊道,她一意识到自己回答得太快了,便用衣袖遮住了她那像苹果一样羞红的脸孔。马奇科开心地笑了,他用手捋了捋胡子,说道:

"嘿,要是我还年轻该多好啊。你放心好了,这件事的结果我都看出来了,他先到玛佐夫舍宫廷,会得到骑士的封号,那里离边境较近,也更容易找到十字军骑士……我知道,日耳曼人当中有不少身强力壮的骑士。不过我认为,要打败他是不容易的,除非他们是武艺高超的骑士,因为兹比什科天生就是个会打仗的料。你也知道,罗戈夫的奇坦和布单佐夫的维尔克,大家都说他们是难对付的壮汉,而且像熊一样力大无穷,可是他们还不是被轻而易举地打败了。他带回来的是他许下的孔雀羽,绝不会是尤兰德小姐,因为我和尤兰德谈过,知道怎么回事。那么,以后又会怎么样呢? 以后他就会回到这里来,因为他没有别的地方可去。"

"他什么时候能回来呢?"

"嘿！如果你不能等待，那就不是他对不起你了。请你把我说的这番话去对修道院院长和齐赫说一说，让他们也消消对兹比什科的怒气。"

"我怎么好去说呢？我父亲与其说是生气，还不如说是伤心。至于修道院院长，连在他面前提起兹比什科的名字都是危险的。为了送给兹比什科的那个仆人，他把我和我父亲都痛骂了一顿。"

"什么仆人？"

"您知道，就是那个捷克人。我父亲在博列斯瓦夫俘获过来的一个忠心耿耿的好小伙子，大家都叫他赫拉瓦，我父亲派他侍候我。因为他也是个当地的小贵族，我给了他一身很不错的甲胄，便把他送给了兹比什科，让他在外面去侍候他保护他，如果遇到了什么问题，也让他给我们通通消息……我还给了他一袋路上用的钱。他也以他的灵魂得救向我发誓，他将忠心耿耿地侍候兹比什科，终生如一。"

"我可爱的姑娘，上帝会报答你的！齐赫没有反对你这样做？"

"他当然反对过！开始他怎么也不同意，后来我跪在他面前恳求他，他就同意了。爸爸这方面没有什么大的麻烦，可是修道院院长就不同了，他从神学生那里一听到这件事，便立即暴跳如雷，他的骂声充满了整个房屋，闹得就像世界末日那样，我父亲都躲到马厩里去了。直到傍晚，修道院院长见我哭得厉害才可怜起我来了，还送给了我一串念珠。只要能增加兹比什科的扈从人员，我受点罪也是高兴的。"

"天主在上，我真不知道，我是更爱兹比什科，还是更爱你。不过，他已经有了一队不错的扈从。我也给了他钱，虽然他不想要……而且，玛佐夫舍也不是远隔重洋……"

他们的谈话被房屋前面的狗吠声、呐喊声和铜喇叭声打断了，一听见这些声音，雅金卡就说道：

"父亲和修道院院长打猎回来了，我们到外面去更好些，让修道院院长远远地就能看见您，别让他在厅堂里突然看到您。"

她一面说着，一面扶着马奇科来到了院门外，他们在外面的雪地上看见了一大群人、马和狗，以及被矛刺穿或被箭射死的麋鹿和狼。修道院院长还没有下马就看见了马奇科，便朝他投过一枝矛来，当然不是真的要打他,只是想用这个方式来表明对博格丹涅茨人的无比愤恨。但是马奇科远远地就脱下帽子向他鞠躬,仿佛什么事也没有发生似的。可是,雅金卡的确没有注意到修道院院长的这个举动,因为她看到扈从队伍里有她的两个求婚者,使她非常惊奇。

"奇坦和维尔克都来了!"她喊道,"他们一定是在森林里碰上了爸爸他们的。"

马奇科一看见他们便触动了他的痛处。他立即想到,这两个人中会有一个要得到雅金卡和她的莫奇多瓦,修道院院长的土地、森林和钱财……他的心里又伤心、又怒火中烧,特别是他又看见了新的事情:布单佐夫的维尔克——尽管他的父亲不久以前还想要同修道院院长决斗——立即跳到修道院院长的马镫跟前,帮助他下了马。修道院院长下马的时候也很友善地撑在这个年轻贵族的肩上。

"这样一来,修道院院长要和老维尔克和解了。"马奇科心想,"他会把土地和森林连同姑娘一起都给他的。"

然而他的这种失望的想法被雅金卡的声音打断了。她这时正在说话:

"他们被兹比什科打伤之后,倒痊愈得很快啊!不过,即使他们天天到这里来,也不会得到什么好处的。"

马奇科看到姑娘的脸孔红彤彤的,一是由于生气,二是因为天气太冷,她的眼里也燃烧着怒火,尽管她清楚地知道,在酒店里,奇坦和维尔克是维护她的,还为她而挨了打。

于是马奇科说道:

"算了吧!你还得按修道院院长的吩咐去做!"

她立即回答道:

"修道院院长要按照我的愿望行事!"

"仁慈的上帝!"马奇科想道,"这个蠢家伙兹比什科竟把这样一位好姑娘都丢下不要了!"

第十九章

　　这时候,这个"蠢家伙兹比什科"离开博格丹涅茨时,的确是带着沉重的心情。首先,没有叔父和他在一起,他感到身单力孤、无所适从,因为他从小就和叔父在一起,从未分开过。如今他孤单一人,无论是在旅途中,还是在将来的战争中,他都感到不知所措。其次,他也为雅金卡感到惋惜。尽管他嘴上说,他是去找他全心全意爱着的达奴霞,然而他心里依然觉得和雅金卡在一起曾是那样美好、那样快乐,如今一旦离开了她,就有一种难言的悲哀涌上了他的心头,以至于他对这种悲哀,连自己也觉得奇怪,甚至不安了。如果他思念雅金卡,犹如哥哥思念妹妹那样,那倒还无所谓。可是他发现自己老是摆脱不掉这些想法:他以前怎样抱住她,把她放到马上去;或者他怎样脱掉长筒靴,把她抱过河去;他帮助她把辫子上的水拧掉,和她一起在林中散步,他又是怎样望着她,和她说说笑笑的。这一切他都习惯了,而且感到非常亲切、愉快,以至于现在一想起来,便历历在目,完全忘记了他现在是在去往玛佐夫舍的长途跋涉中。相反地,呈现在他面前的是雅金卡在森林里帮助他猎熊的情景,他觉得这件事就像是昨天才发生的一样。到奥德斯达雅尼湖去捕水獭,仿佛就是昨天的情景。那时候,他没有看到她下水去捞水獭的情景,如今他反而觉得他看得清清楚楚。他的身上便立即激起了一种冲动,几个星期前当风把雅金卡的裙子吹得飘起来的时候,这种冲动就曾出现过。接着,他又想起了雅金卡那天到克热希尼亚的教堂去时打扮得那样华丽,实在令他感到惊奇,他所看到的不是一位淳朴普通的姑娘,而是一位俨然出身于豪门富族的千金小姐。所有这一切都一起涌上了他的心头,既给他带来惆怅,又使他感到无比甜蜜和渴望。他还想到,不管他想做什么,她都会顺从他的;他又想起了她是多么喜欢他的;她是怎样望着他的眼睛,怎样拥抱他的。顿时他就觉得他在马上都坐不稳了。"要是我到她那里向她告别一声,"他心里想道,"也许我现在就会好受多了。"但是他又立即感到,这不可能,绝不会好受的,因为他一想到告别这件事,身上就像着了火似的。

他终于被这些回忆所萌发的欲望吓坏了,竭力想把它们从心里抖掉,就像抖掉斗篷上的雪一样。

"我是到达奴霞那儿去的,是到我最心爱的姑娘那儿去的!"他对自己说道。

他发觉,这是一种不同的爱情,更具有神圣的性质,而较少色授魂与的因素。随着他在马镫里的双脚渐渐冻僵,冷风吹凉了他的热血,他的全部心思也都转到达奴霞·尤兰德小姐的身上了。毋庸置疑,他应该是属于她的。要不是她,他的头早已落在了克拉科夫的广场上。她在广大骑士和市民面前高喊:"你是我的人!"就是这句话把他从刽子手的屠刀下救了出来。从这个时候起,他就是属于她的了,就像奴隶属于主人一样。不是他娶她,而是她要嫁给他,不论尤兰德如何反对,也是无济于事的,只有她自己才能把他赶走,就像女主人赶走仆人那样。即使是这样,他也不能走得很远,因为他自己的誓约把他约束住了。而且,他认为她绝不会赶他走的,相反地,她会跟随他离开玛佐夫舍宫廷,甚至走到天涯海角。他一想到这里,就开始在心里赞扬起达奴霞来,而对雅金卡则有所贬低,甚至还责怪起她来,认为是她不好,引诱了他,分散了他的感情。他现在完全忘记了雅金卡对老马奇科的精心照顾,忘记了那个晚上如果没有雅金卡的及时救助,他早就被熊撕成碎片了。于是他故意地把怒火发在雅金卡身上,以为他这样做便是在为达奴霞尽心尽职,同时也可以让自己心安理得。

就在这时候,雅金卡派来的捷克人赫拉瓦赶到了,还牵来了一匹驮载东西的马。

"天主赐福!"他说道,深深地鞠着躬。

兹比什科曾在兹戈热利兹见过他一两次,但不认识他,于是回答道:

"永生永世地赐福!你是谁?"

"您的仆人,尊敬的主人!"

"怎么会是我的仆人？那些人才是我的仆人。"他指着查维夏送给他的两个土耳其人和两个骑在马上为骑士牵着骏马的强壮仆人说道，"他们才是我的仆人，你是谁派来的？"

"是兹戈热利兹的雅金卡·齐赫小姐派我来的。"

"雅金卡小姐？"

兹比什科刚刚还在对她愤恨不已，现在也还是满肚子的怒火，因此他便大声说道：

"你回家去吧，谢谢你家小姐的好意！我不想要你！"

但是这个捷克人摇摇头，说道：

"我不回去，老爷，他们已把我送给了您……而且我也发过誓，要终身为您效劳。"

"既然他们把你送给了我，那么你就是我的仆人了。"

"是的，主人！"

"那么现在我命令你回去！"

"我已经发过誓，虽然我是在博列斯瓦夫被俘过来的，而且还是个穷孩子，但我却是个'小贵族'！"

兹比什科勃然大怒。

"你给我滚开！你胆子真大，难道你要违背我的意思来服侍我吗？快走开！否则我就要下令放箭了。"

然而，这个捷克人不慌不忙地拿出了一件狼皮衬里的呢斗篷递给兹比什科，说道：

"这是雅金卡小姐送给您的，老爷。"

"你想要我扭断你的骨头吗？"兹比什科一面问道，一面从一个随从的手里拿过一根木棍来。

"这里还有一袋钱也是供您支配的。"捷克人说道。

兹比什科举起了木棍，但是他想起这个小伙子虽是俘虏，却出身于小贵族家庭，很显然他是因为付不起赎金才留在齐赫家里的，于是他便把木棍放下了。

这个捷克人俯身在他的马镫前，说道：

"请您不要生气，老爷，如果您不要我陪着您走，那我可以离开一两个斯达雅,远远地跟在你们的后面,因为我已经凭我的灵魂得救发过誓。"

"如果我命令我的仆人打死你或者把你捆起来呢?"

"如果您命令他们打死我,那就不是我的罪过了。要是您下令捆起我来,那我只好留在这里,一直等到好人来替我解开,或者等到狼来把我吃掉。"

兹比什科没有答话,只是策马向前,随从们也跟着他走了。这个捷克人背着石弓和利斧,也跟在他们的后面走着。他用一张毛茸茸的野牛皮紧紧裹在身上御寒,因为这时候已经刮起了刺骨寒风,满天都是纷飞的大雪。

暴风雪越来越凶了,两个土耳其人虽然穿着山羊皮长袍,但还是冻得浑身发抖。另两个仆人也开始扑打着双手取暖。兹比什科自己因为穿得不够暖,便对赫拉瓦带来的那件狼皮里子的斗篷望了好几次。过了一会儿,他就叫一个土耳其人把那件斗篷给他拿来。

他细心地把它披裹在身上,不久他就感到全身都暖洋洋的,斗篷的帽子更是舒适,它把双眼和大半个脸都蒙住了,风就不再那样刺人了。这时候,他便不由自主地想起雅金卡真是一位体贴人的姑娘。于是他勒住了马,把那个捷克人叫过来,向他打听雅金卡的近况和兹戈热利兹所发生的一切。

他向这个仆人点了点头,说道:
"老齐赫知道小姐派你来吗?"

"知道。"赫拉瓦回答道。

"他没有反对吗?"

"反对过。"

"你把事情的经过说一说。"

"老爷在房间里走来走去,小姐便跟在他的身后。老爷大叫大喊,小姐一声不吭。等他回转身来对着小姐时,小姐便急忙跪在他的面前,一句话也不说。最后老爷对小姐说话了:'难道你聋了?为什么不回答我的问话?说吧,也许我会准许的,不过,我要是准许了,修道院院长定会打破我的头。'这时候,小姐明白她的愿望能得到满足了,她便眼泪汪汪地向他表示感谢,老爷先是责备她,怪她说服了他,继而又抱怨说,他总是不得不按照她的意愿行事。最后他便这样说道:'你要保证你不会暗地里去和他告别,我才会答应你,否则,就不准!'小姐虽然很伤心,但她还是答应了。老爷很高兴,因为他和修道院院长两个都非常怕她来看您……唉,事情并没有完,小姐原想送两匹马,可是老爷不答应,小姐想送一张狼皮和一袋钱,老爷更是不答应。可是他不答应也得答应。小姐就是想烧房子,老爷也会同意的,所以我便把两匹马、一张狼皮和一袋钱都带来了。"

"真是位可爱的姑娘!"兹比什科想道。

过了一会儿,他又大声问道:

"修道院院长有没有阻止?"

这个捷克人是个机灵的小伙子,他知道他周围所发生的一切事情,于是他便笑着说道:

"他们父女两个都对修道院院长保密,我不知道,要是修道院院长一旦知道了,会发生什么事情,因为我已经离开了兹戈热利兹。修道院院长就是那么个人,他有时候会对小姐大发脾气,可是过后,他又会老是注意着她,看她受的委屈是否太大了。我有一次就亲眼目睹过,他先是大声吼叫,过后他便到箱子里去拿出一条项链送给她。那条项链非常漂亮,就是在克拉科夫也很难买到比它更精美的了。修道院院长对她说:'给你的!'她会有办法应付修道院院长的,因为就连她的亲生父亲也不会比他更爱她的。"

"这倒是真的!"

"绝不会有错……"

说完之后,他们便默默地在风雪中策马前行。兹比什科突然把马勒住,因为从路旁的树林里传来了一种被林涛声掩住了的悲伤的呼叫声。

"天主教徒们,请救救处在不幸中的上帝的仆人呀!"

与此同时,就有一个人朝大路奔了过来,他的衣着半像教士,半像世俗的人,他一站到兹比什科的跟前,便大声喊了起来:

"不管您是什么人,先生,都请您帮助我这个不幸的遭难者!"

"你遇到了什么麻烦?你是谁?"年轻的骑士问道。

"我是上帝的仆人,虽然我还没有得到册封。今天早晨,我那匹驮着圣物箱子的马跑掉了。我现在是孤身一人,手无寸铁,夜幕又快降临了,森林的野兽就要吼叫,如果您不救我,我就会死的。"

"如果你是因为我而死掉,"兹比什科回答道,"我就应对你的罪孽负责。不过我怎么能相信你说的是实话?也许你就是一个拦路打劫的强盗。在大路上像你这样游荡的强盗多的是。"

"您只要从我的箱子就能看出来,先生。许多人都愿意出一满袋金币来换这箱子里的东西,不过,我可以送给您一些,分文不取,只要您把我和我的箱子带着一起走就行了。"

"你说你是上帝的仆人,可是你不知道,人必须去救助别人,这不是为了人世间的酬劳,而是为了上天的褒奖。既然驮箱子的马跑掉了,你现在怎么还会有箱子呢?"

"等我找到箱子的时候,狼群在林中的空地上都已经把那匹马吃光了,箱子却留下了。我把箱子搬到了大路上,等待着好人的善心和帮助。"

他说完这话之后,为了证明他说的是实话,便指着放在松树下面的两只皮箱,但兹比什科依然不相信地望着他。因为他看来不大诚实,而且他的口音又表明他是从远方来的。但是他并不想拒绝帮助他,允许他带着他那两只很轻的箱子,骑那匹由捷克人带来的备用的马。

"愿上帝保佑您屡立战功,勇敢的骑士!"这个陌生人说道。

他看到兹比什科的脸孔是那样年轻,于是又补充了一句:

"愿您长出更多的胡须来。"

随后,他就骑着马和捷克人走在一起。有好一阵子他们都无法说话,因为狂风怒吼,松涛呼啸。但是等到风势有所减弱时,兹比什科便听到了这样的谈话:

"我不否认你到过罗马,不过你看起来像个酒鬼。"这个捷克人说道。

"你说话可得小心点,免得遭受永恒的惩罚。"陌生人回答道,"你要知道,和你说话的人,去年复活节时曾和教皇一起吃过煮鸡蛋。你不要在这样冷的天气里提到什么啤酒,也许说说烧酒还可以,如果你身上带有一瓶葡萄酒,那就分给我一两勺吧,我就赦免你一个月的炼狱之苦。"

"我刚听你说过,你还没有被册封为教士,你又怎样赦免我一个月的炼狱之苦呢?"

"我虽然还没有受过册封,但我已得到剃度了,而且我还得到了许可。另外,我还随身带有免罪符和圣物。"

"就在那些箱子里吗?"捷克人问道。

"就在那些箱子里!你们要是看到了我箱子里的全部东西,你们就会扑倒在地上,不但是你,就连树林里的所有松树和所有野兽都会俯伏在地的。"

但是,这个捷克人是个聪明机灵而又阅历丰富的人,他怀疑地望着这个贩卖免罪符的商贩,说道:

"是狼群吞吃了你的马吗?"

"是的,全被狼吃光了,因为它们是魔鬼的亲戚,我还亲眼看到过一只还在啃吃的狼哩。如果你有葡萄酒,就给我喝一两口吧,尽管现在风停了,但我浑身都发冷,因为我坐在路边太久了。"

但是,捷克人没有给他酒喝,于是他们便默默地朝前走去。后来,这个免罪符贩子又问起来:

"你们到哪里去?"

"很远,不过现在要到谢拉兹去,你和我们一起去吗?"

"我必须去。我会睡在马厩里。也许明天这位虔诚的骑士会把这匹马送给我,那我就要到更远的地方去了。"

"你是从什么地方来的?"

"我是从普鲁士老爷管辖的地方来的。离马尔堡不远。"

兹比什科听了这话,便转过头去,招呼那个陌生人过来。

"你是从马尔堡附近来的?"他问道。

"是的。"

"看来你不是日耳曼人,你说我们的话说得很好,他们怎么称呼你?"

"我是日耳曼人,他们叫我山德鲁斯,我说你们的话说得好,因为我是在托伦长大的,那里的人都说波兰话,后来我才住在马尔堡,那里有许多人一样会说你们的话!嘿!甚至连骑士团的教士都懂得你们的话。"

"你离开马尔堡有多久了?"

"老爷,我先到了圣地,然后又去过君士坦丁堡和罗马,从那里经法国回到马尔堡,然后我又从马尔堡带着圣物到玛佐夫舍去。虔诚的天主教徒为了拯救自己的灵魂都很乐意买我的圣物。"

"你去过普沃茨克和华沙吗?"

"那两个城市我都去过。愿上帝赐予那两位公爵夫人健康长寿。公爵夫人亚历克山德娜是位虔诚的夫人,连普鲁士的老爷们都非常尊敬她。至于公爵夫人安娜,也和她不相上下,都是虔诚的人。"

"你在华沙去过她的宫廷吗?"

"我不是在华沙,而是在捷哈诺夫看到她们的。公爵夫妇都把我当成上帝的仆人而殷勤地款待了我,还给了我路上用的盘费。我也给他们留下了圣物,这些圣物会给他们带来上帝的祝福。"

兹比什科本想向他打听达奴霞的事情,但是某种胆怯和羞涩之心使得他顿时明白,他要是这样做了,就等于向这个出身低微的陌生人说出了他的爱情秘密,而且这个人很值得怀疑,说不定就是个骗子。于是他在沉默了一会儿后便问道:

"你带了些什么圣物呢?"

"我带的有免罪符和圣物。免罪符有各种各样的,有的管免五百年,有的管免三百年或二百年,时间越短的越便宜,即使是穷人也能买得起,可以用来缩短炼狱的苦难。除了免除过去罪孽的免罪符,我还有可以免除将来罪孽的免罪符,不过您不要以为,老爷,我卖得的钱都装进了自己的腰包。我只要一块黑面包、一杯凉水就够了,这就是我所需要的一切。其余剩下的钱我都送到了罗马,以便为将来的一次新的十字军东征筹集钱款。的确有许多骗子在这个世界上到处游荡,他们的东西都是假的,免罪符、圣物、印鉴和证明信统统全是假的,他们活该受到教皇的谴责和通缉。但是,我却受到了谢拉兹修道院的住持的诬陷,因为我的印信都是真的。老爷,请您看看这封漆,您说说这是不是真的?"

"谢拉兹修道院的住持怎么样?"

"啊哈,老爷,最好是我搞错了,我觉得他受到了威克里夫异端学说的影响,我听您的仆人说,你们要到谢拉兹去,如果真是要去的话,那就不要让那个住持看见我,免得我招致他去犯亵渎神灵的罪。"

"用不着绕圈子,他的意思是说,你是个骗子和强盗。"

"如果这件事只涉及我个人,我会像我通常所做的那样,以爱同行之心去宽恕他的,可是他亵渎的是我的那些圣物,这使我非常担心,他将受到惩罚而不能得救。"

"你到底有些什么样的圣物?"

"戴着风帽的人是不能谈论这些圣物的,不过,这一次我有现成的免罪符,可以允许您,老爷,不必除下风帽,因为风又刮起来了。不过您得买一份旅途休息时的免罪符,这样才能免除您的罪。我什么圣物都有!我有一只驴蹄子,那是耶稣他们逃入埃及时骑过的驴子,是在金字塔附近找到的,阿拉冈国王曾出过五十个纯金币来买它。我还有天使长加百列在报喜时掉下来的一根羽毛。我还有两个鹌鹑头,那是送给在沙漠中的以色列人的。我也有异教徒想要用来煎熬圣约翰的油,有雅各梦见过的那把梯子的一级,以及埃及女人马丽亚的泪水。我还有一些圣徒彼得的钥匙的锈屑……现在无法一一列数这一切了,因为我浑身都冻僵了,而您的仆人,老爷,又不肯给我一点酒喝,另外,也因为圣物太多了,数到天黑也数不完。"

"如果这些圣物都是真的,那可就是无价之宝啊!"兹比什科说道。

"如果是真的?您得赶快从您仆人的手里拿过矛枪好好地端起来,因为魔鬼就在您的附近,是它才让您有这种想法的。老爷,您必须让它跟您保持一根矛那样的距离。如果您不愿给自己带来不幸,那就从我这里买一张免罪符!它将免除您的罪过。否则,您最爱的某个人就会在三个星期之内死去。"

兹比什科一听到这种威胁便吓住了,因为他立即想到了达奴霞,便回答道:

"不是我不相信你,而是谢拉兹的修道院住持不相信你。"

"老爷,请您自己来看看这火漆印吧!至于那个住持,我不知道他是否还活在世上,因为上帝是严明公正的。"

但是,当他们来到谢拉兹的时候,便发现修道院的住持还活着,兹比什科还亲自去登门拜访,并为两次弥撒付了钱,一次是为马奇科的健康还愿,另一次是为了孔雀羽誓言的实现。像波兰的许多神甫那样,谢拉兹的住持也是个外国人,他来自西列亚①,但在谢拉兹生活了四十年,说得一口流利的波兰话,而且还是十字军骑士团的大敌。他在得悉兹比什科的计划之后便说道:

"他们将会受到上帝的更大的惩罚。但是我不会劝阻你放弃你的打算,首先是因为你发过誓,其次是由于他们在谢拉兹无恶不作。波兰人对他们的惩罚,无论怎样厉害也是不过分的。"

"他们在这里都干了些什么?"兹比什科问道。他非常想知道十字军骑士团犯下的种种罪行。

听了他的问话,这位修道院的老住持伸出双手,先是大声朗诵着"长眠"的祈祷文,然后便在一张板凳上坐了下来,双眼紧闭了一会儿,像是在回忆过去所发生的事情,终于开口说道:

"是沙莫图乌的文岑特把他们带到这里来的,那时候我才十二岁,刚从西列亚来到此地,是我的叔父彼佐尔特——他是个教堂管理员——把我带到这里来的,十字军骑士团乘夜间攻打这座小城,还放火烧毁了它,我们从城墙上看见他们在市场上砍死了无数的男女老少,还把婴儿扔进了火里,我还看见过被杀死的神甫,因为他们凶狠残暴,什么人也不放过。还发生过这样一件事,米科瓦伊住持,因为来自埃尔布朗格,同率领这支军队的康杜尔海尔曼认识,他领着一批年老的教士前去求见这位凶暴的骑士,他跪在他面前,用日耳曼语恳求他怜悯这些天主教的儿女,可是,这个十字军骑士却回答他:'我不懂!'依然下令屠杀民众,许多教士被杀害了,其中就有我的叔父彼佐尔特。他们还把米科瓦伊住持绑在马尾巴上……到了第二天早上,除了十字军骑士和

---

① 奥地利南部的一个公国。

我外,这个小城便再也找不到一个活人了。我藏在钟楼顶上的一根悬钟的横梁上。上帝已经在普沃夫崔惩罚了他们,可是他们依然要千方百计消灭这个天主教的王国,除非上帝动手把他们除去,否则他们依然会贼心不死。"

"在普沃夫崔,"兹比什科说道,"我们家族的几乎所有男子都牺牲了,但是我并不悲伤,因为上帝给予了沃凯特克国王一次伟大的胜利,消灭了两万日耳曼人。"

"你将会看到一场更大的战争和更伟大的胜利。"修道院住持说道。

"阿门!"兹比什科应道。

他们又谈起了其他的事情,年轻的骑士向他打听在路上遇见的那个贩卖圣物的小贩。他才得知,在各条大道上都有这样的骗子,他们专门欺骗那些轻信的人。这位住持还告诉他,罗马教皇已颁发好几道圣谕,命令各地主教追查这些小贩,如果他们拿不出真正的文件和印鉴,便立即给予惩处。因为修道院住持认为这个流浪小贩的证书是伪造的,便要把他送到主教裁判所去,如果证实他是个真正的免罪符的代理人,他就会名正言顺了,但是他却宁愿逃跑。也许他怕延误他的旅程,可是他这样一逃,反而给自己招来更大的嫌疑。

最后,修道院住持邀请兹比什科在修道院里住宿,但是他婉言谢绝了,因为他要在客栈门前贴上挑战书,向所有否认达奴霞·尤兰德小姐是世界上最美丽、最有德行的姑娘的骑士们挑战。"骑马或步行决斗均可。"可是要在修道院的门边贴上这样的一张布告,那就很不适合了。无论是住持,还是其他教士,都不愿替他写这样的挑战书,于是这位年轻的骑士大伤脑筋,不知怎么办好,直到他回到了客栈,才想起他可以去找那个卖免罪符的小贩帮忙。

"修道院住持并不是不知道你是个骗子。"兹比什科说道,"因为他说,既然他的证书是真的,那他为什么还会怕主教的裁判所呢?"

"我并不是怕主教,"山德鲁斯回答说,"而是怕那些对印鉴一窍不通的教士。我正想要到克拉科夫去,可是我没有马。因此我只有等待,直到有人送给我一匹马。我要在这期间发出一封信,上面打上我个人的印章。"

"如果你表明你会读会写的话,那我就认为你不是个乡巴佬了。你怎样把信送去呢?"

"托个朝圣者或者游方教士都可以。现在到克拉科夫去朝拜王后陵墓的人还少吗?"

"你能替我写一张布告吗?"

"只要您吩咐,我什么都能写,老爷,就是写在木板上也可以,只要光滑就行了。"

"最好是写在木板上。"兹比什科不无高兴地说道,"它不会坏,以后还能用。"

须臾之间,仆人们便找来了一块新木板,山德鲁斯立即动手写了起来。上面写了什么,兹比什科也认不出来,但他吩咐马上把这块挑战牌钉在客栈的大门上,木牌下面还挂着一面盾,由两个土耳其人轮流看守,谁若是用矛击了这面盾,就表示他接受挑战。可是在谢拉兹,并没有什么人对它感兴趣,因为从当天一直到第二天中午,盾牌一次也没有敲响过。过了中午,这个心情有点不快的骑士便要继续赶路了。

然而,在他上路之前,山德鲁斯又来到了兹比什科跟前,对他说道:

"如果您,老爷,把盾牌挂在普鲁士老爷们的国土上,那么,我相信您的仆人现在这时候一定给您穿上了甲胄。"

"你说什么!难道你不知道十字军骑士作为教士既不能有自己的情人,更不准许去爱女人的吗?"

"我不知道他们准许还是不准许,但是我知道他们是有情人的。不错,一个十字军骑士如果不是受到污辱是绝不允许决斗的,因为他们宣过誓,只能为信念而决斗。不过,那里除了教士之外,还有许多从远方来的世俗骑士,他们是来援助普鲁士老爷们的,他们都在寻找机会和人打斗,特别是那些法国的骑士。"

"啊,是的,我在维尔诺城下就见到过他们,但愿上帝保佑我也能在马尔堡见到他们。我需要他们头盔上的孔雀羽,因为我许过愿,你懂吗?"

"老爷,那您就从我这里买去圣乔治的两三滴汗水,那是他在与恶龙搏斗时流下来的。对一个骑士说来,没有比这更好的圣物了,把您让我乘骑的那匹马拿来交换就行了。我还要给您一张免罪符,可以赦免您以后在战斗中使天主教徒流血。"

"别烦人了,我会发怒的。我不会买你的货物的,除非我知道它们是真的。"

"老爷,我听您说过,你们要到玛佐夫舍宫廷去见雅鲁什公爵,您到了那里可以去问问他们到底买了我多少圣物。就连公爵夫人本人,还有举行婚礼的骑士们和新娘们都买过我的圣物,我还参加过他们的婚礼。"

"什么婚礼?"兹比什科问道。

"就像降临节前通常举行的婚礼一样,骑士们都接二连三地在结婚,因为人们都在议论,波兰国王和普鲁士的骑士们就要为多布钦地区而开战了,有的人便在窃窃私议:'只有上帝知道,我能否活着回来。'因此,他们便想趁早享受一番结婚的幸福。"

兹比什科非常关心战争的消息,然而他更关心山德鲁斯所说的婚礼。于是他又问道:

"那里的哪些姑娘结了婚?"

"都是些公爵夫人的宫女,我不知道是否还有个把宫女留在宫里,但我听公爵夫人说,她要再找新的宫女了。"

兹比什科听了这话,顿了一顿,用另一种声调问道:

"木板上你写过的那位尤兰德小姐也嫁人了吗?"

山德鲁斯犹豫了一下,没有立即回答,首先是由于他确实什么也不知道。其次,他想,要是让这位骑士满腹疑虑,他就更能影响他了,并能从他那里得到更多的好处。在这之前,他就一直在想如何控制住这位骑士,因为他有一队不错的扈从,随身携带的东西也不少。山德鲁斯对事对人都有丰富的阅历,他看到兹比什科这样年轻,便断定他是个慷慨大方而又不精心的老爷,花钱不大在乎,他也看到了兹比什科的那套华贵的米兰甲胄和高大的种马,这些东西并不是一般人所能拥有的。于是他便对自己说,如果和这样一位年轻的老爷在一起旅行,一定能受到贵族的殷勤招待,也是高价出售免罪符的良机,同时还能保障旅途的安全。最后还可以得到丰盛的食物和饮料,这是他最为关心的。

所以,他一听到兹比什科的问题,便皱了一下眉头,抬起眼睛,仿佛在竭力回忆似的,说道:

"达奴霞·尤兰德小姐,她是哪里人?"

"她是斯佩霍夫的达奴霞·尤兰德小姐。"

"我看见过那里的所有宫女,但她们的名字我却记不清了。"

"她非常年轻,会弹诗琴,她唱的歌深受公爵夫人的喜欢。"

"啊哈!年轻,会弹诗琴……有些很年轻的宫女也嫁人了。她的脸色是否黑得像玛瑙那样?"

兹比什科松了一口气。

"那不是她!她像雪一样白,只是脸颊红润。"

山德鲁斯听后便答道:

"公爵夫人身边现在只有那个黑得像玛瑙一样的宫女,其余的姑娘几乎全都结婚了。"

"你不是说,'几乎全都结婚了'。那就是说并不是个个都结了婚,老天在上,如果你想从我这里得到什么东西,那你就好好想想吧!"

"要过三四天我才能想起来,我最想要的是马,它能驮运我的圣物。"

"只要你说实话,你就能得到马。"

这时候,从开始便一直在听着他们谈话的那个捷克人,冷笑了一声,说道:

"是不是真话,到了玛佐夫舍宫中便知分晓了。"

山德鲁斯望了他好一会儿,说道:

"你认为,我会害怕玛佐夫舍宫廷吗?"

"我并没有说你害怕玛佐夫舍宫廷,但是,无论现在,还是三天之后,你都别想骑着马逃走的。如果证实你是在骗人,你的两条腿也别想走路了,我的主人准会命令我们打断你的狗腿。"

"毫无疑问!"兹比什科说道。

山德鲁斯心想,还是小心点好,于是他便回答道:

"如果我要骗人的话,一开始就会说她结婚了或者没有结婚的,我只是说过,我记不清了。如果你有头脑的话,你就能从我的答话里看出我的德行了。"

"我的头脑与你的德行不能同日而论,你的德行只能和狗的相媲美。"

"你既然有头脑,何必诅咒我的德行呢!谁要是活着时诅咒别人,死后一定会号啕大哭。"

"那当然!你的德行使你死后是不会号啕大哭的,只会咬牙切齿,如果你活着时为魔鬼效力没有掉光牙齿的话。"

于是他们争吵起来,捷克人能言善辩,那个日耳曼人说一句,他能应两句。不过,这时候,兹比什科下了出发的命令,等问明去温奇查的路后,他们便动身了。离开谢拉兹不久,他们便进入了一座绿荫蔽日的浓密森林——这个地区到处都长满了这样的森林,大道从森林的中央穿过,有的地方填上了土,有的地方是洼地,上面是根据卡其密什国王的命令用圆木铺成的桥路。在他死后,由于纳温奇和格奇马利特两大家族所发生的战争骚乱,这些道路都已年久失修。但是,在雅德维佳时期,由于王国社会稳定,身手灵巧的人们又在洼地上忙碌起来,他们挥动着铁锹,挖沟筑路,抡起大斧在林中伐木。于是在雅德维佳王后逝世之前,商人们的装满货物的大车,已可以在各大城市之间自由通行,用不着担心道路崎岖、车马难行了。仅剩的危险是野兽和盗匪,对付野兽,晚上有灯笼,白天有石弓防备;至于盗匪,比起邻近的国家来,这里拦路打劫的盗匪要少得多了。因此,只要带有一支武装的扈从队,就什么也不用害怕了。

兹比什科既不害怕盗匪,也不畏惧武装的骑士,事实上他连想也没有去想他们,一门心思都放在玛佐夫舍宫廷里,他显得焦急不安。他不知道,达奴霞是否还是公爵夫人的宫女,或者已成了某个玛佐夫舍骑士的妻子,从早到晚他都被这个问题困扰着。他时而觉得,她会忘记他简直是荒唐可笑,他时而又想到,一定是尤兰德从斯佩霍夫来到了宫廷,而把女儿嫁给了他的某个邻居或者朋友。尤兰德在克拉科夫的时候就曾说过,达奴霞不是属于兹比什科的,他绝不会把她嫁给他。因此,很显然,他是把她许配给了别人。而且显然是他立过什么誓言,现在又必须遵守这种誓言。兹比什科一想到这里,便深信无疑地认为,他再也看不到还是姑娘的达奴霞了。于是他又把山德鲁斯叫了过来,再三询问他,但这个日耳曼人却越来越支吾其词了,他时而说达奴霞宫女已经结婚了,时而又把手指放在唇边,装出在努力回忆的样子,最后回答说"也许不是她"。本来葡萄酒会使他头脑清醒的,可是他依然想不起来。他一直让这位年轻的骑士处在绝望和希望之间。

因此,兹比什科怀着希望、忧虑和疑问,策马朝前走去。一路上,他再也没有想过博格丹涅茨,或者兹戈热利兹了,只是在想他该如何行动。首先,他必须赶到玛佐夫舍宫廷中去把事情的真相探明,因此他兼程赶路,只在贵族的庄园里、客店里和城市里过夜,让马匹休息一下。在温奇查,他又吩咐把那块挑战牌挂在门上,他认为,无论达奴霞仍是个少女,还是已经结了婚,她都是他的心上人,他都应该为她去斗争。但是,在温奇查,很少有认得字的人,那些能读会念的骑士或教士,都不了解这种外国的习惯,看了这块挑战牌,都耸耸肩膀,说道:"这个人真是个笨蛋,别人连那个姑娘都没有见过,怎么会去赞同或者反对呢?"兹比什科越是忧心似焚,越是急于赶路。他一直在爱着达奴霞,在博格丹涅茨和兹戈热利兹的时候,几乎每天都和雅金卡谈笑嬉玩,欣赏她的美貌,才不那样思念达奴霞,如今他是日日夜夜都在思念着她了。他的心里,他的记忆里,他的眼里,净是她的倩影。甚至在梦里,他也看见她站在自己的面前,满头金发,手抱着诗琴,脚穿一双红软鞋,头上戴着花环。她向他伸出了双手,但尤兰德却把她拉开了。早晨起来,梦境消失了,但思念之情却油然而生,而且越来越深,越来越强烈。他在博格丹涅茨的时候,从没有像现在这样爱过这位姑娘,如今他无法断定,他们是否已把她从他手里夺走,他对这位姑娘的爱便比以往任何时候都更加强烈了。

有时候,他还认为一定是他们强迫她嫁给别人的,因此,他并不怪罪她,因为她还是个孩子,还没有自己的主见。但是,他的心里却在责怪尤兰德和安娜公爵夫人。他一想到达奴霞的那个丈夫,他的心急得就要跳出来似的,不过他已经决定,即使她做了别人的妻子,他也还要为她效劳,要把那些孔雀羽弄到手,奉献在她的脚下。然而,在他的这种想法中,悲伤多于欢乐,因为他不知道,以后该怎么办好。

只有想到战争,才使他感到宽心。虽然他感到,没有达奴霞他就不想活下去,但他也不觉得有必要去死。不过他觉得,战争一来,他会忘记许多事情,摆脱掉一切苦恼和忧伤。一场大战尚在酝酿之中,然而,凡是兹比什科所到之处,人们谈论的净是有关战争的事情,这种消息不知从何而来,因为在国王和骑士团之间依然还保持着和平。人们仿佛有种预感,战争一定会爆发。有的人甚至公开说:"如果不是为了对付那些十字军恶狼,我们何必与立陶宛结成联盟呢?我们必须彻底消灭他们,否则他们就要长期地折磨我们。"还有的人在说:"这些疯教士,普沃夫崔还不够他们受的,他们已死到临头了,还要抢去多布钦的土地,他们必须把它和血一起吐出来。"

王国的各个地方,都在一丝不苟地做着准备工作,不像过去每逢生死大搏斗都要大肆宣扬那样,而是怀着一个伟大民族的深仇大恨默默地进行着,这个民族经受了长期的凌辱,如今正在准备要对敌人进行可怕的惩罚了。在所有的贵族庄园里,兹比什科遇到的人都深信,要不了多久,他们就要跨上战马。兹比什科也像别人一样,认为战争必然会爆发,但他感到惊奇的是,战争会像人们所说的来得那么快,他还感到意外的是,人们的这种快于实际的超前意识。兹比什科相信别人而不是自己,因此,当他无论走到哪里,都能看到那种战前准备的忙碌景象时,他便感到无比高兴。到处对马匹和甲胄的兴趣都超过了对其他事情的关心;到处都在精心地检查矛枪、剑斧、头盔和胸甲,以及甲胄上和其他装备上的皮带。铁匠们夜以继日地锻造着各种铁片和重武器,这样的重武器连西方的高雅骑士都很难举起来,可是大波兰和小波兰的强壮贵族却能毫不费劲地带在身边。老人们从藏在内房的箱子里拿出发了霉的装满银币的钱袋,给孩子们在征战中使用。有一次,兹比什科夜宿在一个富有的贵族毕拉夫的巴尔托什的家里,他有二十二个身强力壮的儿子,他把他的大部分田产都抵押给了沃维奇的修道院,买了二十二套甲胄、头盔和其他军事用品。兹比什科在博格丹涅茨的时候并没有听到过这些事情。现在他就在想,他应该立即到普鲁士那里去,而且他要感谢上帝,他的装备精良,完全适合于征战。他的甲胄也激起了大家的兴趣，人们还以为他是个总督的儿子。他告诉大家，他不过是个普通的贵族，像他穿的这些甲胄，只要你善于使用斧子就能从日耳曼人那里得到！人们听后，心里都涌起了参战的欲望。不少骑士看见他的这身甲胄，都想得到它，便一路上追着他，对他说道："再来为这套甲胄决一次斗吧！"但他急于赶路，不想和人决斗，捷克人也张弓搭箭护着兹比什科。兹比什科也不再在客栈的门上挂他的那块挑战牌了，因为他知道，往内地走得越深，了解这种骑士习惯的人就越少，而且把他看成笨蛋的人就越多。

到了玛佐夫舍，谈论战争的人就没有那样多了，这里的人也认为战争会发生，但不知道何时才会发生。华沙一片和平景象，宫廷都迁移到捷哈诺夫去了。雅鲁什公爵在立陶宛人侵犯之后重建了捷哈诺夫，也可以说是新建，因为旧城只留下了一座城堡。在华沙城堡里雅希科·索哈接待了兹比什科，他是城堡的总管、阿布拉哈姆总督的儿子，阿布拉哈姆是在沃尔斯克拉战死的。雅希科曾随公爵夫人一起到过克拉科夫，因此他认识兹比什科，很高兴招待他。兹比什科在吃喝之前，便急于向雅希科打听达奴霞的事情，询问达奴霞是否像其他宫女一样结婚了。

但是，索哈无法回答他的这个问题。公爵和公爵夫人打从秋天一开始就到捷哈诺夫去了，在华沙只留下了一小队弓箭手和他守卫着城堡。他听说过，捷哈诺夫曾举行多次的晚会和婚礼，像往常在万圣节前一样，但是，他不知道哪些宫女结婚了，哪些宫女还留在宫中。因为他是个结了婚的人，没有问过这样的事情。

"不过我想，"他说，"尤兰德小姐还没有结婚。没有尤兰德在场，结婚是不可能的。我没有听说尤兰德已经来过这里，倒是有两个骑士团的教士还在公爵的宫中，他们都是康杜尔，一个来自英斯布雷克，另一个来自什奇特诺，另外还有几个外国客人。在这种情形下，尤兰德是绝不会来到这里的，因为他一看见白斗篷就会像疯了似的狂怒。没有尤兰德到场，就不会有他女儿的婚礼！如果你愿意，我就派个信使去问问，要他尽快回来。不过，我相信，等你再见到尤兰德小姐时，她依然是个黄花闺女。"

"我明天就赶到那边去,愿上帝报答你对我的安慰。等马休息过来了,我就走。我若是不打听清楚真相,我就一定不安心。愿上帝报答你的一切,我现在心宽多了。"

但是,索哈并没有放手不管,他还去问过那些在城堡做客的贵族和骑士,有没有人听到过达奴霞小姐结婚的消息,但是谁也没有听到过这样的消息,尽管他们中的好几个人都到过捷哈诺夫,有的甚至还参加过那里的婚礼。除非她是最近这两个星期,或是最近这几天结的婚。这样的事情倒有可能发生,因为那时候的人都是喜欢速战速决的。不过兹比什科倒是放心地去睡觉了。等到他躺在床上的时候,他就在考虑,明天要不要把山德鲁斯赶走。继而一想,如果他要去和里赫顿斯泰因决斗,这个无赖会说日耳曼语,也许对他会有些用处的。他还想到,山德鲁斯并没有对他说过假话,尽管他的花销很大,在客栈里他一个人的吃喝抵得上四个人的食量。不过他倒还听话,对他这位新主人也很曲意逢迎。他还会写字,在这一点上他就胜过了那个捷克仆从,甚至也胜过了兹比什科本人。

所有这一切,使这个年轻的骑士允许他一起到捷哈诺夫去。山德鲁斯一听非常高兴,这不仅可以免去口腹之忧,而且他也知道,和有地位的人走在一起,既能得到更大的信任,也能较容易地找到买主。在纳谢尔斯克停留了一夜之后,他们便不紧不慢地策马前进。第二天傍晚,他们便看见了捷哈诺夫城堡的城墙。兹比什科在一家客店停了下来,他穿上了甲胄,以便按照骑士的规矩入城。他头戴头盔,手持长矛,随后跃身上了那匹缴获的骏马,在空中画了个十字,便又策马前行了。

但是他还没有骑出十步远,走在后面的那个捷克人便赶上前来,说道:

"阁下,后面有几个骑士骑马朝我们走来。一定是十字军骑士,不会是别的人。"

兹比什科掉转马头,朝后一看,只见相距半里路的地方,有一队显贵的人马走近前来。为首的是两个骑着高头大马的骑士,他们全身披挂着甲胄,每人还披着一件绣有黑十字的白斗篷,头盔上饰有又长又高的孔雀羽。

"啊,上帝,真是十字军骑士!"兹比什科说道。

他不由自主地俯身在马鞍上,把矛平端在马耳朵旁,捷克人看见之后,朝手上吐了口唾沫,以便能紧紧握住他的那把斧子。

兹比什科的仆从们也都具有作战的经验,他们都作好了戒备,当然不是为了应战,因为仆人是不能参加战斗的,但是可以为骑马决斗选好地方,或者为徒步决斗平整好地面。只有出身贵族的捷克人才能参战。但他原以为兹比什科在攻击之前会发起挑战的,现在看到他还没有发出挑战就端平了长矛,也不免感到奇怪。

不过,兹比什科还是及时地镇定了下来。他想起了他在克拉科夫城外发生的那桩疯狂事件——不顾一切地攻击里赫顿斯泰因,以及它所造成的种种不幸,于是他拿起了长矛,把它交给捷克人,他没有拔出剑来,就策马朝那两个骑士团骑士走去。快到他们跟前的时候,他发现了第三个骑士,头上也饰有孔雀羽。他还看到了第四个骑士,那人未穿甲胄,却有一头长头发,看起来是个马茹尔人。

他一看到他们,心里便想:

"我在牢里的时候,曾向我的姑娘发誓许愿,不是三簇孔雀羽,而是双手的手指数。现在面前就有三簇,只要他们不是使臣,我马上就能得到它们了。"

可是他又想了一下,觉得他们一定是去见玛佐夫舍公爵的使臣,于是他深深叹了一口气,才大声说道:

"赞美耶稣基督!"

"永生永世!"那位未着戎装的长头发骑士答道。

"愿上帝赐给你们幸福!"

"也赐您幸福,阁下!"

"光荣归于圣乔治!"

"这是我们的保护神,欢迎您,阁下!"

于是他们互相鞠躬问候,兹比什科通报了自己的姓名、出身、族徽、口号,以及从何处来,为什么到玛佐夫舍宫廷去。

那个长头发的骑士告诉他说,他是克罗皮夫尼查的英德雷克,现正陪着公爵的几位客人:戈特弗雷德教士、罗特盖尔教士和来自罗塔林吉亚的富尔科·德·罗西先生,罗西先生原是十字军骑士团的客人,他很想见见公爵,特别是公爵夫人——闻名遐迩的凯斯杜特的女儿。

就在他们交换姓名和情况的这段时间里,那几个外国的骑士都一直笔挺地坐在马上,只是偶尔摇动一两下他们那戴着饰有孔雀羽的铁头盔的头。他们看到身穿华贵甲胄的兹比什科,以为他是公爵派来的一个重要人物,或是他的亲生儿子前来迎接他们的。

克罗皮夫尼查的英德雷克接着说道:

"那位康杜尔,按照我们的说法,可称之为英斯布雷克的酋长,现正在公爵的城堡里做客,他向公爵介绍了这三位骑士的情况,说他们非常想来访问他,但是他们又不敢来,特别是这个从远方来的罗塔林吉亚的骑士,他以为十字军骑士团边境外住的都是撒拉逊人①,而且一直在和他们打仗。仁慈的公爵便派我到边境去,要我把他们平安地接到城堡来。"

"没有您的帮助,他们就不能来了吗?"

"我们的人民非常仇恨十字军骑士,其原因不仅是由于他们的侵略成性——因为我们有时也攻击他们,而主要是由于他们的奸诈,一个十字军骑士会当面拥抱你、吻你,可是同时又会从背后用刀子捅死你,他们这种猪狗不如的行为,我们马茹尔人特别厌恶。嘿!你知道,在家里,人人都会好好地接待日耳曼人的,绝不会亏待他们,但是,如果是在大路上遇到他们,就不会放过他们的。为了报仇,或者为了荣誉,大家都会这样干的,这是上帝给予我们每个人的权利。"

"你们中间,谁最出名?"

"有这样一个人,日耳曼人宁愿见到死神也不愿见到他,他就是斯佩霍夫的尤兰德。"

兹比什科听到这名字,心都跳了起来,他立即决定向这位克罗皮夫尼查的英德雷克打听他想要知道的消息。

"我知道他。"他说,"我听说过他,他的女儿达奴霞就是公爵夫人的宫女,如果她还没有出嫁的话。"

---

① 指信奉伊斯兰教的人。

他说完这句话,便屏息静气地盯着这位玛佐夫舍骑士的眼睛看,而对方却甚为惊讶地回答道:

"谁告诉您的?她还太年轻了,的确,有些宫女嫁了人,但尤兰德小姐却没有结婚。六天以前我离开捷哈诺夫的时候,我还看见她在公爵夫人的身边,难道她在万圣节里结的婚?"

兹比什科听了这话,花了很大的意志力才让自己没有去抱住这个马茹尔人的脖子,没有向他说出"愿上帝为这个消息而报答您"!他克制住了自己,说道:

"我听说尤兰德要把她嫁给什么人。"

"是公爵夫人想把她嫁人的,而不是尤兰德,但是她不能违背尤兰德的意旨。在克拉科夫的时候,她想把她嫁给一位骑士,那位骑士向达奴霞许过愿,达奴霞也爱他。"

"她爱他吗?"兹比什科高声问道。

英德雷克听了,朝他投去迅速的一瞥,微笑着说道:

"您知道,您这样打听那个姑娘真有点过分了。"

"我打听的正是我要去拜访的熟人。"

由于戴着头盔,很难看到兹比什科的整个脸孔,只能看见他的眼睛、鼻子和小部分的脸颊,不过他的鼻子和脸颊却红得非常厉害,使得这个爱开玩笑的马茹尔人也不禁风趣地说道:

"一定是严寒把您的脸蛋冻得就像复活节的红蛋那样红。"

这个年轻人更是感到惶恐不安了,他嗫嚅道:

"一点不错……"

他们默默地骑着马朝前走去,只有马匹在打喷嚏,鼻孔中冒出柱形的热气,那些外国的骑士也在低声地交谈着。过了一会儿,英德雷克才开口问道:

"您叫什么名字?我没有听清楚。"

"博格丹涅茨的兹比什科!"

"您就是!那个向尤兰德小姐起誓的骑士好像也叫这个名字。"

"您也许会认为,我会不承认那就是我吗?"兹比什科自豪而又急切地回答道。

"没有必要。仁慈的上帝啊,您就是姑娘用头巾蒙住的那个兹比什科呀!从克拉科夫回来后,所有的宫女都在谈论您,有的人一边听一边还流着泪。原来就是您!嘿!他们在宫廷中看见您一定会非常高兴的,就连公爵夫人也很喜欢您。"

"愿上帝保佑她,也为这消息而保佑您……有人对我说,她嫁人了。我听了真痛苦啊!"

"她没有结婚!这个姑娘将会继承整个斯佩霍夫的财产,所以很令人垂涎,而且宫廷里也有不少年轻英俊的小伙子,可是没有一个人敢盯着她看。因为大家都尊敬她的举动和您的誓言。公爵夫人也不允许他们这样做,嘿,他们会多么高兴啊!的确,他们有时候也给姑娘开开玩笑,有的对她说:'你的骑士不会来了!'她就会跺着脚回答说:'他会来的,他会来的!'有时候,他们跟她说您已经和别人结婚了,她听了便会大哭起来。"

这些话很使兹比什科感动,同时他也对那些人的胡言乱语而深感愤怒。于是他说道:

"谁敢这样说我的坏话,我要找他算账!"

英德雷克听了,大笑起来,说道:

"取笑她的全是女人,难道您要去和女人们决斗吗?用剑去对付女性是不行的。"

兹比什科很高兴,上帝给他派来了这样一位幽默风趣而又快活的旅伴,于是他就开始向英德雷克打听起达奴霞的情况来,他也问起了玛佐夫舍宫廷中的规矩,后来还问到了雅鲁什公爵和公爵夫人,话题又一次回到了达奴霞身上。最后他还向英德雷克谈起了他的誓约和他在旅途中听到的有关战争的议论,以及民众在准备战争的情况,他们天天都在盼望着打仗。他终于问道,在玛佐夫舍公国里,大家是否也是这样想的?

但是这位克罗皮夫尼查的贵族并不认为战争会很快爆发,人们都在说战争的不可避免,可是有一次他听到,雅鲁什公爵对德乌戈拉斯的米科瓦伊说,十字军骑士团现在收起了号角,想跟波兰国王和好,只要国王坚持,他们也会把他们占领的多布钦地区归还给波兰,因为他们害怕他的强大。不过,他们至少也会把战事拖延到他们准备好了为止。另外,他接着说道:"公爵不久前还到过马尔堡,由于大团长外出,大元帅接待了他,还为他举行了骑马大赛,现在这里来了几个康杜尔,新的客人也要纷纷来到。"

说到这里,他想了一会儿,接着说道:

"大家都在说,十字军骑士团派人到这里来,和到普沃茨克的杰莫维特公爵那里去,不是毫无原因的,他们想劝说这两位公爵,一旦爆发战争,不要去帮助波兰国王,而去帮助他们。如果他们不愿意帮助十字军骑士团,至少也想要他们保持中立。不过,这两位公爵是不会那样做的。"

"上帝也不会答应的!你们怎么会待在家里呢?你们的公国都是属于波兰王国的。我想,你们是不会待在家里的。"

"当然不会。"克罗皮夫尼查的英德雷克回答道。

兹比什科又朝那些外国骑士和他们头上的孔雀羽饰望了一望,问道:

"这几个骑士也是为了这个目的而来的吗?"

"他们都是骑士团的教士,也许是为此而来,谁知道他们呢?"

"那第三个呢?"

"他是因为好奇才来的。"

"他一定是有钱有势的骑士了。"

"那当然!三辆马车跟着他,东西都装得满满的,还有九个随从。我真想和他决斗一番!这么多东西真是让人垂涎欲滴啊!"

"难道您不能那样做吗?"

"那当然!公爵命令我保护他们。到达捷哈诺夫之前,我决不会让他们掉一根毫毛的!"

"要是我向他们挑战呢?也许他们想要和我决斗呢?"

"那您得先和我决斗,只要我还活着,就决不允许发生这样的事情。"

兹比什科听了这话,便友好地望着这位年轻的贵族,说道:

"您懂得什么是骑士的荣誉,您是我的朋友,我怎会和您决斗呢?

不过到了捷哈诺夫,上帝一定会让我找到一个借口来向这些日耳曼人挑战的。"

"到了捷哈诺夫,您爱干什么就去干什么,我管不着。那里一定会举行比武,也许还可以决斗,只要公爵和康杜尔准许就行。"

"我有一块牌子,上面写着,谁若是不承认达奴霞·尤兰德小姐是世界上最美丽、最有德行的姑娘,我就要和他决斗。但是,您知道,一路上,人们看了只是耸耸肩,一笑而已。"

"因为这是外国的习惯,而且说老实话,这是一种愚蠢的习惯,我们这里的人都不知道这种习惯,也许只有边境上的人才知道。那个罗塔林吉亚骑士一路上也想以赞美他的情人来向贵族挑战,但是,谁也不懂得他的意思,而且我也不允许他们决斗。"

"什么?他要别人赞美他的情人吗?我的上帝,他真不感到害臊。"

他望了那个外国骑士一眼,想看看他这张害臊的脸孔,然而他心里不得不承认,富尔科·德·罗西看起来完全不是个无耻之徒,相反地,从他那弯下的身影看过去,他的目光温和,他年轻的脸上有一种忧愁的表情。

"山德鲁斯!"兹比什科突然喊道。

"听候吩咐!"这个日耳曼人一面走近前来,一面答道。

"你去问问那个骑士,谁是世界上最美丽、最有德行的姑娘?"

山德鲁斯便对那个骑士问道:

"谁是世界上最有德行、最美丽的姑娘?"

"乌尔里卡·德·艾尔内!"富尔科·德·罗西答道。他抬起双眼,叹了口气。

兹比什科一听见他的回答便火冒三丈,气得就要策马过去,但他还来不及说话,英德雷克就把马横在他和那个外国骑士的中间,说道:

"你们不能在这里打起来!"

但是,兹比什科又对那个圣物贩子说道:

"你告诉他是我说的,他爱上的是只猫头鹰!"

"我的主人说,尊贵的骑士,您爱上的是只猫头鹰!"山德鲁斯像回声似的复述了一遍。

德·罗西先生听了这话,便放下缰绳,用右手松开扣子,脱下了一只铁手套,然后把它扔到兹比什科面前的雪地上,兹比什科便向捷克人点头示意,要他用矛尖把那只手套挑了起来。

这时候,克罗皮夫尼查的英德雷克带着严厉的神色转向兹比什科,说道:

"你们不许决斗,我说过,在我的护卫任务完成之前,既不准许他,也不让您动手打斗的。"

"并不是我向他挑战的,是他向我挑战。"

"可是您把他的情人叫成猫头鹰,连我也是要反对的。唔!我也知道怎样使剑的。"

"我是不会和您打斗的。"

"您非得先和我决斗,因为我已经发过誓,要保护那个骑士。"

"那怎么办呢?"固执的兹比什科问道。

"等着吧!捷哈诺夫快到了。"

"但是,那个日耳曼人又会怎么想呢?"

"让您的仆人告诉他,这里是不许决斗的。首先是您必须要取得公爵准许,而他也要得到康杜尔们的允许,你们才能决斗。"

"哼!要是他们不准许呢?"

"你们都会找到机会的。话就说到这里!"

兹比什科看到没有别的办法,而且他也知道,英德雷克确实不会让他们决斗,他只好又把山德鲁斯叫来,让他去向那位罗塔林吉亚的骑士说明,等他们到了捷哈诺夫后,他们才能决斗。德·罗西听了之后,点了点头,表示他已明白,随后他向兹比什科伸出手去,相互紧紧地握了三下,按照骑士的规矩,这意味着他们一定要决斗,时间和地点不限。于是他们在表面和解的情况下,朝捷哈诺夫城堡驰去,映现在红霞满天中的城堡塔楼已经可以望见了。

他们到达捷哈诺夫的时候,天还没有黑,但是等他们在城门口通报姓名,放下吊桥之后,已是深夜了。兹比什科的老朋友德乌戈拉斯的米科瓦伊前来迎接他们,他带领一队由几个骑士和三百名来自大森林的著名弓箭手组成的仪仗队。在寒暄当中兹比什科得知宫廷的人不在这里，便感到十分沮丧。公爵为了向什奇特诺和英斯布雷克的康杜尔表示敬意，便在大森林地区组织了一次大围猎。公爵夫人和她的所有宫女也去了，以增加场面的壮观和围猎的意义。在认识的女人中，兹比什科只见到了奥芙卡，她是雅章布科夫的克里斯丁的未亡人，也是城堡的女管家。她见到兹比什科非常高兴，从克拉科夫回来之后，就是她把他对达奴霞的爱情以及他与里赫顿斯泰因的事情告诉了每一个人，不管对方想听不想听。这些故事使她赢得了那些年轻侍从和宫女的尊敬和喜爱，因此她很感激兹比什科。现在，她想方设法去安慰这个年轻人，他由于达奴霞不在而感到忧心如焚。

"你都要认不出她了。"她说，"她长成个大姑娘了，过去的衣服绷得紧紧的都已经穿不上了，她不是过去的那个小人精了，而且她对您的爱也与过去的不同了。现在谁若是在她耳边说一声兹比什科，就像是谁用锥子扎了她一下似的。我们女人的命运就是这样，这是上帝的安排，我们是无法抗拒的。你的叔叔怎么样？身体健康吗？为什么他没有来？命运就是这样……达奴霞没有摔断脚，真是上帝的恩德，她每天都要爬上塔楼朝大路上眺望……我们每个人都是需要友情的。"

"等我喂好了马，我就到她那儿去，即使是晚上，我也要赶去的！"兹比什科说道。

"那你就去吧。不过你得在城堡里找个向导，否则你会在森林里迷失方向的！"

等吃过米科瓦伊为客人们准备的晚饭后，兹比什科便宣称他马上要到公爵那里去，并请求派给他一个向导。那两个因旅途而疲困的骑士团教士，一吃完饭便朝那个大壁炉走去，这只壁炉大得连整株树枝都能放进去烧。他们决定休息一晚，第二天再走。但是，德·罗西问明情况后，也表示愿意和兹比什科一道赶去。他说，现在不走，就有可能赶不上大围猎，他很想看看这次围猎的盛况。

于是，他又走到兹比什科面前，向他伸出手去，又紧紧握了三次他的手指。

第二十章

这一次他们也没有机会决斗了,因为德乌戈拉斯的米科瓦伊从克罗皮夫尼查的英德雷克那里得知他们挑战的事,便把兹比什科和那个外国骑士叫来,要他们发誓保证,在没有得到公爵和康杜尔们的准许之前定不决斗,如果他们拒绝这样做,他就要把城门关闭,不许他们出城。兹比什科因为想尽快见到达奴霞,因此也就同意了。德·罗西虽然在必要时很喜欢决斗,但他也并不是一个嗜血成性的人,因此,他也毫无困难地以骑士荣誉发了誓:要得到公爵的准许之后才决斗。他怕拒绝会引起人们对他的厌恶,而且他这样做,也是因为他听到了许多关于比武的歌唱,他又非常喜欢盛大的宴会和热闹的场面。如果当着宫廷、高级官员和贵妇人的面去决斗,他认为,这种决斗得来的胜利会给他带来更大的声誉,也更容易让他获得金踢马刺①。此外,他对这个国家和它的人民也十分好奇,急于了解他们,所以他宁愿让决斗延期举行。德乌戈拉斯的米科瓦伊曾当过日耳曼人的俘虏多年,能用流利的日耳曼语和外国人交谈,便开始向他谈起了公爵的围猎,以及猎获的许多西方国家所不认识的各种野兽,听来有如神话故事。于是兹比什科和德·罗西便在午夜的时候离开了城堡,前往普查斯雷什。他们都带了自己的武装扈从队,还有人打着灯笼,以防狼群的袭击。每到冬天,这里便会出现难以数计的狼群,即使有十多位装备精良的骑手,遇上了这样的狼群也是非常危险的。在捷哈诺夫一带,到处都是森林,但过了普查斯雷什不远,便是辽阔无边的库比原始森林,东面与人迹罕至的波德拉什大森林连成一气,再过去便是立陶宛了。不久以前,立陶宛人便是穿过这些森林,躲开当地凶暴的居民而来到玛佐夫舍的。一三三七年,立陶宛

---

① 即获得骑士的封号。

人袭击了捷哈诺夫，把整个城市都毁灭了。德·罗西以无比的好奇心听着老向导杜罗博伊的马奇科给他讲的这些故事，因为他早就想和立陶宛人打仗的，他也像西方的其他骑士一样，把立陶宛人看成是撒拉逊人了。他所以来到这一带，就是想参加十字军东征，以博得荣誉和灵魂的得救。他来的时候还以为和半异教的马茹尔人作过战之后，便能获得永恒的免罪。可是当他一踏进玛佐夫舍的土地，便几乎不敢相信自己的眼睛，他看到的是城镇里的教堂、塔楼上的十字架、神甫和甲胄上绣着圣十字的骑士，这里的人民虽然粗犷豪放，喜爱争吵和殴斗，但全都信奉天主教，并不比他在旅途中遇到的日耳曼人更贪婪凶残。因此，当他听到这里的人几百年前就信奉天主教了，他自己也不知道该怎样去想十字军骑士团了。当他得知，已故的波兰王后已让整个立陶宛都受洗礼了，更是感到无比惊讶和关注。

他还问杜罗博伊的马奇科，他们要去的那座森林里有没有强迫老百姓向其献上年轻姑娘的妖龙，如果有，他一定要除了它。但是马奇科对这件事的回答，却使他完全失望了。

"在森林里有许多凶猛的野兽，如狼、野牛和熊，要对付它们已经够忙的了。"这个马茹尔人回答说，"也许沼泽地里有一些妖魔鬼怪，不过，我没有听说过有什么妖龙，即使有，我们也不会把年轻姑娘送去孝敬它们，而是会群起消灭它们的。嘿，要是有的话，森林里的居民早就把它们的皮剥下制成皮带了。"

"他们是什么样的人？能同他们战斗吗？"德·罗西问道。

"可以和他们斗，但是划不来。"马奇科回答说，"而且对骑士来说，也不合适，因为他们都是农民。"

"瑞士人也是农民。请问他们信奉基督吗？"

"在玛佐夫舍，没有人是不信基督的。他们都是我们公爵的臣民。您看见过城堡里的弓箭手，他们都是库比人，世界上再也没有比他们更好的弓箭手了。"

"他们总不会比英国人和苏格兰人更好吧！我在勃艮第宫廷中见过他们——"

"我在马尔堡也见过他们，"马茹尔人打断他的话，说道，"的确是些体格魁梧的小伙子,但是他们还是无法和库比人相比!库比的孩子七岁以后如果自己不能把松树顶上的猎物射下来,就得饿肚子。"

"你们在谈什么呀?"兹比什科突然问道。因为他好几次听到他们在说"库比"这个词。

"我们在谈论库比的弓箭手和英国的弓箭手。这位骑士说,英国弓箭手,还有苏格兰弓箭手都是世上最好的射手。"

"我在维尔诺看见过他们。啊呀!我听见他们的弓箭飞过我的耳旁。那里还有许多从各国来的骑士,他们都曾宣称,不用盐也能把我们吞吃下去,但是,他们试过一两次之后,就已经失去胃口了。"

马奇科听了大笑起来,他还把兹比什科的话复述给德·罗西听。

"他们在许多宫廷里都说过这样的话。"这个罗塔林吉亚人说道,"他们赞美你们的骑士骁勇倔犟,但是他们也指责你们的骑士帮助异教徒去反对十字军骑士团。"

"我们是在保卫那些愿意受洗的人民,我们反对的是侵略和不公正。日耳曼人是要他们继续信奉异教,然后借故挑起战祸。"

"上帝一定会审判他们的!"德·罗西说道。

"也许不久便要审判他们了!"杜罗博伊的马奇科说道。

但是,这位罗塔林吉亚的骑士听到兹比什科到过维尔诺,便向他打听起维尔诺来。因为那里进行过几次骑士决斗,已经闻名遐迩,特别是那次四个波兰骑士和四个法国骑士的决斗,更使西方的骑士们心驰神往。德·罗西开始以更钦敬的心情来看待兹比什科,就像看待一个参加了著名战役的人一样。能和这样的一位骑士决斗,他心里也感到美滋滋的。

他们表面上很要好,相互都是彬彬有礼,途中休息的时候,还互相劝饮葡萄酒。德·罗西的行李车里带有不少的这种酒。但是德·罗西在和杜罗博伊的马奇科的谈话中透露,乌尔里卡·德·艾尔内根本不是个姑娘,而是一个已到不惑之年的有夫之妇,并生有六个孩子。兹比什科顿时便怒火中烧,因为这个古怪的外国人不仅敢于拿一个"老太婆"来和达奴霞相比,而且还要凌驾于她之上。但是,他又想,也许这个人神经有毛病,应该把他关在黑房间里,而不是让他周游世界。这种想法把他的怒火压制住了,才没有立即爆发出来。

"您有没有想过,"兹比什科对马奇科说道,"他脑子里是不是钻进了什么魔鬼。也许这魔鬼正坐在他的脑子里,就像干果里的虫子那样,打算晚上再跳到我们之中的一个人身上。我们应该小心防备才是。"

听了这话,杜罗博伊的马奇科确实是有些不相信,可是他开始不安地望着这个罗塔林吉亚人,最后他说道:

"有时候,一个中了邪的人,身上会附着上百个、甚至更多的魔鬼。它们会觉得太挤了,就愿意跳到别人的身上,最坏的魔鬼就是从女人身上出来的魔鬼。"

于是,他突然对那骑士说道:

"赞美耶稣基督!"

"我也赞美他!"德·罗西颇为惊讶地回答道。杜罗博伊的马奇科完全放心了。

"哎,您看,"他说道,"如果魔鬼附在他身上,他就会马上口吐白沫,或者扑倒在地,因为我是突然向他说话的,我们可以走了。"

于是他们又安静地朝前走去。从捷哈诺夫到普查斯雷什,路程并不很远,夏天的时候,一个信使只要骑上一匹好马,两个小时就能从这个小城跑到那个小城。由于夜色漆黑、途中休憩和大雪纷飞,他们便走得慢多了。午夜他们就出发了,直到天亮才到达公爵的狩猎行宫,这座行宫坐落在普查斯雷什城外的一座森林的边上,这座全由木头建造起来的行宫虽然低矮,却十分宽大。窗户都是由圆玻璃片嵌成的,房屋前面有井架和两排马棚,周围是一座座用松树枝临时搭起来的棚屋和皮帐篷,尽管东方已经放白,但帐篷前面的篝火依然非常明亮,篝火周围是一群猎人,他们都反穿着羊皮、狐狸皮、狼皮和熊皮做的外衣。德·罗西觉得他看到的是一群两条腿的野兽,因为他们大部分都戴有兽头做的风帽,有的人挂着矛站在那里,有的人倚在石弓上,还有的人在忙于收拢那些绳网,另有几个人正在烧烤大块大块的野牛肉和鹿肉,显然是在准备早饭。火光映着白雪,那些猎人也被篝火的烟雾、呼吸和烤肉蒸发的水汽包围着,在他们后面可以看见巨大松树的树干和另一群人,他们人数之多令这位罗塔林吉亚的骑士大为惊讶,因为他过去从未看见过这样大规模的围猎。

"你们的公爵打一次猎就像打一次仗那样壮观。"他说。

"不错!"杜罗博伊的马奇科回答说,"他们有的是人和打猎的用具。这些都是公爵手下的猎人,不过,也有许多是来赶集的荒原居民。"

"我们怎么办呢?"兹比什科插嘴说道,"行宫里的人都还在睡觉。"

"我们只好等到他们醒来。我们不能去敲门,把我们的公爵吵醒。"马奇科答道。

他边说边把他们领到火堆旁。在篝火堆旁边,猎人们给了他们几块野牛皮和熊皮,随后便请他们尝尝刚刚烤好的野牛肉,他们一听有人说外国话,便纷纷围拢过来想看看这个日耳曼人。兹比什科的仆人一说他是个"海外"来的骑士,消息一传开,围观的人挤得那样厉害,杜罗博伊的马奇科便不得不使用他的职权去保护这个外国人,免得他被这些好奇的人挤坏了。德·罗西还在人群中发现好些女人,她们也都穿着皮衣,她们脸色红润,而且长得楚楚动人,于是他便问,她们是否也是来参加围猎的?

杜罗博伊的马奇科向他解释,她们不是来参加围猎的,有的只是出于好奇心,有的是来赶集的,想买些城里的东西,而把她们带来的森林中的货物卖掉。事实上,公爵的行宫早已成了一个中心点,即使公爵不到这里来的时候,行宫的四周也常常聚集着两种人:城里人和森林里的人。林中居民不愿离开他们的荒原,因为他们要是听不见林涛声便会感到很不自在。于是普查斯雷什城里的人便把他们的名贵啤酒、由城里风磨和文格尔卡水磨房碾出的面粉,还有荒原中奇缺的食盐,以及林中居民极想得到的铁、皮带和人类智慧的其他成果带到了这里。作为交换,他们要去了兽皮、珍贵的皮货、干蘑菇、干果、名贵药材和库比人容易开采得来的琥珀。这样一来,公爵行宫的周围,便成了一座熙熙攘攘、人声嘈杂的市场,尤其是公爵狩猎期间,这里更是热闹了,因为森林深处的居民不是由于应尽的劳务,就是被好奇心驱使,都纷纷拥到了这里。

德·罗西一面听着马奇科的讲述,一面不停地打量着周围的那些林中居民,由于他们生活在健康的、充满松香味的空气中,又像大多数农民那样食肉较多,因而个个都长得身材高大、体格魁梧,常常令外国来的旅客惊叹不已。兹比什科坐在篝火旁,但他的眼睛老是盯住行宫的门窗,一刻也安静不下来。只有一扇窗户亮起了灯光,显然这是间厨房,因为有烟从窗户缝隙中冒了出来,其余的窗户依然是一片黑暗。不过大地每时每刻都在变得更加明亮,房子后面的荒原也开始呈现出银白色。房子侧面的几扇小门中,时时有穿着公爵宫廷制服的仆人走进走出,他们手提水桶,前往井边打水。有人去问这些仆人,宫中的人是否还在睡觉,他们回答说,宫中的人由于昨天打猎太累了,现在都还在休息,不过已经在准备早餐的饭菜了。

从厨房的窗户里的确飘出了一阵阵烤肉和番红花的香味,这股香味一直飘到了那些火堆之间。终于响起了嘎吱声,正门打开了,显出了灯火通明的前厅,台阶上走出一个人,兹比什科一眼就认出他是个游吟歌手,曾跟随公爵夫人到过克拉科夫。兹比什科一看见他,来不及向马奇科和德·罗西招呼一声,便一阵风似的飞奔过去,使罗塔林吉亚的骑士大吃一惊,问道:

"这位年轻的骑士出了什么事?"

"什么事也没有。"马奇科答道,"只是他爱上了公爵夫人的一个宫女,他想尽快见到她。"

"啊哈!"德·罗西回答道。他双手按在胸口上,还抬起了眼睛,开始仰天而嘘,一副悲戚的样子,使得马奇科耸了耸肩膀,心里在说:"难道他真是在为他的那个老太婆叹气吗?也许他的脑子真有毛病了。"

这时候,他把德·罗西领进了这座行宫的一间大厅里,大厅里挂着野牛角、麋角和鹿角,火炉里烧着的大木头把整个大厅都照亮了。大厅中央摆放着一张铺有桌布的大桌,桌子上已摆好了早餐用的盘碟,大厅里只有几个宫廷侍从,兹比什科正在和他们交谈。杜罗博伊的马奇科便向他们介绍了这位德·罗西先生,但是他们都不懂日耳曼语,他不得不继续陪着他。不过,这时候,来到大厅的宫廷侍从越来越多,他们大多长得很英俊,肩宽体壮,满头淡黄色的头发,都穿着猎装。那些认识兹比什科并听说过他在克拉科夫的遭遇的宫廷侍从们,都像欢迎老朋友那样来欢迎他，而且可以看出，他们都很喜欢他。另一些人用惊羡的眼光望着他，就像通常人们望着一个死里逃生的人那样。他听到身边有人在说："公爵夫人在这里，尤兰德小姐也来了，您马上就能看见她们了，啊，上帝，您和我们一起去打猎吧！"这时候，进来了两位十字军骑士，他们都是公爵的客人。一个是胡果·德·丹维尔德，奥特尔斯堡即什奇特诺的行政长官，他的亲戚曾做过骑士团的元帅。另一个叫齐格弗雷德·德·罗维，也是出身于骑士团的功勋世家，现在是英斯布雷克的行政长官。前者年轻，却是身矮体胖，脸色像个酒徒，嘴唇湿润而肥厚。后者身材修长，容貌严厉凶狠而又器宇不凡。兹比什科觉得，他好像曾在维托尔德的宫廷中见过那个丹维尔德，他还想起普沃茨克的主教亨利克曾在比武场上的格斗中把他摔下马来。然而雅鲁什公爵的到来却把他的回忆打断了。十字军骑士和宫廷侍从们都一起向公爵行礼致敬。德·罗西、两个康杜尔和兹比什科，也都走到公爵的面前。他亲切而又威严地向他们表示欢迎，他那张刮得光亮的脸上有一种乡下人的表情，他的头发前面修剪得齐整，后面垂落在肩背上。房外的号角立即吹了起来，宣布公爵前来进早餐，号角吹了三遍，吹到第三遍时，右边的一扇大门打开了。安娜公爵夫人走了出来，紧跟在她身后的是一位天仙似的金发姑娘，她的肩上挂着一把小诗琴。

兹比什科一看见她们，便向前跨上一步，双手放在嘴唇上，双膝跪了下来，非常崇敬和非常爱慕地俯伏在她们面前。

在场的人一看见这情景，大厅里立即响起了窃窃私语声。

兹比什科的举动使那些马茹尔人惊讶不已，甚至引起有些人的反感。年纪大的人都说："这一定是从某些海外的骑士那里学来的规矩，也许还是从异教徒那里学来的。因为这种规矩，即使在日耳曼人中间也没有见过。"年轻人则说："这没有什么可奇怪的，那姑娘救过他的命！"公爵夫人和尤兰德小姐都没有一下子认出他来，因为他是背向着炉火跪着的，脸朝着暗处，公爵夫人起初还以为，是某个宫廷侍从犯了错误，恳求她去向公爵说情，但是达奴霞的眼光更尖，她向前一步，弯下了头，突然尖声叫了起来：

"兹比什科！"

这时候，她全然不顾整个宫廷和外国客人都在望着她，像头雌鹿似的奔向兹比什科，双手紧紧抱住他，不停地吻着他的眼睛、嘴唇和脸颊，久久地依偎在他的怀中，高兴得尖叫起来，使得在场的马茹尔人都哄堂大笑起来。公爵夫人抓住她的领子把她拉了过去。

这时候，她朝人群一看，羞得无地自容，立即溜到公爵夫人的背后，钻到公爵夫人裙子的褶皱缝中，只露出了脑袋顶。

兹比什科抱住了公爵夫人的双脚。夫人拉起了他，对他表示欢迎，同时向他问起马奇科是否还活着，如果他还活着，有没有和兹比什科一起到玛佐夫舍来。兹比什科漫不经心地回答着这些问题，因为他的身子左右晃动着，竭力想看见躲藏在夫人身后的达奴霞。而达奴霞呢，一会儿从夫人裙子下面伸出脑袋偷看，一会儿又钻到褶皱缝里藏了起来。站在两旁的马茹尔人看到这幅景象都忍不住哈哈大笑起来，公爵也忍俊不禁。等到仆役们端上了热菜，欣喜异常的公爵夫人便对兹比什科说道：

"你来侍候我们吧，亲爱的小骑士，也许你不只在吃饭的时候侍候我们，而是永远永远地侍候我们。"

然后她转身对达奴霞说道：

"你这只讨厌的小苍蝇，还不快从裙子下面钻出来，你会把我裙子弄破的。"

达奴霞从裙子里面钻了出来，满脸通红，神态忸怩，时时用羞怯、受惊、好奇的眼光望着兹比什科。她是那样妩媚动人，不仅兹比什科，就连在场的所有骑士都是心里甜滋滋的。什奇特诺的十字军行政长官开始一次又一次地把手掌放在他那湿润的厚嘴皮上，而德·罗西也惊奇得高举起双手，问道：

"科姆波斯特里亚的圣雅各布在上，这个姑娘是谁呀？"

什奇特诺的行政长官，因为长得又矮又胖，只好踮起脚尖，对着这个罗塔林吉亚人的耳朵说道：

"魔鬼的女儿！"

德·罗西眨巴着眼睛望了他一眼，随后又皱起了眉头，开始用鼻音说道：

"对美人狂叫的人,绝不是个真正的骑士!"

"我既有金踢马刺,又是位教士!"胡果·德·丹维尔德傲慢地答道。

出于对册封骑士的无限崇敬,这个罗塔林吉亚人低垂着头,过了一会儿,他才说道:

"而我是布兰班特公爵的亲戚。"

"安静!安静!"这个十字军骑士答道,"向强大的公爵和骑士团的朋友致敬。您不久就能从骑士团那里获得金踢马刺的。我并不否认这个姑娘的美貌,不过您知道她的父亲是谁吗?"

但是他还来不及告诉他,雅鲁什便已入席要用早餐了,因为他早已从英斯布雷克的行政长官那里得知德·罗西是位有权势家族的亲属,便招手邀请他坐在他的旁边。公爵夫人和达奴霞坐在他们的对面。兹比什科像在克拉科夫的时候那样,站在她们的椅子后面,侍候着她们,达奴霞由于害羞,把头低得很低,都快贴近盘子了,不过,她的头稍微歪向一边,好让兹比什科看到她的脸孔。兹比什科出神地望着她那小小的、满是金发的头,粉红的脸颊,和已经不是孩子的、被紧身上衣裹着的肩膀,他就觉得爱情有如一江洪流在他胸中汹涌奔腾。他的眼睛、他的嘴唇和他的脸上依然感觉到她那热烈而又甜蜜的亲吻。过去她吻他倒像是妹妹吻哥哥一样,他也像是在接受一个孩子对他的亲吻。然而现在一想到她刚才的亲吻,心里就有一种以前和雅金卡相处时的感觉,就有一种冲动和激情。这种激情犹如灰烬下面依然还在燃烧的炭火。在他看来,达奴霞已是一个完全成熟的少女,而且事实上,她也是一个已长大成人的姑娘了,就像一朵盛开的鲜花那样。另外,人们老是在她面前谈论爱情,使得她有如一朵沐浴着温暖阳光的花蕾,绽开了,色彩更加鲜丽娇媚了。她的眼睛也向爱情睁开了。因此,她的身上就有一种以前所没有的魅力,这种魅力已不再具有孩子味了,而是散发出一种强烈的、令人心醉的吸引力,犹如阳光散发出温暖、玫瑰散发出芬芳一样。

兹比什科感觉到了这一点,却不知道为什么会这样。他沉醉在回忆中,甚至忘记了他在桌旁侍奉她们的职责,也看不见宫廷侍从们在望着他,在彼此碰碰胳膊肘,还指着他和达奴霞笑了起来。他既没有注意到德·罗西先生脸上那种惊得发呆的表情,也没有看见什奇特诺十字军行政长官那双贪婪的眼睛,这双眼睛一直在盯着达奴霞,在火光的映照下,放射出一种闪烁不定的红光,就像狼的眼睛一样。直到号角再次响起,表示该到荒原去了的时候,直到公爵夫人转身对他说话的时候,他才清醒过来。

公爵夫人说道:

"你和我们一起去,你就会高兴的,也就有机会向姑娘倾诉你的爱情了,我也很乐意听听。"

她一说完,便和达奴霞离开了,她们要换上骑马的服装。兹比什科急忙来到了外面。给公爵夫妇、客人和宫廷侍从们备好的马都站在那里,身上满是霜雪,打着响鼻。场地上也不再那样熙熙攘攘了,因为猎人们都拿着围网先走了,已经分散在荒林中了。篝火熄灭了,白天已经来临,这是个明朗而又严寒的日子,雪依然在纷纷扬扬,从微风吹动的树上飘落下闪闪发亮的雪冰花。不久公爵出来了,他跃身上了马,身后跟着一个拿着石弓和矛的仆人,这支矛又长又重,很少有人能使动它的。然而公爵却能挥舞自如,因为他也像玛佐夫舍的其他庇亚斯特的后代那样,具有超乎常人的气力,甚至这个家族中的一些女子也都膂力过人,有的还在嫁给外国公爵的婚礼上①当众用手把大刀扳得卷了起来。公爵身边还有两个保镖,是预备在突发事件时保护他的,他们是从华沙和捷哈诺夫的所有地主中挑选出来的。他们的身材魁梧奇伟,肩膀宽得像树干。从远方来到此地的德·罗西大为吃惊地望着他们。

这时候,公爵夫人和达奴霞出来了,她们两人都围有白鼬鼠皮做的头巾,但是这位典型的凯斯杜特的女儿使用弓箭的功夫比她穿针引线的技艺要高明得多,因此他们也替她拿了一张漂亮的、比别的弓较轻一点的石弓。兹比什科单膝跪在雪地上,伸出他的手掌,公爵夫人踏着他的手掌骑上马去。然后他把达奴霞抱举到马鞍上,就像他在博格丹涅茨抱举雅金卡一样,于是他们便动身出发了。队伍像条长蛇似的拉得很长,从行宫转向右边,慢慢地进入了森林,然后便消失在茫茫林海

---

① 这里是指齐姆巴尔卡嫁给哈布斯堡王朝的铁的欧耐斯特。

中了。

当他们深入林中的时候，公爵夫人便对兹比什科说道：

"你为什么不说话呀？哎，快和她说话呀！"

兹比什科尽管得到这样的鼓励，但还是沉默了一会儿，也许是由于胆怯。然后才开口说道：

"达奴希卡！"

"什么，兹比什科？"

"我非常爱你……"

说到这里，他又停住了，像是很难找到适当的词句似的。尽管他会像外国骑士那样跪在这姑娘面前，并且在各个方面向她表示敬意，竭力想避免采用乡下的粗话，但他还是无法用文雅的语言来向她表示爱情，因为他是个没有文化的人，只能用通常的语言来表达了。

于是，过了一会儿，他又说道：

"我爱你爱得都喘不过气来了！"

达奴霞从鼬鼠皮头巾下面向他抬起了她那双泪水汪汪的眼睛和被林中严寒冻得发红的脸孔，急忙答道：

"我也爱你，兹比什科！"

说完便闭起了眼睛，此时此刻她才真正懂得了什么是爱情。

"啊！我的亲爱的，啊，我的姑娘！"兹比什科喊道，"嗨……"他高兴和激动得又说不出话来了，但是善良而又好奇的公爵夫人又来帮助他了，她说道：

"你告诉她，没有她，你是多么地悲伤，等我们到了树林里，你就可以吻她的嘴了，这不是什么坏事，而是你爱她的最好的证明。"

于是，他就向她说起了他在博格丹涅茨照看叔叔的时候，在到邻居家去串门的时候，因为没有她，他是"多么悲伤"。不过，这个机灵的小滑头，一句也没有提到雅金卡。但是，说句老实话，他现在是那样地爱着达奴霞，他真想把她抱过来，让她坐在他的身前，他要紧紧地把她抱在怀中。

但是他不敢这样做。等到他们一走进树林，离开宫廷侍从和客人们有一段距离时，他便朝她弯过身去，抱住了她，把脸伸到她的围巾下面,以行动来证明他对她的爱情。

由于冬天榛树叶都掉光了,他和达奴霞接吻的情景被胡果·德·丹维尔德和德·罗西看见了,有几个宫廷侍从也看见了,于是他们便纷纷议论起来。

"他竟当着公爵夫人的面吻她!我相信夫人会马上给他们举行婚礼的。"

"他是个大胆的孩子,她也有着尤兰德家的火暴性格。"

"他们就像是打火石和打火铁,尽管姑娘很文静,但别担心,他们就会爆出火星来。他会趴在她身上就像虱子趴在毛皮上一样。"

他们边说边笑了起来。但是,那个什奇特诺的行政长官却把他那张山羊似的凶狠的脸转向德·罗西,问道:

"阁下,您想不想有个默林用他的魔力也把您变成那个年轻的骑士?"①

"那么您呢,阁下?"德·罗西反问道。

这个十字军骑士显然是又忌妒又贪色,听了这话便突然把马勒住,喊道:

"说心里话,我想!"

但就在这时候他的心平静下来了,他低下了头,说道:

"我是个教士,已许过愿要终生清心寡欲。"

他迅速地望了德·罗西一眼,担心对方脸上会露出讥笑,因为在这方面骑士团的名声很坏,其中尤以胡果·德·丹维尔德的名声最坏。几年以前,他做过桑姆比亚行政长官的助手。当时控告他的状纸犹如雪片飞来,尽管马尔堡对这类案件十分宽容,也不得不把他调任为什奇特诺的卫戍司令。这几天,他肩负着秘密使命来到公爵的宫廷中,一看见美如天仙的尤兰德小姐,便对她产生了强烈的欲望,他甚至不为达奴霞的年幼而克制自己——因为比她小的姑娘都有嫁人的——同时他也知道这个姑娘出身于哪个家族,而在他的记忆中,尤兰德的名字是和可

---

① 骑士厄特爱上了贞洁的伊格娜——戈拉斯公爵的妻子,后来厄特在魔法师默林的帮助下,装扮成戈拉斯的模样而与伊格娜生下了亚瑟王。——原注

怕的回忆联系在一起的,于是他的欲望又具有野蛮报复的性质。

这时候,德·罗西正要向他打听事情的来龙去脉,于是他问道:

"阁下,您把这个美丽的姑娘叫成魔鬼的女儿,您为什么这样叫她呢?"

丹维尔德便向他讲起兹沃托里亚的事件来:在重建城堡的时候,他们出奇制胜地俘获了公爵及其满朝文武,也就是在这次战斗中,尤兰德小姐的母亲死掉了。从这个时候起,尤兰德为了死去的妻子而采用种种残暴的手段向十字军骑士团的人报仇。丹维尔德在讲述这件事的时候,也爆发出了憎恨的怒火,因为他自己对尤兰德就怀有深仇大恨。两年前,他自己便碰上了尤兰德。他一看见这头可怕的"斯佩霍夫野猪",生平第一次被吓得落荒而逃,把他的两个亲戚、仆从和装备都抛弃不顾,自己像个疯子似的跑到了什奇特诺。他被吓得大病了一场。等他病一好,骑士团的大元帅便把他送到骑士法庭去审判,却被无罪释放了,因为他当时又是凭十字架,又是凭骑士的荣誉一再发誓,说他是由于马受惊驾驭不住才被带出战场的。就是这件事情断送了他在骑士团内晋升的前程。当然,这个十字军骑士并没有把这些情况告诉德·罗西。相反地,他却非常起劲地控诉尤兰德的残酷和波兰民族的傲慢自大,使得这位罗塔林吉亚的骑士都很难接受这一切。过了一会儿,他才说道:

"可是我们现在是在马茹尔人的中间,而不是在波兰的国土上。"

"尽管这里是个独立的公国,但和波兰人却是一个民族。"这个行政长官说道,"他们都是一样地无耻,一样地憎恨十字军骑士团。愿上帝保佑日耳曼人的宝剑能把这个民族斩尽杀绝!"

"您说得对,阁下!这位公爵表面上看起来倒很不错,但是他竟敢在你们的土地上建立起反对你们的城堡,这样的事情就是在异教徒中间我也没有听说过。"

"他修建城堡是为了反对我们的,不过,兹沃托里亚却是在他们的土地上,而不是在我们的土地上。"

"光荣归于耶稣,他赐给了你们胜利。那场战争的结局如何?"

"当时没有战争。"

"那你们在兹沃托里亚的胜利又是怎么回事呢？"

"那是天赐良机，当时公爵没有带军队去那里，只有宫廷侍从和宫女。"

听了这话，德·罗西惊讶地望着这个十字军骑士。

"什么？那你们竟是在和平时期，去偷袭那些女人们和在自己土地上建筑城堡的公爵吗？"

"为了骑士团和天主教的荣誉，可以不择手段。"

"那么，那个可怕的骑士是因为你们在和平时期杀了他的年轻妻子而向你们报复的吗？"

"谁胆敢反对十字军骑士，他就是恶魔的儿子。"

听了这话，德·罗西满腹疑虑，但是他来不及答话，他们便来到了一块宽大的、盖满积雪的林中空地，公爵和所有其他的人都在这里下了马。

第二十一章

那些熟悉狩猎的守林人，在大猎手的率领下，让猎人们沿着空地的边缘排成长长的一排，他们掩藏在树林的后面，面向着林中空地，便于用石弓和弩弓放箭。空地较窄小的两边都布满了绳网，网后面站着"赶兽手"，他们的任务是把野兽赶到猎枪手那里去，如果有的野兽被吓得自投罗网，他们就用长矛把野兽戳死。还有无数的库比人组成一个很大的"围圈"，他们要把森林深处的所有动物都赶到那块林中空地上。在猎枪手的后面还布有另一层网，如果有的野兽窜过了猎枪手们的行列，就会被网网住，而被乱矛刺死。

公爵站在一条小谷地的中央，这条谷地一直延伸到整个林中空地上。大猎手莫查热夫的姆罗科塔把公爵安排在这个地方，是由于他料定最大的野兽会从这里经过。公爵本人有一张石弓，身旁的树边还放有一把很重的长矛，在他身后不远的地方有两个魁梧得像树干那样的"保镖"，他们肩上挂着斧头，手上张开着弩弓，随时都可递给公爵使用。公爵夫人和尤兰德小姐都没有下马，因为公爵考虑到野牛的危险，从来都不允许她们在打猎时下马。如碰到野兽们发起疯来，骑马逃避总比徒步逃避要好多了。至于德·罗西，虽然公爵邀请他在他的右边站个位置，但他宁愿要求和女人们在一起，以便保护她们。他站在离公爵夫人几步远的地方，手持一把骑士用的矛枪，马茹尔人看到他的这把矛枪都暗暗发笑，因为这种矛枪不适于狩猎。而兹比什科呢，他把长矛插在雪地上，把弩弓放在背上，自己则站在达奴霞的马旁，抬头望着她，时而和她低声说话，时而又抱住她的脚，吻着她的膝盖，因为他不再在人们面前隐瞒自己的爱情了。只有当莫查热夫的姆罗科塔命令他不要说话的时候，他才安静下来，因为在林中狩猎的时候，就连公爵都要听姆罗科塔的指挥。

这时候，在原始森林深处很远的地方，响起了库比的号角声，林中空地这边也回应了一声弯号角的尖叫声，然后便是一片寂静了。不时可以听见松树顶上松鼠的吱吱声，有时也可以听到大围圈那边的人发出像乌鸦叫那样的呱呱声。猎人们望着白茫茫的林中空地，那里只有微风摇曳着染霜的芦草和掉光了叶子的树木。人人都在焦急地等着看第一只出现的是什么动物。他们都估计这次围猎一定会大有所获，因为荒原上有的是野牛和野猪。库比人已经用烟从洞穴里熏出了几只熊，它们被惊醒之后便在树林里徘徊，又凶狠，又饥饿，又惊惶，它们仿佛意识到即将有一场大搏斗，不是为了安宁的冬眠而是为了生死才进行的。

　　猎人们还需要等待很长的时间，为了把野兽赶进包围圈和林中空地，他们搜索的森林面积非常宽广。他们深入到那么远的地方，连第一声号角响过之后放出去的狗群的吠声都听不见。有一只猎犬大概是放得太早了，或者是跟在农夫的后面游荡，突然出现在林中空地上，它用鼻子在地上嗅了一嗅，又从猎人们中间钻了出去。空地上又是空荡荡的，一片寂静，只有那些赶兽的猎人们在呀呀地喊叫着，表明真正的狩猎工作就要开始了。大约过了念完一两遍祈祷文的时间，几只狼便出现在森林边缘上了，这些警觉性最高的野兽一看情势不好，便想蹿出包围圈。有好几只狼来到了空地上，它们一发现有人，便窜回森林里去，显然想寻找另一条出路。接着从森林里面跑出了一群野猪，它们在白雪皑皑的空地上跑成了一条黑色的长线，仿佛是一群家猪，在主妇的呼叫声中，摇晃着耳朵从远处朝农家的猪圈跑回去。但是这群野猪停了下来，听听、嗅嗅，又转过身去听听，便朝网那边跑了过去，一听到人们的呐喊声，便又朝猎人们那边走去，喷着鼻息，越来越小心地朝前走去。随后它们加快了步伐，直到最后响起石弓铁臂的铿锵声、弓箭的呼啸声，于是白雪上便出现了第一批血迹。

　　这时候喊声四起，野猪惊慌逃散，仿佛被一声响雷击散了似的，有的野猪盲目地朝前冲去，有的则跑向猎网。有的单个，有的三三两两，和别的野兽混杂在一起跑了起来。林中空地上已集满了各种各样的动物。已经能清晰地听见号角声、狗吠声和从森林深处出来的第一批猎人们的呐喊声。林中的动物被大围圈的猎人们从两旁一赶,立即布满了这块林中草地。不仅在外国,就是在波兰其他地方也无法看到这样的场面,因为那些国家和地区都没有玛佐夫舍这样的原始荒野。那些十字军骑士,虽然也到过立陶宛,那里的野牛也常来袭击军队,从而引起不小的麻烦,但是对于这里野兽之多也深感意外。德·罗西更是叹为观止。他站在公爵夫人和一群宫女旁边,犹如一只正在站岗放哨的大雁,但他无法和宫女们交谈,便开始觉得有点乏味了,而且他全身发冷,于是他便认为,这次打猎收获不大。可是他立即就看到了一群群黄鹿和角长得又粗又长的麋鹿从他前面跑开。这两种动物混杂在一起,胆战心惊地乱跑一气,在空地上跑来跑去,都找不到一处安全的出口。公爵夫人一看到这情景,她身上的"凯斯杜特血液"便沸腾了,她一箭接一箭地射向那些野兽,每射一箭都高兴得叫喊起来。被箭射中的鹿或者麋鹿会突然竖起前脚,然后便重重地倒在地上,四脚痉挛地在雪地上乱踢几下便一动不动了,其他宫女们也在不停地张弓搭箭,她们的打猎兴致也很浓。唯有兹比什科一人不把围猎放在心上,他把胳膊肘支撑在达奴霞的膝盖上,双手托着头,直盯住她的眼睛。达奴霞半是羞涩、半是微笑地用手掌蒙住他的眼睛,仿佛她受不了他的这种凝视似的。

但是德·罗西的注意力却被一头巨熊吸引过去了,它的肩背和四脚都是灰色的。这头熊出人意料地从猎人们旁边的树林里跳了出来。公爵朝它放了一箭,随后便持着长矛朝它冲了过去,当这只大熊竖起前脚,发出可怕的吼声时,公爵的长矛便当着全宫廷人们的面,以迅雷不及掩耳之势把这头熊刺了个洞穿,使得两个"保镖"都用不上他们的斧头了。这时候,这位罗塔林吉亚的年轻骑士便想到:他一路上到过许多朝廷,但很少有君主敢从事这样的娱乐,如果骑士团要征服这样的君主、这样的人民,那将是非常困难的。后来,他又看到别的猎人们以同样的娴熟技巧打死了许多野猪,这些野猪体大、脚白,非常凶猛,比在下罗塔林吉亚的森林中和在日耳曼荒野上捕获的野猪要更大、更凶猛。像这样技艺高超而又充满自信的猎人,像这样熟练地应用长矛一击成功的猎人,德·罗西先生是从来也没有看见过的。他是个阅历丰富的人，由此他便可以断定，这些长期居住在茫茫森林中的人，从小就习惯于弄箭使矛，因而使用起它们来都要比其他地方的人更加娴熟。

这块林中空地上终于躺满了各种野兽的尸体，但是围猎还远远没有结束。相反地，最引人入胜而又最危险的时刻就要来临了，围捕的猎人们已经把十几头野牛赶了过来。这些野牛以往都是独自行走的，如今都混合在一起。这些野牛并无畏惧之心，倒显得非常凶猛，仿佛对自己的可怕力量充满了信心似的，它们走得不快，把妨碍它们前进的树枝都折断了。在它们的沉重步伐下，大地都震响了。长满胡须的公牛走在这群野牛的前面，头低垂着，快靠近地面了，它时时地停下来，仿佛在考虑该向何处发起进攻似的。从它们巨大的肺叶里发出的吼叫声，犹如一声声响雷，水汽从它们的鼻孔中冒了出来。这些野牛一面用前脚踢打着雪地，一面好像在用它们的长眉毛下面那双血红的眼睛窥探着隐蔽的敌人。

这时候，那些赶兽的人都齐声呐喊起来，他们的呐喊得到了四面八方的猎人们的响应。号角和哨笛也都吹响起来，响声在荒原上轰鸣着，一直达到森林的深处。库比人的猎犬也带着令人战栗的吠叫声冲进了林中空地。它们的出现，顿时把牛群中带着小牛的母牛激怒了。到这时为止，这些野牛还在迈着方步行进，如今却突然分散开来，发疯似的在空地上奔跑，其中有一头硕大无朋的黄毛野牛，迈着沉重的步伐，直朝猎人们那边冲了过去，随即又转向空地的右边跑去。它看见藏在几十步远的森林里面的马匹，便停住了，一面用脚踢着雪地，一面发出怒吼声，仿佛在激励着自己跳向前去斗争似的。

一看到这种可怕的场面，那些赶兽的猎人们叫喊得更加厉害了。可是，这时候，在射手中间却响起了惊慌的叫喊声："公爵夫人，公爵夫人，快去救公爵夫人！"兹比什科一把拔起插在雪地上的长矛，立即跳向森林的边缘，有几个立陶宛人也跟着他冲了过去，他们都誓死保卫这位凯斯杜特的女儿，但是，就在这一瞬间，公爵夫人已张弓搭箭，箭嗖的一声飞射而去，正好从野牛低垂的头上穿过，射中了它的肩背。

"射中了！"公爵夫人喊道，"它逃不了啦！"

但是可怕的吼叫声淹没了她的话，也把马惊吓得竖起了前脚，野牛闪电般冲向公爵夫人。勇敢的德·罗西也以同样的最快速度冲出树林,他俯身在马上端起长矛,像在骑士比武时一样,直朝野牛刺了过去。

霎时间,在场的人都看到长矛已刺入野牛的脖子,长矛立刻弯成了弓形,随即断成了一截截,那头野牛的长着角的硕大的头便完全消失在德·罗西的马腹下面了。在场的人来不及喊叫一声,德·罗西先生便连人带马被抛到了空中。

马侧身倒在了地上,四脚还在踢打着,作着垂死前的挣扎,旁边是它的一大堆内脏。德·罗西躺在它的近旁,一动不动,就像根铁楔子似的。野牛迟疑了一下子,不知该攻击他们,还是向别的马匹进攻。但是,既然面前有了牺牲品,还是转向它更好,于是这头野牛扑上前去,用角挑起了这匹不幸的骏马,还用角在它裂开的肚子里搅来搅去。

猎人们都从树林里冲出去救这位外国骑士。兹比什科最为关心公爵夫人和达奴霞的安全,他第一个赶到,长矛立即刺进了野牛的肩胛骨中。但是,他这一击用力过猛,使得长矛在野牛猛一转身时便断在他手上了,他自己也摔倒在雪地上。"他死了!他死了!"赶来救他的那些马茹尔人喊道。野牛的头压在兹比什科身上,把他紧压在地上,公爵的两个强壮的"保镖"也赶了过来,但是他们都来得太迟了。多亏了雅金卡送给兹比什科的那个捷克人赫拉瓦赶在他们的前面,双手举起他的那把大斧,朝着牛角后面野牛低弯着的脖子奋力砍去。这一斧砍得那样有力,野牛就像遭到雷击似的倒了下去,它的头和脖子几乎都要分开了,可是它倒下去的时候又把兹比什科压伤了。两个"保镖"立即把野牛拖开了,公爵夫人和达奴霞这时也跳下马来,惊恐失色地朝这位年轻的骑士奔了过去。

兹比什科脸色煞白,全身都沾满了自己的和野牛的血,他试图站起来,但摇晃了一下,便双膝跪在地上,用双手支撑着身体,只能叫出这一声:

"达奴希卡!"

血从他口中涌了出来,他便失去知觉了。达奴霞从后面扶住他的肩膀,但是她扶不住,便喊起救命来。猎人们从四面赶来,有的用雪擦他的身子,有的把葡萄酒灌进他的口中,最后,围猎总管莫查热夫的姆罗科塔吩咐把他放在一件斗篷上,还用树上拔下来的茸毛给他止血。

"只要他的肋骨和脊椎骨没有断,就能救过来。"他对公爵夫人说道。

这时候,有几个宫女在猎人们的帮助下也在救护德·罗西,他们把他的身子翻来翻去,想在他甲胄上找到被野牛的角刺穿的洞孔或缺口,但是除了铁片缝里的雪外,便什么也没有找着了。这头野牛主要是向马报仇的,这匹马倒在骑士的旁边,已经死了,肚子外面一地的内脏。德·罗西先生却没有被击中,只是被掀倒在地上昏迷了过去。后来才发现,他的右手给扭伤了。他们把他的头盔取下了,往他的嘴里灌进去一些葡萄酒。不久他便睁开眼睛,清醒了过来,看见有两个年轻貌美的宫女露出非常关切的神情俯身在他上面,他就用日耳曼语说道:

"我一定是在天堂了,是天使们在照看我吧?"

宫女们不懂他说的话,但她们看到他活过来还能说话,都非常高兴,便朝他笑了起来,在猎人们的帮助下,她们把他扶了起来。他觉得右手很痛,便发出了呻吟声,并且把左手扶靠在一位"天使"的肩上。他一动不动地站了一会儿,因为他感到双脚虚弱无力,随后他用还不大清晰的眼光朝整个猎场看了一眼,便看见了那头黄毛野牛的尸体,近处一看,这头野牛显得特别肥大。他也看见了正在搓着双手的达奴霞和躺在斗篷上的兹比什科。

"他就是前来救我的那位骑士吗?"他问道,"他还活着吗?"

"他受了重伤。"一位会说日耳曼语的宫廷侍从回答道。

"从此以后,我不再和他决斗,而是要为他决斗了!"这位罗塔林吉亚的骑士说道。

但是,就在这时候,本来站在兹比什科身旁的公爵,朝他走了过来,赞扬他,由于他的英勇行为,公爵夫人和其他宫女才避免了一场可怕的危险,甚至可以说是救了她们的命。为此他将得到骑士的奖赏,而且他不仅会名扬于今世,还会流芳于百世。他说:

"在当今这个庸碌无能的时代,闯荡世界的真正骑士是越来越少了。因此请您务必留在这里做我的客人,留得越久越好,或者永远留在玛佐夫舍。您已经得到了我的恩准,您也会以您的光辉业绩很容易获得人们的爱戴！"

德·罗西听了公爵的这番话，心中感到无比喜悦和荣耀。当他一想到，他已经在这个遥远的波兰国土上——西方流传着这个国家的许多奇闻逸事——完成了如此重大的骑士业绩，赢得了这样的荣誉，便高兴得连右臂都不觉得痛了。他知道，如果一个骑士能在布拉班或者勃艮第的宫廷里向人讲起，他在一次围猎中救过玛佐夫舍公爵夫人的命，那他的声名就会如日中天。他一想到这里，便想立即走到公爵夫人的面前，跪着向她宣誓，要真实地为她效劳。可是，无论是公爵夫人，还是达奴霞，此时此刻都全神贯注在兹比什科身上，他又清醒过来一会儿，只对达奴霞笑了一笑，举手擦了一下额上的冷汗，便又昏迷过去了。有些阅历丰富的猎人看到他紧握着的双手、张开的大嘴，都在私下说着他快完了。可是富于经验的库比人，因为他们自己身上都曾有熊爪、野猪牙齿和野牛角留下的累累伤痕，都抱有较为乐观的态度，他们认为，野牛角确实撞进了这位骑士的肋骨，也许有一两根肋骨被撞断了，但脊椎骨却是完好无损，否则他就抬不起身子来了。他们还指出，兹比什科当时正好跌倒在一个雪堆上，就是这个雪堆救了他的命。因为那雪是软绵绵的，野牛双角顶住他的时候才没有压碎他的胸腔，压断他的脊椎骨。

可惜的是，公爵的医生，吉旺纳的韦索涅克神甫却没有来打猎（以往这种狩猎他都是参加的），因为他在宫廷里忙于烤制圣饼。捷克人立即骑马去把他请来。这时候，库比人也用斗篷把兹比什科抬到公爵的行宫去。达奴霞想徒步同去，但公爵夫人不同意，因为路途较远，而且树林里积雪很深，走路困难。十字军骑士团的行政长官胡果·德·丹维尔德把达奴霞扶上了马，自己则骑马走在她的旁边，紧紧跟在那些抬着兹比什科的人后面，用轻得只有她一个人能听见的波兰语说道：

"我在什奇特诺有一种神奇的治伤药膏，是从黑尔琴森林中的一位隐士那里得来的，我会在三天之内让人给您送来。"

"上帝会恩赐您的，先生！"达奴霞答道。

"上帝会记下每一件善事的，不过，我能从您那里得到什么回报呢？"

"我能回报您什么呢?"

十字军骑士策马向她靠近,显然他想和她说什么话,但他踯躅了一会儿,才说道:

"在骑士团里,除了教士之外,还有修女……她们中间有一位会把治伤的药膏送来,到那时候我就会告诉您我要的回报了。"

第二十二章

韦索涅克神甫给兹比什科包扎好伤口后,便说他只断了一根肋骨,但是他不敢保证病人当天能活下来,因为他不知道"病人的心肺和肝脏是否受了伤"。到了傍晚,德·罗西感到浑身是那样虚弱,不得不躺下了。第二天,他全身骨头酸痛得厉害,连手脚都不能动弹了。公爵夫人、达奴霞和其他宫女都在看护着这两个病人,她们按照韦索涅克神甫的处方,为他们熬煎各种各样的药膏和药水。由于兹比什科受伤太重了,口里常常吐出血来,这让韦索涅克神甫很是担忧。但是第二天,兹比什科便清醒过来了,虽然他的身体还很虚弱,但他从达奴霞口中得知是谁救了他的命时,他就把那个捷克人叫了过来,向他表示感谢,还要奖赏他。同时他也想起了是雅金卡把他送给他的,如果不是她的这片好心,他早就送命了。他一想到这里,心里便感到非常沉重,因为他不仅不能报答这位姑娘的盛情美意,反而会成为她烦恼和忧伤的原因。尽管他立即为自己分辩"我不能把自己分成两半",但在他的心灵深处依然有一种良心不安的感觉,而这个捷克人的在场更增添了他的内心不安。

"我向我的小姐发过誓,"这个捷克人说道,"凭我是小贵族的荣誉发过誓要保护您的,而且我一定会这样做下去的,决不要任何的奖赏。您的得救应该感谢的是她,而不是我。"

兹比什科没有回答,只是沉重地喘起气来。这个捷克人沉默了一会儿,便又开口说道:

"如果您要我赶到博格丹涅茨去,我立刻就去,也许您会高兴见到老骑士,因为只有上帝知道,您是否还能恢复健康。"

"韦索涅克神甫是怎么说的?"兹比什科问道。

"韦索涅克神甫说,只有等新月出现才知分晓,可是新月出现还有四天。"

"嘿！那你就没有必要到博格丹涅茨去了，因为等我叔叔到来的时候，我若不是早就好了，便是早就死了。"

"至少也得给博格丹涅茨去封信，山德鲁斯会把这一切写得清清楚楚的。送封信去，也好让他们知道您的事情，好给您做一次弥撒。"

"现在还是让我歇歇吧，我太难受了。如果我死了，你就回到兹戈热利兹去，把这里的事告诉他们，他们会给我做弥撒的，他们会把我埋在这里或者捷哈诺夫的。"

"我想他们会把您埋在捷哈诺夫或者普查斯雷什的，因为只有库比人才埋在森林里，好让狼群在他们的墓上哭叫。我从仆人们那里听到，再过两天公爵便要和他的宫廷侍从们一起回捷哈诺夫去，然后再回到华沙。"

"他们不会把我一个人留在这里的。"兹比什科说道。

他猜得不错，当天晚上，公爵夫人就去恳求公爵，让她和达奴霞，以及宫女们再在这荒原的行宫中多逗留几天，她还请求把韦索涅克神甫也留下来，因为这位神甫反对现在就把兹比什科带到普查斯雷什去。德·罗西先生经过两天的调理已经大有起色，能够起床了，但是，当他一听到"女士们"都留下，他也决定留下来，以便在返城的路途中陪伴她们，如果遇到撒拉逊人的袭击，他就会保护她们，使她们免遭不测。撒拉逊人会从什么地方来，这位罗塔林吉亚的骑士并不知道。在西方，人们的确把立陶宛人称为撒拉逊人。但是，立陶宛人对这位凯斯杜特的女儿，维托尔德的嫡亲姐妹和强大的"克拉科夫国王"雅盖沃的堂妹，根本不会构成任何威胁。由于德·罗西先生在十字军骑士团待得太久了，尽管他在玛佐夫舍听到过立陶宛人的受洗，两顶王冠已经合而为一，戴在一位君主的头上，但他总是摆脱不了立陶宛人定会为非作歹的想法。这种想法是十字军骑士灌输给他的，而且直到现在，他对他们说的话依然还是半信半疑的。

就在这时候，发生了一个意外事件，给十字军骑士客人和雅鲁什公爵之间投下了一道阴影。就在宫廷动身回城的前一天，原来留在捷哈诺夫的戈特弗雷德和罗特盖尔教士，由德·福奇先生陪同前来，带来了对十字军骑士团不利的消息。事情是这样的,在卢巴瓦的十字军骑士团的行政长官接待了几位客人,他们是德·福奇先生、德·贝戈夫先生和马伊内格先生,这后两人的家族都曾为骑士团立下过汗马功劳,他们一听到斯佩霍夫的尤兰德的种种事情,不但对他毫无畏惧之心,反而决定把他引诱到旷野上来,想亲自证实一下这位著名的斗士是否真的像传闻中那样可怕。起初,这位行政长官确实不同意他们这样做,以免破坏骑士团和玛佐夫舍公国之间的和平,但是最后他却同意了,也许是出于他希望借此机会消灭他的邻居之故,他不仅对这次行动睁一只眼闭一只眼,而且还派出士兵去协助他们。这三个骑士向尤兰德发起挑战,尤兰德立即接受了,并提出条件:要他们撤走士兵,而且要在普鲁士与斯佩霍夫的边界上同他和他的两个同伴决斗。但是他们却不同意撤走士兵,也不肯撤出斯佩霍夫的土地,于是尤兰德便向他们发起袭击,消灭了他们带来的士兵,马伊内格先生被长矛刺死,贝戈夫先生也被活捉过去,关在了斯佩霍夫的地下室。只有德·福奇先生一人逃出性命,他在玛佐夫舍森林里流浪了三天,才从炼制松香的人那里得知,捷哈诺夫有几位骑士团的教士,他终于找到了他们,并和他们一起来到这里,以便向公爵提出控诉,请求他惩处尤兰德,并下达释放贝戈夫先生的命令。

这个消息损害了公爵和客人们的友好关系,因为不仅是这两个新到的教士,就连胡果·德·丹维尔德和齐格弗雷德·德·罗维,也在蛮横地要求公爵这次一定要给骑士团以公道,把这个暴徒赶出边境,惩罚他所犯的一切罪行。尤其是胡果·德·丹维尔德,因为和尤兰德有私仇,一想起来真是愧恨交加,更是以几乎是威胁的口气要求报仇。

"如果我们不能从公爵殿下这里得到公正,"他说,"那就要向大团长提出这件控诉案了。大团长会处理好这件事的,即使是整个玛佐夫舍都去帮助这个强盗也没有用。"

尽管公爵性格和蔼慈爱,这时也火冒三丈,大声说道:

"你们要求什么公道?如果是尤兰德先进攻了你们,烧了你们的村庄,抢走了你们的牛羊,杀死了你们的人,我会毫无疑问地把他送上法庭,对他进行判决。但是最先挑起事端的都是你们,你们的行政长官还派去了士兵,尤兰德干了什么呢?他不过是接受了挑战,他提出要求,让士兵们离开,难道我能够为了这个而去惩罚他,把他送上法庭吗?是你们在向这个大家都怕的人挑衅,是你们自愿去送命的,你们还想要求什么呢?难道要我命令他不要进行自卫,只许你们任意攻击他吗?"

"攻击他的不是骑士团,而是骑士团的客人,他们都是外国来的骑士。"胡果回答道。

"骑士团要为它的客人负责,况且和他们一起攻击的还有卢巴瓦的武装士兵。"

"难道行政长官能让他们的客人惨遭杀戮吗?"

听了这话,公爵便转身对着齐格弗雷德说:

"您要小心,您少来谈什么公道,免得您的阴谋诡计触犯上帝。"

但是,这个凶狠的齐格弗雷德却回答道:

"必须把贝戈夫先生从地牢里释放出来,因为他的家族曾做过骑士团的高级官员,为骑士团作出过重大的贡献。"

"而且也要为马伊内格的死进行报复。"胡果·德·丹维尔德又加了一句。

公爵听了这话,双手拢了一下两边的头发,便站了起来,满脸怒容地走向这几个日耳曼人。可是过了一会儿,他显然想起了他们是他的客人,于是他克制住自己的怒火,把一只手放在齐格弗雷德的肩上,说道:

"您听着,行政长官,您身披绣有十字架的斗篷,因此,请您凭良心回答我——也凭着这个十字架——尤兰德做得到底对不对?"

"必须释放贝戈夫先生!"齐格弗雷德·德·罗维回答道。

出现了片刻的沉默,随后公爵喊道:

"上帝,请给我耐心吧!"

然而,齐格弗雷德又以像剑一样锋利的语调说了下去:

"我们客人所遇到的这次凌辱,只不过是给我们的控诉增添了一条罪状。从骑士团成立的时候起,无论是在巴勒斯坦,还是在谢德妙格罗特①,抑或是在信奉异教的立陶宛人中间,从来没有哪一个人像斯佩霍夫的这个强盗那样,对骑士团干下了那么多的坏事。尊敬的公爵殿下,我们要求公正和惩处,不是因为受了一次欺侮,而是为了千百次;也不是为了一次战斗,而是为了几十次;不是为了流过一次血,而是为了多年来所犯下的这种勾当。应该让天火烧毁这座邪恶和残暴的巢穴,是谁在声声呻吟,哀求上帝报仇雪恨?是我们!是谁在痛哭流泪?是我们!无论我们怎样提出控诉,要求法庭审判,全是白搭。我们从来都没有得到公正的结果!"

听了他的话,公爵点了点头,说道:

"嗨,以前十字军骑士常常到斯佩霍夫做客,尤兰德也不是你们的敌人,直到他心爱的妻子被你们害死之后,他才成了你们的仇敌。因为他向你们挑过战,打败了你们的骑士,你们便处心积虑地袭击他,想把他打死,像最近发生的这种事件,过去有过多少次呀!你们又有多少次暗杀过他,或者在森林里埋伏用弓箭偷袭过他!后来,他袭击了你们,不错,那是因为他心里燃烧着复仇的烈火。那么请问你们,或者在你们那里做客的骑士们,难道没有袭击过玛佐夫舍的和平居民吗?难道你们没有抢劫过他们的牲畜、焚烧过他们的村庄吗?难道你们没有残杀过玛佐夫舍的男女老幼吗?每当我向大团长提出控诉的时候,从马尔堡得到的回答都是:'这不过是边境上惯有的胡闹而已!'你们别来烦我了!你们在和平时期,在我自己的土地上,还把我这个手无寸铁的人抓走了。如果不是因为害怕强大的克拉科夫国王会对你们发怒,也许我现在还在你们的地牢里呻吟哩!你们又有什么资格来控诉呢?你们就这样来报答我。我的家族可是你们的恩主啊!别来烦我了,有权要求公正的绝不是你们!"

这些十字军骑士听了公爵的话,都面面相觑,因为他们愧恨交集,为公爵当着德·福奇的面谈起兹沃托里亚这件事而愤愤不平。于是,为了赶快结束关于此事的谈话,胡果·德·丹维尔德便说道:

"和公爵殿下发生的这件事纯粹是场误会,我们的改正也不是由

---

① 在今日的特兰西瓦尼亚(罗马尼亚的一部分)。

于害怕克拉科夫的国王,而是出于公正。对于边境上的胡闹事件,大团长之所以不能负责,是因为在世界上有多少国家就有多少的边境,而边境上总是有一些不安分的人在胡作非为。"

"你们既然这么说,为什么还要求惩处尤兰德呢?你们到底想要干什么?"

"公正与惩处!"

公爵紧紧握起了那双瘦骨嶙峋的拳头,再一次说道:

"上帝啊,请给我耐心吧!"

"请公爵殿下记住这样一个事实,"丹维尔德继续说道,"我们那些歹徒欺侮的只是非日耳曼人和世俗百姓,而你们的歹徒举手打击的可是日耳曼人的骑士团,他们也因此而冒犯了救世主本人。谁若是触犯了圣十字架,那么他该受到怎样的惩罚和痛苦呢?"

"听着!"公爵说道,"别去提上帝,你们是蒙骗不了上帝的!"

他双手按在这个十字军骑士的肩头上,使劲摇了他几下,他立即软了下来,便用较为温和的口气说道:

"如果真是骑士团的客人们先攻击了尤兰德而又不愿撤走士兵的话,那我也赞赏他们的行动,但是,尤兰德是不是真的接受了挑战呢?"

言讫,他便朝德·福奇先生眨了眨眼睛,示意他否认这一点,但是,德·福奇先生既不能也不想否认这一点,便回答说:

"他曾要求我们先撤走士兵,然后和我们个对个地决斗。"

"真是这样吗?"

"以我的名誉起誓!我和德·贝戈夫都同意了,只有马伊内格不赞成。"

这时候,公爵插嘴说道:

"什奇特诺的行政长官,您比别人更清楚,尤兰德是不会拒绝挑战的。"

他又转向所有在场的人说道:

"谁想要和尤兰德进行骑马或徒步的决斗,我都会允许。如果尤兰德被打死了或者被俘虏了,那么贝戈夫便可以立即得到释放,不需付任何的赎金,你们别向我再提什么要求了,你们绝不会如愿以偿的。"

说完这些话后,便是一片深沉的寂静。胡果·德·丹维尔德、齐格弗雷德·德·罗维、罗特盖尔教士和戈特弗雷德教士,尽管都很勇敢,但是,他们对这位可怕的斯佩霍夫老爷知道得太清楚了,所以他们都不敢和他进行一次生死大决斗,也许只有某个从遥远国度来的外国人,如德·罗西或福奇,才会这样做。但是德·罗西不在谈话的现场,而德·福奇先生还心有余悸。

"我看到过他一次之后,绝不想再看到他了。"德·福奇说道。

齐格弗雷德·德·罗维说道:

"教士是不允许和别人进行个别决斗的,除非得到大团长和大元帅的特别准许。但是我们来到这里并不是要求得到决斗的准许,而是要求释放德·贝戈夫,处死尤兰德。"

"在这个国家,并不是由你们来制定法律的。"

"直到现在我们仍在忍受这个凶暴邻居的欺侮,我们的大团长定会公正处理。"

"大团长也好,你们也好,都和玛佐夫舍不相干!"

"罗马皇帝和全体日耳曼人都是支持大团长的。"

"波兰国王会帮助我的,无论是在国土方面还是在人口方面,他都要比罗马皇帝更强大。"

"难道公爵殿下想和骑士团打仗吗?"

"如果我想打仗的话,我也就不会在玛佐夫舍等你们来了,而会直接去你们那里,你不要威胁我,我是不怕的。"

"我该怎样报告大团长呢?"

"你们的大团长什么也不会问的,你想怎么说就怎么说好了。"

"那么,我们自己来惩处和报仇好了。"

公爵听后,便伸出手去,用手指朝这个十字军骑士的脸孔点了一点。

"住嘴!"他愤怒得连声音都嘶哑了,吼道,"住嘴!我已经允许你们向尤兰德挑战,但是,如果你们胆敢率领骑士团军队来侵犯我们的国家,我就要回击你们。到那时候,你们就会是这里的囚徒,而不是客人了。"

很显然,他实在是忍无可忍了,于是他用力把帽子往桌子上一扔,门砰的一声,他便走出了大厅。十字军骑士们的脸色都煞白了,德·福奇先生呆呆地望着他们。

"那怎么办?"罗特盖尔教士首先开口问道。

胡果·德·丹维尔德举起一双拳头,怒气冲冲地朝德·福奇嚷道:"你为什么要告诉他,是你们先袭击尤兰德的?"

"因为事实就是如此!"

"你用不着对他说实话。"

"我来到这里是想要战斗,而不是来说谎的。"

"你战斗得不错呀!真是没说的!"

"你不是被尤兰德吓得逃到了什奇特诺的吗?"

"不要说了!"德·罗维说道,"这位骑士可是骑士团的客人。"

"他说不说都一样。"戈特弗雷德接口说道,"他们不会不经过法庭审判就惩罚尤兰德的,可是一到了法庭,事情就会暴露无遗了。"

"那怎么办呢?"罗特盖尔教士又说了一遍。

出现了片刻的沉默,随后是凶狠毒辣的齐格弗雷德·德·罗维说话了。

"我们要坚决果断地消灭这只血债累累的凶狗!"他说,"必须把德·贝戈夫从牢里弄出来,我们要把什奇特诺、英斯布雷克和卢巴瓦的卫戍部队集合起来,把赫乌姆的贵族动员起来,一起去袭击尤兰德……是消灭他的时候了。"

"没有大团长的准许,是不能这样干的。"

"如果我们成功了,大团长会表扬我们的!"戈特弗雷德教士说道。

"如果失败了怎么办?如果公爵率领长枪队来向我们进攻呢?"

"他和骑士团之间还保持着和平,他是不会进攻的。"

"算了吧!和平是有的,但是我们先把它破坏了。拿我们的卫戍部队去和马茹尔人打仗,那是远远不够的。"

"大团长会帮助我们的,战争就能打起来了。"

丹维尔德又紧锁眉头沉思起来。

"不!不!"过了一会儿他说道,"如果成功了,大团长心里会高兴的,他就会派使臣到公爵那里去,和他签订协定,我们就会平安无事的。但是一旦失败,骑士团就会不理我们了,也不会向公爵宣战……除非另换一个大团长。波兰国王是支持公爵的,而大团长是不会和波兰国王闹翻的。"

"我们不是也占领了多布钦地区,这说明我们是不怕克拉科夫的。"

"当时是以奥波尔齐克为借口,是作为抵押我们才得到的,而且……"他说到这里,朝四周环视了一下,压低声音继续说道,"我在马尔堡听到过,如果他们以战争威胁,要收回这块土地,我们是会交还给他们的。"

"啊哈!"罗特盖尔教士说道,"如果我们中间有了那个马克瓦特·沙兹巴赫,或者有了那个扼死维托尔德的狗崽子的索姆贝格,我们就能想出对付尤兰德的办法来。维托尔德算老几,他不过是雅盖沃任命的总督,一个大公爵而已,索姆贝格扼死了他的孩子,他一点办法也没有,索姆贝格还不是什么事也没有……说老实话,我们中间所缺乏的是能想出办法对付一切的人才。"

听了这话,胡果·德·丹维尔德一双胳膊肘撑在桌子上,双手托着头,久久地沉思着。突然他的眼睛发亮了,习惯地用手掌擦了擦他那湿润的厚嘴唇,说道:

"虔诚的教士,您提到那位勇敢的索姆贝格的那个时刻真应该受到祝福。"

"为什么?您想出什么好办法来了?"齐格弗雷德·德·罗维问道。

"您快说!"罗特盖尔和戈特弗雷德两位教士齐声说道。

"你们听着,尤兰德的女儿就在这儿,是他的独生女,她是他的掌上明珠。"胡果说道。

"是的!我们认识她,安娜·达奴塔公爵夫人也很爱她。"

"不错!那么,你们听着,如果我们抢走了这个姑娘,尤兰德为了她不仅会放了德·贝戈夫,还会放了所有的俘虏,甚至还会交出他自己和斯佩霍夫。"

"以圣卜尼法斯在杜赫姆流的血起誓，"戈特弗雷德教士喊道，"真要能像您说的那样就好了。"

随后他们都不说话了，仿佛被这种大胆而又困难的举措吓住了。过了一会儿，罗特盖尔教士才转身向着齐格弗雷德·德·罗维，说道：

"您的智慧和经验同您的英勇齐名，您对此有何高见呢？"

"我认为值得冒冒险。"

罗特盖尔又说道："这姑娘是公爵夫人的宫女，甚至她还像爱亲生女儿一样爱她，虔诚的教士们，你们知道这将会引起多大的风波。"

但是胡果·德·丹维尔德却大笑起来。

"您自己说过，索姆贝格毒死了，或者是扼死了维托尔德的狗崽子，却什么事也没有。用不着什么原因，他们都会掀起风波来的，但是，等我们把尤兰德锁着送到大团长那里去，等待我们的一定是奖赏，而不是惩罚。"

"是的！"德·罗维说道，"现在是偷袭的好时机，公爵就要离开了，只有公爵夫人和她的宫女们留在这里。不过在和平时期袭击公爵的行宫，可是一件严重的事情，这是公爵的行宫，而不是斯佩霍夫，又可能成为另一次兹沃托里亚事件！控诉骑士团暴力的信件又会寄往各国的宫廷和罗马教皇，那令人憎恨的雅盖沃又会来威胁我们，而大团长呢，你们都是知道他的，凡是能抓到手的他都乐意抓过来，但要和雅盖沃打仗，他就不愿意了……是的！又会在玛佐夫舍和波兰的所有地方大叫大喊、鼓噪一阵子的。"

"到那时候，尤兰德的尸体早已在绞架上变成白骨了。"胡果回答道，"谁给你们说过我们要从公爵夫人身边抢走这个姑娘呢？"

"当然，我们不能在捷哈诺夫动手，那里除了贵族之外，还有三百名弓箭手。"

"是的！不过，难道我们不会谎称尤兰德病得不轻，派人去把他女儿接来？这样一来，连公爵夫人也不能阻止她去的，如果姑娘在路上失踪了，谁又能指责你或我，说是'你把她抢走的'呢？"

"得了吧！"性子急躁的德·罗维说道，"您得先让尤兰德生病，然后再让他派人来接他女儿。"

听了这话,胡果扬扬得意地笑了起来,答道:"我那里有一个金饰匠,因为犯了偷窃罪被赶出马尔堡的,他住在什奇特诺,什么印章他都会造,我那里还有几个人,他们虽然是我的农民,但都是出身于马茹尔族的……难道你们还不明白我的意思吗?"

"明白!"戈特弗雷德教士激动地喊道。

罗特盖尔也举起双手说道:

"愿上帝赐给您幸福,虔诚的教士!无论是马克瓦特·沙兹巴赫还是索姆贝格,都不能想出更好的办法来了。"

于是,他眯起了眼睛,仿佛想看看远方的什么东西似的。

"我看见尤兰德脖子上系着一根绳子,站在马尔堡的革但斯克大门边,我们的士兵都在用脚踢他。"

"而这个姑娘就要成为骑士团的奴仆了。"胡果接着说道。

德·罗维听了,把眼睛转向丹维尔德,后者又用手背擦了擦他的嘴唇,说道:

"现在,我们要尽快回到什奇特诺去!"

第二十三章

尽管在动身回什奇特诺之前，这四个骑士团的教士和德·福奇曾去向公爵和公爵夫人告别辞行，但这次辞行并不那么友好。不过公爵依然按照波兰古老风俗，不想让客人们空手而去，他向每个教士都馈赠了一份礼物——一张美丽的貂皮和一袋银币，他们都高兴地接受了，同时还保证，他们作为骑士团的教士，都曾发誓要过清苦俭朴的生活，他们将把这些钱分发给穷人，而且还会吩咐他们，一定要为公爵的健康、名望和未来的得救而祈祷。马茹尔人都为他们的这种保证窃窃而笑。因为他们太了解骑士团的贪婪本性了，更知道十字军骑士们都是说谎的大家。流传在玛佐夫舍的一句谚语是："十字军骑士的谎言，黄鼠狼的放屁。"公爵听了他们的道谢，只是挥了挥手，等他们走出行宫之后，他便说道，由于十字军骑士的祈祷，人们要进入天堂，也会像龙虾爬行那样慢了。

可是在这之前，当他们向公爵夫人辞行的时候，齐格弗雷德·德·罗维吻着公爵夫人的手，胡果·德·丹维尔德便向达奴霞走去，他把手放在她的头上，一边抚摸着一边说道：

"我们的戒律是要以德报怨，甚至要去爱自己的敌人。我一定会派个修女给小姐您送来治伤的药膏。"

"我要怎样来感谢您呢，先生？"达奴霞问道。

"做骑士团和教士们的朋友就行啦！"

德·福奇听到了他们的谈话，而且这位姑娘的美貌给他留下了深刻的印象。于是当他们在通往什奇特诺的大道上行进的时候，他便问道：

"在我们告别的时候，和您说过话的那位漂亮宫女是什么人？"

"尤兰德的女儿！"十字军骑士答道。

德·福奇先生大吃一惊：

"你们要抓走的就是她吗？"

"是的，就是她。只要我们把她抢到手，尤兰德就是我们的了！"

"很显然，并不是尤兰德的东西都是坏的，要是能当这样一个女俘房的看守，那真是值得啊！"

"您以为和这位姑娘战斗要比同尤兰德战斗更轻而易举的吗？"

"这说明，我和您的想法是一样的。父亲是骑士团的敌人，可是您对他女儿说起话来却像蜜一样甜，而且还答应给她送来药膏。"

胡果·德·丹维尔德觉得非要说几句话解释一下不可，于是他便说道：

"我答应给她的药膏，是给那个被野牛撞伤的年轻骑士，您也知道，她和这个年轻骑士已经订婚了。要是那个姑娘被掳去以后，他们大叫大喊起来，我们就可以对他们说，我们不仅不会做有损于这位姑娘的事，而且还出于天主教的慈悲，给她送去了药膏。"

"很好！"德·罗维说道，"不过派去的人一定要可靠。"

"我一定会派一个虔诚的、对骑士团无限忠诚的女人去，我还会吩咐她要多看、多听，等我们那些冒充尤兰德派去的人到达之时，一切准备工作都做好了。"

"可是这样的人很难挑选到的。"

"不难！我们那里的老百姓，说的是同一种语言，在我们的城里，嘿，甚至在我们的士兵和管理人员中间，都有一些犯了法的人从玛佐夫舍逃了过来，他们确实是一些强盗，是抢匪，但是他们天不怕地不怕，什么事都干得出来。我还要答应他们，如果他们成功了，就会给他们一大笔奖金，要是失败了，就是绞索一条。"

"嘿！要是他们出卖了我们呢？"

"不会出卖的，因为在玛佐夫舍，他们人人都犯下了滔天大罪，早就该绞死的。不过，我们得给他们穿上一些体面的衣服，让他们看起来真像是尤兰德的仆人，我们必须把最主要的东西弄到手——一封盖有尤兰德印章的信。"

"应该预先把一切情况都估计到！"罗特盖尔教士说道，"最近这次战斗完了,尤兰德很可能会来看望公爵,并向他控告我们,也为自己开脱罪责,他要是到了捷哈诺夫,就一定会去林中行宫看望他的女儿,也可能就在我们的人把尤兰德小姐接走的时候,正好碰上尤兰德本人。"

"我挑选的人都是机灵能干的人。他们知道,如果他们碰上了尤兰德,那他们非得上绞架不可,避免和尤兰德相遇,就得靠他们的脑袋瓜了。"

"也要估计到他们会被抓住的。"

"到那时候,我们就否认这些人和这封信是我们干的。谁能证明,他们是我们派去的呢?再说,如果没有发生劫持,也就不会有大叫大喊。即使马茹尔人杀死几个恶棍,对我们骑士团也丝毫无损。"

戈特弗雷德教士,这些教士中最年轻的一位,接口说道:

"我不明白您的计策,也不清楚您为什么害怕别人知道姑娘是被我们掳走的。但是,一旦我们把她抢到了手,我们就得派人去告诉尤兰德:'你的女儿在我们手里,如果你要让她获得自由,就得拿德·贝戈夫和你自己来交换她。'我们只能这样做,没有别的办法。不过这样一来,大家就会知道,是我们下令抢走这个姑娘的。"

"说得很对。"德·福奇先生说道,这样干不大合乎他的秉性,"事情总是要暴露的,何必去隐瞒呢?"

胡果·德·丹维尔德笑了起来,转身朝戈特弗雷德教士说道:

"您穿这白斗篷有多久了?"

"到圣三位一体节之后的第一个星期天,就满六年了。"

"等您再穿满六年,您对骑士团的事情就会更清楚了。尤兰德要比您更了解我们,我们只消这样告诉他:'你的女儿由索姆贝格教士看守着,要是你敢哼一声,你就想想维托尔德的孩子的下场吧!'"

"然后呢?"

"然后德·贝戈夫就会被放出来,骑士团也不会再受尤兰德的欺凌了。"

"不!"罗特盖尔大声道,"一切都是经过精心安排的,上帝一定会保佑我们的计划成功!"

"上帝是会保佑一切有利于骑士团的行动的!"阴郁的齐格弗雷

德·德·罗维应了一句。

他们默默地行进着。在他们前面相隔一两箭射程,是他们的扈从。由于一晚上大雪纷飞,把道路都埋没了,他们走在前面开路。树上都积了厚雪,天色阴沉,但很暖和,马都出汗了。一群群乌鸦从森林飞往村庄,满天都是乌鸦的悲鸣声。

德·福奇先生走在这些十字军骑士的后面,陷入了深深的沉思。他在骑士团做客已经好几年了,曾参加过对日姆兹[①]的征战,并以骁勇无畏而获得嘉奖。他到处受到殷勤的接待,因为只有十字军骑士才善于接待远方各国来的骑士,他非常喜欢他们,由于他没有自己的领地,便打算参加到他们的队伍中去。他时而住在马尔堡,时而去拜访各地的司令部,并在途中寻找乐趣和冒险。最近这一次,他和富有的德·贝戈夫来到了卢巴瓦,他听了尤兰德的事后,便产生了一种要和这个人人害怕的人一比高下的强烈愿望。等到战无不胜的马伊内格一到来,便促成了这次的行动。卢巴瓦的康杜尔为这次行动提供了人力,同时还向这三位骑士作了介绍,不仅谈到了尤兰德的残酷无情,而且也提起了他的诡计多端和阴险狡诈;因此当尤兰德提出要他们撤走士兵的时候,他们便不同意他的要求,生怕他们这样做了就会被包围,被杀死,或者会被俘后关在斯佩霍夫的地下室里。这时候,尤兰德便认为,他们来的目的不是作一次骑士式的较量,而是为了抢劫,于是他便向他们发起了攻击,并且把他们打得落花流水。德·福奇亲眼看见贝戈夫连人带马倒在了地上,也目睹了马伊内格被长矛刺进肚子的惨景,还看到了那些人徒劳地在哀求怜悯,他自己也差点受伤,在森林里和大道上流浪了好几天。如果不是碰巧来到了捷哈诺夫,遇上了戈特弗雷德和罗特盖尔教士,即使没有被冻死、饿死,也要被野兽咬死啦!这次行动带给他的只有屈辱、羞耻、复仇和悲痛的情感,他思念他的亲密朋友贝戈夫。因此当这些十字军骑士提出控诉,要求惩处尤兰德、释放他的亲密战友的时候,他是全心全意地支持他们的。而当控诉毫无结果时,他起初赞成采取一切报复的手段,只要能达到向尤兰德报仇的目的。然而现在,他

[①] 立陶宛的一部分,位于涅曼河下游,濒临波罗的海,14世纪曾多次受到骑士团侵占。

突然迟疑起来。听了教士们的谈话，特别是听了胡果·德·丹维尔德所说的那些话，他不禁惊奇万分。这些年来，他对十字军骑士有了较深的了解。确实看出，他们不是像日耳曼人和西方人所说的那种人。在马尔堡，他认识几位正直而又清廉的骑士，他们也常常抱怨和指责教士们的道德败坏、荒淫无耻和纪律松弛。德·福奇也认为他们是对的，但由于他自己就是个放荡不羁和不受约束的人，因此对别人的这些过错也就看得不重，尤其是所有的十字军骑士都很英勇，这也弥补了他们的过失。他曾看见过他们在维尔诺城下和波兰骑士血肉相搏；看见过他们是如何攻城夺堡的，这些城堡由具有超人意志力的波兰部队守卫着；看见过他们在大战中或在个人的决斗中如何死于刀斧之下。他们对待立陶宛是残酷无情、凶狠毒辣的，但是他们又像狮子一样勇猛，把荣誉看得像太阳一样重要。不过，德·福奇现在却觉得，胡果·德·丹维尔德所说的这些事情、所采取的这种手段，会令每个骑士的灵魂颤抖不已；然而在场的这些骑士不仅不向他发怒，反而对他说的每句话都颔首赞同，于是他越来越感到奇怪，终于沉思了起来，他在认真考虑自己是否要插手这件事情。

如果问题只在于掳走这个姑娘，然后拿她去换回德·贝戈夫，那他是会同意的。尽管他的心已为姑娘的美貌所打动，对她萌生了好感。如果让他去看守她，那他更不会反对了，甚至他也没有把握，等她出去的时候是否会像她来时一样保持贞洁了。但是这些十字军骑士却还有别的企图，他们想通过她来得到贝戈夫和尤兰德本人，他们保证会放了她，但是却要杀死尤兰德。他们为了欺骗别人、消灭罪证，一定也会把姑娘杀掉灭口的，他们已经说过这种威胁的话：如果尤兰德敢去控告他们，那她就会遭到像维托尔德子女一样的下场。"他们说的话是不会算数的，他们不过是要欺骗父女两人，杀害他们两人。"德·福奇对自己说道，"尽管他们佩戴十字架，应该比别人更爱惜荣誉。"他的心里对这种龌龊卑鄙行为越来越反感了，但是他还是想证实一下，他的判断是否正确，于是他策马来到丹维尔德的身边，问道：

"如果尤兰德自己送上门来，你们会把姑娘放掉吗？"

"要是我们把她放了，那么全世界都会知道这两个人是我们抓的了。"丹维尔德答道。

"那么,你们要怎样对待她呢?"

丹维尔德朝他俯过身去,笑得一口大牙露在他的厚嘴唇外面。

"您问的是什么意思?我们怎样对待她是指尤兰德来之前还是在以后?"

但是德·福奇已经知道了他想要知道的结果,便默不作声了。有好一会儿,德·福奇好像在进行内心的斗争,后来他在马镫上站了起来,大声说起话来,以便让四个十字军骑士都能听见他说的话:

"虔诚的乌尔里克·冯·荣京根①教士,他是骑士的榜样和荣耀,有一次对我说过:'在马尔堡的老骑士中间,你还能找到无愧于十字架的骑士,但是那些边境上的行政长官,只会给骑士团带来耻辱。'"

"我们都是有罪的,但我们都在为天主效劳。"胡果答道。

"您的骑士荣誉到哪儿去了?绝不能以卑鄙可耻的行为去为天主效劳的,除非你们不是为救世主效劳,那么你们的救世主又是什么呢?你们必须知道,我不仅自己不参与这种卑鄙的勾当,也不允许你们那样做……"

"您不允许什么?"

"不允许你们耍弄阴谋诡计,不允许背信弃义,不允许卑鄙无耻!"

"您又能怎样阻止我们呢?您在和尤兰德的战斗中,连辎重和扈从都失去了,您不得不靠骑士团的施舍过活。如果我们不扔给您面包,您就要饿死啦!而且,您是独自一人,我们却是四条汉子,您又怎么来阻止我们呢?"

"怎么不能阻止?"福奇说道,"我可以返回公爵府去通知公爵,我还可以向全世界公布你们的计划。"

骑士团的教士们听了这话都面面相觑,顿时变了脸色,特别是胡果·德·丹维尔德,久久地用探询的目光望着齐格弗雷德·德·罗维的眼睛,随后他转身对着德·福奇先生说道:

"您的祖先早就在骑士团效力,您自己也想加入骑士团,但是我们

---

① 十字军骑士团大团长康拉德的弟弟,后继任为大团长。

是决不吸收叛徒的！"

"而我也不愿和叛徒们同流合污！"

"哼！您的威胁是不会实现的！您要知道，骑士团不仅会惩处教士们……"

德·福奇被这些话激起了怒火，他立即拔出剑来，右手放在剑尖上，左手握住剑柄，说道：

"凭这把十字架形的剑柄，凭我的守护神圣迪奥尼斯的头和我的骑士名誉起誓，我一定要报告玛佐夫舍公爵和大团长。"

胡果·德·丹维尔德又以探询的目光望着齐格弗雷德·德·罗维，罗维眨了眨眼皮，像是在表示他同意似的。

于是丹维尔德便以一种非常低沉的变了声的语调说道：

"圣迪奥尼斯在砍了头之后还能提着自己被砍下来的那颗脑袋，可是您的脑袋一掉下来……"

"你们是在威胁我吗？"德·福奇打断了他的话。

"不是威胁您，而是要把您杀了！"丹维尔德答道。

话还没完，他便猛地一下把刀刺进了德·福奇的腰里，刀口都插到了体内，体外只剩下了刀柄。德·福奇发出一声可怖的尖叫，想用右手去拿原先由左手握着的剑，挣扎了好一会儿，最后剑落在了地上。就在这一瞬间，其他三个教士也拥上前来，无情地用刀去刺他的脖子、脊背和肚腹，直到他从马上倒了下来。

随后是一片静默。德·福奇身上的十多处伤口都在冒血，他在雪地上颤抖着，手指也由于痉挛而抽搐着。从铅灰色的天空下面传来了乌鸦的悲鸣声，这些乌鸦正从寂静的荒原朝有人烟的村庄飞去。

过了一会儿，这四个杀人犯便开始了一场仓促的谈话。

"没有人看见的！"丹维尔德气喘吁吁地说道。

"没有人。扈从都在前面，走得都看不见他们了。"罗维应声道。

"听着，又有理由去进行新的控诉了。我们要大肆宣扬，玛佐夫舍的骑士们袭击了我们，把我们的一位战友杀害了。我们要大叫大喊，让马尔堡也能听到我们的呼声，就说甚至连公爵也派人来刺杀他的客人。你们听着，我们还要这样说：雅鲁什公爵不仅不倾听我们对尤兰德的控告,反而下令暗杀控诉人。"

德·福奇在最后一次痉挛中翻过身来,朝天躺在地上,随后便一动不动了,嘴上冒出血泡,一双鼓出的眼睛睁得很大,显得非常可怕。罗特盖尔教士望着他说:

"你们瞧,虔诚的教士们,上帝是怎样惩处这个萌生叛变念头的人。"

"我们的所作所为,全是为了骑士团的利益,光荣归于……"戈特弗雷德说道。

但是,他把话打住了,因为就在这时候,他们后面那条冰雪覆盖的大路的转弯处,出现了一位骑马人,他朝他们飞驰而来。胡果·德·丹维尔德一看见他便急促地喊道:

"不管这个人是谁,都要把他干掉。"

德·罗维虽然在他们几个人当中年龄最大,但眼睛最尖,他说:

"我认识他,他就是那个用斧子砍死野牛的仆人。啊,是的,就是他!"

"你们快把刀藏好,免得他警觉起来。"丹维尔德说道,"还是由我先动手,你们跟着我就是了。"

这时候,那个捷克人赶到了,在离他们八九步远的地方便把马勒住了,他看见满身是血的尸体和那匹没有骑主的马,脸上顿现惊愕之色,但只停留了一下便霎时消失了。过了一会儿,他面向着那些教士,仿佛什么也没有看见似的,说道:

"我向你们致敬,勇敢的骑士们!"

"我们认识你。"丹维尔德慢慢向他靠近,"你找我们有什么事吗?"

"是博格丹涅茨的兹比什科骑士派我来的,我是给他拿矛的仆人,他在围猎时被野牛撞伤了,不能亲自前来。"

"你的主人想对我们说什么?"

"我的主人要我告诉你们,你们控诉斯佩霍夫的尤兰德是错误的,有损于骑士的名誉。你们这样做,证明你们不是正派的骑士,而是像群狗那样狂吠乱叫,如果你们之中有人认为这些话是对你们的侮辱,我的主人就要向他挑战,进行骑马或者徒步的生死决斗,直至一息尚存。只要仁慈的上帝保佑他脱离目前的伤病,他就能赴约决斗,地点由你们挑选。"

"你告诉你的主人,我们骑士团教士看在救世主的分上,能忍受这些侮辱,但是,单独决斗必须得到大团长或大元帅的准许才能进行,我们会写信到马尔堡去请求大团长的批准。"

这个捷克人又看了看德·福奇先生的尸体,因为他本是被派来通知这位骑士的。兹比什科早就知道,骑士团的教士们是不会和别人单独决斗的,但是他知道他们之中有一个是世俗的骑士,他就是要向他提出挑战的,兹比什科认为他这样做一定会获得尤兰德对他的好感,可是现在这位骑士却躺在了地上,像头牛似的被那四个十字军骑士宰杀了。

这个捷克人的确不知道发生过什么事,但因为他从小就经历过各种各样的危险,他立即意识到目前的危险处境。他看到丹维尔德一面说着话,一面不断地向他靠近,另外三个人也从两旁围了过来,仿佛要包围他似的。由于这些原因,他便警惕起来,特别是因为他来时行色匆匆,身上没有带任何武器。

就在这时候,丹维尔德已经站到了他的身边,对他说道:

"我答应过,要给你的主人送治伤的药膏来,他却以恶来报答我的善心。不过,这在波兰人中是常见的事,不足为奇。因为他受伤太重了,也许不久就要去见上帝,你就对他说……"

说到这里,他就把左手放在捷克人的肩膀上:"那你就对他说,这就是我对他的回答!"

就在这一瞬间,他的刀子在这个仆人的喉咙旁边一闪,还来不及刺进去,这个早就在密切注视他动作的捷克人,便一把抓住他的右手,用他那铁一般的手把丹维尔德的手扭弯过来,手臂上的骨头一下便被扭断了。他一听见这个教士发出一声可怕的惨叫,便立即掉转马头,箭也似的跑走了,那三个教士都来不及挡住他。

罗特盖尔和戈特弗雷德两个教士朝他追了过去,但他们追出不远,便被丹维尔德的可怕尖叫声吓得跑回来了。德·罗维用臂膀扶住他,他的脸色煞白带青,而且还叫得那样可怕,连走在前面很远的扈从们都勒住马停下来了。

"您怎么啦?"两个教士问道。

但是德·罗维吩咐他们立即前去弄辆马车来,因为丹维尔德显然是无法在马鞍上坐住了。少顷,他的额上满是冷汗,人也昏了过去。

他们把马车弄来之后,便把丹维尔德平放在铺着麦秸的马车上,匆匆朝边境赶去。德·罗维在催着他们快走,因为他知道,在发生了这样的事之后,绝不能为了包扎丹维尔德的手伤而耽误时间。他也上了车,坐在丹维尔德的旁边,不时地用雪去擦他的脸,但是他无法使他清醒过来。

直到靠近边境的时候,丹维尔德才睁开眼睛,惊讶地朝四周看了一眼。

"您感觉如何?"罗维问道。

"我不觉得痛了,好像我的手也没有了。"丹维尔德答道。

"因为您的手已经冻僵了,因此您才感觉不到痛,到了暖和的房子里,您又会觉得疼痛了。现在,应该感谢上帝让您暂时免除了痛苦。"

罗特盖尔和戈特弗雷德也立即拥到了马车旁边。

"发生了这样的不幸,我们现在怎么办呢?"罗特盖尔说道。

"我们就说,"丹维尔德用很虚弱的声音说道,"是那个仆从杀死了德·福奇。"

"这是他们犯下的新罪行,而且罪犯也是大家所认识的!"罗特盖尔又说了一句。

第二十四章

这时候,这个捷克人风驰电掣般地直朝公爵在林中的行宫驰去。公爵正好留在那里,便首先向他报告了所发生的事情。幸亏有几位宫廷侍从在场,他们曾经看见,这个仆从出去的时候没有带任何武器。他们中的一个当时甚至半开玩笑地大声喊他,要他随便带件武器去,以免日耳曼人把他弄残致死。但是这个捷克人生怕那些十字军骑士越过了边界,于是他跨上马便飞驰而去,身上只穿了一件皮上衣,便急急忙忙地追赶他们去了。这些证据驱散了公爵心中有关凶手的一切疑问,谁是杀害德·福奇的凶手他知道得一清二楚了。然而他心中又是那样不安、那样怒火中烧,恨不得立即就去追赶那些十字军骑士,把他们抓住,给他们戴上手铐脚镣,送去给大团长,让他去惩处他们。但是,过了一会儿,他的心情平静下来了。他明白,现在要在本国境内追上他们是不可能的了,于是他说道:

"无论如何,我都要写封信给大团长,让他知道他们在这里都干了些什么,现在骑士团世风日下,过去大团长能令行禁止,如今是地方长官各行其是,为非作歹,上帝会严厉惩罚他们的罪行!"

他沉思片刻之后,便又对宫廷侍从们说道:

"我真不明白,他们为什么要杀死他们的客人呢?如果不是因为这个仆从去的时候没有身带武器,那我就会认为是他干的了。"

"哎!他一个仆人怎么会去杀他呢?而且他以前又不认识他。另外,即使他带了武器,他一个人怎么敢去袭击他们五个人以及他们的武装扈从队呢!"韦索涅克神甫说道。

"你说得不错。"公爵说道,"一定是那位客人在什么问题上和他们相左,也许是因为他没有像他们所希望的那样说谎,因为我已经看见了他们在向他使眼色,要他说是尤兰德先向他们挑衅的。"

莫查热夫的姆罗科塔说道：

"既然他能够把这只疯狗丹维尔德的手扭断，那他真是个勇猛的仆从。"

"他说他听到了那个日耳曼人骨头断裂的声音。"公爵说道，"只要看他在森林里的表现，就能断定这是可能的。看得出来，无论是仆人还是主人，都是勇猛过人的男子汉。如果不是兹比什科，野牛定会冲向马群，还有那个罗塔林吉亚的骑士，他们两个人在救护公爵夫人方面都是出了大力的。"

"那当然，他是个勇猛过人的男子汉。"韦索涅克神甫应道，"就拿现在来说，他连气都还喘不过来，便为了尤兰德的事情而向那几个十字军骑士挑战。尤兰德所需要的正是这样的女婿。"

"在克拉科夫的时候，尤兰德是反对这门亲事的，不过现在我想，他是不会反对的了。"

"这都是主耶稣安排的。"公爵夫人正好这时走了进来，她只听到了他们谈话的结尾部分，于是便这样说道，"现在尤兰德是不会再反对这桩婚事的，只要上帝保佑兹比什科恢复健康。不过，我们这方面也应该对他有所嘉奖。"

"对他说来，最好的奖赏就是达奴霞。我想他是会得到她的，理由是，一旦女人们下定了决心非这样做不可，那么，即使尤兰德想反对，也是无济于事的。"

"说句公道话，难道我不应该这样做吗？"公爵夫人问道，"如果兹比什科是个见异思迁的人，我就什么话也不说了。不过我看，在这个世界上很难找到比他更真诚的人了，姑娘也是一样，她现在一步也不能离开他，她抚摸他的脸颊，而他呢，尽管痛得很厉害，也还是对她微笑，看到这种情景，连我也止不住要热泪盈眶！我说的是公道话！这样的爱情是值得帮助的，因为圣母也乐意看到人间的美满幸福。"

"只要是天主的意旨，有情人终会成眷属的。不过，说句老实话，为了那个姑娘，他差点丢了脑袋，现在又被野牛撞伤了。"

"你不该说是'为了她'！"公爵夫人急忙大声道，"在克拉科夫救了他命的，也正是达奴霞。"

"不错！但是，若不是因为她，他也不会去攻击里赫顿斯泰因，不会想去拔下他头上的孔雀羽饰，要是单为了去救德·罗西，他也不会这样甘愿去冒生命的危险。至于嘉奖，我已经说过，他们两个都是应该得到嘉奖的。至于奖赏什么呢？等到了捷哈诺夫，我再考虑。"

"兹比什科最高兴得到的莫过于骑士的腰带和金马刺了。"

公爵和善地笑了一笑，答道：

"那就最好让那个姑娘把这两件东西给他拿去，等他的身体复原了，我就会按照通常的规矩来处理这一切。就让她现在拿去给他，因为意外的快乐是最好的灵丹妙药！"

公爵夫人听了这话，便立即当着宫廷侍从们的面拥抱了公爵，接着又吻了他的手好几下。公爵一直在微笑着，最后他终于说道：

"你看，你真想出了这个好主意。很显然，圣灵对女人也是不吝惜智慧的，现在你去把那姑娘叫来吧！"

"达奴希卡！达奴希卡！"公爵夫人大声喊道。

过了一会儿，达奴霞出现在侧屋的门口，她的两眼由于睡眠不足而布满红丝，双手捧着一只双耳的瓦罐，里面装有热气腾腾的麦片粥，韦索涅克神甫要用它来敷在兹比什科被折断的骨头上，这罐麦片粥是一位老宫女刚刚交给达奴霞的。

"快到我身边来，孩子！"雅鲁什公爵说道，"把那个罐子放下，快来！"

她带着几分胆怯朝前走来，因为这位"老爷"总是让她产生一种敬畏之心。他和蔼地拥抱了她，轻轻地抚摸着她的脸孔，说道：

"啊唷！孩子，你心里很难过吧！"

"是的！"达奴霞答道。

由于她心情悲郁，眼含泪水，立即便哭了起来，但她担心公爵会不愉快，只好低声呜咽着。公爵又问道：

"你为什么哭了？"

"因为兹比什科病了。"她一边回答，一边用手去擦眼泪。

"你不用担心，他没有什么危险的，韦索涅克神甫，你说是不是？"

"嘿，按照上帝的意志，他快要举行的是婚礼，而不是葬礼。"心慈的韦索涅克神甫答道。

公爵又说：

"你等一等，我给你一种医治他的良药。这种药不仅可以减轻他的痛苦，甚至可能完全治好他。"

"是十字军骑士送来了药膏吗？"达奴霞大声问道，同时把手从眼睛上拿了开来。

"十字军骑士送来的东西，你最好用它去擦在狗身上，可不能涂在你心爱的骑士身上，我要给你别的东西。"

随即他转向宫廷侍从，大声道：

"快去套房里给我拿腰带和金马刺来！"

不一会儿他们就把东西拿来了。他便对达奴霞说道：

"拿去送给兹比什科，你告诉他，从此刻起他便是册封的骑士了。即使他死了，那他现在也能以一个册封的骑士出现在上帝的面前，要是他活了下来，那么册封骑士的一切仪式和手续都将在捷哈诺夫或华沙完成。"

达奴霞听了这话，便立即跪在这位老爷的面前，随后她便一手拿着这些骑士的标志物，一手端着一罐粥，朝兹比什科躺着的那个房间奔了过去。公爵夫人不想放过他们高兴的这种场面，便也跟着她去了。

兹比什科虽然病得很重，但他一见到达奴霞，便把痛得煞白的脸孔转过来，问她：

"我的小浆果，捷克人回来了没有？"

"捷克人算什么，我给你带来了更好的消息，公爵大人册封你为骑士了，这就是他让我送来给你的东西。"姑娘回答道。

她话一说完，便把腰带和金马刺放在了他的身边。兹比什科原先是苍白的双颊，由于喜出望外而发红了，他看看达奴霞，再看看腰带和金马刺，然后闭起了双眼，一再喃喃地说道：

"他怎么会册封我为骑士呢？"

就在这时候，公爵夫人进来了，他微微抬了抬肩膀向她表示感谢，同时也请她原谅，他不能跪下来。他也猜想得到，他之所以能得到这样的荣幸，多亏了公爵夫人的大力扶助。但是公爵夫人却吩咐他好好地躺着,而且还亲手帮助达奴霞把他的头放在枕头上。这时候,公爵、韦索涅克神甫、姆罗科塔和其他几位宫廷侍从都来到了他的房间。雅鲁什公爵远远地就挥了挥手,要他躺着别动,他自己也在床边坐了下来,说道:

"你知道,一个人做了好事,立下了英雄业绩,得到报偿是应该的,任何人都不会感到奇怪。相反,如果美德不能得到应有的奖励,那么人世间的罪恶会因得不到严惩而肆虐嚣张起来。你不顾自己的生命,冒着危险去保卫我们,避免了一场可怕悲剧的发生。因此,我们准许你束上骑士的腰带,从此你可以享受骑士的名望和荣誉了。"

"仁慈的大人!"兹比什科答道,"即使要献出十条性命我也会在所不惜。"

他激动得再也说不下去了,于是公爵夫人便把一只手放在他的嘴上,因为韦索涅克神甫不许他再说话了。公爵继续说道:

"我想,你是了解骑士的职责的,你会无愧于这些标志的。你一定要为我们的救世主尽心尽职地服务,而与地狱里的'魔王'进行斗争,你一定要对你的君主坚贞不贰,忠心耿耿,你不能参加非正义的战争,你要保护无辜者去反对压迫,愿上帝和主耶稣帮助你。"

"阿门!"韦索涅克神甫说了一声。

公爵站了起来,和兹比什科告别时还说了一句:"等你病愈之后,就直接到捷哈诺夫来,我也会把尤兰德召到那里来!"

第二十五章

三天后,那个原先说定的女人送来了赫尔钦的药膏,和她一道来的还有什奇特诺的弓箭手队长,他带来了由那几个教士签字,并盖有丹维尔德印鉴的一封信。这些十字军骑士在信中以天地作证,赌咒发誓地控诉他们在玛佐夫舍所受到的侮辱,并以上帝的报复来恫吓,要求严惩那个杀害他们"亲爱的战友和客人"的凶犯。丹维尔德还在信里附上了他个人的控诉,在他那谦恭而又具威胁性的词句里,强烈要求赔偿他所受到的残疾和判处那个捷克仆人死刑。公爵当着队长的面把信撕碎了,扔在他的脚下,说道:

"大团长派他们——这些十字军的狗杂种来,是为了拉拢我的,结果反而使我愤恨难平。你转告他们,是他们自己杀死了他们的客人,他们还想谋杀这个捷克人,我要写信给大团长向他通报这件事,我要请他另派使臣来,如果他希望我在十字军骑士团和波兰国王之间的战争中保持中立的话。"

"仁慈的殿下,"队长回答说,"我非得要把这样的回答带给那些强大而又虔诚的教士吗?"

"如果这还嫌不够,那你还可以告诉他们,我认为他们是群狗杂种,而不是真正的骑士。"

这次接见到此便结束了。弓箭手队长回去了,因为公爵当天也回到了捷哈诺夫。只有那个送来药膏的修女留下了,但是韦索涅克神甫根本不相信这种药膏,便不想用它了,尤其是病人前一夜睡得很好,第二天醒来时虽然还很虚弱,但烧却退了。公爵离开之后,这个修女便立即派了一个仆人,说要回去取一种新药——巴奇利塞①蛋来,她断言这

---

① 传说中的一种妖魔,蛇尾鸡身,能用目光致人死命。

种药膏有起死回生、药到病除的神效,她自己则在行宫里东游西逛的,一副谦卑的样子。她有一只手不能动,她穿的虽是一件世俗的衣服,但很像骑士团修女穿的那种衣服,腰带上挂着一串念珠和一只小葫芦。她的波兰话说得很不错,于是她便向仆人们打听兹比什科和达奴霞的事情,她还趁便给达奴霞送去了一枝耶利亚的玫瑰。第二天当兹比什科还在睡觉的时候,达奴霞正好坐在餐厅里,她便朝她走了过去,说道:

"上帝保佑您,小姐,昨天晚上,我祈祷之后,便做了一个梦,梦见两个骑士在大雪纷飞中朝您走来,有一个先到了您身边,便用白斗篷把您裹了起来,另一个则说:'我只看见了白雪,她不在这里。'于是他便返身回去了。"

正想打瞌睡的达奴霞,听了这话,便睁开她那双蓝眼睛,问道:

"这是什么意思?"

"这就是说:谁最爱您,谁就会得到您。"

"那就是兹比什科!"姑娘应道。

"我不知道,因为我没有看见他的脸,只看见白斗篷,随后我便醒了。主耶稣每天晚上让我的双脚疼痛难忍,一只手也不能动弹。"

"难道这种药膏对您没有什么用吗?"

"对我毫无作用,小姐,因为这是对我一桩深重罪孽的惩罚,您要是想知道我犯的是什么罪孽,我就告诉您。"

达奴霞点点头,表示她想知道,于是这个修女便继续说了下去。

"在骑士团里,有女仆,也有未曾宣过誓的女人,她们可以结婚,但必须按照教士的命令履行对骑士团的义务。受到这种恩惠和荣誉的女人,就必须接受骑士——教士的虔诚的亲吻,这就表示从此以后,她的一言一行都要为骑士团服务。啊哈,小姐!我当时正好得到了这种恩典,可是我冥顽不化,致生罪孽,我不但没有怀着感恩之情去接受这种亲吻,反而犯了大罪,因此受到惩罚。"

"您干了什么呢?"

"丹维尔德教士走到我跟前,给了我一个骑士团的亲吻,我当时以为他是在耍流氓,便举起了我这只邪恶的手……"

她说到这里便乱拳捶起胸来,一再说道:

"上帝啊,请宽恕我这个罪人!"

"发生了什么事情?"达奴霞问道。

"我那只手就不能动了,从此我便成了个残废。那时我年轻而又愚蠢,我不知道呀!但是我还是受到了惩罚,即使一个女人觉得那个教士真是要干什么坏事,那也只有让上帝去审判他,而她自己则万万不能去反对他,因为谁要是反抗了骑士团或者骑士团中的某个教士,那么上帝的愤怒一定落到他的头上。"

达奴霞听了这番话,既讨厌又害怕。这个修女叹了口气,又说起她的痛苦来。

"现在我并不年老,"她说,"我才不过三十岁,可是除了这只手外,上帝还剥夺了我的青春和美貌。"

"如果不是这只手,"达奴霞说道,"那您也就没有什么可抱怨的了。"

接着便是一片沉默,猛然间,这个修女像是想起了什么似的,说道:"我梦见那个骑士用白斗篷包住你,很可能是个十字军骑士,因为他们都是穿白斗篷的。"

"我既不想要什么十字军骑士,更不需要他们的白斗篷。"这姑娘回答道。

她们的谈话被韦索涅克神甫打断了,他走进餐厅便朝达奴霞点了点头,说道:

"感谢上帝,快到兹比什科那里去,他已经醒了,喊着要吃东西,他已经好多了。"

事实果然如此。兹比什科好多了,韦索涅克神甫更是充满信心,说一定会痊愈的。但是这时,一件突如其来的意外事件却把他的一切安排和希望都打破了。从尤兰德那里来了几个人,他们带来了一封给公爵夫人的信,信中都是很坏的不幸消息:斯佩霍夫的城堡有一半被大火烧毁了,他自己在救火时被一根大梁砸伤。以尤兰德名义而写这封信的卡列布神甫的确说了尤兰德会恢复健康的,不过,火星和灰炭却把他仅剩下的那一只眼睛烧得很厉害,几乎看不见什么光线了,毫无疑问他要成为瞎子的。

由于这个原因,他急于要女儿赶快回到斯佩霍夫去,想在眼睛完全失明之前再看看自己的女儿。他还说,从此以后她就要和他待在一起了,因为哪怕是一个在街上要饭的瞎子,也都有一个孩子牵着他,给他引路,为什么他连这点安慰都不能享受,而要在外人中间死去呢?信中还再三对公爵夫人表示毕恭毕敬的感激,感谢她像亲生母亲那样照顾他的女儿。最后,尤兰德还答应,即使他成了瞎子,他也要再到华沙来一次,以便双膝跪在公爵夫人的面前,恳求她在未来的岁月里继续照顾和施恩惠于达奴霞。

韦索涅克神甫读完了这封信,公爵夫人久久都说不出话来。她本来希望,每年都有五六次前来看望他女儿的尤兰德,一定会在最近的这个节日期间来到她这儿。到那时候,她就可以利用她自己和公爵的威望,说服他同意这一对年轻人的婚事,并尽快举行婚礼。但是这封信不仅破坏了她的计划,而且还从她身边夺走了达奴霞——这个她当成亲生女儿一样挚爱的姑娘。她的脑海里立即想到,尤兰德也许会把姑娘嫁给他的某个邻居,以便和自己的亲人一起度过他的残年余生。让兹比什科到斯佩霍夫去,现在连想也不能想,因为他的肋骨刚刚接上,而且谁也不知道他会在那里受到怎样的接待。夫人不是早已知道,尤兰德那时候就拒绝把达奴霞嫁给他的。尤兰德还对她自己说过,由于某种秘密的原因,他永远也不会让他们结合在一起。因此,在这种非常悲伤的心情中,她立即吩咐把那个为首的信使找来见她,她要详细询问斯佩霍夫这场不幸的事件,同时也想知道尤兰德有何打算。

她感到非常奇怪,听她召唤而来的是一个她从未见过的陌生人,而不是那个一直拿着盾牌跟在尤兰德后面、从来都不离开他的托利马老头。但是这个陌生人告诉她:托利马在最近一次和日耳曼人的战斗中受了重伤,现正躺在斯佩霍夫,在和死神搏斗哩。尤兰德自己也受了重伤,因此他请求夫人尽快把他的女儿送去,因为他的视力越来越差了,再过几天就要完全瞎了。这个信使还再三恳求,一俟马匹休息过来,他就立即带姑娘上路,但是公爵夫人坚决不同意,因为当时已是黄昏时分,而且她更不愿意因为这种突然的分离而带给兹比什科和达奴霞,以及她自己撕心裂肺的痛苦。

兹比什科已经知道了这一切,他躺在床上,就像头上被人砍了一斧头似的。这时候,公爵夫人走了进来,她搓着双手,刚跨过门槛便大声说道:"我们没有办法,他是她的父亲呀!"他也像回声似的重复了一句:"我们没有办法!"随即闭上了眼睛,像个奄奄一息、快要死的人一样。

　　但是他没有死,只是他心中的悲痛越来越深,脑海里闪现出种种不同的悲观思想,犹如沉重的乌云被疾风追赶着,遮住了阳光,湮灭了世界上的一切欢乐。兹比什科和公爵夫人一样清楚,达奴霞只要一回到斯佩霍夫,他就将永远失去她了。在这里,大家都对他友爱有加,可是到了那里,尤兰德甚至不会接待他,拒绝听取他的要求,特别是尤兰德如果立下了什么誓愿,或者受到其他因素,如某种宗教誓言的约束,就更会把他拒之门外了。另外,他现在正病着,躺在床上连动都不能动一下,他又怎能到斯佩霍夫去呢?几天前,当公爵恩赐他金马刺和骑士腰带的时候,他曾想过,心情愉快将会加速他的痊愈,他全心全意地祈求上帝能让他早日下床,好去同十字军骑士战斗。可是现在他又感到失去了一切的希望。他觉得达奴霞一旦离开了他的床边,他不能和她厮守在一起,那么他的求生的愿望,他和死神搏斗的勇气,也就会和她一起消失了。明天和后天会接踵而来,各种节日也会相继来临,可是他依然会和过去那样骨头疼痛难忍,也会和过去那样昏迷过去,再也没有她在房里走动时闪烁出的那种欢乐气氛了,再也没有望着她的眼睛时,所萌动的心花怒放了。从他受伤以来,他每天都要问她好几次:"你爱我吗?"她总会用双手蒙住她的笑脸,只露出一双羞涩的眼睛,弯下身子回答说:"是的!"那是多么快乐、多么甜蜜啊!但是现在留下的只有病痛和思念,而幸福却是一去不复返了。

　　兹比什科的眼里噙满了泪水,开始慢慢地从他的脸上流了下来。随后他转向公爵夫人说道:

　　"仁慈的夫人,我已经在担心,我再也见不到达奴霞了。"

　　自己也深感悲戚的公爵夫人回答说:

　　"即使你痛苦死去,我也不会感到奇怪的,但是主耶稣是仁慈和蔼的。"

过了一会儿,她为了鼓励安慰他,又说道:"如果尤兰德比你先死的话——请原谅这样说——那么公爵和我便成了达奴霞的监护人,我们一定会立即把她嫁给你。"

"他怎么会死呢!"兹比什科回答道。突然之间,他的脑海里好像出现了什么新的主意,他抬起身来,坐在床上,用一种变了声调的声音说道:

"仁慈的夫人……"

恰好这时候达奴霞把他的话打断了。她哭着跑了进来,在门边她便大声道:

"啊,兹比什科,你已经都知道了!啊,我为爸爸伤心,也为你伤心!啊,我的上帝!"

等她走到身边,兹比什科便用他那只健康的手臂搂住了他所爱的人,开始说道:

"没有你,我怎么活下去呢,我亲爱的人儿?我穿林涉水地赶来,我发誓要为你效劳,可不是要失去你呀!嘿,伤心没有什么用,哭叫也无济于事,即使一死也于事无补,因为哪怕是我的身上长满了青草,我的灵魂也不会忘记你的,即使我站在主耶稣的神殿里或者站在上帝面前,我也是这么说的,没有办法也得想出办法来,否则我活着就没有什么意义了。我觉得全身的骨头痛得很厉害,我无法跪下来,只好请你跪在夫人的面前,恳求她对我们大发慈悲吧!"

达奴霞听了这话,立即跑到公爵夫人的跟前,双手抱住了公爵夫人的两只脚,并把自己的脸埋在她沉厚的长裙的褶皱中。公爵夫人把一双充满怜爱而又惊奇的眼睛转向兹比什科,说道:

"我怎么能对你们大发慈悲呢?如果我不让孩子到她有病的父亲那里去,天主的愤怒就会降到我的身上来。"

兹比什科原先是坐在床上的,现在又躺在了枕头上,好一会儿他什么话也没有说,因为他此时已有气无力了。但是,他慢慢地把一只手移向胸口上的另一只手,然后双手紧贴在一起,像是在祷告似的。

"你先休息一会儿,"公爵夫人说道,"有话等会儿再说。而你呢,达奴霞,快放开我的双膝,站起来吧!"

"放开手,可别站起来,和我一起恳求吧!"兹比什科应道。

随后他用一种微弱而又断断续续的声音说道:

"仁慈的夫人……尤兰德在克拉科夫当着您的面拒绝了我……即使他来到了这里,他也会这样做的。但是,要是韦索涅克神甫先让我和达奴霞结婚,然后,即使她回到了斯佩霍夫,那也不怕了……因为任何人世间的力量再也不能把我和她拆开了……"

这些话太出乎安娜公爵夫人的意料了,她立即从凳子上跳了起来,随后又坐了下去,好像没有完全听懂他说的话似的,说道:

"啊,我的上帝,快去叫韦索涅克神甫来。"

"仁慈的夫人……仁慈的夫人!"兹比什科一再恳求道。

"仁慈的夫人!"达奴霞跟着他说,她又抱住了公爵夫人的双膝。

"没有父母的同意怎么可以呢?"

"上帝的法律更具威力!"兹比什科应道。

"上帝呀!"

"如果不是公爵,谁还能当父亲呢?如果不是您,仁慈的夫人,谁还能是母亲呢?"

达奴霞也喊道:

"仁慈的母亲啊!"

"真的,我过去是,现在依然是像母亲一样爱她,抚养她。"公爵夫人说道,"而且尤兰德还是从我这里得到他的妻子的。真的!只要你们一结婚,一切都解决了。尤兰德也许会生气,但他得遵从自己的上司公爵的命令。而且,不必现在就告诉他,除非他要把姑娘嫁给别人,或者要送她去当修女,即使这有悖于他的誓约,那也不是他自己的过错了,任何人都不能反对上帝的意志,也许这就是上帝的意志!"

"不可能是别的!"兹比什科大声说道。

但是公爵夫人依然心情非常激动,说道:

"等一等,让我再想想看。要是公爵在这里,我会立刻去问他,我可不可以做主把达奴霞嫁给兹比什科。可是他不在,我便有些担心了,这真把我急死了,时间这样紧迫,明天一早达奴霞就得回去。啊,亲爱的耶稣!让她结了婚再走吧!那样就放心了。可是我现在脑子里乱糟糟的,而且总有点感到害怕,达奴霞,你害不害怕?说吧!"

"不这样做我就会死的!"兹比什科大声说道。

达奴霞从公爵夫人的膝下站了起来,由于她不仅非常信任这位善良的夫人,而且也被她娇纵惯了,于是她搂住夫人的脖子,紧紧贴在她的身上。

然而公爵夫人又说道:

"没有韦索涅克神甫的同意,我是不会答应你们的,你快去找他来。"

达奴霞跑去找韦索涅克神甫了。兹比什科把他那毫无血色的脸转向公爵夫人,说道:

"凡是主耶稣恩赐予我的,我必然会得到,但愿上帝会报答您,仁慈的夫人,给我的这种欢乐。"

"用不着祝福我!"公爵夫人答道,"现在还很难说,事情会怎么样。不过你得凭你的名誉向我发誓,要是你们举行了婚礼,你不能阻止姑娘立即到她父亲那儿去,否则,你和姑娘都会受到她父亲的诅咒。"

"凭我的名誉起誓!"兹比什科说道。

"你还要记住!别让达奴霞马上把这件事告诉尤兰德。最好不要让他听了这个消息便火冒三丈。我们以后会从捷哈诺夫派人去请他和达奴霞一道来宫里,到那时候,我再亲自告诉他,或者请公爵告诉他。等他看到生米已煮成熟饭,那他也就只好同意了。他并不是讨厌你。"

"不是!他并不讨厌我。如果达奴霞成了我的妻子,也许他心里还会很高兴的。即使他有过什么誓约,如今不能遵守了,那也不是他的错。"

韦索涅克神甫和达奴霞的到来,打断了他们的谈话。公爵夫人立即把他拉过一边和他商量起来,她非常热情地把兹比什科的想法告诉了他,可是他刚一听这件事,便惊讶地画了个十字,说道:

"以圣父、圣子和圣灵的名义发誓,我怎么能干这种事呢!现在正是降临节期间。"

"啊,上帝,这是真的!"公爵夫人大声道。

于是大家都默不作声了。只有从他们悲伤的脸色才能看出,韦索涅克神甫的这句话对在场的人是多么大的打击。

过了一会儿,神甫说道:

"如果你们有特许证,我是不会反对的,因为我也很同情你们。我倒不一定非要尤兰德的准许不可,因为有我们仁慈的夫人的同意,而且她还担保公爵也会同意,那还有什么可说的,他们可是全玛佐夫舍的父母啊!但是没有主教的特许证,我不能办这件事。哎!要是库尔德瓦诺夫的雅库布主教在我们这里的话,他是不会拒绝发一张特许证的,尽管他是个铁面无私的神甫,他不像他的前任主教曼菲奥鲁斯那样,对什么事情都是回答 bene①! bene!"

"库尔德瓦诺夫的雅库布主教同公爵、同我都有很深的交情。"夫人插了一句。

"所以我说,他不会拒绝发给特许证的,何况还有这样的一些理由……姑娘必须到她父亲那儿去,而兹比什科又卧病不起,甚至还有可能会死去……唔!in articulo mortis……②没有特许证是不行的。"

"我以后能从雅库布主教那里补领一张特许证的,尽管他为人严厉,但决不会不给我这个面子的……哎,我保证他不会拒绝。"公爵夫人说。

韦索涅克神甫是个心慈面和的人,听了这话,便说道:

"上帝垂恩的君主所说的话,那是金玉良言……要不是有您的这些金玉良言,我是很怕这个主教的!这个年轻人还可以到普沃茨克的教堂去许个什么愿的……我不知道……但是,只要特许证不来,那就是一种罪过,而且不是别人的罪过,而是我的罪过……主耶稣的确是慈悲的,如果一个人不是为了自己私人的利益,而是为了同情别人的不幸而犯下罪过,那就更容易得到宽恕了……但罪过总归是罪过,如果主教不给的话,那谁来给我免罪符呢?"

"主教不会拒绝的。"安娜公爵夫人大声道。

兹比什科也说道:

---

① 拉丁文:好。
② 拉丁文:如果会死的话。

"那个和我一起来的山德鲁斯,他那里有赦免一切罪孽的免罪符。"

韦索涅克神甫并不完全相信山德鲁斯的免罪符的效力,但是他很乐意抓住哪怕这是一种假象也好,只要能对兹比什科和达奴霞有所帮助就行了。尤其是因为他很喜欢这个姑娘,从她小时候就认识她。最后他也想通了,最坏也不过是他要在教堂里做一次忏悔的惩罚,于是他转向公爵夫人说道:

"我是神甫,也是公爵的仆人,仁慈的夫人,您就命令我做什么吧。"

"我不愿命令您,而宁要恳请您。如果那个山德鲁斯有免罪符的话……"公爵夫人答道。

"山德鲁斯是有免罪符的,问题在于主教。他对普沃茨克的神甫们要求是非常严格的。"

"您用不着怕主教。我听说过,他禁止神甫随身携带剑和弓箭,不让他们胡作非为,但是他并没有禁止做好事。"

韦索涅克神甫抬起眼睛,举起双手,说道:

"就按照您的意旨做吧!"

听了他这句话,大家心里都很高兴。兹比什科又靠着枕头坐了起来。公爵夫人、达奴霞和韦索涅克神甫都围坐在床边,开始"商量"起来,该怎么做好。首先,他们决定要保守秘密,决不让这行宫中的任何人知道这件事情,他们还决定,暂时不能给尤兰德透露任何的消息,直到公爵夫人在捷哈诺夫当面给他说清楚为止。同时还让韦索涅克神甫以公爵夫人的名义给尤兰德写封信,请他尽快到捷哈诺夫来,在那里,他的伤病能得到更好的药物治疗,也不会感到那样孤独。他们最后决定,兹比什科和达奴霞先要进行忏悔,而婚礼要在晚上等大家都睡了之后再举行。

兹比什科曾想过要把那个捷克仆人叫来当他的证婚人,可是一想起他是雅金卡送给他的人,也就作罢了。顿时,雅金卡便出现在他的记忆里,仿佛就站在他面前,他看到了她的脸很红,眼睛在流泪,听到了她的哀求声"你不能这样做! 你不能以怨报德、以痛苦报爱情"。于是一种对她的巨大怜悯抓住了他的心,因为他觉得自己对她的伤害太重了。今后无论她是在兹戈热利兹的家里,还是在田里或森林里,也不论修道院院长给了她多少礼物,抑或是奇坦和维尔克的大献殷勤和求婚,都不会给她带来欢乐了。因此,他在心里对她说道:"愿上帝赐予你美满幸福。姑娘!我虽然乐意把天上的星星摘下来给你,但是我无法办到。"的确,当他一想到自己的无能为力,他就感到问心无愧了,心里也就平静了下来,于是他便立即集中心思来想他的达奴霞和婚礼了。

但是没有那个捷克仆人的帮助,他是什么也动不了的。虽然他决定要对他保守秘密,但还是不得不把他叫来,对他说道:

"我今天要去忏悔和领圣餐,你得给我穿上最漂亮的衣服,就像我要去王宫那样。"

这个捷克人有些担心,直望着他的脸。兹比什科明白了他的意思,便对他说道:

"别害怕,人们不仅仅因为要死了才去做忏悔的。节日快到了,韦索涅克神甫和公爵夫人都要到捷哈诺夫去,到那时候,最近也要到普查斯雷什才能找到神甫。"

"阁下您不去吗?"这个仆从问道。

"如果我痊愈了,我就去。不过,这一切都得靠上帝了。"

于是这个捷克人放心了,他急忙打开箱子,拿出了那件战利品白雅卡,这件由金线缝制而成的雅卡,一般是要参加重大盛典兹比什科才会穿上的。他还拿来了一条漂亮的毛毯盖在床上,然后在两个土耳其人的帮助下,把兹比什科抬了起来,给他擦洗了一番,把他的头发梳理得整整齐齐,还扎上了一条深红的带子。最后他把兹比什科安置在红坐垫上,对自己的这番作为深感满意,说道:

"如果大人您能跳舞的话,那您也准能举行婚礼了。"

"不跳舞就不能举行婚礼。"兹比什科笑着说道。

这时候,公爵夫人也在自己的卧室里考虑如何打扮达奴霞的问题。对于女人的天性来说,这是个重要的问题。无论如何,她都不能让她心爱的养女穿着日常的衣服去结婚。她已经告诉女仆们,姑娘要去忏悔,不能穿得太花哨了,要穿素净的衣服。她们一下子就在箱子里找出了一身白衣裙,但是头上戴的东西就难找了。想起这点,公爵夫人便发愁了,竟叫起苦来:

"可怜的孩子,在这座森林里,我到哪儿去给你找一个芸香做的花冠呢?这里连一朵花、一片树叶都难找到,也许能在积雪下面找到一些绿苔。"

达奴霞披散着头发站在那儿,也很焦急,因为她也在想花冠的问题。但是,过了一会儿,她指着一个挂在墙上的腊菊花环,说道:

"别的花找不着了,只好用它来编一只花冠了,我就是戴着这样的花冠,兹比什科也会要我的。"

公爵夫人开始不同意,因为她担心这种花冠不吉利。但是在这座只为狩猎才来住的行宫里,实在找不着别的花了,只好用腊菊来编花冠了。这时候,韦索涅克神甫也来了,他刚刚听完兹比什科的忏悔,现在要来听达奴霞的忏悔了。万籁俱寂的黑夜来临了。女仆们按照公爵夫人的吩咐,一做完晚祷便去睡觉了。尤兰德派来的人,有几个和男仆们住在一起,另外几个则住在马厩里。过了不久,仆人房间里的炉火都被炉灰盖住,熄了火苗。最后整座行宫都寂然无声了,只有猎犬不时地朝着森林中的狼群吠叫着。

然而,在公爵夫人、韦索涅克神甫和兹比什科的房间里依然亮着灯光,红光透过窗户照射在院子里的雪地上。他们在寂静中都能听到自己心跳的声音,他们的心情很不平静,全神贯注地等待着这一庄严时刻的到来。一过午夜,公爵夫人便拉着达奴霞的手来到兹比什科的房间里,韦索涅克神甫手拿圣像早已在那里等着她们了。房间里炉火烧得正旺,在明亮而又闪烁不定的火光照耀下,兹比什科看到达奴霞一身雪白,脸色由于睡眠不足而略显苍白,头上戴着腊菊编成的花冠。她穿了一件笔挺的、直达地面的长裙,双眼由于激动而眯闭着,一双纤纤小手贴着两侧衣裙垂了下来,她的神态有如教堂玻璃窗上的画像,有一种神灵的光彩。兹比什科一看到她便惊讶不已,以为自己娶的不是一位普通姑娘,而是一位天仙神女。尤其是当他看到她跪着领受圣餐,看到她头往后仰、闭起双眼的时候,他的这种感受便更深了。这时候他甚至觉得她好像死了似的,心里顿生无比的恐惧。但是这种感受没有持续多久,便传来了神甫的声音"Ecce Agnus Dei"①,他的思想和心灵便立即转向上帝了,现在房间里只能听到韦索涅克神甫庄严的声音"Domine, non sum dignus"②,和这声音一起发出的有火炉中的木柴爆裂声和在烟囱缝隙中叫个不停的蟋蟀悲鸣声,窗外风声呼啸,雪封的森林沙沙作响,但不久便又风平声息了。

兹比什科和达奴霞又沉默了一会儿。韦索涅克神甫手拿一只圣餐杯,到行宫的小礼拜堂去了。过了不久他便回来了,但他不是独自一人,而是和德·罗西先生一起回来的。他看到在场的人脸上都露出吃惊的神情,便把一只手指放在嘴唇上,不让他们发出惊叫声,随即他开口说道:

"我知道了。有两个婚礼见证人要更好一些。因此,我先警告了这位骑士,他也凭他的名誉和阿克维兹甘的圣物发了誓,按照我们的要求保守秘密。"

德·罗西先向公爵夫人下跪,后向达奴霞下跪,接着便站立起来,默默地站在那里。他身穿一身华贵的戎装,他的甲胄在红色的火光中闪闪发亮,他一动不动地站立着,仿佛着迷了似的,这位头戴腊菊花冠、一身雪白的姑娘,在他看来,真是美如哥特教堂玻璃窗上的天使画像。

但是,神甫却让他站在兹比什科的床边,他把法衣围在他们的手上之后,便开始举行例行的仪式。一滴一滴的泪珠从公爵夫人善良的脸上掉落下来,但是她的心里却很平静。因为她深信,让这两位美貌英俊而又天真无邪的孩子结合在一起,是对的。德·罗西先生又一次跪了下来,他双手按住剑柄,像一个看见奇幻景象的骑士那样,而那一对新郎新娘依次重复着神甫的话:"我娶你……我嫁给你……"与这些话一起响起的还有烟囱缝里的蟋蟀鸣叫声和炉里木柴的爆裂声。仪式结束后,达奴霞跪在公爵夫人的面前,她给他俩祝了福,祈求上苍的神力保

---

① 拉丁文:这是上帝的羔羊。
② 拉丁文:主啊,我辜负了。

护他们，随后说道：

"你们现在高兴吧，因为她已是你的人了，你也是她的人了。"

这时候，兹比什科把他那只完好的手臂伸向达奴霞，而她立即双手搂住了他的脖子，好一阵子只能听见他们一再地说着：

"你是我的，达奴希卡！"

"你是我的，兹比什科！"

但是，兹比什科由于过分激动，立即感到浑身无力了，于是他滑躺在枕头上，沉重地喘息着，但他没有昏迷过去，也没有停止对达奴霞微笑，她正在擦着他脸上的冷汗，他甚至还在不停地喃喃说道："你是我的，达奴希卡。"她每次听了都点点她那长着金发的头。德·罗西先生看见这种情景，心情无比激动，他说他从来没有在其他国家看见过这样相亲相爱的一对情人，因此他要庄严地发誓，他随时随刻都准备着，要与那些胆敢阻碍破坏他们幸福的骑士、巫师和妖龙进行骑马或徒步的决斗。而且他真的立即就用他那把像十字架的短剑发了誓，这柄短剑是骑士用来杀死已经受伤的敌人的。公爵夫人和韦索涅克神甫受他邀请，做了他的誓言的证人。

但是，公爵夫人觉得婚礼必须庆贺一番，于是她去拿出葡萄酒来让大家喝。夜晚的时间在消逝，兹比什科克服了自己的虚弱之后，又搂住了达奴霞，说道：

"既然主耶稣把你给了我，那就谁也不能把你从我这里夺走了，可是你就要走了，我非常伤心，我最亲爱的宝贝。"

"我一定会和父亲一起到捷哈诺夫去的。"达奴霞答道。

"但愿你不要生病，或者发生其他事情。愿上帝保佑你免灾免祸……你必须到斯佩霍夫去……我知道……啊，你是我的了，真要感谢至高无上的主，感谢我们的仁慈的夫人。既然我们已经结了婚，人世间的力量就再也不能破坏我们的婚姻了！"

因为这次婚礼是在深夜秘密进行的，而且婚礼一完，新婚夫妇就得分离。因此有好一会儿，不仅兹比什科，就连在场的其他人，也都感到十分难过。谈话停止了，炉火里的火也时亮时灭，所有的人都处在黑暗中。韦索涅克神甫又把木柴添进了炉里，每当劈柴发出悲哀的声音——新砍的木柴都会发出这种声音的——他就说道:"忏悔的灵魂,你还有什么要求?"

只有蟋蟀的鸣叫声在回答他的问话。随后炉火越烧越旺,火光把人们疲困的脸从阴暗中映现出来,照亮了德·罗西的甲胄,也照亮了达奴霞的白衣裙和她头上的腊菊花冠。

院里的狗又像闻到了狼的气息那样,朝着森林狂吠乱叫起来。

随着夜晚的不断消逝,沉默的次数越来越多了,以至于后来,公爵夫人说道:

"亲爱的耶稣!如果婚礼之后这样闷待着,还不如去睡觉好。不过,既然我们要守到天亮,那你就给我弹点什么吧,我的小花儿;在你离开之前,最后一次用诗琴弹支曲子,为了我和兹比什科,好吧?"

达奴霞虽然又累又困,但很乐意给大家助助兴,于是她跑去把诗琴拿来,过了一会儿,她就坐到了兹比什科的床边。

"我该弹什么呢?"她问道。

"弹什么?就弹你在梯涅茨弹过的那支曲子,兹比什科第一次看见你的时候唱的那首歌。"公爵夫人说道。

"啊,我记得,至死也不会忘记。"兹比什科说道,"我在别处听见那支歌的时候,我都止不住热泪横流了。"

"那我就唱这支歌了。"达奴霞说道。

她立即拨动了诗琴,然后又像往常那样昂起头来,唱道:

> 如果我有一双
> 像小鹅那样的翅膀,
> 我就会跟随雅希科
> 飞往西里西亚。
> 我就会坐在
> 西里西亚的篱笆上,
> 紧紧盯住可怜的孤儿
> 我亲爱的雅希科。

但是她的歌声突然停了下来,嘴唇开始颤动起来,泪水从她闭起的眼睛里汩汩地流了出来。她竭力不让泪水流出来,但是她还是抑制不住,最后便放声大哭起来,完全像在克拉科夫监狱里最后一次给兹比什科唱这首歌时的情景一样,当时她一想到第二天他就要被砍头了,她便唱不下去了,大哭了起来。

"达奴希卡!你怎么了?达奴希卡!"兹比什科问道。

"你为什么哭呢?在这样的婚礼上,为什么?"公爵夫人大声说道。

"我不知道。"达奴霞一面回答,一面还呜咽着,"我非常忧伤,我非常痛苦!兹比什科和夫人,我舍不得……"

于是大家都来安慰她,并向她解释,她不会离开很久的,一定会和尤兰德一起到捷哈诺夫来过节的。兹比什科又用一只手臂搂住了她,把她紧紧抱在胸前,吻着她眼里流出来的泪水。但是,大家的心里都感到十分沉重,他们就在心事重重中度过了晚上的其余时间。

终于,院子外面突然响起了一阵可怕的声音,使大家都打了一阵寒战。公爵夫人立即从椅子上站了起来,喊道:

"啊,上帝!是井上的桔槔声,在给马饮水了。"

韦索涅克神甫望了望窗外,玻璃窗户上露出了朦胧的灰色光芒,他说道:

"黑夜快过去了,白天来了。Ave Maria gratia plena!①"

说完,他就离开了房间,过了不久他又回来了,说道:

"天亮了,但天色很阴暗。尤兰德的人正在给马饮水,你就要上路了,可怜的人儿……"

一听到这话,公爵夫人和达奴霞都放声大哭起来,她们两人和兹比什科都是一边哭一边诉说着,就像平民百姓在离别时所做的那样。这种又哭又悲号的声音,让人听起来又像是悲哭,又像是歌唱。正如泪水是从眼睛里流出来的那样,这又哭又诉的声音也是从富于激情的心灵中自然流露出来的真情。

嘿!悲哭已经毫无作用,
我们必须分离,我的爱人。

---

① 拉丁文:圣母马利亚,你大慈大悲。

悲哭已经毫无作用,
我们必须分离,可怜的人,
我们必须分离,嘿……

兹比什科最后一次把达奴霞紧紧抱在自己的胸前,久久抱住不放,直到他喘不过气来,公爵夫人才把她拉开,好让她换上出门的衣服。

这时候,天已经大亮了。行宫里的人都已经起床,开始忙碌起来了。那个捷克人来到兹比什科的跟前,问候他的健康,听候他的吩咐。

"把我的床拉到窗前去。"这位骑士对他说道。

这个捷克人很轻易地就把床拉到了窗前。但是,当兹比什科叫他打开窗子来的时候,他便惊愕不已,可是他还是照吩咐去做了,只是把自己穿的那件皮外套盖在他主人的身上。外面很冷,虽然天上多云,但雪花依然纷飞。

兹比什科开始朝窗外望来望去的。在院子里,透过纷纷扬扬的雪花,可以看到有几辆雪橇,周围是尤兰德的人,他们骑在冒着热气的马上面。这些人都是全身武装,有的皮外套外面还裹有一层铁片,发出阴沉的白色亮光。森林完全被大雪覆盖了,四周的篱笆和大门几乎都看不出来了。

达奴霞再一次跑进了兹比什科的房里,她全身紧裹着皮大衣,戴着狐皮风帽,她又一次抱住了他的脖子,和他告别。

"我虽然离开你了,但我永远是你的。"

他热烈地吻着她的双手、脸颊和狐皮风帽下面露出来的眼睛,说道:

"上帝会保护你的!上帝会指引你的!你已经是我的人了,到死都是我的人。"

当人们再次把他们拉开的时候,他尽力抬起身子来,把头靠在窗户上,望着外面。透过一层层面纱似的雪花望去,他看见达奴霞已坐在雪橇里,公爵夫人久久地抱着她。他看见宫女们在和她吻别,韦索涅克神甫在画着十字、祝福她一路平安。上路之前,她再一次回过身来,朝兹比什科伸出了双手。

"上帝与你同在,兹比什科!"

"愿上帝能让我在捷哈诺夫见到你!"

然而,雪下得这样大,仿佛要把一切声音、一切景物都淹没下去似的。因此,当最后的两句话传到他们的耳中时,声音是那样低,他们两个都觉得,他们是在相距很远的地方相互打招呼似的。

第二十六章

大雪过后,便是酷寒和干燥的晴天。白天,森林在阳光中闪闪发亮,河流冰封,沼泽地也冻得非常坚硬。明亮的夜晚,酷寒达到这样的程度,使林中的树木都冻得发出了毕剥声,鸟儿都朝人群居住的地方飞去,道路很不安全,成群结队的饿狼不仅袭击单身行人,也侵扰村庄。人们坐在自己烟雾弥漫的屋里,围着熊熊燃烧的火炉,享受着天伦之乐,预言着严寒之后必是丰收之年,欢欢喜喜地期待着即将到来的节日。公爵的林中行宫几乎都走空了,公爵夫人和她的宫女们,以及韦索涅克神甫都到捷哈诺夫去了。兹比什科的伤势虽然已见好转,但身体仍很虚弱,还不能骑马,仍旧留在森林行宫中,留在行宫中的还有他的仆从、山德鲁斯、那个捷克侍从和当地的仆役。这些仆役由一个担任行宫管家的女贵族负责管理。

但是这位骑士一心思念着他的年轻妻子。只要他想到,达奴霞已经是他的人了,任何人类力量都不能把她夺走,他便感到无限甜蜜。但是,这种心情反过来又增强了他的思念。他一天到晚都坐立不安,唉声叹气,一直到他离开行宫为止。他整天都在考虑:离开行宫之后该做些什么,该到什么地方去,怎样使尤兰德能喜欢他。他有时感到惶恐不安,但是总的说来,未来在他看来依然是很乐观的。爱达奴霞,从日耳曼骑士的头盔上拔下孔雀羽饰来,这就是他所要过的生活。他常常有一种想和这个他所喜欢的捷克人谈谈这些事情的强烈愿望。但是,他继而一想,这个捷克人对雅金卡忠心耿耿,不愿意谈论达奴霞的事,而且他也发过誓要保守秘密,因此他就不能把发生过的一切都告诉他了。

他的健康状况一天天地好起来了。圣诞节的前一个星期,他第一次骑上马,尽管他还无力披坚执锐,但却给了他很大的信心。而且他也没有想过立即穿上甲胄,戴上头盔,即使作最坏的打算,他也要不了多久,就能披挂铠甲,策马飞驰了。为了消磨时间,他常常在房间里挥舞长剑,而且进展还不错,可是斧头对他说来还是太重了。不过他认为,要是双手握住一把小一点的斧子,他还是能挥舞自如的。

最后,那还是在圣诞节的前两天,他吩咐备好雪橇,给马安上鞍子,并告诉那个捷克人,他们要到捷哈诺夫去。这位忠心耿耿的仆从感到为难,特别是外面的天气酷冷,但是兹比什科却对他说:

"这不是你考虑的事情,格沃瓦奇(因为他是按照波兰语来这样叫他的),我们在这里待着什么也干不了,即使我可能还会生病,但到了捷哈诺夫会受到更好的治疗和照顾,何况我不是骑马,而是坐雪橇去,雪橇上铺的和盖的都是毛皮,我会把毛皮直盖到脖子上,等快到捷哈诺夫的时候,我再换骑马。"

事情就是这样进行的。捷克人已经很了解他这位年轻主人的脾气了,他知道,最好不要去反对他,更不能拖拖拉拉地去完成他的命令。因此一小时之后他们便动身上路了。刚要起程,兹比什科看到山德鲁斯也要带着他的箱子坐进雪橇去,便对他说道:

"你干吗像芒刺黏在羊毛上那样,老是缠着我?你不是说过,你要到普鲁士去的吗?"

"我是说过我要去普鲁士的。"山德鲁斯说道,"这样的大雪我一个人怎么能去呢?等不及第一颗星星出现,野狼就会把我吃掉的,而且我也没有什么理由再待在这里。我宁愿到城里去向人们宣扬教义,把我神圣的货品赐给他们,使他们免遭魔鬼之苦,我在罗马向教皇发过誓要这样做的。除此之外,我非常敬爱您,阁下,于是我决定在我回到罗马之前决不离开您,也许会有我为您略尽微劳的地方。"

"大人,他永远准备以多吃多喝来为您效劳。"这个捷克人答道,"他非常乐意为您效这种劳。如果我们在普查斯雷什森林遇上狼群袭击,我们就把他扔到狼群里去喂狼好了。此外,他就一无用处了。"

"你得小心点!"山德鲁斯说道,"说这种有罪的话,你就不怕你会上刀山下火海,至少你也会浑身冻僵,直僵到胡子上面。"

"呸,算了吧!"格沃瓦奇一边说道,一边用戴着手套的手去摸摸他那刚刚长出绒毛的胡子,"我得先喝几口啤酒暖暖身子,可是别想我会给你一滴啤酒的。"

"可是圣规说,给想喝酒的人喝酒,那又是一种新的罪孽。"

"那我会给你一桶水喝的,不过,你现在就尝尝我给你的东西吧!"

他边说边用两只戴着手套的手捧了一捧雪,朝山德鲁斯的胡子扔了过去,山德鲁斯立即转过身去躲了开来,说道:

"你到捷哈诺夫去,是没有什么用处的,因为那里已经养了一头大熊在玩雪了。"

他们就是这样相互嘲笑着,彼此又都很喜欢对方。但是,兹比什科并没有不让山德鲁斯和自己同行,因为这个古怪的人能使他开心,而且他也真的有点喜欢上他了。他们就这样在晴朗的早晨离开了林中行宫。天气很冷,不得不给马匹披上马衣。整个大地都给厚厚的白雪覆盖着,就连茅屋的屋顶也刚刚露出积雪,难于辨认,炊烟仿佛是从白雪堆上直接冒了出来,冲向天空,在曙光中变成红色,到了上面便逐渐扩展开来,看起来就像骑士的孔雀羽饰那样。

兹比什科坐在雪橇车上,首先是为了节省力气,其次是因为天气太冷了,车子里有铺有盖的,容易御寒。他吩咐格沃瓦奇坐在他的旁边,要他弓不离手地防备狼群的袭击,同时又和他愉快地说起话来。

"在普查斯雷什,"他说,"我们只要喂喂马,身子暖和一下,便立即继续赶路。"

"到捷哈诺夫去吗?"

"先到捷哈诺夫,向公爵夫妇致敬,并参加祈祷。"

"然后呢?"格沃瓦奇问道。

兹比什科笑答道:

"以后吗?谁知道,也许回博格丹涅茨去。"

捷克人吃惊地望着他,脑海里立即想到:也许是这位年轻的主人中断了和尤兰德小姐的关系。他觉得这是极其可能的事情,因为尤兰德小姐已经独自走了。而且他还在林中行宫中听到消息说,斯佩霍夫的老爷不愿把女儿嫁给这位年轻的骑士。于是这个忠心耿耿的仆从很是高兴,因为他很喜欢雅金卡,他把她视为天上的星星,为了她的幸福随时随刻都愿献出自己的性命。他也是很爱戴兹比什科的,衷心希望能侍候他们两人一辈子,直至生命的结束。

"那么阁下您要在自己的老家一直住下去了!"他高兴地大声道。

"我怎能在老家一直住下去呢?"兹比什科答道,"我还得去向那些十字军骑士挑战。首先得和里赫顿斯泰因决斗。德·罗西说过,大团长已邀请波兰国王到托伦去访问,我一定要设法加入国王的随从队伍。我想,到了托伦,塔切夫的波瓦瓦,或者加尔博夫的查维夏都会替我去向国王求情,准许我和这些十字军的骑士进行决斗。我相信,他们也会带着他们的随从来决斗的,因此,你也得去同他们决斗了。"

"如果我非得上场决斗的话,我倒宁愿去和一个教士较量一番。"这个捷克人说道。

兹比什科满意地望了他一眼:

"谁要是挨了你一刀,他准要倒霉了,主耶稣使你力大无穷,但是你要是滥用你的力气,那你可就要糟了,因为谦让顺从是一个好侍从应有的品德。"

这个捷克人频频点头,表示他不会滥用力气,也不会在与日耳曼人斗争中吝惜力气。兹比什科又笑了起来,不过不是因为听了这个仆从的话,而是由于自己的想法。

"如果我们回去了,老主人一定会高兴的!"过了一会儿,格沃瓦奇开口说道,"就是兹戈热利兹那边的人也会很高兴。"

雅金卡就像是出现在兹比什科的面前,坐在他旁边的雪橇上似的,每当他一想到她,她就会清清楚楚地站在他的眼前。

"不!"他心里说道,"她不会高兴的,如果我要回到博格丹涅茨去的话,那也是和达奴霞一起回去的。还是让她嫁给别人吧!"想到这里,他的眼前立即闪现出布卓佐夫的维尔克和罗戈夫的奇坦,可是一想到她终究要落在这两人当中的一人手里,心里又不免产生一种怏怏不乐的情感。"我倒希望她能找个更好的人,"他心里在想,"因为那两个家伙都是酒鬼和赌徒,而她可是个正派的姑娘。"他同时也想到,如果他的叔叔知道所发生的一切,一定会大发雷霆的。不过,他继而一想,马奇科首先关心的是门第和财产,因为这些方面均能提高家族的地位,他又感到安慰了。雅金卡的确要亲近一些,可是尤兰德的财产要比兹戈热利兹的齐赫多得多。因此,他不难猜测到,他的叔父对这门亲事是不会长期反对下去的,尤其是他早就知道他侄子对达奴霞的爱情以及他们对达奴霞所应感激的情分……他开始会紧蹙眉头,抱怨一番,随后便会高兴起来,并且会像爱自己孩子那样爱达奴霞的。

一种对叔叔的依恋和思念之情突然在兹比什科心里油然而生。他的叔叔是个硬汉子,但像爱自己的眼珠那样爱着侄子。在战场上叔叔对他的关切胜过对自己的关切,为了他去夺取战利品,为了他而想方设法去积累财富,他们两人在这个世界上孤孤单单的,甚至连亲戚都没有,只有修道院院长这样一位远亲。因此,每当要彼此分开的时候,他们两个都不知道该怎么办好,特别是那个老的,他对自己更没有什么奢求的了。

"嘿,他会高兴的,会高兴的!"兹比什科对自己一再说道,"我唯一的希望,就是尤兰德能像叔叔那样对待我。"

他开始设想,一旦尤兰德知道了婚礼这件事,他会说些什么、干些什么呢?他一想到这里,不免有些不安,不过他并不十分害怕,因为生米已煮成熟饭了,即使尤兰德坚决反对,即使尤兰德要向他挑战,那也不行。他会这样答复他的:"我请求您不要再坚持了,您对达奴霞的权利是人世间的,而我对她的权利却是神给予的。她现在已不是您的人,而是我的人了!"他以前曾听一个精通《圣经》的教士说过:女人必须抛弃自己的父母而与自己的丈夫生活在一起。他觉得他是占有优势的。不过,他并不希望尤兰德和他大吵大闹、反目成仇。因此他寄希望于达奴霞的苦苦哀求会软化他的硬心肠,还有公爵的声望和调解,尤兰德还是他的属下;他也期望着公爵夫人的规劝,因为尤兰德一向敬重这位夫人,把她视为自己女儿的保护人。

到了普查斯雷什,人们都劝兹比什科留下来过夜,免遭狼群的袭击。因为天气酷寒,饥饿的野狼成群结队地走出深林,它们甚至袭击大队的行人。但是兹比什科没有把这点放在心上,因为他在客栈里遇见了好几个带有随从的玛佐夫舍骑士,他们也要到捷哈诺夫的公爵那儿去,还有几个来自捷哈诺夫的武装商人,护送着从普鲁士运来的几车货物,有这样一大批人马,路上是不会有什么危险的,于是他们晚上又动身上路了。尽管黄昏时分突然刮起了大风,乌云翻滚,大雪纷飞,但他们还是一个紧跟一个地前进。他们走得非常慢,以至于兹比什科都担心,来不及赶到捷哈诺夫过圣诞节前夜了。有些地方马走不过去,不得不把雪堆刨开,幸亏他们没有在树林中迷路,但是等到他们能望见捷哈诺夫的时候,已经是夜幕降临了。

他们已经来到了离城不远的地方,但由于狂风呼啸、大雪纷扬,他们都没有想到离城这样近,幸亏看见了新城堡所在的高地上的篝火才没有迷路。谁也不知道那堆火是圣诞前夜为欢迎客人而燃烧的呢,还是按照古代的风俗习惯才点起来的,但是兹比什科的这些旅伴都不愿意去想这个问题,因为大家都急于在城里找到一个避寒暖身的地方。

这时候,暴风雪越刮越猛,刺骨的寒风掀起了大片大片的雪浪,摇撼着树木,怒号狂舞,发疯似的卷起了一座座雪堆,把它们掀向天空,上下翻滚,左右旋转,然后散成雪末,把雪橇和马匹覆盖了厚厚的一层,像尖锐的石子打在旅人的脸上,使他们透不过气来,也无法开口说话,系在雪橇辕杆上的铃铛的响声也完全听不见了。然而在风雪迷漫、狂风怒号中,却能听见阵阵哀鸣声,似狼嚎,又似远处的马嘶声,有时又似遇难之人的呼救声,精疲力竭的马匹左右摇摆起来,步子越来越慢了。

"嘿,多大的雪呀!多大的雪呀!"那个捷克人气喘吁吁地说道,"大人,幸亏我们快到城边了,也多亏了那堆火,否则我们就要糟糕了。"

"谁出门谁找死!这样的鬼天气!"兹比什科答道,"我看不见那堆火了。"

"风雪太大了,连火光都照不远,也许连木柴和木炭都给风刮走了。"

乘坐其他雪橇的商人和骑士也都在说,要是谁被暴风雪刮跑了,那他准听不到翌日的晨钟了。兹比什科突然惶恐不安起来,说道:"上帝保佑尤兰德不会还在路上。"

那个捷克人虽然一心贯注在那堆篝火上,但听到兹比什科的话后便转过头来,问道:

"斯佩霍夫的老爷要来吗?"

"要来。"

"是和小姐一起来?"

"火真的看不见了。"兹比什科说道。

那堆篝火真的熄灭了,但是,马匹和雪橇的前面立即出现了几个骑马的人。

"你们是干什么的?"警惕性很高的捷克人一面大声道,一面拿起了弩弓,"你们是什么人?"

"我们是公爵的人,派来帮助行人的。"

"赞美耶稣基督!"

"永生永世!"

"请把我们领进城堡去!"兹比什科说道。

"后面没有落下谁来吧?"

"没有!"

"你们是从哪里来的?"

"从普查斯雷什来。"

"你们在路上还碰见过别的行人吗?"

"没有碰见过别的人,也许他们走的是别的路。"

"所有的路上都有人在寻找。跟我们一起走吧!你们已经离开了大路,向右走。"

他们掉转了马头,有一阵子只能听见狂风在呼啸。

"城堡里的客人多吗?"过了一会儿,兹比什科问道。

靠得最近的那个骑者没有听清他的问话,便俯身过来,贴近着他道:

"老爷,您说什么?"

"我问公爵府里的客人多吗?"

"和过去一样,不少。"

"斯佩霍夫的老爷来了吗?"

"还没有来,大家都在等他,已经派人去接他了。"

"带着风灯去的吗?"

"只要风不吹灭。"

他们无法再继续交谈了,因为此时的暴风雪又更加猛烈地刮了起来。

"真是群魔乱舞。"捷克人说道。

兹比什科命令他别说话,更不要提到魔怪什么的。

"难道你不知道,"他说,"在这样的节日里,魔鬼也会胆战心惊的,都躲进水洞里去了。有一次,山多密什附近的渔民们在圣诞节前夕发现网里藏着一个魔鬼,嘴里衔着一把小刀,他一听见钟声敲响就昏迷过去了,渔民们用木棍打他,一直打到傍晚。暴风雪确实不小,但这得到主耶稣的允许,很显然,主耶稣是想让明天更加欢乐。"

"唉,我们都快到城边了,要不是那几个来接的人,我们也许会迷路到深夜都进不了城的,因为我们已经偏离了大路。"格沃瓦奇说道。

"那是因为火堆熄灭了。"

然而就在这时候,他们进了城,街上的雪积得更厚了,有的地方,连窗户都给盖没了。由于这个缘故,过路的人都看不见屋里的灯光了。但是城里的人却不感到暴风雪是那么可怕,街上空无一人,人们都在家里过节。在有些房门前面,孩子们不顾风雪严寒,手拿小书本,牵着山羊,唱起了圣诞歌。在广场上可以看到有的人身披豆荚,装扮成一头熊,除此之外,其他地方都是空荡荡的。和兹比什科结伴而来的这些商人,便留在了城里,兹比什科和贵族骑士们则继续朝公爵居住的老城堡走去。虽然受到暴风雪的侵袭,但灯光依然从城堡的玻璃窗上透射出来,为这些前来的骑士指路。

护城河上的吊桥已经放下了,因为立陶宛人侵犯的时代早已过去,而那些想要和波兰国王打仗的十字军骑士,现在正在和玛佐夫舍公爵拉关系、套交情。公爵手下的一个人吹起了号角,城门便立即打开了,门里有十多位弓箭手在值岗,但是城墙上和木栅栏那里却空无一人,因为公爵让他们都出去玩了。前来迎接客人的是老姆罗科塔,他也是两天前才来到这里的,他以公爵的名义向他们表示欢迎,并把他们领进了一个房间,好让他们在那里换上礼服参加晚宴。

兹比什科立即向他打听斯佩霍夫的尤兰德有没有到来,那位老骑士回答说,还没有到来,但他一定会来,因为尤兰德已经答应了要来的,要是他的病加重了,那他也派人送信来,而且已经派出十多位骑手去接他了。不过,像这样大的暴风雪,就连年纪最大的人也从来没有见到过。"

"也许他快到了。"

"我想他快要到了,公爵夫人都已经吩咐在主桌上给他摆好了盘子。"

兹比什科尽管对尤兰德有些害怕,但听到他要来心里还是喜滋滋的,他心里在说:"虽然我不知道怎么办好,但有一点是肯定的,那就是:我的妻子、我的女人、我最亲爱的达奴霞要来了!"当他这样说的时候,他真不敢相信自己会有这样的幸福。接着他又在想,也许她已经把一切都告诉了她的父亲,也许她已经博得了他的喜欢,并且已经恳求他立即答应把她嫁给兹比什科。"说老实话,他除了答应还有什么更好的办法呢?尤兰德是个聪明的人,他知道,即使他不让她嫁给我,我也还是要把她娶走的,因为我的权利比他的权利更大。"

这时候,他一边穿着衣服,一边和姆罗科塔说着话。他先问了公爵的健康情况,他特别关心公爵夫人的身体健康,因为打从他在克拉科夫的时候起,他就像爱自己的母亲那样爱她了。他得知城堡的人都很健康愉快,便感到欣喜异常,唯有公爵夫人非常想念她亲爱的小歌手。现在为公爵夫人演奏诗琴的是雅金卡,尽管她也很喜欢她,但却无法与达奴霞相比。

"哪个雅金卡?"兹比什科吃惊地问道。

"德乌戈拉斯的雅金卡,德乌戈拉斯老爵爷的孙女儿,她是个娇美的姑娘,那个罗塔林吉亚的骑士已经爱上她了。"

"德·罗西先生也在这里吗?"

"他还会到哪儿去呢?他从林中行宫来到这里,便一直住在宫里,日子过得不错。我们的公爵向来都是殷勤好客的。"

"我很高兴能再见到他,他是个无可指责的骑士。"

"他也很喜欢你的,不过我们该走了,公爵和夫人殿下快要入席了。"

于是他们来到了餐厅,两个壁炉里燃烧着熊熊炉火,由仆役们负责照管着。餐厅里已经挤满了宾客和宫廷侍从。公爵由一位总督和几位神职人员陪同首先来到了大厅,兹比什科深深地向他鞠了一躬,并吻了吻他的手。

他搂抱了一下他的头,随后便把他带到旁边,说道:

"我全都知道了。最初,我一听到未经我的准许你们就这样做了,我就生气,但是当时的时间的确不允许,而且我恰好又去了华沙,想在那里过节。众所周知,一个女人想要得到什么东西,你就不能去反对,因为反对是丝毫无益的。公爵夫人像亲生母亲那样希望你们美美满满,而我呢,我倒情愿顺着她的心意,也没有什么理由去反对她,免得招惹她生气、哭泣。"

兹比什科又一次向他深深地鞠了一躬。

"愿上帝让我能报答公爵殿下您的大恩大德。"

"真要感谢天主,你已经康复了。你去告诉公爵夫人,我多么亲切地接待了你,让她也高兴一番!上帝可以为我作证,她的欢乐就是我的欢乐!我会在尤兰德面前替你说好话的,我想,他会答应你的,因为他很敬爱公爵夫人。"

"即使他不同意,我的权利也优先于他的权利。"

"你的权利虽然比他优先,但还是要取得他的同意,否则你就得不到他这位父亲的祝福。谁都不能强制他给你们祝福的。不过,没有父母的祝福,也就不能得到上帝的祝福。"

兹比什科听了这话,心里大为不安,因为他以前从未想到过这个问题。然而,就在这时候,公爵夫人在德乌戈拉斯的雅金卡和其他宫女的簇拥下走了进来,他急忙走上前去向她鞠躬致敬,她比公爵还要慈爱地欢迎了他,并立即告诉他,尤兰德就快到了,这就是给他摆好的餐具,已经派出人员去接应,免得他们在风雪中迷路。圣诞前夜的晚宴不能等得太久,因为公爵不喜欢这样等下去的,不过,在晚宴结束之前,他们一定会赶到。

"至于尤兰德吗,"公爵夫人说道,"他是会来的,我一定会在今天或者明天早祷后告诉他的。公爵也答应为你说好话。尤兰德很固执,但对他喜欢的人,对他那些有义务服从的人则并不固执。"

随后她便开始劝导兹比什科,见了岳父应该怎样对待,以免触怒他,惹得他大动肝火。她说这番话都是好意,但是要是一个有经验的人,一个比兹比什科思维更为敏捷的人,就能察觉在她的话里有一种不安的情绪,也许是因为斯佩霍夫的这位主人是个不易相处的人,也许是因为公爵夫人有些担心他这样久还没有到来。外面的暴风雪越来越可怕。大家都在说,谁要是在旷野之中碰上了这样的暴风雪,准会没命的。这时候,公爵夫人又想到了别的事情,很可能达奴霞已向她父亲说出了她和兹比什科已经结婚的全部真相,尤兰德一怒之下,决定不再到捷哈诺夫来了,但是公爵夫人不愿意把她的这种想法告诉兹比什科,而且也来不及告诉他了,因为仆役们已开始端来了食物,摆在餐桌上。不过,兹比什科还来得及再一次俯伏在她的脚前,问道:

"如果他们来了,该怎么办呢,仁慈的夫人?姆罗科塔告诉我,已经给尤兰德准备了一个单独的房间,而且还给仆从们准备了铺垫用的麦秸,那又该怎么办呢?"

公爵夫人开始笑了起来,用手套轻轻地拍了一下他的脸,说道:

"别说了!瞧你这个人,没有大不了的事情!"

她便朝公爵走去,侍役们已经挪开了座椅,好让公爵入坐,在这之前,一个仆役已经在公爵座位前面摆好了一只大平盘,上面盛满了切得很薄的薄饼和圣饼,由公爵分送给他的客人、宫廷侍从和仆役们。一位漂亮的男孩,索哈切夫总督的儿子也给公爵夫人端来了一盘同样的圣饼。在餐桌的另一端站着韦索涅克神甫,他要为这顿香味扑鼻的晚餐祝福,就在这时候,大门口出现了一个满身都是雪的人,大声喊道:

"仁慈的大人!"

"什么事?"

"在拉扎诺夫的路上有几位旅客被雪埋住了,我们需要更多的人手才能把他们挖出来。"

大家听了,都深感不安,公爵也吃了一惊,立即转向索哈切夫的总督,喊道:

"快派骑手带铁锹去!"

随后他又转向那个报信的人。

"大雪埋没了几个人?"

"我们无法弄清楚,暴风雪太大了,有马有车,行李扈从不少。"

"你不知道那是些什么人?"

"有人说,他们是斯佩霍夫的尤兰德的人。"

第二十七章

兹比什科一听到这个不幸的消息,也不经公爵的允许,便奔到马厩吩咐备马。那个捷克人,由于是出身贵族的侍从,也和他一起来到餐厅的。他刚来得及回到房间给兹比什科拿了一件厚实暖和的皮大衣,但是他不想去劝阻他的年轻主人,因为他天资聪慧,知道劝阻无济于事反而会贻误时间,他跃上第二匹马,从大门口的卫兵那里抓来几支火把,便和公爵的人一道策马而去了。这队人由老总督亲自率领。城外天昏地暗,但暴风雪却有所减弱;要不是有那个报信的人给他们领路,他们准会一出城便迷路的。报信人随身带有一条久经训练的、会认路的狗,才能使他们准确而迅速地奔向目的地。到了广阔的田野上,暴风雪更大了,像刀子似的刮在他们的脸上,也许是因为他们跑得太快的缘故。道路全被大雪覆盖住了,有的地方雪深得淹没了马腹,不得不缓步慢行。公爵手下的人都拿着火把和风灯,在烟雾和亮光中行进,可是风刮得那样厉害,仿佛要把火把上的火焰给拉出来,而把它卷到田野和树林中去。路很远——他们经过了捷哈诺夫附近的村庄,经过了涅支博日,然后朝拉扎诺夫的方向走去。过了涅支博日,暴风雪的确小多了,风也不那么猛烈了,卷起的雪花也不是成片成堆的。天空明朗,天上依然飘着小雪,但过了不久便停住了。云层里露出点点星光,马匹开始喷着鼻息,骑手们也松了一口气,星星越来越多,开始结冰了,过了一会儿便完全风平雪止了。

德·罗西是和兹比什科走在一起的,他开始安慰他说:尤兰德在路上遇到危险时,一定会首先想到自己女儿的安全,即使被埋在雪下的人全被冻死,达奴霞一定还活着,甚至还在皮褥里睡觉哩。不过,兹比什科并没有听懂他的话,而且也没有时间来听他说话,因为过了不一会儿,走在他们前面的向导便离开大路、拐弯前进了。

年轻的骑士立即赶到前面,问道:

"我们为什么要拐弯?"

"因为他们不是被雪埋在路上的,而是埋在那边。嗯,您看,大人,就在那片赤杨树林里。"

他一边说着,一边用手指着远处漆黑的树林,由于月亮已穿出云层,夜色更加明亮,那片树林在白皑皑雪地的衬托下才能清晰可见。

"他们显然是迷路了。"

"他们离开了大道,沿着河道转来转去在兜圈子。在这样风雪交加的日子里是很容易迷路的,他们转来转去,一直走到马匹精疲力竭,再也走不动了。"

"你们是怎样发现他们的?"

"是这条狗领着我们找到的。"

"这附近没有村舍吗?"

"有。在河对面,过了维克拉河就是。"

"快走!"兹比什科喊道。

但是,下命令容易,执行命令就难了。尽管天寒地冻,但草原上的积雪并没有冻硬,而且又是刚下不久的雪,又深又软,马腿都深深陷在雪堆中,只能慢慢地移动前进,他们突然听到了狗吠声,正对着他们的前面是一株巨大的柳树干,上面的光秃树枝在月光下闪耀不定。

"他们还在前面,在那丛赤杨树附近,不过,这里好像有什么东西似的。"向导说道。

"杨树下面有个雪堆,拿火把来!"

有几个公爵手下的人下了马,用火把照了一照,其中一个大声喊道:

"雪下面有人!头还露在外面,就在这里!"

"还有一匹马哩!"第二个立即喊道。

"快挖!"

他们用铁锹挖雪,把雪抛向两边。过了一会儿,他们就看见了一个人坐在树下,头垂在胸前,帽子盖住了脸孔,一只手牵着马缰绳,马就倒在他身旁,马鼻孔还埋在雪下面。很显然,这个人离开了队伍,也许是想尽快找到什么人家,请求他们帮助的,等到马匹倒下来了,他就躲到柳树干背风的那一面,在那里冻僵了。

"拿火把来照一照!"兹比什科喊道。

一个仆从把火把移近死人的脸孔,但是一下子很难认出他的面貌来,等到第二个侍从把他的头抬了起来,他们才不约而同地惊叫了起来:"这是斯佩霍夫的老爷!"

兹比什科立即命令两个人把他抬到最近的村舍里去抢救,而他自己则带着其余的随从和向导立即赶去救其他的人,他在路上想到,也许那边能找到达奴霞,也许他的妻子已经死了,于是他催马前进,雪在马胸前飞溅开来。幸亏这段路不远,只有几十米长,黑暗中传来了喊声:"在这里!"那是原先留下来照看的人,兹比什科冲向前去,跳下马来,喊道:

"快挖!"

原先留在这里照看的人已经挖出了两辆雪橇车。马匹和雪橇车里的人都已经冻死了,毫无救活的可能,其他有马车的地方都可以从雪堆上辨认出来,并不是所有的雪橇车都被雪埋没了。有些车旁边还能看到几匹马的肚子被雪覆盖着,它们还在做着拼命奔跑的姿势。一辆马车的前面还站着一个人,手握着长矛,齐腰埋在雪里,像根树桩似的一动不动。还有些随从死在马旁边,手里还握着马缰绳。很显然,当他们奋力想把马拉出雪堆的时候,死神便突然降临到他们身上了。队伍后面的最后一辆马车并没有被雪埋住,车夫佝偻着身子坐在前面,双手还捂着耳朵,车后还躺着两个人,两条长长的雪条直把他们的胸口盖住,并和旁边的雪堆相连,仿佛是一条雪毯盖在他们的身上,他们也好像是安安静静地睡着了,可是别的人看起来像是在和风雪搏斗,直到最后一刻才死去,因为从他们冻僵的姿势可以看出,他们是竭尽了全力在拼搏的。有几辆雪橇已经翻倒过来了,有的则把轭杆都折断了,铁锹不时挖出了一匹匹马,背弯得像张弓,嘴里还灌满了雪,挖出来的人有的被冻死在雪橇车里,有的则是在雪橇车旁边,可是任何一辆雪橇车里都没有发现女人。兹比什科时而亲自挥动铁锹去挖雪,直挖到额头上冒出了汗珠,时而又怀着一颗颤抖的心去仔细察看那些尸体,看看其中有没有他爱人的面孔，但是这一切都是徒劳。火把所照见的都是斯佩霍夫壮汉们的长满胡子的脸孔，处处都没有看见达奴霞，也没有见到其他女人。

"这是怎么回事？"年轻的骑士不无惊讶地在问自己。

于是他招呼在远处挖掘的那些人，问他们有没有什么新的发现，但是他们挖出来的也全是男人。挖掘工作终于结束了。那些仆役们把自己的马套在雪橇车上，把尸体装进车里，便驾着雪橇朝涅支博日驰去，以便在那里的暖和屋子里再做一次努力，看看能否把几个死人救活过来。兹比什科和那个捷克人，还有两个随从都留了下来，他心里在想，也许是达奴霞乘坐的那辆雪橇车脱离了大队；也许是尤兰德安排了最好的马去拉那辆雪橇，因而它一直驶在前头；也许是尤兰德把达奴霞留在路边的那一家农舍里。兹比什科真不知道该怎么办好。但无论如何，他都要在近处的雪堆里、树林里再找一找，然后再回到大路上，沿途搜寻下去。

但是在雪堆里他们什么也没有找到，而在那片树林里，他们只看见几只狼的眼睛在发亮，任何人、马的痕迹都没有发现。树林和大路之间的那片草原，在月亮的辉映下闪闪发亮，在那一片雪白的阴郁的地面上，他的确发现了几处黑点，不过那只是几只野狼，一见有人，便都慌忙逃逸了。

"阁下！我们白转了一圈，徒劳地搜寻了一番，因为斯佩霍夫的小姐根本就不在车队里。"那个捷克人终于开口说道。

"到大路上去找。"兹比什科答道。

"大路上也是找不到的。我仔细检查过那些雪橇车，看看里面有没有女人用的服装首饰这一类东西，但是我什么也没有发现，达奴霞小姐一定还留在斯佩霍夫。"

兹比什科认为他的意见合乎情理，便说道：

"上帝保佑，真要像你说的那样就好了。"

捷克人继续按着他的思路说道：

"若是她在雪橇车里，那位老爷也绝不会离开她的，即使他要离开车队，那他也会把她带在马上一起走的，我们就会在他身边找到她的。"

"我们再到那里去找一次。"兹比什科不安地说道。

他心里在想,那个捷克人说得不错,他们原先在那边找得不仔细,事情可能就是这样:尤兰德把达奴霞放在自己身前的马背上一道骑马走,可是后来,那匹马倒下了,达奴霞便离开了父亲,想去找人来救他,她一定就埋在这附近的雪堆里。

但是,格沃瓦奇仿佛猜中了他的想法似的,说道:

"要是这样的话,雪橇车里一定会有女人的衣物,她绝不会就带着她身上穿的这一套衣服来王府的。"

尽管他的意见不错,他们还是到那棵柳树那里去找了。然而,无论是在树下,还是在四周几百米之内,他们什么也没有找到。公爵的人把尤兰德送往涅支博日去了之后,这里便荒无人迹了。捷克人还注意到,向导带来的那条狗既然能发现尤兰德,那就一定能发现达奴霞小姐。这时候,兹比什科才松了一口气,因为他几乎可以肯定,达奴霞还在她的家里。他甚至能解释为什么会这样:达奴霞把事情的来龙去脉都向她父亲和盘托出了,但她父亲却不同意这桩婚事,便故意把她留在家里,独自前来向公爵提出这件事情,并求他向主教说情,解除这场婚约。兹比什科想到,如果尤兰德死了,一切阻碍都不存在了,他心里不禁感到一阵轻松,甚至还很高兴了。"尤兰德不同意,但是主耶稣愿意,上帝的旨意是威力无边的。"兹比什科心里这样说道。现在他只要到斯佩霍夫去,就能把达奴霞娶做自己的妻子了,然后他就去完成他的誓愿,而要完成这种誓愿,在边界上要比在遥远的博格丹涅茨容易得多。"上帝的旨意!上帝的旨意!"他心里一再说着。但是,霎时间,他又对自己这种过早的高兴感到羞愧,便转身对着捷克人说道:

"我为他难过,我要大声地这样说。"

"人们都在说,日耳曼人怕他像怕死神似的。"捷克人答道。

过了一会儿,他又问道:

"我们现在就回城堡去吗?"

"从涅支博日那边回去。"兹比什科答道。

他们来到了涅支博日,走进一个地主宅院,老地主热莱赫接待了他

们。他们没有见到尤兰德,可是老热莱赫却向他们报告了一个好消息,他说:

"他们用雪替他擦身,简直把全身都擦得透进骨头里去了,他们还往他口里灌酒,然后又把他泡在热水缸里,于是他开始有气了。"

"他活过来了?"兹比什科高兴地问道,他一听到这个消息,便连自己的事情都忘记了。

"活是活过来了,但能否活下去,那只有上帝知道,因为在黄泉路上走了一半,灵魂是不高兴再回来的。"

"他们为什么要把他送走呢?"

"是公爵派人来接他去的,凡是家里能找到的羽绒被子都给他铺裹用了,他们才把他带走的。"

"他谈起过他女儿的事吗?"

"他刚刚才有了口气,还不会说话。"

"别的人怎么样?"

"他们都去见上帝了。这些可怜的人再也不能参加明天的早祷了,除非主耶稣专门为他们在天堂里举行早祷。"

"一个也没有活转过来?"

"一个也没有。到客厅里来说话吧!如果你们想去看看他们,他们都躺在生有炉火的长工屋里,请进来吧。"

虽然老热莱赫一再邀请他们,很乐意和他们聊聊天,但他们都急于赶路,不想进屋去打搅他了。从涅支博日到捷哈诺夫还有段很长的路,而兹比什科又急如星火地想见到尤兰德,从他那里打听一下达奴霞的消息。

于是他们在白雪覆盖的路上,竭尽全力地策马前进,等他们到达城堡的时候,早已过了午夜。这时候在公爵府第教堂举行的圣诞早祷也刚刚结束,兹比什科听见了牛和羊的叫声,这些声音是按照古老的宗教习俗,由教徒模仿牛羊而发出来的,以纪念天主是在牛棚里诞生的。做过弥撒之后,公爵夫人来看兹比什科了,她一脸惊恐不安和忧伤的神气,开口问他道:

"达奴希卡呢?"

"她不在。尤兰德没有说起过她吗？我听说他已经活过来了。"

"慈悲的耶稣啊……这是上帝对我们的惩罚呀！尤兰德还不会说话,像根木头一样躺在那里！"

"别担心,仁慈的夫人,达奴霞留在斯佩霍夫了。"

"你怎么知道的？"

"因为所有的雪橇车里都没有找到过女人的衣物,她不可能只带身上穿的这套衣服来这里的。"

"不错,感谢上帝！"

她的眼里立即闪出了欢愉的光辉,过了一会儿,她大声道:

"啊！亲爱的耶稣,看来今日出生的您并没有迁怒于我们,而是赐福于我们了。"

然而,她对尤兰德没有带女儿一起来,依然疑虑重重,于是她接着问道:

"为什么他要把女儿留在家里呢？"

兹比什科把自己的猜测告诉了她,她也觉得不错,但是还没有消除她的担忧。

"现在尤兰德要感谢我们的救命之恩了。"她说,"而且他的确应该感谢你,因为是你把他挖出来的。如果他还要再拒绝你,那他真是个冷酷无情的人了。这次也许是天主对他的警告,和神圣的婚礼是不能对抗的。只要他一清醒过来,能够说话了,我就立即告诉他。"

"首先得让他恢复知觉,因为我们还不知道他为什么不带达奴霞来,难道是她病了吗？"

"你别乱猜一气了,她没有来已经够我担心的了,要是她生病了,那他决不会离开她的！"

"是的！"兹比什科说道。

他们都到尤兰德那儿去了,房间里暖和得就像澡堂里一样,而且非常明亮,因为壁炉里烧的都是大块大块的松木柴。韦索涅克神甫在看护病人。病人躺在床上,身上盖有一床熊皮,他脸色苍白,头发被汗水纠结在一起,双眼紧闭,嘴张着,呼吸困难而又非常吃力,就连盖在他身上的熊皮也随着他的呼吸而一起一伏。

"他现在怎么样了？"公爵夫人问道。

"我灌了他一杯热葡萄酒，他便出汗了。"神甫回答道。

"他是不是睡着了？"

"也许没有睡着，因为他喘得很厉害。"

"你没有试着同他说话吗？"

"试过，但他什么也不说，我想在天亮以前他是不会说话的。"

"那我们就等到天亮吧！"公爵夫人说道。

韦索涅克神甫一再劝说她回去休息，但她坚决不答应。她时时刻刻都在考虑的，就是要在天主教的德行方面，要在照顾病人方面，都能赶上已故的王后雅德维佳，并以所积的功德为她父亲的灵魂赎罪。因此她从不放过任何机会，让别人觉得她在这个古老的天主教国家里并不比其他人差，这样便可以使人忘记她是出生于异教的国家。

此外，她心急如焚，就是想立即从尤兰德的嘴里打听到达奴霞的消息，因为她总是放心不下她的。她坐在他的床边，开始祈祷起来，后来她便打起瞌睡来了。兹比什科的身体并没有完全复原，再加上一夜的奔波劳累，不久之后，他也就和夫人一样，跟着打起瞌睡来。过了一个小时，他们两个都睡得那样深沉，要不是小教堂的钟声把他们惊醒，也许一觉就会睡到大天亮的。

钟声也惊醒了尤兰德，他睁开了眼睛，突然在床上坐了起来，眨巴着眼睛，朝四周张望着。

"赞美耶稣基督！您感觉如何？"公爵夫人说道。

但是他显然还没有清醒过来，因为他望着她时，像是不认识她似的，过了一会儿他大声嚷道："快去！快去挖开雪堆！"

"以上帝的名义，您已经在捷哈诺夫了！"夫人又开口说道。

尤兰德紧锁着眉头，像是在努力使自己恢复记忆似的，说道：

"在捷哈诺夫？孩子在等我……公爵大人和公爵夫人殿下……达奴希卡！达奴希卡……"

他突然闭起了双眼，又倒在枕头上了。兹比什科和公爵夫人害怕他又死过去了，但就在这一瞬间，他的胸口又开始起伏起来，就像个熟睡的人那样深深地呼吸着。

韦索涅克把一个手指放在唇边,示意不要叫醒他,随后他低声说道:

"也许他会睡上一整天的。"

"是的,不过,他刚才是怎么说的?"公爵夫人问道。

"他说,孩子在捷哈诺夫等他。"兹比什科回答道。

"这是由于他神志还不清楚,才会这样说的。"神甫解释道。

第二十八章

韦索涅克神甫甚至担心尤兰德再次醒来的时候,会染上伤寒病,会很久才能清醒过来。他答应公爵夫人和兹比什科,一俟老骑士能说话了,他便通知他们。他们一走,他也就去休息了,直到节日的第二天临近中午的时候,尤兰德才醒了过来,而且神志非常清醒。公爵夫人和兹比什科正好都在那里,尤兰德坐在床上,朝她望了一眼便立即认出她来了,说道:

"仁慈的夫人……上帝啊,我真的在捷哈诺夫吗?"

"您已经把圣诞节都睡过去了。"公爵夫人答道。

"雪把我埋住了。是谁救了我?"

"就是这位骑士——博格丹涅茨的兹比什科。您还记得,在克拉科夫……"

尤兰德用那只好眼睛瞧了瞧这个年轻人,说道:"记得……达奴希卡在哪儿?"

"难道没有和您一起来吗?"公爵夫人不安地问道。

"她怎么会和我一起来呢?我就是到她这儿来的。"

兹比什科和公爵夫人两人顿时面面相觑,他们还以为尤兰德在发热,说的是胡话,随后,夫人说道:

"啊,上帝,您快清醒吧。那姑娘不是和您在一起吗?"

"姑娘?和我?"尤兰德吃惊地问道。

"因为您带来的人都死了,可是在他们中间却没有发现她的尸体。您为什么把她留在了斯佩霍夫?"

尤兰德重复了一遍,但是语气却非常惊慌:

"在斯佩霍夫?可是她是在您的身边,尊敬的夫人,而不是在我那里!"

"您不是派了人带信到林中行宫来,要接她回去的吗?"

"以圣父、圣子的名义!我并没有派什么人来呀!"尤兰德答道。

这时候,公爵夫人的脸色突然煞白了。

"怎么回事?"她说,"您敢肯定您说这话是神志清醒的吗?"

"上帝慈悲,孩子在哪儿?"尤兰德跳了起来,大声喊道。

韦索涅克神甫听见这话,便匆匆离开房间,而公爵夫人接着说道:

"您听着,来了一支武装扈从队,还有一封您写的信,他们到林中行宫来接达奴霞的……信上说您那里发生了火灾,您被一根粗梁砸伤了……说您的眼睛已经半瞎了,想见见孩子……他们就把达奴霞带走了……"

"坏了!"尤兰德大声道,"上帝在上可以作证,斯佩霍夫既没有发生什么火灾,我也没有派人来接她回去!"

这时候,韦索涅克神甫拿着那封信回来了,他把信递给尤兰德,问道:

"这是不是您的神甫写的?"

"我不知道。"

"印章呢?"

"印章是我的。信里是怎么说的?"

韦索涅克神甫把信读了一遍,尤兰德边听边双手抓住自己的头发,后来说道:

"这封信是伪造的!印章也是假的……我的老天爷,他们抢走了我的孩子,想把她害死!"

"他们是什么人?"

"十字军骑士。"

"天哪!一定要告诉公爵,让他派人到大团长那里去!"公爵夫人喊道,"仁慈的耶稣!救救她吧,快去帮助她吧!"

她话一说完,便尖叫着跑出了房间。尤兰德也从床上跳了下来,匆忙将外衣披在自己魁梧的身上。兹比什科呆若木鸡地坐在那里,过了一会儿,他才气得把牙齿咬得咯咯地响。

"您怎么知道,是十字军骑士把她抢去的?"韦索涅克神甫问道。

"我凭天主的受难发誓！"

"等等！也许是这样。他们曾到林中行宫来控告您。他们想要向您报仇……"

"就是他们把她抢走的！"兹比什科大声喊道。他说完便急忙跑出了房间，朝马厩奔去，吩咐套好马车，给马备好马鞍，他自己也不明白为什么要这样做。他只知道，他应该去救达奴霞，而且要立刻就去，哪怕是到普鲁士去，也要把她从敌人手里夺回来，否则宁可去死。

随后他又回到了房间里，告诉尤兰德，武器和坐骑马上就准备好了，他相信尤兰德会和他一起走的。他怒火中烧，心中充满了痛苦和悲伤；但是他还没有失望，因为他认为，凭他和斯佩霍夫这个可怕的骑士联手合作，什么事情都能办成，凭他们两人的齐心协力，定能所向披靡，足以向十字军的整个军队发起攻击。

房间里，除了尤兰德、韦索涅克神甫和公爵夫人外，还有公爵、德·罗西和德乌戈拉斯的老骑士，后者是公爵在得知这件事情之后特意邀请来参加商议的。这位老骑士善于运筹帷幄，而且对十字军骑士的情况也非常熟悉，因为他曾做过十字军骑士团的俘虏多年。

"必须小心谨慎，免得只凭一时的气愤而把事情弄糟，反而会断送这位姑娘。"德乌戈拉斯的老爷说道，"必须立即去向大团长提出控诉，如果公爵殿下要我去给他送信的话，我马上就乘马前去。"

"我立即写信，就由您送去。"公爵说道，"我们绝不能失掉这个孩子，愿上帝和圣十字架帮助我们。大团长害怕和波兰国王打仗，他急于拉拢我的弟弟赛梅克和我自己……只要不是他下令抢走她的，那他一定会命令把她交回给我们的。"

"如果是他下令的呢？"韦索涅克神甫问道。

"虽然他也是个十字军骑士，但他比别的十字军骑士要正派一些。"公爵答道，"我刚才对你们说过，他现在急于拉拢我，而不想激怒我，雅盖沃的强大可不是玩笑……嘿，当然他们会想尽办法来耍弄我们，但是他们也知道，如果我们马茹尔人都去帮助雅盖沃，那么他们就会相当不妙了。"

但是，德乌戈拉斯的老骑士说道：

"这是实话。十字军骑士可不会做赔本的买卖,因此我就在想,如果他们劫走这个姑娘,不是为了迫使尤兰德放下武器,就是为了勒索一大笔赎金,或者要用她来做交换。"

说到这里,他转向尤兰德说道:

"在您现在的战俘中有些什么人?"

"有德·贝戈夫。"尤兰德答道。

"他很显要吗?"

"好像很显要。"

德·罗西先生一听到贝戈夫这个姓名,就问起他来,等他弄清是怎么一回事后,便说道:

"他是格尔德里亚伯爵的亲戚,而伯爵也是骑士团的大恩人,贝戈夫本人也是出身于一个对骑士团立下过汗马功劳的家族。"

"是的!"德乌戈拉斯的老骑士把他的话翻译给在场的人听了之后说道,"德·贝戈夫家的人曾在骑士团里担任过高级职务。"

"难怪丹维尔德和德·罗维一再要求释放他。"公爵说道,"只要他们一开口,就说非要释放德·贝戈夫不可,上帝在上,他们抢走这姑娘,一定是想用她来交换德·贝戈夫的。"

"那么,他们会放达奴霞的了。"神甫说道。

"但是,首先要知道她现在在什么地方。"德乌戈拉斯的老骑士说道,"如果大团长问起来,他应该命令谁把她交出来,那时候我们怎么答复呢?"

"她在哪里?"尤兰德嘶哑地说道,"他们一定不会把她放在边境上,因为他们怕我会去抢回她来,他们一定会把她送到维斯瓦河畔某个偏远的小城镇或者海边的某个地方。"

"我一定要找到她,并把她救出来。"兹比什科说道。

但是,公爵突然怒气冲冲地说道:

"这些狗杂种是从我的行宫中把她抢走的,这是对我的莫大侮辱。只要我活着,我就绝不会饶恕他们。这种背信弃义的行为我已经受够了。他们的袭击也无法忍受了!我宁愿与狼群为邻!但是,现在大团长必须严惩这些康杜尔,并把姑娘送回来,还要派使臣来向我道歉。否则，我便要向他宣战。"说到这里，他一拳打在桌子上，继续说道："啊哈，普沃茨克的兄弟会和我在一起的，还有维托尔德和雅盖沃国王的强大军队。忍耐是有限的，即使是个圣徒，也到了忍无可忍的地步了。我已经受够了！"

大家都沉默不言了，直等到他的怒火平息下来才继续商议。安娜公爵夫人看到公爵对达奴霞的事这样关切，非常高兴。她知道，公爵是个能容忍的人，又是很倔强的人，他一旦下定决心想做什么，就非要达到目的不可，绝不会有始无终。

随后，韦索涅克神甫开口说话了。

"骑士团过去有过一条规定，"他说，"未经神甫会和大团长的允许，任何康杜尔都不能自作主张，为所欲为。因此，上帝才赐予他们如此广大的、几乎超过任何一个国家的领土，然而现在，他们既不遵守规定，也不服从真理，既无诚实可言，又缺乏信仰。除了贪婪、掠夺之外，别无其他品格了，他们简直像群野狼，而不是人。他们连上帝的教诲都不遵奉，怎么会去服从大团长和神甫会的指令呢？他们在自己的城堡里俨然像个独立的诸侯，但在为非作歹方面却相互帮助、狼狈为奸。我们向大团长控告，他们一定会否认。大团长命令他们把姑娘交出来，他们必定会拒绝，或者会这样诡称：'她不在我们这里，我们并没有抢她。'他要他们发誓，他们就发誓，到那时候我们又该怎么办呢？"

"怎么办？"德乌戈拉斯的骑士说道，"只好让尤兰德回斯佩霍夫去，如果他们抢走姑娘是为了勒索赎金，或者是用她来交换贝戈夫，那他们一定会来通知尤兰德，而不会通知别人的。"

"毫无疑问，是那些到森林行宫来的人抢走达奴霞的。"神甫说道。

"大团长会把他们送上法庭，或者命令他们和尤兰德决斗。"

"决斗，他们必须和我决斗，因为我要先向他们挑战！"兹比什科大声说道。

尤兰德挪开了蒙着脸的双手，问道：

"到森林行宫来的是哪些人？"

"有丹维尔德和老德·罗维，还有两个教士戈特弗雷德和罗特盖尔。"神甫答道，"他们前来控告您，想要让公爵命令您放了德·贝戈夫。但是公爵从德·福奇那里得知,是日耳曼人首先攻击您的,便驳斥了他们,使他们空手而回。"

"您立即回到斯佩霍夫去。"公爵说道,"他们会去那里通知您的,他们直到现在还没有这样做,是因为这个年轻骑士的仆从把丹维尔德的一只胳膊扭断了。当时他是去向他们送口头挑战书的。您回到斯佩霍夫去,他们要是派人来和您接洽,您就马上报告我,他们会把孩子送来交换贝戈夫的。但是我绝不会放过他们的,因为他们是从我的宫里把她抢走的,这是对我的侮辱!"

说到这里,他又止不住火冒三丈,因为十字军骑士逼得他忍无可忍了。过了一会儿,他又继续说道:

"嘿！他们这是在玩火,到头来玩火者必自焚。"

"他们一定会否认的!"韦索涅克神甫又说了一遍。

"只要他们来通知尤兰德,说那姑娘在他们那里,那他们就无法否认了。"德乌戈拉斯的米科瓦伊有点不耐烦地答道,"我相信,他们绝不会把她放在边境上的,而是像尤兰德正确指出的那样,一定会藏在某个偏远的城堡里或者在海边的某个城市,但是,如果有了证据证明是他们干的,那他们在大团长面前也就无法否认了。"

尤兰德用一种奇怪而又可怕的声调一再念叨着:"丹维尔德、罗维、戈特弗雷德和罗特盖尔……"

德乌戈拉斯的米科瓦伊还建议派出一些有经验而又能干的人到普鲁士去,让他们打听尤兰德小姐是不是在什奇特诺和英斯博雷克城里,如果她不在那里,就去探听他们到底把她带到哪里去了。公爵手持权杖,出去发布相应的命令;公爵夫人则转向尤兰德,想和他说些宽心话来安慰他。

"您现在怎么样？"她问道。

他好一阵子什么话也没有说,仿佛没有听见她的问话似的,后来他突然说道:

"好像有人捅了我的旧伤口那样。"

"不过您要相信上帝的慈悲。等您把德·贝戈夫送回给他们,达奴霞就会回来的。"

"我是不惜牺牲我的鲜血的！"

公爵夫人犹豫了一下，要不要现在就把这件婚事告诉他，但是她考虑了一会儿，决定暂不告诉他，因为她觉得尤兰德遭此巨大不幸，不能再给他添烦恼了，而且她自己也感到有些害怕。"兹比什科一定会和他一起去找达奴霞的。也许兹比什科会有机会告诉他的。"她心里想道，"现在给他提这件事，那会让他发疯的。"于是她宁愿谈些别的话题。

"您别怪我们。"她说，"来的那些人穿的是您家的制服，又带来了盖有您印章的信件，说您病了，眼睛快瞎了，想再看看自己的女儿。我们怎么能反对而不执行她父亲的要求呢？"

尤兰德立即抱住了她的双脚。

"我不怪任何人，仁慈的夫人！"

"您要相信，上帝会把她还给您的，因为上帝在保护着她。上帝会把她救出来的，就像上次围猎时救出她一样。当时有一头野牛向我们冲了过来，幸亏主耶稣给了兹比什科启示，让他来救我们，他自己差点送了命，事后还病了很久，但是他救了我和达奴霞，为此公爵便赐给了他腰带和踢马刺。您瞧，上帝在保护她。毫无疑问，我们都非常心疼这孩子的。我本来以为她会和您一起来的，我就能看到我心爱的孩子了，谁知……"她的声音发抖，眼泪夺眶而出。在尤兰德心中抑制已久的悲痛绝望之情，也一下子爆发出来了，像一场狂风暴雨那样，来得既突然，又凶猛可怕。他双手揪住自己的长发，用头撞击着墙壁，嘶哑的声音一再喊道：

"耶稣！耶稣！耶稣！"

但是，兹比什科跳到他的身边，竭尽全力去按住他的肩膀，喊道：

"我们立即上路，到斯佩霍夫去！"

第二十九章

"这是谁的扈从车队?"经过拉扎诺夫之后,尤兰德仿佛从梦中醒来似的突然从沉思中惊醒过来,问道。

"我的。"兹比什科答道。

"我带来的人全都死了吗?"

"我看见他们全都死在涅支博日。"

"我的老伙伴全都没了!"

兹比什科什么话也没有回答,于是两人便默默而匆忙地赶路了,他们都想尽快赶到斯佩霍夫,期望能在那里见到十字军派来的使者。幸运的是,天气冷得又冰冻了,道路给冻得很硬,他们才能快马加鞭地前进。快到傍晚的时候,尤兰德又开口说话了,他问起那些来过林中行宫的十字军骑士团的教士们。兹比什科就把一切都告诉了他:他说起他们的控诉,他们的离开,德·福奇之死,也讲了他的随从如何一招就把丹维尔德的胳膊扭断。在他讲述的时候,突然想起了一件事情,那就是那个来到林中行宫的女人,她是丹维尔德派来送治伤药膏的。于是在休憩的时候,他便向那个捷克人和山德鲁斯问起她的情况来,但是他们都不大清楚她的去向,他们好像觉得她是和那些掳走达奴霞的人一道离开行宫的,或者是在他们走后不久便走了的。兹比什科现在才想到,她一定是特意派来给那伙人探听消息的,如果她看到尤兰德本人已在公爵府中,就向他们发出警告,要他们见机行事,他们就不会说是从斯佩霍夫来的人了,他们身上一定带有别的预备好的书信,他们就会给公爵夫人拿出这种书信,而不交出那封假造的尤兰德的书信了。所有这一切都安排得那样天衣无缝,使得这位年轻的骑士第一次想到,光用拳头去对付他们还不够,还得多用脑子,而他过去只是在战场上领教过日耳曼人的厉害。对他说来,这种想法是很不合乎他的心态的,因为他那巨大的忧伤和悲痛已经首先演变成一种强烈的要求战斗和流血的愿望。在他的设想中,为了救出达奴霞,需要经过一系列的战斗,有的是两军对垒,有的是单个的决斗。可是现在他认识到,需要把他的复仇和砍人脑袋的愿望控制起来,就像要给熊安上锁链那样,而应该去另想救出达奴霞的途径。想到这里,他便为马奇科不在身边而感到难过,因为马奇科既聪明机智,又勇敢善战。但是他决定,一到斯佩霍夫,他便要把山德鲁斯派到什奇特诺去寻找那个女人,并设法从她那里打听出达奴霞的下落。他想,即使山德鲁斯要出卖他,对他的事情也不会有多大的损害,相反的话,他倒能帮很大的忙,因为他做的这种买卖可以使他到处行走,甚至穿庭入户。

不过,他还是想先和尤兰德商量一下,于是他把这件事情留待到了斯佩霍夫之后再去决定。尤其是因为黑夜已经降临,他觉得尤兰德骑在高头大马上,由于劳累疲困和忧虑过度而昏昏欲睡。其实,尤兰德之所以低垂着头骑在马上,是由于不幸的遭遇使得他心绪不宁。看得出来,他一直在想这件事情,心里充满了极度的惊恐,因为他突然问道:

"我宁愿死在涅支博日那里,是你把我挖出来的吗?"

"是我和别的人一起把您挖出来的。"

"在那次围猎中,是你救了我的孩子吗?"

"我怎能不救呢?"

"现在你是要帮助我吗?"

这时候,在兹比什科的心中,立即涌起了对达奴霞的爱和对十字军骑士暴徒们的无比仇恨,他立即在马鞍上站了起来。他咬牙切齿,像是费了很大的力气才能说出来。

"您听我说,即使要我用牙齿去啃普鲁士的城堡,我也会去啃的。我一定要把她救出来。"

接着出现了片刻的沉默。尤兰德那种喜欢报复的难以克制的天性,在听了兹比什科的这几句话后,也被引发得满腔怒火了。因为在黑暗中,他把牙齿咬得咯咯地响,过了一会儿,他又一再念着这些名字:

"丹维尔德、罗维、罗特盖尔和戈特弗雷德!"

他心里在想,如果他们要他释放德·贝戈夫,他是会释放他的;如果他们还要他交付一笔额外的赎金,那他也是会交付的,即使要他拿出整个斯佩霍夫来作为代价,他也会在所不惜的。可是那些对他唯一的女儿动手的家伙,必将落得可悲的下场。

整个晚上,他们两个都没有合过眼。第二天,他们几乎彼此都认不出来,他们的脸容,一夜之间竟变得那样厉害了。

兹比什科脸上的那种痛苦和仇恨,深深打动了尤兰德,于是他开口说道:

"她用头巾蒙住了你,把你从死神手中救了出来,这个我知道。但是,你真的爱她吗?"

兹比什科直望着他的眼睛,脸上有一种自豪的神情,回答道:

"她是我的妻子。"

尤兰德听了这话,便把马勒住,吃惊地眨巴了一下眼睛,望着兹比什科,问道:"你说什么?"

"我说,她是我的妻子,我是她的丈夫。"

斯佩霍夫的这位骑士双手蒙住了眼睛,仿佛被一声惊雷照得两眼昏花了。他什么话也没有说,过了一会儿,便策马跑在队伍的前面,默默无言地行进着。

第三十章

但是骑在后面的兹比什科却忍受不住了,心想:"我宁愿他爆发出来,也不要他憋在心里。"于是他策马朝尤兰德走去,用马镫碰了碰他的马镫,开口说道:

"请您听听事情的经过吧。达奴霞在克拉科夫救我的事,您已经知道了。但是您却不知道,在博格丹涅茨,他们想要我娶雅金卡,她是兹戈热利兹的齐赫的女儿。我的叔叔马奇科很想让我娶她,她的父亲和我们的亲戚,富有的修道院院长也深表同意……何必多说呢?雅金卡是个正派而又美貌的姑娘,还有一笔可观的陪嫁,但是我不会娶她。我觉得雅金卡可惜,但要是娶了她,达奴霞就更可惜了。于是我便到玛佐夫舍来找达奴霞了,我向您说实话,没有她我无法活下去。请您想一想您自己恋爱时的情形吧,您只要想一想自己,您就不会感到奇怪了。"

说到这里,兹比什科停了一停,他想等尤兰德说点什么,但是尤兰德依然闭口不语,他便继续说道:

"在林中行宫打猎时,一头野牛冲了过来,上帝赐给我机会,让我救了公爵夫人和达奴霞,当时公爵夫人就说:'现在尤兰德不会反对了,他怎能不报答你的这种功劳呢?'可是我那时候还在想,未经父亲的同意我是不会娶她的。嘿!我当时身体很弱,因为那头野牛伤得我那样厉害,差点我就送命了。后来,您知道的,那些人来了,要把达奴霞接走,说是要接她回斯佩霍夫去,我那时还不能下床。我那时就想,我再也见不着她了。我认为您要她回斯佩霍夫,一定是要把她嫁给别人,在克拉科夫您就反对她嫁给我的……那时候,我就觉得还不如死了好。嘿,万能的上帝,那一夜是多么痛苦啊!只有悲伤,只有绝望!我那时觉得,只要她一离开我,对于我来说,就像太阳永远也不会升起来了似的,您应该懂得人世间的爱情和痛苦啊……"

兹比什科顿时泪水横流,泣不成声,但是他有颗坚强的心,他强忍住自己的悲痛,终于平息下来,说道:

"那些人是傍晚到达的,他们想马上就把她带走,但是公爵夫人却命令他们等到天亮以后再走。这时候,主耶稣突然启迪了我,让我去求公爵夫人,请她把达奴霞嫁给我。我当时认为,即使我死去,也至少得到了这份欢乐。请您也想一想,姑娘就要走了,而我却病得快要死了,来不及得到您的准许。公爵当时也不在林中行宫里(她也没有什么好商量的人),只得暂且由公爵夫人做主了。最后公爵夫人和韦索涅克神甫都很同情我,于是韦索涅克神甫便给我们举行了婚礼……上帝的威力,上帝的意旨……"

尤兰德低声地插话道:"也是上帝的惩罚!"

"为什么会是他的惩罚呢?"兹比什科问道,"只要您想一想,他们是在婚礼之前就来接她走的。婚礼举不举行,他们都是要把她掳走的。"

这时尤兰德又默不作声了。他独自策马朝前走去,神情阴郁,像石头一样铁青着脸。兹比什科因为把心中郁结已久的秘密都吐出来了,有一种如释重负之感,可是现在一看到他这副神情,便不禁害怕起来,他越来越惶恐不安地对自己说道:"老骑士会大发雷霆,一气之下和我绝交,我们从此便会成为陌生人,成为仇敌了。"

这时候,他感到特别沉重,自从离开博格丹涅茨以来,他的心情从来没有像现在这样坏过。他现在觉得,他没有同尤兰德和解的任何希望了,更加糟糕的是,他没有希望去搭救达奴霞了,一切都是枉费心机,将来等待他的只有更大的不幸和更大的痛苦。但是他的这种绝望情绪并没有维持多久,很快就变成了一种愤怒、一种争吵和打斗的欲望,这是符合他的天性的。"既然他不愿和解,"他心里这样想尤兰德,"那就分道扬镳吧,他愿意怎么样就怎么样好了。"他真想和尤兰德大吵一顿,他真想找个什么借口和人干一架,只要能干点什么,好让自己发泄一下,出出气,把心中的悲伤、痛苦和愤怒发泄出来,使自己的心情舒畅一些。

这时候,他们正好来到十字路口一家名叫"萤火虫"的酒店,尤兰德每逢从公爵宫廷返回斯佩霍夫的途中,总要让他的人马在这里休息一下,这次也不由自主地这样做了。过了一会儿,他便和兹比什科两人来到一个单独的房间里,尤兰德突然站在这个年轻骑士的面前,眼睛盯住他问道:

"你是为了她才来到这里的吗?"

兹比什科几乎是反唇相讥地回答道:

"您以为我会否认吗?"

他也直盯着尤兰德的眼睛,准备以怒还怒、以牙还牙地对待他。但是,尤兰德的脸上毫无愤怒之色,有的只是无限的悲愁。

"你还救过我的孩子吗?"过了一会儿,他又问道,"也是你把我从雪堆下面挖出来的吗?"

兹比什科吃惊而又惶恐地望着尤兰德,生怕他又神志不清了,因为这些问题,他早已问过多次。

"请您坐下来吧,我看出您身体还很虚弱!"兹比什科说道。

但是,尤兰德却抬起双手,按在兹比什科的肩膀上,突然用劲地把他拉向胸前,兹比什科也从刹那间的惊讶中清醒过来,立即抱住了他的腰。两人久久地抱在一起,因为共同的患难、共同的悲伤把他们紧紧联结在一起了。

等他们分开之后,兹比什科又抱住了老骑士的双腿,后来又饱含热泪吻着他的双手。

"您再也不会反对我们的婚事了吧?"他问道。

尤兰德回答道:

"我以前反对,是因为我心里已把她献给上帝了。"

"您把她献给上帝,上帝却把她给了我,这是上帝的旨意!"

"上帝的旨意!"尤兰德重复了一遍,"现在我们需要的是上帝的慈悲。"

"上帝如果不去帮助一个寻找女儿的父亲,一个寻找自己妻子的丈夫,那又会去帮助谁呢?他绝不会去帮助强盗的!"

"但是他们却把她抢去了!"尤兰德说道。

"您会把德·贝戈夫交给他们吗?"

"不论他们要什么,我都会给的!"

但是他一想起十字军骑士,新仇旧恨便一起涌上心头,像烈火那样烧遍他的全身。过了一会儿,他咬牙切齿地又说了一句:

"我还要加上一些他们不想要的东西。"

"我也发过誓要向他们报仇雪恨,不过现在我们要尽快赶回斯佩霍夫去。"兹比什科答道。

他出去吩咐快给马上好鞍子,等到给马喂过料,随从们也在房间里暖和过身子之后,他们便兼程赶路了。外面天快黑了,由于路途遥远,晚上酷冷,再加上尤兰德和兹比什科的体力并未完全恢复,于是他们都坐上了雪橇。兹比什科谈起了他的叔叔马奇科,他是非常想念他的,也为他不在此地而感到惋惜。要是他在的话,他的勇敢、他的机智都是大有用处的,因为要对付这样的敌人,机智比勇敢更重要。最后他转向尤兰德,问道:

"您的机智如何?因为我这方面很笨。"

"我也不行。"尤兰德回答道,"我和他们斗争,靠的不是机智,而是这双铁拳,是留在我心中的悲痛。"

"我明白,我明白,因为我爱达奴霞,而他们却把她抢走了。只是,上帝……"这个年轻的骑士说道。

他没有把话说完,因为他一想起这件事情,就觉得他的胸膛里面跳动的不是一颗人心,而是一颗狼的心。有一阵子他们都默默地走在月光照映下的雪白大道上。后来,尤兰德像是在自言自语似的喃喃说道:

"如果他们有什么理由向我报复,我无话可说!但是上帝可以作证,他们什么理由也没有……我都是在战场上和他们公开战斗的,那是我作为代表被我们的公爵派到维托尔德那里去的时候发生的事情。可是在这里,我是像对待邻居那样对待他们的……巴尔托什·纳文奇把被派来袭击他的四十个骑士抓获了,将他们套上镣铐关在科兹棉的地牢里,十字军骑士不得不用半车金钱来赎回他们。而我呢,凡是遇到前往十字军骑士团的日耳曼客人,我总是以骑士招待骑士的通常礼遇来款待他们,对他们礼遇有加。有时十字军骑士也越过沼泽地来袭击我,那时,我对待他们也不那么凶狠,但是他们对付我却那样凶狠毒辣,即使今天我也不会采取这种手段。"

这种可怕的回忆使他越来越感到揪心撕肺的痛苦,使他的话堵在喉咙里说不出来了。过了片刻,他才又继续说道:

"我只有一个最心爱的人,我把她看成是我的心肝宝贝,但是他们却把她像条狗似的用绳子捆住抢走了,她就被这样折磨死了……如今又是我的女儿被劫走……啊,耶稣!耶稣!"

重又出现了沉默。兹比什科抬起他那张年轻的脸孔向着月亮,脸上露出惊讶的神色,随后他望着尤兰德问道:

"老爹……取得人们的尊敬,对他们来说应该比寻求报复要好得多,为什么他们要对所有的国家、所有的人民犯下累累的罪行呢?"

尤兰德摊开双手,像是绝望似的,用低沉的声音回答道:

"我不知道……"

兹比什科对自己提出的问题也想了好一会儿,后来他的思绪又转到了尤兰德的身上。

"人们说您对他们的报复也够凶狠的。"他说道。

尤兰德压制住自己的巨大痛苦,镇定了一下,说道:

"我发过誓要消灭他们……我向上帝发过誓,如果上帝帮助我完成了报仇的任务,我就把我唯一的孩子献给天主。这就是我为什么会反对你们结婚的缘故。可是现在我不知道,这到底是主的意旨呢,还是因为你们的行为激起了上帝的愤怒?"

"不!我刚才就对您说过,即使没有举行婚礼,这些狗杂种也会把她掳走的。上帝接受了您的誓愿,而把达奴霞转送给了我。如果不是上帝的意旨,我们就不会这样做了。"兹比什科说道。

"每一种罪过都是违反上帝意旨的。"

"违反上帝意旨的是罪过,可不是圣礼,而圣礼却是上帝的事情。"

"正因为如此,才无能为力了。"

"感谢上帝,确实是无能为力了。您也不要埋怨了,因为没有人能像我那样帮助您去对付那些强盗的,您等着瞧吧,我会用自己的方法,为了达奴霞而去向他们报仇雪恨的。要是那些劫走您亡妻的人中间还有哪一个活着的话,您就把他交给我吧,瞧我是怎样来收拾他的。"

但是,尤兰德却摇了摇头,阴郁地答道:

"没有了。那些人当中一个也没有留下来!"

有好一阵子,只能听到马的鼻息声和马蹄踏在路上的嘚嘚声。

"有一天夜里,"尤兰德接着说道,"我听见一个声音,好像是从墙里发出来的,对我说:'报仇已经够了!'可是我没有听进去,因为那不是我亡妻的声音。"

"那是谁的声音呢?"兹比什科担心地问道。

"不知道。在斯佩霍夫,墙壁里常常有说话声,有时又是呻吟声,因为有许多套着镣铐的十字军骑士死在地牢里。"

"神甫又是怎么对您说的呢?"

"神甫给小城堡驱邪祛魔了。他也对我说过,不要再去报仇了,但是我无法做到。我对他们太凶狠了,反过来他们是在向我寻仇。他们伏击我,向我挑战……这一次也和过去一样,是马伊内格和贝戈夫首先向我挑战的。"

"您以前接收赎金吗?"

"从来不。在被我抓获的人里,德·贝戈夫将是第一个活着出去的。"

谈话停住了。他们这时已从这条宽大的道路转向狭窄的小径了。他们在这条小路上走了很久,小路弯弯曲曲,有的地方是林中低洼之处,上面积雪很深,难以通过,每到春天和夏天的雨季,这条小路便几乎无法通行了。

"我们现在快到斯佩霍夫了吗?"兹比什科问道。

"是的。"尤兰德答道,"还得再过一大片森林,接着便是一片沼泽地,小城堡就建立在沼泽地中央,沼泽地过去是水草丰盛的草地和干地,因此要到城堡去,须得经过一条堤埂。日耳曼人多次想把我俘获,但是他们枉费心机,反而在森林的草地上留下了他们的累累白骨。"

"这地方是很难找到的,如果十字军骑士派人送信来,他们能找到这里吗?"兹比什科说道。

"他们已派人来过好多次了,他们有识路的人。"

"但愿我们能在斯佩霍夫见到他们!"兹比什科说道。

然而,这种愿望却真的实现了,比这位年轻骑士所想象的还要快,因为当他们一走出森林来到开阔的地面时(斯佩霍夫就屹立在沼泽地中间),便看见前面有两个骑马的人和一辆低矮的雪橇,雪橇上坐着三个黑魆魆的人。

夜色明亮,在皑皑白雪的衬托下,那些人马显得格外清晰。一看见这群人,兹比什科和尤兰德的心便跳得更快了。如果不是十字军骑士派来的信使,还会有谁在半夜三更赶到斯佩霍夫来呢?

兹比什科命令车夫加速前进,不久便赶上了那伙人,连他们说话都听得见了。那两个骑马的人,很显然是保护那辆雪橇的护卫,便掉转马头面向他们,一边从肩上取下弩弓,一边喊道:

"后面来的是什么人?"

"他们是日耳曼人!"尤兰德悄悄对兹比什科说道。接着他提高声音,大声说道:

"该由我来问你们,你们只有回答的义务!你们是什么人?"

"走路的人。"

"什么样的走路人?"

"香客。"

"从哪里来的?"

"从什奇特诺。"

"正是他们!"尤兰德又低声说道。

这时候,两部雪橇已经并驾齐驱,走在一起了,同时在他们前方出现了六个骑马的人。他们是斯佩霍夫的护卫,日夜守卫着这条通往城堡的堤埂。在马旁边窜来窜去的是一群凶猛可怕、体形高大的狼犬。

护卫们一认出尤兰德,便向他高声问候致敬,同时他们在欢呼时,也不免感到惊奇,觉得他们的主人回来得这样快,这样出人意外。但是,尤兰德却全神贯注在这些信使上,于是他又转向他们,问道:

"你们是到哪儿去的?"

"到斯佩霍夫。"

"你们到那里有何贵干？"

"我们只能面告主人本人。"

尤兰德正要说："我就是斯佩霍夫的主人。"但他还是忍住了。他知道，他不能当着外人的面来进行这样的谈话。不过，他还是问了他们有没有带信件来。他得到的答复是：他们只是来送口信的。于是尤兰德便吩咐加鞭催马前奔，兹比什科也想尽早得到达奴霞的消息，（一心只放在这件事上）别的他也顾不了啦。堤埂上的护卫两次拦阻他们，他便有些着急了。甚至连在壕沟上放下吊桥，他也等得不耐烦了。壕沟后面竖立起一排高大的木栅栏，如果是在以前，他一定会很感兴趣的。这座城堡，日耳曼人一想起它那凶残的名声便止不住要画十字。如今它就出现在他的面前，他却视而不见了，一心只专注于十字军骑士派来的信使，他想从他们那里得到达奴霞身在何处、何时会被释放的消息。他根本没有想到，等待他的却是一个沉重的打击。

除了两个骑马的护卫和一个车夫之外，从什奇特诺来的信使只有两人，一个就是那个曾送治伤药膏到林中行宫来的女人，另一个则是个年轻的香客。兹比什科并不认识那个女人，因为他在林中行宫时没有见过她，但是那个香客他一看就知道，是个化过装的侍从。尤兰德立即把两人领到拐角的那个房间，他站在他们面前，壁炉里木柴燃烧的火光映照在他的身上，使他显得又魁梧，又令人生畏。

"我的女儿在哪儿？"尤兰德问道。

他们和这个凶相毕露的人面对面地站在一起，心里感到惶恐不安。那个香客虽然脸上露出傲慢的神色，但却像树叶那样簌簌发抖。那个女人的双脚也在抖个不停，她的目光从尤兰德的脸上转到兹比什科的脸上，然后又落在卡列布神甫那闪闪发亮的光头上，最后又回到尤兰德的身上，仿佛在问，那两个人干吗还留在这里？

"大人，"她终于开口说道，"我们不知道您问的是什么事情，但是，我们是为重要的事情才被派来的，那个派我们来的人明确命令我们，和您谈话时绝不允许有别人在场。"

"我用不着回避他们！"尤兰德答道。

"可是我们却要求回避,尊贵的大人。"那女人说道,"如果您要他们留在这里,那我们就没有什么话可说了,只请求您明天准许我们离开这里。"

这个不习惯被顶撞的尤兰德,立即露出了满脸的怒气。霎时间,他黄褐色的胡子开始可怕地抖动起来,但是,当他一想到事关达奴霞的问题,便镇定了下来。兹比什科最关心的是谈话能尽快进行,而且他也相信,尤兰德会把谈话的内容告诉他们,他便说道:

"既然非这样不可,就让你们单独谈吧!"

于是他便和卡列布神甫一道出去了。等他刚一走进那间挂满了尤兰德获得的武器和盾牌的大厅,格沃瓦奇便朝他走了过来。

"大人,就是那个女人。"他说道。

"哪个女人?"

"就是十字军骑士派来送药膏的那个女人,我一下就认出她来了。山德鲁斯也认出她来了,很显然她上次是来探听消息的,现在她一定知道小姐在什么地方。"

"我们等一会儿就会知道了。"兹比什科说道,"你们也认得那个香客吗?"

"不!"山德鲁斯回答道,"大人,您可不要买他的免罪符,他是个假冒的香客,如果您在他身上用刑的话,那一定会得到更多的情况。"

"等一等!"兹比什科说道。

兹比什科和卡列布神甫走出拐角的那个房间,门一关上,那个骑士团的修女便急忙走到尤兰德的跟前,低声说道:

"强盗把您的女儿抢走了。"

"是斗篷上有十字的强盗吗?"

"不!上帝赐福给了那些虔诚的教士们,是他们又把您女儿救了出来,她现在就在他们那里。"

"我问你们,她在哪里?"

"她现在正受到虔诚的索姆贝格教士的照顾。"她回答道。她双手交叉在胸前,深深地鞠了一躬。

尤兰德一听到这个可怕的屠杀维托尔德孩子的凶手的名字,便脸色煞白了。过了一会儿,他在凳子上坐了下来,双眼紧闭,用手擦着额头上冒出来的冷汗。

而那个一直还在胆战心惊的香客,一看到这种情形,便两手叉腰,懒散地坐在椅子上,伸出了双脚,用一双充满傲慢和嘲讽的眼睛望着尤兰德。

出现了长时间的沉默。

"马克瓦特教士也在帮助索姆贝格教士守护着她。"那女人又开口说道,"照顾很周到,小姐绝不会受到亏待的。"

"为了让他们释放她,我该做什么呢?"尤兰德问道。

"您得向骑士团屈服投降!"香客傲慢地答道。

尤兰德一听到这话便站起身来,朝他走了过去,俯身向着他,用一种压低了的可怕的声音说道:

"住嘴!"

这个香客又吓得魂不附体了。他知道,他可以说些刺激和讥讽尤兰德的话,也可以对他进行威胁,但是他更担心,生怕他话还没说出口,便先遭了殃,于是他只好闭口不言了。他的眼睛圆睁着,像是吓坏了似的,一动不动地直望着斯佩霍夫主人的那张可怕的脸,呆呆地坐在那里,只是他的胡子抖动得非常厉害。

尤兰德转向那个骑士团的修女,问道:

"你带信来了吗?"

"没有,大人,我们没有带信来,要说的话,都让我们当面转告。"

"那你就快说吧!"

她又把说过的话重复了一遍,仿佛是想让尤兰德永远记住这些话似的。

"索姆贝格和马克瓦特两位教士在照看小姐。而您,大人,请您克制自己的怒气……她是不会受到什么伤害的,尽管您多年来给骑士团带来了惨重的损失,但教士们对您还是要以德报怨的,如果您能满足他们的正当要求的话。"

"他们想要什么?"

"他们想要您放了德·贝戈夫先生。"

尤兰德深深地吁了一口气，说道：

"我一定会把德·贝戈夫交还给他们的。"

"还有被您关在斯佩霍夫的其他人也得放了。"

"我这里还有马伊内格和贝戈夫的两个随从，以及他们的仆役。"

"您都得放了他们，还得赔偿他们在关押期间的损失。"

"我绝不会为了孩子和你们讨价还价的。"

"虔诚的骑士团的教士们也料到您会这样做的。"这个女人说道，"但是我还没有把奉命要说的话说完。劫走您女儿的毫无疑问是一些强盗，他们一定是想索取一大笔赎金……上帝保佑教士们又把她夺了回来，现在他们别无所求，只要求把他们的战友和客人还给他们。但是教士们都知道，而阁下您也很清楚，这个国家对于他们是多么仇视，即使是他们做了多么正当的好事，也会受到不公正的对待。由于这个缘故，教士们都清楚，如果此地的人知道您的女儿在他们那里，就一定会认为是他们劫走的，这样一来，他们的善举反而会受到恶意中伤和抱怨控诉……啊，是的，这里一些别有用心的坏人就曾这样报答过他们，使虔诚的骑士团的名誉受到很大的损害，教士们不得不关心这件事。因此，他们便提出了另一个附加条件——那就是，要您亲自向您的公爵和这个国家的所有骑士声明——而且事实也是如此——不是骑士团的教士，而是强盗抢走了您的女儿，您要到强盗那里去把女儿赎回来。"

"事实是，强盗抢走了我的女儿，我要从盗匪那里赎出我的女儿来。"尤兰德说道。

"您对任何人都不能有别的说法，因为只要有一个人知道您是和教士们达成默契的，只要有一个人，或者只要有一份控诉送到大团长或者神甫会的手里，那么，事情就会变得更加困难、更加复杂了……"

尤兰德的脸上露出了不安的神情。刚开始，他认为康杜尔们要求保密是很自然的事情，因为他们怕负责任，怕有损名誉。可是，现在他怀疑可能还有别的原因，只是他一时无法搞清楚，因此他感到非常可怕，就像那些最无畏的人，当某种危险不仅威胁着他们本人，而且也威胁到他们的亲朋好友和他们所爱的人时，总会产生的那种惊恐畏怯的心态那样。

于是他决定要从这个骑士团的修女口中打听出更多的情况来。

"康杜尔们想要保守秘密。"他说道,"但是他们要我释放德·贝戈夫以及其他的人来交换我的女儿,这又怎么能保守住秘密呢?"

"那您就说,您是拿了德·贝戈夫先生的赎金去付给强盗们的。"

"人们是不会相信的,因为我从来不收取赎金。"

"您的女儿过去也从未出过问题呀!"这个修女气势汹汹地答道。

接着又是沉默,随后那个恢复了勇气和胆量的香客,认为尤兰德现在更能克制自己的情绪了,便说道:

"这也是索姆贝格和马克瓦特两位教士的意旨。"

修女又接着说道:

"您就说,和我一起来的这个香客,给您带来德·贝戈夫的赎金。我们就要和高贵的德·贝戈夫先生以及其他俘虏离开此地。"

"这怎么可以?"尤兰德紧锁眉头,说道,"你们以为,在你们还回我女儿之前,我就会释放这些囚徒吗?"

"阁下,您还可以采取别的办法,您可以亲自到什奇特诺去接您的女儿,教士们会把她送到那儿去的。"

"我?到什奇特诺去?"

"如果匪徒们又在半路上把她劫走了,那么您和您这里的人又会怀疑是虔诚的骑士团干的,因此,他们宁愿把她当面交到您手里。"

"我单身一人落入虎口,谁能保证我安全回来呢?"

"教士们的德行,他们的正义和虔诚可作保证。"

尤兰德开始在房间里踱来踱去,他已经预感到他们会背信弃义,而且他担心的也正是这点,但是他同时也感到,十字军骑士还会随心所欲地把许多条件强加于他,而他现在是无力抗拒他们的了。

不过,他突然想出了一个办法。于是他立即停在那个香客面前,目光炯炯地直盯着他,然后他转向那个修女说道:

"好的,我去什奇特诺。你和这个穿着香客道袍的人必须留在这里等我回来,然后你们就可以和德·贝戈夫以及其他俘虏一道离去。"

"您既然不相信,阁下,骑士团的修道士们,"香客说道,"那他们又怎么会相信您回来之后会把我们和贝戈夫放掉呢?"

尤兰德气得脸都发白了,这真是一个危急时刻,他真想掐住那个香客的喉管,把他按在地上,但他还是压住了胸中的怒火,深深地喘了一口气,才缓慢而又郑重地说道:

"不管你们是谁,别逼人太甚,我的忍耐也是有限的。"

香客转向修女道:

"说吧!他们是怎样吩咐你的。"

"阁下,我们不敢不相信您凭您的宝剑和您骑士的名誉发下的誓言,但是对您说来,在低贱的人面前发誓是有失身份的,而且派我们来这里也不是要您发誓的。"她说。

"那么他们派你们来干什么?"

"教士们告诉我们,您必须和德·贝戈夫以及其他囚徒一起到什奇特诺去,而且不得向任何人提及这件事情。"

尤兰德听了这话,双肩立即向后挺了起来,手指张开像鹰爪那样。最后他站在那个修女面前,弯下身去,像是要凑到她的耳边去跟她说话似的,说道:

"难道他们没有告诉你们,我会在斯佩霍夫把贝戈夫和你们缚在车轮上处死吗?"

"您的女儿反正在教士们的掌握之中,并且受到索姆贝格和马克瓦特的照顾。"修女加重语气说道。

"他们真是一伙强盗、放毒者、刽子手!"尤兰德大骂道。

"他们会给我们报仇的,他们在我们出发时对我们说:'如果他不能完全按我们的命令行事,那就只好让他的女儿像维托尔德的子女那样送命好了。'何去何从,请您挑选吧!"

"您要明白,您是在康杜尔们的掌握之中。"那个香客说道,"他们不想伤害您,什奇特诺行政长官让我们带话给您,他们会让您自由地走出他们的城堡。但是,您必须为了您给他们造成的伤害,去向十字军骑士赔礼道歉,请求胜利者对您的宽恕。他们会宽恕您的,但首先您必须低下您那强硬的脖子来,您曾公开骂过他们是叛徒和伪誓者,因此他们要您去亲身体验一下他们的信义,他们会让您和您的女儿得到自由的,但是您必须亲自去恳求他们。您一直在践踏他们,您必须发誓,您的手再也不去触犯白斗篷①了。"

"康杜尔们的意思就是这样,索姆贝格和马克瓦特的意见也和他们相同。"那个女人补充道。

接着是一片沉寂,好像只听到屋梁上的某个地方发出恐怖的回声一再重复着:"马克瓦特……索姆贝格……"窗外传来了护卫们的呼应声,他们守卫在城堡栅栏一带的堤埂上。

好长一段时间里,那个香客和修女时而交换着眼色,时而望着尤兰德。他靠墙坐着,一动不动,他的脸被挂在窗上的毛皮遮盖得非常昏黑,他的脑子里老是转来转去:如果他不按十字军骑士的要求去做,他们就会处死他的女儿;如果他照着做了,也许到头来既救不了达奴霞,也救不了他自己。他既无良策,也毫无出路可寻,他觉得有一种无情的力量在压迫着他,折磨着他。在他的想象里,他看到十字军骑士的铁手已经扼住了达奴霞的脖子,他非常了解这些十字军骑士,他丝毫也不怀疑他们一定会杀害她的。他们会把她埋在城堡的沟壑里,然后便会信誓旦旦地否认一切。到那时候,谁能证明是他们把她抢走的呢?尤兰德手里的确掌握着这两个信使,他可以把他们带到公爵那里去,他可以对他们施以酷刑,迫使他们招供出来,但是十字军骑士手里有达奴霞,他们也不会顾惜她的痛苦的。有一瞬间,他仿佛看见了达奴霞远远地向他伸出了双手,恳求他去救她……如果他知道她确实是在什奇特诺的话,他当夜就会越过边界,出其不意地袭击那些日耳曼人,占领城堡,消灭卫戍部队,救出女儿。但是,也许她不在,而且肯定是不在什奇特诺。这时,他的脑海里像闪电一样突然想到,如果他立即把这个女人和这个香客送到大团长那里去,大团长就会从他们那里得到口供,而下令把他的女儿送还给他,但是这个想法,像闪电那样来得快去得也快。这些人完全可以对大团长说他们是来赎取德·贝戈夫先生的,他们根本不知道任何姑娘的事。不,这条路行不通!那么又有什么办法可行呢?

---

① 十字军骑士都身披绣有黑十字的白斗篷,故常被称为"白斗篷"。

他想,如果他去了什奇特诺,他们就会给他套上手铐脚镣,把他关在地牢里,他们绝不会把达奴霞放走的,哪怕是为了证明,他们没有抢过她。死神就要降临到他最后一个亲人的头上,他的独生女儿依然免不了一死……他越想脑子就越乱,他越想越痛苦,到最后他竟变得麻木不仁了。他一动不动地坐在那里,身体就像死了似的,完全像座石雕,他这时候即使想站起来,也站不起来了。

这时候,那两个人已经等得不耐烦了,于是那个骑士团的修女便站了起来,说道:

"天快亮了,阁下,请允许我们离开一下,我们需要休息。"

"长途跋涉之后也需要吃点东西。"香客补充说道。

随后,他们两个向尤兰德鞠了一躬,便走出去了。

尤兰德依然一动不动地呆坐在那里,像是睡着了似的,又像是死了。

过了不久,门开了,出现了兹比什科,后面跟着卡列布神甫。

"这两个信使是什么人?他们想要什么?"兹比什科朝尤兰德走去,问道。

尤兰德浑身颤抖了一下,并没有立即回答他的问话,然后像个从酣睡中刚刚惊醒过来的人那样眨巴着眼睛。

"大人,您不会是生病了吧?"卡列布神甫说道,他非常了解尤兰德,一看就知道他发生了什么奇怪的事情。

"不是!"尤兰德回答。

"达奴希卡怎么样?"兹比什科继续问道,"她在哪儿?他们都对您说了些什么,他们带来了什么消息?"

"他们带来了赎金!"尤兰德一字一顿地回答道。

"是赎德·贝戈夫的赎金吗?"

"是的……"

"怎么会来赎贝戈夫?您怎么了?"

"没什么……"

但是,在他的声调里有一种奇特的东西,好像非常虚弱似的,使这两个人都突然害怕起来,尤其是听到尤兰德只提到赎金,而没有谈及拿贝戈夫去交换达奴霞的事情。

"仁慈的上帝！达奴霞在哪里？"兹比什科喊道。

"她不在十字军骑士那里,不在!"尤兰德像梦呓似的答道。

突然,他从椅子上跌倒在地,像是死了一样。

第三十一章

　　第二天中午,两个信使又和尤兰德见了面。过后不久,他们便带着德·贝戈夫、两个侍从和十多个其他俘虏离开了斯佩霍夫。尤兰德也立即召来了卡列布神甫,向他口授了一封给公爵的信,报告达奴霞不是被十字军骑士劫走的,但是他已经发现了她的藏匿之处,他相信再过几天他便能找到她。他把这些话又向兹比什科重说了一遍。兹比什科从昨晚起,便一直处在惊异和痛苦不堪中,差点都要发疯了。但是,老骑士不想回答他提出的任何问题,只是向他声明,要他耐心等待,不要为了救达奴霞而采取任何行动,因为那于事无补。傍晚,尤兰德又和卡列布神甫进行了密谈,他首先授命神甫给他写好了遗嘱,继而又向神甫做了忏悔,在受过圣礼之后,便把兹比什科和沉默寡言的老托利马叫了进去。托利马在过去的所有征战和决斗中都是他的同生共死的战友,和平时期则在斯佩霍夫管理他的农庄。

　　"这位就是,"他说道,同时转向这位老战士,提高了嗓门,好像是在跟一个耳背的人说话似的,"我女儿的丈夫,他们是在公爵宫廷中结婚的,并得到了我的同意。在我死之后,他便是斯佩霍夫的城堡、土地、森林、草原、人员和全部财产的继承人和拥有者……"

　　托利马听了非常惊讶,便把他那硕大方正的脑袋转向兹比什科,然后又转向尤兰德,什么话也没有说,因为他从来就很少说话,只是向兹比什科深深地鞠了一躬,轻轻地抱了抱他的双膝。尤兰德继续说道:

　　"卡列布神甫已写好了我的遗嘱,蜡封口上有我的火漆印记,但是你必须证明,这些话你曾听我亲口说过,是我命令你们必须服从这个年轻的骑士,就像服从我一样。还有,库房里的战利品和钱财,你要向他交代清楚;无论是和平时期,还是战争期间,你都必须对他忠心耿耿、至死不渝,听见了没有?"

托利马把双手举到耳边,点了点头。随后尤兰德做了个手势,他就躬身退出去了。尤兰德转向兹比什科,加重语气地说道:

"库房里的财宝就是最贪婪的人也足够他满意的,这些钱财不仅能赎回一个人,就是一百个也够了。你要记住!"

兹比什科却问道:

"为什么您现在就把斯佩霍夫给我呢?"

"我把女儿都给了你,何况斯佩霍夫!"

"可是死神到来的时刻还不知道哩!"卡列布神甫说道。

"是还不知道。"尤兰德忧郁地说道,"就在不久以前,大雪还埋过我一次,虽然上帝救了我,但我的体力大不如从前了。"

"啊,我的上帝!"兹比什科大声道,"昨天以来您变得多么厉害,您净说身后的事情,达奴霞的事一点也不说。仁慈的上帝!"

"达奴希卡会回来的,会回来的。"尤兰德答道,"上帝会保护她的。但是,你听着,只要她一回来,就带她到博格丹涅茨去,把斯佩霍夫交给托利马经管。他是个忠诚的人,但这里的邻居很坏……到了那里,他们就无法用绳子把她绑走了,那里更安全些……"

"嘿!您好像是从另一个世界来对我说话似的,这到底是为什么?"兹比什科大喊道。

"因为我已经有一半是在另一个世界上的了。现在我觉得自己已病入膏肓了,我只是牵挂着我的孩子,她是我唯一的女儿。你要好好地对待她,尽管我知道,你是爱她的……"

说到这里,他停住了,从鞘里拔出了一把名为"米热雷科尔迪亚"的短剑,把剑柄伸向兹比什科。

"现在,你再一次对着这十字架向我起誓:你永远不会欺侮她,你会始终如一地爱她……"

兹比什科突然眼里饱含着泪水,飞身扑在他的脚下,一个手指按在剑柄上大声说道:

"以神圣的耶稣受难起誓,我绝不会伤害她,我会始终不渝地爱她!"

"阿门!"卡列布神甫说道。

尤兰德把短剑插入剑鞘,张开双臂抱住了兹比什科:
"你也是我的孩子了!"
随后他们便分开了,因为夜很深了,他们几天来都没有好好休息过。翌日,天刚蒙蒙亮,兹比什科就起来了,因为昨天他实在吓坏了,他担心尤兰德真的病了。他急于知道尤兰德昨晚睡得怎么样。
在尤兰德的房门口,他碰见托利马从房间里走了出来。
"老爷怎么样了?身体还好吗?"他问道。
托利马鞠了一躬,然后把手掌竖放在耳后,说道:
"少爷有何吩咐?"
"我是问,老爷怎么样?"兹比什科大声地再说了一遍。
"老爷已经走了。"
"去哪里了?"
"我不知道……他是全副武装离开这里的……"

第三十二章

曙光刚刚照亮了树木、灌木林和散布在田野里的石灰石,那个走在尤兰德乘骑旁边的、雇来的向导便停步不走了,说道:

"请允许我歇口气,骑士老爷,我已经走得喘不过气来了,现在正在解冻,还有雾,不过,好在快到了。"

"你把我领上大路后就可以回去了。"尤兰德答道。

"大路就在这座树林的右边,一走上那座小丘,就能看见城堡了。"

说完之后,这个农民便双手拍打起自己的胳肢窝来,因为早晨的霜冻把他冻坏了,接着他就在一块石头上坐了下来,刚才的活动更使他喘不过气来。

"你知道康杜尔在城堡吗?"尤兰德问道。

"他病了,还能到哪儿去呢?"

"他怎么啦?"

"听说是被波兰骑士打了一顿。"老农民答道。在他的声音里有一种得意的感觉。他是十字军骑士团的臣民,但他那马茹尔人的心却为波兰骑士的得胜而高兴。过了一会儿,他又加了一句:"嘿!我们的老爷虽然个个都身强力壮,但敌不过波兰的骑士。"他一说完这话,便立即机警地望了这位骑士一眼,好像是要弄清楚,他刚才无意说出来的这些话,会不会给他带来灾难,于是他又说道:"老爷,您说的是我们的话,您不会是日耳曼人吧?"

"不是。继续带路吧!"尤兰德答道。

这个老农民站起来,又在马旁边走着。一路上,他不时地把手伸进一只小皮袋里,从里面掏出一把没有磨过的麦粒,把它送进嘴里,等他这样消除了第一阵饥饿之后,便开始解释他为什么要吃生麦粒。可是,尤兰德一心只想着自己的不幸、自己的事情,全然没有注意他吃的是什么。

"天主保佑！"他说，"在我们日耳曼老爷的统治之下，生活真是苦啊，捐税太多，穷人只好像牲畜那样吃带壳的谷粒了。他们发现谁家有手磨，他们就会把那家农民处死，把他家的粮食和其他东西都搜刮而去。嘿，甚至连孩子和女人都不放过……他们既不怕上帝，也不怕神甫。有一个马尔堡的神甫对他们的胡作非为不满，便遭到了他们的迫害，给套上了镣铐。啊！在日耳曼人的统治下，日子真是难过呀！如果有人用手磨磨了麦子，那他一定得把面粉留到神甫的安息日去吃，每逢星期五，他就得像鸟那样啄吃了。就是这样，也得感谢上帝，因为在青黄不接的时候，就连谷子也吃不到的……既不许捕鱼……又不许打猎……和玛佐夫舍的情况大不一样。"

这个十字军骑士团管辖下的农民，像是自言自语，又像是对尤兰德说的，一路唠叨个不停。这时候，他们经过了一片荒野，荒野上有积雪覆盖的圆石灰石，然后他们便走进了一片树林。在晨曦的照耀下，树林呈现出灰褐的色彩，透出一股刺骨的、潮湿的寒气。现在已是大白天了，要不是白天，尤兰德便很难穿过这条林中小路。这条小路直朝山上伸去，它是那样狭窄，有些地方，他那匹高大的战马刚刚才能从树干缝中钻过去。不过，只过了大约念几遍"主祷文"的工夫，他们便穿越了这片森林，来到了一座白雪皑皑的小山上，一条人们常走的山路正从山顶中间穿过。

"就是这条路了，老爷，您自己也能走到。"农民说道。

"我能走了，你回家去吧，老乡！"尤兰德一面答道，一面伸手到那缚在马鞍前面的皮袋里，拿出一枚银币，递给了向导。这个农民一向受到当地十字军骑士的拷打和勒索，从来没有得到过他们的任何报偿，几乎都不敢相信自己的眼睛，他把钱接了过来，便立即将头紧贴在尤兰德的马镫上，双手抱住了他的脚。

"啊，耶稣，马利亚！愿上帝报答您的慷慨大方！"他喊道。

"上帝与你同在！"

"愿上帝赐福于您！什奇特诺就在前面。"

他说完之后，再一次俯身在马镫上，随后便消失不见了。尤兰德独自留在山上,朝那个农民所指的方向放眼望去,只见一片茫茫的、潮湿的雾幕,把他前面的整个大地都遮没了。在这片浓雾的那一边,便是那座凶恶的城堡了。他正被一种暴力和灾难推到那里去,快到了!已经快到了!以后会发生什么事就让它发生吧……一想到这里,尤兰德的心里,除了痛苦和为达奴霞担心外,除了决心从敌人手里把她救出来,即使流尽自己的鲜血也在所不惜,还感受到了一种新的、极端痛苦的、前所未有的屈辱感。这个过去一提起他的名字,邻近的康杜尔们便会胆战心惊的尤兰德,如今却要俯首帖耳地去听从他们的摆布。他曾经所向披靡,打败过他们多少人,现在却成了个失败者,成了个被人践踏的人了。他们的确不是在战场上把他打败的,不是靠勇敢和骑士的力气战胜他的,但他依然感到自己是个失败者。这对他来说真是一件闻所未闻的事情,使他感到整个世界的秩序都颠倒过来了。他是去向十字军骑士投降的,如果不是为了达奴霞,他情愿单枪匹马去向骑士团的整个军队展开进攻。过去也不是没有先例的——一个骑士要在屈辱和死神之间作出选择,他宁愿独自去攻打一支大军。然而现在,他却是去接受屈辱的,一想到这里,他心里就痛得直想大喊大叫起来,就像狼中了箭那样悲号。

但是他这个人不仅有铁打的身体,还有铁一般的意志,他既能使别人屈服,也就能控制住自己。"我现在不能走。"他对自己说,"一定得先把这股怒气压下去,否则我不仅救不出我的女儿,反而会使她送命。"

他就这样在和他的顽强意志、他的愤怒和渴望战斗的意愿进行着斗争,谁要是看见他全副武装,骑着高头大马屹立在那个山头上,准会认为他是个铁打的巨人,绝不会知道这个一动不动的骑士此时此刻正在进行着他有生以来最激烈的一场斗争。他一直都在与自己进行着斗争,直到他战胜了自己,觉得能控制住自己的意志为止。

这时候,迷雾还没有消失,但变得更稀薄了,而且,到最后,迷雾中间浮现出一片更为黝黑的东西,尤兰德立即想到,那一定是什奇特诺城堡的城墙了。他看见这幅景象,依然站立不动,但却热烈而又虔诚地祷告起来,就像一个除了上帝的慈悲便别无所有的人那样祈祷着。等到他策马前进的时候,他感觉到他的心里已有了一种信心,他已经准备好了去承受他遇到的一切痛苦和不幸。他想起了圣乔治,这个卡帕多细亚[①]最大家族的子孙,忍受了各种屈辱的酷刑,不仅没有失去丝毫的尊严,反而被安置在上帝座位的右首,成了所有骑士的保护神。尤兰德不止一次地听远方来的香客们说起圣乔治的种种经历,他现在就用这种回忆来增强自己的信心。

他的心里渐渐地萌生出一种希望。十字军骑士的确以爱好复仇而闻名,因此,他毫不怀疑,他们会为他们过去的种种失败而向他报复,为他们过去每次决斗失败而受到的耻辱、为他们多年来生活在恐惧中而向他报复。

但正是这些想法给他增添了勇气。他心里在想,他们劫走达奴霞,就是为了要得到他本人,等到他们抓住了他的时候,那么达奴霞对他们来说还有什么用处呢?是的!他们会给他套上镣铐,而且不敢把他关押在玛佐夫舍的附近,一定会把他送到某个边远的城堡去,而把他一直关在那边的地牢里,直到他呻吟而死,但是他们一定会把达奴霞放回去的。即使是后来大家都知道了,他们是靠狡诈和暴力才把他逮住的,让他受尽了折磨,大团长和神甫也不会因此而过分责备他们的,因为他尤兰德,对十字军骑士太狠毒了,他让他们流的血,超过世界上的任何一个骑士。相反地,这个大团长却有可能因为他们囚禁这个无辜的姑娘而惩罚他们,而且这个姑娘还是公爵的养女,大团长为了与波兰国王进行一场危险的战争,现在正在竭力拉拢公爵哩。

他的希望越来越大,有时他简直就认定达奴霞会回到斯佩霍夫,受到兹比什科的有力保护。"他是个强壮的汉子,"他想,"决不会让别人伤害她的。"他开始满怀热情地回想起听到的有关兹比什科的所有情况。"他在维尔诺城下打败了日耳曼人,还同他们进行过决斗。他还和叔叔一道,向那两个弗里兹人挑战,并把他们劈死了。他还向里赫顿斯泰因攻击,还冲向野牛救了我的女儿,并向四个十字军骑士挑战。他一定不会放过他们的。"想到这里,他抬眼望天,说道:"我把她献给上

[①] 一个小亚细亚东部的古代小国。

帝,上帝又把她给了兹比什科。"

他的希望更大了,因为他认为,既然上帝把达奴霞给了那个年轻人,那他决不会让日耳曼人来嘲笑他,一定会从他们手里把她夺回来,哪怕是整个骑士团的势力都拒绝放她。后来他又想起了兹比什科:"嗨,他不仅是个强壮的人,而且还像金子一样纯净,他一定会保护她、爱她。啊,耶稣,您给了我女儿一个最好的丈夫。不过,我也知道,她一旦和他在一起,就会连公爵的宫廷也不想念了,就会连父亲之爱也不那么看重了。"一想到这里,他止不住眼睛都潮湿了,心里也涌起了无限的思念之情。他真想在他的有生之年再看到他的女儿,而且希望将来能和两个亲人在一起,死在斯佩霍夫,而不要死在十字军骑士团的黑暗牢房里。不过一切都凭上帝的安排了!什奇特诺已经在望,城墙在薄雾中更加清晰可辨了,牺牲的时刻临近了,他又在给自己打气,说道:

"全凭上帝的意志了!但是生命的黄昏来临了,多活几年、少活几年都是一个样。嘿,我真想再见见两个孩子啊!不过,说句公道话,我已经活得够本了。凡是该经历的,我都经历过了,该我去报仇的人,也报过仇了。现在怎么样呢?留在世上还不如去见上帝好,既然该受痛苦,那就痛苦好了。达奴霞和兹比什科,即使在他们最幸福的时刻,也不会忘记我的,他们一定会常常想念我,会这样问道:'他现在在哪儿?他是还活着呢,还是已置身于上帝的集会中?'他们会去打听我的下落,而且一定会打听出来。十字军骑士热衷于报复,但更贪求赎金。兹比什科是不会吝惜金钱的,哪怕是赎回骨头也在所不惜,他还会不惜金钱为我多做几次弥撒。他们两人都有颗善良诚实的心,也都有一颗爱心。但愿您,上帝和圣母马利亚为此而祝福他们。"

现在不仅道路宽敞了,而且来往行人也增多了,一辆辆满载着木材和稻草的大车直朝城里开去。牧人们在驱赶着畜群。从湖里捕捞上来的冻鱼装在雪橇上。有一处地方,四个弓箭手押解着一个套着锁链的农民上法院去,显然他是犯了罪的,双手被反绑着,脚上套有镣铐。由于积雪很深,他几乎都无法挪步前行了,从他的鼻孔和口里喷出的气息,形成了一条条的蒸汽,而那四个弓箭手一面催赶他,一面还唱着歌。他们一看到尤兰德,便好奇地望着他,他们都为骑士和马匹的雄伟高大而惊叹不已。但是他们一看见金马刺和骑士的腰带,便把弓箭朝向地面,以表示对他的欢迎和敬意。小城里的人更多了,也更嘈杂了,人群都急忙给这个全副武装的人让路。他走过主要的街道,便转弯朝城堡走去,城堡依旧藏在迷漫的薄雾中,仿佛还在沉睡似的。

但是,并不是城堡四周的一切都还在沉睡,至少乌鸦和喜鹊就没有睡,它们成群结队地在城堡门外的高地上空翱翔飞旋,展翅鸣叫。尤兰德走近一看,才明白它们为什么会群集在这里。就在通往城门的大道旁边,竖立着一座大绞刑架,上面吊着骑士团管辖下的四个马茹尔农民,没有微风,这四具尸体直挂在那里,像是在低头看着自己的双脚似的,没有丝毫的晃动。只有当大群的黑鸟栖息在头上和肩上相互扯来扯去、啄动着绳索和啄吃着这四颗低垂的人头时,这四具尸体才轻轻地晃动起来,其中有的尸体已吊在那里很长时间了,因为尸体的头都光秃了,脚也变得更细更长了。尤兰德一走近,这些黑鸟便哗啦一声都飞了起来,在空中盘旋一阵之后,又开始落在绞刑架的横梁上。尤兰德经过绞刑架时,便不由自主地画了个十字,他走近城壕,在大门前吊桥拉起的地方,他停住了,吹起了号角。然后,他又吹了第二遍、第三遍,又等了一会儿,城墙上一个活人也没有,城门里面也听不到任何声音。过了一会儿,在城门的近旁,有一座砌在砖墙中的格子窗,突然喀啦一声,一扇沉重的窗门打开了,窗洞里出现了一个日耳曼卫兵满脸胡子的脑袋。

"谁在那里?"一个刺耳的声音用德语问道。

"斯佩霍夫的尤兰德!"骑士回答道。

听了这句话后,那窗门又立即关了起来,出现了一片寂静。时间在流逝,门后面又是没有任何的动静,只能听到绞刑架那边传来的乌鸦的呱呱声。

尤兰德又站了很长的时间,后来他又吹起了号角。

但是回答他的依然是寂静。

直到此时他才明白,这是十字军骑士为了显示威风,故意让他在门外久久等候的,而且这种威风,用在失败者身上是无限度的,往往把他当成乞丐来羞辱一番。他也猜测到,他就得这样等下去,一直等到天黑,或者还要等更长的时间。因此,刚一开始那会儿,他的血沸腾起来了,他真想立即下马,拿起城壕旁边的一块大石头,朝窗洞那边扔过去。如果是在别的场合,不仅是他,任何一个马茹尔人或者波兰骑士都会这样干的,最多不过让他们出门来和他决斗一番。但是当他一想起他是为何而来的时候,他就克制住了自己,还在那里等下去。

"难道我不是为了孩子才来牺牲自己的吗?"他心里想道。

于是他又耐心地等下去。

这时候,城墙上的望风洞里又出现某种昏黑的东西,出现了几个披着毛皮的人头,还裹着黑头巾,有的甚至还戴着铁头盔,一双双好奇的眼睛从铁头盔下面望着这位骑士。来看的人与时俱增,因为这个可怕的骑士独自一人等在十字军骑士团的大门外,对于守城的卫队说来,真不失为一大奇观。以前谁若是看见他,谁就等于是看见了死神,而现在他们却可以平平安安地望着他了,人头越堆越高,几乎城门两边的望风洞上都站满了卫队。尤兰德心想,那些高级一些的人员一定在城门附近的塔楼上从窗口里望着他了。于是他抬头朝那边望了过去,然而那边的窗孔都深深嵌在墙壁里,根本无法从窗口望见里面。原先在望风口默默望着他的那些人,现在都开始交谈起来了,有的人还提到了他的名字,有的人又大笑了起来,粗暴的声音在吆喝着他,像吆喝一头狼似的,而且越来越傲慢。显然他们不会受到什么干预,于是有些人竟敢向这位站在城门前面的骑士扔起雪球来了。

尤兰德像是不由自主地挪动了一下坐骑,过了一会儿,他们停止扔雪球了,说话声也静息下来了,甚至有些人头也在墙后消失了。尤兰德的名字的确太可怕了。但是少顷,即使是最懦弱的人也会想到,他们和那个可怕的马茹尔人还隔着一条城壕和一座城墙,于是那些粗鲁的士兵们又开始扔起雪球来,有的还向他扔冰块、瓦片甚至石头,这些东西落在甲胄和马衣上,发出了啪啪的响声。

"我是为孩子牺牲来的。"尤兰德又对自己说了一遍。

他还在等着。中午过去了,墙上的人都走空了,已经被召唤去吃午饭了。只有几个值班的人,不得不在城墙上吃饭。吃过饭后,这些卫兵为了取乐又拿骨头朝这个饥饿的骑士扔去。他们还打起赌来,看谁敢下去,用拳头或矛柄打他的脖子。还有些吃过饭回来的人在向他叫喊,如果他不愿意再等下去,那他可以去上吊,因为绞刑架上还有一个空着的吊钩,而且绳子都准备好了。下午的时光就在这些嘲笑挖苦、大叫大喊、哄然大笑和恶毒咒骂中过去了。短暂的冬季白天已是时近黄昏了,吊桥依然高挂在空中,城堡大门一直在紧紧关着。

黄昏时刻,刮起风来了,薄雾散去,天空明朗,晚霞四射。白雪变成了深蓝色,后又成了紫罗兰色。没有冰冻,夜色定会是晴朗的。城墙上除卫兵外,又没有其他的人了。乌鸦和喜鹊都离开了绞刑架,朝森林飞去。最后,天空终于变黑了,大地上又是一片寂静。

"他们不到晚上不会开门了。"尤兰德想到。

有一瞬间,他真想回到城里去,可是他立即就放弃了这种想法。"他们就是想要我在这里等。"他思忖道,"我要是回去,他们也不会放我回家的,他们会把我包围起来,把我抓住,然后,他们就会说,他们什么也不欠我的,因为他们是用武力把我俘获的。况且,即使我冲出去了,我也还是要回来的……"

许多外国编年史家一向都十分惊羡波兰骑士的坚忍不拔精神。他们忍饥挨饿、不怕天寒地冻和蔑视困难的毅力使他们能够完成那些懒散的西方骑士所无法完成的种种功绩。尤兰德却比别人更富于这种坚忍不拔的精神,尽管他早已饥肠辘辘,晚上的严寒也已透过他铁甲下面的皮外衣,但他决心等下去,哪怕死在城门口也要坚持下去。

但是,还未入夜,突然从他身后传来了雪上行走的脚步声。

他回头一望,只见朝他走来的有六个手持长矛和戟的武装人员,他们是从城里那边出来的,另有一个人是用剑撑着走来的。

"也许他们会给这些人开门,我就跟着他们进去。"尤兰德想到,"他们还不至于用武力来抓住我,或者把我杀掉,因为他们人数太少了。如果他们攻击我,那就表明,他们并不想遵守诺言了。到那时候,遭殃的就是他们了。"

他这样一想,便拿起了那把挂在马鞍上的钢斧(这把钢斧重得普通战士双手都很难举起来),策马朝他们走了过去。

但是,他们并没有想攻击他。相反,这些士兵立即把矛和戟插在雪地里,由于天还没有全黑,尤兰德看到他们握着武器的手还在哆嗦。那

个扶着长剑的第七个人,看来是他们的头儿,他迅速伸出左臂,手指向上举了起来,说道:

"骑士大人,您就是斯佩霍夫的尤兰德吗?"

"我就是……"

"您想要听听我带来的口信吗?"

"我想听!"

"强大而虔诚的康杜尔丹维尔德命令我转告您,大人,如果您不下马,城门就不会打开。"

尤兰德好一阵子站在那里不动,后来他才下了马,马匹立即被一个弓箭手牵了过去。

"武器也必须交给我们。"那个拿剑的人说道。

斯佩霍夫的老爷犹豫了一下,也许他们会向一个手无寸铁的人攻击,他们会像杀死野兽那样杀死他。也许他们会抓住他,把他关进地牢里。但是过了一会儿,他又想到,如果他们真想这样做,被派来的人就会更多。要是他们向他发起攻击,他们也不能马上就打碎他的甲胄。到时候,他还能从最靠近他的人那里夺过一件武器来,在他们的援军到来之前,便能把他们斩尽杀绝,他们是深知他的厉害的。

"即使是他们想要我放血,我也正是为这个才来的。"他心想。

他这样一想,便把斧头扔下了,随后他又解下了他的剑和短剑,扔了出去。他又等在那里。他们把这些武器都拿走了,之后,那个原先跟他说话的人便退后了几步,站在那里,用一种傲慢的口气大声道:

"为了你过去对骑士团犯下的种种恶行,你必须按照康杜尔的命令穿上我拿给你的这件麻袋衣,把你的剑鞘用根绳子吊在你的脖子上,恭恭敬敬地等在门边,直到康杜尔开恩于你,下令打开城门为止。"

过了一会儿,尤兰德又是独自一人留在黑暗和寂静中。那赎罪的麻袋衣和绳索摆在他面前的雪地上显得更黑了,他久久地站在那里,觉得他的灵魂里有什么东西在崩溃、在破坏、在挣扎、在死去。他感到他已不再是个骑士了,不再是斯佩霍夫的尤兰德了,而是一个穷光蛋,一个没有姓名、没有名誉、没有威望的奴隶。

当他走近那件赎罪的麻衣时,已经过去了一段相当长的时间,他开始对自己说道：

"我怎么能不这样做呢？而您,耶稣,也知道,如果我不按照他的命令去做,他们就会杀死我那无辜的孩子。而且您也知道,要是为了我自己的性命,我是决不会这样做的！耻辱是苦涩的东西！很难忍受……但是您死之前,他们也羞辱过您！那么,就以圣父和圣子之名……"

随后他弯下身去,穿起了那件麻袋衣,麻袋上面给头和双手开了三个洞口,接着他又用绳子把剑鞘吊挂在自己的脖子上,这才拖着沉重的步子,朝城门挪了过去。

城门还没有打开。但是,现在城门迟开或是早开,对他来说都是一样的。城堡沉浸在万籁俱寂的黑夜里,只有城角上的卫兵不时地发出呼应的声音。在城门旁的塔楼上,只有最高的一个窗口才有亮光,其他的窗户都是漆黑一团。

夜晚一小时接一小时地过去了,天空中出现了一弯月牙儿,把阴郁的城堡城墙照亮。周围是那样寂静,尤兰德都能听见自己的心跳声,但是他已麻木了,呆呆地站在那里,像具化石,灵魂仿佛已脱离他的躯体,他什么事情都不知道了。唯一留在他脑海里的只有这种念头:他不再是个骑士了,他不再是斯佩霍夫的尤兰德了。那么,他究竟是什么人,他自己也不知道了。有时候,他又好像觉得,在这寂静的黑夜里,死神正从他早晨看见的那些吊挂的尸体那里走出,穿过雪地,悄悄地向他走近。

他突然打了个寒战,立即清醒过来:

"啊,慈悲的基督！这是什么?！"

从门旁塔楼的最高窗户里突然传来了开始是隐约可闻的诗琴声。尤兰德前来什奇特诺时,曾相信达奴霞不在城堡,然而他在深夜里听到诗琴的声音,使他顿时无比激动。他觉得他熟悉这声音,除了她以外,绝不会是别人在演奏,一定是他的女儿,他亲爱的孩子……于是,他立即跪在地上,一面双手合在一起做起祷告来,一面像发高烧那样颤抖着,侧耳倾听起来。

就在这一瞬间,一个带有童音、思念情切的声音唱了起来:

> 如果我有一双
> 像小鹅那样的翅膀，
> 我就会跟随雅希科
> 飞往西里西亚。

尤兰德想要呼唤、喊叫他那亲人的名字，但他的话都堵在喉咙里了，仿佛他的喉咙被一个圆铁箍箍住了似的。他的心里突然涌起痛苦、悲伤、思念、苦难的阵阵波涛。于是他把脸埋在雪里，无比热诚地在心里呼唤着苍天，就像在做感恩祈祷时一样。

"啊！耶稣！我又听见了我孩子的声音了！啊！耶稣……"

他号啕大哭起来，哭得连他那魁梧的身体都颤抖起来了。

塔楼上，又传来了那愁绪万千的歌声，这歌声在这寂静的夜空里缭绕回旋。

> 我就会坐在
> 西里西亚的篱笆上，
> 紧紧盯住可怜的孤儿
> 我亲爱的雅希科。

翌日清晨，一个强壮的、满脸胡子的日耳曼士兵，开始用脚猛踢那躺在门口的骑士的屁股。

"站起来，狗东西！门开了，康杜尔命令你去见他。"

尤兰德仿佛是从睡梦中惊醒过来似的，他没有扼住那士兵的喉咙，也没有用他那双铁似的双手把他捏死，他的脸色平静而又谦恭。他站了起来，默不作声地跟着那个士兵走进了城门。

然而，当他一走过大门，就听见身后响起了链条声，吊桥又慢慢地吊了起来，大门的沉重铁栅也落了下来。

第三十三章

尤兰德来到城堡的庭院中,起初不知道该朝哪儿走,因为把他领进大门的那个士兵离开了他,到马厩去了。在栅栏旁边的确站了许多士兵,有的独个,有的三五成群,但他们个个骄横傲慢,用一种嘲弄的眼光看着他。老骑士立即就能看出,他们是决不会给他指路的,即使他们会回答他的问话,那也会是恶言恶语或是凶相毕露。

有的士兵用手指指着他,放声大笑;有的士兵则像昨天那样,朝他扔雪团。他看见有一座比其他门都大得多的大门,门上还钉有一块石碑,碑上是一尊耶稣被钉在十字架上的圣像,便朝它走了过去。他想:如果康杜尔和其他高级教士住在城堡的其他部分或者其他房间,一定会有人把他领过去。

事情果然如此。当尤兰德一走近那座大门时,两扇门便立即打开了。门前站着一个像神甫那样剃着光头的青年,穿的却是世俗的衣服,他问道:

"先生,您就是斯佩霍夫的尤兰德吗?"

"我就是。"

"虔诚的康杜尔命令我给您带路,请您跟我走。"

他开始领他走过一座拱形大厅,朝阶梯走去。可是他在阶梯边停住了,望着尤兰德,问道:

"您身上带有什么武器?我奉命检查您。"

尤兰德高举起双手,好让这位向导看清他的全身,同时回答说:

"昨天我把所有的东西都交出去了。"

这时候,这位向导放低了声音,悄悄说道:

"您得小心点,别发脾气,因为您已置身于强权和暴力之下。"

"但也处在上帝的意志之下。"尤兰德答道。

尤兰德一说完，便朝向导仔细地看了一看，见他的脸上有一种怜悯和同情的神情，便对他说道：

"你眼里有一股正气，年轻人！你能实实在在地回答我的问题吗？"

"快说吧，老爷！"向导回答道。

"他们会把孩子还给我吗？"

"您的孩子在这里？"

"是我的女儿。"

"就是城门旁边塔楼上的那位小姐吗？"

"是的。他们答应交还给我的，如果我向他们投降。"

向导摇了摇手，表示他什么也不知道，脸上却露出了不安和怀疑的表情。

尤兰德又问道：

"据说索姆贝格和马克瓦特在看守她，这是真的吗？"

"那两位教士不在城堡。不过，先生，您在行政长官丹维尔德病愈之前，赶快把您女儿带走吧！"

尤兰德听了这话，禁不住全身颤抖了一下。但是他没有时间再多问什么了，因为他们已来到了楼上的大厅。尤兰德就要在这座大厅里见到什奇特诺的行政长官了。青年把门打开之后，便后退回到阶梯那边去了。

斯佩霍夫的骑士走了进去，便置身在一间非常宽敞的房间里。房里非常昏暗，因为铅框的玻璃窗格只能透进很少的光线，而且这一天又是个阴霾的冬日。尽管在房间的另一边生着一只大壁炉，可木柴不干，火势不旺。等过了一段时间，尤兰德的眼睛习惯了这种昏暗之后，才看见房间靠里的桌子后面坐着几个骑士。他们的身后是一群武装的侍从和仆役，其中还有那个城堡的小丑，他牵着一头上了链锁的驯熊。

尤兰德曾和丹维尔德决斗过一次，后来又曾在玛佐夫舍公爵府中见过两次，当时丹维尔德是作为使臣去的。尽管事隔多年，而且房里又昏暗，但尤兰德还是一眼就认出了他，一是由于他肥胖，二是因为面熟，三是因为他坐在桌子后面正中的那把扶手椅上。他的一只手上了夹板,靠放在椅子的扶手上。他的右首坐着英斯布雷克的齐格弗雷德·德·罗维,他是整个波兰民族,特别是斯佩霍夫的尤兰德势不两立的敌人。左首是两个年轻一些的教士戈特弗雷德和罗特盖尔。丹维尔德特意把他们请来,就是要他们看看他怎样战胜这位凶猛的敌人,同时也让他们共享他们一起策划、一起实现的这个阴谋的果实。他们现在安安稳稳地坐在那里,身穿柔软的黑色衣服,腰间挂着便剑,一副扬扬得意、非常自信的样子。他们骄傲而又轻蔑地望着尤兰德,这是他们对待弱者和战败者的一贯态度。

沉默了很长的时间,因为他们想饱看一番这个他们昔日十分畏惧的骑士,如今他却低垂着头站在他们的面前,还像个悔罪者那样身穿赎罪的麻袋,脖子上还挂着一根粗绳,绳子上系着他的剑鞘。

他们显然是想让更多的人看到他卑躬屈膝的场面,因为通向其他房间的侧门都敞开着,谁想进来都可以。整个大厅里的人几乎一半都是武装人员,他们个个怀着强烈的好奇心望着尤兰德,大声交谈着,对他说长道短。可是他看到这么多人,心里反而充满着希望。因为他想:如果丹维尔德不履行自己的诺言,就不会招来这么多作见证的人了。

这时候,丹维尔德挥了挥手,让大家静了下来,接着他向一个侍从做了个手势。那个侍从就走到尤兰德身前,一把抓住他脖子上的粗绳,将他拉向桌子好几步。

丹维尔德满面春风地望着在场的人,说道:

"你们看,骑士团的威力是如何战胜凶恶和傲慢的。"

"上帝保佑永远如此!"在场的人齐声答道。

又出现了片刻的静默,随后丹维尔德转向那个俘虏说道:

"你过去像条疯狗似的乱咬骑士团,因此,上帝也就使你像条狗一样站在我们的面前,脖子上带着绳索,以祈求宽恕和怜悯。"

"你不能把我比成狗,康杜尔!"尤兰德回答道,"因为你这是在贬低那些和我决斗过又在我手下战死的人的荣誉。"

那些武装的日耳曼人,听了这话都纷纷议论起来,不知道是他的大胆回答把他们激怒了,抑或是他回答的正确性使他们深表赞同。

但是,康杜尔对这种对话深为不满,于是他说道:

"你们看,他到了现在这种地步,还是那样趾高气扬、咄咄逼人,朝我们眼里吐唾沫!"

尤兰德举起双手,像是祈求苍天作证似的,边摇头边回答道:

"上帝知道,我的傲慢已经留在这里的城门外了。上帝看到,并会作出评判,你们这样侮辱我的骑士荣誉,也就是在侮辱你们自己,骑士的荣誉只有一种,每个受过册封的骑士,都是应该尊重它的。"

丹维尔德紧锁眉头,但是就在这时候,那个城堡的小丑,把锁着熊的那根链条弄得哐当响,大声叫道:

"布道啦!布道啦!玛佐夫舍的传教士来了,你们快听呀,布道了!"

随后他转向丹维尔德说道:

"老爷,罗森侯因伯爵因为他的敲钟人过早地敲钟把他惊醒,请他去听布道,他就命令那个敲钟人把钟绳一节一节地吞吃下去。如今这个传教士脖子上也有一条绳子,您也命令他在布道之前把绳子吃掉。"

他说完这番话,便有点神情不安地望着康杜尔,因为他猜不透这位康杜尔会高兴得笑起来呢,还是会为了他这番不合时宜的话,下令鞭打他一顿。但是,那些骑士团的教士们在力不从心的时候,就变得非常圆滑、彬彬有礼,甚至非常谦恭;对于失败者,他们却是肆无忌惮、为所欲为。因此,丹维尔德不仅向这个驯兽的小丑点了点头,表示欣赏他的嘲讽,而他本人也以前所未有的粗暴方式大叫大嚷起来,以至于几位年轻的侍从都露出一脸惊讶的神情。

"别抱怨你受了侮辱。"他说道,"即使我把你变成条小狗,你又能怎么样!骑士团的看狗人也比你们的骑士强!"

那个受到鼓励的小丑便大叫起来:

"快拿刷子来,给我刷刷熊毛,它也会回报你的,用爪子梳理你的乱毛!"

他的话引起了一片大笑。教士后面有一个声音喊道:

"夏天你就去割湖中的芦苇!"

"还可以用你的尸体去捕蟹!"另一人喊道。

第三个人又加了一句:

"你现在就去赶走吊死鬼身边的那些乌鸦吧！这里有你干的活！"

他们就这样嘲笑这个他们过去怕得要命的尤兰德。在场的人渐渐露出了欣喜之情，有几个还从桌子后面走出，来到这个俘虏面前，细细打量着他，还说道："这就是斯佩霍夫的那头野猪呀！我们的康杜尔已把他的獠牙敲掉了，他的猪嘴里肯定在吐白沫，他一定很想把别人撕成碎片，可是他办不到了！"丹维尔德和其他的骑士团骑士本想把这次审问开成一次严肃的法庭审讯，现在看到事态如此发展，便从椅子上站起身来，和那些走到尤兰德身边的人混杂在一起了。

英斯布雷克的老齐格弗雷德对于这种情景，的确很不满意，但是康杜尔亲自对他说道："您不要发愁，好戏还在后面哩！"于是他们也开始打量起尤兰德来，因为这是个难得的机会。以前，无论是骑士，还是士兵，要是这样近地看他，那么看过之后，准会永远都闭上眼睛了。有的人说："他真是魁梧，尽管麻袋下面还穿着皮上衣。可以用豌豆秸把他裹起来，拉到市集上去示众。"不过，其他的人却喊着拿啤酒来，以便让这一天过得更愉快些。

不一会儿，就响起了酒壶的叮当声，整个昏暗的大厅都充满了从壶口溢出来的泡沫的气味。兴高采烈的康杜尔说道："这就对了，让他不要以为他的忍辱负重是件了不起的事情！"于是他们又朝他跟前走去。有的还用锡酒杯碰了碰他的下巴，说道："你很想喝吧，你这个马茹尔的尖猪嘴！"有的人还把啤酒倒在自己的掌心里，然后朝他的眼睛摔了过去。但是他站在他们中间，神情呆滞，逆来顺受。最后，他再也无法忍受下去了，于是他朝老齐格弗雷德走去，大声吼叫起来，顿时把大厅里的嘈杂声都镇下去了：

"凭着救世主的受难和灵魂的得救，快把孩子还给我，这是你们答应过的！"

尤兰德想抓住这个老康杜尔的右手，但是他迅速退开了，说道：

"滚远些，你这个奴隶，你想干什么？"

"我放了贝戈夫，又亲自来到了这里，你们答应过，我这样做了，你们就要把在你们这里的我的孩子还给我。"

"谁答应过你了？"丹维尔德问道。

"你得凭良心和信仰来做事,康杜尔!"

"你找不到证人的。况且,这种只凭荣誉的口头允诺,就是有证人又顶个屁用!"

"那就凭你自己的荣誉!凭骑士团的荣誉吧!"尤兰德大声喊道。

"到时候会把你的女儿还给你的。"丹维尔德答道。随后他就朝着在场的人说道:

"他在这里所受到的一切,只不过是一场无关痛痒的闹剧,根本不能和他犯下的暴行和罪孽相比。既然我们已经答应过,只要他亲自前来向我们表示屈服谢罪,我们就还给他女儿,你们就会相信,一个十字军骑士说的话,就像是上帝说的话一样,是言而有信、不容置疑的。所以,我们从强盗手中夺过来的那个姑娘,马上就会获得自由,至于他自己,只要好好地忏悔了过去对骑士团犯下的种种罪行,我们也会放他回去的。"

那些了解丹维尔德的为人及其对尤兰德的仇恨的人,听了他这一番话,大为惊讶,都不曾想到他会这样宽大为怀。因此老齐格弗雷德、罗特盖尔和戈特弗雷德教士都扬着眉、蹙起额地望着他,一副惊奇的神情。但是丹维尔德却装出没有看出他们满腹疑虑的样子,说道:

"我会派卫兵送你女儿回去的,但你要留在这里,一俟我们的卫兵安全返回,你也交清了赎身金,你就能回去。"

尤兰德也不无惊疑,因为他本已不再抱有希望了,就连自己的牺牲是否对女儿有好处也不敢肯定了。因此,他几乎是怀着感激之情来望着丹维尔德的。

"上帝会报答你的,康杜尔!"他答道。

"你该了解耶稣的骑士了。"丹维尔德说道。

尤兰德立即回答道:

"这全是天主的仁慈!我有好长一段时间没有看到我的女儿了,请允许我见一见我的孩子,并为她祝福。"

"好吧,不过要当着我们大家的面才能相见,好让在场的人都能成为我们信念和恩惠的见证人。"

他说完这句话,便吩咐身边的侍从去把那个姑娘带来,他自己则朝罗维、罗特盖尔和戈特弗雷德走去,他们立即将他围住了,开始了一番急速而热烈的谈话。

"我不反对你这样做,但你原来的打算并不是这样。"老齐格弗雷德说道。

那个以勇敢和残酷而出名的炮筒子罗特盖尔说道:

"怎么回事?你不仅要放掉那个姑娘,还要把那条魔鬼似的疯狗也放掉,好让他再来咬人吗?"

"他再也不能像过去那样咬人了!"戈特弗雷德嚷道。

"咳!他还要付赎金!"丹维尔德漫不经心地回了一句。

"即使他把所有财富都交出来,一年之内,他就会从我们这里加倍地抢回去。"

"把姑娘放掉我不反对。"齐格弗雷德又说了一遍,"可是要放掉这只狼,骑士团的羊群可得付出代价了。"

"我们的诺言呢?"丹维尔德边笑边问道。

"你过去不是这样说的……"

丹维尔德耸了耸肩膀,问道:

"你们还嫌不够开心吗?还想再开心一些吗?"

人们又围住了尤兰德。他们深为丹维尔德这种宽宏大量的举动所感动,认为他给骑士团增了光,因而纷纷对尤兰德冷嘲热讽。

"你这个吸血鬼,你看看,"城堡弓箭手的队长说道,"你们的异教徒兄弟决不会这样对待我们基督教的骑士的。"

"你喝过我们的血吧!"

"可我们对你却是以德报怨……"

然而,尤兰德对于他们言论中的傲慢和侮辱,都一概置之不理。他心情激动,睫毛都润湿了,他一想到马上就要见到达奴霞了,而且能见到她也确是出于他们的恩德,便对那些说话的人低声下气,他终于开口说道:

"不错,不错,我过去对你们太厉害了……但是……我没有搞什么阴谋。"

这时候,在大厅的另一端,突然有人喊了起来:"他们把姑娘带来了!"整个大厅顿时一片沉寂,士兵们向两旁散开,他们之中没有一个人见过这个尤兰德小姐,而且由于丹维尔德的行动十分秘密,大部分人根本不知道她就在这座城堡里,而那些知情的人,都赶忙悄悄地告诉别人她那天仙般的美貌,所有的眼睛都怀着强烈的好奇心,朝那扇她要出来的门望去。

就在这时候,一个侍从先出来了,后面是大家都认得的那个骑士团女仆,也就是到过林中行宫的那个女人。在她身后出现的是个身穿白衣裙的姑娘,披散的头发用一根带子束在额头上。

整个大厅突然爆发出一片大笑声。尤兰德起初向女儿扑了过去,突然间他又后退了几步,脸色像亚麻布一样煞白,呆立在那里,惊讶地望着这个被当成达奴霞交还给他的姑娘。这个姑娘尖脑袋,嘴发青,眼睛呆滞。

"这不是我的女儿!"他用一种惊恐的声音说道。

"不是你的女儿?"丹维尔德大声说道,"凭帕德邦的圣里包留斯的名义发誓,要么我们从强盗那里抢救出来的不是你的女儿,要么就是什么巫师把她变了样,因为在什奇特诺就再也没有别的姑娘了。"

老齐格弗雷德、罗特盖尔和戈特弗雷德急忙交换着眼色,他们对丹维尔德的狡诈真是赞赏不已。但是,他们还来不及发表意见,尤兰德便用一种吓人的声音喊叫起来:

"她在这里!她在什奇特诺!我听见她唱过歌,我听到过我女儿的声音!"

丹维尔德听到这话,便转身向着在场的人,镇定而又直截了当地说道:

"我请所有在场的人作证,特别是请您——英斯布雷克的齐格弗雷德,还有你们两位虔诚的教士罗特盖尔和戈特弗雷德,为我作证,我按照诺言和誓约把这个姑娘交出来了,这个姑娘,据被我们打败的强盗说,就是斯佩霍夫的尤兰德的女儿,如果不是他的女儿,那就不是我们的过错了。不过,这也许是天主的旨意,他用这种方法把尤兰德送到了我们的手中。"

齐格弗雷德和两个年轻的教士都点了点头,表示他们已经听见了他说的话,而且如果必要的话,他们会出来作证的。随后他们又急忙交换了一下眼色,因为这实在是大大出乎他们的意料:抓住了尤兰德,又不交还他的女儿,表面上又遵守了诺言和誓约,还有谁能做到这样呢?!

尤兰德立即跪在地上,苦苦哀求丹维尔德,先是以马尔堡的所有圣物,后又以他祖先的遗骸和骨灰,求他把真正的女儿还给他,而不要像个背信弃义的骗子和叛徒那样行事。他的声调既绝望,又是那样真诚,使得有些人也猜想到这里面定有什么阴谋诡计,还有的人认为,一定是什么巫师真把她变成了另一个人。

"上帝看得见你的背信弃义!"尤兰德大声叫道,"为了救世主的创伤,为了你逝世的时刻,请把孩子交还我吧!"

他站起身来,弯腰屈膝地朝丹维尔德走去,像是要去抱住他的双膝似的。他的眼里闪耀着近似疯狂的光芒,他的声调里交替出现着痛苦、恐怖、绝望和威胁。丹维尔德听到当众骂他背信弃义和欺骗,便蹙起了眉头,扇动着鼻翼,终于满脸通红、火冒三丈了。为了进一步折磨这个不幸的人,丹维尔德朝他走了过去,俯身对着他的耳朵,咬牙切齿地低声说道:

"如果我把她还给你,那一定会带着我的私生子回去!"

然而,就在这一瞬间,尤兰德像头公牛似的咆哮起来。他双手抓住丹维尔德,把他高高地举起。大厅里立即响起一片可怕的叫喊声:"饶命啊!"接着咚的一声,康杜尔的躯体被重重地扔在了石头地上,脑浆从碎裂的脑壳中溅射出来,溅了站在近旁的罗特盖尔和齐格弗雷德一身。

尤兰德朝摆放武器的墙边飞跑过去,抓起一把巨大的双刃宝剑,像一阵狂风暴雨似的朝那些吓呆了的人冲杀过去。

这些人本来都习惯了战斗、屠杀和流血的生活,如今却吓得不知所措,惊魂未定才开始后退和逃走,就像一群绵羊碰上一只凶狠的狼那样四窜逃走。大厅里全是恐怖的惊呼声、脚步声、打翻器皿的叮当声、仆役们的呼号声和驯熊的咆哮声——这头熊挣脱了驯兽小丑的绳索,爬上了一扇高窗——还有吓得乱叫"快拿矛拿盾、拿剑拿弓"的叫喊声。终于,出现了刀光剑影,几十把刀剑指向了尤兰德,但是他毫不在乎,反而像疯了似的直朝他们冲了过去。于是一场前所未闻的混战开始了,这场混战与其说是生死决斗,还不如说是场屠杀。年轻而又火暴的戈特弗雷德教士首先堵住了尤兰德的去路。尤兰德的宝剑闪电似的一击,就把他的头连同他的一只手和肩胛骨都劈了下来。接着被尤兰德砍倒的是弓箭手的队长、城堡总管冯·布拉兹和英国人胡格斯,胡格斯虽然不知道这件事的原委,可他很同情尤兰德及其苦难的遭遇,他是直到丹维尔德被打死之后才拔出武器参加战斗的。其他的人看到这个人的可怕力气和乱打乱杀,便结成一队,以便合力抵住他的抗击。但这种办法反而遭到更大的损失。尤兰德已是怒发倒竖,两眼通红,满身是血,气喘吁吁,愤怒到了极点。他挥舞着那把利剑,直朝着只有挨揍的份的人群砍了过去,他左劈右砍上刺下戳,一顿猛打猛杀,直把他们打得一个个倒在了地上。到处是一摊摊鲜血,狼藉满地,宛如暴风雨把树林连根掀翻。极其恐怖可怕的时刻重又来临,仿佛这个凶狠的马茹尔人独自一人就能把他们杀光似的,而这些日耳曼人有如一群只会狂吠乱叫的猎犬,没有猎人的帮助,就无法战胜一头凶猛的野猪。他们也无法与他的力量和暴怒相抗衡,和他拼杀,只会给他们带来死亡和失败。

"散开!围住他!从后面攻击!"老齐格弗雷德·德·罗维喊叫道。

于是他们就在大厅里分散开来,就像田野里的一群椋鸟,突然遇到一头弯钩鼻的隼鹰从高空猛扑下来那样惊慌四散。但是他们围不住他,因为他杀得性起,不但不去找一个防守的据点,反而沿着墙壁开始追逐他们,谁若是被他追上了,就会像遭到雷击那样倒下身亡。屈辱、绝望和希望落空,化成了一种要求血战到底的渴望,把他天生的神力又增加了十倍。这把利剑,十字军骑士团中的大力士也得用双手握住才能挥动起来,可是在他手中却像羽毛那样轻巧,一只手就能挥洒自如。他不想活命,也不想逃走,甚至也不抱获胜的希望,他要的是复仇。他像是熊熊的烈火,或者像一条决了堤的河流,盲目地冲毁一切阻挡它洪流奔腾的障碍物。而他也就是这样一个可怕、狂暴的破坏者,他无情地刺杀、砍断、践踏、屠杀和扼死他的敌人。

他们也无法从背后去攻击他,因为从一开始就没有人能追上他。

那些普通的士兵就是从背后接近他也非常害怕。因为他们知道，只要他一回过身来，任何人间的力量都无法使他们摆脱死神了。其余的人更是胆战心惊，他们认为一个普通的骑士不可能这样所向无敌，而这个同他们拼杀的人一定是得到了某种神力的帮助。

但是，老齐格弗雷德和罗特盖尔教士跑到了回廊上，这条回廊在大厅的一排大窗子的上面。他们召唤别的人也和他们一样到那里去避一避，他们便一拥而上，由于楼梯狭窄，便你挤我撞的，都想尽快跑到上面去，再从那里来攻击这个力大无比的人。因为他们认为，他们再也不能和他短兵相接了。最后上来的人终于把通向回廊的那扇门关紧了，只有尤兰德一人留在下面的大厅里，回廊里响起了快乐而得意的欢叫声。不一会儿，沉重的橡木桌椅板凳和插火把用的铁环纷纷落到这个骑士的身上。有一件物体正好打中了他的额头，打得他血流满面。与此同时，高大的正门被打开了，从上面窗户召唤而来的仆役们一齐拥进了大厅，他们都被武装了起来，手里拿着矛、戟、斧子、石弓、尖木桩、棍棒、绳索和他们在匆忙之中随手拿到的各种各样的武器。

疯狂的尤兰德用左手擦着脸上的血，免得视线模糊。他一鼓作气地冲向整个人群。大厅里重又响起了呻吟声、铁甲交击声、咬牙切齿声和被击杀的人的悲号声。

第三十四章

当天晚上,就在这同一座大厅里,老齐格弗雷德·德·罗维坐在桌子的后面,他在丹维尔德死后暂时代管什奇特诺的行政事务,他的旁边坐着罗特盖尔教士、贝戈夫骑士——尤兰德以前的俘虏,还有两个年轻的贵族出身的见习教士,他们不久就要穿上白斗篷了。冬日的暴风雪在窗外怒吼,扑打着铅制的窗框,吹得插在铁环中的火把的火苗摇曳不止,还时不时地把壁炉里的烟雾倒灌进大厅。这些教士虽然是在开会讨论,但都默不作声,因为他们都在等着齐格弗雷德发言。可是齐格弗雷德却双肘支撑在桌子上,双手在他低垂的灰白头发上摸来摸去,脸孔被罩在阴暗中,他阴郁地坐在那里,心里净是不愉快的想法。

"我们要商量些什么事情呢?"罗特盖尔终于问道。

齐格弗雷德抬起头来,看了看说话的人,仿佛从沉思中惊醒过来,说道:

"商量一下这次的失败,估摸一下大团长和神甫会将说些什么,再讨论讨论如何使我们的行动不给骑士团带来损害。"

接着他又沉默不语了。过了一会儿,他朝四周环视了一下,翕了翕鼻孔,说道:"这里还能闻到一股血腥味。"

"不,康杜尔。"罗特盖尔说道,"我已下过命令,洗刷地板,熏燃硫磺。这是硫磺的气味。"

齐格弗雷德用一种奇异的目光望着在座的人,说道:

"愿圣光之灵怜悯丹维尔德和戈特弗雷德两位教士的灵魂!"

他们都明白,他之所以要恳求上帝怜悯他们的灵魂,那是因为他们一谈到硫磺,就想到了地狱,于是他们浑身感到一阵刺骨的寒冷。大家都立即应道:

"阿门!阿门!阿门!"

过了一会儿,重又听到朔风怒吼和窗框晃动的声音。

"康杜尔和戈特弗雷德教士的遗体在哪儿?"这位老人问道。

"在小教堂里,神甫们在为他们诵经祈祷。"

"已经入殓了没有?"

"入殓了,只有康杜尔的头上蒙着布,因为他的脑壳和脸都被打烂了。"

"其余的尸体在哪里?伤员在哪里?"

"其余的尸体都放在雪地上,一面好让尸体冻僵,一面正在赶做棺材。伤员都送到医院去治疗了。"

齐格弗雷德又双手抱了抱脑袋。

"这竟是一个人干的!上帝啊,当骑士团日后和这个豺狼似的民族进行大战的时候,希望得到您的庇佑!"

听到这话,罗特盖尔抬眼望天,像是想起了什么似的,说道:

"我在维尔诺听说,沙姆比的执政官曾对他的兄弟——大团长说过:'如果你不进行一场大战,不把他们斩尽杀绝,彻底消灭,我们和我们的民族就会倒霉遭殃的。'"

"愿上帝赐予这样一场大战,和他们决一死战!"一个贵族见习教士说道。

齐格弗雷德盯住他看,仿佛想说:"你今天就可以去和他们的一个骑士决一死战呀!"然而当他看到那个见习教士矮小而又年轻的身材时,也许是想起了自己虽以勇敢而出名,都不想招惹是非、自我毁灭,于是便把这句话忍住了,转而问道:

"你们谁看见过尤兰德?"

"我。"贝戈夫答道。

"他还活着吗?"

"活着,他依然躺在我们把他网住的那张大网里。他醒过来的时候,仆役们想把他打死,但神甫不允许。"

"不能打死他。他在波兰骑士界名望很大,打死了他会引起可怕的喧嚣声。"齐格弗雷德答道,"而且发生过的这件事也无法隐瞒,因为见证的人太多了。"

"那么我们该怎么说、怎么做呢?"罗特盖尔问道。

齐格弗雷德想了一想,终于这样说道:

"您,高贵的贝戈夫伯爵,到马尔堡去见大团长。您曾经在尤兰德的地牢里受过折磨,现在又是骑士团的客人,您就凭您客人的身份,并不需要替教士们说什么好话,这样他们会更相信您,您只要把您见到的说出来就行了。您就说,丹维尔德从边界上的盗匪那里救出了一个姑娘,以为她是尤兰德的女儿,便把这件事告诉了尤兰德,尤兰德来到了什奇特诺。至于这以后发生的事情,您都自己看到了……"

"请您原谅,虔诚的康杜尔。"德·贝戈夫说道,"我在斯佩霍夫的确受过不少的苦难,作为你们的客人,我永远都乐意为你们作证。但是为了使我的心灵得到平静,请您告诉我,真正的尤兰德小姐究竟在不在什奇特诺,究竟是不是丹维尔德的背信弃义才使她那位可怕的父亲这样凶残疯狂?"

齐格弗雷德·德·罗维犹豫了片刻,未作回答。在他的天性中,就蕴含着对波兰人的深仇大恨,他的凶狠残暴甚至超过丹维尔德,他贪婪成性,如果事情涉及骑士团,那他便更傲慢,更见利忘义,但他并不喜欢那些卑劣狡诈的行径。在他的一生中,令他感到最大痛苦和悲哀的莫过于这样的事情:近些年来,由于骑士团的法纪松弛和胡作非为,在处理骑士团发生的事件时,隐瞒真相、施展阴谋便成了骑士团生活中最重要、最常用的手段了。德·贝戈夫的问题正好触动了他心中的最痛处,于是他沉默了很久,才回答道:

"丹维尔德已经站在上帝面前,上帝自会评判他的。至于您,伯爵,如果他们问起您的想法,那您愿意怎样回答都悉听尊便。但是,如果他们问到您所看到的情况,您就这样回答:在我们还没有用大网网住这个残暴的凶汉之前,您除了看到许多受伤的人外,还看到九具尸体躺在了地上,其中有丹维尔德、戈特弗雷德教士、冯·布拉兹和胡格斯,以及两个贵族青年……上帝啊,请赐给他们永恒的安息吧!阿门!"

"阿门!阿门!"两个见习教士再三说道。

"您还要说,"齐格弗雷德继续说道,"尽管丹维尔德很想制服这个骑士团的敌人,但是我们谁也没有先向尤兰德动手。"

"我只说我亲眼所见的事。"德·贝戈夫答道。

"午夜之前,你们都到小教堂去,我们要在那里为死者的灵魂祈祷。"齐格弗雷德说道。

于是他向贝戈夫伸出手去,表示感激和告别,他想留下来单独和罗特盖尔教士再商量一些事情。他爱罗特盖尔,如同爱自己的眼珠一样,如同父亲爱自己的独生儿子一样。在骑士团里对他们的这种亲密关系虽有种种传说,但是谁也不了解其中的实情。特别是被罗特盖尔看成是父亲的那位骑士,一直住在德国的自己的小城堡里,从来也没有否认这个儿子。

贝戈夫离开之后,齐格弗雷德又把两个见习教士打发走了,借口要他们去监督给那些被尤兰德打死的仆役做棺材的工作。等他们走出大厅,关上了门,他就急忙转向罗特盖尔,说道:

"你听我说,现在唯一的办法,是绝不能让任何人知道真正的尤兰德小姐在我们这里。"

"这不难做到。"罗特盖尔回答说,"因为知道她在这里的,除了丹维尔德、戈特弗雷德、我们两个和那个看守她的女仆外,就再也没有别人了。而那些把她从森林行宫带到这里来的人,不是被丹维尔德毒死,就是被他吊死了。在卫戍部队中,虽然有些人有所怀疑,但这些笨蛋现在也还是糊里糊涂的。他们不知道这是我们的过错呢,抑或是当真有哪个巫师把尤兰德的女儿改变了形象。"

"这不错!"齐格弗雷德说道。

"不过,我想,高贵的康杜尔,既然丹维尔德已经不在人世了,我们是否把一切罪过都推到他的身上……"

"那不就是向全世界承认,我们在和平时期,在与玛佐夫舍公国缔结和约期间,从宫廷中劫走了公爵夫人的养女、她喜爱的宫女吗?啊,不,不能这样做,绝不能……人们看到过我们和丹维尔德一道到过公爵的朝廷,而且骑士团的大医官是丹维尔德的亲戚,他也知道无论什么事我们总是一起干的……如果我们都归罪于丹维尔德,他一定会想方设法为他正名的……"

"那我们再商量一下怎么办好。"罗特盖尔说。

"我们得商量出一个好办法来,否则我们的处境就会不妙!如果把尤兰德的女儿放回去,那她自己就会说,我们不是从强盗那里把她夺过来的,而是劫走她的人直接把她送到什奇特诺来的。"

"一定会这样!"

"我所顾及的不仅是责任的问题。公爵一定会向波兰国王控告我们,他们的使臣一定会到各国的朝廷去控诉我们的暴行、我们的背信弃义和我们的罪行,这会给骑士团造成多么大的损失!大团长本人如果了解这件事的真相,也会下令叫我们把这姑娘藏匿起来的。"

"这是不是说,如果姑娘失踪了,那他们就无法来控告我们了?"罗特盖尔问道。

"不,丹维尔德是个非常滑头的人,你记不记得,他曾向尤兰德提出过条件:不仅他自己要到什奇特诺来,而且来之前要向大家宣布,并写信给公爵说他要到强盗那里去赎回他的女儿,他知道,他的女儿不在我们这里。"

"是的。"罗特盖尔回答道,"不过,话虽如此,我们又怎样来为什奇特诺发生的事进行辩解呢?"

"我们就这样说:我们得知尤兰德正在寻找自己的女儿,正好我们从强盗那里救出了一位姑娘,她不说她是谁,我们便把这件事通知了尤兰德,认为有可能是他的女儿。尤兰德来到了这里,一看见这个姑娘,就像有魔鬼附身似的发起疯来,流了这么多无辜者的鲜血,即使是一次战斗也不会流这么多血的。"

"不错。"罗特盖尔答道,"你的这番话正是大智大慧和经验丰富之谈。丹维尔德的这些恶行,即使我们把罪责都归到他身上,也还是要落在骑士团的身上。也就是说,要落在我们大家的身上,落在神甫会和大团长本人的身上。因此,我们必须表明我们的清白无辜,而把一切罪责都落在尤兰德的头上,落在波兰的罪过上,落在他们与地狱鬼怪的联系、勾结上。"

"到那时候,谁想来审讯我们就来审讯好了,教皇可以,罗马皇帝也可以!"

"是的!"

出现了片刻的沉默。随后罗特盖尔又问道：

"我们怎样处置尤兰德的女儿呢？"

"我们来研究一下。"

"您把她交给我吧！"

齐格弗雷德望了他一眼，答道：

"不！年轻的教士，你听着，当事情涉及骑士团的时候，你既不能放纵任何的男人和女人，也不能放纵自己。丹维尔德之所以受到上帝的惩处，就是因为他不仅想为骑士团所受到的欺侮报仇雪恨，而且还想乘机满足自己的私欲。"

"您对我的评价太低了！"罗特盖尔说道。

"不能放任自己！"齐格弗雷德打断他道，"因为这会使你的灵魂和躯体都变得娇弱轻软，而那个坚强民族的膝盖有一天会紧紧抵在你的胸膛上，使你再也站不起来。"

于是他第三次用手支撑着他那颗阴郁的头，而且很显然，他是在和自己的良心说话，他是在想自己，因为过了一会儿，他便说道：

"我的心里也承受着太多的人血、太多的痛苦和太多的眼泪……当问题涉及骑士团的时候，当我看到光靠自己的力量无法取胜时，我就毫不迟疑地寻找别的方法。不过，等我将来有一天站在上帝面前接受审判时，我就对我所尊敬和热爱的上帝说道：'我所做的一切都是为了骑士团，至于我自己——我所选择的只是痛苦。'"

说完这话，他就双手捂着太阳穴，把头抬了起来，眼睛朝上，大声说道：

"抛弃寻欢作乐和淫逸放荡，锤炼增强你的体魄和意志。因为我仿佛看到了那只振翅飞翔的雄鹰的白色羽毛，它的爪子都被十字军骑士的血染红了……"

一股强劲的寒风打断了他的话，强风哐的一声把回廊上的一扇窗户吹开了。于是整个大厅都充满了暴风雪的呼啸声，雪片也随之狂飞乱舞。

"以圣光之灵的名义！这是个凶恶的夜晚！"这个老十字军骑士说道。

"是魔鬼逞凶的夜晚！"罗特盖尔应道，"但是，大人，为什么你不说'以上帝的名义'，而要说'以圣光之灵的名义'呢？"

"圣光之灵就是上帝。"老头回答道。接着他像是要转变话题，便问道：

"有神甫给丹维尔德守灵吗？"

"有。"

"上帝啊，愿您多多怜悯他！"

两人又缄口不语了。后来罗特盖尔叫来了几个仆役，命令他们去把窗子关紧，点亮火把，等他们一离开，他又问道：

"您怎样处置尤兰德的女儿？您想把她带到英斯布雷克去吗？"

"我是要把她带到英斯布雷克去，我要根据骑士团利益的需要去处置她。"

"那我能做些什么呢？"

"你有胆量没有？"

"我做了什么事，连您都不相信我的胆量了？"

"不是不相信，我了解你，就是为了你的胆量和勇气，我才爱你胜过这个世上的任何人。你现在就到玛佐夫舍公爵的宫廷去，把这里发生过的事，按照我们商量好的口径，一五一十地告诉他们。"

"我能去自招灭亡吗？"

"如果你的灭亡会给十字架和骑士团增光添彩，你就应该去。不过，你不会招致灭亡的，不会的。他们不会加害于客人，除非有人向你提出决斗，就像那个年轻的骑士向我们大家挑战那样，如果不是他，也可能会是其他的人，但这没有什么可怕的……"

"上帝保佑。他们一定会把我抓起来，关到地下室去。"

"他们不会这样做。你要记住，尤兰德曾给公爵写过信，而你又是去控诉尤兰德的，你把他在什奇特诺所做的一切都一五一十地说出来，他们准会相信你的……是我们先通知他有这么一个姑娘的，是我们先请他来这里看看那个姑娘的，但是他来了，却发起疯来，把康杜尔打死了，还死伤了不少人。你就这样去说，他们还能问你什么呢？丹维尔德的死一定传遍了整个玛佐夫舍。因此，他们是不敢提出控告的。他们当然还会去找尤兰德的女儿。但是,既然尤兰德自己都写过信说她不在我们这儿,他们也就无法指责我们,你必须鼓足勇气,封住他们的口舌,而且他们一定会这样想:如果我们真有错的话,那么我们就不会有人敢到他们那里去了。"

"真的。等丹维尔德一下葬,我就动身。"

"愿上帝祝福你,我的小儿子!如果一切处理得当,他们不仅不会扣留你,反而会不得不处置尤兰德,免得我们说:'他们就是这样对待我们的!'"

"我们必须这样去向所有的宫廷进行申诉。"

"大医官会为了骑士团的利益去做这件事的,而他又是丹维尔德的亲戚。"

"好的,不过,若是这个斯佩霍夫的魔鬼活了过来,又得到了自由……"

齐格弗雷德先是阴沉地望着前边,随后便缓慢而又加重语调地答道:

"即使他获得了自由,他也再不能说出一个字去控诉骑士团的。"

接着,他又向罗特盖尔交代了一番,到了玛佐夫舍宫廷之后该说些什么,该提出什么要求。

第三十五章

罗特盖尔教士未到华沙之前,什奇特诺发生事情的消息就已经传到了华沙,引起了惊惶和不安,无论是公爵本人,还是宫廷中的每个人,都不理解这到底是怎么回事。就在不久以前,德乌戈拉斯的米科瓦伊就要拿着公爵的信到马尔堡去,信中狠狠地谴责了边界上横行霸道的康杜尔们抢走了达奴霞,并且以几乎威胁的口气要求立即把她送回来。可就在此时,斯佩霍夫主人的信就来了,信中告知,他的女儿不是被十字军骑士抢走的,而是被边界上的一伙盗匪抢走的。匪徒声称,只要付出赎金,达奴霞就能很快获释。既然这样,公爵的信使便没有再去的必要了。可是谁曾料到,十字军骑士会以女儿之死来威胁尤兰德写出那封信,他们同样不明白为什么边界上的盗匪要抢走姑娘,因为边界上的各路盗匪,不是公爵麾下的臣民,就是骑士团管辖的臣民,他们相互攻打,不过向来是在夏天才会这样攻打的,但是不会在冬天,因为积雪会暴露他们的行踪。他们通常只抢劫商人,或者袭击村庄、打家劫舍,绑架普通老百姓,掳走牲畜。然而,他们胆敢去冒犯公爵本人,抢走他的养女,同时她又是那位强壮无比的、人见人怕的骑士的女儿,这简直是令人难以置信的事。不过,这一疑点,还有其他疑点,都由尤兰德的那封信作了回答,那封信盖有他自己的印章,而且是由他们所认识的一个斯佩霍夫人特意送来的。在这样的背景下,所有的怀疑都迎刃而解了。公爵只好大发了一通前所未见的脾气,命令在他公国的整个边境地区追剿围捕各路盗匪,同时他还要求普沃茨克公爵也采取同样行动,对于这些狂妄之徒决不能心慈手软,任其逍遥法外。

就在这时候,传来了什奇特诺发生事变的消息。

这消息传来传去,传到这里时已经扩大了十倍。有消息说,尤兰德单枪匹马地来到城堡,踏进敞开的城门后,便在城里大肆杀戮,守城部队几乎全军覆灭,他们不得不派人到附近各个城堡去求救,请来了大批的骑士和武装的民军,经过两天的围攻,他们才夺回了城池,把尤兰德及其同伙杀死了。还有的消息说,那支军队像是要开往边界,进入玛佐夫舍公国,一场大战不可避免就要发生。公爵深知,一旦骑士团与波兰国王发生战争,骑士团大团长对于两个玛佐夫舍公国保持中立是多么重视,因此他不相信会有战争的这个消息。因为这已不是秘密,一旦十字军骑士敢向他或普沃茨克的杰莫维特公爵发动战争,那就任何人类力量都无法阻止波兰王国出兵救援,而大团长是害怕这样的战争的。他知道战争不可避免,但他竭力将它推迟,因为一是他天性爱好和平,二是他知道要和雅盖沃的强大兵力较量,必须积蓄力量,而这种力量骑士团至今还未能达到。他既要得到日耳曼各诸侯和骑士的援助,又要取得西方各国和骑士的支援。

公爵并不担心战争,但是他想知道到底发生了什么事,他想确切地知道什奇特诺的真实情况,想了解达奴霞的失踪,以及从边界传来的那些消息。因此,尽管他十分厌恶十字军骑士,可是有一天晚上弓箭手队长前来报告说,有一个骑士团的骑士前来求见,他却感到很是高兴。

然而,公爵傲慢地接见了他,尽管公爵立即就认出了他是那些到过森林行宫的教士之一,但还是假装不认识他,问他是谁,从哪里来,为什么要到华沙来。

"我是罗特盖尔教士,"这个十字军骑士答道,"不久以前,我曾非常荣幸地谒见过公爵大人殿下。"

"既然你是骑士团的教士,为何身上没有骑士团的标志呢?"

于是这位骑士开始解释说,他之所以未穿带十字的斗篷,是因为他穿上这种斗篷,就会被玛佐夫舍的骑士抓获或者打死。他还说,在世界的任何地方,在各个王国和公国里,斗篷上的十字标志都会受到保护,得到人们的尊重和殷勤接待,唯独在玛佐夫舍这个公国里,佩带十字标志的人会受到死亡的威胁。

但是,公爵愤怒地打断了他的话。

"不是十字的缘故,"他说,"因为我们也是吻十字架的,而是你们的卑劣行径。如果在别的地方你们受到较好的接待,那是因为他们了解你们太少了。"

公爵看到这个骑士听了他的这些话,显得很尴尬,便问道:

"你从什奇特诺来,你该知道那里发生了什么事吧?"

"我当时就在什奇特诺,了解那里发生的事情。"罗特盖尔回答道,"我来到这里,不是作为任何人的使者,而是出自这样的原因:经验丰富而又虔诚的英斯布雷克的康杜尔告诉我说:'我们的大团长敬爱虔诚的公爵,并且相信他的公正,现在我到马尔堡去,你到玛佐夫舍去,去说明我们所受到的苦难、屈辱和不幸,公正的公爵绝不会去赞扬一个和平的破坏者和一个凶狠毒辣的杀人元凶,他已让许多天主教徒流了血,仿佛他不是基督的仆人,而是魔鬼的仆人。'"

说到这里,这个十字军骑士才开始讲述起什奇特诺所发生的种种事情:他们怎么从强盗那里救出了一位姑娘,就让尤兰德到他们那儿去认认这个姑娘是不是他的女儿。他一看到那个姑娘不是他女儿,他不但不表示感激,反而像发了疯似的。他打死了丹维尔德、戈特弗雷德教士、英国人胡格斯、冯·布拉兹和两个贵族侍从,还不算被打死打伤的仆役和士兵。而他们则牢记上帝的训诫,并不想杀死他,只是到了最后,才不得不用网把这个可怕的凶汉兜住。他便拿起剑来自残,而受了重伤。罗特盖尔还谈到,无论是城堡的人,还是城里的人,就在发生搏斗的那天晚上,都听到了在冬天的暴风雪中响起的可怕的大笑声和呼喊声:"我们的尤兰德!十字架的亵渎者!残杀无辜的刽子手!我们的尤兰德!"

这个十字军骑士的整个叙述,特别是最后的那几句话,给所有在场的人都留下了深刻的印象。他们简直是吓坏了,生怕尤兰德真的召来了魔鬼做助手,他们都默不作声了,只有当时也在场的公爵夫人例外。她非常爱达奴霞,这姑娘的失踪使她心中充满无限的悲伤,她便向罗特盖尔提出了一个出乎他意料的问题:

"骑士,您说,你们救出那个傻姑娘之后,以为她是尤兰德的女儿,于是就把尤兰德叫到什奇特诺去。"

"是的,仁慈的夫人殿下!"罗特盖尔答道。

"你们曾在林中行宫见过真正的尤兰德女儿和我在一起,你们怎么会那样想呢?"

罗特盖尔教士被问得不知所措了,因为他没有准备过这样的问题。公爵站起身来,用严厉的目光望着这个十字军骑士。而德乌戈拉斯的米科瓦伊、莫查热夫的姆罗科塔、雅盖尔尼查的雅希科和其他玛佐夫舍的骑士都立即奔到这个教士面前,以威胁的口气接连问道:

"你们怎么会有这种想法?说呀,日耳曼人,这怎么可能呢?"

罗特盖尔教士镇定了一下,答道:

"我们,十字军骑士团的教士,从来不正眼去看女人的,在林中行宫时,有许多宫女和公爵夫人在一起,但是我们不知道哪一位是尤兰德的女儿,我们之中谁也不认得她。"

"丹维尔德知道。"德乌戈拉斯的米科瓦伊说道,"他在狩猎的时候甚至还和她说过话。"

"丹维尔德已经站在上帝的面前了。"罗特盖尔说道,"关于他,我只说一句,第二天早晨人们在他的棺材上看见了一束盛开的玫瑰花,严冬酷寒时期,这是人力所无法办到的。"

重又出现了沉默。

"你们是怎么知道尤兰德的女儿被劫走的呢?"公爵问道。

"这种行为本身的邪恶和胆大妄为,就把这件事传到了我们那里。于是我们一听到这消息就举行了谢恩祈祷,因为从林中行宫被劫走的只是一个普通姑娘,而不是殿下您的亲生儿女。"

"但是,我总是感到奇怪,你们怎么会把那个傻姑娘当成尤兰德的女儿?"

对此,罗特盖尔的回答是:

"丹维尔德曾这样对我们说过:'撒旦常常出卖自己的奴仆,所以,很可能是他把尤兰德的女儿变相了。'"

"而且那些强盗都是粗野之人,假造不了卡列布神甫的笔迹和尤兰德的印鉴,那么这又是谁干的呢?"

"魔鬼!"

大家重又无法回答了。

罗特盖尔紧紧望着公爵的眼睛,说道:

"真的，这些问题就像一把把利剑刺进我的胸中，因为在这些问题里面包含着责难和怀疑。但是，我相信上帝的公正和真理的力量，现在我想请问一下公爵殿下，是不是尤兰德本人也怀疑是我们干的呢？如果他怀疑过，那么为什么在我们叫他到什奇特诺之前，要在整个边境地区寻找那些强盗，以便从他们手中赎回自己的女儿呢？"

"的确……是这样！"公爵答道，"即使你们能瞒过世人，也是不能瞒过上帝的，他起初是怀疑过你们的……可是后来……后来他的想法又不同了。"

"请看真理的光明是如何战胜黑暗的！"罗特盖尔说道。

于是，他志得意满地朝大厅环视了一下，他暗暗想到，还是日耳曼人要比波兰人更富于智慧，脑子也更灵，波兰人只能永远做骑士团的牺牲品和食物，就像苍蝇永远是蜘蛛的牺牲品和食物一样。

于是他抛弃了原先的伪装，向公爵踏前一步，用提高了的声调和强硬的口气说道：

"殿下，请赔偿我们的损失，我们所受的屈辱，我们所流的血和泪！那个魔鬼是您的属下，因此，以上帝的名义，他给予了所有国王和大公以权力。以正义和十字架的名义，请赔偿我们所遭受的苦难和我们所流的鲜血！"

但是，公爵却惊讶地望着他。

"啊，上帝！"他说，"你想要什么？如果尤兰德发疯让你们流了血，难道我应该对他的疯狂负责吗？"

"殿下，他是您的属下。"这个十字军骑士说道，"他的领地、他的村庄、他的城堡都在您的公国内，他的城堡还关押过骑士团的仆人。至少也该把他的财产、他的领地和那座邪恶的城堡，变为骑士团的财产。当然，这抵偿不了我们所流的高贵的鲜血；当然，这也不能使死者复生，但至少能部分地平息上帝的愤怒，洗刷掉会落在整个公国头上的耻辱。啊，殿下，骑士团在各地都拥有土地和城堡，那是各国信奉天主教的诸侯公爵们，出于慈善和虔诚赠送给骑士团的。唯有在您的公国里，我们连一寸土地都没有。我们所受的苦难，上帝会帮助我们去报复的，但是您至少也得给我们一点补偿，让我们能这样去说：这里也生活着敬畏上帝的人民！"

听了这话，公爵显得更加惊奇，沉默了良久，他才回答道：

"啊，我的老天爷。请问，你们的骑士团如果不是由于我们祖先的仁慈，难道会是别人的仁慈，才会永久居留在此地的吗？难道这些过去属于我们和我们国家的土地、城镇和城堡，现在都落到你们的手里了，你们还嫌少、不满足吗？尤兰德的女儿不是还活着吗！因为谁也没有来报告她的死讯，难道你们就想要夺走她的嫁妆，想要用一个孤儿的衣食来赔偿你们的损失吗？"

"殿下，您也承认我们所受的损失。"罗特盖尔说道，"那就请您以您公爵的良心和您公正的灵魂来补偿这种损失吧！"

他心里又得意扬扬的，因为他想：现在他们不仅不会向我们提出控告，反而要想方设法洗脱牵连，摆脱与这件事的干系，谁也不会来指责我们了。我们的名誉又会像骑士团的白斗篷那样洁白，毫无瑕疵。"

然而，这时候突然响起了德乌戈拉斯的米科瓦伊老头的声音：

"人们都在说你们非常贪心，只有上帝知道这种看法多么正确，因为就连这件事情，你们所关心的也是利益，胜过骑士团的荣誉。"

"说得对！"玛佐夫舍的骑士们齐声说道。

这个十字军骑士向前走上几步，高傲地抬起了头，用傲慢的目光扫了他们一眼，说道：

"我不是作为使者，而是作为事件的见证人和骑士团的骑士才来到这里的，我随时准备以自己的鲜血去捍卫骑士团的荣誉，直到最后一口气为止！谁若是此时此刻还否认尤兰德自己说过的话，还敢怀疑骑士团参与了绑架他女儿的事件，那就请他捡起这骑士的手套，让上帝来判决吧！"

他一说完，便朝他们面前扔过去一只骑士手套，手套落在地板上，但是他们都默不作声地站着。尽管他们中间不止一个人想用利剑去劈开骑士团骑士的肩背，但是他们却害怕上帝的审判。大家都清楚，尤兰德曾明确地宣布过，骑士团的骑士们没有绑架过他的女儿，因此他们每个人心里都在想，罗特盖尔是对的，胜利必定在罗特盖尔这一边。

那个十字军骑士更是傲气十足了。他双手叉着腰，问道：

"你们有谁敢来拾起这只手套？"

就在这时候，一个骑士走到了大厅的中央，他进来时谁也没有注意，但他已在门边听见了这场谈话，他拾起了那只手套，说道：

"我敢拾！"

他说着，便把自己的一只手套朝罗特盖尔的脸上扔了过去，然后便厉声怒吼，声音有如雷鸣，打破了这大厅里的沉寂。

"当着上帝的面，当着尊敬的公爵和所有高贵的骑士的面，我要告诉你这个十字军骑士，你像只狗那样，对着正义和真理吠叫。我现在就向你挑战，要和你决斗，是徒步决斗，还是骑马决斗，是用矛、斧，还是用长剑、短剑，悉听尊便。这场决斗不以胜败见分晓，而是一场生死搏斗，要打到最后一口气，打到死为止！"

大厅里寂静得连苍蝇的声音都能听见。所有的眼睛都转向罗特盖尔和那个挑战的骑士。谁也认不出这个骑士来，因为他戴着头盔，虽然没有网罩，但圆形的盔甲一直罩到耳朵下面，把他的上半部脸孔完全遮住了，下半部也遮得黑沉沉的。这个十字军骑士也像大家一样无比惊讶，惶恐不安，煞白和恼羞成怒的神情相继出现在他脸上，犹如夜空中的闪电。他一只手接住了对方朝他脸上扔过来的驼鹿皮手套，把它塞进背带的下端，问道：

"你是什么人？敢向上帝的公正挑战？"

对方解开胸甲，取下头盔，立即露出了一张年轻英俊的脸孔，说道：

"我是博格丹涅茨的兹比什科，尤兰德女儿的丈夫。"

大家都感到惊讶，罗特盖尔也和大家一样吃惊。因为除了公爵夫妇、韦索涅克神甫和德·罗西外，谁也不知道达奴霞举行的婚礼，十字军骑士团的骑士们都以为尤兰德小姐除了父亲外，就再也没有直系亲属的保护者了。然而，就在这时候，德·罗西站了出来，说道：

"我以我骑士的名誉来担保，他的话是真的，如果谁敢怀疑，这里是我的手套。"

这个从来不知道害怕的罗特盖尔，此刻心中充满了怒火，他本想捡起那只手套，但是他一想到扔手套的这个人，是个出身名门望族的爵爷，又是格尔德里亚伯爵的亲戚，只好忍住了。而且公爵本人也在这时

站了起来,蹙了蹙眉头,说道:

"不可捡起这只手套,因为我也要担保,那个骑士说的是真话。"

罗特盖尔听了这话,鞠了一躬,随后对兹比什科说道:

"若是你同意,就徒步决斗,在比武场上拼拼斧头吧!"

"刚刚我就对你说过悉听尊便!"兹比什科应道。

"上帝啊,请让正义获胜吧!"玛佐夫舍的骑士们大声说道。

第三十六章

　　整个宫廷，无论是骑士，还是宫女，都在为兹比什科担心不安，因为大家都很喜欢他，但由于尤兰德先前的那封信，谁也不怀疑，情理是在十字军骑士这一边的。而且，从另一方面来说，大家也都知道，罗特盖尔是骑士团中最著名的骑士之一，他的随从冯·克里斯特也许是有意在玛佐夫舍贵族中间散布说，他的主人在未成为武装教士之前，就曾坐过十字军骑士团的荣誉席，而这种荣誉席只有世界上最著名的骑士才有资格入围，他们必须是远征过圣地，或者战胜过巨龙，或者打败过法力无边的巫师。听了冯·克里斯特的这番话，以及他所吹嘘的他的主人常常是一手持短剑、另一手持斧或利剑，独自与五个敌人决斗，马茹尔人更是忧心忡忡了。有的人说："嘿，要是尤兰德在这里就好了，他一个人便可以对付这样的两个人，至今还没有一个日耳曼人能胜过他，可是这个年轻人，就差多了，无论是力气、年龄和武艺，那个日耳曼人都要胜过他的。"于是另一些人又感到后悔，没有去捡那只手套。他们觉得，要不是有尤兰德的那封信，他们一定会接受他的挑战的。"都是害怕上帝的判决！"为了相互安慰、相互宽心，他们提起了玛佐夫舍和波兰的许多骑士的名字。他们无论是在宫廷的比武场上，抑或是在公开的决斗中，都曾多次打败过西方的骑士，特别是加尔博夫的查维夏，他在天主教国家中简直是所向无敌，没有一个人敢与他较量。不过也有些人对兹比什科抱有希望："他也不是个草包，据说，有一次就令人钦佩地在比武场上敲碎了几个日耳曼人的脑袋。"后来他们看到兹比什科的仆从，那个捷克人赫拉瓦的行动，就更增强了胜利的信心。那是在决斗的前夕，赫拉瓦听到冯·克里斯特在吹嘘罗特盖尔的那些未听说过的胜利时，由于年轻气盛，便一把抓住冯·克里斯特的胡子，把他的头朝上掀起，说道："如果你恬不知耻地向大家胡乱吹嘘，那你就抬头向天,再说一遍,让上帝也来听听你说的。"他拉住他的胡子那么久,真可以念完一遍"主祷文——我们在天之父"。他一被放开,就立即问赫拉瓦的出身,当他得知对方是小贵族出身时,便向他挑战,同样用斧子决斗。

马茹尔人看到这一举动都很高兴,又不止一人在说:"这样的人绝不会在比武场上倒下去的,只要真理和上帝站在他们这边,那两个骑士团的狗杂种就休想有好果子吃。"但是,罗特盖尔很善于蛊惑人心,许多人忧心忡忡,不能确定真理在哪一边,连公爵本人也都惶恐不安起来了。

于是,在决斗的头天傍晚,他把兹比什科叫去谈话,在场的只有公爵夫人,问道:

"你相信上帝是和你在一起的吗?你怎么知道是他们抢走达奴霞的?是不是尤兰德对你说过什么?因为,你看,这是尤兰德的信,是卡列布神甫代笔的,这是他的印鉴,在这封信里尤兰德说,他知道这不是十字军骑士干的。他究竟给你说了些什么?"

"他说,那不是十字军骑士干的。"

"那你为什么敢拿自己的性命去让上帝评判呢?"

兹比什科默不作声,有一阵子只见他的嘴巴在抽搐,眼里噙满了泪水。

"我什么也不知道,仁慈的殿下。"他说,"我和尤兰德一起离开这里,在途中,我向他说出我们结婚了。当时他就责备我,说这是对上帝的冒犯,但是我告诉他,这恰好是上帝的意旨。他就安心了,还原谅了我。一路上他都在说,抢走达奴霞的不会是别人,只有十字军骑士。然而,后来发生了什么事,我自己也不知道!有一天,斯佩霍夫来了个女人,就是那个曾到林中行宫给我送什么药来的女人,陪她一起来的还有一个信使,他们关起门来和尤兰德进行商谈,他们谈了些什么,我也不知道。但是那次谈话之后,尤兰德的脸色变得就像中了毒似的,连他自己的仆役都认不出他了。他对我们说,不是十字军骑士干的,他把贝戈夫和地下室里的所有俘虏都放了。上帝才知道为什么。他竟独自一人骑马出走了,没有带一个护兵或者仆从……他说,他去找强盗把达奴霞赎回来,他吩咐我等他。唉,我就一直在等待。直到从什奇特诺传来消息,说尤兰德杀了不少日耳曼人,他自己也牺牲了!啊,仁慈的殿下!我在斯佩霍夫就像热锅上的蚂蚁,急得差点都要发疯了。我立即吩咐手下人跨上战马,要去为死去的尤兰德报仇,但卡列布神甫却说:'你拿不下那座城堡,也不要去挑起战争,你快到公爵那儿去,也许那边有达奴霞的消息。'于是我就来到了这里,正好听见那条狗在狂叫什么骑士团的损失和尤兰德的疯狂……我,殿下,之所以拾起他的手套,是因为以前我就向他挑过战,尽管我什么也不知道,但我只有一点最清楚:他们都是些卑鄙可恶的撒谎者——恬不知耻、不顾荣誉、践踏真理!您只要看一看,仁慈的殿下,他们刺死了福奇,便想把罪名加在我仆从的头上。啊,上帝,他们像杀牛那样把福奇杀害了,还要跑到殿下您这儿来要求报仇和赔偿!谁敢发誓保证,他们不是先去骗了尤兰德,之后又来骗您呢,殿下?达奴霞在哪里,我不知道,我不知道!但是我向他挑战,因为,即使我会搭上自己的性命,我也宁愿去死,而不愿没有达奴霞,没有我在世界上最挚爱的人而活下去。"

他说完这些话,便心情激动地拉下了头上的发带,头发顿时披散在肩背上,他一把抓住头发,便悲痛得号啕大哭了起来。安娜·达奴塔公爵夫人因为失去达奴霞,心中也非常悲痛,看到他这样痛苦,便十分怜悯他,把双手放在他的头上,说道:

"上帝会帮助你,安慰你,祝福你的!"

第三十七章

公爵不反对决斗,因为按照当时的风俗,他也无权禁止决斗。他只是要求罗特盖尔写信给大团长和齐格弗雷德·德·罗维,说明是他自己先向玛佐夫舍骑士扔下手套的,因而要同尤兰德小姐的丈夫决斗,尤兰德小姐的丈夫先前就曾向他挑过战。这个十字军骑士还向大团长说明,他没有得到允许就和别人决斗,那是因为事关骑士团的荣誉和消除恶意的怀疑,以免给骑士团带来耻辱,而他,罗特盖尔,是随时准备用自己的鲜血去消除这些怀疑的。这封信写好后立即由他的一个仆从送到边境,再由边境的驿站转送到马尔堡。十字军骑士团比别的国家早好多年就建起了通邮的驿站,并在其境内广为运用。

这时候,有人已经把城堡院里的积雪都铲掉了,还撒上了一层灰,以免决斗的人被绊倒,或者在光滑的地面上滑倒。整个城堡是一片紧张忙碌的景象。骑士们和宫女们都很激动,决斗前夕没有人入睡过。他们说,如果是骑马决斗,不论用矛,还是用剑,往往以受伤而结束。但是徒步决斗,尤其是用锋利可怕的斧头,往往以死亡而告终。大家的心都向着兹比什科,而且那些对他或达奴霞友情较深的人,一听说那个十字军骑士的名声显赫、武艺高强,便止不住要为他捏一把汗。许多女人是在教堂里过夜的,兹比什科也在教堂里向韦索涅克神甫做了忏悔。这些女人一看到兹比什科那张还带着孩子气的脸,就相互说道:"还是个孩子哩……怎么能拿自己年轻的脑袋去挨日耳曼人的斧头砍呢?"于是她们更加虔诚地祈求上帝对他的帮助。可是,当天刚亮的时候,他就站起身来,走出了教堂,到城堡的房里去换他的甲胄。她们的心里轻松多了,因为她们看到,尽管兹比什科还是张孩子脸,但他的身体却长得非常魁梧,而且膂力过人,都认为他是个出类拔萃的男子汉,即使对方是个最强壮的人,他也能应付自如。

决斗在那个护廊环绕的城堡大院中举行。

当白天已经来临的时候,公爵和公爵夫人带着他们的孩子出来了,他们都坐在圆柱中央的座位上,从这里可以把整个庭院看得清清楚楚。坐在他们旁边的是高级宫廷侍从、贵夫人和骑士。护廊的各个角落都挤满了人,仆从们都站在积雪堆成的那堵墙后面。有些人站在凉台上,有的甚至爬上了屋顶。那些底下人都在窃窃私语:"上帝保佑我们的人不被打败!"

天气又冷又潮湿,但却是个晴天。空中满是寒鸦,它们原来栖息在屋顶和塔楼上,如今被不寻常的人群喧嚣声所惊吓,都拍打着翅膀在城堡上空来回飞翔。虽然天气寒冷,但人们还是激动得冒出了汗水。等到宣告决斗者入场的号角一吹响,大家的心都像有锤子在敲打似的,跳动得十分厉害。

他们分别从比武场的两边走了进来,在栅栏旁边停下。每个前来观看的人都屏住呼吸,心里在想:再过不久,就会有两个灵魂飞到上帝的天庭门口,而留在雪地上的则是两具尸体了。这样一想,女人们的嘴唇和脸颊都变得苍白和发青,而男人们的眼睛望着这两对决斗者,犹如望着一道彩虹那样,因为每个人都在根据他们的姿态和装备作着猜测,看哪方会获胜。

十字军骑士身穿一件天蓝色的胸甲和同样颜色的膝甲和头盔,头盔还没有放下脸甲,上面有一大簇华美的孔雀羽饰。而兹比什科的胸、腰和背都穿戴着华丽的米兰制铠甲,那是他从前从弗里兹人那里得来的战利品,他头上戴着一顶脸甲未关的头盔,头盔上没有羽饰,脚上穿着牛皮高筒靴。他们两人的左手臂上都有着一面嵌有族徽的盾牌,十字军骑士的盾上端绘有一个棋盘,下端是后脚站立的三只狮子。兹比什科的盾上则是一个粗大的马蹄铁。他们的右手都拿着宽大而又可怕的斧头,斧柄是橡木的,黑颜色,比成人的手臂还要长。跟在他们身后出来的是他们的侍从:赫拉瓦——兹比什科称他为格沃瓦奇——和冯·克里斯特。两人都穿着深色的铁铠甲,都是一手拿盾,一手拿斧,克里斯特的盾上是一枝黄棠木,捷克人的盾很像"波米安"的盾,不同的是,他的盾上绘的不是斧头砍在牛头上,而是一把短剑刺进野牛的眼睛里。

第二次号角吹响了。根据协议，第三声号角一响，双方就得交锋了。现在，分开他们的是一小块撒满灰的地方，而在这小块地方的上空，死神像一只不祥的鸟在盘旋飞舞。当第三遍号角尚未吹响之际，罗特盖尔便朝圆柱中间的公爵夫妇走去，抬起了他那戴着钢盔的头，用提高了的嗓门大声嚷叫起来，使回廊的所有角落都能听得一清二楚：

"我请求上帝，您，尊贵的殿下，和这里的整个骑士界作证，对于这里即将出现的流血牺牲，我是不负罪责的。"

大家听了这些话，心里又紧张起来了，因为这个十字军骑士那样自信一定会得胜。但是，心地纯朴的兹比什科转身对着自己的捷克侍从说道：

"这个十字军的牛皮鬼，真让人恶心，这种话最好等我死了再说，可我现在还活着，正好这个牛皮大王的头上有孔雀羽饰，我先前发誓要取得三簇，后来又发誓要取得双手之数。上帝会让我如愿以偿的！"

"老爷……"赫拉瓦一面说道，一面弯下身去，双手在雪地上擦了擦灰，免得斧柄在手上打滑，"如果基督保佑，我很快就能打发掉那个普鲁士的小杂种，到那时候，你即使不允许我去攻打这个十字军骑士，至少能否让我把这柄斧插在他的双腿之间把他绊倒在地？"

"你不能这样干！"兹比什科急忙喊道，"那只会给我、给你带来耻辱！"

这时候，响起了第三遍号角声，一听见这号角声，两个侍从便朝对方猛扑过去。那两个骑士倒是从容不迫、一步一步地向前移动，要使他们的第一个回合显得庄严而又稳重。

很少有人去注意两个侍从的决斗。不过，那些有经验的骑士和仆役们一眼就看出，赫拉瓦占有绝对的优势，斧头在那个日耳曼人手中显得又重又笨，他挥舞起盾牌来也较缓慢，露在盾下的那两条腿又长又瘦，根本无法与捷克人那强健、灵活、还扎有裹腿的双腿相比。赫拉瓦的猛烈进攻，使得冯·克里斯特几乎从一开始就节节后退，大家一看就知道，一方有如狂风暴雨似的朝对方攻打过去，动作有如闪电，打得对方毫无还手之力，而对方意识到死到临头，便只好采取守势，以便尽可能地延缓那可怕的时刻的到来。事情果真如此,那个牛皮大王只有在迫不得已时才与人交手,如今才认识到,本来他是可以避免牺牲的,只是由于他那傲慢的乱说一气,才导致他与这可怕的公驴交战。这时他才感到,对方的每一次攻击都能把一头水牛打倒,于是他便失去了斗志,他几乎忘记了,光靠盾来抵挡是不够的,还应该还击。他看到斧头在他身边闪闪发光,每一次闪光他都觉得是最后的致命一击。他举起盾牌,不由自主地眨巴着眼睛。他担心和怀疑他的眼睛一闭上就再也睁不开了。他很少主动出击,也不抱希望他能触及对方的身体,只是把盾牌举得越来越高,尽量保护好自己的脑袋。

他终于感到疲劳无力了,但那个捷克人却打得越来越凶狠。就像一棵高大的松树,在农夫斧头的砍伐之下,大片大片的碎片落下那样,那个日耳曼侍从的铠甲在捷克人的不停砍劈下也纷纷落下了碎片。盾牌的上端边缘已经被砍弯,裂开了。右肩上的肩甲连同被砍断的血迹斑斑的皮带也落到了地上,冯·克里斯特的头发都倒竖起来了。他感到了一种死前的恐怖。他用尽全力又朝捷克人的盾牌攻打了一两次,他终于看出对方膂力过人,无法取胜,也许只有出奇制胜才能保住性命,于是他竭尽身体和武器的全部力量朝赫拉瓦的两条腿扑了下去。

两人都摔倒在地上,相互纠缠在一起,在雪地上打滚撕拼,但是,捷克人很快就把对方压在自己身下,尽管对方还挣扎了一番,但不久就被制住了。他用膝盖抵住了对方肚子上的网铁甲,从腰带上抽出一把短小的三刃匕首。

"饶命啊!"冯·克里斯特无力地低声说道,抬起眼睛直望着那个捷克人的眼睛。

但是,那个捷克人并没有回答,反而把整个身体压在克里斯特的身上,以便双手能够到他的脖子,割开那条绑在下巴下面的头盔皮带,在这个倒霉鬼的喉咙上连刺了两刀。刀尖直朝下刺去,一直插到胸口正中央为止。

这时候,冯·克里斯特的眼球立即陷入了眼窝,手脚在雪地上扑打着,仿佛要把雪地里的灰烬扑掉似的,但是,过了不久,他便僵直地躺在那里一动不动,只有那布满红血泡的嘴还在冒气,流下了一大摊血。

捷克人站立起来后,把匕首在日耳曼人的衣服上擦了一擦,他把斧头捡了起来,身子靠在斧头把上,便全神贯注在他主人与罗特盖尔教士的更加困难、更加激烈的搏斗上。

西方的骑士们早就过惯了舒适奢侈的生活,而小波兰、大波兰和玛佐夫舍的贵族们,却依然过着严肃而又艰苦朴素的生活。因此,就连外国人和敌人都不能不惊叹他们身体的魁梧强壮,不得不佩服他们那种经受得住长期或短期的一切困难的坚毅精神,现在这又一次得到了证明:兹比什科手脚上的气力胜过十字军骑士,就像他的仆从胜过冯·克里斯特一样,但是人们也看出,在骑士的武功修养方面,这个年轻的骑士要比对方逊色一些。

兹比什科选用斧头来决斗倒是选对了,因为这类武器无法采用剑术的招数。如果用长短剑决斗,那就得会砍、刺和挡击的技术,在这些方面,这个十字军骑士便占有很大的优势。但是,无论是兹比什科本人,还是在场的观众,都能从罗特盖尔的动作和使用盾牌的本领上看出,他是个经验老到而又危险的对手,而且显然他在决斗方面也不是一个初出茅庐的嫩手。每当兹比什科攻过去一斧,他便用盾牌挡一挡,等到斧、盾快要接触时,他便把盾牌朝后缩一缩,这样一来,即使是猛力的一击,也就失去了效力,既不能砍坏盾牌,也不能击碎那光滑的表面。罗特盖尔时而后退,时而进击,时而动作迟缓而稳健,时而快得人们都无法看清他的动作。公爵很为兹比什科担忧,骑士们的脸色也阴沉起来了。因为他们觉得,这个日耳曼人是在故意耍弄兹比什科。有好几次他没有用盾牌去抵挡,而是当兹比什科的斧头就要砍到他身边的一刹那,他的身子往旁边一闪,让他砍了个空。这是最叫人害怕的事,因为把握不好,兹比什科就会失去平衡,跌倒在地,那他就会遭到不可避免的灭顶之灾。站在冯·克里斯特尸体旁边的那个捷克人,看到这情景,心里也为他主人担忧起来,他心里在说:"我的上帝!如果我的主人倒下了,我就用斧头劈进这日耳曼人的肩胛骨,叫他不得好死。"

然而兹比什科没有倒下,因为他的双腿强劲有力,而且张跨得较大,每条腿都能支撑住他的躯体。

罗特盖尔立即就注意到了这点,但是观众却错认为他在轻视他的敌手。相反,经过最初几个回合的攻击,虽然他娴熟地缩回了盾牌,但是他握住盾牌的那只手却有一种麻木感。于是他立刻明白了,这个毛头小伙子并不好对付,如果他不出奇制胜,将他打倒,那么这场决斗必将是持久、危险的。他原来期望,兹比什科一斧劈空后会倒在雪地上,可是这样的事并没有发生,他就开始惴惴不安起来。他从铁脸甲后面看到他的对手紧屏住气息的鼻孔和嘴巴,有时还能看到对方那闪闪发亮的眼睛。他对自己说:那青年的急躁性格一定会让他怒气冲冲,这样他就会奋不顾身,头脑发热,失去理智,只会猛攻猛打,而不顾及防守。可是他又估计错了,兹比什科虽然不谙侧转身来躲避攻击,但他并没有忘记他的盾牌,每当他举起斧头攻击时,他的盾牌也做好了防卫的工作。显然他的注意力已高度集中,他一看到对手经验丰富、技艺娴熟,便不但没有不顾一切,反而集中精力,更加谨慎小心了。他的攻击更加猛烈,但都是经过某种深思熟虑,而不是急躁冒进。只有冷静的猛攻,才能克敌制胜。

　　罗特盖尔经历过不少的战争和无数的决斗——不论是集体的,还是个对个的——是个久经沙场的人。他凭经验知道,有些人就像猛禽一样,天生就是块学武打仗的料,他们一看就会,而别人却要经过几年的勤学苦练才能达到。他意识到他现在面对的就是这样的一个人,从最初的几次攻击中他就看出,这个年轻人的身上有一股隼鹰的冲劲,把对手视为自己的猎获物,全部心思都集中在要把对方攫在自己的利爪中。尽管他自己膂力过人,但他也发现自己比不上兹比什科的孔武有力。如果他还没有来得及给对方致命的一击,自己便精疲力竭了,那么这场决斗,虽然是和经验较少却十分可怕的小伙子交手,准会以他失败而告终。他考虑到这点,就决定少用力气,他把盾牌收回紧紧护住自己的身体,既不猛进,也不速退,尽量不让自己的动作过猛过大,以便集中全身力量,作最后一次有力的攻击,他在等待时机。

　　这场可怕的决斗持续得比往常的一般决斗要长。回廊上是死一样的寂静,只能时时听到斧尖相碰或斧击盾牌的叮当声,或是沉闷的噼啪声。无论是公爵夫妇,还是骑士们,抑或是宫廷侍从们对这样的场面并不陌生,然而却有一种类似恐惧的感觉像一把把铁钳那样紧紧钳住了大家的心。大家知道，这场决斗，双方都不是为了炫耀自己的力气、技艺和勇气，而在很大程度上，这场决斗包含着更大更深的愤怒、绝望，更大的深仇大恨和无法避免的残酷无情的报仇雪恨。一方面是为了可怕的损害，为了爱情和无尽无际的悲伤，另一方面是为了整个骑士团的荣誉和深仇大恨。双方都在这个比武场上听凭上帝的审判。

这时候，严寒、暗淡的清晨开始明亮起来，灰色的雾霭消退了，阳光照射在十字军骑士的蓝色铠甲上，也辉映在兹比什科的米兰制银色甲胄上。小教堂里敲响了晨祷的钟声，随着钟声的鸣响，一群群寒鸦从城堡屋顶上振翅飞起，发出刺耳的鸣叫声，仿佛看到雪地上的鲜血和尸体而兴高采烈。罗特盖尔一边决斗着，一边朝那具僵硬的、一动不动的尸体望了一两眼，突然感到非常孤独，望着他的全是敌人的眼睛，而女人们的祷告、祝愿和悄悄的许愿全都是为了兹比什科。此外，尽管十字军骑士坚信兹比什科的侍从不会从背后来偷袭他，也不会背信弃义地来砍打他，但是这个危险的人物老是在他的眼前晃来晃去，离他又是那么近，便使他不由自主地感到惊慌不安，就像人一看到没有被关进铁笼里的狼、熊或野牛便会产生的那种心情一样。他无法摆脱这种心情，尤其是这个捷克人，由于想把战斗的动作看得更加清楚，便不停地移动着位置，时而站在他们的旁边，时而走到他们的后面，时而又来到他们的前面，总是不离他们的左右，还常常低下头来，恶狠狠地从脸甲缝隙中望着罗特盖尔，有时还情不自禁地举起那把沾满血迹的斧头，这更使他感到心慌不安。

这个十字军骑士终于感到劳累疲乏了。他一下接着一下，连劈两斧，又急速又凶狠，全朝着兹比什科的右臂砍了过去，可是都被对方用盾牌猛力挡了回来，使得罗特盖尔手中的斧头都把握不住了，不得不猛地后退了一步，才不致跌倒。从这时开始，他就步步后退了，不仅他的气力耗尽了，连他的冷静和耐性也都消耗殆尽了。一看到他节节后退，观众们情不自禁地从心坎里发出了一种胜利的呐喊声，让他听了又愤恨、又绝望。斧头的撞击越来越密，双方的额头上都已冒出了汗珠。从他们咬紧的牙关里不停地发出喘息声，观众再也无法保持安静了，无时无刻不能听到男人或女人的叫喊声："打呀，劈他呀！上帝的审判！上帝的惩罚！上帝帮助你！"公爵摇了好几次手，要大家安静下来，但他无法阻止他们！喧嚣声越来越响，因为回廊里到处都有孩子的哭叫声。最后，就在公爵夫人的旁边响起了一个年轻女人的哭叫声：

"为达奴霞报仇！兹比什科，为达奴霞报仇！"

兹比什科知道这场决斗正是为了达奴霞。因为，他相信，这个十字军骑士也参与了抢走达奴霞的阴谋。他和他决斗，就是为了给她报仇雪恨。只是由于他年轻好斗，因而在决斗过程中他一心想到的只是战斗。然而，这突然的喊叫声使他蓦地想起了达奴霞的失踪和她所受的悲惨遭遇。爱情、悲伤和复仇使他热血沸腾，他的心里涌现出强烈的痛楚，使他全身心地投入到疯狂的战斗中去。他那凶猛的、有如暴风骤雨般的进攻，使得十字军骑士招架不住了，再也无法躲避了。兹比什科以超人的力量把盾牌击向对方的盾牌，使得罗特盖尔的手臂突然麻木了，无力地垂落下来，罗特盖尔慌忙地朝后退去，恐惧地弯下了身子，就在这一瞬间，斧头在他眼前一闪，斧刃便像雷电那样砍在了他的右肩上。

观众只听见一声凄厉的呼号："耶稣！"接着，罗特盖尔又朝后退了一步，仰天倒在了地上。

这时候，回廊里的人群立即响起了一片喧闹声和嗡嗡声，就像蜂房里的蜜蜂，被阳光晒热了，便开始骚动起来，发出了嗡嗡的声音。骑士们成群结队地奔下阶梯，仆役们也跳过那座雪墙，争着去看那具尸体，到处都响起了叫喊声："啊！这就是天主的审判！尤兰德后继有人了，光荣归于他，感谢上帝！他真是使斧的好汉！"别的人也在喊道："你们看，你们惊叹吧！就是尤兰德自己来也不能砍得比这更出色了。"一大群好奇的人围住看罗特盖尔的尸体，他仰卧在那里，脸色雪白，张着大嘴，一条血淋淋的手臂非常可怕地从脖子边一直裂到了胳肢窝，只有几根筋还连在一起。于是又有几个人说道："他刚才还那样傲慢自大、目空一切而又身强体壮，现在却连一个手指也不能动弹了！"他们就这样说来说去，有的人很惊讶他那高大的身材，因为他在比武场上占据了很大的一块空间，死后看起来甚至要比活着时更庞大，有的人则欣赏他被雪光辉映得五彩缤纷的孔雀羽饰，还有的人在赞赏他那副价值整座庄园的铠甲。这时候，捷克人赫拉瓦领着两个兹比什科的仆人朝前走来，正要剥下死者的甲胄。那些好奇的人又围住了兹比什科，赞扬他，把他捧上了天，因为他们完全有理由这样做，他的名声也为玛佐夫舍和波兰的骑士增添了光彩。这时候，有人替他拿开了盾牌和斧头，让他轻松轻松，而莫查热夫的姆罗科塔也取下了他的头盔，把一顶深红色的布帽戴在他汗湿了的头上。

兹比什科站在那里像座木雕似的，他沉重地喘着粗气，眼睛里还残留着一股怒火，他的脸色由于精疲力竭和愤怒而显得苍白，全身因激动和疲劳而微微颤抖。有人挽起他的手臂，把他领去见公爵和公爵夫人，他们正在一间暖和的房间里坐在壁炉旁等着他来。兹比什科跪在他们面前，当韦索涅克神甫画了十字，为死者灵魂祈求永恒的安息之后，公爵便紧紧抱住了年轻骑士的头，说道：

"至高无上的上帝已在你们中间作出了判决，并指引了你的手，为此必须赞美上帝，阿门！"

随后，他转向德·罗西骑士和其他的人，说道：

"我请您，外国来的骑士和全体在场的人都来为这件事作证，而且我证明，他们的决斗是合乎法律和习俗的。正如'上帝的审判'到处执行的情形一样，这一次决斗也完全合乎骑士的规则，而且遵循着上帝的旨意。"

当地的骑士们都异口同声欢呼表示赞成。当公爵的话翻给德·罗西骑士听了之后，他便站了起来，宣称他不仅要证明这场决斗完全合乎骑士的规则和上帝的旨意，而且不管是在马尔堡，还是在其他公爵的宫廷里，如果将来有人怀疑这件事，那么他，德·罗西，就立即向他挑战，进行骑马或徒步的决斗，不管他是普通的骑士，还是巨人，抑或是一个法力超过默林的巫师。

这时候，安娜·达奴塔公爵夫人在兹比什科抱住她的双脚时，弯下身去，向他说道：

"你为什么还不高兴？高兴一些，要感谢上帝，因为，如果上帝出于仁慈使你摆脱了这次困境，那么他将来也不会遗弃你的，会指引你达到幸福的境界。"

兹比什科回答说：

"我怎么能高兴呢,仁慈的夫人?上帝保佑我战胜了那个十字军骑士,报了仇。但是达奴霞依然不在,现在也还没有找到她,她依然像在这之前一样,距离没有缩小。"

"最凶狠的敌人,丹维尔德、戈特弗雷德和罗特盖尔都已经死了。"公爵夫人回答道,"人们说齐格弗雷德虽然很残忍,但要比他们公正一些,你应该为此而赞美上帝的仁慈。德·罗西骑士说过,如果那个十字军骑士死了,他愿意把他的尸体送回去,然后便到马尔堡,直接向大团长提出达奴霞的归还问题,他们总不敢违抗大团长的命令吧!"

"愿上帝保佑德·罗西身体健康。"兹比什科说道,"我和他一起到马尔堡去。"

公爵夫人听到这句话吓住了,仿佛兹比什科是说他要赤手空拳到狼群去一样——每到冬天,玛佐夫舍的丛林中便聚集着一大群一大群的饿狼。

"为什么?"她喊道,"你是要去送死?刚刚才决斗完,无论是德·罗西,还是罗特盖尔在决斗前写出的那些信,都帮不了你的忙,你救不了别人,反而送了自己的命。"

但是他站了起来,双手在胸前交叉成十字形,说道:

"上帝会帮助我的,我要到马尔堡去,哪怕漂洋过海也在所不辞,基督会保佑我的。我一定要找到她,哪怕我只剩下最后一口气,我也万死不辞,只要我还活着,我就要找下去,和日耳曼人战斗和决斗,对我来说总比独自被关在地下室里要好受多了,啊,好受得多,好受得多!"

他说这些话的时候,也像往常一样,只要一提起达奴霞,他就那样激动,那样痛苦,常常连话都说不出来,就像有人卡住他的喉咙似的。公爵夫人知道,怎么劝他也是不会改变主意的,没有什么能拦阻住他,除非把他加上链条锁在地下室里。

但是,兹比什科也不能立即就动身前去。当时的骑士可以什么也不顾,但却不能违背骑士的习俗,这个习俗就是要求得胜的一方必须在决斗场上度过一整天,直到第二天的午夜,为了表示他是比武场上的主人,并且表明战败者的亲戚或好友如果想向他挑战,他都会随时准备应战的。这个习俗甚至连整支军队也得遵守,以致常常失去了在胜利之后立即前进所能取得的许多好处。兹比什科根本不想违犯这条无情的法律。他吃了一些东西之后，便穿上了他的甲胄，在城堡的院子里一直待到了午夜，在严冬的阴暗的天空下等待着那不可能出现的敌人。

到了午夜，传令官最后在号角的响声之后，宣布他取得了绝对的胜利。这时候，德乌戈拉斯的米科瓦伊便来请他去进晚餐，同时也是去和公爵商谈相关的事宜。

第三十八章

在商谈会上,公爵首先说话,他这样说道:

"可惜的是,我们没有任何书面证据,也没有人证来反对康杜尔们,虽然我们的怀疑完全正确,我自己也认为是他们抢走尤兰德的女儿的,绝不会是别人,但是,这又有什么用呢?他们会矢口否认的,要是大团长要起证据来,我又能拿出什么给他呢?咳,就连尤兰德的信也对他们有利。"

说到这里,他转向兹比什科说道:

"你说,这封信是他们逼他写的,也许是这样,如果正义在他们那一边,那么上帝就不会帮助你打败罗特盖尔了。不过,他们既然能逼他写出一封信,就不会逼他写出第二封信吗?也许他们还握有尤兰德给的别的什么证据,证明他们在抢走不幸姑娘的事情上是无罪的,如果是这样,他们就可以把这些证据呈给大团长,那又会怎么样呢?"

"不过,他们自己也承认,仁慈的殿下,他们从强盗手中救出了达奴霞,而且现在还在他们那里。"

"这点我知道。但是他们现在又说他们搞错了,说那是另一个姑娘,最好的证据,是尤兰德自己也不承认她。"

"他不承认是因为他们让他看的是另一个姑娘,正是这样,他才忍无可忍发怒了。"

"一定是这样。不过他们又会说,这只是我们的猜想。"

"他们的谎言,"德乌戈拉斯的米科瓦伊说道,"犹如一座森林,从边上望去,倒可以看见什么小路的,可是越往里走,树木就越稠密,你就会迷失方向,完全找不到路了。"

随后,他又把自己的话用德语向德·罗西先生说了一遍,罗西便说道：

"大团长本人要比他们好一些，他的弟弟虽然很傲慢，但还顾及骑士团的荣誉。"

"是这样的。"米科瓦伊答道，"大团长比较人道，但是他无法阻止神甫会和康杜尔，而且他尽管不赞成骑士团的为非作歹，但他又有什么办法呢？您去吧，去吧！德·罗西骑士，把这里所发生的事都告诉他吧，他们在外国人面前比在我们面前更顾及廉耻一些。他们害怕在外国宫廷上谈论他们背信弃义的卑鄙行径，如果大团长问您要证据，您就这样对他说：'了解真实是上帝的事情，寻找真理才是人们的任务。如果您要证据，阁下，那您就去寻找吧！下令搜查所有的城堡，向有关人员调查，也请允许我们去搜查。说是山林盗匪劫走了那个姑娘，这简直是胡说八道，是神话。'"

"是胡说八道，是神话。"德·罗西又说了一遍。

"因为盗匪绝不敢向公爵朝廷和尤兰德的女儿动手的。即使是他们劫走了她，那也是为了赎金，他们自己会来通知我们的，说她在他们手里。"

"我会把这一切都说出来的。"这个罗塔林吉亚人答道，"我要把德·贝戈夫找到，我们是一个地方的人，虽然我不认识他，但是他们说他是格尔德里亚伯爵的亲戚。他当时在什奇特诺，他应该把他看到的一切都告诉大团长。"

兹比什科听懂了他的几句话，剩下没有听懂的，米科瓦伊也向他解释了，于是他抱住了德·罗西先生，把他紧紧抱在胸前，抱得他直叫起痛来。

公爵又对兹比什科说道：

"你一定非去不可吗？"

"一定，仁慈的殿下，我还能做什么呢？我曾想占领什奇特诺，哪怕要我用牙齿去啃城墙，可是未经批准，我怎么能挑起战争呢？"

"谁要是不经允许擅自挑起战争，那他就要在刽子手的利剑下后悔莫及了。"公爵说道。

"法律就是法律，怎能触犯？"兹比什科答道，"咳！后来我又想向什奇特诺所有的人挑战，可是人们又说，尤兰德像宰牲口那样把他们屠杀了，我不知道谁还活着，谁被杀死了……上帝和圣十字架一定会保佑我，就是剩下最后一口气，我也不会离开尤兰德的！"

"你说得不错，令我钦佩。"德乌戈拉斯的米科瓦伊说道，"你没有独自跑到什奇特诺去，表明你很有才识，因为即使是一个傻瓜也会猜想到，他们决不会还把尤兰德和他的女儿留在什奇特诺，一定会把他们转移到别的城堡去，所以就让你来到了这里，以罗特盖尔来酬偿你。"

"是的！"公爵说道，"从罗特盖尔口中得知，他们四个当中只有老齐格弗雷德还活着，其余的人上帝已经借你和尤兰德的手给予惩处了。至于这个齐格弗雷德，没有那几个人卑鄙，但却是最凶残的魔鬼。尤兰德和达奴霞落在他的手中，更是凶多吉少，需要尽快把他们救出来。为了使你免遭不测，我给你一封给大团长的信，你现在要好好听清并记住我的话，你不是作为一个使臣去的，而是作为我的代表。我在给大团长的信中这样写着：既然他们过去敢加害于我——他们的恩主的一位后人，那么劫走尤兰德女儿的无疑也是他们，特别是他们对尤兰德怀有刻骨的仇恨，现在我恳求大团长下令尽快把那姑娘找到，如果想获得我的友谊，就应立即把她交到你的手中。"

兹比什科听了这些话，便立即跪在他的面前，双手抱住了他的双膝，说道：

"那么尤兰德呢？仁慈的殿下，尤兰德怎么办？您也为他说说情吧！如果他受了致命伤，那也应该让他死在自己家里，死在孩子的身边。"

"信里也提到了尤兰德。"公爵慈祥地说道，"我请大团长派出两位法官，我也派出两位法官组成调查组，按照骑士法规，审理康杜尔们和尤兰德的事情，可由他们选出一人来主持这个调查组，一切由他们商议决定。"

商谈会便到此结束了。兹比什科随即向公爵告了别，因为他们马上就要出发上路了。但是就在他离开之前，富于经验而又非常了解十字军骑士团的德乌戈拉斯的米科瓦伊，把兹比什科拉到旁边，问他：

"你要带那个捷克侍从一道到日耳曼人那儿去吗？"

"那当然,他是不离开我的。有什么问题吗?"

"因为我可惜他。他是你的好帮手,不过我要告诉你,除非你遇上了比你强的对手,你一定会平平安安地从马尔堡回来,但是他就一定会送命。"

"那是为什么?"

"因为那些狗教士控告他刺死了德·福奇。他们一定写信向大团长报告了他的死讯,他们肯定会说是那个捷克人打死了他,他们在马尔堡绝不会放过他的,等待他的将是审判和惩处,因为你无法向大团长表明他的无辜,况且他还扭断了丹维尔德的胳膊,而丹维尔德又是骑士团大医官的亲戚。我真替他担心,所以我向你再说一遍,如果他跟你去的话,那他准会送命的。"

"他不会去送死的,我会把他留在斯佩霍夫。"

但是后来情况有变化。由于其他原因,捷克人并没有留在斯佩霍夫。第二天早晨,兹比什科和德·罗西以及他们的扈从便动身了。德·罗西在韦索涅克神甫替他解除了与乌尔里卡·德·艾尔内的誓约后,便心情愉快地骑马走了。他已完全为德乌戈拉斯的雅金卡的美貌所倾倒,一心只在思念着她。因而他沉默不语,兹比什科也无法和他谈达奴霞的事情——因为他们彼此都不懂对方说的话——也就只好和赫拉瓦说话了,赫拉瓦直到此时也还不知道这次深入骑士团内地的事情。

"我要到马尔堡去。"他说,"何时能回来,只有听凭天主的安排了……也许很快,也许要等到春天,也许一年之后,也许根本就不回来了,你明白吗?"

"我明白。阁下到那儿去,一定要向那儿的骑士挑战。感谢上帝,幸好每个骑士都得有一个侍从。"

"不!"兹比什科答道,"我到那里去,不是向他们挑战,除非万不得已。而你不能和我去,只能留在家里,留在斯佩霍夫。"

这位捷克人听他一说,先是很不高兴,开始伤心地抱怨起来,随后又再三恳求不要把他留下来。

"我已经发过誓,决不离开阁下您。我是凭十字架和我的名誉发誓的,如果主人您遇到了什么危险,我又怎么去向兹戈热利兹的小姐交代呢？我向她发过誓，老爷！因此，请您可怜我吧，不要让我在她面前丢脸。"

"难道你没有发过誓要听从我的命令吗？"兹比什科问道。

"当然，我发过誓，我要服从一切命令，只有一点例外，不能离开您。如果您把我赶走，我只好远远地跟在后面，一旦需要，我就能听候差遣。"

"我不是赶你走，我也不愿意赶你走的。"兹比什科答道，"不过，如果我不能派你到别的地方去，哪怕是到最近的地方去，如果我一天都不能离开你，那我可不乐意的，你不能老是守着我，就像刽子手守着好人那样。至于战斗，你又能怎么帮助我呢？我说的不是战争，因为打仗是大家一齐上的，至于一对一的决斗，你肯定不能帮助我去二打一的。如果罗特盖尔比我强，那么他的甲胄就不会在我的马车上，而是我的甲胄在他的马车上。另外，你要知道，如果我带了你去，我会更麻烦，会遇到更大的危险。"

"怎么会呢，老爷？"

于是兹比什科把从德乌戈拉斯的米科瓦伊那里听来的那些话都告诉了他：那些康杜尔绝不会自己承认是他们杀死了德·福奇的，他们把罪责归到他头上，要向他报仇。

"如果他们抓住你的话，"兹比什科最后说道，"我绝不会把你丢下不管，这样一来，我也许会为你丢掉脑袋的。"

捷克人听了这些话，立即愁眉不展了，因为他说得不无道理。但是他还想按照自己的愿望把事情想得好一些。

"那些见过我的人都已不在人世了，那些人听说都被斯佩霍夫的老主人杀死了，而罗特盖尔又被您砍死了。"

"那些跟在他们后面不远的仆从都看见过你，而且那个老十字军骑士还活在世上，他现在一定是待在马尔堡，即使他现在不在那里，他也一定会来的，大团长会把他召去的。"

捷克人听了这些话，也就无话可答了。于是他们都默不作声地朝斯佩霍夫走去。他们到了那里，看到城堡已完全作好了战争准备。因为老管家托利马估计，不是十字军骑士前来攻打这个小城堡，就是兹比什科回来后一定会带领他们去救老主人的。无论是沼泽地上的通道，还是城堡里面，到处都有守卫，农夫们也都武装起来了，打仗对他们来说已不是什么新鲜事。因此，他们都很乐意等着日耳曼人来，以便能得到一些值钱的战利品。卡列布神甫在城堡大厅里接待了兹比什科和德·罗西，吃完晚饭后他马上拿出了盖有尤兰德印鉴的羊皮纸文书给他们看，那是神甫亲笔写下的尤兰德的最后遗言。

"这是他口授的遗嘱。"他说，"就在他去什奇特诺的那个晚上口授给我的，而且，他当时就预料到他不会回来了。"

"为什么您那时候没有告诉我呢？"

"我没有说，是因为他是在忏悔要保密的情况下向我说出他的打算，愿天主赐给他永远安息，愿永恒之光照耀在他身上……"

"请您不要为他祈祷，他还活着。我是从十字军骑士罗特盖尔的话里得知的，我和他在公爵的宫廷中决斗，上帝在我们中间进行了审判，结果我把他砍了。"

"这样一来，尤兰德更不能回来了……除非是上帝的威力！"

"我就是同这位骑士一起去把他从他们手中夺过来。"

"看得出你还不了解十字军骑士的手有多厉害，我可了解他们，因为尤兰德把我带到斯佩霍夫之前，我已经在他们的国家里当了十五年的神甫了，现在唯有上帝才能救出尤兰德了。"

"上帝也许会帮助我们的。"

"阿门！"

接着，他便打开遗嘱读了起来。尤兰德把全部的土地和所有的财产都传给达奴霞及其子女，如果她没有子嗣便身亡了，其财产就由她的丈夫博格丹涅茨的兹比什科继承。他最后提出由公爵监督遗嘱的执行。如果遗嘱有什么不符合法律之处，就请公爵根据法律加以改正，为什么要加上这后一点，是因为卡列布神甫只懂得教会的法则，而尤兰德本人又一心只关心战事，仅对骑士法则有所了解。神甫在向兹比什科读过遗嘱之后，又向斯佩霍夫家人中那些年纪较大的人宣读，他们立即便承认这个年轻的骑士是他们的主人，表示要对他效忠、服从。

他们也认为兹比什科会马上带领他们去营救老主人的，因而显得很高兴。因为他们的心里也渴望战争,而且和尤兰德的感情很深,可是当他们得知要留在家里的时候,心里都很不痛快,新主人只带少数随从到马尔堡去,他们不是去打仗,而是去控诉。捷克人格沃瓦奇也和他们一样不开心,尽管他为兹比什科增加了这样一大笔财产而欣喜异常。

"嗨!谁会最高兴呢?"他说,"一定是博格丹涅茨的老主人!他会把这里管理得好好的!博格丹涅茨和这座庄园相比,那真是小巫见大巫哩!"

这时候,兹比什科突然思念起叔父来,这是常有的事情。每当他生活中遇到困难和危急的情况时,他就更会想起他的叔父来。于是他转向他的侍从,毫不犹豫地说道:

"你何必闲在这里呢!回博格丹涅茨去吧,送一封信回去。"

"如果我不能和您一起走,那我倒愿意回那边去!"这个侍从高兴地答道。

"去给我叫卡列布神甫来,请他把这里发生的事都要写得清清楚楚,然后就请克热希尼亚的神甫把这封信读给我叔父听,或者请修道院院长读也行,如果他在兹戈热利兹的话。"

但他说完这句话之后,用手拍了拍他那刚长起的胡子,仿佛自言自语似的加了一句:

"算了!修道院院长……"

他的眼前又立即浮现出雅金卡的倩影——蓝眼睛、黑头发,亭亭玉立,像雌鹿一样灵巧,眼睫毛上挂着泪珠!他感到有点尴尬,用手擦着前额,擦了好一会儿,但他终于说道:

"咳!姑娘,你会感到忧伤的,但总不会比我更悲伤!"

这时候,卡列布神甫来了,他立即坐下来写信。兹比什科把从到林中行宫以来所发生的所有事情都详详细细地口授给他,他什么也没有隐瞒。因为他知道,老叔父知道得越详细,越会感到高兴的。博格丹涅茨真无法和斯佩霍夫相比,斯佩霍夫是一座又大又富的庄园。兹比什科知道,马奇科是非常热衷于积攒财富的。

忙碌了好大一阵子,信终于写好了,封口上也盖好了印鉴。兹比什科又把他的侍从叫来了,把信交给他后说道:

"要是你能和我叔父一道回来,我会很高兴的。"

但是,这个捷克人好像面有难色,他嘟嘟囔囔的,两只脚换来换去的就是不走,一直到年轻的骑士开口问道:

"你有什么话要说,就说吧!"

"我想,老爷……"捷克人答道,"我是想……再问一下,我该对那边的人说些什么呢?"

"那边的什么人?"

"不是博格丹涅茨的人,而是周围的邻居……因为他们也很想知道详情的。"

听了这话,兹比什科决定什么也不用隐瞒,他急速地望了他一眼,便说道:

"你所关心的不是别的人,而是兹戈热利兹的雅金卡。"

捷克人脸红了,随后又有些发白,答道:

"说的就是她,老爷。"

"你怎么知道,她已经不是嫁给了罗戈夫的奇坦,就是嫁给了布卓佐夫的维尔克?"

"小姐绝不会嫁给他们的。"这个侍从坚决地回答说。

"修道院院长可以命令她嫁人的。"

"是修道院院长听小姐的,而不是小姐听他的。"

"那你还想干什么?你就像对大家一样,把一切真相都告诉她。"

捷克人鞠了一躬,有点不快地离开了。

"愿上帝保佑。"他一面想着兹比什科,一面心中暗想,"她能忘记你就好了,愿上帝赐予她一个比你更好的人。如果她还没有忘记你,那我就告诉她,你已经结婚了,但没有妻子,你还没有双宿双飞,便已成了鳏夫。"

尽管这个捷克人已经很喜欢兹比什科,也很可怜达奴霞,然而在这个世界上他爱雅金卡胜过所有的一切。因此,打从捷哈诺夫最后那次决斗之前听到他已结婚的消息以来,他的心里就充满了痛苦和悲伤。

"老天保佑你变成个鳏夫好了。"他又说了一遍。

但是,过了一会儿,他的脑海里又出现了一些显然是很甜蜜的想

法,因为当他朝马厩走去的时候,他独自说道:

"感谢上帝,我又能跪在她面前,抱住她的双脚了。"

这时候,兹比什科正忙于出发上路,因而他急躁得不能自制了,那些必要的事务他不得不去操心,再加上时时刻刻都忘不了对达奴霞和尤兰德的思念之情,使他更加暴躁了。为了让德·罗西先生恢复旅途疲劳,为了长途跋涉所必要的准备工作,他们得在斯佩霍夫再留一夜,而他自己也由于激烈的决斗,在比武场上守了一整天,再加上旅途劳顿和缺少睡眠,以及担心忧虑,终于劳累不堪了,这时已经是深夜了,他朝尤兰德的硬板床上一躺,希望能睡上一小会儿觉。可是他还没有入睡,山德鲁斯就敲门走了进来,他先鞠了一躬,说道:

"老爷,您救过我的命,我和您在一起,过着从未有过的快活生活。上帝现在给了您大笔的财富,您比以前更富了,而斯佩霍夫的钱库也不是空无所有,请给我一口袋钱吧,老爷,我要到普鲁士去,从一个城堡走到另一个城堡,尽管我可能遇到危险,但我很乐意为您效劳。"

兹比什科起初真想把他扔出房间去,后来他考虑了一下他说的话,便从他床边的旅行包里拿出一个相当大的钱袋扔给了山德鲁斯,说道:"给你!走吧!如果你是个无赖,那你就会欺骗;如果你是个诚实的人,你就会去效力的。"

"我会像个无赖那样去骗别人,老爷,但绝不会骗您,我会老老实实地为您效力的。"山德鲁斯说道。

第三十九章

齐格弗雷德·德·罗维正要动身去马尔堡的时候,意外地收到了一封罗特盖尔报告玛佐夫舍宫廷消息的书信,消息拨动了这个老十字军骑士的心弦。首先,从这封信中可以看出,罗特盖尔在雅鲁什公爵面前把尤兰德的所作所为陈述得很巧妙、很得体。当齐格弗雷德读到罗特盖尔还向公爵提出要把斯佩霍夫交给骑士团作为赔偿的时候,不免开心得笑了起来。然后信的后半部却带来了一些意外的、不大有利的消息。罗特盖尔接着写道,为了更好地表明骑士团在抢劫尤兰德女儿的事件中的清白无罪,他便朝玛佐夫舍的骑士们扔出了手套,向每个有所怀疑的人挑战,以听从上帝的裁判,这是一场面向整个宫廷的决斗。"没有一个人敢去捡手套。"罗特盖尔继续写道,"因为大家都知道,尤兰德本人的信为我们作了声明,因此,他们都害怕上帝的公正。就在这时候,走进了一个年轻人,就是我们在林中行宫看见过的那个青年,捡起了手套,接受了挑战。请您不要担心,虔诚而又智慧的教士,我因此而不得不推迟两三天才能回去。因为是我自己先挑的战,我就得自己去完成。我是为了骑士团的荣誉才这么做的,我希望,无论是大团长,还是我所尊敬并以亲子之情挚爱着的您,都不会因为我的这次行动而责怪我,我的对手几乎还是个孩子,而且您也知道,决斗对我说来已不是什么新鲜事了。因此,为了骑士团的荣誉而让他流血,对我来说真是举手之劳而已,特别是有基督的帮助,而基督无疑是更关心那些身佩他的十字架的人,而不会重视像尤兰德这样的人或者马茹尔民族一个微不足道的姑娘所受到的侮辱!"

齐格弗雷德首先感到惊奇的是,尤兰德的女儿竟是个已结了婚的女人。他立即想到将会有一个穷凶极恶、报仇心切的新敌盘踞斯佩霍夫,便感到惶恐不安。他暗自说道:"显然,他是不会放弃报仇的,特别是当他重新得到了妻子,而妻子又告诉他,是我们把她从林中行宫劫走的,他就更要报复了!而且,他马上就会识破,我们特意把尤兰德叫到此地来,就是要把他干掉,而且根本就没有想要把他女儿还给他的。"想到这里,齐格弗雷德又不由得想起:由于公爵的不断来信,大团长必定下令要在什奇特诺进行调查,他这样做,至少可以在公爵面前为自己洗刷一番。因为大团长和神甫会所关心的是一旦同波兰国王发生战争,争取玛佐夫舍公爵站在他们一边是至关重要的大事,公爵拥有玛佐夫舍的大批武士和富裕的贵族,他们都是骁勇善战的骑士,决不能低估和轻视他的力量。同他保持和平就能保障骑士团的漫长边境的安全,就能更好地集中自己的力量!齐格弗雷德在马尔堡时常常听见人们私下议论,他们也常常抱有这样一种希望,等他们打败波兰国王之后,他们一定会另找借口去攻打玛佐夫舍的。到那时候,任何力量也不能再从十字军骑士团手中把这块地方夺回去了。这是一个重大而又万无一失的谋略。因此,毫无疑问,现在大团长一定会想尽一切办法不去激怒雅鲁什公爵。因为这位凯斯杜特的女儿的丈夫,要比普沃茨克的杰莫维特公爵更难于应付,而普沃茨克的公爵夫人不知为何,却对十字军骑士团赤心相待。

想到这里,这个为了骑士团及其名誉而随时准备无恶不作,不惜背信弃义和大施杀戮的齐格弗雷德老头,也不能不和自己的良心较量起来:"把尤兰德父女放掉是不是更好呢?这定会招来背信弃义和奸诈卑鄙的指责。不过,可以把这一切都推到丹维尔德的身上,反正他已经死了,即使大团长因为我和罗特盖尔是丹维尔德的同谋犯而要处罚我们。可是,这对于骑士团来说不是更有利吗?"不过,他一想到尤兰德,他那颗复仇的残忍的心又愤激起来了。

把他放掉,放走这个骑士团臣民的压迫者和刽子手,这个多次交战的胜利者,这个叫骑士团多次丢人现眼、多次战败的罪魁祸首,这个杀死丹维尔德的凶手,德·贝戈夫的战胜者,杀死马伊内格的凶手,杀死戈特弗雷德和胡格斯的凶手,他在什奇特诺让日耳曼人流的血,甚至比一场恶仗中流的血还要多。"我不能!我不能放了他!"齐格弗雷德心里一再说道。而且他一想到这里,他那贪婪的手指便不停抖动起来,他那衰老、干瘪的胸膛便沉重地起伏着。不过,如果这样做,会给骑士团带来更大的好处和荣誉呢?如果对还活着的同案犯进行惩处,也许就能使抱有敌意的雅鲁什公爵消除隔阂,从而跟骑士团签订协约,甚至结成联盟……"他们都是性情暴躁的人,"这个老康杜尔又想到,"但是只要向他们表示一点亲善和蔼的态度,他们就会很容易忘掉过去的怨恨。公爵本人不是在他国内就被我们俘虏过吗?但是他并没有主动来报过仇。"他想到这里,便心神不定起来,在大厅里踱来踱去。他突然觉得,天上有一个声音在向他说:"起来,等着罗特盖尔回来。"是的,他应该等待。罗特盖尔一定会打死那个年轻人的,以后再决定,是把尤兰德父女藏起来呢,还是把他们放了。如果把他们藏起来,公爵一定不会忘记他们的,但是由于他们不能确定是谁把女儿抢走的,一定会去寻找她,会给大团长去信,不过不会指责大团长,而是向他提出请求和询问,事情就会无休无止地拖延下去。如果把他们父女都放了,他们一定为尤兰德小姐的回来而兴高采烈,就会把那种因绑架而想复仇的愿望比下去的。"我们还可以这样说:我们是在尤兰德的攻击之后才找到尤兰德小姐的。"最后这种想法使齐格弗雷德完全放心了。至于尤兰德本人,他和罗特盖尔早就商量好了,如果非释放他不可,自有办法叫他既不能报仇,也不能控告他们。一想到他们想出的那种办法,齐格弗雷德那颗凶狠的心里也扬扬得意起来。他想起在捷哈诺夫城堡举行的那场"上帝的审判",心里也不免高兴起来。至于这场生死决斗的结局,他是丝毫也用不着担心的。他想起了那次在哥尼斯堡的比武,罗特盖尔一下子便打败了两个著名的骑士,这两个骑士在安德加夫地方号称是无敌的武士。他又想起了在维尔诺城外的那次决斗,对方是个波兰的骑士,梅尔斯廷的斯佩特科宫廷侍从,他也被罗特盖尔击败。想到这些,他容光焕发,心中涌起无限的自豪,因为就是他带着已经小有名气的罗特盖尔第一次远征立陶宛的,而且教会了他与那个民族作战的决胜方法。现在他这个可爱的孩子又要使可恨的波兰人再一次流血了。他一定会载誉归来的,既然这是上帝的审判,那么骑士团也会因此而消除别人的疑虑。"上帝的审判!"转瞬之间,这个老头的心里又涌起了一股类似恐惧的感觉。罗特盖尔是为了卫护骑士团的清白无辜才去进行这场生死决斗的,然而他们却是有罪的。这样一来,他就是在为欺骗而战了……会不会发生不幸呢?但是过了一会儿,齐格弗雷德觉得这是不可能的事。罗特盖尔是不可能被打败的。

这样一想,老齐格弗雷德又放心了。同时他又想起,是不是最好把达奴霞送到最偏僻的城堡去,即使马茹尔人采取任何计谋也无法得逞。可是等他考虑一会儿之后,他又打消了这种想法。采取阴谋手段或公开控告,只有尤兰德小姐的丈夫才会领头去做,可是他就要死在罗特盖尔的手中了……然后,就只有来自公爵和公爵夫人方面的调查、询问、信件往来和控诉了。但是这样一来,就会使事情拖延下去,而变得越来越糊涂不清。不用说,事情便会无限期地拖延下去了。"等到他们查出什么结果,我已经死了,尤兰德小姐也将在骑士团的囚室中变得年老了。"尽管如此,他还是下令城堡作好一切防御的准备,同时也作好了随时上路的准备:因为他不能确定罗特盖尔的决斗结果,他只好再等一等。

这时候,罗特盖尔起先约定的期限已经过去了,两天过去了,接着又过了第三天、第四天,什奇特诺的城门外依然没有扈从队伍的出现。直到第五天的傍晚时分,城堡大门外的岗哨才吹响了号角。刚做完晚祷的齐格弗雷德立即派了小厮前去探听,看是谁来到。

过了不久,小厮便满面悲色地回来了。齐格弗雷德却没有看出他的变化,因为炉子在房间里面,火光照不亮整个房间,天又已经黑下来了。

"他们回来了吗?"老骑士问道。

"是的,回来了。"侍者答道。

但是,这个侍者的声调却使齐格弗雷德大为不安起来,于是他问道:

"罗特盖尔教士也回来了吗?"

"他们把他抬回来了。"

一听见这话,齐格弗雷德便从椅子上站起身来,双手还撑在扶手上,像是怕自己倒下来,接着他声音嘶哑地说道:

"给我拿长袍来。"

侍者把长袍披在他的肩上。他也显然恢复了精神，因为他不用别人帮助就拉上了风帽。他走出了房间。

不一会儿，他就来到了城堡的大院里，天已经完全黑了。他漫步踏着地上的积雪，朝刚进大门的扈从队走去。他在队伍的旁边停了下来，这里已经围集了一大群人，卫戍部队的士兵们正好拿来了几支火把，把那地方照得亮亮的。一看见老骑士来了，仆役们便让出一条道来。火把的亮光照见了一副副惊恐的脸孔，后面黑暗的地方有人在窃窃私语：

"那是罗特盖尔教士……"

"罗特盖尔教士被打死了……"

齐格弗雷德走到雪橇车旁边，罗特盖尔的尸体就放在车上，下面垫有麦秸，上面盖着长袍，他掀开了长袍的一角。

"把火把拿近点……"他掀开风帽，说道。

一个仆役把火把放低照着罗特盖尔的尸体，老骑士仔细地察看了一下。死者脸色煞白，已经僵住了，下巴周围扎着一条黑巾，显然是为了不让嘴巴张开来。但是，他的整个脸孔都缩紧了似的，完全变形了，简直叫人认不出他来了，双眼紧闭，眼睛周围和太阳穴上都布满了紫斑，两颊结了霜像玻璃一样闪光。

老康杜尔在一片死寂中注视了良久。人们都朝他看去，因为大家都知道，他像父亲那样对待罗特盖尔、喜爱罗特盖尔。但是他一滴眼泪也没有流，只是脸色比平常更加严峻，显露出一种麻木的冷静。

"他们就是这样把他送回来的……"他终于开口说话了。

他又马上转身对城堡总管说道：

"午夜之前把棺材做好，把尸体停放在小礼拜堂里。"

"上次给那些被尤兰德打死的人做的棺材还剩下一口。"总管说道，"我吩咐再蒙上一层布就可以了。"

"再给他盖上一件长袍。"齐格弗雷德一面说着，一面给罗特盖尔盖好了脸，"不过不是这种，要骑士团的。"

过了一会儿，他又加了一句：

"不要盖上棺材盖。"

人们都朝雪橇车拥了过来。齐格弗雷德又戴上了风帽，临走时，好

像又想起了什么事似的,问道:

"冯·克里斯特在哪儿?"

"也被打死了。"一个随从答道,"因为尸体已经烂了,不得不把他埋在捷哈诺夫了。"

"这很好。"

他一说完这句话,便缓步离开了。他进入大厅后,依然坐在他原先听到消息时坐过的那张圈椅上。他的脸像化石似的毫无表情,他一动不动地坐在那里,坐了很久,使得那个小厮都惶恐不安起来了,时时探进头来看一看。时间一个小时一个小时地过去了。城堡里的日常忙碌也停息下来了,只有小教堂那边传来低沉的、不是很响的锤打声。后来,除了哨兵的叫唤声之外,就再也没有什么声音来打破这里的寂静了。

当老骑士从梦中惊醒的时候,已经时近午夜了,他叫来了侍役,问道:

"罗特盖尔教士在哪里?"

这个侍役被这种寂静、突如其来的事故和浓浓的睡意搞得有些晕头转向了,都不明白他问的是什么意思,只是惊恐地望着他,声音发抖地答道:

"我不知道,老爷……"

老头儿苦笑了一下,温和地说道:

"孩子,我是问你,他的尸体有没有停放在小教堂里?"

"是的,已经停放在小教堂了,老爷。"

"那很好,去告诉迪德里赫,让他带钥匙和灯笼到这里来,等我回来。再叫他提一小桶煤来,礼拜堂里点着灯没有?"

"棺材周围都点上了蜡烛。"

齐格弗雷德穿上长袍后便出去了。

他一走进礼拜堂,便从门边朝四下一看,看是否有人在那里。然后他小心翼翼地关上了大门,朝棺材走去,把在大铜烛台上点着的六支蜡烛拿开了两支,然后,他就在棺材旁边跪了下来。

他的嘴唇丝毫未动,表明他不是在祈祷,他有好一阵子只是望着罗特盖尔那张冻僵了的但依然很漂亮的脸孔,仿佛要在他的脸上看出活着的痕迹。

然后,他便在这万籁俱寂的小教堂里,用压低了的声调呼唤起来:
"我的儿子!亲爱的儿子!"

随后他又默不作声了,仿佛在等待答应似的。

后来,他把手伸了出来,然后又把他那瘦削的鸟爪似的手指伸进盖着罗特盖尔的长袍下面,在他身上摸来摸去,还把他的胸腹部、两腰、肋骨下面和两边的肩胛骨都检查了一遍,最后他摸着了伤口。伤口从右肩的顶端一直砍到胳肢窝里,他把手指伸了进去,顺着伤口把整条伤口都探了个遍。于是他像诉冤似的大声说道:

"啊!多么可怕的一击!你还说那家伙还是个孩子!整个肩膀都砍断了!整个肩膀都砍断了!你为了保卫骑士团,曾多少次用它来打击那些异教徒。可现在却被波兰的斧头砍断了,而且你也身亡了!魂归天国了!上帝没有保佑你,因为他关心的不是我们的骑士团。他也离开了我,虽然我已为他效劳了这么多年。"

话突然在他嘴边打住了,他的嘴唇在颤抖。礼拜堂里又是一片沉寂。

"我的儿子!我亲爱的儿子!"

齐格弗雷德的声音里现在只有一种恳求的意义,同时他还放低了声音在呼唤,就像有的人在探询某种重要而可怕的秘密似的。

"如果你听见了我说话,你就打个手势,动一动手,或者眨巴一下眼睛——因为我的心正在衰老的胸膛里呻吟悲号……给个手势吧。我是多么地爱你……你说话呀……"

他扒在棺材边上,他那双兀鹰似的眼睛一直盯着罗特盖尔紧闭的双眼,等在那儿不动。

"算了,你怎么能说话呢?"他终于开口说道,"你的尸体都已经僵硬了,发臭了。既然你沉默不语,就让我再给你说说吧,但愿你的灵魂能飞到这些烛光中间来,听听我的话。"

于是他俯下身去,贴近尸体的脸孔。

"你还记不记得,当时神甫不让我们补上一刀把尤兰德杀死,我们还向他发过誓的。好吧,我就信守誓言。但是无论你在什么地方,我都会让你高兴满意的。"

他一说完,便离开了棺材,把烛台放回原处,把长袍盖在尸体上,蒙住了脸孔。随后他就离开了礼拜堂。

那个小厮在房间的门边睡得很熟,而迪德里赫按照齐格弗雷德的吩咐,已经等在房里了。

迪德里赫这个人生得又矮又胖,长着一双罗圈腿和一张野兽似的四方脸。黑色的齿边头巾把他的大半个脸都遮住了,还垂挂在肩背上。他穿着一件没有硝过的野牛皮短上衣,腰上围着一条野牛皮的皮带,皮带上挂着一大串钥匙和一把短刀,右手提着一盏羊皮纸糊的铁风灯,左手拿着一个小桶和一支火把。

"你准备好了吗?"齐格弗雷德问道。

迪德里赫默默地点了点头。

"我吩咐过,铁桶里要装上煤的。"

这个矮个子还是一句话也不说,只是指了指壁炉里燃烧的木柴,他拿起壁炉旁边的铁铲,把燃烧着的炭煤装进桶里,然后点着了风灯,等在那儿。

"现在你听着,狗杂种。"齐格弗雷德说道,"你曾经泄露过丹维尔德康杜尔要你做的事情,康杜尔便下令把你的舌头割掉了,但是你现在还能用手势去向神甫告密。因此,我警告你,只要你有那么一点动作,把我现在要你做的事情透露一点给神甫,我就下令把你绞死。"

迪德里赫又默默地鞠了一躬,只有他的脸由于那可怕的回忆而绷得紧紧的,因为他的舌头被割,并不像齐格弗雷德说的那样,而是另有原因。

"现在你在头里走,领我到关押尤兰德的地牢里去。"

这个刽子手用一只大手拎着铁桶,提起风灯,两人便走出了房间。他们从熟睡的小厮身旁走过,下了阶梯,他们不是向大门走去,而是直奔后面的小走廊,经过整座建筑物,来到房屋的尽头,那里有一座铁门隐蔽在墙壁龛里面。迪德里赫打开了铁门,他们又来到了一个露天小院里,四面都是砖砌的粮仓,里面储备着粮食供城堡被围困时所用。右边一座谷仓的地下室就是地牢。这里没有卫兵守卫,因为犯人即使逃出地牢,来到院子里,也没有别的出路,只有经过铁门那唯一的出口。

"等一下!"齐格弗雷德说道。

他一只手扶着墙,停了一停。因为他觉得不大舒服,喘不过气来,仿佛他胸前的铠甲勒得太紧了。说句老实话,他所经受的这一切大大超过他年老体力所能承受的限度了。他同时觉得,他的前额在风帽下面已经渗出了大滴大滴的冷汗,于是他决定休息一会儿。

白天虽然阴沉,但晚上却很晴朗。皎洁的月亮高悬在空中,把院子照得明亮,在月光的辉映下,白雪也发出绿色的光辉。齐格弗雷德深深地吸了一口清新、带着寒意的空气。但是他又立即想起,罗特盖尔也正是在这样一个月明星稀之夜前往捷哈诺夫的,可是回来的却是一具死尸。

"现在你却躺在小礼拜堂里。"齐格弗雷德轻声嘟哝了一句。

迪德里赫以为康杜尔是在和他说话,便举起风灯,照在了他的脸上,他的脸色非常苍白,有如死人的一样,同时看起来倒像一只老兀鹰。

"带路!"齐格弗雷德说道。

风灯的一圈圈黄光重又照在了雪地上。他们又朝前走去。谷仓的厚墙上有一处凹进去的地方,从那里走下几级楼梯,便是一扇低矮的铁门,迪德里赫开了门,里面又是一条漆黑的楼梯狭道。他们朝楼梯走去。迪德里赫把风灯高高举起来给康杜尔照路,阶梯的尽头是条走廊。走廊两边都是一座座囚室的低矮的铁门。

"到尤兰德的牢房去!"齐格弗雷德说道。

过了一会儿,门锁喀嚓一声,他们便走进了牢房。但囚室黑咕隆咚的,齐格弗雷德由于灯光太暗,看不大清楚。他吩咐点亮火把。火把的强烈亮光使他立即就看清了躺在草堆上的尤兰德,犯人双脚上了镣铐,手上的手铐链子要长一些,能让他把食物送进自己的口中,他依然穿着那条赎罪的麻袋衣,只是上面已是血迹斑斑。那是战斗结束的那天,这个因痛苦和愤怒而发狂的骑士,不幸被网兜住了。士兵们想乘机杀死他,用长矛刺了他十多下,使他身上伤痕累累。后来由于当地的什奇特诺神甫的阻止,他才没有被当场打死。但是尤兰德流了许多血,当他被抬进牢房时已是奄奄一息、半死不活的了。城堡里的人都认为,他随时随刻都可能会死去。但是他那强壮的体力终于战胜了死亡。尽管他被扔在可怕的地牢里,又没有人来替他治疗伤病,但他还是活下来了。地牢里白天融雪时,雪水会从顶上掉下来,可是在严寒冰冻时,四壁会覆盖着厚厚的雪霜和冰凌。

尤兰德躺在草堆上,拖着手铐脚镣,羸弱无力,但他身材魁梧,特别是他躺着的时候,俨然一尊用坚石雕成的石像。齐格弗雷德命令把火把直照在尤兰德的脸上,默默地注视了好一会儿,接着他转向迪德里赫,说道:

"你看见了,他只有一只眼睛了,把它弄瞎!"

在他的声音中,有一种无力和衰老病痛的意味,正因为这个缘故,这个可怕的命令便让人觉得更加可怖,连刽子手手里拿着的火把也有点颤抖起来。但他还是把火把凑近过去,顿时间,大滴大滴的滚烫的松油落在尤兰德的那只好眼睛上,松油终于完全盖住了眼窝、眉毛和脸颊,直到颧骨为止。

尤兰德的脸抽搐了一下,灰色的胡须倒竖起来,把他紧咬的牙关盖住了。但是他一句话也没有说。不知道是由于衰弱无力,还是由于他天性中惊人的坚毅不屈的精神,他连哼都没有哼一声。

齐格弗雷德说道:

"我们答应过,要把你放出去,你是会出去的。但是你再也不能指控骑士团了。因为你那条会对骑士团胡说八道的舌头就要被割掉了。"

他又向迪德里赫做了个手势,而迪德里赫又发出了一声奇怪的喉音作为回答,同时也做了下手势,表示他得用一双手才能完成任务,需要康杜尔帮忙拿一下火把。

这时候,老头接过了火把,手伸得直直的,有些发抖。等到迪德里赫用膝盖顶住尤兰德的胸膛时,这个老骑士赶忙掉过头去,望着露出一层白霜的墙壁。

锁链响了好一会儿,随后便是沉重的喘息声,突然听见一声低沉、苦痛的呻吟声,接着便是一片寂静。

终于又响起了齐格弗雷德的声音：

"尤兰德，你所受到的惩罚，那是你罪有应得。此外，我还答应过罗特盖尔教士，他是被你女婿杀死的，要把你右手放进他的棺材里去陪葬。"

刚刚站起身来的迪德里赫，一听到他的这些话，又朝尤兰德俯下身去。

不多一会儿，老康杜尔和迪德里赫又来到了小院子里，院里一片皎洁的月光。齐格弗雷德走过走廊时，便从刽子手的手里拿过风灯，又接过一件用破布包着的黑色东西，便大声对自己说道：

"先到礼拜堂去，再到塔楼去。"

迪德里赫急忙向他看了一眼，康杜尔就命令他回去睡觉，他自己则摇晃着风灯，慢步向窗户亮着灯光的小礼拜堂走去。在路上，他想起了刚才发生过的那些事情，他预感到自己的末日快要到来了，而认为这是他在人世间所做的最后一些事情了。他那十字军骑士的灵魂，虽然是残酷胜过虚伪，但却受到无情的必然性的影响，终究习惯了欺骗、暗杀和隐瞒骑士团的血腥丑行，可是现在他不由自主地想要为自己，也为骑士团推卸折磨尤兰德的罪行和责任。迪德里赫是个哑巴，什么也不会说出去的。即使他能和神甫交流情况，他也不敢那样做。因此，他还担心什么呢？谁也不会知道的。难道不会认为尤兰德是在搏斗时受到的创伤吗？如果枪刺进了他的嘴里，难道不会把舌头刺断，而剑或斧都很容易砍掉右手的，他原来就只有一只眼睛，那么当他疯狂地扑向什奇特诺的全体官兵时，在乱枪之中给刺瞎了另一只眼睛，也就不足为奇了。啊哈，尤兰德！这是这个老十字军骑士的心里所享受到的最后一次欢乐。是的，如果尤兰德能活下来，他一定会把他放掉！齐格弗雷德又想起了有一次他和罗特盖尔商量过这件事。当时这个年轻的教士大笑着说道：那就让他的双眼指引他到他要去的地方好了，如果他找不到斯佩霍夫，那就让他一路上边走边问吧！"而现在他所做的这些事，也正是他们原先商量好的计划中的一部分。这时候，齐格弗雷德又走进了小教堂，跪在棺材旁边，把尤兰德那只血淋淋的右手放在罗特盖尔的脚旁。刚才他心里涌起的那种欢乐，最后一次出现在他的脸上了。

"你瞧，"他说，"我做的比我们商定的要多得多：因为卢森堡的约翰国王，虽然眼睛瞎了，但依然还能战斗，最后光荣地死去。可是尤兰德却再也不能战斗了。他会像只狗那样死在篱笆下面的。"

说到这里，他又感到喘不过气来，就像刚才到尤兰德牢里去的路上所感到的那种难受。头上也觉得头盔重得令人受不了，不过这种难受劲儿转眼便消失了，他深深地呼吸了一下，说道：

"嘿，我的时刻也快到了。我原先只有你一个，现在我什么亲人都没有了。但是，如果我还能活下去，我就向你发誓，我亲爱的儿子，不是我把那个杀死你的人的右手砍下放在你的墓前，就是我被杀死。打死你的那个凶手现在还活着……"

说到这里，他便紧咬起牙关来，全身也强烈地抽搐了一阵子，他连话都无法说下去了。后来，过了很久，他才又断断续续地说道：

"是的……你的凶手还活着，但是我要把他碎尸万段……在没有杀死他之前，我要让他受尽比死亡更加难受的痛苦……"

他又沉默不语了。

过了一会儿，他便站了起来，走到棺材跟前，用平静的口气说道：

"好了，我向你告别……让我最后一次看看你的脸，也许我能从你的脸上看出你会喜欢我的诺言……最后一次！"

他揭开了罗特盖尔脸上的盖布，但是他蓦地往后一退。

"你在笑……但是你笑得多么吓人！"他说。

其实是长袍下面冰冻的尸体开始融化了，也许是由于蜡烛燃烧的热度，使尸体腐烂得很快，这个年轻的康杜尔的脸确实狰狞难看。两只肿得很大的灰色耳朵就像是妖魔鬼怪的一样，两片发青肿胀的嘴唇也歪在一边，看上去就像是在笑似的。

齐格弗雷德赶忙盖上了那可怕的死人面孔。

随后他拿起风灯，走出了礼拜堂。在回房的路上，他又第三次感到喘不过气来。他一回到房间里便躺倒在他那张骑士团的硬板床上，一动不动地躺了好一阵子。他本来以为他会睡着的，可是，一种奇怪的感觉突然向他袭来，使他觉得他再也不能入睡了。如果他还要留在这个房间里，死神就会立即来找他的。

齐格弗雷德并不怕死。经过了极其难受的劳累疲困,而又无法入睡的他,反而把死看成是一种极好的解脱。但是,他今天晚上可不想去死。于是他坐在床上说道:

"让我活到明天吧!"

这时候,他清晰地听见有个声音在他耳边低声说道:

"快离开这个房间,明天就太晚了。你就不能实现你的诺言了,快离开这个房间!"

康杜尔困难地站起身来,走出了房间。卫兵们在城堡四角的箭楼上相互喊着口令。教堂的黄色灯光透过窗户照射在前面的雪地上。在大院的中央,靠近石砌的井台边,两条黑狗拉扯着一条黑布在嬉戏玩闹,除此之外,院子里便空无一人、静悄无声了。

"难道一定非今夜不可吗?"齐格弗雷德说道,"我今天太劳累了,但我还是会去的……大家都睡了,尤兰德被痛苦折磨得大概也睡着了,只有我睡不着。我去,我去,房间里有死神在等着我,而我也答应过你……不过,还是让死神以后再来吧。既然睡神不会来了,你在那里笑,可我一点力气也没有了。你笑,可以看得出来你高兴。你看看,我的手指都发麻了,双手也没有力气了,单是我自己是干不了的……那个和她睡在一起的女仆能够完成……"

他这样边走边自言自语,拖着沉重的步子朝城门边上的塔楼走去。这时候,那两只在井台旁边玩耍的黑狗便朝他跑了过来,向他摇头摆尾。齐格弗雷德看出其中的一条大猎犬是迪德里赫形影不离的伙伴,城堡里传说这条狗晚上就给他当枕头用。

这条狗向他低吠了一两声表示欢迎,随后便朝城门那边走去,仿佛它已了解了他的意图似的。

不多久,齐格弗雷德便来到了塔楼那座狭小的门前,每到晚上这座小门便从外面插上门闩。老头拨开了门闩,摸着一进门就有的扶梯朝楼上走去。由于慌忙,他忘记了拿风灯来,只好边摸索边前进,小心翼翼地用脚去探寻楼梯。

可是他只走了几步便停住了,因为他听到上面好像有呼吸声,是人的,又像是野兽的。

"谁在那里？"

没有回答，只有呼吸声，越来越急促。

齐格弗雷德本是个胆大无畏的人，是个不怕死的人。但是这一夜的可怕经历已经把他的勇气和自我克制的能力都耗尽了，他的脑海里突然想到，这是罗特盖尔的魂灵在挡他的道。一想到这点，他的头发便倒竖起来，额上布满了冷汗。

他几乎退到了门边。

"谁在那里？"他声音嘶哑地问道。

然而就在这时候，有个什么东西重重打在他的胸口上，力量大得惊人，一下就把老头打得仰天倒在楼梯口上，连哼都没有哼一声便人事不知了。

接着又归于寂静了。嗣后便有一个黑黑的人影从塔楼走了出来，向着大院左边兵器库旁的马厩悄悄奔了过去。迪德里赫的那条大猎犬默默地跟在那个人影的后边。第二条狗也蹿了过去，消失在墙壁的阴影里。但过了不一会儿，它又回来了，头低垂在地面上，仿佛在嗅另一条狗的踪迹。它一路嗅过去，便来到了齐格弗雷德那躺在地上、一动不动的躯体跟前，仔细地朝他嗅来嗅去，然后这条狗便坐在这个人的头边，抬起脑袋开始吠叫起来。

狗吠声持续了很长的时间，给这个阴森的晚上又平添了新的悲哀和恐怖的气氛。不久之后，大门中间的那道小门嘎吱一声打开了，一个持戟的卫兵来到了院子里。

"你这条可恶的疯狗，我来教训教训你，看你晚上还敢再叫！"他说。

他端起戟尖，便想朝那条狗刺过去，但就在那一瞬间，他看见有个人躺在塔楼的小门里。

"主耶稣啊！这是什么……"

他低下头去想看清那个仰卧在地上的人的脸，立即大叫起来：

"快来人啊！快来人啊！救命……"

接着，他便朝大门冲了过去，用尽全身力气把钟绳拉得摇动起来。

第四十章

尽管格沃瓦奇急于赶回兹戈热利兹去,但他也不能按其所愿地兼程赶路,因为道路实在难走。先是严冬酷寒,漫天大雪,把所有的村庄都埋盖住了。继而又是冰消雪化,大地解冻。二月虽然称为卢提①,却并不那么可怕,起初是浓浓密密、无边无际的浓雾,然后又是倾盆大雨,大雨把白雪融化得无影无踪。大雨停息时又是三月才会刮起的那种漫天大风。这种突然而起的暴风把天上的乌云撕得四散飞奔,时而把它们集成一团,时而又把它们吹得飘零。狂风在地上的树林中咆哮,把积雪吹散融化。这些白雪不久以前还保护着树叶和树枝在静静地冬眠。树林立即变成清一色的黑色。草原是一片汪洋的洪水,江河泛滥,只有渔民才喜欢这种多雨的天气,而其余的人则像被禁锢在囚牢中那样,躲在家里或茅舍里。有许多地方,村与村之间只得靠舟船来往通行。虽然到处都筑有不少的堤坝、水闸,以及穿越沼泽地和森林的道路,但这些道路大多用木板或原木铺设而成。如今堤坝崩溃,而低洼地带的木板由于洪水淹没而使旅程更加艰难危险,甚至无法通过。最使捷克人感到困难的是大波兰地区的湖泊区,那里每到春天,解冻的洪水比其他地方都要大。因而那条道路对于骑马的人来说更是寸步难行了。

他不得不常常停留下来,有时住在小镇上,有时又住在乡村的地主家里,一等就是一个星期,甚至好几个星期。村镇上的人都很乐意接待他和他的随行人员。他们按照当时的风俗,以面包和盐来欢迎他们。当地的人都很喜欢听有关十字军骑士的故事。他们一直等到春回大地,三月已过了大半,才到达离兹戈热利兹和博格丹涅茨不远的地方。

按照他自己的心愿,巴不得尽快看到他的女主人。尽管他知道,他

---

① 二月在波兰文中写为 luty(卢提),是"可怕"的意思。

是绝不可能得到她的,她就像天上的星星一样高不可攀。然而他崇敬她,全心全意地爱着她。但是这个捷克人还是决定先去看马奇科。首先,他是特意被派来见他的,其次,他要把带来的人送到博格丹涅茨去。兹比什科在杀死罗特盖尔之后,按照当时的法律规定,死者的随从应归他所有。于是他得到了十匹马和十个侍役的战利品。其中的两个人护送罗特盖尔的尸体回什奇特诺去了。兹比什科知道他的叔父非常希望得到人手,便让格沃瓦奇把其余的八个人带回作为礼物送给老马奇科。

捷克人到达博格丹涅茨的时候,老马奇科正好不在家。他们告诉他,老头儿带着猎犬和弓弩到森林中去了,但马奇科当天就回来了。他听说他家里来了个不小的扈从队,便加快步伐,赶紧回来欢迎客人,向他们表示他的殷勤好客。他没有立即认出格沃瓦奇来,等他向老人鞠了躬、报过姓名之后,老主人起初都吓坏了,把弓弩和帽子都扔在了地上,叫道:

"啊,上帝!他们把他打死了!快把你知道的都说出来!"

"他没有死,而且身体很好。"捷克人回答。

听了这句话,马奇科感到有点不好意思,开始喘起气来,终于深深吁了一口气,说道:

"赞美天主基督!那么他现在到哪儿去了?"

"去马尔堡了。派我回来这里报讯。"

"他为什么要到马尔堡去?"

"去找妻子。"

"你说什么!小伙子。老天在上,找什么妻子去了?"

"找尤兰德的女儿。等一下再告诉您。说上一整夜都可以。但是现在,尊敬的老爷,请允许我休息一会儿。我旅途太劳顿了,从午夜开始到现在,我一直在赶路,没有休息过。"

于是马奇科停了一会儿,没有再问他,主要是因为他惊异得说不出话来了。等他稍微平静了一些,便吩咐仆人往火炉里添加木柴,给捷克人拿吃的来。随后,他便在屋里踱来踱去,嘟嘟哝哝的,挥动着手臂。

"我简直不敢相信自己的耳朵……尤兰德的女儿……兹比什科结婚了!"他自言自语地说道。

"可以算是结过婚了，也可以算没有结婚。"

这时候他才慢慢把事情的来龙去脉一一道出，马奇科专心地听着，只有在听不清楚捷克人的话时，他才提出问题。格沃瓦奇也不确切地知道兹比什科是什么时候结的婚，因为没有公开举行过婚礼，然而他又确信是举行过婚礼的，而且是得到了安娜·达奴塔公爵夫人的帮助和准许的。直到十字军骑士罗特盖尔来了之后，兹比什科向他挑战要诉诸上帝的审判时，才当着全体玛佐夫舍宫廷人员把他们的婚事公开出来。

"啊哈，他还决斗过！"马奇科叫道，眼里露出惊讶的光芒，"结果如何？"

"他把日耳曼人劈成了两块，而且上帝保佑我，也把那个侍从打死了。"

马奇科又喘起气来，这次则是由于扬扬得意。

"不错！"他说，"他可不是一个让人笑话的小伙子。尽管他是'格拉迪'家族的独根独苗，但是上帝可以作证，他不是个平平常常的人。当年他和弗里兹人决斗时便已崭露头角……可那时他还是个半大不小的孩子哩！"

说到这里，他朝这个捷克人仔细地望了一两眼，接着又说道：

"不过，我也喜欢你了，看来你说的是实话。我原以为你是个吹牛大王，现在我相信是真的了。你自己说过，你轻而易举地干掉了那个侍从。你还把那个狗杂种的手臂扭断，你还砍倒过那头野公牛，这些都是值得赞扬的事。"

嗣后他突然问道：

"战利品在哪儿？很丰富吗？"

"我们缴获了甲胄、马匹和十个人，少爷把八个送来给您。"

"那两个弄到哪儿去了？"

"派去送尸体了。"

"为什么公爵不派自己的仆人去送呢？那两个人是不会回来了。"

捷克人听到他这样贪心，不禁笑了起来。马奇科常常会露出他的这种贪心来。

"少爷现在并不把这点小事放在心上。斯佩霍夫可是个大产业!"他说。

"大又有什么用?现在又不是他的。"

"那会是谁的呢?"

马奇科蓦地站了起来。

"说呀!那可是尤兰德的!"

"尤兰德被关在十字军骑士的地牢里,活不多久了。上帝才能知道,他能不能活过来。即使他活着回来了,卡列布神甫也已经当众宣读过他的遗嘱,宣布少爷就是他的继承人。"

这个消息显然对马奇科产生了深刻的印象。他听了这一大堆顺利和棘手的事情,而且都是那样出乎意料,使他都无法理清思绪,刚听到兹比什科已经结婚的消息时,他感到揪心的痛苦。因为他像父亲似的爱雅金卡,总是在想方设法让兹比什科和她结合。另一方面,他又把这件事看成是不可能的了。而且尤兰德小姐带来的财富,绝不是雅金卡能与之相比的。何况她深受公爵夫妇的宠爱,又是个独生女儿,嫁妆要比雅金卡多好几倍哩。马奇科在心里已经把兹比什科当成是公爵的朋友、博格丹涅茨和斯佩霍夫的主人了。而且,说不定将来还会当上总督哩!这决不是不可能的事。因为当时曾广泛流传这样一个故事:有一个瘦个子的穷贵族有十二个儿子,六个在战场上牺牲了,剩下的六个都做了总督。从此他的家族人丁兴旺,富甲天下。巨大的财产不仅有助于兹比什科的仕途,也能满足马奇科的贪婪和对家族的虚荣心。然而也有令老人担心的事情。他自己以前为了救兹比什科就曾去过十字军骑士团一次,结果是肋骨下面带回了一块碎矛尖。现在兹比什科要去马尔堡,那无异于自己去送死。到那里去,是找到妻子呢,还是带来死亡?"那里的人绝不会善意对待他的,"马奇科想道,"他刚刚杀死了他们的一个著名骑士,以前还曾刺杀过里赫顿斯泰因,而他们那些狗杂种,是最爱报仇的。"一想到这里,马奇科更是忧心忡忡。他还想道:"兹比什科是个性急的人,这次前去决不会不向日耳曼人挑战决斗的,决斗倒不会使我担心,我最怕的是他们的绑架,就像他们绑架尤兰德父女那样绑架他。而且他们在兹沃托里亚,就曾肆无忌惮地绑架过公爵本人,他们又怎么会放过兹比什科呢?"

这时候,他脑子里又出现了一个问题:要是小伙子能逃脱十字军骑士的魔掌,根本找不着自己的妻子那又怎么办呢?当他一想到,兹比什科即使找不着自己的妻子,斯佩霍夫也依然归他所有,他的心里不由一阵欣喜,但是这种愉快心情并没有保持多久。尽管老头很贪财,但更关心兹比什科的后代:如果达奴霞有如石沉大海,生死不明,兹比什科又不能和另一个姑娘结婚,这样一来,博格丹涅茨的"格拉迪"家族就要断种绝户了!嘿,若是娶了雅金卡,情况就大不一样了……莫奇多瓦虽然不算很大,但也不是弹丸之地,况且雅金卡这样的姑娘,就像果园的苹果树那样,年年都会开花结果的,这样一对比,马奇科由新财产所带来的欢乐,就抵不过他为家族的担忧了,由于担心和惋惜,他又向捷克人提出了刚才问过的问题:兹比什科是何时何地结婚的?婚礼是怎样举行的?

捷克人的回答是:

"我已经对您说过,尊敬的老爷,何时举行的婚礼,我不知道。我只是一种猜测,不敢保证一定就是这样。"

"那你是怎么猜测的呢?"

"因为我是寸步不离少爷的,连晚上我们也是睡在一个房间里的,只是有一天晚上他要我离开他,后来我看见公爵夫人,和她一起的还有尤兰德小姐、德·罗西和韦索涅克神甫,他们都进入了他的房间。我甚至感到奇怪,因为尤兰德小姐的头上还戴着花冠。可是我又一想,可能是神甫要为我的主人行圣餐礼……可能婚礼就是在这个时候举行的……我还记得当时主人吩咐我,要把他打扮得像去参加婚礼一样漂亮,可是我当时还以为他是要接受圣餐的。"

"那么后来呢?他们两个有没有单独留下?"

"哪里能,他们两人没有待在一起。即使他们在一起待过,也不会发生什么事,因为主人当时衰弱得连吃东西都要人喂。而且那批假装是尤兰德派来接她的人都已经来了。第二天早晨她就走了……"

"兹比什科以后就没有再见过她吗?"

"任何人都没有再看到过她了。"

出现了片刻的沉默。

"你认为十字军骑士会把她放了呢,还是不会放她?"过了一会儿马奇科问道。

捷克人摇了摇脑袋,然后做了个无望的手势,便慢慢地说道:

"照我看来,她是永远失踪了。"

"为什么?"马奇科惊恐万状地问道。

"因为,如果他们说在他们手中,那还有希望,我们还可以去控告他们,或者把她赎回来,或者用武力把她抢回来。可是他们却这样说:'我们从强盗手中救出了一个姑娘,并告诉了尤兰德前去认领。可是他还不承认是他的女儿,我们的好心却遭到了这样大的损失。一场战争也没有死这样多的人。'"

"那么他们给尤兰德看的是另外一个姑娘了?"

"据说是这样,只有上帝才知道真相。也许本来就是错的,也许是他们李代桃僵。不过有一点却是真的,他杀死了不少人。而且他们还信誓旦旦地说:他们没有抢走尤兰德小姐。这可真是件非常棘手的事情。即使大团长下令调查,他们也会回答说,她不在他们那里,谁又能指证他们呢?尤其是,据捷哈诺夫的宫廷侍从说,尤兰德在信里也承认,她不在十字军骑士手里。"

"也许她确实不在十字军骑士那里?"

"我亲爱的老爷!如果是强盗把她抢走的话,那不会为了别的,只是为了赎金。而且这些强盗既不会写信,也无法假造尤兰德的印鉴,也不可能派来这样体面的信使。"

"的确如此。但是,十字军骑士留她又有何用呢?"

"为了向尤兰德的亲属报仇!他们宁愿报仇也不想要和解。他们也是有原因的。他们非常害怕斯佩霍夫的老爷,恨透了他最近的这一次所作所为……我的主人,听说也冒犯过里赫顿斯泰因,还杀死了罗特盖尔……上帝还帮助我扭断了那个狗杂种的手臂。嘿!请您好好地想一想,本来他们有四个,如今几乎都丧失殆尽了。只有一个还勉强活着,而且还是个老家伙。我们一定能把他收拾掉的,老爷。"

重又出现了片刻的沉默。

"你是个机灵的侍从。"马奇科终于开口说道,"你认为他们会怎么对待她呢?"

"维托尔德公爵是个势力强大的公爵。据说连德意志皇帝都要向他鞠躬低头。他们又是怎样对待他的孩子呢?他们的城堡还少吗?地牢还少吗?井和绳子还少吗?绞索不是有的是吗?"

"永生的上帝保佑!"马奇科喊道。

"上帝保佑少爷不被他们扣留起来,虽然他随身带着公爵的信,又有德·罗西先生的陪同。罗西是个著名的骑士,出身名门,又和许多公爵有亲戚关系。嘿,我本不想回到这里来的,因为那边很容易发生决斗这类的事情,但是少爷命令我回来。我听到,有一次少爷和斯佩霍夫的老爷说起您足智多谋。而我就是个不机智的人,可是和他们斗争非得有心计不可。他说:'唉,要是我叔叔马奇科在这里。对我们可大有好处了。'他正是由于这个缘故才派我回来的。不过,就是您也找不到尤兰德小姐的。因为她很可能已到另一个世界去了,最有心机的人也无法去对抗死神的。"

马奇科沉思了很久。然后他才打破沉默,说道:

"唉,这是没有办法的事!再机智也是斗不过死神的。要是我到那边去能够打听出她已去世也好。那样的话,斯佩霍夫反正已归兹比什科所有,他自己就可以回到这儿来,另娶别的姑娘了。"

说到这里,马奇科松了一口气,仿佛心里的一块大石头落下来了。而格沃瓦奇则羞怯地悄声问道:

"您说的可是兹戈热利兹的小姐吗?"

"那当然!"马奇科答道,"尤其是她现在已成了孤儿。罗戈夫的奇坦和布单佐夫的维尔克对她纠缠得越来越紧。"

捷克人一听,立即跳起来。

"小姐是孤儿了?齐赫骑士呢?"

"难道你什么也不知道?"

"老天保佑,到底发生了什么事?"

"嗯,真的。你怎么会知道呢?你是直接就到这儿来的,而且我们刚才一直都在谈兹比什科的事!她是个孤儿了!兹戈热利兹的齐赫是个在家待不住的人,除非有客人,否则,他是不会留在家里的。正好这个时候,修道院院长写信给他,要他一起到奥斯维辛的普热梅克公爵那里去做客。这正合齐赫的心意,因为他同公爵很熟悉,常在一起玩乐。于是齐赫便来找我,对我这样说道:'我要到奥斯维辛去,然后再到格利维策去,请您多多照看一下兹戈热利兹。'我立刻就觉得不大对头,便立即对他说:'您不要去,照顾您的家和雅金卡吧!因为我知道,奇坦和维尔克又在打她的坏主意了。'你应该知道,修道院院长因为不喜欢兹比什科,便想把姑娘嫁给维尔克或奇坦。但是他后来了解了他们的秉性,便拒绝了他们,把他们赶出了兹戈热利兹。他做得对,可是不起作用。他们还是死乞白赖地常常来。现在总算平静下来了,因为他们之间争风吃醋打起来了,如今都躺在家里。可是在这以前,真是闹得不得安宁。什么事都得我来操心:又要防范、又要照顾。然而现在兹比什科又要我到那边去……雅金卡怎么办呢?我不知道。不过还是先把齐赫的事告诉你吧。他不听我的劝告便走了。他们狂欢滥饮、寻欢作乐!他们从格利维策又到普热梅克公爵的父亲——老诺萨克那儿去。老诺萨克在捷辛掌管政事。后来,拉奇博尔的公爵雅希科因为和普热梅克公爵有仇,便勾结由捷克人赫章带领的一股匪帮前来袭击他们。普热梅克公爵战死了,兹戈热利兹的齐赫胸口中了一箭也牺牲了,修道院院长被铁连枷打昏了,使他到现在也还人事不知,再也不会说话了,只会摇动着脑袋。现在,诺萨克老公爵从扎姆帕赫手中把赫章买了下来,使他受尽了连最老的人都没有听说过的各种酷刑。然而任何酷刑也不能减轻他的丧子之痛,也不能让齐赫复活过来,也不能止住雅金卡的泪水!这就是他们吃喝玩乐的结果……六个星期前,他们把齐赫的尸体运了回来,埋葬在他的祖茔里。"

"这样身强力壮的老爷!"捷克人悲痛地说道,"我过去在博列斯瓦夫麾下也不是无能之辈,可是他不到片刻工夫就把我擒住了,把我掳作奴仆了。我倒愿意过这种奴隶的生活而不想得到自由了……他是个善良、高尚的主人!愿上帝赐予他永恒之光。嘿,我伤心!我难过!我真为孤苦伶仃的小姐难过!"

"真是个可怜的姑娘:她爱她的父亲胜过有些人爱自己的母亲。

她待在兹戈热利兹也不安全。葬礼刚过,雪还没盖住齐赫的坟,奇坦和维尔克就来攻击兹戈热利兹了。多亏我的手下人事先知道了消息,于是我带领仆役前去援救。幸亏上帝保佑,我们及时赶到了,给他们以迎头痛击。打完之后,雅金卡就跪在我的面前抱住我的双膝恳求道:'我不能嫁给兹比什科,那我就谁也不嫁了,我只是求您从这两个无赖手中救我出来,我死也不会嫁给他们的……'我告诉你,我已经把兹戈热利兹变成了一座真正的城堡,你可能都认不出它来了。后来他们还去过两次,但都无功而归。现在会平静一阵子,我已经告诉你了,他们相互打了起来,都受伤不轻,伤得连手脚都不能动弹了。"

格沃瓦奇一声不响,只是一听到奇坦和维尔克的胡作非为时,牙齿便咬得嘎吱响,听起来就像是一扇门在开来关去的声音一样,随后他的一双大手在腿上擦来擦去,像是在擦痒似的,最后才从口中挤出两个字来:

"浑蛋!"

这时候,前面门廊里传来了嘈杂声,大门突然打开了,雅金卡像阵风似的冲了进来,和她一起进来的是她的大弟弟,十四岁的雅希科,长得和他姐姐一样,像是一对孪生姐弟。

她从兹戈热利兹的农民那里得知,捷克人赫拉瓦带领一队扈从到博格丹涅茨去了,她也像马奇科一样,感到惊恐不安,特别是听到那些农民告诉她说,没有看见兹比什科回来,她就以为一定是发生了什么不幸的事。于是她便一口气地跑到博格丹涅茨来想弄清真相。

"出了什么事?快告诉我!"她在门边就喊道。

"还会出什么事呢?兹比什科活着,而且身体健康。"马奇科答道。

捷克人急忙来到他主人面前,跪下一膝,吻起她的衣裙来。但是她根本没有注意到他,因为她一听见老骑士的答话,便把脸转向背光的阴暗处。过了一会儿,她才想到应该向在场的人表示问候,于是她便说道:

"赞美耶稣基督!"

"永生永世!"马奇科应了一句。

这时候,她才看见捷克人跪在她的前面,于是她朝他弯下身去。

"我衷心地欢迎你,赫拉瓦,但是你为什么撇下了你的主人?"

"是他派我回来的,仁慈的小姐。"

"他怎么交代你的?"

"他要我到博格丹涅茨来。"

"到博格丹涅茨?还有什么?"

"他派我来求教……同时也带来问候和致意。"

"就只到博格丹涅茨吗?嗯,好吧。他自己在哪儿?"

"他到马尔堡、到十字军骑士那里去了。"

雅金卡的脸上又露出了不安的神情。

"难道他是活腻了,还是怎么的?"

"他是去找他无法找到的东西,仁慈的小姐。"

"相信他是找不着的!"马奇科插嘴道,"就像没有锤子无法敲打钉子,没有上帝的意旨,人的愿望又怎能实现。"

"您是在说什么呀?"雅金卡问道。

然而,马奇科却以别的问题来回答她的问题。

"兹比什科给你说过尤兰德小姐的事情,好像我听见他说过。"

雅金卡没有立刻回答,过了一会儿,她才压住了叹气声,回答道:

"嗯,是说过,他为什么不能说呢?"

"这样就好了。我说起来就不会那么费劲了。"老头说道。

于是他把他从捷克人那里听来的一切都告诉了她。他自己也奇怪,为什么他的讲述那样吞吞吐吐不直爽。当然,他是个非常有心机的人,凡是会引起雅金卡不快或使她受到刺激的地方,他都避而不谈。而且特别强调他自己都不相信那些事情,他认为兹比什科实际上不是达奴霞的丈夫,而达奴霞也永远失踪了。

捷克人时时插话证实老人说的话,有时频频点头,有时再三说着"上帝可以作证,对极了",或者"就是这样,不会是别的"。姑娘低垂着眼皮听着,睫毛都几乎触及脸皮了,她什么也不问,只是一声不响,她的沉默竟使马奇科不安起来。

"嗯,你怎么看呢?"马奇科讲完后问道。

但她什么也不说,只见两颗泪珠从她低垂的眼皮下面流落在她的脸上。

过了一会儿,她走到马奇科的身前,吻着他的手,说道:

"赞美天主!"

"永生永世!"老头回答道,"你干吗要急着回去?和我们多待一会儿吧!"

但是她不想多待,便解释说,她没有吩咐家里人做晚饭,等着她回去做。马奇科尽管知道兹戈热利兹有个老贵族妇人谢杰霍娃,能够代替她操持家务,但是他没有坚持要她留下来,因为他理解,悲伤会使人止不住眼泪的,而人们总是不喜欢别人看见自己流泪,人往往像鱼那样,一受到伤害,就要往深水里藏起来。

他只是摸了摸她的头,便和捷克人一道送她到院子里。捷克人又到马厩里牵出马,装上马鞍,便和小姐一道离开了。

马奇科回到屋里,叹了一口气,摇摇头,喃喃说道:

"兹比什科,你真是个傻瓜!她的到来真使满屋都充满了香气。"

他又暗自叹息了一番,他在想,如果兹比什科上次一回来就娶了她,那么这时候该有多么高兴啊!可是现在又是怎么样呢?只要提起他,她的眼里就会噙满泪水,而那个小伙子却在世上流浪,还想去砍下十字军骑士的脑袋,如果他自己的脑袋不被他们砍掉的话。现在家里空荡荡的,只有墙上挂着的甲胄在闪闪发亮。庄园的收成不错,但是如果家族后继无人的话,无论是斯佩霍夫,还是博格丹涅茨,任凭你如何操劳,也是白费劲。

想到这里,马奇科止不住怒火中烧。

"等着吧,你这个亡命徒!我绝不会去找你的。你自己爱干什么就干什么去吧!"他高声嚷道。

可是,就在他发怒的同时,他又非常想念他的兹比什科。"算了吧,"他想道,"我不去找他,难道我就这样待在家里吗?不,我不能待在家里,我的老天爷,如果在这一生中我不能再见到这个淘气鬼,那是无法忍受的!他在那边一定会杀死不止一个狗教士。他又会送回不少战利品来……别的人要等到头发花白了才能得到骑士的腰带,可他年纪轻轻的却得到公爵赐予的腰带……不过,他是当之无愧的,尽管贵族青年中有的是勇敢善战的好手,但像他这样出类拔萃的年轻人却找不出第二个。"

他的心情完全平静下来了。于是他先去看看甲胄、宝剑和斧头,它们已被烟熏得发黑了。他好像是在考虑,该带走哪些武器,该留下哪些武器,然后他走出房间,因为他待不下去了。同时他要去吩咐仆役把马车收拾一下,给马匹准备双倍的饲料。

院子里,天已经黑下来了,他又忽然想起不久前才骑马离开这里的雅金卡。他的心里又为她不安起来了。

"我是一定要走的,"他对自己说道,"可是谁来保护这个姑娘,使她免遭奇坦和维尔克的骚扰呢?但愿雷电把这两个无赖殛死!"

这时候,雅金卡和她的大弟弟雅希科正穿越林中小路往兹戈热利兹走去,捷克人默默地跟在他们的后面。他的心中充满了爱和悲……他刚才看见姑娘在掉眼泪。如今他望着她的身影,在漆黑的林中显得模糊不清,便想到她一定很伤心,很痛苦。他也仿佛觉得,奇坦或维尔克会随时随刻从茂密而又漆黑的树林里伸出他们贪婪的双手,把她劫夺过去。他一想到这里,便怒火中烧,恨不得立即去和他们决斗一场。这种渴望决斗的心情有时竟是那样强烈,使得他真想立即拔出利剑或斧头,把路旁的桦树砍倒。他感到只有这样狠斗一场才能平息自己的怒火,甚至觉得,如果能让他策马奔驰一番,心里也会舒服一些。可是他们在前面默默地行进着,步子非常缓慢,一步一步地,使他无法飞驰而去。生性喜欢说话的小雅希科,几次想和姐姐说话,但他看到姐姐不想说话,自己也就缄口不语了。

然而,当他们快要走到兹戈热利兹时,捷克人心里的悲伤代替了对奇坦和维尔克的愤怒。"为了能使你快乐,我不惜流血牺牲。"他心中暗道,"可是,我是个不幸的人,又有什么办法可想呢?我能对你说什么呢?也许我只能这样告诉你:他吩咐我代向你致意问好。上帝保佑你能从中得到一些安慰。"

他这样想着,便策马靠近雅金卡的坐骑。

"仁慈的小姐……"

"你也和我们在一起?"姑娘仿佛从梦中惊醒似的,问道,"你说什么?"

"我忘记把少爷要我向您说的话转告您。在离开斯佩霍夫之前,少爷把我叫去,对我这样说道:'你去向兹戈热利兹的小姐鞠躬致敬,无论我命运是好是坏,我都不会忘记她。'他还说:'她对我叔叔和我所做的一切,愿上帝报答她的恩情,并祝她身体健康。'"

"愿上帝也回报他的良好祝愿。"雅金卡答道。

接着,她又用一种奇妙的声音加了一句,使捷克人听了心里美滋滋的:

"还有你,赫拉瓦。"

谈话虽然中断了,但这个侍役既为自己高兴也为他向小姐说的这些话高兴,因为他心里在说:"至少她不会认为他是个忘恩负义的人了。"于是他又开动脑筋,想再向她说出几句类似的话来,过了一会儿,他又说道:

"小姐……"

"什么?"

"这……我想告诉您,正如博格丹涅茨的那个老爷说的那样,那位小姐永远失踪了,他是永远也找不到她的,即使大团长本人会帮助他,也无能为力了。"

"可她是他的妻子。"雅金卡答道。

捷克人摇了摇头:

"也可以算是妻子……"

雅金卡听了这话,一句话也没有说。回到家里吃过晚饭,等到雅希科和其他弟弟都去睡觉了,她吩咐拿来一壶蜜酒,对着捷克人说道:

"也许你想要睡了,我倒想和你再聊一聊。"

捷克人虽然旅途十分劳困,但她就是想同他谈到第二天早晨,他也是非常乐意的。于是他们便开始聊了起来,倒不如说是他又把兹比什科、尤兰德、达奴霞和他自己的种种遭遇,详详细细地再说了一遍。

第四十一章

马奇科在作着出门的准备,雅金卡也已经两天没有来博格丹涅茨了。这两天来,她一直在和捷克人商量着事情。直到第三天,那是个礼拜天,老骑士才在去教堂的路上碰上她。她也正和她的弟弟雅希科骑马上克热希尼亚的教堂去做礼拜,他们还带着一大队武装仆役来保护她。因为她不能确定:奇坦和维尔克是躺在家里养伤呢,还是在策划什么阴谋来攻击她。

"我本想一做完礼拜就到博格丹涅茨去看望您。"她一边向马奇科问好,一边说道,"因为我有急事要见您,现在我们正好边走边谈。"

她一说完,便策马离开队伍朝前走去,显然是不想让仆役们听见他们的谈话。等马奇科来到她的身边时,她便问道:

"您真的就要走吗?"

"真的,最迟明天就走。"

"是去马尔堡吗?"

"可能去马尔堡,也可能到别的地方去,看情况而定。"

"现在请您听我说,我考虑了很久,我该怎么解决这个问题。现在我想听听您老的意见。以前,您也清楚,我爸爸还活着,修道院院长也有权有势,情况就有所不同。奇坦和维尔克都认为,我会在他们中间挑选一个的,所以他们才相互克制。可是现在我孤身一人,一个保护人也没有了。要么我像个囚犯那样住在兹戈热利兹的城堡里永不出来,要么任凭他们对我欺侮,您说说,情形是不是这样?"

"不错,我也这样想过。"马奇科说道。

"那您想出了什么办法没有?"

"我什么办法也没有想出来,但是,我有一点要告诉你的,就是我们是在波兰国内,任何对姑娘的暴力伤害,都是要受到法律的严惩的。"

"话是不错,可是要知道,越境也是很容易的。我知道,西里西亚也在波兰境内,可是那儿的公爵们却在打来斗去的,互不相让。如果不是这样,我亲爱的父亲现在也还活在世上。那里移居了不少日耳曼人,他们在那里为非作歹、横行霸道,谁要想在那边躲藏起来,就可以躲藏起来。当然,我要避开奇坦或者维尔克都很容易,可是还有我的小弟弟们。如果我不在,倒是会平安无事的。如果我待在兹戈热利兹,那只有上帝才知道,会发生什么事情。一定会发生袭击和战斗。雅希科已经十四岁了,任何人,包括我在内,都无法阻止他去战斗,上次您来救我们的时候,他就冲到前面去了。奇坦挥舞大棍,扫向人群,差点就打中他的头了。嘿,雅希科对仆役说过,他要把那两个家伙打翻在地。我要告诉您,我留在这里,就不会有安宁的日子,连小弟弟们都难逃灾祸。"

"真是这样!奇坦和维尔克他们两个都是无赖。"马奇科说道,"不过他们总不会动手打孩子的,只有十字军骑士才会那样干,呸!"

"他们虽然不会打孩子,但是万一碰上混乱,或者火灾,上帝保佑,就不难出现意外事故了!何必在这里多说呢!老谢杰霍娃夫人爱我的弟弟们就像爱自己的亲生儿子一样。老太太对他们的关怀用不着我担心。我不在,他们会更加安全。"

"很可能是这样。"马奇科答道。随后他迅即望了她一眼。

"那么,你想怎么做呢?"

她压低声音回答道:

"请您带我一起走。"

尽管马奇科早已猜到这场谈话的用意和结果,但还是不免大吃一惊,他勒住了坐骑,喊道:

"你说什么,雅金卡?!"

姑娘低垂着头,好像很害羞似的,同时又带点忧伤的口气回答道:

"无论您怎么想都可以。可是我,宁愿说实话也不想闷在心里。赫拉瓦和您都说过,兹比什科再也找不回那位小姐了,而赫拉瓦认为情况可能还要更糟。上帝可以作证,我绝不是希望她横遭不测,愿圣母保护和保佑这位可怜的姑娘!兹比什科喜欢她胜过喜欢我,这是毫无办法的,我的命运如此。不过,您看,如果兹比什科在找到她之前,或者,像你们所认为的那样,永远也找不到她,那么……那么……"

"那么……怎么样?"马奇科问道,同时他看到这位姑娘越来越发窘,越来越吞吞吐吐。

"那么,无论是奇坦,还是维尔克,抑或是别的人,我都不嫁。"

马奇科满意地吁了一口气,说道:

"我还以为你已经原谅他了。"

可是,她回答的口气更加忧伤了:"唉……"

"你到底想怎么办呢?难道要我把你带到十字军骑士团那里去吗?"

"不一定非要到十字军骑士团那里去。我现在就很想去修道院院长那里,他正在谢拉兹养伤。但他身边连一个亲人也没有,他那些手下人对酒壶的关心一定超过对他的关心。然而他是我的教父和保护人,即使他的身体健康,我也乐意受到他的保护,因为人们都很怕他。"

"我不反对你去那里。"马奇科说道。事实上雅金卡的决定让他非常高兴。因为他非常了解十字军骑士,深信达奴霞决不会从他们手中逃出命来的。"不过,我要告诉你。和姑娘走远路,实在很不方便。"

"也许和别的姑娘是这样,和我则不会有什么不方便的。到现在为止,虽然我还没有和人打过仗,但弯弓射箭、捕鱼打猎对我说来可不是什么新鲜事,该有什么事情发生就发生好了,您用不着担心。我要穿上雅希科的衣服,戴上他的发套,拿上他的佩剑,就出门远行了。雅希科虽然比我小,但除了头发之外,他和我长得一模一样。有一次狂欢节,我们化了装,连先父都分辨不出哪是他、哪是我了。您瞧,连修道院院长,还有别的人,都认不出我来了。"

"兹比什科也认不出来吗?"

"只怕我见不着他。"

马奇科想了一会儿,突然笑了起来,说道:

"也许布卓佐夫的维尔克和罗戈夫的奇坦就要暴跳如雷了!"

"就让他们去发怒好了!要是他们来追我们,那就糟了。"

"咳,用不着担心,我老是老了,但他们也得小心我的拳头,所有

'格拉迪'家的人都不是好惹的……他们已经尝过兹比什科的厉害了!"

他们边走边谈,不觉便到了克热希尼亚。布卓佐夫的老维尔克也在教堂里,他不时地把阴郁的眼光投向马奇科,但是马奇科却并不放在心上。做过弥撒之后,他心情愉快地和雅金卡一起回去了。他们在分岔路口告别之后,马奇科独自回到了博格丹涅茨,心里又出现了一些不大愉快的想法。他知道,雅金卡的离开并不会受到兹戈热利兹人和她的亲属的阻挠和反对。"至于这姑娘的追求者们,那又是另一回事了。"他对自己说道,"不过他们绝不会去打孤儿们及其财产的主意的,否则,他们就会给自己带来莫大的耻辱,凡是活着的人都会像对付恶狼那样对付他们的。但是,博格丹涅茨就只好听天由命了!土地会被侵占,牲畜会被劫洗一空,农人会被弄走……如果上帝让我回来的话,我一定要和他们斗争,不是用拳头和他们斗,而是诉诸法律。因为在我们国家里不单是拳头,还有法律在进行着统治。问题是我以后会不会回来,什么时候回来?他们恨死我了,因为我阻碍了他们对姑娘的追求,如果她跟我一起走了,那他们更会恨死我的。"

他觉得非常惋惜,因为博格丹涅茨已被经营得看得过去了。他现在确信,等他下次回来时,博格丹涅茨一定是荒芜破败得不成样子了。

"哎,得想想办法!"他心想。

吃过午饭,他便吩咐备马,他骑上马后,便朝布卓佐夫直驰而去。

他到达那儿时,天已近黄昏了。老维尔克坐在前厅,就着酒壶喝着蜂蜜酒。小维尔克被奇坦打伤了,只好躺在一张铺着兽皮的板床上,同样在喝着蜂蜜酒。马奇科出乎意料地走进了前厅,他站在门口,面色严峻,身材高大而又瘦削,未穿铠甲,只在腰间挂着一把大剑。维尔克父子立即认出了他,因为火光正好映照在他的脸上。起初,无论是父亲,还是儿子,都像被雷殛一样跳起身来,迅即朝墙壁冲了过去,随手拿起武器,也不管是什么武器,顺手操起一样就算数。

但是,经验丰富的马奇科老头并不惊慌,因为他了解他们和他们的习惯,只是把一只手紧贴在大剑上,并没有拔出剑来。他用平静而又略带嘲讽的口气说道:

"怎么啦？难道这就是布卓佐夫贵族的待客之道吗？"

听到这话，他们两个立即放下了手。过了一会儿，那老维尔克乒乓一声把武器扔在了地上，小维尔克也把矛放下了，他们都伸着脖子望着他，虽然脸上还带有敌意，但已露出不安和羞愧的神情了。

马奇科则面露笑容，说道：

"赞美耶稣基督！"

"永生永世！"

"还有圣乔治！"

"愿意为他效劳！"

"我是怀着善良的愿望来拜访邻居的！"

"我们也心怀好意来欢迎您，我们尊贵的客人。"

这时候，老维尔克朝马奇科走了过去，后面跟着他的儿子，他们两个都握了握马奇科的右手，然后把他安置在客座上就座。他们动作迅捷地把一块木头扔进壁炉，在桌子上铺好桌布，端来盛满食物的盘子、一坛啤酒、一壶蜂蜜，他们便开始吃喝起来。小维尔克不时地向马奇科投去一种特别的目光，这种目光包含着对客人的敬意，力图消除对别人的仇视。他招待得非常殷勤，以至于他累得脸都煞白了，因为他受了伤，而且还失去了平常的气力。他们父子两人都急于知道马奇科这次来访的目的，然而他们两个都不愿去问他，想等他自己开口先说。

而马奇科是个对风俗习惯都很了解的人，因此，他不停地赞美食物、美酒和主人的殷勤好客。等到大家都吃饱喝足了，他才抬起头来，神情严肃地说道：

"人们常常争吵、殴斗，但邻居和睦相处最重要！"

"没有比和睦相处更重要的了。"老维尔克也同样严肃地答道。

"常有这样的事，"马奇科重又说道，"当一个人就要出门远行的时候，即使和不友好的人也得去告别一下，否则他会问心有愧的。"

"上帝会报答您说的实话。"

"见了您，我们打心眼里高兴，即使您每天来我们也欢迎。"

"本来我想在博格丹涅茨以一种符合骑士荣誉的形式来设宴款待你们，但是我急于出门远行，来不及了。"

"是去打仗呢,还是到什么圣地去朝圣?"

"我倒情愿去打仗,或者到圣地去,但是我去的地方最糟糕,是到十字军骑士团去。"

"到十字军骑士团去?"父子两人同时喊道。

"是的!"马奇科答道,"而且去的人根本不是他们的朋友。要想保住自己的性命,得到永恒的超脱,就必须归顺于上帝,和别人和睦相处。"

"这太妙了。"老维尔克说道,"我从来没有见过一个和他们打交道的人,不受他们的欺压和迫害的。"

"整个波兰王国也是如此!"马奇科补充道,"无论是受洗前的立陶宛,还是鞑靼人,都没有像这些魔鬼似的教士,给波兰王国带来这样深重的灾难。"

"完全正确。您也知道,积蓄力量呀,积蓄力量,等到积蓄了足够的力量,就是收拾他们的时候了。您说是不是?"

老维尔克说完,朝手心吐了一口唾沫,小的也补充了一句:

"只有这样了!"

"一定是这样!不过什么时候才会收拾他们呢?这不是我们所能决定的,只有国王才能决定。也许很快,也许很慢……只有上帝知道。可是现在我不得不到他们中间去。"

"是不是去给兹比什科送赎身金?"

一听到他父亲提到兹比什科的名字,小维尔克的脸顿时气得煞白了,而且充满了敌意。

但是,马奇科却很镇定自若地回答说:

"也许要带赎金去,但可不是去赎兹比什科。"

他的这句话激起了布卓佐夫两位主人的更大兴趣,老维尔克再也忍不住了,说道:

"您到底想不想告诉我们,您到那里去干什么?"

"我说!我说!"马奇科边点头边说道,"但是,首先我得说说另一件事。请你们听好,我离开以后,博格丹涅茨只好听天由命了……以前,我和兹比什科两个在维托尔德大公麾下作战的时候,修道院院长,还有兹戈热利兹的齐赫，都曾照管过我们的小产业。现在可没有人来照顾它了。一想到我们用辛勤和血汗创下的产业将付之东流，心里真是难受极了……不说您也知道会发生什么事情：农夫被弄走、地界被挖掉、牲畜被抢光。人人都可来插一手，即使天主耶稣能让我平安地回来。那时候，我的产业全毁完了……唯一可以补救的办法就是找个好邻居。因此，我这次来，就是请您看在邻居的分上，替我照管一下博格丹涅茨，使其不受到损害。"

听到这个请求，老维尔克望着儿子，儿子也望着他老子，父子两个都非常惊讶，沉默了好一会儿，谁也不敢匆忙回答。马奇科便端起一杯蜂蜜，把它喝完了。接着他又继续说下去，口气那么平静，那么推心置腹，简直把他们两个人当成他多年交往的最亲密朋友了。

"我要坦诚地告诉你们，我最怕前来破坏的人，不是别人，就是罗戈夫的奇坦。虽然我们过去不和，但我对你们完全放心，因为你们是骑士，你们会光明正大地反对你们的敌人，但绝不会使用卑鄙下流的手段去进行报复。你们完全是另一种人，骑士总归是骑士！但奇坦却是个粗人，一个粗人是什么事都干得出来的。尤其是，你们也知道，他非常恨我，因为我妨碍了他对雅金卡的追求。"

"您是想把她留给您的侄子！"小维尔克愤愤不平地说道。

马奇科望着他，用冷峻的目光望了他好一阵子，然后他转向老维尔克，平静地说道：

"我的侄子已和马茹尔地区的一位富家小姐结婚了，而且还得到了一笔可观的嫁妆。"

接着而来的便是一阵更深沉的静默。父子两人都张大着嘴，呆呆地望着马奇科好一会儿。最后，老维尔克开口说话了。

"嘿，到底是怎么回事？您快告诉我们吧！"

但是，马奇科好像没有听见他的问题，继续说下去道：

"正因为如此，我才要离开这里，才要来恳求你们：请你们这两位高尚而正直的邻居，时不时地去看顾一下博格丹涅茨，别让别人来损坏我的田庄，特别要提防奇坦在我走后前去捣乱……"

就在这段时间里，相当机灵的小维尔克，已经迅速地思考了一番。

他想,既然兹比什科已经结了婚,就应该和马奇科交上朋友,因为雅金卡很信任他,而且什么事都去请教他。在这位年轻的追求者面前,突然展现出一片全新的景象。"不仅不能反对马奇科,而且要尽力和他搞好关系。"他心里在说。因此,尽管他喝得有些醉了,还是很麻利地从桌下伸出手去抓了抓他父亲的膝盖,还用力揪了一下,表示要他父亲不要乱说话,他自己则说道:

"请您不要怕奇坦,唔,叫他来试试看好了。他刺伤了我一个小口,不错,可是我也将他狠揍了一顿,打得连亲生母亲都认不出他了!您用不着担心!您放心去好了。博格丹涅茨连一只乌鸦都不会受伤害的。"

"我知道你们是正直的人,你们会答应吗?"

"我们答应!"两人同声应道。

"能凭你们骑士的名誉起誓吗?"

"凭我们骑士的名誉起誓!"

"能凭你们的传家宝物起誓吗?"

"凭我们的传家宝物起誓。而且还要凭十字架起誓!上帝可以作证!"

马奇科满意地笑了起来,说道:

"好了,我这件事就拜托你们了,相信你们会管好。这件事就这样定了。我再给你们说一件事情……齐赫,你们知道,曾托我照顾他的子女,所以,我就阻止奇坦,还有你,小伙子,用武力闯进兹戈热利兹。但是,我既然要到马尔堡去,或者到上帝才知道的什么地方去,那么我又怎么能保护他们呢?不错,上帝会保护孤儿的,决不会让他们受到别人的欺侮。谁想欺侮他们,就会遭到斧子砍头,而且还要被宣布为卑鄙无耻的人。但是我要离开,心里还是很难受的,非常难受。现在我恳请你们答应我:不仅你们不会去欺侮齐赫的孩子们,也决不让别人去欺侮他们。"

"我们发誓!我们发誓!"

"凭你们骑士的名誉和你们家族的传家宝?"

"凭我们骑士的名誉和我们家族的传家宝!"

"还凭十字架起誓吗？"

"凭十字架起誓！"

"上帝作证，阿门！"马奇科结束时说道。

他深深吸了一口气。因为他知道，他们会坚守他们的誓言的。即使他们被触怒了，也只会紧握着拳头，或者咬咬拳头，而决不背叛自己的誓言。

他立即和他们告别，但是他们坚决挽留他多待一会儿。他不得不再和老维尔克一起吃喝起来。而小维尔克一反他以往一喝醉酒就要闹事的习惯，现在也只是大骂奇坦，在马奇科身边转来转去，表现出一副热诚的态度，仿佛明天他就能从马奇科手中得到雅金卡似的。不到午夜，他就因脱力而昏迷了，他们把他救醒之后，他便又像石头那样睡得死沉沉的。不久，老维尔克也步他儿子的后尘睡着了。等马奇科离开的时候，他们两人都像死尸那样躺在桌子下面了。

而他自己则有个超乎寻常的脑袋，他没有喝醉，只是心里很快活，在回家的时候，一想到他所完成的业绩，就止不住喜笑颜开。

"真不错！"他心里想道，"博格丹涅茨安全了，兹戈热利兹也安全了。他们会为雅金卡的离开而勃然大怒，但是他们会照看我和她的财产，因为不能不这样做。主耶稣赐给人以聪明机智……用拳头不能解决问题的时候，就得用智慧……如果我将来能回来，那么这个老头子一定会向我挑战的。不过这件事不必再去多想了。但愿我也能用这种办法使十字军骑士落入我的圈套……不过，跟他们打交道就更困难了……在我们这儿，即便同一个'狗东西'打交道，只要他凭骑士的名誉和传家宝发了誓，那他就会信守誓言。但是对于十字军骑士来说，誓言就像往水里吐痰一样，一钱不值。但愿圣母保佑我，使我对兹比什科有所帮助，就像我现在对齐赫的子女和博格丹涅茨那样取得了好的效果……"

继而他又一想，现在雅金卡倒不一定要走了，因为维尔克父子两人现在会像保护眼珠一样来保护她的。但是过了一会儿，他又放弃了这种打算。维尔克父子倒会保护她的，但奇坦却会对她更加凶恶，只有上帝知道他们谁会占上风。到那时候，一定会发生一系列的争斗和暴行。

兹戈热利兹、齐赫的儿女们,还有姑娘本人都会遭到不幸。只让维尔克父子照看博格丹涅茨就容易多了。但是对姑娘来说,还是远离这两个追求者和靠近修道院院长最好。马奇科坚信达奴霞根本不可能从十字军骑士的魔掌中活着回来。因此,他依然抱着希望,等兹比什科当了鳏夫回来时,他就非得听凭上帝的旨意而娶雅金卡不可。

"啊,万能的上帝!"他对自己说道,"他这样一来既有了斯佩霍夫,又娶了雅金卡并得到她的莫奇多瓦,还有修道院院长留给她的财产。到那时候,我也决不吝惜捐赠给上帝的蜡烛油了。"

他就这样浮想联翩,不知不觉地走完了从布卓佐夫到家里的路程。可是等他到家的时候已经是后半夜了,他一看见家里灯火通明便吃了一惊。仆役们也都没有去睡觉,因为他刚一走进院里,马夫就朝他奔跑过来。

"是来了客人吗?还是别的什么事?"马奇科一边翻身下马,一边问道。

"是兹戈热利兹的少爷和捷克人来了。"马夫回答道。

他们的来访使马奇科大感意外。雅金卡曾答应明天一早就过来,然后他们便立即动身的。为什么雅希科也来了,而且还这样晚来的?老骑士心想,难道兹戈热利兹出了什么事情?他心里怀着某种不安,急忙走进屋里。

然而,他一走进屋里便看见了烧得火光熊熊的大泥砌壁炉,取代了平常在房间中央生着的火炉,而桌子上面摆放着两个铁架子,架子上插着两支火把。马奇科借着火把的亮光立即看清了雅希科、捷克人赫拉瓦和另外一个年轻的侍从,脸红得像只苹果似的。

"你好吗,雅希科?雅金卡怎么样啦?"老贵族问道。

"雅金卡吩咐我来告诉您,"小伙子亲了亲他的手,说道,"她再三考虑之后,决定还是留在家里不走较好。"

"我的老天爷!这是怎么回事?你说什么?她又在出什么花样了?"

小伙子抬起那双蓝眼睛望着他,笑了起来。

"你笑什么?"

但是,就在这时候,捷克人和另一个侍从也开怀大笑起来。

"您瞧!"这个女扮男装的小伙子说道,"既然连您都认不出是我,别人谁还认得出?"

直到此时,马奇科才仔细地打量起这个漂亮的"小伙子"来,随即喊道:

"以圣父、圣子之名,真像狂欢节上化的装一样,原来是你在这里骗我,你现在为什么来了?"

"嘿!为什么来了?谁想出门远行,谁就急于动身呀!"

"不是说好明天天亮你才来的吗?"

"算了吧!要是明天天亮我再来,大家都会看见我的。我现在来,兹戈热利兹的人明天就会认为我是到这里来做客的,要到后天他们才发觉我走了。只有谢杰霍娃和雅希科知道,不过雅希科已凭骑士的名誉答应我,要等到大家都着急的时候才能说出来。您怎么会认不出我来呢?"

现在轮到马奇科大笑了。

"让我再好好地看看你……嘿,你真是个漂亮的小伙子!而且那样富于个性,像你这样的孩子真能繁育出优秀的后代来。我说老实话!如果我不是老了——那么,唔!就是这样,我也要告诉你,小心点!别在我的眼前转来转去,别来招惹我!"

他一边大笑着,一边用手指点着她,但他还是满心喜悦地望着她。因为像这样俊美的"小伙子"他从来也没有见过,她头上是一顶红色的丝发网,身着绿色上装,宽松的马裤裆围着她的臀部,但裤脚却轻紧,一条裤脚管的颜色同她头上的发网一样,另一条裤脚管上嵌有直条带,腰上挂有一把花纹华丽的小宝剑。她笑容可掬,脸孔像朝霞一样艳丽。她看起来是那样眉清目秀,真叫他无法转过眼睛去。

"我的上帝!"心情愉快的马奇科说道,"你真像个美丽的王子!或者像朵娇艳的鲜花!还是像别的什么?"

随后他又转向第二个随从,问道:

"这又是谁呢?我相信,这也是个女扮男装的吧?"

"她是谢杰霍娃的女儿。"雅金卡回答道,"我一个人和你们在一起不太方便,您说是吧?于是我就把安努尔卡带上了,两个女的在一起要方便多了。她是我的女仆,又是我的帮手,她也不会被人认出来的。"

"你这是要办婚礼呀!一个女人已经够人受的了,现在竟然来了两个。"

"别开玩笑了。"

"我不是开玩笑。如果是在大白天,人人都能认出你和她来的。"

"唉,那又会怎么样呢?"

"他们会拜倒在你,还有她的跟前。"

"算了吧!"

"我是会算了的,我已经过了这个年龄了。但是奇坦和维尔克会算了吗?那就只有上帝知道了。你知道吗,我的喜鹊,我是从哪里回来的?从布卓佐夫。"

"看在亲爱的天主分上,您在说什么呀?"

"真的就是真的,维尔克父子会保护博格丹涅茨和兹戈热利兹,免遭奇坦的侵袭。咳,向他们挑战,和他们决斗,是轻而易举的事,但是,要把敌人变成自己财产的保护者,那可是很难做到的事了。"

于是,马奇科便向她讲述了他和维尔克父子打交道的详细经过,他们是怎样和解的,他又是怎样让他们落入圈套的,雅金卡非常好奇地听着,等他讲完了,她便说道:

"主耶稣真是慷慨赐给了您无限的机智,我认为,您想做什么都能如愿以偿,获得成功。"

但是,马奇科却摇了摇头,有点伤心地说道:

"啊,姑娘,如果我真的一切都能如愿以偿的话,那么你早就成了博格丹涅茨的主妇了!"

听了这话,雅金卡用她那双蓝眼睛久久地望着马奇科,随后她朝他走了过去,吻着他的手。

"你为什么吻我呀?"老头问道。

"没什么……我只是向您道声晚安,因为夜已深了。明天一早我们还得动身赶路哩!"

她拉着安努尔卡走出去了,马奇科便领了捷克人到他的房里。他们两人在野牛皮上一躺下,便呼呼入睡了。

第四十二章

谢拉兹于一三三一年遭到十字军骑士团的破坏和蹂躏之后,卡其密什国王重建了这个城市。但是这个地方并不是个秀丽名城,无法和王国里的其他城市相提并论。但是,雅金卡一直生活在兹戈热利兹和克热希尼亚两个地方之间,如今一看见这里的高楼厚墙、塔楼、市政厅,特别是教堂,便不禁赞叹和惊讶起来。克热希尼亚的木结构教堂怎能和这里的巍峨教堂相比?起初,她甚至失去了她惯有的那种大胆作风,连说话都不敢大声,只是低声悄悄地询问马奇科有关那些令她眼花缭乱的奇妙建筑和事物。然而,当老骑士向她说起,谢拉兹和克拉科夫真是无法相比,就像火把与太阳一样不可同日而语,雅金卡简直不敢相信自己的耳朵了。因为她觉得,世界上再也找不出第二座城市可与谢拉兹相媲美了。

在修道院里,接待他们的还是那个年老体衰的住持。他依然记得童年时期他所目睹的十字军骑士团屠杀的情景,不久以前接待过兹比什科的就是他。他把修道院院长的消息告诉了他们,他们听了都深感不安和忧虑。修道院院长原先在修道院里住了很久,可是他在两个星期以前就离开修道院,前去拜访他的老朋友——普沃茨克主教了。他一直在生病。白天比较清醒,但一到晚上就糊涂不清了,他跳起身来,吩咐拿来甲胄给他穿上,要去向拉奇博尔的约翰公爵挑战决斗。修道院里的人不得不强制他躺在床上,这就必然会引起不小的麻烦,甚至要冒很大的危险。直到两个星期之前,他才完全清醒了。尽管身体非常虚弱,他还是吩咐修士们给他备车,立即送他到普沃茨克去。

"他说,除了普沃茨克主教,他谁也不相信。"住持最后说道,"他要从他的手里接受圣餐,并把遗嘱存放在他那里。我们都不同意他出门远行,再三劝说他都不听。因为他非常虚弱,我们担心他走不到一里路就会送命的。但是要劝阻他,可不是件容易的事,于是只好让修士们套好车把他送去,愿天主保佑他平安到达。"

"如果修道院院长在谢拉兹附近遇上不测,那你们早该得到消息了。"马奇科说道。

"我们当然会得到消息的。"老住持说道,"所以我们认为他没有死,至少他到温奇查时还没有升天。至于以后怎么样了,我们就不得而知。如果你们去追赶他们,途中就能探听到他的讯息。"

马奇科听到这消息深感不安,于是他去找雅金卡商量。雅金卡已经从捷克人那里得知修道院院长的去向了。

"怎么办?"他问雅金卡,"你自己打算怎么办?"

"你们也到普沃茨克去,我跟你们一道走。"她迅即回答道。

"到普沃茨克去!"谢杰霍芙娜①轻声说了一遍。

"你们瞧,说得倒轻松!要是去普沃茨克跟使用镰刀那样容易就好了。"

"难道要让我和安努尔卡两个回家去不成?如果我不能和你们一起往前走,还不如当初留在家里好。难道您不认为,奇坦和维尔克不会再对我胡作非为和更加仇恨吗?"

"维尔克父子会保护你免遭奇坦的纠缠的。"

"我对维尔克的保护和对奇坦的袭击都是一样害怕,我看您是在反对我。反对我可以,只要不认真就行。"

马奇科的反对的确是不认真的。相反地,他很愿意雅金卡和他们一起走,而不愿她回家去,因此,听了她的这几句话,他便大笑起来,说道:

"她脱下了裙子,倒变得聪明起来了。"

"聪明在脑子里,和裙子无关!"

"可是到普沃茨克去并不顺路。"

"捷克人说,虽然不顺路,但到马尔堡去,这条路更近。"

"这样说来,你已经和捷克人都商量过了?"

---

① 即谢杰霍娃的女儿安努尔卡。

"当然。他还说,如果少爷在马尔堡遇上了什么麻烦,倒可以请普沃茨克的公爵夫人亚历克山德娜大力帮助。因为她是国王的亲妹妹,而且她又是十字军骑士团的真诚朋友,在他们那里威望很高。"

"千真万确。上帝可以作证!"马奇科大声道,"这点大家都是知道的。如果她能为我们写一封信给大团长,即使我们走遍十字军骑士团的全境,也会平平安安的。他们热爱她,她也爱护他们……他的主意不错,而且也不是傻瓜——这个捷克人。"

"他真棒啊!"谢杰霍芙娜热情地喊道,高抬起她那双天蓝色的小眼睛。

马奇科突然转向她问道:

"你在这里干什么?"

姑娘被问得不知所措,低下了眼睛,脸红得像玫瑰一样。

马奇科非常明白,除了继续带着这两个姑娘朝前赶路外,便无其他办法可行了,其实他心里是很愿意这样做的。第二天一早,他们便告别住持小老头继续赶路了。由于积雪融化,河水猛涨,路途更加难走了。他们一路上打听修道院院长的行踪,于是他们去过许多地主的庄院和教堂,甚至还去访问了修道院院长住宿过的一些旅店。其实要打听他的行踪很容易,因为他慷慨布施,出钱做弥撒,捐资添置大钟,帮助修建快要倒塌的教堂。因此,他们问及的每一个乞丐、教堂司铎,甚至每一个神甫,都会以感激之情来想起他的。大家总是说"他像天使那样一路行去",都为他的健康而祈祷。虽然从各地听见的话来判断,担心他快要永远安息的人多,相信他能转危为安的人少。由于修道院院长的身体十分虚弱,不得不在一些地方停留了两三天。因此,马奇科估计,他们一定能赶上修道院院长。

然而马奇科的算计却错了。由于内尔河和布祖拉河的洪水泛滥,他们不得不停止赶路。在到达温奇查镇之前,他们就在一个荒凉的客店里停留了四天。这家客店的主人因为担心洪水,也都逃之夭夭了。从客店通往城镇的大道,虽然已铺过原木,但有一大段被淹没在沼泽地的洪水里。马奇科的仆人维特是本地人,曾听说过有一条林中小路可以穿过去,但他却不肯做向导。因为他知道,温奇查一带的沼泽地,都是各种妖魔鬼怪聚集的地方，特别是那个魔法高强的博鲁塔，最喜欢把人引到无底的沼泽地里去。碰上他的人，只有出卖灵魂才能得救。这家客店本身的名声也不好。因此，在那个时候，旅客们常常自带食物以保自己不受饥饿之苦。住在这样的地方，连老马奇科都觉得胆战心惊，非常害怕。

夜里常常听到屋顶上的混战声，有时还听到过敲门声。雅金卡和安努尔卡睡在大厅旁边的那个卧室里，她们在黑暗中听到炉膛里甚至墙壁上都有细碎的脚步声，但是她们并不怕它，因为她们在兹戈热利兹的时候就已经听惯各种各样鬼怪的声音了，齐赫在世时还常常吩咐去喂它们。按照当时流行的风俗习惯，只要不惜用面包去喂它们，它们就不会为害世人。不过有一夜，从附近的森林里传来一阵低沉而可怕的咆哮声。第二天便在湿地上发现了一些大分趾蹄的足迹，这很可能是野牛一类的足迹，但是维特却认为，博鲁塔虽然具有人的形貌，甚至像个贵族，但他长着一双分趾脚。他出来见人的时候往往穿着靴子。可是他很吝啬，走过沼泽地时便把靴子脱去了。马奇科听他一说，便想用酒去和他拉拉关系。他考虑了一天，生怕和鬼怪结交是一种罪孽。为此他还同雅金卡商量起这件事来。

"我打算拿只牛膀胱装上葡萄酒或者蜂蜜晚上挂到篱笆上。"他说，"如果他晚上来把它喝了，那我们至少可以知道，他在这一带转来转去。"

"可是这会得罪天神的！"姑娘答道，"现在我们所需要的正是天神的祝福和保佑，以便我们能顺利地救出兹比什科来。"

"我怕的也就是这个。不过我想，蜂蜜又不是灵魂，灵魂我是决不会出卖给它的，但一膀胱蜂蜜，对于天神来说，不过是微不足道的事情。"

接着，他又压低了声音，补充说道：

"一个贵族招待一个贵族，即使是被招待的贵族是个十足的大恶棍，那也是平常的事儿。人们都说，××是个贵族。"

"谁呀？"雅金卡问道。

"我不想提及这个魔鬼的姓名！"

就在当天晚上,马奇科真的亲手把一只装满了酒的大膀胱挂在了篱笆上,第二天一看,里面的酒喝得一滴不剩。

当他们把这件事说给捷克人听时,他却诡谲地大笑起来,可是谁也没有去注意他。马奇科心里还很高兴,因为这样一来,他就能期望日后过沼泽地时,不会发生什么意外的事故了。

"他们说过,魔鬼也会顾及名誉的,除非他们说谎。"他心里说道。

首先,他们必须探明,有没有小路可以穿过树林。这是很有可能的,因为凡是树木长得茂密的地方,必定地面坚硬,不容易被雨水冲坏浸软。虽然维特是本地人,照理应该由他来承担这项任务,但是他坚决不肯去,一向他提出,他就大叫道:"老爷!您宰了我,我也不去!"他们向他解释,鬼怪白天是不会出来的,也是白费口舌。马奇科想自己去,但后来还是让赫拉瓦先去冒一下险。赫拉瓦是个勇敢而又胆大的侍从,他很愿意在人们面前,特别是姑娘们面前显露显露他的勇气和胆量。于是他拿起斧头插在腰上,手上还拿了一把大镰刀,便走出去了。

赫拉瓦一大早动身,估计中午就能回来。他们看到他还没有回来便都担忧起来。下午仆役们朝树林那边望来望去,也没有等来。维特只是摇着手道:"他不会回来了。如果他回来了,那我们还会更危险,因为只有上帝知道,给狼咬过之后,说不定会变成狼人的。"大家听他一说,更是胆战心惊了。连马奇科自己也忧心忡忡了,雅金卡面向树林画着十字,而安努尔卡·谢杰霍芙娜却时时到她的裤袋里去找手绢以便蒙住她的眼睛,可是找来找去也找不到,只好用手指来遮盖眼睛了,泪水立即从手指缝里大滴大滴地流了出来。

直到黄昏时分,太阳快要隐去的时候,捷克人才回来。不过回来的不止他一人,还有个人同他一道回来。他用绳子绑着一个人,那人走在前面。大家立即向他奔了过去,欢快地叫喊着,可是等他们一看到那人便都默不作声了。原来那人又小又矮,浑身长毛,肤色黝黑,身着狼皮,活像个猴子。

"以圣父和圣子之名,你带回来的是个什么怪东西?"马奇科心神稍微平静下来,便问道。

"我也不清楚。"捷克人答道,"他说他是人,是个烧炼松香的人,不过他说的是不是真话,我就不知道了。"

"啊,他不是人,不是人!"维特说道。

但是,马奇科叫他闭嘴。随后,他仔细地打量起这个被抓来的人,突然说道:

"嗯,你画个十字!驱赶魔鬼时我们总是画十字的……"

"赞美耶稣基督!"这个俘虏喊道,同时急速地画了个十字,他深深地吸了一口气,非常信赖地望着这群人,又说了一遍,"赞美耶稣基督!我也不敢断定,我是落到了天主教徒的手里呢,还是落在魔鬼的手中?啊,耶稣!"

"别怕,你是在天主教徒中间,我们都是很喜欢祷告的人,你到底是什么人?"

"我是烧炼松香的人,老爷!住在窝棚里,我们有七个人,都住在窝棚里,和妻子儿女住在一起。"

"离这里有多远?"

"大约不到十斯达雅。"

"你们进城是走哪条路的?"

"我们有一条穿过'鬼谷'的小路。"

"什么,穿过'鬼谷'的路,快画个十字!"

"以圣父、圣子和圣灵之名,阿门!"

"不错。那条路能过马车吗?"

"现在到处都是泥泞,虽然那里要比大道好一些,因为山谷风大,土干得快。只是再往布德去,路就不好走了,但是认得林中道路的人慢慢带领过去便能到达布德。"

"给你一块钱你能给我们带路吗?好吧!给你两块钱。"

这个烧炼松香的人很愿意带路,不过他先要去了半个面包,因为在森林里虽然不会饿死,但他们很久没有见过面包了。他们决定明天一早就出发,因为晚上走路"不安全"。据这个烧炼松香的人说,博鲁塔虽然有时在森林里"闹翻了天",但他并不伤害老百姓。但是他喜欢温奇查公国,便把别的妖魔鬼怪都纷纷赶到森林深处去了。"要是夜里遇到他可就倒霉了,特别是喝醉了的人,白天和清醒的人倒用不着害怕。"

"但是你却害怕了。"马奇科说道。

"因为这位骑士突然抓住了我,而且他的力气那样大,我以为他不会是人。"

雅金卡听到他们把他看成是妖魔鬼怪,而他又把他们认成是妖魔鬼怪,便止不住笑了起来,安努尔卡也跟着她一起笑了,马奇科便对她说道:

"你刚刚还为赫拉瓦哭得眼睛都要瞎了,现在倒笑得这样开心。"

于是这个捷克人便朝她红润的脸上望去,只见她的眼睫毛还是湿漉漉的,便问道:

"您是为我哭的吗?"

"哎,不是。"姑娘回答说,"我只是害怕,仅此而已。"

"既然您是个贵族小姐,您应该感到羞愧。可是您的主人也是个贵族小姐,她就不害怕。又是白天,又有这么多人,难道妖魔鬼怪敢对您下手吗?"

"我没有什么,而是怕您。"

"可是您刚才不是说,您不是为我哭的吗?"

"就是不是为您哭的。"

"那又是为什么哭呢?"

"因为害怕。"

"现在您还害怕吗?"

"不!"

"为什么?"

"因为您回来了。"

捷克人感激地望着她,满脸笑容地说道:

"唉,这样谈下去真可以谈到明天,您太狡猾了。"

赫拉瓦对于她的评价,首先就看出了她的狡猾,由于他自己就是个机智灵巧的人,他最容易了解这一点。同时他也知道,她对他的倾慕也是与日俱增的。他自己则爱着雅金卡,但他的爱却是一种臣民对公主的爱,充满了服从和无限敬爱的色彩,然而又是毫无希望的爱。如今旅途却又促进了他和安努尔卡的接近。

　　一般在行进的时候,都是马奇科和雅金卡走在前面,而赫拉瓦则和安努尔卡走在后面,这个捷克人身壮如牛、血气方刚,因此在途中每当他望着她那明亮的眼睛和她那在发网下面露出来的灰色头发,望着她那亭亭玉立的身材和俊美的脸孔,特别是望着她那双紧紧夹着小黑马的美妙诱人的小脚的时候,他的全身从头到脚都颤抖不已。他再也控制不住自己,时时要去窥看她那婀娜的身姿,而且是越看越想看。他不由自主地想到,如果是魔鬼变成如此美貌的姑娘,那他也止不住要受到她的诱惑了。她像蜜一样甜美,同时又是那样温柔恭顺,而且又像屋顶的麻雀那样活泼可爱。有时候,捷克人的脑海中掠过许多奇怪的想法,有一次,当他和安努尔卡并肩走在稍后一点的时候,他突然转向她说道:

　　"您知道吗?我在这里会把您一口吞下,就像野狼吞下羔羊那样。"

　　但是,她放声大笑起来,露出了一口又白又亮的牙齿。

　　"您想把我吃了吗?"她问道。

　　"是的,连您的小骨头也一起吃掉!"

　　他用那种眼光望着她,看得她脸都红了,接着他们两人都沉默不语了。他们的心却跳动得十分厉害。他的心里充满了欲望,而她的心里却洋溢着甜美的情感,又带点胆怯。

　　但是,一开始,情欲在捷克人身上就超过了他的温情。他曾说过,他望着安努尔卡就像狼望羔羊那样,他说的是真话。可是,当那个晚上,他看到她的脸庞和眼睫毛都有泪水时,他的心才软了下来。现在他觉得她那样善良,那样亲近,那样像自己的亲人,而他自己也有正直的秉性和骑士的品德,因此当他看到她那甜蜜的泪水时,不但不骄傲自满和刚愎自用,反而变得不那么胆大妄为了,对她也更加关心注意了。他也失去了昔日那种毫无顾忌的谈吐,尽管他在吃晚饭的时候还打趣姑娘的胆小,但已是另一种态度了。他开始热情地伺候她,就像一个骑士的侍从伺候一个贵族女子一样热诚。老马奇科虽然一心只在考虑明天的旅程和以后的行止,但他也看出了这点,并且赞美赫拉瓦的彬彬有礼，认为他的礼貌必定是跟随兹比什科在玛佐夫舍宫廷中学会的。

随后，他转向雅金卡，说道：

"嘿，兹比什科！他的举止就是去觐见国王也够了！"

除了晚餐上殷勤侍候外，当大家分散各自去休息的时候，赫拉瓦在吻了雅金卡的手之后，又把安努尔卡的手举到自己的嘴边，接着他便说道：

"您用不着为我担心，而且您只要跟我在一起，您就什么也不用怕了。我决不会让别人来欺侮您！"

男人们都到前厅去睡觉了，雅金卡和安努尔卡睡在卧室里，她们两个一起睡在一张宽大而又舒适的软床上。两人都无法立即入梦，特别是安努尔卡一直在辗转反侧，不能入睡，过了一会儿，雅金卡把头移近过去，悄悄说道：

"安努尔卡？"

"什么？"

"我觉得你给那个捷克人弄得有些神不守舍了……是不是？"

然而，她的问话没有得到回应。于是雅金卡又轻声说道：

"不过，我很能理解……你说吧……"

安努尔卡还是没有回答，只是把嘴唇凑近她女主人的脸颊，开始接二连三地吻起她来。

可怜的雅金卡也给安努尔卡吻得心潮起伏，无法平静下来。

"啊，我明白了，我明白了！"她说得那么轻，轻得安努尔卡只有竖起耳朵才能听清她说的话。

第四十三章

　　轻柔而多雾的夜晚过去了，迎来的是一个春风劲吹的白天，时而天空明朗，时而阴云密布，像羊群似的被劲风吹得纷飞四散，天空又显得异常阴沉。马奇科吩咐他的人马天一亮就出发。那个要带领他们前往布德去的烧炼松香的人告诉他们：马匹到处都能通行无阻，但马车，还有粮草和衣物，有些地方必须拆散分运。这样就不得不费些周折了，不过他们都是些久经考验、过惯了艰苦生活的人，宁愿出些力气去克服最大的困难，也不愿待在那荒凉的客店里无所事事。因此，他们都很愿意尽快上路，就连胆怯的维特听了烧炼松香的人的话，又有他带路，也就不再畏惧了。

　　一出客店，便立刻来到一座高耸入云的原始森林里，他们牵着马就能走过去，也无须拆卸马车，可在树隙中间驶过。狂风时而停息，时而大作，非常凶猛，好像在用巨大的翅膀拍打着那些高大挺拔的松树尖顶，使其弯曲摇动、扭来扭去，非要折断方才罢休似的，就像猛击风车的羽翼一样。森林被狂风压得抬不起头来，甚至在狂风阵阵的间隙时间里，也依然在怒吼呼啸，以抗议狂风对它的攻击和压迫。乱云时时遮天蔽日，瓢泼大雨夹着冰雹倾盆而下，使得天地一片昏黑，仿佛黑夜已经降临似的。这时候，维特又被吓得抬不起头来，大声喊道："魔鬼在发怒了，又在干坏事了！"但是谁也不去理会他，就连胆小的安努尔卡也不把他的话放在心上。尤其是捷克人就在她的身旁，两个人的马镫都能相互碰着，而且他那样雄赳赳气昂昂地望着前面，仿佛就要冲上前去和那魔鬼决斗似的。

　　过了高大挺拔的松树林，便进入了一片幼树林，再过去就是一片难以通行的灌木。到了这里他们便不得不把马车拆散开来，他们干得熟练快捷，转眼之间便拆完了，强壮的仆人们把车轮、轴杠和车前身，以及食物、行李都扛上了肩背。这段难走的小路大约有三斯达雅长。然而，他们将近黄昏时分才到达布德。他们受到了那些烧炼松香的人的殷勤招待。他们保证说，穿过"鬼谷"，或者说得精确些，沿着"鬼谷"走，就可以到达城里了。这些住在大森林中的人，很少见到面包和面粉，但又从不会饿肚子，因为他们有各种各样的熏肉充饥，特别是有晒干了的泥鳅——当地的沼泽地里和水沟里多的是泥鳅。当地居民非常大方地款待他们，同时又伸出贪婪的手来向他们要饼干作为交换。在当地居民中，还有女人和孩子，他们也都被松脂烟熏得浑身黝黑。有一位老汉，已经活了一百多岁，还记得一三三一年十字军骑士攻占和血洗温奇查的情景。马奇科、捷克人和两位姑娘都已听到过谢拉兹的住持讲述的情景，但他们还是很好奇地倾听这个老人的讲述。他坐在火堆旁，一边讲一边伸手到炭灰中扒来扒去，好像要从里面扒出他青春时代的可怕回忆似的。是的！无论在温奇查，还是在谢拉兹，十字军骑士都不放过教堂和神甫，侵略者的脚下流满了老人、妇女和儿童的鲜血。这都是十字军骑士干的，而且干坏事的总是少不了十字军骑士。马奇科和雅金卡的心又飞到了兹比什科的身边，想起他此时此刻正好来到了狼群的血盆大口里，置身于不知怜悯、不知待客礼仪的残酷无情的部族之中。安努尔卡都要惊恐失色了，因为她非常担心，这样地追赶修道院院长，说不定便会闯到这些凶狠毒辣的十字军骑士之中去的……

但是，这个老汉又开始讲起了普沃夫崔附近的那次战役，正是这次战役结束了十字军骑士的侵略。他自己也正好加入了乡里组织的民军、步兵队，手持铁连枷，作为士兵参加了这场战斗。也就是在这次战役中，几乎整个"格拉迪"家族的人都牺牲在战场上。所以，马奇科对这次战争知道得非常详细，但是他还是仔细地听着，现在他是把它作为一个如何彻底战败日耳曼人的故事来听的。当时那些日耳曼人就像被狂风吹倒的麦秆一样，被波兰骑士和沃凯特克国王的士兵用剑杀得一排排地倒了下去……

"啊！我依然都记得。"老人说道，"他们侵占我们的土地，烧毁了多少城市和城堡。呸，他们甚至还屠杀摇篮中的婴儿，但是他们也遭到了彻底的完蛋。啊，那次战役真是打得漂亮啊。我即使闭上眼睛，也依然能看见那次战斗的情景……"

他闭起了眼睛,一声不响,轻轻地拨弄着火堆里的炭灰。嗣后,雅金卡急于知道这故事的后面情景,便问道:

"后来怎么样?"

"后来怎么样?"老人重说了一遍,"我还记得那战场,仿佛现在仍在我的眼前似的。那里草木丛生,右边是一片已收割的麦地。可是战斗过后,无论是草木,还是麦秆,都不见了,看见的都是清一色的武器,满地都是剑、矛、斧和精致的铠甲,一件堆叠着一件,似乎这一大片土地全被这些东西盖住了……我从来没有见过这样尸横遍野、血流成河的惨景。"

对这些事件的回忆又使马奇科增强了信心,于是他说道:

"真的。仁慈的主耶稣!那时候,他们像一场大火或者瘟疫那样席卷我们王国,他们不仅攻占了谢拉兹和温奇查,还破坏了许多别的城市。那又怎么样呢?我们的民族具有无穷的活力和不可战胜的力量!尽管这一次战役使十字军骑士那些狗教士受到了严惩,但是,如果不把他们摧毁,他们还会向你张牙舞爪、拔掉你牙齿的……只要看看,卡其密什国王重建了谢拉兹和温奇查,而且比从前更加漂亮,更加雄伟。但是他们依然常来侵犯这两座城市,被打死的十字军骑士的尸体,也像当年在普沃夫崔那样,狼藉满地,化为异物了,愿上帝永远赐给他们这样的结局!"

这个老农民听了这些话,频频点头,表示同意。但是,后来他又说道:

"那些尸体并没有埋在那里腐烂。仗打完后,国王下令我们步兵队去挖坑。附近的农民也前来帮助挖坑。我们挖得铁锹都叫苦不迭了。然后我们就把日耳曼人的尸体都扔进坑里,埋得严严实实的,免得酿成瘟疫。但是后来这些尸体却无影无踪了。"

"怎么会无影无踪呢?到底发生了什么事情?"

"我也不大清楚。我只是听别人后来说的,仗打过之后,出现了一场大暴风雨,足足持续了十二个星期,都是发生在晚上。白天阳光灿烂,可是一到了晚上,大风刮得几乎要把人的头发刮掉。魔鬼像乌云般聚集在一起,在狂风中乱舞,它们手中都拿着个大叉子,它们一落到地上便把叉子戳进地里,而把十字军骑士的尸体叉了出来,然后都把他们送进了地狱。普沃夫崔一带的居民都听见了喧嚣嘈杂的声音,就像群犬在狂吠一样。他们当时分不清那是什么声音,究竟是日耳曼人的恐惧和痛苦的悲号声呢,还是魔鬼们的狂呼乱叫。这种情景一直延续到神甫祭过了坟坑、土地上了冻,叉子再也叉不进去为止。"

说到这里,老人沉默了一会儿,接着又说:

"但愿上帝真能赐给他们像您说的这种结局,骑士老爷,即使我活不到那一天,看不到了,但是像这两位年轻的小伙子一定能活到那一天,准能看到他们的这种结局的。当然他们是再也看不到我所看见的那些事情了。"

他说完之后,便转身去望着雅金卡和安努尔卡,为她们两个的脸容俊美而感到惊讶,并不住地点头称赞。

"简直是地里生长的罂粟花!这样美的人儿我从未见过。"他说。

他们就这样闲聊了大半夜,后来他们便到窝棚里去睡觉,躺在丝绒般柔软的青苔上,身上盖着暖和的兽皮。等到他们好好休息了一晚,体力又恢复了,第二天天一亮他们又继续上路了。尽管沿着"鬼谷"走去的那条小路并不平坦,但也不是十分难走,因此,他们在日落之前便已遥见温奇查的城堡了。这座小城是从废墟中重建起来的,一部分是由红砖建成的,另一部分则是由石头建造的。城墙高大,建有箭楼,教堂甚至比谢拉兹的还要雄伟壮丽。在多米尼克派修道士那里,他们很容易便打听到了修道院院长的行踪。他们说,他病情稍有好转,便非常高兴,认为有希望恢复健康,几天以前便又继续上路了。马奇科现在并不急于在路上赶上修道院院长了。因为他已经决定把两个姑娘送到普沃茨克去,修道院院长一定会收留她们的,而他则急于去找兹比什科,然而另外一则消息使他十分不安:修道院院长离开此地之后,河水泛滥。他们根本无法继续赶路,多米尼克派的修士们看到这位骑士带着这样一队扈从,而且据他说,又是要到杰莫维特公爵的宫廷去,便很殷勤地招待了他们,甚至还赠给马奇科一块橄榄木的牌子,上面刻有向拉斐尔天使——旅行者的保护神祈祷的祈祷文。

他们不得不在温奇查停留了两个星期。这期间，城堡行政官的一个侍从，发现这个路过此地的骑士的两个侍从都是姑娘，立即就爱上了雅金卡，而且爱得发狂了。捷克人打算马上就向他挑战，但由于这件事发生在离开的前夕，于是马奇科要他放弃这个举动。

当他们向普沃茨克继续赶路时，风已把道路吹得稍微干了一些，虽然经常下雨，但像往常的春雨那样为时很短，雨滴大而略带暖意，显示出已春意正浓了。田野中的沟渠和低洼处闪耀着水光，耕地里飘出了潮湿芬芳的气息，而沼泽地里的驴蹄草生机盎然。树林里开满了各种小花朵，蚱蜢在枝叶上欢快地鸣叫着。在旅人们的心里又萌生出新的希望和愿望，特别是因为现在路途顺畅，经过了十六天的旅程，他们终于到达了普沃茨克的城门口。

但他们到达时已经是晚上了，城门已关闭，只好在城外一个织工家里过夜了。姑娘们睡得很晚。但由于长途跋涉，旅途劳累，她们都睡得很死。马奇科是个任何劳累都压不倒的人，第二天一早起来后，不想叫醒她们，等城门一开，他就独自一人进城去了。他很容易就找到修道院和主教的住处。他在那里听到的第一个消息是，修道院院长已于一周前逝世了。

他是一周前去世的，可是按照当时的风俗习惯，他们要从第六天起才在棺材前做弥撒和祭祷，而出殡安葬就在今天，葬后才举行祈祷以追念死者。

由于巨大的悲痛，马奇科无暇去观看这座城市的市容。他从前拿着亚历克山德娜公爵夫人给大团长的信曾经过这里，对这座城市的情况有所了解，现在他急于赶回织工的家里。途中，他对自己说道：

"唉！他死了，愿他永远安息吧！这是人世间毫无办法的事。可是我把这两个姑娘如何安置呢？"

他开始考虑起这件事情来，是把她们留在亚历克山德娜公爵夫人这里呢，还是把她们送到安娜·达奴塔公爵夫人那里去，抑或是把她们带到斯佩霍夫去？他一路上曾多次这样想，如果表明达奴霞已经死了，那最好是把雅金卡带到斯佩霍夫去，让她多亲近兹比什科。他清楚知道，兹比什科爱达奴霞胜过世上的一切，他将会为他失去的心上人久久悲痛不已。但是，他同时也毫不怀疑，只要雅金卡常在兹比什科的身边，就一定会出现他所期望的结果。他也记得兹比什科虽然常常思念玛佐夫舍的茂密森林，但也常被雅金卡所吸引而对她脉脉含情。出于这些原因，也由于他相信达奴霞已不在人世，他便常常想到，如果修道院院长死了，他就不能把雅金卡送到别处去。但是，他对财产的贪婪使他对修道院院长的财产继承问题非常关注。修道院院长对他们非常生气，曾说过什么也不会留给他们，不过死之前他可能会改变主意。修道院院长会给雅金卡一笔财产，这是确凿无疑的，因为他自己在兹戈热利兹时就曾亲口说过。由于雅金卡的关系，他也可能不会把兹比什科漏掉。马奇科真想在普沃茨克多留一段时间，以便了解遗嘱的具体情况，并参与其事。但是，别的想法又占据他的心头："我在这里为财产奔忙，可是我的孩子却在十字军骑士团的某个地牢里向我伸出了手，等待着我快去救他。"现在的确只有一种办法了：那就是把姑娘留给公爵夫人和主教去照管，并请求他们不要让雅金卡受到什么损失，如果修道院院长给她留下了遗产的话。但是这种办法是马奇科所不喜欢的，他对自己说道："姑娘有了一笔可观的财产，如果修道院院长再给她遗产，她就更富了。那么毫无疑问，定会有某个马茹尔人要娶她的，而她也不能再拖下去了。她过世的父亲齐赫就曾说过，她那个时候就已经情窦初开、芳心怀春了。"马奇科一想到这里，便忧心忡忡，生怕雅金卡和达奴霞这两个人，兹比什科一个也得不到手，这是他真不想看到的。

"无论上帝决定给他哪一个，他总要在这两个姑娘中间娶上一个。"

但是最后他决定，还是先救兹比什科要紧。至于雅金卡呢，如果万不得已要和她分开的话，就把她送到安娜公爵夫人那里去，或者送到斯佩霍夫去，但决不能让她留在普沃茨克。因为这里的宫廷相当豪华，而且英俊漂亮的骑士也不少。

他怀着这些想法，大步流星地赶回织工的家里，以便把修道院院长去世的消息告诉雅金卡。但是他心里考虑，最好不要一下子就说出来，免得她惊悸过度而昏迷过去，影响她未来的生育能力。他回到那里的时候，两个姑娘都穿好了衣服，甚至还打扮了一番，高兴得像两只莺鸟。

于是他在凳子上坐了下来，吩咐织工的徒弟给他拿一碗热啤酒来，随后，他便以一副悲伤的样子，说道：

"你听见城里的钟声没有？你猜猜为什么会敲钟？今天又不是礼拜天，你们已睡过了早祷。你想见见修道院院长吗？"

"那当然，我想见。这还要问吗？"雅金卡回答道。

"唉，你再也见不着他了。"

"难道他又到别的地方去了吗？"

"不错，他走了。难道你没有听见钟声吗？"

"他离开人世了？"雅金卡喊道。

"是的！念一遍'永远安息'的祷文吧！"

雅金卡和安努尔卡立即双双跪下，用银铃般的动听声音，开始念起"永远安息"的祷文来。接着，泪水便从雅金卡的脸上汨汨地流了下来，因为她非常爱修道院院长，虽然他脾气暴、性子急，但他从不伤害别人，而且做了许多善事，她是他的教女，他爱她像爱自己女儿一样。马奇科一想到修道院院长是他和兹比什科的亲戚，也伤心得哭了起来。等到他们都哭得差不多了，马奇科便带领捷克人和两位姑娘赶往教堂去参加葬礼。

葬礼非常隆重。由库尔德瓦诺夫的雅库布主教亲自主持，普沃茨克主教区的所有神甫和修道士都来参加了，所有教堂的大钟都敲响了。他们说的话除了神职人员外，谁也听不懂，因为他们说的是拉丁文。然后，神职人员和世俗人士一起到主教公馆去参加丰盛的宴会。

马奇科也带着两个随从参加了宴会，因为他作为死者的亲戚和主教的熟人完全有资格参加这个宴会。主教也很乐意以死者的亲戚来接待他，但是寒暄问候之后，便立即告诉他说：

"这里有些森林是遗赠给博格丹涅茨的'格拉迪'家的。其余的财产，均未遗留给教堂和修道院，而是全都给了他的教女，兹戈热利兹的那个雅金卡。"

本来不抱什么希望的马奇科，听到把森林遗赠给他，真是喜出望外。但是主教没有注意到，这个老骑士的两个侍从中，有一个一听见提到兹戈热利兹的雅金卡的名字时，便向上抬起那双蓝得像矢车菊花一

样的眼睛,说道:

"愿上帝报答他！但我情愿他活着！"

马奇科转过身去,生气地说道:

"闭上你的嘴,否则你会出丑的！"

但是他突然停住了,眼里闪耀出惊讶的目光,随后他的脸上露出一副恶狼似的凶狠神情。因为正好在这时候,离他不远的地方,就在亚历克山德娜公爵夫人走进的那扇门旁边,他看到了正在按照宫廷礼节鞠躬致敬的库诺·里赫顿斯泰因,他正是那个在克拉科夫要致兹比什科于死地的十字军骑士。

雅金卡从来没有见到过马奇科的这种神情。他的脸紧绷得像只恶狗似的,牙齿在胡子下面发亮。刹那间,他勒紧了身上的皮带,朝着那个与他有深仇大恨的十字军骑士走去。

但他走了一半便停了下来,用他的一只大手拢了拢头发。他及时想起了,里赫顿斯泰因来到普沃茨克宫廷,要么是作为客人,要么是作为使者。如果他不问青红皂白就上去打他,那么兹比什科在梯涅茨路上所发生的事情,又会在此再度出现了。

他毕竟比兹比什科更具理智,也更富于人生阅历,马上就克制住了自己。他又把皮带松了回去,脸上的表情也更开朗了,便等在那儿。公爵夫人在和里赫顿斯泰因互致问候之后,便和雅库布主教谈起话来。马奇科便走近她身前,朝她深深地鞠了一躬。他向公爵夫人提起了自己的姓名,称她为大恩人,并说他曾替她效过劳,送过信。

公爵夫人差点认不出他来了,但是一提起那封信,她就想起了整个事件。她也知道毗邻的玛佐夫舍宫廷里发生的事情,她也听说过尤兰德,听到过他的女儿被绑架,听到过兹比什科的结婚、他与罗特盖尔的决斗,所有这一切都让她感兴趣,就好像是一个游侠骑士的故事,或者像日耳曼游吟歌手所唱的一首歌,也像玛佐夫舍江湖艺人所唱的叙事歌那样吸引着她。的确,她不像雅鲁什的妻子,安娜·达奴塔公爵夫人那样敌视十字军骑士,尤其是他们都在不断地拉拢她,争取她站在他们那一边,为此,他们都竭力讨好她、奉承她、向她奉送丰厚的礼物。不过,在这件事情上,她的心是向着那对恋人的,她还准备帮助他们。同时,她感到非常高兴,因为站在她面前的是一个能把整个事情详详细细告诉她的人。

马奇科也早就决定,要想尽一切办法去争取这位有影响和威望的公爵夫人的保护和帮助,如今看到她这样想听他说话,于是他就非常愿意地把兹比什科和达奴霞的不幸命运非常详尽地告诉了她,说得她止不住热泪盈眶。这样一来,也使得他自己更加为侄子的不幸而伤心。

"在我的一生中还从来没有听过这样悲惨的事情。"公爵夫人最后说道,"使我感到最大悲哀的是,他跟那个姑娘结了婚,她已经是他的人了,但他却没有享受到结婚的幸福。不过,您敢肯定,他们没有同过床吗?"

"嘿,上帝可以作证!"马奇科答道,"要是他和她同过床就好了。他和她举行婚礼的那个晚上,他还病得根本不能起床,第二天一早他们就把她劫走了!"

"您以为那是十字军骑士干的吗?我们这里却传说是强盗们干的,而后十字军骑士又把她从强盗手中救了出来,可是强盗给他们的却是另一个姑娘。人们还谈到了尤兰德写的一封信……"

"这样的事,除了神的审判外,人世间的法庭是无法作出判决的。人们都说,罗特盖尔是个伟大的骑士,战胜过许多力大无比的骑士,可是他却死在一个孩子的手下。"

"不错,他真是个好孩子!"公爵夫人笑着说道,"他真有一股天不怕地不怕的勇气。这是伤害!真的!您的申诉也是合情合理的。不过,那四个十字军骑士之中已经有三个不在人世了。而那个老的,虽然还活着,但据我听到的消息,也险些被打死了。"

"但是,达奴霞呢?尤兰德呢?"马奇科答道,"他们又在哪里呢?只有上帝知道,兹比什科在马尔堡会遇到什么样的灾难!"

"我知道,但十字军骑士并不像您所想的那样,全都是这样的狗教士。在马尔堡,除了大团长外,还有他的兄弟乌尔里克,他是个真正的骑士,您的侄子在那里是不会有什么灾难的。此外,他还有雅鲁什公爵写的信件。除非他在那里向人挑战,决斗而死。因为马尔堡总是有许多最出色的骑士从世界各国去到那里。"

"嗯！我倒不担心他会在决斗中失败。"老骑士说道，"只要他们不把他关在地牢里，只要他们不采取阴谋诡计来杀害他，只要他手中有一件铁制的武器，我就不会为他担心的。只有一次他碰上了一个比他更强的对手，在比武场上把他打倒了。那个人就是玛佐夫舍公爵亨利克，就是那个当时是这里的主教，并且爱上了美貌的林佳娃的亨利克，不过，那时候的兹比什科还是个半大不小的孩子。说到挑战，倒是有一个兹比什科见了便会毫不迟疑地向他挑战，我自己也发过誓要和他决斗的，不过这个人现在就在这里。"

他说这话的同时，便朝里赫顿斯泰因那边望了过去。里赫顿斯泰因正在与普沃茨克的总督交谈。

但是，公爵夫人却皱起了眉头，用一种严厉而又冰冷的声调——每当她发怒时总是用这样的声调——说道：

"不管您发过誓还是没有发过誓，您都要记住，他是来这里做客的，谁要是想成为我们的客人，那他就必须遵守我们的礼节。"

"我知道，仁慈的殿下！"马奇科答道，"本来我已经束紧了皮带要朝他走过去，但我还是克制住了自己，想起了所应遵守的礼节。"

"他也会遵守礼节的。他在十字军骑士团里也是个重要的人物，连大团长都常常采用他的建议，对他可以说是言听计从。也许这正是上帝的安排，您侄子在马尔堡的时候，他正好不在那里。里赫顿斯泰因虽然出身名门望族，但却是个性情暴戾而又复仇心强的人，他认识您吗？"

"他不大认得我。因为他很少看到过我，在梯涅茨的路上时，我们都戴着头盔，后来因为兹比什科的事情我去见过他一次。不过那是在晚上，而且非常匆忙。还有一次是在法庭上。从那以后，我的嘴形有所改变，而且胡子也花白了。我刚才看到他在望着我，不过我发现他看我，是由于我和殿下谈话谈得太久了的缘故。因为他后来就把目光自然地挪开了。要是兹比什科在这里，他早就认出来了，也许他没有听到过我的誓言，他有许多重要的挑战要考虑。"

"什么重要的挑战？"

"因为有许多著名的骑士向他挑过战，如加尔博夫的查维夏、塔切夫的波瓦瓦、伏罗奇莫维奇的马尔钦、帕什科·兹沃吉伊、塔尔戈维茨的李斯。仁慈的殿下,他们每个人都能对付像他这样的十个人,何况他们是一群人呢!对他来说,与其在头上老是悬着一把剑,还不如不出生的好。我不但要忘记向他挑战的誓言,还要想方设法与他结交一番。"

"为什么要这样做?"

马奇科的脸上露出了一副老狐狸似的狡猾神情。

"我要让他给我出这样一封文书,有了它我就能畅通无阻地走遍十字军骑士团的国土,也可以在兹比什科需要的时候去帮助他。"

"这种行为合乎骑士的名誉吗?"公爵夫人笑问道。

"合乎。"马奇科坚定地回答说,"要是在战时,我不事先警告让他转过身来,就从背后向他攻击,那我就会使自己蒙受耻辱。但是和平时期,如果哪个骑士用计让敌人中了圈套,那他决不会受到任何正直骑士的指责的。"

"那我来给你们牵线搭桥。"公爵夫人说道。

她向里赫顿斯泰因招了招手,把马奇科介绍与他认识。她认为,即使里赫顿斯泰因认识马奇科,那也不会发生什么了不起的大事。

但是,里赫顿斯泰因真的认不出他来了。因为在梯涅茨的路上他看见马奇科的时候是戴着头盔的,此后他和马奇科只谈过一次话,而且是在晚上,当时马奇科前去见他是请他宽恕兹比什科的。

然而他非常傲慢地躬了躬身子。但当他看到这个老骑士的身后站着两个衣着华丽的侍从时,心里在想,一般的骑士是不会有这样的侍从的,于是他的脸色稍微和气了一些,但依然是一副神气十足的姿态,他对待比他地位低的人一向就是这种态度。

公爵夫人指着马奇科说道:

"这位骑士要到马尔堡去,我已经替他写了一封信给大团长。但是他听到您在骑士团的名望很大,很希望您能给他出一份文书。"

她一说完便朝主教走去。里赫顿斯泰因却用他那双冷酷无情的眼睛盯着马奇科,问道:

"是什么原因促使您,先生,要去访问我们虔诚、简陋的都城呢?"

"完全是出于公正而又虔诚的心愿。"马奇科抬眼望着对方说道,"如果是另有所图的话,公爵夫人也不会担保我的。除了虔诚的誓愿外,我还想拜见你们的大团长,他卫护世上的和平,他是世界上最著名的骑士。"

"凡是仁慈的公爵夫人,我们的恩主所介绍的人,都不会责怪我们的招待不周。至于您要见大团长,看来不能如愿了,因为一个月以前,他就到革但斯克去了,他还要再从那里去哥尼斯堡,然后再到边境去。尽管他热爱和平,但不得不去抗击侵略成性的维托尔德的入侵,以保卫骑士团的领土。"

听了这话,马奇科显出一副非常忧愁的样子。里赫顿斯泰因当然一下子就看出来了,于是他又开口说道:

"我看您很想见到大团长以实现您的宗教誓愿。"

"啊,是的!是的!"马奇科急忙答道,"那么和维托尔德在日姆兹的战事是肯定的了。"

"是他自己先发动战争的,他不顾誓约,去帮助反叛的人。"

沉默了一会儿,马奇科终于说道:

"嘿!但愿上帝帮助骑士团得到它应得的东西。虽然我见不着大团长了,但我的誓愿还是应该完成的。"

他虽然说了这番话,但他自己也不知怎么办好。他感到非常苦闷,心里问自己:

"我现在要到哪里去找兹比什科呢?什么地方能找到他呢?"

他很容易就能猜到,如果大团长不在马尔堡而去指挥作战了,那么兹比什科也不会在马尔堡了。但是不管怎么样,必须打听出他的详细情况来。尽管老马奇科忧心忡忡,但他是个一肚子主意的人,于是他决定不再浪费时间,明天一早便继续赶路,在亚历克山德娜公爵夫人的支持和帮助下,要得到里赫顿斯泰因的信并不困难。因为这位康杜尔对公爵夫人简直崇敬得五体投地。马奇科拿到了他的两封信:一封是给布罗德尼查的行政长官,另一封是给马尔堡的骑士团大医官的。他为此还送了里赫顿斯泰因一只银杯。那是伏罗兹瓦夫制造的非常精美的银杯,就像当时许多骑士夜里放在床边盛满葡萄酒的酒杯一样,晚上睡不着觉的时候,就顺手拿起喝上一两口,既是一剂催眠的良药,又是一种美妙的享受。马奇科的慷慨大方真让那个捷克人惊讶不已。他知道

这位老骑士是只铁公鸡,轻易不会送礼物给别人的,更不会送给日耳曼人。但是马奇科却说:

"我之所以这样做,是因为我发过誓要和他决斗,不过我现在不能那样做。因为他为我效过劳,以怨报德可不是我们的习惯。"

"这样一只名贵杯子,送给他真是可惜!"捷克人有点不高兴地答道。

马奇科却这样说道:

"我干什么事都是经过考虑的。你用不着担心,如果仁慈的主耶稣保佑我把他打倒的话,那么不仅杯子会物归原主,我还会获得许多珍贵的财物哩。"

接着,他们两人便和雅金卡一起,商量下一步的行动计划。马奇科想把她和安努尔卡一起留在普沃茨克,让亚历克山德娜公爵夫人来照看她们,同时也考虑到修道院院长的遗嘱还保管在主教手里。但是,雅金卡竭力表示反对这种做法。当然,没有她们旅行起来更为方便,晚上住宿可以不另找房间,也不必顾忌礼节、安全和其他种种因素了。但是她们离开兹戈热利兹,并不是为了要长住在普沃茨克。遗嘱既然在主教手里,就不会遗失。至于她们自己,如果万不得已,一定要把她们留在半路上的什么地方,那她们宁愿留在安娜公爵夫人那里,也比留在亚历克山德娜公爵夫人这里好,因为在安娜公爵夫人的宫廷里,很少碰见十字军骑士,而对兹比什科却更加喜爱。马奇科虽然嘴上也说,出谋划策不是女人的事情,更不要为了表明自己有智慧便"指挥"起男人来,但他并不激烈反对,不久他便完全退让了,等到雅金卡把他拉向一旁,眼泪汪汪地和他说话的时候,他就更心软了。

"您知道,"雅金卡说道,"上帝知道我的心,我早早晚晚都在为达奴霞祈祷,为兹比什科的幸福祈祷!天堂里的上帝最知道我的心意了。但是,赫拉瓦和您都说过,她已经死了,说她决不可能从十字军骑士的魔掌中活着回来……如果真是这样的话,那我……"

说到这里,她迟疑了一下,泪水夺眶而出,流到了她的脸上。她低声道:

"那我想留在兹比什科的身边……"

马奇科被她的眼泪和话语打动了,但他却还是这样回答道:

"如果达奴霞死了,兹比什科一定会非常悲痛,他会连看都不看你一眼的。"

"我也不要他来看我,我只想待在他的身边。"

"你也知道,我和你想的完全一样,也希望你待在他身边。不过他在悲痛的初期可能会不理睬你的……"

"那就让他不理睬好了。"她淡然一笑地答道,"但他不会不理睬的,因为他不会知道,这是我。"

"他会认出你来的!"

"他不会认出我来的。连您都没有认出我,您只要告诉他,这不是我雅金卡,而是雅希科,雅希科跟我长得一模一样。您告诉他,雅希科已经长高长大了,这就行了。他决不会想到这不是雅希科的。"

听了这话,马奇科便立即想起那次有个人跪在他面前,而那个跪在他面前的人却是个女扮男装的小伙子。看来女扮男装并无什么妨碍。况且,雅希科的脸的确长得和他姐姐的一模一样,头发剪过之后又长起来了,被发网拢住,跟别的贵族子弟和一般骑士毫无不同之处。考虑到这些原因,马奇科也就同意了。于是他们便商量起路上的事情来了,决定第二天就出发。马奇科决定立即进入十字军骑士团的领地,先到布罗德尼查去打听消息,如果大团长并没有像里赫顿斯泰因所说的那样,还留在马尔堡的话,那他们就到马尔堡去。如果不在,他们就沿着十字军骑士团的边境朝斯佩霍夫进发,沿途可以打听兹比什科及其扈从的消息。老骑士甚至还认为,在斯佩霍夫,或者在华沙的雅鲁什公爵的宫廷中,要比其他地方更容易打听到兹比什科的消息。

于是第二天,他们就动身上路了。此时已是春色满园了。斯克尔瓦河和德尔温查河的洪水泛滥,把道路都淹没了。于是,他们走了十天才从普沃茨克越过边界到达布罗德尼查。这个小城非常冷清,未进到城里就可以看出日耳曼人的残酷统治。城郊道路两旁竖立起了巨大的绞刑架①,上面挂满了被绞死者的尸体,其中有一具是女人尸体。在岗

---

① 这个绞刑架的遗迹一直保存到 1818 年。——作者注

楼上和城堡上都飘扬着一面白底上有只血手的旗子。但是,这些过客在城里没有见到康杜尔本人,因为他带领着一部分卫戍部队和四周的贵族到马尔堡去了。这是一个老十字军骑士告诉马奇科的。这个老骑士双眼已瞎,曾是布罗德尼查的康杜尔,后来因为舍不得离开这个地方和城堡,便留在此地以了结残生。等到当地的神甫向他读了里赫顿斯泰因给康杜尔的信之后,这个老瞎骑士便殷勤地款待了他们。由于他长期住在波兰人中间,他的波兰语说得好极了。于是他们就亲切地交谈起来。马奇科从交谈中得知,六个星期前,这个老瞎骑士曾去过马尔堡。他是作为一个有经验的骑士被召去商量战争大计的,因此他也知道京城里发生的事情,当他被问及一个年轻的波兰骑士时,他说,他听说过这样一个人,但不记得他的名字,说那个年轻人一开始就引起了大家的惊讶,虽然他年纪这样轻,但已是个册封的骑士了。其次是因为他在比武场上大获全胜。这次大比武是大团长按照惯例在动身出征之前专为外国骑士而举行的。他甚至渐渐想起了,那个勇敢而又高尚的骑士、大团长的兄弟乌尔里克·冯·荣京根喜欢上了这个小骑士,给予他以特别的照顾。他还给了那个年轻骑士"特别通行证"。后来,这个年轻骑士便带着它到东方去了。马奇科听到这些消息,真是心花怒放,高兴极了,他毫不怀疑地认为那个年轻的骑士就是兹比什科。这样一来,他们就没有必要去马尔堡了。即使骑士团的大医官和留在那里的其他官员,以及其他骑士能提供更详细的细节,但他们也决不能说出兹比什科现今在什么地方。此外,马奇科自己也知道该到什么地方去找他了。不难猜想到,他这时不是在什奇特诺一带,如果那里找不着达奴霞,就是到东部地区的城堡或康杜尔驻守的城市去找她了。

为了不浪费时间,他们也立即向什奇特诺和东方前进。他们行程很快,因为城市和乡村都有大道相连。十字军骑士,或者不如说是住在城中的商人们,把道路保养得这样好,可以和波兰的道路相媲美。波兰的道路是靠勤俭而又精明的卡其密什国王才修得这样平坦宽阔。而且天公作美,白天晴朗,晚上星光灿烂,中午时分还吹来了阵阵干燥温暖的和风,清新的空气沁人肺腑,有益于健康。地里的庄稼已是一片翠绿,草原上百花怒放,松林散发出阵阵清香,他们从利兹巴内克经佳尔多夫到涅支博日，一路上都是万里晴空无云，到达涅支博日的那个晚上才下了雷雨。这是这一年他们第一次听见的雷声，但是雨下得不久。第二天早上，便是雨过天晴，朝霞的金黄色和玫瑰色把大地照得那样明亮、那样辉煌，仿佛地上铺了一张嵌有宝石和珍珠的地毯，而整个大地都因生机勃勃而欢欣雀跃，都在向天空欢笑。

就在这样一个春光明媚的早晨，他们从涅支博日朝什奇特诺进发了。玛佐夫舍的边境离这儿不远，要转到斯佩霍夫去也不困难。有一会儿，马奇科真想先到斯佩霍夫去，可是，全盘权衡之后，他决定还是先赶到十字军骑士那个可怕的巢穴去。因为在这个城堡里，决定着兹比什科的部分命运。于是他雇了一个农民当向导，要他带领他们直奔什奇特诺。其实是用不着雇向导的，因为从涅支博日开始，道路笔直，而且都有白色路碑标明里程。

向导独自走在前头，和他们相隔几十步远。马奇科和雅金卡骑马走在后面。他们后面是捷克人和安努尔卡，距离拉得较大。再后面是武装侍从卫护的车队。他们上路的时候天刚破晓，玫瑰色的朝霞还没有从东方的地平线上消失，而太阳已开始冉冉升起，把草上和树叶上的露珠变成了晶莹的蛋白石。

"到什奇特诺去你怕不怕？"马奇科问道。

"不怕！上帝会保佑我的，因为我是个孤儿。"雅金卡答道。

"可是那里是不讲任何信义的。丹维尔德无疑是个最坏的狗杂种。可是尤兰德已经把他和那个戈特弗雷德都打死了……捷克人是这样告诉我的。罗特盖尔是第二个最坏的家伙，他也死在兹比什科的斧下了。可是那个最老的却是个最凶残的头目，他已经把灵魂出卖给魔鬼了……尽管大家都不大清楚事情的真相，但是我认为如果达奴霞已经死了，那准是这个老家伙杀害的。有人说，他遇到了什么麻烦——不过，我听普沃茨克的公爵夫人说，他已经有了好转。我们到什奇特诺去就是要和他打交道。幸好我们有里赫顿斯泰因写的一封信，好像那些狗教士怕他比怕大团长还要厉害……据说，他有很大的权势和很高的威望，同时又是报复心极强的人，从不宽恕对他的任何冒犯。没有他的这封信，我就不会这样顺顺当当地到什奇特诺了。"

"那个老家伙叫什么?"

"齐格弗雷德·德·罗维。"

"上帝保佑我们和他打交道能得心应手。"

"上帝保佑!"

说到这里,马奇科淡然一笑,随后又接着说道:

"公爵夫人在普沃茨克对我说过:'你们老是抱怨来抱怨去,就像羔羊抱怨恶狼一样。可是这里都在说,三只恶狼已经死了,是无辜的羔羊把它们扼死的。'她说得不错,事实真是这样。"

"那么达奴霞呢?还有她的父亲,那就不算吗?"

"我也这样对公爵夫人说过。不过,我心里还是很高兴的。因为这表明:欺侮我们是危险的。我们早就知道该怎样紧握斧头,也知道怎样用它去战斗!至于达奴霞和尤兰德,这是真的,我和捷克人都这么想,他们已不在人世了。但是真实情况如何,谁也不清楚……我为尤兰德悲痛。他活着的时候,为自己女儿受了多大的痛苦。如果他死了,那他一定死得很悲惨。"

"只要有人在我面前提到他,我就想起了我的父亲,他也不在人世了。"雅金卡答道。

她一边说着,一边向天空抬起她那双饱含着泪水的眼睛。马奇科点点头,说道:

"他一定在天国欢乐中得到永恒的安息了。因为在我们整个王国里,也许找不出比他更好的人了……"

"啊!没有,没有人比得上他的!"雅金卡叹息道。

但是他们的谈话被向导打断了。他突然勒住了坐骑,掉过头来,立即向马奇科这边飞驰过来,还用一种奇怪的、吓坏了的声调喊叫起来:

"啊!我的上帝!你们瞧,骑士老爷。从山冈上朝我们走来的是个什么人?"

"谁?在哪里?"马奇科问道。

"就在那边,也许是个巨人,还是别的什么……"

马奇科和雅金卡也把马勒住了,朝向导指着的方向望了过去。他们的确看见了,在山丘的上面,离他们约有半公里远的地方,有一个大大超过常人身材的形体。

"你说得不错,是像个巨人。"马奇科喃喃说道。

随即,他皱起了眉头,突然朝身旁吐了口唾沫,说道:

"真是见鬼了!"

"您为什么说这种不吉利的话呢?"

"因为我想起来了。也是这样的一个早晨,在从梯涅茨到克拉科夫的大道上,我和兹比什科也碰上了这样一个巨人,当时他们说这是瓦尔格什·夫达维。嘿,实际上,那是塔切夫的老爷。但是那次带来的结局真糟糕,让它见鬼去吧!"

"那不是个骑士,他是步行来的。"雅金卡张大眼睛边看边说,"我甚至看出他连武器都没有带。只是左手拿着一根木棍。"

"他还摸着走路,像在漆黑的晚上那样。"马奇科补充说道。

"他移动慢极了,真的,他一定是个瞎子!您说呢?"

"是个瞎子,瞎子!千真万确!"

于是他们策马前行,不一会儿他们就在这个老人面前停住了。这个老人从山上往下走的时候,边用棍子探路边慢慢移动,所以走得特别慢。

他真是个魁梧奇伟、硕大无朋的老人,尽管他们近前一看,并不觉得他是个巨人。他们也察看了他一下,他完全瞎了,没有眼睛,只有两个血红的眼洞。他的右臂也没有了,断臂之处用一块又破又脏的布紧裹着。他那雪白的头发垂在肩上,而胡须一直垂到了腰带上。

"他没有吃的,也没有小厮,甚至连一只狗都没有。只是自己摸索着前进。"雅金卡说道,"啊,我的上帝,我们不能不帮助他,而把他留在这里。我不知道,他能不能听懂我的话,我先用波兰话同他试试看。"

她说完这话,便从坐骑上跳了下来,站在这个老乞丐面前,开始在她腰带上挂着的皮包里找钱。

这个老乞丐也听见了马蹄声和人声,便像瞎子通常所做的那样,把棍子伸向前面,抬起了头。

"赞美耶稣基督!"姑娘说道,"您懂不懂天主教的规矩?"

他一听见她那年轻而又甜美的声音,便浑身颤抖起来,脸上也出现一种像是激动又饱含深情的神情。他的眉毛把两个眼窝盖住了,突然间,他丢下棍子,双膝跪在她的面前,向上伸出了双臂。

"请您起来!我一定会帮助您的。您怎么啦?"雅金卡惊讶地问道。

但是他什么话也没有回答,唯有两颗泪珠从脸上流了下来,嘴里说出的也是这种呻吟的声音:

"啊!啊……"

"大慈大悲的上帝啊!您难道不能说话吗?"

"啊!啊……"

他边叫边举起了左手,先画了个十字,然后指了指他的嘴。

雅金卡不明白他的意思,便望着马奇科,马奇科说道:

"也许他想指给你,他们把他的舌头割掉了。"

"是他们割掉了您的舌头吗?"

"啊!啊!啊!"老人喊了好多遍,不住地点着头。

接着他又用手指着他的眼睛,然后又伸出没有手掌的手臂,用左手做了一个砍的动作。

他们两个都明白这个动作的意思了。

"是谁把您弄成这样的?"雅金卡问道。

老人又在空中画了好几个十字。

"是十字军骑士干的!"马奇科愤然喊道。

老人把头垂落在胸口上,像是表示肯定的意思。

出现了片刻的沉默。马奇科和雅金卡相互不安地望了一眼,因为站在他们面前的就是无可争辩的证据,表明十字军骑士所特有的那种残酷无情和惩罚无度。

"残暴的统治!"马奇科终于说道,"他们这样严厉地惩罚他!上帝知道这样做是不是正确,我们是无法过问此事的。要是我们知道他要去哪里就好了,他一定是这一带的人。他懂得我们的话,因为这里的老百姓和玛佐夫舍的人一样。"

"我们说什么,您都能听得懂吗?"雅金卡问道。

老人点头,表示肯定的意义。

"您是此地人吗?"

老人摇摇头。

"那么,也许您来自玛佐夫舍?"

老人点点头。

"是来自雅鲁什公爵的麾下吗?"

老人又点点头。

"您到十字军骑士那里去干什么?"

老人无法回答清楚,但是他的脸上刹那间显出了无限痛苦的表情。雅金卡那颗富于同情的心,也由于对他的无限怜悯而颤动不已。就连马奇科这个不易动感情的人也这样说道:

"一定是他们害了他的,这些狗教士,也许他是无辜的!"

雅金卡把几枚小钱放在这个老人的手掌上,说道:

"您听着,我们不会丢下您的。您和我们一起到玛佐夫舍去,每到一处村庄我们都会问您,这是不是您的村子。也许我们会找到的,现在请您起来吧,我们又不是什么圣徒。"

但是他并没有站起来,而是俯下身去,抱住了她的双脚,仿佛要让她保护和表示感谢似的。同时他又感到有些惊奇,甚至脸上露出了迷茫的神情。也许是他从她声音中听出她是个女子,可是现在他的手摸到的却是骑士和仆从们旅行时常穿的那种牛皮长筒靴。

雅金卡说道:

"就这样办,我们的大车马上就到了,您可以休息一下,吃吃东西。不过我们现在不能直接就把您送到玛佐夫舍去,我们得先到什奇特诺去一趟。"

一听到这话,老人立即双脚跳了起来,脸上显出惊恐万状的神态。他张开双臂,像是要阻拦他们似的,从他的口腔里发出奇怪的、像是吓坏了的声音。

"您怎么啦?"雅金卡无比惊讶地喊道。

幸好捷克人和安努尔卡来到了。他对这个老人仔细地注视了一番之后,突然转向马奇科,他脸容变色,声音奇特,说道:

"我的老天爷!请允许我,老爷,和他说几句话,因为你们不知道他是谁!"

接着,他等不及允许,便向这老人走近前去,双手放在他的肩膀上,问道:

"您是从什奇特诺来的?"

这老人仿佛被他的声音惊住了,等他平静过来后便点了点头。

"您是不是去那儿找孩子的?"

回答他的是一声低沉的呻吟。

这时候,赫拉瓦的脸色有些发白。他瞪着一双大眼又打量了一下老人,随即他又慢慢地、加重语气地说道:

"您就是斯佩霍夫的尤兰德!"

"尤兰德!"马奇科喊了起来。

但是这时候,尤兰德身体摇了一摇,就昏过去了。他经历的种种痛苦,又多日食不果腹,再加上旅途的劳累,真使他精疲力竭了。他离开城堡的地牢已经有十天了,一直都是靠一根棍子摸索着前进,他常常迷失方向,不得不三番五次地去找路。他饥渴交加,身倦体乏,茫茫大地不知向何处走去。他又无法去问路,白天他只有靠阳光来感知方向,晚上他就躺在路边的沟里过夜。有时他来到一个村庄或者一个居民点,或者碰上迎面而来的人,他便伸出手去,苦苦哀求别人的施舍。可是难得碰上一个同情他、帮助他的人,因为大家都把他看成是个罪犯,受到了法律和公正的严厉制裁。两天来他都是靠嚼树枝和树叶来维持生命的,他已经怀疑自己是否能回到玛佐夫舍了。就在这时候他出乎意料地遇到了这些富于同情心的人,听见了熟悉的本国人的说话声,而且其中的一个,更使他想起了他女儿的甜美声音。等到最后,他听到有人能叫出他的名字时,他就心潮澎湃,百感交集,激动得再也无法自持了。要不是捷克人用强壮的手臂扶住了他,他准会扑倒在路上的尘土中。

马奇科跳下马来,两个人把他抬了起来,将他抬上马车,让他躺在柔软的干草上。雅金卡和安努尔卡守护着他,给他拿来了食物和葡萄酒,雅金卡看到他拿不住杯子,便亲自端着杯子来喂他。喝完酒后,尤兰德便立即睡着了,他一觉睡去,直到第三天才醒了过来。

这时候,他们开始了紧急的商议。

"简而言之,我们不能去什奇特诺了,应该立即到斯佩霍夫去,我们要想尽一切办法把他安全地送到他的亲人身边。"雅金卡说道。

"你瞧瞧,你在这里发号施令!是应该把他送到斯佩霍夫去,但不一定需要全都陪着他去,一辆马车把他送去足够了。"

"我不是在发号施令,我只是在想,也许我们能从他那里探听出兹比什科和达奴霞的消息来。"

"他没有舌头,你怎么和他说话?"

"难道不是他自己告诉我们他没有舌头的吗?您瞧,即使不能交谈,我们也已从他那里得到了所要了解的一切,何况等我们习惯了他的手势之后,那又有何难呢?您只要问他,比如说,兹比什科是否已从马尔堡来到了什奇特诺,他便会点头肯定,或者摇头否定的。其他问题也可照此办法去问他了。"

"这办法不错!"捷克人大声说道。

"我也不否认这办法不错。我自己也是这样想的,只是我向来是先考虑后说出。"

马奇科一说完这话,便吩咐车队朝玛佐夫舍边境驶去,一路上,雅金卡时时策马来到尤兰德睡着的那辆马车边去看看,她生怕尤兰德会一梦不醒了。

"我没有认出他来。"马奇科说道,"不过,这毫不奇怪,他过去是个像野牛一样的强壮汉子!马茹尔人都说,只有他一人可以和查维夏较量一下,如今只剩下一副骨头架子了。"

"虽然有种种传说,说十字军骑士把他折磨得不成样子,但还是让人不敢相信,那些天主教徒怎么能这样对待一个已被册封过的骑士。而这个骑士的保护神同是圣乔治。"捷克人说道。

"愿上帝保佑兹比什科能替他报仇。咳,你们看到了我们和他们之间是多么不同。的确!他们四个狗教士已有三个被打死了,但他们是公开战死的,没有一个是在俘房后被割掉舌头、挖掉眼睛的。"

"上帝会惩罚他们的。"雅金卡说道。

马奇科转向捷克人,问道:

"你是怎么认出他的?"

"一开始我也没有认出他来,虽然我和他分别的时间要比您短,老爷。但我越是仔细端详他,我就越清楚地看出他是谁了……咳!尽管我过去看到他的时候,他既没有胡须,也没有满头的白发,而是个威风凛凛、魁梧强壮的老爷,哪里会想到是这么个乞丐呢!可是,当小姐一说到我们要到什奇特诺去的时候,他就大叫起来,马上我就明白了。"

马奇科沉思起来,然后说道:

"应该把他从斯佩霍夫送到公爵那里去,等公爵知道十字军骑士如此残害一个著名人物,是决不会放过他们的。"

"他们会矢口否认的,老爷。不承认绑架了尤兰德的女儿,他们会拒不承认的,他们会说,尤兰德是在战斗中失去眼睛、舌头和手臂的。"

"你说得不错。"马奇科说道,"以前他们就曾绑架过公爵本人,他还无法与他们交战,因为他敌不过他们,除非我们的国王帮助他。人们一直在谈论大战,可是这里连一场小的战争都没有打起来。"

"已经有了和维托尔德大公发生的战争。"

"赞美上帝,只有他才藐视这些十字军骑士……嘿!对我来说,维托尔德大公,那才是个大公。他们无法抗衡他的机智狡狯。在这方面,他一人便能超过所有的十字军骑士。有段时间,那些狗杂种把他逼到了危险的境地,失败就像剑悬在他的头上一样。可是他却像条蛇那样,从他们手中溜出来了,而且还咬伤了他们……当他打你的时候,你得小心。但是当他和你交好的时候,你更得小心他。"

"难道他对所有的人都是这样吗?"

"不是对所有的人,只是对十字军骑士才这样,对别人他可是个善良而又慷慨的大公!"

说到这里,马奇科便沉思起来,好像在努力回忆维托尔德公爵这个人和事似的。

"他和这里的公爵完全不同,"马奇科又开口说道,"兹比什科应该到他那儿去。只有在他的麾下,通过他的作用,才能更好地去打击十字军骑士。"

随后他又加了一句:

"说不定我们两个人也会去投奔他的。因为只有在他那里,才能正正当当地去向十字军骑士报仇。"

后来,他们又谈起了尤兰德,谈到了他的坎坷命运和难以描述的十字军骑士对他的迫害。十字军骑士先是无缘无故地杀害了他心爱的妻子,后来又以牙还牙地抢走了他的女儿,如今他自己又遭到他们这样惨绝人寰的残害,就连鞑靼人也想不出这样的酷刑来。马奇科和捷克人切齿痛恨地想到,甚至连他们释放他,让他自由,也是一种新的残酷折磨。这位老骑士已暗下决心,一定要努力设法探听出事情的全部经过,然后要他们加倍地偿还。

他们就这样时而交谈,时而沉思,日夜兼程地朝斯佩霍夫赶去。风和日丽的白天过后,又是星光闪耀的宁静的夜晚,于是他们也不停下来过夜,只是三次停下来喂马。天黑时,他们越过了边境,直到凌晨,他们才在向导的带领下到达斯佩霍夫的领地。老托利马把那里管理得严格而有条不紊,因为他们一进入斯佩霍夫的森林地带,就迎面出来了两个武装的家丁。这两人看到来人不是军队,而是一支不大的平民队伍,不仅没有询问就放他们过去了,而且还亲自给他们带路,不熟悉那些壕沟和沼泽地的人是无法通过这个地区的。

托利马和卡列布神甫在城堡里接待了他们。老爷已被虔诚的人带回,这消息不胫而走,像闪电一样立即在全体家人中间传开,等到他们看见他被十字军骑士下毒手折磨成这个样子,无不义愤填膺,切齿痛恨。如果此时在斯佩霍夫的地牢里还关有十字军骑士的话,那么任何人间力量都无法使他免遭惨死。

家丁们便想立刻骑上马,到边界上去抓获他们碰上的任何日耳曼人,然后把他们的脑袋扔在主人的脚下。但是马奇科制止他们这样做。因为他知道,日耳曼人大都住在城镇和城堡里,而边界上的农民只不过是受到外族压迫的同胞骨肉而已。无论是人们的嘈杂声、叫喊声,还是井台上的桔槔提水声,都未能把沉睡的尤兰德闹醒。他被安放在一张熊皮上,从车上抬到了他的房间里,安置在自己的床上,卡列布神甫留在他身边。卡列布神甫和尤兰德是多年的好朋友,他们彼此像亲兄弟一样相亲相爱。他现在诚心地祈祷,祈求救世主能使不幸的尤兰德恢复眼睛、舌头和手臂。

疲困的旅人们在用过早餐之后也都去休息了。马奇科在中午时刻便醒了过来,他吩咐小厮立即去把托利马叫来。

他早已从捷克人那里了解到,尤兰德在动身离家之前,便已在全体仆役面前宣布过,要他们服从和效忠于他们的少主人兹比什科,还亲口嘱咐过神甫要把斯佩霍夫遗赠给他。因此,马奇科便以一种上司的口吻对托利马说道:

"我是你们少主人的叔父,在他回来之前,这里的一切都由我掌管。"

托利马垂下了他那满是银发的头,他的头有点像狼。他把一只手掌放在耳后,问道:

"老爷,您就是博格丹涅茨那位高贵的骑士?"

"是的!您怎样知道我的?"马奇科答道。

"因为少主人兹比什科以为您已经来了这里,曾问起过您。"

一听见这话,马奇科便双脚跳起来,忘记了自己的尊严,大声问道:

"你说什么,兹比什科在斯佩霍夫?"

"来过,老爷。他两天前才离开这里。"

"我亲爱的老天爷!他从哪里来,往何处去呢?"

"他从马尔堡来,顺路去过什奇特诺。他要去哪里,没有说过。"

"他没有说过?"

"也许他告诉过卡列布神甫。"

"咳!万能的上帝!我们错过了!"马奇科说道,同时还双手拍打着大腿。

托利马又用手掌捂在另一只耳朵的后面:

"您说什么,老爷?"

"卡列布神甫在哪儿?"

"在老主人的床边。"

"请把他叫来!啊,不……还是我自己去见他吧!"

"我去请他来!"老头儿说道。

他走出了房间。在他还没有把神甫请来之前,雅金卡便进来了。

"快进来,你知道这消息吗?两天前兹比什科还在这里。"

她顿时变了脸色,那穿着紧身条纹布裤的双腿也颤抖不停。她心急地问道:

"他来过,又走了?到哪里去了?"

"两天前才离开的,至于他到哪里去了,也许神甫知道。"

"我们应该去追他!"她斩钉截铁地说道。

过了一会儿,卡列布神甫进来了。他以为马奇科请他来是要问尤兰德的事,于是他不等他问,就说道:

"他还在睡。"

"我听说,兹比什科来过这里!"马奇科大声说道。

"他来过。两天前走了。"

"他到哪里去?"

"他自己也不知道……到哪里去寻找……他要到日姆兹的边境,那里现在有战争。"

"老天在上,神甫,把您所知道的有关兹比什科的情况,都统统告诉我们吧!"

"我也只知道他亲口对我说过的那些事情。他去过马尔堡,还得到了大团长兄弟的有力保护,大团长兄弟可是十字军骑士中的佼佼者,他是一流的骑士。有了他的命令,兹比什科可以到所有的城堡去寻找。"

"是去找尤兰德和达奴霞吗?"

"是的。不过他用不着去找尤兰德了,他们告诉他,尤兰德已经死了。"

"请您从头说起吧!"

"等一等,让我喘口气,定定心再说。因为我是从另一个世界回来的。"

"怎么说是另一个世界呢?"

"是从另一个世界回来的,那个世界骑马是不能到达的,只有靠祈祷……我一直跪在主耶稣的脚下,祈求他对尤兰德施以恩惠。"

"您是在祈求奇迹吗?您有这样的法力吗?"马奇科非常好奇地问道。

"我任何法力也没有,但救世主有。只要他愿意,他就能恢复尤兰德的眼睛、舌头和手臂。"

"只要他愿意这样做,他是一定能做到的。"马奇科说道,"但是您的祈求是很难实现的。"

卡列布神甫什么话也没有回答,好像没有听见似的,因为他的眼睛依然紧闭着,像是还未醒来似的,真的可以看出,他刚才一直沉浸在祈祷里。

现在他又用双手蒙住眼睛,默默无声地过了一会儿。后来他终于晃动了一下身体,用手掌擦了擦眼睛,说道:

"现在您就请问吧。"

"兹比什科是怎样得到桑姆比亚执政官的保护的?"

"他已经不是桑姆比亚的执政官了……"

"这无关紧要……您理解我的问题,请把您知道的都告诉我们吧!"

"他是在比武场上获得了乌尔里克的好感的。乌尔里克很爱在比武场上较量,于是他也和兹比什科交过手。因为马尔堡来的骑士客人很多,是大团长下令举行比武的。乌尔里克的马鞍上的皮带断了,兹比什科本可以乘机将他打下马来,但是兹比什科看见后却主动放下矛来,还上前把摇摇欲坠的乌尔里克扶住了。"

"嘿,你看看,他真是不错。"马奇科转向雅金卡,高声说道,"乌尔里克就是因为这个而喜欢他的吗?"

"就是因为这件事而喜欢他的。他从此再也不肯和兹比什科比试尖利的武器或钝矛了,而且还喜欢上了他。兹比什科也向他说了自己的苦难,而那个对骑士荣誉非常看重的乌尔里克,立即气得火冒三丈。他领着兹比什科去向大团长——他的亲哥哥进行控诉。愿上帝为此事而报答他。因为在他们中间,主持正义的人实在是太少了。兹比什科还告诉我,德·罗西先生也帮了大忙。因为他在那里由于出身名门望族而受到尊敬,他在所有的事情上都为兹比什科作了证。"

"控诉和作证的结果又如何呢?"

"其结果是,大团长下了一道严厉的命令,要什奇特诺的康杜尔立即将所有关押在什奇特诺的俘虏和犯人,包括尤兰德在内,都送到马尔堡去。但是康杜尔在回信中却说,尤兰德已受伤而死,已经葬在教堂的墓地了。他把其余的犯人都送去了,其中就有那个傻姑娘,可是里面却没有我们的达奴霞。"

"我从侍从赫拉瓦那里得知,"马奇科说道,"那个被兹比什科杀死的罗特盖尔,也曾在雅鲁什公爵的宫廷中提到过这样一个挤奶的姑娘。他说,他们把她当成了尤兰德的女儿。但是公爵夫人当时便反问他:'你们都见过真正的尤兰德小姐,而且也都认识她,怎么会把一个挤奶姑娘当成达奴霞呢?'可是他却回答说:'您说得不错,但是我们认为,是魔鬼把她改变了形貌。'"

"康杜尔也是这样写信给大团长的,说他们是从强盗手中救出这个姑娘来的,她并没有被关在牢狱里,而是受到他们的保护。还说那些强盗都信誓旦旦地说,她就是变了形貌的尤兰德小姐。"

"大团长相信这些话吗?"

"他自己也不知道该不该相信,不过乌尔里克可是更暴跳如雷了,他竭力要求他的哥哥派一个骑士团的官员随同兹比什科一道到什奇特诺去查看一番,这事已经照办了。他们来到什奇特诺时,那个老康杜尔已不在那里了。因为他到东方要塞去和维托尔德打仗了。只见到一个副行政长官,他下令打开所有的监狱和地牢让他们去查看。他们找来找去,依然没有找到。他们还拘留过几个人来进行审问。其中有一位告诉兹比什科说,从神甫那里也许能了解到更多的情况,因为神甫懂得那个哑巴刽子手的手势,但是老康杜尔已把那个刽子手带走了。神甫也到哥尼斯堡去参加一个宗教会议了……神甫们也经常集会,向教皇控告十字军骑士团。因为贫穷的神甫也受到他们的沉重压迫……"

"我感到奇怪的是,他们怎么会没有找到尤兰德呢?"马奇科说道。

"很显然,康杜尔先把他放掉了。这样放掉他比砍掉他的头还要更狠毒。他们想让他在死之前经受一个人所无法承受的极度的痛苦。他又瞎又哑,又没有了右手。我的上帝……既无法回到家里,甚至连问路和乞讨都不行……他们认为他准会饿死在篱笆下面,或者淹死在水沟里……他们留给他什么呢?什么也没有,只有记忆,记得他是谁,记得他所经历的种种痛苦。这等于是刑上加刑、痛上加痛……也许他当时正好坐在教堂旁边或者什么道路旁边，兹比什科走过的时候却没有认出他来。也许他听到过兹比什科的声音，但他无法招呼他过来……嘿，我止不住都要流泪了！多亏上帝创造的奇迹，让您遇见了他，因此我认为上帝会创造更大的奇迹。尽管我有罪的嘴唇，不配向上帝做这样的祈求。"

"兹比什科还说过些什么？他到哪里去了？"马奇科问道。

"他这样说过：'我知道达奴霞在什奇特诺，是他们把她绑架的。现在，要么她已经饿死了，要么她被他们转移了，这都是那个老德·罗维干的。上帝一定会保佑我的，只要我还有一口气，我就非把他逮着不可。'"

"他是这么说的吗？那他一定是到东方去了，而且那里正在打仗。"

"他知道那边有战争，所以他才到维托尔德大公那里去了。他说跟着维托尔德比跟着波兰国王更能痛痛快快地打击十字军骑士。"

"到维托尔德那里去。"马奇科站起来喊道。

随后他转身对雅金卡说道：

"你看见什么是聪敏的头脑了。我不是也这样说过吗？我早就估计到，我们也会去投奔维托尔德的。"

"兹比什科希望，"卡列布神甫说道，"维托尔德会深入到普鲁士境内，夺取一些城池。"

"如果多给他些时间，他一定会达到目的。"马奇科说道，"嗯，赞美上帝，我们至少知道该到什么地方去找兹比什科了。"

"我们也应该立即动身去找他！"雅金卡说道。

"住口！"马奇科说道，"轮不到你这个侍从来拿主意。"

他这样说着，朝她瞪了一眼，仿佛在提醒她，她是个侍从。她也想起了自己的身份，便缄口不语了。

马奇科想了一会儿，说道：

"我们一定能找得着兹比什科，他决不会到别处去的，一定是在维托尔德大公的身边。但是还需要知道的一件事是，他除了发誓要弄到十字军骑士的脑袋外,是否还要在这个世界上寻找别的东西呢?"

"那怎么能知道呢?"卡列布神甫问道。

"要是我知道,这个什奇特诺神甫已经开完会回来了,我倒想见见他。"马奇科答道,"我有里赫顿斯泰因的信,可以平平安安地到什奇特诺去。"

"并不是什么宗教会议,而是一次集会。"卡列布神甫说道,"神甫早就该回来了。"

"这就好了。现在由我来想办法了……我带上赫拉瓦、两个侍从和几匹战马就出发。"

"然后就去找兹比什科吗?"雅金卡问道。

"然后就去找兹比什科,不过你要留在这里,一直等到我从什奇特诺回来。我想我在那里最多待那么三四天,我已经习惯了艰苦的生活和旅途的劳累。不过,在这之前,我要请您,卡列布神甫,给什奇特诺的神甫写一封信,如果我向他拿出您的信来,他就一定会相信我的。因为神甫和神甫之间总是会更加信任的。"

"人们都对那位神甫评价不错。如果有人最了解这些事情的真相的话,那就是他了。"卡列布神甫说道。

卡列布神甫当晚就把信写好了。第二天一早,太阳还没有出来,老马奇科就已经离开斯佩霍夫了。

第四十四章

尤兰德经过长时间的熟睡之后,终于醒来了,当时卡列布神甫正好守护在他身边。在睡梦中,尤兰德忘记了发生的事情,也不知道他身在何处。他便摸摸自己的床,摸摸旁边的墙壁。卡列布神甫立即抱住他,一面激动得哭了起来,一面喊道:

"是我!你已经在斯佩霍夫了!我的兄弟尤兰德!上帝考验了你……不过你现在是在自己人中间……虔诚的人把你送回了这里……我的兄弟尤兰德!我的好兄弟……"

他把尤兰德紧紧抱在自己的胸前,还吻着他的前额,他空洞的眼窝,而且一再紧抱他,吻他。一开始,尤兰德还有点莫名其妙,不知道这是什么意思。后来,他用左手掌在额上和头上摸来摸去,仿佛要把沉重的睡意和迷惘抹除驱散似的。

"你听见我说的话吗?你懂得我的话吗?"卡列布神甫问道。

尤兰德点点头表示他听懂了。接着,他伸手去拿墙上那个银制的耶稣受难像,这是他以前从一个富有的日耳曼人手中得到的,他把它紧紧地放在唇上和心口上,然后交给了卡列布神甫。卡列布神甫于是说道:

"我懂得你的意思,兄弟!上帝与你同在。他既然会使你摆脱苦难,救你回来,也会把你失去的一切归还给你。"

尤兰德用手指着上空,表示只有到了天国他的一切才会得到偿还。他的眼窝里又饱含着泪水,他那受尽了苦楚的脸上又出现了一种极其痛苦的表情。

卡列布神甫一看到他那个动作和那种痛苦的样子,便以为达奴霞已经不在人世了,于是他在床边跪了下来,说道:

"愿她得到永恒的安息,主啊!让永恒之光照耀着她,让她在永恒的宁静中得到安息,阿门!"

听了这话,尤兰德抬起身子,坐在床上,他摇着头,挥着手,像是要否认和阻止卡列布神甫似的。但是神甫不明白他的意思。正好这时候,老托利马进来了,跟他一起进来的有城堡的家丁、工头,斯佩霍夫的一些老农、护林人和渔民,等等,因为主人回来的消息已传遍整个斯佩霍夫地区。他们抱住他的双腿,吻他的手,一看到这个残缺而又衰老的人,止不住都放声痛哭起来。他的身上已经看不到昔日那个令敌人闻风丧胆、所向无敌的骑士,那个令十字军骑士视为劲敌的尤兰德了。其中有些人,特别是那些经常追随他出征的人,都义愤填膺,脸色发青,心中燃烧起复仇的怒火。过了一会儿,他们聚集在一起,低声说着话,还用胳膊肘推来推去,互相谦让。最后,一位既是城堡家丁,又是斯佩霍夫铁匠,名叫苏哈日的人,走到尤兰德面前,紧紧抱住他的双脚,说道:

"他们刚把您送到这里来时,老爷,我们就想马上到什奇特诺去。可是,那个送您回来的骑士却阻止我们去,老爷,现在请您允许我们吧!我们非去报仇不可!就像从前那样狠狠地惩罚他们,决不能让他们侮辱了我们而不受到惩罚。过去我们一直在您的率领下同他们战斗。如今我们要在老托利马的领导下——或者没有他也行——前去向他们讨还血债。我们一定要夺取什奇特诺,叫那些狗杂种流血。上帝会保佑我们!"

"上帝会保佑我们!"十几个声音一再说道。

"到什奇特诺去!"

"我们要以血还血!"

一股复仇的烈火在这些顽强的马茹尔人心中燃烧起来。他们双眉紧皱、双眼炯炯发亮,到处都能听到咬牙切齿声。但是过了一会儿,所有的声音都静默下来了,所有的眼睛都望着尤兰德。

尤兰德的脸上突显光彩,就像过去那种复仇、好战的神态。他抬起身子,又用手在墙上找寻什么似的摸来摸去,人们以为他在寻找宝剑,但是他的手触到了十字架,那是卡列布神甫又把它挂在了原地。

尤兰德把它取了下来,接着他的脸煞白了,他转向所有在场的人,把他那空洞的双眼仰起望着上空,伸出了他手中的耶稣受难像。

又是一片静默。屋外已是暮色苍茫,从敞开的窗口传来了群鸟的啾鸣声,它们都要飞回筑在屋檐下的巢穴,或栖息在院子里的菩提树上。太阳西落时的最后一道霞光射进了房间,照耀在高高举起的耶稣受难像上,照射在尤兰德的白发上。

铁匠苏哈日望着尤兰德,又向同伴们环视了一下,随后他又看了尤兰德一两眼,便向他告别,踮着脚尖走出了房间。其他的人也轻步地跟着他出去了。到了院子里,他们都停了下来,又悄悄商量起来。

"哎,怎么办?"

"我们不能去,又怎么样?"

"他不准我们去!"

"那只好让上帝去报仇啦!看得出来,他的灵魂都大大改变了。"

的确如此。

这时候,尤兰德的房间里只有卡列布神甫和托利马了。雅金卡和安努尔卡刚才看到一群武装的人在院子里,便走过来看看发生了什么事。

比安努尔卡更胆大、更有自信心的雅金卡,便先走进了尤兰德的房间,来到他的面前,说道:"上帝帮助您,尤兰德骑士!是我们,我们就是把您从普鲁士送回来的人。"

一听到她年轻动听的声音,他的脸色便开朗了。很显然,这声音也使他想起了在什奇特诺的路上所发生的种种事情,他频频点头向她表示感谢,还好几次把手放在心口上。雅金卡向他讲起了他们是怎样在路上相遇的,捷克人赫拉瓦又是怎样认出他来的,赫拉瓦就是兹比什科的那个侍从。然后又向他说起,他们是怎样把他送回斯佩霍夫的,她还把自己的情况也告诉了他,她说她和自己的同伴是替博格丹涅茨的马奇科拿剑、头盔和盾牌的。马奇科是兹比什科的叔父,从博格丹涅茨出来寻找他的侄子的,现在他到什奇特诺去了,过三四天他就会回到斯佩霍夫来的。

一提到什奇特诺,尤兰德虽然没有像第一次在路上提到时那样惊恐万状,但他脸上依然流露出惶恐不安的神色。但是,雅金卡向他保证,马奇科骑士既机智,又勇敢,决不会受到别人的伤害。况且他还有里赫顿斯泰因写给什奇特诺行政长官的信,有了这封信,他便能通行无阻,什么地方都可以去了。这些话使尤兰德大为放心了。看得出来,他还想询问许多其他的问题,但苦于无法说出,只有痛在心里。这个聪明伶俐的姑娘看出了这点,便说道:

"我会常常来和您说话的,我们会谈通所有的事情的。"

听了这话,尤兰德笑了起来,又伸出他的左手,摸索着,把他的手放在她的头上,像是在为她祝福似的。他要感谢她的实在很多。但是除此之外,他也被她的青春活力所感动,她的声音让他想起了莺啼燕啭的悦耳声。

从这时候起,尤兰德几乎整天都在祈祷。不做祷告和没有睡着的时候,他就在身边寻找她,如果她不在,他就非常想念她,想听见她的声音,他就会想方设法引起卡列布神甫和托利马老头的注意:希望让那个年轻的侍从来到他的身边。

她也常常来到他那里,因为她那颗善良的心也非常怜悯和同情这位老人,而且她也可以借此来消磨她等待马奇科的这段时间。而马奇科在什奇特诺逗留的时间,却令人不安地延长了。

他说过三天之后就会回来的,可是现在四天、五天都过去了。到第六天的傍晚,心神不安的姑娘正要请托利马派一支人马去寻找接应时,突然从橡树上的哨所里响起了号角,表示有一队骑马的人在向斯佩霍夫走来。

过了一会儿,就听见了马蹄踏在吊桥上的哒哒声。赫拉瓦和另一个仆从走进了院子。雅金卡早已跑出房间在院子里等候,赫拉瓦还来不及跳下马来,她就朝他走了过去。

"马奇科在哪里?"她问道。由于担心害怕,她的心跳动得很快。

"他到维托尔德大公那里去了,他要您留在这里。"这个侍从回答道。

第四十五章

雅金卡得知马奇科带信要她留在斯佩霍夫的时候,顿时就被吓住了。惊奇、悲伤和愤怒使她无法说出话来,只是睁大了眼睛望着捷克人,他知道他给她带来的是多么不愉快的消息,于是他说道:

"我也想把我们在什奇特诺听到的事情告诉您,有许多重要的新闻。"

"是关于兹比什科的消息吗?"

"不是,都是有关什奇特诺的——您知道……"

"我明白,让仆人把马牵去卸下马鞍,你就跟我来。"

她吩咐过仆人之后,便把捷克人带到了上面的房间。

"为什么马奇科把我们撇下了?为什么我们要留在斯佩霍夫?你们又为什么回来的?"她一口气问道。

"我回来是因为马奇科骑士要我回来。"赫拉瓦答道,"我也很想去打仗的,可是命令就是命令。马奇科骑士这样对我说道:'你回去,要把兹戈热利兹的小姐照顾好,要她等着我的消息。也许你还要护送她回兹戈热利兹去,她一个人是不能回到那里去的。'"

"我的上帝,发生什么事了?找到了尤兰德的女儿吗?马奇科不是去和兹比什科在一起,而是要把兹比什科找回来吗?你看见她没有?你和她说过话没有?你为什么不把她带回来?她现在在哪儿?"

捷克人听到这一大串问题,便深深向姑娘鞠了一躬,说道:

"我不能一下子回答这么多问题,请小姐您别生气,因为我无法做到,我只好依次一个个问题来回答,如果没有其他妨碍的话。"

"好吧!找到她了,还是没有?"

"没有。但是却获得了非常可靠的消息:她原先是在什奇特诺的,后来据说又把她转移到东部的城堡去了。"

"那我们为什么要留在斯佩霍夫呢?"

"嗯,如果找到了她呢……那么,小姐您也知道……那就真的没有理由留在这里了……"

雅金卡沉默不语,只是脸颊泛红。捷克人接着说道:

"我过去和现在都认为,我们不可能从狗教士的魔爪中把活着的姑娘救出来,不过,一切都掌握在上帝手中。我应该从头说起。我们到了什奇特诺——都还不错。马奇科骑士向副行政长官呈上里赫顿斯泰因的书信,副行政长官早年曾跟随里赫顿斯泰因,于是他在我们面前吻了吻印鉴,殷勤地接待了我们,他对我们毫无戒备之心。如果附近有我们的农夫的话,我们就能轻而易举地占领城堡。他就这样信任我们……和神甫会见也没有遇到任何的困难。我们交谈了两个晚上——我们听到了许多奇怪的事情,这是神甫从那个哑巴刽子手那里打听得来的。"

"哑巴刽子手?"

"他是哑巴,但神甫完全懂得他的手语,而他们也像会说话的人一样交谈。这种手语真是奇异的事情,也许是上帝的神旨所创造的。就是这个刽子手砍掉尤兰德的手臂的,挖掉他的眼睛、割掉他舌头的也是他。这个刽子手很特别,你要他去对付男人,他什么酷刑也使得出来,哪怕要他去拔尽那个人的牙齿,他也不会手软。可是要他去对付姑娘,他宁死也不肯去杀害她们,甚至连施以苦刑他也不肯动手。他为什么这样做,究其原因,是因为他也有过一个很喜爱的独生女儿,后来被十字军骑士……"

赫拉瓦说到这里便中断了,他不知道该怎么说才好,于是雅金卡便插口说道:

"这个刽子手的女儿和我有什么关系!"

"因为这和下面发生的事情有关。"捷克人说道,"当我们的少爷劈死罗特盖尔骑士的时候,那个老康杜尔齐格弗雷德简直就要发疯了。什奇特诺的人都说罗特盖尔是他的儿子,神甫也证实,就是父亲爱亲生儿子也没有像他爱罗特盖尔爱得那么深的。由于他想要报仇,便把灵魂出卖给了魔鬼,这是刽子手亲眼所见的!这个老康杜尔和被杀死的罗特盖尔说话,就像我和您说话一样。而那个被杀死了的人也从棺材里时而对他大笑,时而咬牙切齿,时而高兴得用发黑的舌尖舔嘴唇。老康杜尔曾向他说过,要把兹比什科的头砍下来放在他的脚边。但由于当时无法取得兹比什科老爷的头颅,他便吩咐去折磨尤兰德,然后把尤兰德的舌头和一只手放进罗特盖尔的棺材里,罗特盖尔便吞下去了……"

"这听起来真可怕!以圣父、圣子和圣灵的名义!阿门!"雅金卡说道。

她站起身来,往火炉里加了一块木柴,因为天已经全黑了。

"是的!"赫拉瓦继续说道,"我不知道,到了最后审判时又会怎么样。不过,凡是尤兰德的东西,到那时候都将归还他。不过这不是人的智慧所能解决的。当时刽子手看见了这所有的一切。这老康杜尔给死尸喂饱了人肉,便要把尤兰德的女儿带到他那里去,因为那个死人曾向他耳语,说他吃过人肉之后,便想喝无辜者的鲜血……可是这个刽子手,我刚才说过,他什么事都干得出来,就是不愿加害于少女。他当时藏在楼梯上……神甫说,这个刽子手平时缺根弦,笨得像头猪,但是他并不糊涂,到了必要的时候,他的机智狡诈又是谁也难以超过的。他当时坐在楼梯上等候,直到康杜尔来到。康杜尔听见了刽子手的呼吸声,他看见一个闪闪发亮的东西,便害怕了,以为那是魔鬼。刽子手朝康杜尔的脖颈上狠狠地打了一拳,本以为能把他的骨头打断,但只是打得他人事不知。康杜尔没有死,后来大病了一场。等他痊愈之后,他就不敢再对尤兰德小姐下毒手了。"

"但是他把她带走了。"

"是把她带走了。他把她和刽子手都一起带走了。这个康杜尔并不知道,保护尤兰德小姐的就是刽子手,他还以为是某种超凡的力量,善神或恶魔干出来的。但他不愿让刽子手留在什奇特诺,害怕他会出来作证或者还有别的原因……他是个哑巴,但是,一旦审讯起来,他还是能通过神甫的转述,把他所知道的一切都供述出来。所以,神甫最后还对马奇科骑士这样说道:'老齐格弗雷德因为害怕,他自己绝不敢再去伤害尤兰德小姐,即使他命令别人去害她,但只要迪德里赫还活着,就绝不会让别人去伤害,尤其是他已经保护过她一次了。'"

"神甫知不知道,他们把她带到什么地方去了?"

"他不知道确切的地点,但他听他们说起过拉格内达这个地方,这座城堡离立陶宛,也就是离日姆兹边界不远。"

"马奇科又有什么打算呢?"

"马奇科听了这话,第二天便对我说:'如果是这样的话,那我们是能够把她找回来的。现在我得马上把兹比什科找到,免得他由于急于找到尤兰德小姐而落入他们设下的圈套,就像他们对待尤兰德那样。只要他们告诉他,如果他独自去接她,他们就会把她交还给他,他就会亲自去了。结果是,老齐格弗雷德为了替死去的罗特盖尔报仇,就正好找上他,让他经受前所未见的酷刑。'"

"真的!真的!"雅金卡不安地喊道,"他要是这样急着赶去的话,那他做对了。"

少顷,她又转向赫拉瓦:

"他把你派到这里来,真是失策,我们在斯佩霍夫,还用得着你来保护?这里有老托利马在保护,你身强力壮,武功又不错,兹比什科那边正需要你。"

"不过,小姐,万一您要回兹戈热利兹去,谁来护送您呢?"

"真是那样的话,你可以比他们先回来一步,如果他们要派人送信回来的话,就一定会派你。到那时候,你就可以送我们回兹戈热利兹了。"

捷克人吻了一下她的手,大为感动地问道:

"那么,在这段时间里您还会留在这里吗?"

"上帝会保佑孤儿的,我会留在这里的。"

"您在这里不会感到厌烦吗?您在这里做些什么呢?"

"恳求主耶稣,把幸福还回兹比什科,愿你们大家都身体健康。"

说完这句话,她便放声大哭起来。

这个捷克人又向她躬身倒地,说道:

"您真像天上的天使!"

第四十六章

雅金卡抹去眼泪，带着这个侍从去见尤兰德，向他报告新消息。尤兰德坐在一个大房间里，脚边躺着一条驯服的母狼。卡列布神甫、老托利马和安努尔卡都坐在那里。他们手撑着头，带着沉思和忧愁的神情，听着当地一个歌手的演唱。这歌手也是神甫的仆役，他一面弹诗琴，一面唱起了关于尤兰德和"可恶的十字军骑士"昔日进行斗争的歌曲。房间里月光皎洁，这是继灼热的白天之后出现的宁静而又暖和的夜晚。窗户敞开着，在月光的辉映下可以看见许多甲虫在房间里飞来飞去，院子里的菩提树上则聚集着无数的甲虫。壁炉里还燃烧着几块木柴，仆人正在炉火上面热着加有香料和葡萄酒的蜂蜜。

那位歌手，或者说是仆役，是卡列布神甫的仆人，正要唱另一首新歌《幸运的决斗》，他刚刚唱到"尤兰德骑着马来了，他骑着一匹紫骝马来了"，雅金卡就进来了，说道：

"赞美耶稣基督！"

"永生永世！"卡列布神甫答道。

尤兰德坐在一张有靠背的扶手椅中，他一听见她的声音，便立即朝她转过头来，点了点他那颗乳白色的头，对她表示欢迎。

"兹比什科的侍从已经从什奇特诺回来了，"雅金卡高声说道，"从神甫那里带来了消息。马奇科没有回到这里来，他到维托尔德大公那里去了。"

"他为什么不回来？"卡列布神甫问道。

于是她把从捷克人那里听来的一切都讲了出来。她讲起了齐格弗雷德如何为死去的罗特盖尔报仇，也讲到了达奴霞，那个老康杜尔为了能让罗特盖尔喝到无辜者的鲜血，便想把达奴霞带到罗特盖尔的尸体那里去杀害她，但刽子手却出人意料地保护了她。她毫无隐瞒地告诉他们,马奇科对找到达奴霞抱有很大的信心,他和兹比什科联手一定能把她找回来,并把她送到斯佩霍夫来。正是由于这个原因,他才急于到兹比什科那里去,而让她们留在此地。

但是,当她说到末了,不知由于忧戚,还是因为悲伤,声音都发抖了。房间里又是一片寂静。只有院子里菩提树上的夜莺歌唱声,透过窗户溢满了整个房间。所有的眼睛都朝尤兰德望去,他闭起眼睛,头朝后仰着,好像连一线生机都没有了。

"你听见了没有?"卡列布神甫终于问他。

尤兰德更往后仰着头,他举起了左手,指着天空。

月光直照在他的脸上、白发上、被挖去了的眼睛上。他的脸上呈现出一种无边的痛苦,同时又是完全地皈依于上帝和听从上帝意旨的表情,而使在场的人都觉得,他们所看到的,只是一个摆脱了肉体枷锁的灵魂,一个永远脱离了尘世生活的灵魂。他既无求于人世,又不屑再去一顾了。

于是,又是一片沉默,只听见夜莺的歌声飘扬在院子里和房间里。

但是,在雅金卡的身上突然萌发了一种巨大的怜悯,就像是对这位不幸的老人怀有一种儿女的孝敬之情。她一下子奔到老人的身边,抓起他的那只手,不停地吻起来,同时又泪如泉涌。

"我是个孩子。"她满怀深情地说道,"我不是什么侍从,我是兹戈热利兹的雅金卡。马奇科把我带出来,是为了使我免遭坏人的欺侮。现在我要留在您的身边,直到上帝把达奴霞送还给您。"

尤兰德并不感到奇怪,好像他早就知道她是个姑娘。他只是紧紧地把她搂在自己的胸前,而她依然在吻着他的手,断断续续地呜咽道:

"我会留在这里照看您,达奴霞会回来的……等她一回来,我就回兹戈热利兹去……上帝会保护孤儿的……日耳曼人把我的父亲杀害了。但是您心爱的女儿一定会活着回来的。仁慈的上帝一定会保佑她,最神圣的、富于同情心的圣母一定会赐恩于她……"

卡列布神甫也突然跪了下来,用庄严的口吻说道:

"主怜悯我们吧!"

"耶稣怜悯我们吧!"捷克人和托利马也立即应道。

大家都跪下了,因为他们都知道,这是一种连祷,不仅在临终时刻念这种连祷,亲人和亲朋好友脱离了致命的危险时也念这种连祷。雅金卡跪下了,尤兰德也从椅子上移滑下来,双膝跪在地上,大家齐声祈祷起来。

"主怜悯我们!耶稣怜悯我们!"

"主啊,在天之父,请赐给我们慈悲吧!"

"上帝啊,世界救世主的儿子——请赐给我们慈悲吧!"

人们的"请赐给我们慈悲吧"的祈祷声、呼喊声与院里的夜莺歌唱声融成了一片。

原先躺在尤兰德椅子旁边的熊皮上的那条母狼,突然站了起来,蹿到敞开的窗口前,前脚扒在窗子上,抬起它那三角形的嘴对着月亮,发出了低沉而又哀伤的叫声。

尽管捷克人崇敬雅金卡,但他对美貌的安努尔卡的深情却与日俱增。然而这个年轻而勇敢的人却更渴望战争。他的确是按照马奇科的命令回到了斯佩霍夫,因为他是仆人。同时他又觉得能保护和照顾这两位小姐,对他说来,无疑也是一件愉快的事。可是,雅金卡对他说的这番话也完全正确,她说,她们在斯佩霍夫绝不会受到任何威胁。而他的义务就是在兹比什科的身边,赫拉瓦自然很乐意接受。而且马奇科并不是他的直接主人,因此他会很容易向老骑士解释清楚的。他是奉小姐之命离开斯佩霍夫的,他的女主人要他去找兹比什科。

雅金卡这样做是考虑到,这个大胆而又年轻力壮的仆从必定对兹比什科有所帮助,能在危急时刻去救他。在公爵围猎时的那一次就是个很好的证明,当时兹比什科差点被野牛撞死。而且他在战争中,特别是在日姆兹边界上发生的这种战争中,用处就更大了。赫拉瓦是那样地急于上战场,他和雅金卡一离开尤兰德后,便立即抱住她的双脚,说道:

"我想立即向您跪下辞行,并恳求您为我出门说些吉利的话……"

"怎么?你今天就要走!"雅金卡问道。

"明天一早就走,好让马匹休息一夜,到日姆兹去,路程很远!"

"那你就去吧!也许你还能赶上马奇科骑士。"

"这很困难,老骑士什么困难都经受得起,而且他早走好几天了。另外,我还得绕道经过大森林,而他直接穿过普鲁士,可以缩短旅程。大老爷有里赫顿斯泰因给的信,必要时可以拿出来,而我能拿出来的就是这个,只有这样,我才能通行无阻。"

他说着,便把手按在剑柄上。雅金卡看见了,急忙喊道:

"小心!既然你要走,就必须尽快地赶路,绝不能落在十字军骑士的手中,被关进地牢里。而且,你在大森林里行走,也得处处小心,因为那里面住着许多凶神恶煞。这里的居民在改信天主教之前,都是供奉它们的。我记得,马奇科和兹比什科在兹戈热利兹的时候,就常常谈起这些事情。"

"我记得,但我不怕,它们是邪神,不是正神,任何力量都没有。无论是它们,还是日耳曼人,我都能对付得了。不过,只有在战争爆发之后,我才会遇到日耳曼人的。"

"难道战争还没有爆发?你说说,你在日耳曼人那里都听到他们说些什么?"

听了这句话,这个谨慎小心的仆人皱了皱眉头,想了一会儿,说道:

"战争可以说是爆发了,也可以说还没有爆发。我们都急于知道这一切,尤其是马奇科骑士,他为人机智,能和每一个日耳曼人说上话,他假装非常热诚,好像是在问别的问题似的。而他自己却滴水不漏,他能抓住要害,像渔夫钓鱼一样,能从每个人那里打听出消息来。如果小姐您肯耐心地听我说下去,我就全都告诉您。几年以前,维托尔德大公想去征讨鞑靼人,又想和日耳曼人保持和平,便把日姆兹让给了日耳曼人。于是他们之间便有了伟大的友谊和睦邻关系。他允许他们建立城堡,咳,甚至他自己还帮助过他们。他们和大团长在一个小岛上会见。在那里他们大吃大喝,狂欢滥饮,相互表示敬爱,亲密无间,甚至还让十字军骑士到那一带的森林里去打猎。当日姆兹的老百姓起来反抗骑士团的统治的时候,维托尔德大公还帮助日耳曼人,派军队去镇压日姆兹人。于是全立陶宛都在议论纷纷,说他在残杀自己的同胞,所有这一切都是那个副行政长官向我们讲述的,他还赞扬骑士团在日姆兹的统治,说他们派出教士到那里去,为日姆兹人洗礼,还在饥荒的时候送去粮食。这一类事情确实有过,因为是大团长下令这样做的,他比其他的十字军骑士要更敬畏上帝一些。但是他又下令把日姆兹人的孩子搜集起来,送到普鲁士去。他们还当着丈夫和兄弟的面奸淫妇女,谁要是反对,便会被吊死。这样一来,便发生了战争,小姐。"

"维托尔德大公呢?"

"大公对日姆兹人所遭受的侮辱和迫害,一直是视而不见、不闻不问的,甚至还喜爱十字军骑士团这样做。不久之前,他的妻子公爵夫人,还到过普鲁士的马尔堡进行访问。她在那里受到了隆重的接待,简直被当成波兰王后。啊,这还是不久前的事情。他们送了她大量的礼物,还举行了多次比武和宴会以及其他的庆贺典礼。所到之处,热闹非凡。人们都以为十字军骑士团和维托尔德大公会永远和睦相处,永远友好下去。但谁知,维托尔德会突然改变心计。"

"这正好证实了我不止一次听先父和马奇科所说的话,他是个变幻无常的人。"

"对正直的人他倒不会变幻无常,只是对十字军骑士团才这样。因为十字军骑士团就常常不讲信义。现在十字军骑士团要求他把逃亡的人遣返给他们,但他的答复是:只能把那些调皮捣蛋、行为卑劣的人送还给他们,决不会遣返自由人的,因为自由人有选择自己居住地的自由。目下他们正在争来争去,相互写信进行指控,相互进行威胁。日姆兹人听到这些消息便纷纷起来反对日耳曼人!他们刺杀守城士兵,破坏城堡,现在甚至深入到普鲁士内地去进行骚扰,维托尔德大公不仅不阻止,反而嘲笑日耳曼人的困难处境,暗中帮助日姆兹人。"

"我明白了。如果只是暗中帮助日姆兹人,那么战争就还没有公开爆发。"雅金卡说道。

"实际上已经和日姆兹人打起来了,也就是和维托尔德大公宣战了。日耳曼人到处都在调动兵力去保卫边界的城堡,同时还在策划对日姆兹人进行一次大征讨,但是他们还得等一段时间,要等到冬天才能进行,因为这是一个沼泽地到处可见的国度,骑士们无法在那里施展。那地方日姆兹人能顺利通过,而日耳曼人则会失陷泥潭之中,然而冬天却是日耳曼人的好季节。大地冰封时,十字军骑士团就会全军出动,维托尔德大公在波兰国王的准许下也会出兵援助日姆兹人。国王是大公爵的君主,也是全立陶宛的君王。"

"这样一来,难道不会和国王发生战争吗?"

"无论是日耳曼人,还是我们的人,都在说大战要爆发了。十字军骑士团正在向所有的宫廷请求援助。他们像那些盗贼一样,真是自不量力。因为波兰国王的强大可不是开玩笑的。而波兰的骑士,只要十字军骑士一想起,都会不寒而栗的。"

雅金卡听了这话,叹了一口气,说道:

"在这个世界上男人总是比女人幸运。例子都是现成的。你就要去作战了,马奇科和兹比什科也都走了,只有我们留在这斯佩霍夫。"

"那又有什么办法呢,小姐?你们留在这里,那是绝对安全。就是现在,尤兰德的名字对于日耳曼人来说也是非常可怕的。我自己就在什奇特诺听说过,如果他们知道,尤兰德还在斯佩霍夫,那他们便会吓得要死。"

"我们知道他们不敢到这里来,因为这里有沼泽地和托利马在防守。但是待在这里,什么消息也不知道,那可真是难受啊!"

"只要一有什么消息,我就会报告您。我知道,在我们去什奇特诺之前,就有两个年轻的家丁自愿离开此地前去打仗,托利马无法阻止他们,因为他们都是温卡维查来的贵族。现在他们两个要和我一起走,如果有什么事,我会立即派他们之中的一个前来给您送信的。"

"上帝会报答你的!我从来都相信,无论遇到任何艰难险阻,你都会有办法应付的。对于你的好心好意,我到死也会感激你的。"

听了这话,捷克人单膝跪下,说道:

"我从您那里得到的不是压迫而是仁慈和善待。齐赫骑士在博列斯瓦夫俘虏了我,那时候我还是个孩子,他不要赎身金就把我放了。可是对我来说,在你们这里服役比自由还要快活。啊,愿上帝允许我为您,小姐,流血牺牲,在所不辞。"

"愿上帝指引你,保佑你回来。"雅金卡答道,把一只手伸向他。

但是他宁愿跪下抱住她的双脚,吻着她的脚,以表示对她的最大尊敬。然后他抬起头来,但依然跪在地上,胆怯而又恭顺地说道:

"我虽然是个侍从,但我也是个贵族,又是您忠实的奴仆……请给我一点旅途上的纪念品吧,请您不要拒绝我!大动干戈的时候来到了,圣乔治可以为我作证,我将永远是个冲锋在前、决不落后的人。"

"你想要我的什么纪念品呢?"有点惊讶的雅金卡问道。

"您就给我一条围带,送我上路,万一我在战场上倒下了,能围着您送的围带去死,那也死得痛快些。"

他又俯身在她的脚下,随后他双手交叉,直盯着她的眼睛,恳求着。但是雅金卡却感到很为难,过了一会儿,她仿佛不由自主地涌起一阵悲酸,说道:

"啊,我亲爱的,别向我要什么纪念品,我的围带对你一点用处也没有,只有幸福的人才能给你带来幸福。可是我呢,说真的,有什么幸福呢?没有,丝毫也没有!有的只是悲伤,我的前面也只有不幸。我既不能给你幸福,也不能给别人幸福。我自己没有的东西,也就无法给别人。赫拉瓦,现在我在这个世界上活得很痛苦,因此……"

她突然噤声不言了。她感到,如果再说下去,她就禁不住要大哭起来了,现在她的眼睛都有一层云翳了。捷克人的心情也非常激动,因为他知道,如果她不得不回到兹戈热利兹去,她就会与两个凶狠的追求者——奇坦和维尔克为邻;要是她留在斯佩霍夫的话,兹比什科迟早都会把达奴霞带回来。这两种处境对她都极为不利,赫拉瓦很了解雅金卡心中的苦楚。但是,对于她的不幸,他无能为力,于是他只有抱住她的双脚,一再说道:

"啊,我会为您牺牲性命的!我会为您赴汤蹈火的……"

但是她却说道:

"起来!让谢杰霍娃小姐给你围上一条带子,或者给你什么别的礼物,因为她早就喜欢上你了。"

她喊了一声安努尔卡,安努尔卡便立即从邻室走了出来,因为她一直躲在门背后听得清清楚楚,只是由于胆小害羞才没有出来。其实她心里早就想和这个英俊的侍从道别的。她羞答答地走了过来,满脸通红,心在怦怦地乱跳,眼睛里闪耀着泪花。她低垂着眼睑,站在他面前,就像一朵苹果花那样,真是迷人。她一句话也说不出来了。

赫拉瓦对于雅金卡,虽然情意很深,但更多的是尊敬和佩服,从不作非分之想。但是他对安努尔卡却一往情深。一看到她,他便热血沸腾,真不敢直视她的美貌。现在,他的心完全被她的美貌吸引过去了,特别是看到她的娇羞、她的眼泪,他就感到了那是她对他的爱情,就像透过一条溪河的清澈的水流,能窥探出黄金的河床一样。

于是他转身对着安努尔卡,说道:

"您知道吧,我要去打仗了。也许我会死的,您会不会为我难过呢?"

"我会非常难过的!"这位姑娘声音很轻地回答道。

她的眼泪立即夺眶而出,她是一向爱流眼泪的。捷克人大为感动,就热烈地吻起她的手来,碍于雅金卡在场,只好压制着自己的欲望,没有敢更亲密地接吻了。

"给他围上带子,或者送他点别的东西以作出征的纪念,让他能在你的标志下进行战斗。"雅金卡说道。

但是,安努尔卡很难找出什么东西给他,因为她到现在还是女扮男装,穿着男人的服装。她开始在身上搜来搜去,既没有带子,也没有什么绳子。她的女装都还放在箱子里,从离开兹戈热利兹以来就没有动用过。她真的感到非常尴尬。这时候,幸好雅金卡给她解了围,要她把头上的发网送给他。

"我的上帝!就送发网好了!"赫拉瓦高兴地喊道,"我要把它戴在头盔里面。有哪个日耳曼人敢碰它一碰,我就会要了他的命!"

于是,安努尔卡双手取下发网,明亮的金发便立即散开,披落在她的双肩和背上。赫拉瓦看到她一头如此漂亮的金发,脸色立刻就变了,双颊先是绯红,随后又变得苍白了。他拿起发网吻了起来,把它藏在胸口上。他再一次拥抱了雅金卡的双脚,然后又拥抱了安努尔卡的双脚,不过在拥抱她的时候更紧、更用力一些。他说完"就这样吧"这句话,便返身出去了。

捷克人虽然经过了长途跋涉,而且一路休息不好,但他并未去睡觉。他和那两个来自温卡维查的贵族青年一起喝酒。他们两个是要和他一道到日姆兹去的。尽管他们通宵达旦地喝了一夜酒,但赫拉瓦却没有喝醉。天刚一亮,他便来到了院子的矮屋里,乘骑的马匹都已经准备好,等在那里了。

在矮屋上面一扇蒙着膀胱的窗户上,有一双蓝色的眼睛在朝院子里窥视,捷克人看见后,正想走过去,把衬在头盔里面的发网拿出来,再一次和姑娘告别,但是,卡列布神甫和老托利马恰好这时突然来到,使他的计划不能实现。他们两个特意前来向他交代一番出门应注意的问题。

"你还是先到雅鲁什公爵的宫廷去,"卡列布神甫说道,"也许马奇科骑士就在那里。但不管怎么样,你在那里准能得到准确的消息,也可以碰到许多熟人。而且从那里到立陶宛去你又熟悉路,至于要通过原始森林,也不难找到向导。如果你的确只想到兹比什科那里去,那你就不要直接到日姆兹去,因为你会碰上普鲁士人,有危险,还是绕道经过立陶宛好。你一定要小心,当你还来不及叫出你是什么人时,日姆兹人也许就把你打死了。如果你从维托尔德大公这边到那里去,情形就大不相同了。另外,愿上帝保佑你和那两个骑士,但愿你们能健康地回来,并把达奴霞一起带回来。我将天天从晚祷到第一颗星升起,呈十字架形地趴在地上为这件事祈祷。"

"感谢您的祝福,神甫。"赫拉瓦说道,"要从那些魔鬼手中救出一个活人来,确实不是一件容易的事。但是一切都在主耶稣的掌握之中。与其悲伤,还不如抱有希望的好。"

"那当然更好,而且我从不失去希望。是的……我一直抱着希望,尽管心中惶恐不安……最糟的是尤兰德自己,只要一提起达奴霞的名字,他便手指着天,仿佛他看见她已在天上了。"

"他失去了眼睛又怎能看见她呢?"

这时候,神甫像是在回答赫拉瓦,又像是在回答自己似的,说道:

"有过这样的事,有的人虽然失去了肉眼,但是他却能看见别人所不能看见的东西。是的!是有过这种事的。不过,上帝竟会允许伤害这样一个无辜的羔羊,这让我实在想不通。就算她冒犯了十字军骑士,那又怎么样,何况她像朵百合花那样纯洁无瑕,对人又是那样温柔亲切,又像会唱歌的小鸟一样可爱。上帝是热爱孩子的,而且总是对人间的疾苦慈悲为怀的……嘿！即使十字军骑士把她杀害了，上帝也会使她复活的，就像使皮奥特罗文复活一样，皮奥特罗文复活之后，还经营了多年的庄园……祝你一路顺风，愿上帝的手保护你们和她吧！"

神甫一说完，就回到小教堂去做早祷了。捷克人跃身上马，再一次朝那扇蒙有膀胱的窗户鞠了一躬，便策马走了，这时候天已经大亮了。

第四十七章

雅鲁什公爵和公爵夫人带着部分宫廷侍从到切尔斯克去进行春季钓鱼了,因为他们非常喜欢这种场面,而且把它看成是最大的娱乐。但是捷克人却从德乌戈拉斯的米科瓦伊那里听到许多重要的事情,既有涉及私人的事情,又有关于战争的消息。他首先获悉马奇科骑士已改变他原来经普鲁士属地直接到日姆兹的计划,而于几天前到华沙去了,在那里他见到了公爵夫妇。关于战争,老米科瓦伊证实了他在什奇特诺听到的那些消息。整个日姆兹已经像一个人似的起来反抗日耳曼人,而维托尔德大公已不再帮助骑士团去反对不幸的日姆兹人,但也没有向骑士团宣战,而是用签订条约来蒙骗骑士团,同时却以金钱、人力、马匹和粮食来支援日姆兹人。这期间,无论是维托尔德大公,还是十字军骑士团,都派使臣到教皇、罗马皇帝和其他天主教君主那里去,相互指控对方破坏协定、背信弃义。代表公爵前往各国送信的使臣是聪明的热涅夫的米科瓦伊。他善于揭穿十字军骑士团捏造的种种谎言,证据确凿地证明十字军骑士团对立陶宛和日姆兹所造成的巨大损害。

这时候,在维尔诺的议会上,波兰和波兰联盟得到了进一步的加强,这无疑是给十字军骑士团的心脏投下了一剂毒药,因为这一眼就能看出,雅盖沃作为维托尔德大公属下各个地区的君王,一旦战争爆发,就会站在他的一边。格鲁琼兹的康杜尔——约翰·沙因伯爵和革但斯克的康杜尔——斯赫瓦兹贝格伯爵,奉大团长之命,前来进见国王,问他到底有何打算。但是波兰国王对他们什么也没有说,尽管他们送给他许多礼物,其中有猎鹰和珍贵的器皿。于是他们便用战争相威胁,不过那只是虚声恫吓而已,实际上他们最清楚不过,大团长和神甫会心里都非常害怕雅盖沃的强大势力,并且想法拖延那愤怒和失败的时刻的到来。

他们订立的所有条约，特别是和维托尔德签订的条约，都如蜘蛛网似的被撕破了。赫拉瓦到达的那个晚上，新的消息又传到了华沙城堡，恰斯诺兹的布罗尼什回来了，他是雅鲁什公爵的宫廷侍从，原先被派到立陶宛去打听消息的。同他一起来的还有两位立陶宛的重要公爵，他们带来了维托尔德和日姆兹人的信件，消息是危险可怕的，十字军骑士团在备战。他们正在加固城堡、研磨火药、制造石弹、向边境调集士兵和骑士，而骑兵和步兵的快速部队已经在拉格内达、戈泰斯韦德尔（即新科甫诺）和其他边界要塞越过了立陶宛和日姆兹的边界线。如今，在密林深处，在田野里，在乡村中，到处都响起了战争的呐喊声。每到晚上，都可以看见漆黑的林海上空火光冲天，维托尔德终于把日姆兹置于自己的公开保护之下了。他派去了官吏，任命了以英勇而著称的斯基尔沃瓦为民军的军事指挥。他袭击普鲁士，大肆进行烧、杀、抢，城市和乡村变成了荒无人烟的地方。大公自己也率领军队去援助日姆兹人，并给一些城堡增强兵力，而对另一些城堡，比如科甫诺，则予以毁掉，免得落入十字军骑士团手中，成为他们的据点。冬天一到，沼泽地和洼地都冰冻住了，甚至可能还要早一些，如果夏天干燥的话，就会爆发一场大战，这已不是什么秘密了，这场大战将殃及所有立陶宛、日姆兹和普鲁士的领土。如果国王要去援助维托尔德，那么，终究有一天，日耳曼人的战争波涛必会淹没大半个世界，或者被打败，而退回到它原先世世代代所居住的河床上去。

不过，战争还不会立即爆发。这时候，呻吟和要求正义的呼声响彻整个世界。在克拉科夫，在布拉格，在教皇的宫廷里和在西方的其他王国里，都在传阅着这个不幸民族的控诉信。和恰斯诺兹的布罗尼什一起到来的两位公爵也带来了给雅鲁什公爵的这封公开信。许多马茹尔人都情不自禁地把手按在剑柄上，心里都在考虑，是否自愿去投靠维托尔德。他们都知道大公很高兴接受经受过考验的波兰贵族，这些波兰贵族和立陶宛的日姆兹的贵族一样作战勇敢，而且更训练有素，装备也更精良。他们之所以想这样做，有些人是出于对波兰民族的敌人的旧仇新恨，有些人则是出于对日姆兹人的同情。"请你们听听吧，听听吧！"日姆兹人向各国的国王、君主和所有的民族大声疾呼，"我们以前都是自由的人,都是血统高贵的民族,可是骑士团却想把我们变成奴隶!他们不关心我们的灵魂,他们贪求的是我们的土地和财产,我们已经贫穷到这种地步,也许只有靠乞讨为生了,或者任人宰割。他们自己的手都不干净,又怎能给我们施洗礼呢!我们愿意受洗,但不是用血和剑来给我们施洗,我们要宗教信仰,但我们要的是像高贵的君主雅盖沃和维托尔德所教导的那种宗教信仰,请听听我们的呼声,请救救我们吧!因为我们就要灭亡了!骑士团不愿我们受洗,那样一来,他们就能轻易地压迫我们,他们派来的不是教士,而是刽子手。他们拿走了我们的蜂房,抢去了我们的牲畜,把我们土地上的所有谷物都给没收了。他们不准我们捕鱼,也不准我们到森林中去打猎!我们恳求你们听听我们的呼声吧!他们强迫我们夜里去给他们构筑城堡要塞,他们还把我们的孩子劫去做人质,他们当着丈夫和父亲的面,奸淫我们的妻子和女儿。我们只有呻吟而无说话的资格!我们的父母被他们烧死,我们的贵族被劫持到普鲁士去。我们的伟大人物:科尔库奇、瓦辛京·斯沃尔克和桑佳伊瓦都被他们杀害了。他们像一群野狼那样吞噬我们的鲜血。啊,请你们听听吧!我们不是野兽,我们是人!因此我们诚恳地请求圣父,让波兰主教来给我们施洗礼吧!因为我们是诚心诚意地希望受洗的,可是洗礼要用慈悲之水,而不是用被杀害的活人的鲜血。"

日姆兹人就是这样控诉十字军骑士团的。于是,在玛佐夫舍宫廷里听了他们的控诉之后,就有好几位骑士和宫廷侍从决定前去帮助他们,他们甚至知道可以不必经过雅鲁什公爵的准许,哪怕就是为了这个原因——公爵夫人是维托尔德的亲姐姐,他们也可以大胆地前去!大家的心里更震怒了,特别是当他们从布罗尼什和两个立陶宛贵族那里得知,有许多日姆兹的贵族青年在普鲁士做人质,他们因为忍受不了十字军骑士施予他们的羞辱和苦刑而自杀身亡了。

赫拉瓦听到玛佐夫舍骑士们的这种志愿,顿时感到高兴。因为他想,从波兰去投奔维托尔德的人越多,战争就会打得越大。那样一来,反对十字军骑士团的力量也必定会大大加强。他大感兴奋的是自己便能见到兹比什科和马奇科了。他很敬佩他们,认为自己能和他们在一起真是三生有幸。他又可以和他们一起去一些荒无人迹的新地方,看一些陌生的城市,见一些从未看见过的骑士和军队,最后,还可以看到维托尔德公爵本人,当时他的威名真是声震寰宇。

这样一想,他就决定刻不容缓、日夜兼程地赶路,在路上,除了让马匹休息之外,决不能停留很久。那两个和恰斯诺兹的布罗尼什一起来的立陶宛贵族,以及公爵朝廷中的其他立陶宛人,对道路都非常熟悉,而且都亲自走过那些大道和小径。他们很愿意当他们的向导,带领他和玛佐夫舍的志愿者们从一个村庄赶到另一个村庄,从一个城市走向另一个城市,穿过寂静的、茫茫无际的原始森林,这些森林覆盖了玛佐夫舍、立陶宛和日姆兹的大部分地区。

第四十八章

在维托尔德亲自毁掉的科甫诺东边一里左右的一座森林里,驻扎着斯基尔沃瓦的主力部队,他们一旦需要,就能像闪电一样迅速从一个地方转移到另一个地方。他们迅速出击,时而越过普鲁士边界,时而攻打一些依然还在十字军骑士团手中的城堡和要塞,从而在整个地区燃起了战火。正好在马奇科到达这里的两天之后,兹比什科的忠实侍从捷克人来到了他们身边。捷克人在问候过兹比什科之后,便酣睡了一整夜,直到第二天傍晚,才去拜见马奇科,他显得很疲劳,心情也不好,一看到他,便面带怒容地问他,为什么不听他的吩咐留在斯佩霍夫。赫拉瓦忍住不答,直到兹比什科离开了帐篷,他才有机会为自己辩白,说他是奉雅金卡的命令才到这里来的。

同时他还说,除了奉命而来外,除了他天生爱好打仗外,他还想到这边来,看看有没有什么消息需要立即派信使到斯佩霍夫去。他说:"小姐的心有如天使,她不顾自己的利害得失而为尤兰德小姐祈祷。但是这一切都会有个结果的。如果尤兰德小姐已不在人世,但愿上帝赐予她永恒的光辉,因为她是个无辜的羔羊。要是尤兰德小姐找到了,那就必须尽快通知我们的小姐,以便她能在尤兰德小姐回到斯佩霍夫之前离开那里,免得感到受侮辱,或者有被人赶出来的感觉。"

马奇科很不满意赫拉瓦说的话,他时时插话:"这与你无干!"但是捷克人决定不顾马奇科的意愿,还是要把该说的话都说出来,最后他说:

"要是当初把小姐留在兹戈热利兹也许要好一些,这次出来对她毫无益处。我们当时一直在说,尤兰德小姐死了,可是现在的情况可能有变化。"

"是谁说尤兰德小姐死了,还不是你吗?!"马奇科生气地说道,"你原先就该闭紧你的嘴巴的。我之所以把她带出来,不过是怕她受奇坦和维尔克的欺侮。"

"那只是一种借口。"这个侍从回答道,"她留在兹戈热利兹也会平安无事的,因为奇坦和维尔克会互相争斗,互相妨碍。老爷,您是担心尤兰德小姐万一死了,兹比什科可能又会失去雅金卡小姐,所以才把她带来的。"

"你胡扯些什么?难道你已经是个册封的骑士,而不是仆人了?"

"我是个仆人,而且是小姐的仆人,所以我要关心她,不让她受到什么伤害。"

马奇科阴郁地思考着,他对自己也不满意了。他不止一次地责怪过自己,不该把雅金卡从兹戈热利兹带出来。因为他觉得,无论如何,他这样做,总是有损于雅金卡的自尊心的。要是达奴霞找到了,那么对她的伤害就更大。他也觉得,捷克人的话虽然说得露骨,但不无道理。虽然他是要带她去找修道院院长的,但是当他得知修道院院长死了之后,他完全可以把她留在普沃茨克的。他之所以把她带到斯佩霍夫来,就是让她能更接近兹比什科。

"我根本没有这样想过。"马奇科还在自欺欺人地说道,"是她自己坚持要来的。"

"她之所以坚持要来,是因为我们再三对她说,那位尤兰德小姐已不在人世了;对她兄弟来说,她不在比她在还要更安全。这样,她才坚持要来的。"

"那还不是你说的!"马奇科嚷道。

"是我。这是我的错误!不过,现在应该探明真相,老爷,快想些办法吧,否则我们都完了。"

"在这里有什么好想呢?"马奇科焦急地说道,"这样一支军队,打的又是这样的战争……以后情况也许会好起来,但决不会出现在七月之前。对日耳曼人来说,有两个季节最适合于打仗:冬天和干燥的夏天,可现在的形势好比是还在冒烟,但没有熊熊燃烧起来。好像维托尔德大公已经去了克拉科夫,他想得到国王的准许和帮助。"

"离这里不远就有十字军骑士团的城堡。如果能夺取两个城堡,那我们就可能找到尤兰德小姐,或者打听到她的死讯。"

"或者一无所获。"

"齐格弗雷德把她带到这边来了。他们在什奇特诺就是这样告诉我们的,而且到处也都是这样说的,我们自己也是这样想的。"

"你看见这支部队没有?你自己到帐篷外去看看,有些士兵手上只有木棍,有些士兵拿的还是祖先的铜剑。"

"不过,我听说过,他们都很善于打仗!"

"但是他们也不能赤膊上阵呀,他们攻打的可是十字军骑士的城堡。"

兹比什科和斯基尔沃瓦的到来打断了他们的谈话。斯基尔沃瓦是日姆兹人的统帅。他身材不高,但身强体壮,肩膀很宽,胸脯高高突起,看起来像个鸡胸,手臂特长,几乎达到膝盖。总而言之,他很像马什科维奇的增德拉姆,马奇科和兹比什科以前在克拉科夫见过的那个著名骑士,因为他也有颗大脑袋和一双罗圈腿。人们都说斯基尔沃瓦也是个精通战争艺术的骑士。他大半生都在罗斯和鞑靼人斗争,而且也和那些不共戴天的仇敌日耳曼人作战。在战争期间,他学会了罗斯语,后来他又在维托尔德宫廷中学会了一些波兰话,他还会德语,至少他会再三说这样三个字:"火、血、死。"他的那颗大脑袋里老是装满了行军作战的战斗计划和运筹帷幄。他的计谋是十字军骑士团所无法预知、也无法防范的。因此,边界那边的康杜尔都怕他怕得要命。

"我们刚刚在谈出战这件事。"兹比什科特别高兴地对马奇科说道,"我们特地前来听听您这位经验丰富的人的意见。"

马奇科请斯基尔沃瓦坐在一个铺有熊皮的树桩上。随后又吩咐仆役拿来一壶蜂蜜酒,他们拿起酒杯盛满了酒,便边喝边吃起点心来。等他们吃喝了一会儿,马奇科才开口问道:

"你们想要出战,还是怎么的?"

"去攻打日耳曼人的城堡……"

"哪一座城堡?"

"拉格内达或者新科甫诺。"

"拉格内达?"兹比什科说道,"四天以前我们在新科甫诺附近被他们打败过。"

"正是这样!"斯基尔沃瓦说道。

"这是怎么回事?"

"就是失败了。"

"等一下。"马奇科说道,"我对这一带不熟悉,新科甫诺在什么地方? 拉格内达又是在什么地方?"

"从这里到老科甫诺不到一里路。从老科甫诺到新科甫诺也只有一里路,城堡建在一座小岛上,我们上次想偷偷渡过去,但我们刚到中间,十字军骑士就把我们阻击了。他们追赶了我们大半天,直到我们躲进深林中。士兵们都被打散了,有的士兵直到今天早晨才回到这里。"兹比什科说道。

"拉格内达呢?"

斯基尔沃瓦伸出一只长臂,指着北方,说道:

"很远! 很远!"

"正因为它很远,"兹比什科答道,"那一带都很平静,凡是在这一带的十字军骑士团的军队都集中到这边对付我们来了。那里的日耳曼人根本想不到我们会去攻打他们,我们可以打它个措手不及。"

"你说得很对!"斯基尔沃瓦说道。

马奇科却问道:

"你们以为能把城堡攻下来吗?"

斯基尔沃瓦摇了摇头,表示否定。但兹比什科却答道:

"城堡很坚固,只有强攻,也许才能攻下来。但是我们可以摧毁那个地区,烧光村镇、烧掉粮草,而最重要的是要俘虏他们的人,也许还能抓获一些重要人物。十字军骑士便会付赎身金,或者提出交换俘虏……"

说到这里,他转身面向斯基尔沃瓦说道:

"公爵,您自己也承认我说得对,现在请您再考虑一下,新科甫诺可是在一个孤岛上,我们在那里既无村庄可毁,又无牛羊可抢,甚至连俘虏都很难抓获。况且他们还刚刚打败过我们。嘿,我们还是去攻打他们毫无防备的地方吧!"

"打了胜仗的人绝不会料到我们还会去攻打他们。"斯基尔沃瓦喃喃说道。

这时候,马奇科说话了,他支持兹比什科的意见。他完全明白,这个年轻人在拉格内达一带比在新科甫诺附近更能打听到他妻子的消息,而且在拉格内达一带更有可能抓获重要的俘虏,他们便可以用他来交换人质。他也认为,无论如何都是越远越好,而且攻打一个没有防备的城堡总比攻打一个孤岛好。而且这座孤岛本身就是一道天然的屏障,何况还有坚固的城堡和刚刚打过胜仗的守军。

他侃侃而谈,说话简洁明了,而且还引用了许多令人信服的、重要的论据,真不愧是个战争经验非常丰富的人。他们都聚精会神地听他说。斯基尔沃瓦还不时地抬起眼睑,表示赞同,有时还低声插嘴说道:"完全正确!"最后他把大脑袋往两个宽大的肩膀中间缩去,以至于他看起来真像个驼背。他完全陷入了沉思之中。

过了好一会儿,他才站起身来,一句话也不说,便朝外走去。

"决定怎么打呢,公爵?"马奇科问他,"我们向什么地方进军呢?"

斯基尔沃瓦简短地回了一句:

"向新科甫诺进军!"

于是他走出了帐篷。

马奇科和捷克人都吃惊地望着兹比什科。随后,马奇科朝自己屁股上拍了一掌,叫道:

"咳!多么固执的家伙!他好像是在听别人的意见,可最后还是自行其是,真是浪费了一番口舌……"

"我早就听说过,他就是这么一个人。"兹比什科说道,"说老实话,这里所有的人都很固执。他们假装细心听取你的意见,可是最后,他们却把你的意见当耳边风!"

"那他还要问什么?"

"因为我们是受过册封的骑士,而且他也可以考虑正反两方面的意见。当然,他可不是个笨蛋!"

"在新科甫诺附近袭击他们,他们决不会料到我们会这样做的。"捷克人说道,"那是因为他们刚刚打败过我们,从这一点说来,他是对的。"

"我们去看看我带的那些人,"兹比什科说道,"帐篷里太闷了。要预先告诉他们,作好出战的准备。"

他们走出了帐篷,天已黑了。这是个多云而又黑暗的夜晚,只有一堆堆日姆兹人围坐在旁边的篝火,才照亮了这深沉的黑夜。

第四十九章

　　马奇科和兹比什科原先在维托尔德大公麾下效力的时候，就已经对立陶宛和日姆兹的战士有了充分的了解。因此，他们对营寨的情景，一点也不感到新奇；但是，捷克人看到却很惊奇，同时他脑子里就在考虑他们的战斗能力如何，并且拿他们同波兰和日耳曼的骑士相比较。营寨扎在一块平地上，四周净是森林和沼泽地，周围都已固若金汤，无法袭击，因为任何军队都无法越过这些令人胆战心惊的沼泽地。就连平地本身，尽管上面建有窝棚，依然十分泥泞，但是他们在上面都铺有一层枞树枝和松树枝，而且铺得非常厚，俨然和在干地上安营扎寨一样。他们给斯基尔沃瓦公爵建起了一座"鲁马"，那是一种用泥土和原木建成的立陶宛式的临时茅屋，而为其他重要人物也建筑了几十座用树枝搭成的小棚子。一般的战士则在露天的篝火旁边坐着取暖，只靠披在赤裸身体上的老羊皮和兽皮来避风防雨。整个营寨都还没有人入睡，因为最后这次失败之后人们无事可做，白天尽在睡觉了。有些士兵在火堆旁边坐着或者躺着，火堆用干枞树枝烧得很旺，还有的士兵在拨弄火堆和灰烬，从中散发出烤芜菁和烤肉的气味，这是立陶宛人常吃的食物。火堆旁边，堆放着一堆堆武器，一旦需要，他们便能随手拿到自己的武器。赫拉瓦好奇地望着这些武器，其中有矛枪，狭长的矛尖是用熟铁制成的，矛柄是由小橡树做成的，柄上镶有燧石和铁钉。有的是短柄的斧子，就像波兰骑手经常使用的那种短柄斧；有的是长柄斧，和步兵所使用的大板斧一样。还有古代的铜武器。这些均是这个落后闭塞的地方在使用铁器之前经常使用的武器。有些剑也是铜质的，但大部分武器都是用诺伏格罗德克的好钢精制而成的。捷克人掂了掂长矛、剑、斧和涂有松油的弓箭，并在火光的辉映下，试了试它们的锋利程度。火堆旁边只有很少的一些马匹，而大群的马匹都在附近的森林里和草地上放牧,由谨慎小心的马夫守护着。但是那些重要的骑士却爱把马留在近旁。因此,营寨附近有几十匹战马,由这些贵族的奴仆用饲料喂它们。赫拉瓦望着这些毛茸茸的战马,感到特别惊讶。它们的躯体特别小,但背脊特别健壮。西方的骑士都把这些奇特的马匹看成是变种的野兽。与其说它们是马,还不如说是一种独角兽。

"在这里,那些高大的种马毫无用处。"马奇科说道,这个富于经验的人想起了自己原先在维托尔德大公麾下服务的情形,"因为体大的马容易陷入沼泽地里,而此地的小马则像人一样,到处都可以畅行无阻。"

"但是在战场上,本地的小马就无法与日耳曼人的高头大马相匹敌了。"捷克人答道。

"的确是抵挡不住的。但是话又说回来,日耳曼人要是碰上日姆兹人,要逃也是逃不掉的,要追也是追不上的。日姆兹人的马跑得比鞑靼人的马还要快。"

"然而,令我不解的是,我看见过齐赫骑士带回兹戈热利兹的鞑靼俘虏,他们的个子都很小,和他们的马很相称,可是日姆兹人却是些魁伟的人。"

日姆兹人的确是身高体壮。即使被羊皮袄遮住了,也可以看出他们胸部宽阔、臂膀粗壮。男人肌肉发达,而且骨骼粗大,从身高来说,日姆兹人比立陶宛其他地区的人都要更高大一些,因为他们都生活在肥沃的土地上,很少受到饥饿的威胁,不像立陶宛其他地区常常被饥寒交迫折磨。但他们却比其他的立陶宛人更野蛮。公爵的宫廷设在维尔诺,因此,东方和西方的公爵都常到维尔诺来,外国的使臣和商人们也常到维尔诺来。这样一来,维尔诺城内外的居民就与外国风习有了接触而变得更开明了。而到此地来的外国人只有十字军骑士或者佩剑的士兵,他们带给这宁静的林中村落的是火、奴役和血的洗礼,因而这里的一切都要更粗野、更原始,也更接近古代的人。他们坚决反对一切新鲜事物。他们信守着古老的风俗、古老的战斗方法和更顽固的异教。他们之所以如此,是因为那些宣扬十字架的人并没有随着福音的宣示而带来天上的慈爱,反而派来武装的日耳曼教士,他们的灵魂像刽子手的一样凶残。

斯基尔沃瓦和一些最著名的公爵与贵族,都已经是天主教徒了,他们都以国王雅盖沃和维托尔德大公为榜样。而其他的人,即使是最普通、最野蛮的士兵,心里都有这样一种感觉:旧世界和他们的旧信仰都将寿终正寝了。他们也打算向十字架低头鞠躬的,只要不是敌人——日耳曼人的手拿着的十字架。"我们恳求给我们施洗,"他们向所有的君主和所有的民族呼吁道,"但是请你们记住,我们是人,而不是野兽,野兽才可以转让和买卖。"如今正是旧信仰如同无人再去加柴的火堆那样正在熄灭,而新的信仰他们又拒不接受,原因是日耳曼人用暴力强迫他们接受新的信仰,使他们产生逆反心理,丧失对未来的信心,而对过去则充满悲伤和忧愁。捷克人从小就是和士兵的欢呼叫喊声一起成长的,他听惯了歌声和热闹的乐声。像这样悄无声息、阴沉的营寨,他生平第一次看到。只有在离斯基尔沃瓦的"鲁马"很远的地方,才传来了笛子和箫笛的吹奏声,和民间歌手所唱的低沉的歌声。战士们都低垂着脑袋,眼睛望着火堆,听着。有些战士蹲在火堆旁边,双肘支撑在膝上,双手捂着脸孔,身上穿着兽皮衣,看起来真像森林中的猛兽。然而当他们抬起头望着前来的骑士时,火光就能照见他们温和的脸色、蓝色的眼睛,丝毫也没有凶狠野蛮的模样,而是像一群忧愁的、受了委屈的孩子那样望着他们。在营地的末端,最后那次战斗受伤的伤员都躺在苔藓上,那些被称为"祭师"和"赛冬"的巫师,口中念念有词,为他们念咒驱邪,或者医治伤病,把草药敷在他们的伤口上,而那些伤员躺在那里,默不作声地忍受着痛苦。从森林深处,从空地和沼泽地那边,传来了牧马人的唿哨声。时时掀起的阵风,把营寨里的烟雾吹散,而使黑黝黝的森林发出呼呼声响。夜已深沉,营火已渐渐微弱而熄灭,使得原来就很寂静的营地更是万籁俱寂,悲伤的气氛显得更加浓重,也更使人黯然神伤。

兹比什科向他的手下人发出了准备出战的命令,他和他们比较容易相互理解,因为他的战士中有一些是波沃兹人①。随后他便转向他

---

① 即当时的波沃兹公国的人,该公国在现在的白俄罗斯境内,13世纪末并入立陶宛。

的侍从，说道：

"你已经看够了，现在该回营房了。"

"真是看够了。但是所看到的却不让人高兴，因为一眼就能看出，他们是一副吃了败仗的神色。"

"吃过两次败仗了，四天前在城堡下面，两天前是在渡河的时候。如今斯基尔沃瓦又想第三次到那里去，再吃第三次败仗。"

"怎么回事，难道他不知道这样的军队是无法和日耳曼军队打仗的吗？马奇科骑士对我这样说过，现在我亲眼看到，他们是群乌合之众，打仗准不行。"

"这点你错了，他们的勇敢倒是世上少有的。问题在于他们打起仗来乱成一团，而日耳曼人却是队伍整齐，阵势严整。如果能把他们的阵势冲破，那么日姆兹人就要让日耳曼人吃亏了，而不是日耳曼人占日姆兹人的便宜，日耳曼人很清楚这一点，因此他们始终保持队形齐整，像铜墙铁壁一样牢固。"

"我们要去占领城堡，那就连想都不能想了。"赫拉瓦说道。

"我们没有任何攻城的器械。"兹比什科答道，"只有维托尔德公爵有这样的器械，在他还没有来到这里之前，你就别想去啃下什么城堡了，除非是碰上好运气或者用智取什么的。"

他们就这样边谈边走，回到了帐篷。帐篷前面仆人点起了一个大火堆。火上还烤着一大块香气扑鼻的烤肉，那是仆人给他们预备的。帐篷里面又冷又潮，因此，两位骑士和赫拉瓦都躺在火堆前面的兽皮上。

他们吃饱喝足后便想睡觉，但是无法入睡。马奇科辗转反侧，后来看到兹比什科坐在火堆前，双肘支在膝盖上，便问他：

"听着，你为什么建议去攻打较远的拉格内达，而不主张攻打较近的戈泰斯韦德尔呢？你的意图是什么？"

"因为我心里有个声音在对我说，达奴霞在拉格内达。而且那里的防备也较松。"

"当时没有时间详谈下去，而我又太劳累了，你又在把打败了的人都集中到树林里去。但是现在你告诉我，你到底作何打算，难道你真的一辈子都要去找那位姑娘吗?"

"她可不是什么姑娘,而是我的妻子。"兹比什科答道。

两人都沉默不语了,因为马奇科知道他无话可答了。如果到现在为止,达奴霞还是个没有出嫁的尤兰德小姐的话,那他就会力劝自己的侄子把她放弃算了。但是面对婚礼的神圣性,寻找她就成了他的职责。要是当时马奇科在场的话,也就不会提出这样的问题了,可是他既没有参加订婚,也没有参加婚礼。因此,他不自觉地依然把尤兰德小姐当成姑娘来看待。过了一会儿,他说:

"好吧!这两天来我该问的问题都问了,可你总是这样回答:你什么也不知道。"

"因为我确实什么也不知道,我只知道,这是上帝对我的惩罚。"

这时候,赫拉瓦也从熊皮上坐了起来。他竖起耳朵,好奇而又仔细地听着。马奇科又开口说道:

"既然你不想睡觉,那你就把你在马尔堡的所作所为、所见所闻都说来听听。"

兹比什科掠了一下他额上很久没有修剪的头发,垂下了眼睑,静静地坐了一会儿之后,便开口说道:

"但愿上帝保佑,要是我知道达奴霞的情况能像我了解马尔堡那样就好了。您问我在马尔堡看见了什么?我看到了十字军骑士团的无比强大,它得到了各国君王和各个民族的支持。我不知道在这个世界上谁有力量敢和它较量。我看到的城堡,就连罗马皇帝的城堡也无法与之相比。我看到库房无比充足;我还看到了甲胄,还看到了无数的教士、骑士和士兵,以及像罗马教皇那样多的圣物。我告诉你们,我一想到要和他们打仗,我的灵魂就颤抖。谁敢向他们挑起战争呢?谁又能打败他们呢?谁又能抵抗住他们的进攻呢?谁又能摧毁他们的势力呢?"

"我们就能消灭他们!"赫拉瓦忍耐不住地喊道。

兹比什科的话也让马奇科大为惊讶,尽管他非常想了解他在那里的所有经历,但还是打断了他,说道:

"你难道忘记了维尔诺吗?我们盾对盾、人对人,和他们打过多少次仗！难道你没有看到,他们多么不想和我们交战,他们又是怎样抱怨我们的顽强精神？他们不是常说:即使打得战马汗水满身,矛枪折断,那也不顶事。只有战到你死我活为止。那里不是也来过一些客人,他们向我们挑战,但是都受辱而走了。你怎么变得这样软弱了？"

"我并没有变软弱,我在马尔堡就战斗过,都是真刀实枪地干过。但是您不了解他们的实力有多大。"

但是,老骑士发火了,说道:

"难道你对波兰的实力就了解吗？你看到过所有波兰的军队吗？你没有看见过。他们的实力是建立在欺压人民和背信弃义上,他们自己本来连一寸土地都没有。我们的公爵们接待了他们,就像把乞丐接到自己家里来一样,给了他们许多礼物。等到他们站稳了脚跟,有了势力之后,他们就像可恶的疯狗一样,翻脸不认人,反而去咬收容他们的恩人。他们霸占土地,还施展阴谋诡计占领我们的城市。这就是他们的实力！即使全世界各国都去帮助他们,审判和报应的日子也必将来临！"

"您不是要我把看到的都告诉您,可您现在却生气了,我何必再说下去呢？"

马奇科生气地喘息了一会儿,心情便平静下来了,说道:

"常常有这样的事情出现:在森林里有一棵松树,像塔楼一样高大,你一瞧准会认为它千百年都会挺立在那里的,但是你只要用斧头敲打它几下,你就会发现它的树心已被虫蛀空了,木屑就会纷纷落下。十字军骑士团的实力也是如此！但是我要你把你在那里的所作所为都告诉我,你刚才说你在那里也真刀真枪地比斗过,情况怎么样？"

"比斗过。十字军骑士一开始对我很冷淡、很傲慢。因为他们知道我和罗特盖尔决斗过。也许他们想设计加害于我,多亏了我带有公爵的信和罗西先生的保护。他在那里很受他们的尊敬,处处保护着我,这样我才免遭他们的陷害。但是,后来就是举行宴会呀,比武呀,幸亏有主耶稣对我的赐福。您已经听到过,大团长的兄弟乌尔里克怎么喜欢我,他从大团长本人那里要到了一张把达奴霞还给我的命令。"

"我们听人说过了。"马奇科答道,"他的马鞍带断了,而你看见后并没有乘机攻击他。"

"我还用矛把他扶了一下,从此时起他就喜欢我了。嘿,我的上帝!他们给了我多么重要的证明文书,凭着这些证明文书我可以从一个城堡搜寻到另一个城堡。当时我以为我的不幸、痛苦就要结束了。谁知我现在还坐在这里,来到这样一个荒蛮的世界。而且还是束手无策,一筹莫展,满腹忧虑,一腔悲伤,日胜一日地令人难受。"

他沉默了一会儿,然后他用力将一块碎木块扔进了火堆,立即爆发出一片火花。他接着说道:

"如果那不幸的人儿现在正在附近的城堡里痛苦呻吟,而我却不能去救她,还不如让我立即死了的好!"

他显然是非常痛苦和焦躁。他又向火堆扔去劈柴,仿佛被一阵突如其来的痛苦弄得心烦意乱似的。他们都非常吃惊,因为他们都没有想到他爱达奴霞会爱得如此之深。

"你还是要克制一些!"马奇科喊道,"难道你的那些证明不管用了,那些康杜尔们不听大团长的命令?"

"少爷,你要克制住自己。"捷克人说道,"上帝会给您安慰的,而且为时不远了。"

兹比什科的眼里闪耀着泪花,他稍微平静下来后说道:

"他们都给我打开过城堡和监狱,我到处都去过,都找过,直到这次战争爆发。在杰达夫,执政官万·海德克对我说,战争期间的法律有所不同,和平时期发的证书就自动失效了。我立即向他挑战,但他未能接受,而命令我马上离开城堡。"

"其他地方呢?"马奇科问道。

"到处都是如此。在哥尼斯堡,杰达夫执政官的上司康杜尔连大团长的信看都不看,便说:'战争就是战争!'而且对我说:'趁你脑袋还没搬家的时候,快滚蛋吧。'我也到别处去问过,但到处都是一样。"

"现在我懂了,"老骑士说道,"你看到自己一无所获,便自愿来到这里,至少你可以报报仇。"

"是的!"兹比什科答道,"我还想抓到一些俘虏,夺取几座城堡,可是日姆兹人是无法夺取城堡的。"

"咳,要是维托尔德大公亲自来了,那么情况就会两样了。"

"愿上帝保佑他!"

"他会来的。我在玛佐夫舍宫廷中就曾听到过他会来的,也许国王和波兰军队会和他一起来哩!"

但是,他们的谈话被斯基尔沃瓦的到来打断了。他突然从黑暗中走了出来,说道:

"我们得出发了。"

一听见这话,两位骑士便立即站了起来,斯基尔沃瓦把他的大脑袋伸到他们的面前,压低声音说道:

"有消息说,有支援军要来新科甫诺,两个骑士带着一批士兵、牲畜和粮草前来,我们去伏击他们!"

"我们要渡过涅曼河吗?"兹比什科问道。

"是的。我知道有一个浅滩可以过河。"

"对方城堡知道这支援军吗?"

"知道,他们还会派出军队去接应。你们就是去打这支接应部队的。"

他开始向他们解说在什么地方埋伏,以便出其不意地打击从城堡来的这支部队。他是想同时打两个战役,以报最近失败之仇,他觉得这次很容易得手,因为敌人刚刚打过胜仗,会麻痹大意而认为平安无事的。斯基尔沃瓦只给他们规定了会合的地点和时间,其余都让他们自行安排,他非常相信他们的勇气和智谋。他们的心里也很高兴,因为他们看出,向他们交代任务的是一位经验丰富而又足智多谋的统领。他一说完,便命令他们随即出发,自己也回到了"鲁马",许多公爵和百人队长都在里面等着他下令。他重复了他的命令,又下了几道新的命令,随后他拿出一只由狼骨刻制而成的哨子放在嘴上,吹出了尖锐而刺耳的哨声,整个营地都能听见他的哨声。

一听到哨声,他们便迅速聚集在已经熄灭的火堆旁,到处都有火星飞溅,然后就有一支支火把亮了起来。透过火光,可以看见战士们那粗壮的身影,他们手持着武器。森林在颤动,在苏醒。过了一会儿,便听见了马夫们从森林深处把战马赶到营地的吆喝声。

第五十章

他们凌晨便到了涅维亚齐,并在这里过河。过河时,有的骑着马,有的抓住马尾巴,有的则坐在一捆捆树枝上划了过去,他们的动作如此利索,马奇科、兹比什科、赫拉瓦和那两个自愿前来的玛佐夫舍志愿者对于日姆兹人的机灵敏捷惊叹不已。这时候他们才明白,无论是森林、沼泽,还是河流,都不能阻止立陶宛人的征战。他们到达岸上后,谁也没有去拧衣服,也没有脱去外衣和皮衣,只是任其在烈日下晒烤,直到冒出烟气——像炼烧松香的人一样,晒干为止。他们稍事休息之后,便以急行军的速度向北方赶去。夜幕降落的时候,他们到达了涅曼河。在这里过河并不是件易事,这条大河由于春水上涨,斯基尔沃瓦原先知道的那个浅滩,如今有的地方已成了深潭,连马匹都要游过四分之一海里的深水区。兹比什科和赫拉瓦的身旁就有两个人被急流冲走了。他们本想去救那两个人,没有救成,因为天黑水急,很快就看不见那两个人了。被水冲走的人也不敢大声叫喊,因为统领事先就已下过命令,渡河时应保持最大程度的安静。不过,其余的人都幸运地到达了对岸,他们整夜都坐在那里,没有生火,也没有照明,一直待到了天明。

东方刚刚发白,整个军队一分为二,一支由斯基尔沃瓦率领,去迎头阻击那两个骑士率领的到戈泰斯韦德尔的援军;另一支由兹比什科率领,向后朝那个岛屿的方向开去,以便伏击城堡出来的接应部队。

这天早晨,天空明亮而又晴朗。可是在森林里面,在沼泽地上和灌木丛中,都是一片浓密的白雾,把远处都弥漫淹没了。这对于兹比什科和他的部队来说,可谓是天赐良机了。因为从城堡出来的日耳曼人在这种天气里,便不会及时发现他们而撤出战斗。这个年轻骑士因此而欣喜异常,便对走在他身旁的马奇科说道:

"我们还是应首先立足于自己,别去考虑浓雾看得见看不见。但愿上帝保佑,别让浓雾在中午之前消散。"

他话一说完,便策马朝前驰去,向一些百人队长下达命令,过了不久他又回到马奇科身边,说道:

"我们很快就要到达那条从小岛渡口通向内地的大道了,我们要在密林里埋伏起来,等着他们上钩。"

"你怎么知道那条大道的?"马奇科问道。

"从当地农民那里了解到的。在我的人里面,有十多个此地来的农民,他们能把我们带到想去的任何地方。"

"你打算离城堡多远去进行伏击呢?"

"一里左右的地方。"

"这很好,如果太近了,城堡里的士兵就会及时赶到救援。现在这样,他们不仅不能及时赶到,而且连呐喊声也听不见了。"

"不错,我也是这样考虑的。"

"你想到了这一点,也应该想到另一点,如果这些农民可靠的话,你就该派出两三个农民到前面去,等他们一见日耳曼人来了,便立即向我们发出信号。"

"嗯,我已经这样做了!"

"那么,我再给你说件事,你下令派出一二百人,等战斗一打响,他们不要投入战斗,而是赶紧冲到敌人后面去,切断他们回岛的后路。"

"这是首要的事情!"兹比什科答道,"我已经下达了这样的命令。日耳曼人就要落入圈套或者陷阱了,这下他们可要完蛋了。"

马奇科听了之后,赞赏地望着他的侄子,心里非常高兴。看到兹比什科年纪虽轻,但很懂得用兵之道,于是便笑了起来,喃喃地说道:

"真不愧是我们家的后代!"

但是,赫拉瓦这个侍从,却比马奇科还要更高兴,因为对他来说,没有比打仗更加令他快活的事了。

"我不知道我们的人如何战斗,但是他们行军严肃,动作敏捷,而且战斗情绪高昂,如果斯基尔沃瓦的计划安排都很周详的话,那么日耳曼人便很难活着逃出去了。"赫拉瓦说道。

"上帝保佑,很少有人能逃出去的!"兹比什科回答道,"不过我已经下令要尽量多捉俘虏,如果碰上了什么骑士或者教士,决不要把他们杀掉。"

"为什么不杀,少爷?"捷克人问道。

兹比什科答道:

"你一定要这样办,不得大意。如果是个骑士的话,他一定游历过许多城市和城堡,见过许多人,知道许多消息;要是他是个骑士团的教士,那他就更是见多识广了。我得感谢上帝,让我来到了这里,以便让我抓到一个重要的人物,拿他去把达奴霞交换回来。如果还有什么办法的话……这就是我唯一的办法了。"

他说完这话,又策马朝前驰去,赶到了队伍的前面,发出了最后一道命令,这样可以驱散一些他心中的忧愁。而且他也没有时间再去想其他的问题,因为快到他们埋伏的地点了。

"为什么少爷认为他的妻子还活着,而且就在这一带呢?"捷克人问道。

"因为,齐格弗雷德当时在盛怒之下,都没有在什奇特诺杀害她,那么就有理由认为她还活着。如果她被杀害了,那么什奇特诺的神甫也不会向我们讲起那些事情了,而且兹比什科也听他说过这些事情。即使对一个最残酷的人来说,要他去残杀一个手无寸铁的女人,也是一件沉重的事情,何况她还是个天真无邪的少女。"

"沉重是沉重,但对十字军骑士来说又是另一回事,维托尔德公爵的孩子不是惨遭他们的毒手吗?"

"你说得不错,他们都是狼心狗肺的人。不过,齐格弗雷德在什奇特诺没有杀死她,这也是事实。他自己已经到这边来了,因此,他很可能把她藏在那个城堡里。"

"哎,要是能攻占下这个小岛和这座城堡就好了!"

"可是,你看看这些人就够了。"马奇科答道。

"当然!当然!但是我有一个想法,我要告诉少爷。"

"即使你有十种想法又有什么用,总不能用梭镖去摧毁城堡吧!"

马奇科一边说,一边指着大多数战士手里拿着的梭镖。随后他又问道:

"你以前见过这样的军队吗？"

的确，赫拉瓦从来没有见过这样的军队。在他们前面蜂拥着一大群战士，因为在森林里是无法列队行进的。于是步兵和骑兵混杂在一起，为了要和骑兵齐步前进，步兵们就有的抓住马鬃，有的抓住马鞍或者马尾巴。战士们的背上都披着狼皮、山猫皮和熊皮，头上挂着野猪的长牙，或者鹿角，有的则挂着毛茸茸的耳朵。若不是他们身上有高高竖起的长矛，背上有上过漆的弓和箭，你要是从后面看过去，特别是在浓雾中看去，你真会以为那是一群从森林深处兽巢①中走出来的野兽，被喝血的欲望和饥饿所驱使，纷纷向林外奔去。这种景象既令人感到可怕，又是那样异乎寻常，就好像看见了那种被称为"戈蒙"的奇迹。根据民间传说，在"戈蒙"出现的时候，野兽会大量涌出，甚至连树林和石头都会向前移动。

看到这种景象，和捷克人一起出来的那两个温卡维查的贵族青年，有一个便走到赫拉瓦跟前，画了个十字，说道：

"以圣父、圣子的名义！我们是跟狼群在一起，而不是跟人在行军。"

虽然赫拉瓦也从来没有见过这样的军队，但他却像个阅世很深、见多不怪的人似的回答道：

"狼群虽然在冬季出来觅食，但春天也要出来尝尝十字军骑士这些狗杂种的血。"

现在确实是春天了。时值五月，密布在森林中的榛树，都已经覆盖着一片新绿。战士们踏着厚厚而又绵软的苔藓，悄无声息地前进着，从苔藓中间已经露出了白色和蓝色的白头翁、幼小的浆果和羊齿植物，被大雨淋湿的树木，发出一种沁人肺腑的气息。而在森林里面满是松针和朽木的地面上，则散发出一种刺鼻的气味。阳光照在树叶的露珠上，辉映出彩虹般的奇异景象，鸟儿也在上面欢快地歌唱。

兹比什科催促着他们加速前进。过了一会儿，他又来到了队伍的后面，和马奇科、捷克人以及那两个马茹尔志愿者在一起，一场胜仗在

---

① 古代波兰人认为，在森林深处都有一块各种野兽栖息的地方，或称巢穴。

望使他的心情变得欢畅了,因为他脸上那种惯有的忧愁已消失不见了,眼睛也像过去那样炯炯有神。

"快点!"他喊道,"我们现在该到前面去了,不能留在后面!"

他领着他们朝队伍前头赶去。

"你们听着。"他接着说道,"我们也许会打日耳曼人一个措手不及,但也不能不防他们有所准备,先布好了阵势。我们得先向他们动手,打乱他们的阵势,因为我们的装备要比日姆兹人好,剑也更锋利。"

"就这样办!"马奇科说道。

其余的人都在马鞍上坐稳了身子,就像立即要去进攻似的。他们个个都吸了一口气,试了试剑柄是否容易拔出。

兹比什科再一次向他们重申前令:如果在步兵中间发现了骑士或者穿着白斗篷的教士,一定要抓活的,决不能杀死。随后他朝向导们那边驰去,过了一会儿,他便让队伍停止前进。

他们已经来到了大道上,这条大道从小岛对面的渡口一直伸向内地。说得确切些,它不是一条真正的大道,而是一条乡村土路,最近刚从森林中间开辟出来,稍微平整了一下,使军队和车辆能马马虎虎通过,路两边都是参天大树,大路边上的老树墩也给挖掉了,这样路面便更宽敞一些。榛树长得那样茂盛,几乎占据了整块林地。兹比什科因此选了一个拐弯的地方,使前来的敌人既不能看远,又不能及时地后退,也来不及摆开阵势。他下令占领大路的两旁,等待着敌人的来临。

习惯于林中生活和林中作战的日姆兹人非常灵巧地躲藏在树干后面和被暴风雨吹倒的树根下面,躲藏在榛树的树丛里和小枫树的里面——好像大地一下子就把他们吞没了。没有人说话的声音,也没有马喷鼻息的声音。不时有一些大小不同的野兽经过伏兵身边,由于突然和他们碰上,都被吓得一蹿,慌忙逃开了。有时阵风吹来,森林里便响起一片庄严的呼啸声,有时又寂然无声,只能听见远处布谷鸟的鸣叫声和近处啄木鸟的啄木声。

日姆兹人很高兴听见这些声音,尤其是啄木鸟的啄木声。在他们看来,那是一种好兆头的预报。森林里面这种鸟多得不可胜数,四面八方都能听到笃笃声,时大时小,时快时慢,就像人们在劳动时的情景一样。你也许会觉得,每只鸟都有一个铁匠铺子,打从清早起便都忙于自己的工作了。马奇科和那两个马茹尔人仿佛听见了木匠在新房子的屋顶上敲打铁钉的声音,这使他们想起了自己的故乡。

然而时间在流逝,等待却越来越久,除了树林的呼啸和鸟鸣声外,就是一片沉寂了。笼罩在大地上的浓雾开始变薄了,太阳高高升起,开始热了起来,但是他们一直躺着在等待。最后,赫拉瓦等得不耐烦了,也憋得太慌了,便弯身贴近兹比什科的耳边,轻声说道:

"少爷……如果上帝保佑,一个狗东西也跑不掉,那我们能不能晚上赶到城堡去,渡过湖去,然后出其不意地攻占城堡?"

"你以为那里的船只没有人看守,也不需要什么口令吗?"

"他们当然会有人看守船只,也会有口令的。"捷克人低声答道,"但是抓住的俘虏,只要把刀子往他脖子上一架,他准会把口令说出来的。呸!他们甚至自己就会用德语去回答口令的,只要我们能到达岛上,那城堡本身就……"

说到这里,兹比什科就用手打住了他的嘴巴,因为从大路那边传来了乌鸦的哇哇声。

"噤声!这是信号!"他说。

大概过了念两遍"主祷文"的时间,路上便出现了一个骑着毛茸茸小马的日姆兹人,为了不留下任何痕迹,也为了不让马蹄发出嘚嘚声,马蹄都用羊皮裹住了。

那个日姆兹人边骑着马前进,边朝大路两旁仔细地观察着。突然他听到从树林中间传来的一声叫声,这是对他的哇哇叫声的回应,他便立即闪身进了树林,转瞬之间,他就来到了兹比什科的身边,说道:

"他们来了……"

第五十一章

兹比什科急忙问他,他们是怎样来的,有多少骑兵,又有多少步兵,而最重要的,他们离这里还有多远。从日姆兹人的回答中他得知,敌军有一百五十名战士,其中五十名是骑兵。率领这支队伍的不是十字军骑士,而是一个世俗的骑士。他们列队前进,带来的大车却是空空的,上面只有许多备用的车轮。在这支队伍前面大约两箭远的距离,有一支由八人组成的"侦察队",他们常常离开大路,走进林中,搜索树林和灌木丛。最后他说,他们这支队伍离这里还有四分之一米拉远。

兹比什科听到他们是列队行进的,心里很是不快。经验告诉他,要冲破阵势严整的日耳曼人可是件困难的事情,这样一个阵势非常适于防守,无论是进还是退,都会像一头被猎犬追逐的野猪那样拼命相搏的。另一方面,他听说他们离此地只有四分之一米拉远,他又感到很高兴。他估计,他派出去的那支队伍,已经到达日耳曼人的身后,切断了他们的退路,只要敌人一吃败仗,那就一个也逃不出去了。至于那支走在队伍前面的侦察队,他倒并不怎么放在心上,因为这种情况早在他的预料之中,他事先便已命令自己的日姆兹人,可以让他们平安地过去,但是,如果他们要搜树林的话,就悄悄地把他们抓住,决不放走一个。

但是最后这道命令似乎毫无必要,因为这支侦察队迅速来到。藏在大路两旁树丛中的日姆兹人,对这支小队伍看得非常清楚。他们停在转弯的地方正在进行商议。队长是一个身强体壮的红胡子日耳曼人,他向他们打了个手势,要他们别做声,随后便静听起来。可以看得出来,有一会儿他犹豫不决,要不要进到树林中去进行搜查,后来因为他听见的只有啄木鸟的啄树声,便挥了挥手,带着他的队伍朝前走了,显然他认为,如果这座树林里面藏有人,啄木鸟便不会这样自由自在地工作了。

兹比什科等他们过了第二个转弯的地方，才悄悄地走到大道中间来，站在那队装备精良的人马前面，在这队人马之中，有马奇科、赫拉瓦、两个来自温卡维查的贵族、三个来自捷哈诺夫的年轻骑士和十多个著名的、装备较为精良的日姆兹贵族。没有必要再隐蔽下去了。兹比什科的打算是，只要日耳曼人一出现，他就冲进敌人中间，打散他们的队伍。如果他这一招成功，集体的攻防便会变成个对个的拼搏。那他就相信，日姆兹人是能对付得了日耳曼人的。

重又寂静了片刻，只有森林中常有的响声才搅扰了这种寂静。但是少顷，就听见从东边大路上传来的人声，开始模糊不清，而且距离还相当远，但随着那支队伍越来越近，声音也就越来越清晰。

兹比什科立即把自己的人马带到路中央，排成了楔形，兹比什科自己站在最前面，身后是马奇科和捷克人，后面是三个人一排，再后面是四个人一排，他们全都装备精良。什么都不缺，就是缺少那种粗大的"木头"，也就是骑士长矛。但是，在森林战斗中，这种长矛反而累赘。他们的手上都有日姆兹人的轻便短矛，很适合于第一次攻击，而当战争展开时，他们就可用马鞍两旁挂着的剑和斧了。

赫拉瓦竖起耳朵在听，随后他咬着马奇科的耳朵低声说道：

"他们还在唱歌哩，这些可恶的狗杂种！"

"我觉得奇怪的是，树林完全挡住了我们的视线，到现在还看不见他们。"马奇科说道。

兹比什科认为，既然不用再隐蔽，也就用不着再低声说话了，于是他转过身来，说道：

"因为这条大路是沿着那条小溪修建的，因而弯弯曲曲的。这样更好，可以出其不意地攻打他们。"

"他们唱得多快活！"赫拉瓦又说了一遍。

从曲调本身可以判断出，他们唱的根本不是宗教歌曲。而且仔细一听，就能听出唱歌的只不过十来个人。只有一个词才是大家一起唱的，可这一声叠唱如同雷鸣那样在森林中轰响，并且向远处传扬开去，越传越远。

日耳曼人就这样愉快而又乐意地走向死亡。

"我们马上就能看见他们了。"马奇科说道。

他的脸色突然一变,露出了狼一般的凶狠神情。因为他的心中怀有强烈的仇恨,他永远忘不了身上所受的那一枪,那是他为了拯救兹比什科,身携维托尔德的妹妹给大团长的信而遭到十字军骑士的袭击。

因此,此时此刻,马奇科的心中热血沸腾,浑身都冒起复仇的怒火。

"谁若第一个碰上了他,准得倒霉!"赫拉瓦心中想道,并朝马奇科投去一瞥。

这时候,风把他们齐声合唱的"塔达拉德!塔达拉德!"的歌声清晰地吹飘过来,捷克人立即听出了那是首他熟悉的歌。

　　从玫瑰花上他认出了,
　　塔达拉德!
　　我的头躺着的地方……①

突然歌声中断了,因为大路两旁都响起了乌鸦的哇哇叫声,叫声是那样众多和响亮,仿佛这里正在举行乌鸦的大集会。日耳曼人都大为惊奇,为什么会有这样多的乌鸦?为什么这些叫声都是从地上冒出,而不是来自树顶上的呢?第一排日耳曼步兵刚出现在转弯的时候,便立即看见了迎面而来的骑手,便像生根了似的,站在那里不动了。

就在这刹那间,兹比什科俯身在马背上,用马刺踢了马一下,便向前冲了过去,大声喊道:

"打啊!"

其余的人都跟着他冲了过去。大路两旁也响起了日姆兹战士的可怕呐喊声。兹比什科的人离日耳曼人只有两百步,转眼之间,这些日耳曼兵便端起森林般的众多矛枪向兹比什科的骑兵刺来,与此同时其余的士兵都以同样的速度转向两旁,以防备从两侧来的攻击。这些波兰骑士本来也许会对他们动作的灵敏表示赞赏的,可是他们来不及看到和表示赞赏,他们的坐骑便带着他们以最快的速度向敌人的方阵冲了过去。

---

① 原文是德文。

对兹比什科非常有利的是,敌人的骑兵都在部队的后面,和马车一起前进。他们确实是立即赶来救应步兵的,但是他们既不能及时赶到,又无法绕过他们的步兵,而赶到最前面去迎接第一波攻击。日姆兹人蜂拥而出,他们就像一窝被粗心的旅人踏破了蜂巢而漫天飞起的毒蜂,把他们紧紧围住了。这时候,兹比什科和他的部下已经在猛攻步兵队了。

但是攻击没有收到预期的效果,日耳曼人把重矛和长柄斧的长柄都扎在土里,牢牢握住,形成了整齐的一排,以致日姆兹人的灵巧小马无法冲破这道墙壁,马奇科的马胫骨上挨了一斧头,便用后脚站立起来,接着倒了下去,鼻子陷进了地里。有一会儿,老骑士头上出现了死神,幸亏他经验丰富,遇险不乱。他赶紧把脚脱出了马镫;他那有力的手一把抓住了日耳曼人向他刺来的矛尖,矛尖不但没有刺着他,反而成了他的支撑点。他借力一跃而起,在马匹中间飞跃过去。他拿起宝剑,便向敌人的矛枪和斧头砍劈过去,就像一只凶猛的隼鹰扑向一群长嘴鹤那样。

兹比什科把奔驰的马勒住了一下,身体向后一仰,便把矛猛刺出去,矛断了,于是他也拔出剑来。赫拉瓦最相信使斧,他把斧向日耳曼人中间扔了过去。有一会儿,他成了个空拳赤手之人,有一个温卡维查的贵族被打死了,而另一个一看到这种情景便像疯了似的,像狼一样暴叫起来。他索性在血迹斑斑的战马上站了起来,盲目地在敌人中间乱打乱冲,日姆兹的骑兵们用大砍刀去砍敌人的矛尖和斧柄,他们在矛尖和斧柄的后面,看到日耳曼步兵们满脸惊讶,同时又露出顽强和愤怒的神色。然而阵势依然没有攻破。日姆兹人从两侧攻了过去,但又像逃避毒蛇似的退了回来,随即他们又更加凶猛地攻了回来,但仍未成功。

有些日姆兹战士转瞬间便爬上了路旁的大树,向着那些步兵放起箭来。日耳曼人的指挥官见此情形便命令他的士兵向自己的骑兵靠拢,日耳曼的弓箭手们也开始放起箭来,不时有日姆兹人从树枝上掉下来,就像成熟的松果那样落在了地上。他们临死时痛苦地抓着苔藓,或者像一条出水的鱼那样扭动着身子,四面八方都受到包围的日耳曼人,当然是胜利无望了。但是他们看到防守很成功,便认为他们会有一部分人突围出去,而能回到河边去。

没有一个人想到要投降,因为他们自己从来都是不放过俘虏的。他们也知道,一旦落入这些被迫得绝望和反抗的民众手中,就别想得到他们的怜悯。于是他们默默地后退,人紧挨着人,肩并着肩,时而高举,时而平刺着长矛和长柄斧。在混战中,他们尽力地砍呀,刺呀,放箭呀,同时又步步为营地朝骑兵那边退去。他们的骑兵此时也正在和另一队敌人展开殊死的搏斗。

这时候,突然发生了事关这场激烈战斗命运的奇事:这是那个温卡维查的贵族引起的。他见同伴被打死了,便像发了疯似的,从马上弯下身去,提起他同伴的尸体,本想把他放置在一个安全的地方,以便战斗结束后再来收尸。然而,就在这一瞬间,他又丧失了理智,完全被愤怒的狂潮控制住了,他不仅不离开大道,反而向敌军冲去,把尸体朝他们的矛尖扔了过去,尸体的胸、腹和腿上都被矛尖刺得窟窿无数,枪尖被尸体压住了,在敌军还未拔出枪尖之前,这个疯狂的贵族便已攻了进去,冲破了他们的阵势,像狂风暴雨那样打得他们翻倒在地。

刹那间,有十多只手向他伸了过来,有十来支长矛刺进了他的马腹,然而他们的阵势也给打乱了。他们还来不及调整好阵势,附近的一个日姆兹贵族也冲了进去。紧接着,兹比什科和赫拉瓦也冲进了敌人的阵中,混乱时刻在扩大着,其他的日姆兹贵族也纷纷效仿,都抓起尸体朝敌人的枪尖扔去,两旁的日姆兹战士又向敌军的侧翼展开了猛攻,本来有条不紊的日耳曼人队伍开始动摇了,就像是房子的墙壁断裂开来摇摇欲坠,或者像一根圆木被楔子劈进而四分五裂了。

战斗立即变成了屠杀,日耳曼人的长矛和长柄斧到了肉搏时便毫无用处了。相反地,骑兵们的利剑却砍在他们的头上和脖子上,马匹冲进稠密的人群,把倒霉的日耳曼步兵冲击得人仰马翻,溃不成军。骑兵坐在马上,容易从上往下劈砍,他们便利用这个机会,毫不停歇地砍杀敌人。从道路两边不断涌出凶猛的战士,他们身穿狼皮,也像狼那样渴望饮血。他们的吼叫声压过了垂死者乞求饶命的哀号声。战败者抛下了武器,有的还想逃进森林去,也有的假装死人躺在地上不动,有的呆立在那儿,脸色煞白,眼睛充血,有的则跪在地上祈祷。还有一个步兵显然是被吓疯了,竟然吹起了笛子,随后他仰头朝天,放声大笑起来,直到日姆兹人一棍打破了他的天灵盖。森林已停止呼啸,仿佛也被死神吓住了似的。

最后,十字军骑士团的这支队伍终于土崩瓦解了,只有树林里还不时传来小股人马战斗的声音,或者一声绝望的可怕哀号声。兹比什科和马奇科,以及其他的骑兵,现在都向敌人的骑兵阵地冲了过去。

日耳曼骑兵排成了锥形阵势,仍在进行着自卫,每当他们遇到优势的敌人包围的时候,往往采用这种阵形来进行防守。十字军的骑兵骑的都是高头大马,而且装备精良,他们英勇而顽强的战斗精神令人赞叹不已。他们之中没有一个是披着白斗篷的。他们大都是普鲁士的中小贵族。骑兵团一下令,他们便不得不履行义务而出来作战。他们的马匹也多数是经过武装的,有的披上钢甲,但所有的马都戴有铁头罩,罩中央还有一只钢制的尖角。他们的指挥官是个又高又瘦的骑士,他身着深蓝色的甲胄,头戴同样颜色的钢盔,脸甲都放下来了。

从森林深处,倾盆大雨般的弓箭朝他们放了过来,但打在他们的甲胄上,却收效甚微。日姆兹人的步兵和骑兵像堵墙一样,朝他们步步逼近包围起来。但是他们顽强地抵抗着,用长剑猛砍猛劈,马蹄前面躺着一地的尸体。前排进攻的士兵想要休息,也无法退后回去了,因为到处都是短兵相接,已乱成一团了,刀光剑影,令人眼花缭乱。战马开始嘶鸣起来,咬嚼踢脚不止。日姆兹的贵族们冲上去了,兹比什科、捷克人和玛佐夫舍的骑士们也杀了过去,在他们的猛攻下,敌人的阵形动摇了,如同树林被狂风吹得摇来晃去的一样。而他们也像伐木者一样,在森林稠密的地方砍来砍去,竭尽全力、艰难而又劳累地缓缓前进。

马奇科吩咐士兵立即把日耳曼人的长柄斧收集起来,武装了三十个凶猛的战士,让他们向日耳曼人冲杀过去。"砍马腿!"他大声喊道。这一招收到了巨大的效果。日耳曼骑士的利剑刺不到日姆兹人,而日姆兹人的长柄斧却可大砍特砍他们的马腿,那个穿蓝甲胄的指挥官这才看出战斗快要结束了,他只剩下两条路,要么杀出条血路,突围而逃,要么留在此地等死。

他选择了第一条生路。转眼之间,他的骑士们便把脸掉转过去,面向着他们来时的方向。日姆兹人也在他们后面紧追不舍,这时候,那些日耳曼骑兵都把盾牌甩在肩背上,而朝前面和两侧劈砍着前进,他们冲破了日姆兹人的包围圈,便加鞭催马,像阵飓风似的朝东方驰去。原先派去截断退路的那支队伍,此时也正好杀了过来,给予他们迎头痛击。可是由于日耳曼人占有装备精良和坐骑的优势,一阵砍杀,那支阻截的队伍立即就像暴风雨中的亚麻那样纷纷倒地了。通往城堡之路又畅通无阻了,但是离得救却还差远了,而且依然是吉凶莫测,因为日姆兹人的马跑得更快,那个穿蓝甲胄的骑士对此一清二楚。

"真可惜,"他心里在说,"他们一个也逃不掉了,也许只有我可以用我的鲜血去救他们。"

他想到这里,便立即大声招呼他身边的人,要他们停下来,他不顾是否有人会听他的命令,便自己掉转马头,面对着敌人。

兹比什科一马当先,向他冲击过去,于是这个日耳曼人在他脸甲上砍了一下,可是脸甲没有砍破,兹比什科的脸孔也没有受到伤害。这时候,兹比什科并没有以攻对攻,而是拦腰抱住了那个骑士,两人纠缠在一起。兹比什科一心想抓活的,他紧紧抱住对方,要拖他下马,可是由于用力过猛,马肚带断了,双双掉到了地上,他们扭打了好一阵子。由于兹比什科年轻而又膂力过人,最终制服了对手,他用膝盖压住对方的肚子,让他动也动不了,就像森林中的狼对敢于攻击自己的狗那样把他压在了身下。

但是他用不着再按住那个日耳曼人,因为他已晕过去了。这时候,马奇科和赫拉瓦都赶了过来,兹比什科一看见他们,便高声喊道:

"快来,把他捆起来!好像是个重要的骑士!授过腰带的!"

捷克人从马上跳了下来,他看到那个骑士还昏迷不醒,便没有捆他,而是解除了他的武装。他脱下他的肩甲,解下挂着匕首的皮带,割开他的颈甲,脱下他的头盔,和他的脸甲一起拿开了。

他刚一看见这骑士的脸,便跳将起来,喊道:

"老爷,少爷,你们快来看!"

"是德·罗西!"兹比什科叫道。

德·罗西躺在那里,脸色苍白,满脸汗水,双眼紧闭,一动不动,就像一具尸体似的。

第五十二章

兹比什科下令把他放在一辆缴获的大车上,这些大车装着车轮和车轴,本是送给前来救援城堡的援军的。他自己则换乘了另一匹马,和马奇科一道去追捕逃走的日耳曼人。这次追击相当容易,因为日耳曼人的大马不善于逃跑,尤其是在春雨过后的湿软地面上。但对于马奇科来说,却特别有利,因为他骑的是一匹又轻又快的牝马,这匹马原是那个阵亡的温卡维查贵族的,奔驰了几个斯达雅,就把所有的日姆兹骑兵都抛在了后面,不久他就追上了第一个日耳曼骑兵。他按照当时骑士的习俗,立即向他挑战,要他不是投降就是决斗,但是那个日耳曼人却在装聋卖傻,并不答理,反而把盾牌扔掉以减轻马的负担,他在马上把身子向前一弯,用马刺朝马腹踢了一下,想策马逃走,于是老骑士便用阔斧朝他背胛骨中间砍了过去,他立即被砍倒,跌下马来。

马奇科就这样在这些逃跑的日耳曼人身上报他过去所受的一枪之仇。而他们像一群受惊的鹿一样在他前面飞奔,他们心中无意再战或自卫,一心只要逃离这个可怕骑士的追击。有几个日耳曼人已冲进林中,但其中一个掉进了小河里,日姆兹人便用绳子将他勒死了。为了追击这群逃往林中的日耳曼人,日姆兹人展开了一场围歼战,就像围猎野兽时一模一样,森林中响起了一片呐喊声和哀号声,直到全部逃亡者被消灭为止,这种嘈杂的喊叫声便一直在森林深处响彻不止。此后,博格丹涅茨的老骑士、兹比什科和捷克人又回到了原先的战场上,那里躺满了被打死的日耳曼步兵,他们的衣服都已经被扒光,有的尸体被复仇心强烈的日姆兹人砍成肉酱了。这是一次巨大的胜利,大家都兴高采烈。自从斯基尔沃瓦上次在戈泰斯韦德尔吃了败仗之后,日姆兹人的情绪一直低落,尤其是维托尔德答应的给养也没有像他们希望的如期到来。现在,他们又充满希望,热情又重新被点燃起来了,如同往火堆里添加新的木柴，火焰又熊熊燃烧起来了。

被打死的日姆兹人和日耳曼人都为数众多，需要埋掉。兹比什科下令特别为温卡维查的两个贵族用矛枪掘了一个大墓坑，因为他们为这次胜利立下了汗马功劳，他们被埋葬在松树中间，兹比什科还用剑在树干上刻了一个十字。接着，他还命令捷克人看住尚未醒过来的德·罗西，然后他带领部队沿着来时的那条大路，急忙赶往斯基尔沃瓦那里，以便在需要的时候及时救援他们。

经过长久的行军之后，他们到达了那个空战场。这里也和他们的那个战场一样，到处都是日姆兹人和日耳曼人的尸体。兹比什科不难看出，威猛的斯基尔沃瓦也同样取得了巨大的胜利。因为如果是他被打败了，他们就一定会碰到向城堡进军的日耳曼人，但是胜利也付出了血的代价，因为除了主战场外，在一段相当长的路上都遗留下了不少的尸体。经验丰富的马奇科还判断出，有一部分日耳曼人甚至突围逃出去了。

斯基尔沃瓦是否在追击他们，却难以猜出，因为足迹混乱，难以分辨出来。但是，马奇科还是能判断出，战斗开始得很早，也许比兹比什科他们的还要早。因为尸体已经发青发胀了，有的已经被狼群撕得残缺不全了。狼群是在兹比什科的队伍到达时才四散逃入林中的。

在这种情势下，兹比什科决定不在这里等待斯基尔沃瓦，而先回到原来的安全营地去。到达那里时已经是下半夜了。日姆兹人的统领已先回到那里了，他那张平常总是阴沉的脸孔，此时显得眉飞色舞，欣喜异常。他急忙问起战斗情况来，一听到得胜的消息，他像乌鸦那样叽里呱啦地说道：

"我为你的胜利，也为我的胜利而高兴。援军和给养都不会很快到来。如果维托尔德大公前来，他一定也会高兴的。因为城堡将是我们的了。"

"您抓到什么重要的俘虏没有？"兹比什科问道。

"都是些小鱼，没有抓到大鱼。有过一两条，但被他们溜掉了。那是两条牙齿锋利的大鱼，咬伤人后便逃掉了！"

"上帝倒给我送来了一个。"这个年轻的骑士答道，"这是个出身名门望族的富有骑士。但他是个世俗的骑士,是十字军骑士团的客人!"

这个可怕的日姆兹人双手抱住了自己的脖子,然后用右手往脖子上做了一个把绳子往上一拉的手势,说道:

"就这样处置他!和别人一样……就这样!"

兹比什科一听,双眉紧锁。

"既不会这样,也不会那样,他是我的俘虏,也是我的朋友,雅鲁什公爵一起册封我们为骑士的,我决不允许别人动他一个指头。"

"你不许?"

"我不许!"

他们都蹙起眉头,怒目而视,看起来两个人就要大闹一场了。但是,兹比什科并不想和这个老统领争吵,因为他很看重他、敬佩他,而且当天的胜仗也使他这个年轻人无比兴奋。于是他突然抱住斯基尔沃瓦的脖子,把他紧紧压在自己的胸口上,喊道:

"难道您真要把他连同我的最后希望都要夺走吗?您为什么要这样亏待我?"

斯基尔沃瓦没有推开他的拥抱,最后他把头从兹比什科的臂膀中挣脱出来,斜着眼睛望着,不住地喘着气,沉默了片刻之后他终于说道:

"好吧!明天我下令绞死我的俘虏,如果你还想要其中的什么人,我都会送给你的。"

说完,他们又拥抱了一次,然后便友善地分开了,马奇科见此深感满意,说道:

"看来,你对他发火不行,对他和和气气,他就会任你摆布。"

"他们整个民族都是如此。"兹比什科答道,"只有日耳曼人不了解他们的民族特性。"

他说完这句话,便吩咐把德·罗西带到火堆旁来,德·罗西已在棚子里休息过来了。过了一会儿,捷克人把他带来了,他已被解除了武装,未戴头盔,只戴一顶红帽,身穿一件皮上衣,上面还有铠甲压过的痕迹。德·罗西已得知,他是谁的俘虏了。因此,当他进来时,表情冷淡而高傲,在火光的辉映下,他的脸上显出了一种不驯和蔑视的神情。

"感谢上帝,把你送到了我的手里。我是绝不会伤害你的。"兹比什科说道。

他友好地向德·罗西伸出手去,但德·罗西却一动不动,只是说道:

"我绝不会把手伸给那些有损于骑士名誉的骑士,他们和异教徒一起而与天主教徒进行斗争。"

在场的一个马茹尔人把他的话翻译过来。兹比什科也早就猜出了他话的意思,刚一听到这话,他止不住怒火中烧,热血沸腾。

"笨蛋!"他喊道,不由自主地握住了匕首的柄把。

但是,德·罗西却昂起了头,说道:

"你杀死我吧!我知道,你们是绝不会放过俘虏的。"

"你们放过俘虏吗?"那个马茹尔人再也忍受不了他的话了,便大声喊道,"你们不是把上次抓到的俘虏都吊死在岛边吗?所以斯基尔沃瓦才要吊死你们的人。"

"是这样做了,但他们都是异教徒。"罗西答道。

然而在他的答话中显然有一种羞耻的感觉,而且不难猜出,他是不赞成那种做法的。

这时候,兹比什科已冷静下来,便用平静而又严肃的口气说道:

"德·罗西,我们都是从同一个人手中接受腰带和金马刺的。你了解我而且知道,我把骑士的荣誉看得比生命和幸福都更重要。你听着我给你说的话,我凭圣乔治起誓,我的话都是真实可信的:这个民族中有许多人决不是昨天才受过洗礼的,而那些还不是天主教徒的人,都正在向十字架伸出双手,祈求拯救。但是你可知道,是谁妨碍了他们?是谁不让他们获得拯救,阻止他们受洗礼的呢?"

那个马茹尔人立即把兹比什科的话翻给德·罗西听,德·罗西用怀疑的眼光望着这个年轻骑士的脸。

"是日耳曼人!"兹比什科说道。

"不可能!"德·罗西答道。

"凭圣乔治的矛和踢马刺起誓,就是日耳曼人!因为如果这里已是天主教的天下的话,那他们就失去了对这个不幸民族进行侵略、统治和压迫的借口了。你是很了解他们的,德·罗西,你也知道得最清楚,他们所干的事正当吗?"

"但我认为日耳曼人是在与异教徒斗争,并迫使他们接受洗礼,以清除他们的罪孽。"

"他们是用剑和血,而不是用拯救的圣水去给日姆兹人施洗的。你读读这封呼吁书吧!你立刻就会知道,你自己就是在为那些反对天主教信仰和慈爱的压迫者、凶杀者和地狱魔王忠实效劳。"

他一说完,便把日姆兹人致各国君王、各个民族的那封信给了他,这封信已经流传很广了。德·罗西拿了信,借着火光浏览了一遍。

他读得很快,因为阅读书信在他并不困难。读完之后,他非常惊异,说道:

"难道这一切都是真的吗?"

"让上帝帮助你和我。上帝最清楚,我在这里不仅是在为自己的事情奔走,也是在为正义事业服务。"

德·罗西沉默了一会儿,说道:

"我是你的俘虏!"

"把你的手伸给我。你是我的兄弟,而不是我的俘虏!"兹比什科答道。

他们彼此握过手后,又一起共进晚餐,那是捷克人吩咐仆人们准备的。在吃饭的时候,德·罗西得知,虽然兹比什科带有大团长亲自给的证明,还是没有找到达奴霞,而且那些康杜尔竟敢以战争为借口拒绝接受他的证件,也使他感到吃惊。

"现在我才明白,你为什么会在这里。"他对兹比什科说道,"感谢上帝让我成了你的俘虏。不过我想,十字军骑士团一定会拿你所要的任何人来交换我的,如果他们不这样做,西方就会大叫大嚷。因为我是个出身名门望族的骑士……"

他突然用手拍打了一下帽子,叫道:

"凭阿克维兹格朗的全部圣物起誓!率领骑士团援军到戈泰斯韦德尔的是阿诺德·冯·巴顿和老齐格弗雷德·德·罗维。我们是从寄给城堡的信函中知道这一情况的,你们有没有俘获他们?"

"没有!"兹比什科跳立起来,说道,"最重要的骑士一个也没有抓到！不过,感谢上帝,你告诉了我一个重要的消息,感谢上帝！这里还有别的俘虏,在他们还未被吊死之前我要打听出来,齐格弗雷德身边有没有什么女人。"

他立即叫来仆人,要他们点起松香烛来,迅即朝斯基尔沃瓦关押俘房的地方奔去。德·罗西、马奇科和捷克人都跟着他去了。

"你听着,"德·罗西在路上对兹比什科说道,"如果你相信我的话就把我放了。我要走遍整个普鲁士去替你寻找达奴霞,我一找到她,就回到你这里来,用她来交换我。"

"要是她还活着！要是她还活着！"兹比什科答道。

这时候,他们来到了斯基尔沃瓦关押俘房的地方。只见那些俘房有的仰天躺着,有的靠着树干站着,有的被用树枝绑在树干上。松香烛的火光照亮了兹比什科的脸,于是,所有不幸者都把眼光转向他。

森林里面突然传来一声充满惶恐的叫喊声。

"我的老爷,我的保护人,救救我！"

兹比什科立即从仆人手里抢过几片燃烧着的松香片,便朝声音传来的那片树林跑了过去,他举起烧着的松香片照了一照,叫道：

"山德鲁斯！"

"山德鲁斯！"捷克人也惊奇地再说了一遍。

山德鲁斯双手被绑在树干上不能动,只好伸长脖子,大声喊道：

"发发慈悲吧！我知道,尤兰德的女儿在什么地方！请你们救救我吧！"

第五十三章

仆人们立即给山德鲁斯松了绑，但是他的四肢已经冻僵麻木了，绑一松开，他就倒在了地上。他们把他扶起来之后，他又一次次地晕了过去，因为他太虚弱、太疲乏了。尽管兹比什科下令把他移到火堆旁，给了他吃的喝的，用兽油给他擦身，然后又替他盖上了兽皮，让他暖暖和和的，但山德鲁斯依然神志不清，随即便睡得那样深沉，直到第二天中午，捷克人才把他叫醒。

兹比什科心急如焚，便立即走到山德鲁斯的身边，但刚开始的时候，他什么消息也打听不出来。不知是由于受了一场可怕经历的惊吓，还是因为威胁生命的危险已经过去，但体质较弱反而承受不了便造成虚脱，山德鲁斯放声大哭起来，而且一发而不能休止，根本无法回答向他提出的问题。他呜呜咽咽，连气都喘不过来，嘴唇发抖，泪如雨下，仿佛生命也随着泪水一块流出来了。

山德鲁斯终于克制住了自己，喝了一些马奶来提提神。这是立陶宛人向鞑靼人学来的方法。他开始诉说"魔鬼的儿子们"用矛枪狠狠地扎他，扎得他体无完肤，还抢走了他的马，连同驮在马背上的他那些无价的圣物。最后他们还把他绑在树上，蚂蚁爬满了他的双脚和身体，咬得他都快要死了。不是今天，就是明天，他准会被蚂蚁咬死的。

但是兹比什科再也克制不住自己的怒火了，他站了起来，吼道：

"快回答我的问题，你这个狗杂种！你得小心，否则有你的好果子吃！"

"离这里不远就有不少的红蚂蚁窝。"捷克人插嘴说，"少爷，下令叫人弄些蚂蚁来放在他的身上，保证他会说出实话的。"

赫拉瓦并不是当真说这话的，他甚至还笑了一笑，因为他心里还是对山德鲁斯有好感的。

但是山德鲁斯一听却吓坏了,连忙嚷道:

"请你们发发善心！发发善心吧！请再给我一些异教徒的饮料,我一定会把我所看到的和没有看到的统统说出来。"

"如果你说一句假话,我就把楔子打进你的牙齿缝里去！"捷克人说道。

这时又给他拿来了一皮袋马奶,他一手抓住,用嘴对着袋口喝起来,就像婴儿吸吮母亲的奶汁一样,还不停地把眼睛张开闭上。等他喝了差不多两升奶之后,他才晃了晃身子,把皮袋放在膝盖上,一副听天由命的样子,说道:"真讨厌！"

随即便转向兹比什科:

"现在您就问吧,救命恩人！"

"我的妻子是不是在你们来的这支援军中呢？"

山德鲁斯的脸上露出了一种惊讶的神色,他的确听说过,达奴霞已是兹比什科的妻子了,但他们的婚礼是秘密举行的,而且立即就被绑架了。因此,在他的脑海里,一直都把她看成是尤兰德的女儿。

但他还是急忙答道:

"是的,总督大人！她在那里！但齐格弗雷德·德·罗维和阿诺德·冯·巴顿被敌人打败逃走了。"

"你看见过她吗？"兹比什科问道,心跳得很厉害。

"我没有看见过她的脸,但是我看见两匹马中间架着一个柳条编成的篮筐,遮得严严实实的,里面好像装了人,由那条毒蛇看守着,就是那个由丹维尔德派到林中行宫来的骑士团女仆。我只听见过从篮筐里传出来的悲伤的歌声。"

兹比什科激动得脸都煞白了。他在树墩上坐了下来,好久都提不出别的问题来。马奇科和赫拉瓦也都无比激动,因为他们听到的是重要的特大喜讯。赫拉瓦也许还想到了他那留在斯佩霍夫的敬爱的女主人,对于他的这位女主人说来,这个消息等于是对她不幸命运的判决。

沉默了片刻。

最后,老练机警的马奇科,以前没有见过山德鲁斯,甚至连听说也

几乎没有听说过,便怀疑地望着他,问道:

"你是什么人?你在十字军骑士团里到底是干什么的?"

"我是什么人,尊敬的骑士老爷,"山德鲁斯答道,"就让他们:这位英勇无畏的公爵——"他指了指兹比什科,"和这位英勇的捷克伯爵来回答您,他们早就认识我了。"①

很显然,马奶已在他身上发生效用,因为他变得活跃起来了,对兹比什科说话的声音也更大了,丝毫也看不到他原先衰弱的样子。

"少爷,您救过我两次性命。如果没有您救我,我不是被狼吞吃了,就是被误听谗言的主教们惩处了。啊,这个世界是多么丑恶啊!他们下令追捕我,说我贩卖假圣物,怀疑我的圣物的真实性。多亏您收留了我,我要感谢您,靠了您,我才没有被狼吃掉,也才没有被他们追缉到,因为您把我当成了您的人,我和您在一起,从未缺吃少喝过,都是比这让人恶心的马奶好得多。我喝马奶,是要表明一个贫苦、虔诚的香客,是任何艰难困苦都难不倒他的。"

"快说,你这个江湖骗子,把你所知道的都说出来,不要胡扯一气啦!"马奇科喊道。

但是,山德鲁斯又拿起了那个皮袋子,把里面的马奶喝了个精光,他假装没有听见马奇科说的话,转身对兹比什科说道:

"为此,我非常敬爱您,老爷。《圣经》上都说过,圣人会在一个小时内犯下九桩罪。我山德鲁斯自然也免不了要犯下许多罪孽的,但是我山德鲁斯过去不是,今后也绝不会是忘恩负义的人。当您刚遭到不幸的时候,我当时对您说过的话您还记得不记得?我说过,我要从一个城堡走到另一个城堡,一路上向人打听,以寻找您所失去的人。我什么人没有问过,什么地方没有去过啊!说起来话可长了。总而言之,我找到她了。从这一刻起,我就像针芒粘住外套那样,时时刻刻都在盯住老齐格弗雷德。我做了他的仆人,从一个城堡到另一个城堡,从一个康杜尔区到另一个康杜尔区,从一座城市到另一座城市,寸步不离地盯着他,一直盯到这次战争爆发为止。"

---

① 兹比什科不是总督、公爵,捷克人也不是伯爵,山德鲁斯在这里是胡乱吹捧他们的。

兹比什科此时心情稍微平静下来一些,便说道:

"我真要谢谢你,也会酬劳你的,我现在问你的问题,你一定要凭灵魂得救来回答:她还活着吗?"

"我以灵魂得救来发誓,她还活着。"山德鲁斯严肃地答道。

"齐格弗雷德为什么要离开什奇特诺?"

"我不知道,老爷,我只是猜想,因为他从来也不是什奇特诺的执政官,也许是因为他害怕大团长的命令,据说大团长给他写了信,要他把那羔羊送回给玛佐夫舍公爵夫人,也许这封信才是迫使他出走的原因。为了给罗特盖尔报仇,他的灵魂非常痛苦,现在人们都说,罗特盖尔是他的儿子,我也不知道事情的真相,我只知道,他的神经因为发怒而错乱了。只要他活在世上一天,他就绝不会把尤兰德的女儿——我是想说——年轻的夫人放掉的。"

"这一切都使我感到奇怪,"马奇科突然打断他道,"既然那条老狗这样痛恨尤兰德和他的亲人,他早就该把达奴霞杀害了。"

"他想过这样做。"山德鲁斯答道,"但是他好像出了什么事,后来他病了很久,差点都要死了,人们对此事,背后议论纷纷。有人说,有天夜里他到塔楼去,企图杀害这位年轻的夫人,忽然碰上了魔鬼,有些人说是遇到了天使。不管情况如何,当他们发现他时,他却躺在塔前的雪地上,完全不省人事了。现在只要齐格弗雷德一想起这事,他的头发都会像榛树一样倒竖起来。经过这次事故之后,他就再也不敢对她下毒手了,甚至也不敢下令叫别人去伤害她。他身边总是带着那个哑巴,就是什奇特诺的那个刽子手,但不知道他为什么这样做,因为那个刽子手也和其他看守一样,都怕去伤害她的。"

他的这些话产生了深刻的印象。兹比什科、马奇科和捷克人都朝山德鲁斯跟前走去,山德鲁斯在胸前画了个十字,接着说道:

"在他们中间真是难受极了。我不止一次地听到和看到许多令人毛骨悚然的事情。我已经对您说过,阁下,那个老康杜尔神经一定有毛病,呸,否则怎么会有地狱里的魔鬼去拜访他呢!只要他独自一人的时候,他的身边就总是像有一个喘不过气来的人似的,那就是被可怕的斯佩霍夫老爷打死的丹维尔德的鬼魂,老齐格弗雷德便对他说:'你想要什么？既然弥撒对你毫无用处，那你还来干什么？'但是那个鬼魂却咬牙切齿，随后又气喘吁吁。来的最多的是罗特盖尔的鬼魂，他的出现总会使房间里有一股硫磺味，老康杜尔和他谈得也最久，'我不能！'他说，'我不能！等我自己恢复过来了，我就干，可是现在我不能！'我也听过老康杜尔问他'你好受一些吗，儿子'之类的话。有时候，这个老家伙两三天里一句话也不说，脸上显出无限痛苦的神情。他自己和骑士团的那个女仆都在精心把守着那个篮筐，从来也没有人看到过这位年轻的夫人。"

"他们有没有折磨她？"兹比什科咬牙切齿地问道。

"我说句老实话，阁下，我没有听到打骂声和叫喊声，我只听见过悲凄的歌声，有时很像小鸟的啁啾声……"

"真难受极了！"兹比什科咬紧牙关说道。

但是，马奇科打断了他的提问，说道：

"这件事就说到这里。现在你就谈谈这次战斗吧，你有没有看见他们是怎么突围的？后来又发生什么事没有？"

"我看见了，我会一五一十地讲来。"山德鲁斯说道，"起初双方激战得十分厉害，后来日耳曼人看到四周都被包围了，这时才想到要突围出去。巴顿骑士是个真正的巨人，第一个杀出了重围，打开了一个缺口，使得他和老康杜尔带着几个人，以及那个篮筐，都突围出去了，那个篮筐是架在两匹马中间的。"

"难道他们没有受到追击？为什么没有追上他们呢？"

"追击归追击，但效果不大，因为只要一追近他们，巴顿就转过身去迎击他们，上帝保佑每一个和他遭遇的人，因为他是个力大无比的人，即使是让他以一敌百，他也能应付自如，不在话下的。他三次回转身去，就击退了三次追击，他身边的人都给打死了，我好像看见他自己也受了伤，马受了伤，但他还是得救了。同时还让那个老康杜尔也安全地逃走了。"

马奇科听了他的讲述后，觉得他说的是实话，因为他也想起了战场上的情景，从斯基尔沃瓦发起进攻的那个战场起，到日耳曼人撤退的那条来路上，到处都有日姆兹人的尸体，而且他们死伤的模样也像是被巨人之手砍死的。

"不过,你是怎么看到这一切的?"他问山德鲁斯。

"我是这样看见的。"这个流浪汉答道,"我抓住抬篮筐的一匹马的尾巴,跟着他们一起逃走的,后来马在我肚子上踢了一脚,我才松开手,当时我昏迷过去了,这样才做了你们的俘虏。"

"你可能有这样的经历。"赫拉瓦说道,"不过,你得当心,你若是说假话,小心你的脑袋就是了!"

"记号还留在我的身上,谁想看就来看好啦,不过,老是指责人家说假话,还不如相信人家是在说真话好。"

"虽然你有时也不得不说些真话,可是你终究会有一天要为你卖假圣物而号啕大哭的。"

他们又像过去那样,相互嘲弄起对方来,但是兹比什科打断了他们的谈话。

"你到过那一带,你了解哪些地方有城堡。依你看来,齐格弗雷德和阿诺德会藏在什么地方呢?"

"那一带并没有什么城堡,因为到处都是原始大森林,那条路还是新近才砍伐出来的,村庄和居民点都没有了,原来有的,也被日耳曼人放火烧光了,其原因都是为了战争,因为那里的人和这里的人一样都是日姆兹人,他们都是反对十字军骑士团的统治的。我想,老爷,齐格弗雷德和阿诺德现在一定还在森林中游荡,或许他们想回到他们来的地方去,要么就是想偷偷溜到他们要去的那个城堡,就是这次不幸的战役发生之前他们要去的戈泰斯韦德尔。"

"一定是这样!"兹比什科说道。

他陷入了深深的沉思,从他紧锁眉头聚精会神来看,一定是在想什么办法,不过他没有想很久。少顷,他就抬起了头,说道:

"赫拉瓦,快去准备好人马,我们马上就出发。"

一向不爱穷原竟委的这个侍从立即站了起来,一句话不说便向战马那边跑去。但是马奇科却鼓起眼睛望着他的侄子,惊讶地问道:

"哎……兹比什科!嘿!你要到哪里去?为什么?怎么走?"

但是兹比什科也以问作答:

"你是怎么想的？难道我不应该去找吗？"

马奇科也就沉默不语了。他脸上的惊奇神色渐渐消失了，他摇了一两下头，深深吸了一口气，像是在自问自答似的说道：

"嗯，这是应该的……没有别的办法！"

他也朝马匹走去。兹比什科转身对着德·罗西先生，让那个会德语的马茹尔人替他当翻译：

"我不会要求你和我们一起，去反对你为之效力的那些人。但你是自由的，你想去哪里就可以去哪里。"

"我也不能违背我骑士的荣誉用剑来帮助你。"德·罗西答道，"但我也不能接受你给我的自由。我还是你的俘虏，你吩咐我干什么，我一定听从命令。但是不管你遇到什么情况，你都要记住，骑士团是会用任何一个俘虏来交换我的，因为我不仅有权有势，而且我的祖辈还为十字军骑士团立下过汗马功劳。"

他们告别时，按照当时的习惯，相互拥抱了一下，并吻了吻脸颊，随后德·罗西说道：

"我要到马尔堡或者玛佐夫舍宫廷去，我要你知道，就是你不能在这个地方找到我时，一定能在另一个地方找到我，你的使者要找我时只要说出'罗塔林吉亚—格尔德里亚'这几个字就行了！"

"好的！"兹比什科答道，"我还要到斯基尔沃瓦那里去给你弄一个通行证来，日姆兹人是很尊重他的。"

随即他来到斯基尔沃瓦那里，老统领给了他通行牌。他的离开也没有任何困难，因为老统领已经知道了事情的真相，而且他又喜欢兹比什科，还特别感谢他在这次战役中所取得的功绩。同时他也没有任何权力留下这个外来的骑士，他是自愿来到这里的。于是他向兹比什科表示感谢，感谢他帮了自己大忙，同时还送给他许多食物，这些食物在这个荒僻的地区是非常宝贵的，然后和他道了别，希望将来能在反对十字军骑士团的更大的决定性战争中和他再次合作。

但是兹比什科非常着急，像得了什么急性病似的。等他回到队里时，一切都已准备就绪，马奇科叔父已骑在马上了，全副武装，头戴钢盔，身穿铠甲。兹比什科朝叔父走了过去，说道：

"那么叔父也要和我一起去了?"

"我还能做什么呢?"马奇科有点不大愉快地问道。

兹比什科对此什么也没有回答,只是吻了一下叔父的右手,便跃身上了马,于是大家便出发了。

山德鲁斯和他们走在一起。通往战场的道路,他们都很熟悉,但是一过战场,那就要靠山德鲁斯带路了。他们也希望能在森林里面碰上当地的农民。因为本地农民由于仇恨十字军骑士团对他们的欺压,定会帮助他们去追缉那个老康杜尔和那个阿诺德·冯·巴顿,山德鲁斯多次谈到他是个力气超人、英勇的骑士。

第五十四章

要到斯基尔沃瓦消灭日耳曼人的那个战场去,因为轻车熟路,他们很快就到了。尸体没有埋葬,发出阵阵令人作呕的恶臭,他们便急急忙忙地穿过了战场,一路上还吓跑了大群大群的野狼、乌鸦、渡乌和穴鸟。过了这些地方,他们就得寻找足迹了。原先这里经过了整整一支军队,但是经验老到的马奇科依然在杂沓纷乱的足迹中,毫不费力地找到了向返回方向走去的巨大马蹄印。他向战争经验较少而又年轻的随从们解释道:

"幸好这次打仗之后没有下过雨,你们瞧,这是阿诺德的马蹄印,由于他身体魁梧,超过常人,他的坐骑势必也要非常高大健壮,才能负载起这样一个巨人,这是很容易看得出来的,往回走的马蹄印要深得多,因为逃跑的时候,马跑得更急更用力。相反地,他们来的时候因为行军较慢,脚印便没有那样深了,但却更为宽大、平稳。你们看这里,只要是长了眼睛的人,都能在潮湿的地方看得清清楚楚!上帝保佑,只要这些狗教士还没有找到什么城堡可以藏身的话,我们就一定能追寻到他们的。"

"山德鲁斯说过,这一带没有什么城堡。"兹比什科说道,"事实也是如此,因为这个地区是骑士团最近才占领的,他们还来不及建筑城堡。他们能躲到什么地方去呢?在这里居住的农民,都已经到了斯基尔沃瓦的营地里,因为他们都是日姆兹人。所有的村庄,正像山德鲁斯所说,也都让日耳曼人放火烧毁了,女人和孩子们都躲在密林深处了。只要我们不顾惜马匹,就一定能追上他们。"

"但是我们一定得顾惜马匹。因为,即使我们成功了,追上了他们,以后也还得靠这些马匹才能得救。"马奇科应道。

"阿诺德骑士,"山德鲁斯插嘴道,"在打仗时,背胛骨中间挨了一剑。他起初不放在心上,还是照样地砍呀杀呀,后来他们就不得不替他包扎起来,在战斗中往往是这样:开始并不怎么在意,后来才感到痛了。由于这个原因,他不会走得又急又快的,甚至还可能找个地方休息休息也说不定哩!"

"你说过,没有什么人和他们在一起了,是吗?"马奇科问道。

"除了两个管篮筐的,就只有老康杜尔和阿诺德了,本来还有些人和他们一起逃走,但都被日姆兹人打死了。"

"计划是这样的。"兹比什科说道,"我们的仆人去把那两个看守篮筐的人抓住,捆绑起来,而您,叔叔,去对付那个老齐格弗雷德,我去对付阿诺德。"

"好!就这样。"马奇科答道,"我能对付得了齐格弗雷德,因为感谢主耶稣,我这把老骨头还有些力气!可是你不能太自信了,你的那个对手可是个巨人。"

"没关系!等着瞧吧!"兹比什科说道。

"你很强壮,我不否认,但是强中自有强中手。你在克拉科夫不是也见到过不少我们本国的骑士吗?你能打败塔切夫的波瓦瓦吗?还有比斯库皮兹的帕什科·兹沃吉伊,更不消说恰尔尼·查维夏了。嘿,别太毛躁了,千万不能粗心大意。"

"罗特盖尔也不是无名之辈。"兹比什科嘟囔了一句。

"有什么事要我干的吗?"捷克人问道。

但是他没有得到回答,因为马奇科又在想别的事情了。

"如果上帝保佑我们的话,我们就能到达玛佐夫舍森林,只要一到了那里,我们就会平安无事的,所有事情就都结束了。"马奇科说道。

然而,过了一会儿,他又叹了口气,因为他又想起了,即使到了那里,事情也还没有结束,因为他还得设法去解决那个不幸的雅金卡的问题。

"哎,上帝的裁决很奇怪。"他喃喃地说,"我常常在想,为什么你不平平静静地结婚,让我也能在你们的身边过过安安稳稳的日子呢?大多数人都是这样生活的!在我们王国的所有贵族中,就只有我们还在漂泊流浪,还在异国他乡浴血奋战,而没有按照上帝的意念去经营自己的庄园。"

"啊,这是真的!但这是上帝的旨意!"兹比什科答道。

他们默不作声地走了一会儿,老骑士又对自己的侄子说道:

"你相信那个流浪汉吗?他是什么人?"

"他是个老滑头,也许还是个无赖,但他对我还不错,我不怕他对我背信弃义。"

"如果是这样,就让他到前面去,即使他追上了他们,他们也不会惊慌。他可以对他们说,他是从俘房中逃出来的,他们会相信他的。这样做最保险,否则,要是他们远远地发现了我们,就有可能逃走藏起来,或者作好抵抗的准备。"

"晚上他不敢一个人走路,因为他胆小。"兹比什科说道,"但是在白天,这确实是万无一失的办法。我告诉他,一天要停下三次来等我们,如果我们在约定的地方见不到他,就表示他已和他们在一起了。我们就可以跟着他的足迹追下去,并出其不意地攻打他们。"

"他会不会告诉他们呢?"

"不会。他对我比对他们要好多了。我还要告诉他,我们攻打他们的时候,也要把他绑起来,免得他害怕他们以后会向他报仇。他可以装着完全不认识我们……"

"难道你想饶了他们的命吗?"

"怎么不可能呢?"兹比什科有点焦急地答道,"你知道……要是在玛佐夫舍,或者在我们国内的其他地方,我们可以向他们挑战,就像我向罗特盖尔挑战那样,来个生死决斗。但这里是他们的国家,不能这样做……我们在这里最关心的是救出达奴霞和快速行动。为了不引起更大的麻烦,我们得悄悄地干,无声无息地行动,然后,就像您说的,只要马还有一口气,我们就得催马加鞭地飞奔回玛佐夫舍去。我们攻其不备,也许这时候他们正好脱去了全副武装,甚至连剑也没有,我们怎么能杀他们呢?我怕遭人唾骂,我们两个都是受过册封的骑士,他们也是……"

"不错。但是也有可能要干一仗的。"马奇科说道。

但是,这时候兹比什科却蹙起了眉头,脸上流露出博格丹涅茨家族

所特有的固执表情。此时此刻,他和马奇科真是像极了,简直就是他的亲生儿子。兹比什科低沉地说道:

"我还想做的,就是把齐格弗雷德这只沾满鲜血的老狗扔在尤兰德的脚下!愿上帝赐予我这个!"

"会给的!会给的!"马奇科立即答道。

他们边谈边走,已经走了很长的一段路,直到黑夜来临。这天晚上天气晴暖,但没有月亮。需要停留下来,好让马休息休息,人也需要吃点东西,睡睡觉。休息之前,兹比什科告诉山德鲁斯,明天一早他就一个人走在前面。山德鲁斯欣然同意,只是提出要求,如果他在路上受到野兽和本地人的攻击,他就可以跑回到他们这里来。他同时请求,一天不是三次,而是四次停留下来等他们,因为他孤身一人总是感到有些害怕,即使他在虔诚的信教的国家里也是这样,何况是置身于如此荒蛮、如此恐怖的茫茫森林中。

他们这时候都选好了过夜的地方,吃过晚餐之后,便在一堆小篝火的旁边,躺在兽皮上休息睡觉了。他们燃起火堆过夜的地方离大路约有半斯达雅远,仆人们轮流看守着马匹,这些马匹喂饱之后便在地上打滚,互相把脑袋靠在对方的脖子上打盹了。然而当天空中一出现银色光芒时,兹比什科就第一个起来了,他叫醒别人,黎明时刻他们又上路了。阿诺德的那匹高头大马的蹄印很容易辨认,因为地面本来潮湿,后因多日不下雨,地面干燥,蹄印也凝固住了。山德鲁斯走在前面,立即消失不见了。然而,当时间刚好在日出和中午的中间时,他们在约定地点见到了他。他告诉他们,一个活人也没有见到,只看见一头野牛,他没有被吓住或者逃跑,因为野牛自动离开大路避走了。但是中午第一次进食的时候,他说他看见了一个养蜂人,他没有去拦截他是怕森林深处可能还有更多这样的养蜂农民。他本来想问问他,可惜语言不通,无法交谈。

随着路程的行进,兹比什科的心情却越来越不安了。现在地面上足印清晰可见,但是,如果他们来到了地势较高的干燥地区,路面干燥而蹄印消失,那他们该怎么办呢?同时他也想到,追踪的时间一长,就有可能去到一个人烟稠密的地方,那里的居民早已习惯了十字军骑士团的统治,要在这种地方去袭击他们,并把达奴霞抢夺回来,几乎是不可能的事,因为即使齐格弗雷德和阿诺德没有逃入某个城堡或堡垒藏匿起来,当地的居民也一定会站在对方一边而与他们为敌的。

幸而这种担心是多余的,因为在下一个约定的地点,他们没有见到山德鲁斯。然而他们却在路边的一棵松树上发现新近才刻下的十字。他们盯住它望了一会儿,脸色变得严肃了,心跳加速。马奇科和兹比什科立即跳下马来,在地上寻找脚印,他们仔细地察看,不久便找见了,因为脚迹很清晰。

很显然,山德鲁斯已经随着巨大的马蹄印,离开大路,折进森林中去了,虽然马蹄印不像大路上那样深,但还相当明显;虽然地面较为干燥,但那匹骏马每一步踩在松针上,脚印边上的松针都变黑了。

兹比什科的锐利眼睛还发现了其他一些迹象,于是他跃身上马,马奇科也跟着他上了马,他们和捷克人在一起,悄声地商议起来,仿佛敌人就在近旁似的。

捷克人建议立即徒步前进,但是未获同意,因为他们不知道还要在森林里走多远的路。但步行的仆人可以走在前面,一旦发现什么情况就向他们发出信号,以便他们有所准备。

他们小心翼翼地在森林中行进,后来又发现了第二个记号,才确信没有失去山德鲁斯的踪迹。不久他们又发现了一条林间小路,而且还是条经常有人走的小路,这时候,他们相信快要到达一个森林居民点了,在这个居民点里,他们一定会找到他们所要找的人。

太阳开始西落了,在树上洒下一片金光,预示晚上必定晴朗。森林万籁俱寂,野兽和群鸟都去休憩了,只有松鼠在阳光照射的树枝上来往窜动,给阳光辉映得满身鲜红。兹比什科、马奇科、捷克人和仆人们都是一个跟着一个鱼贯而行,他们知道,步行的仆人们已在前面相隔很远了,到时会回来报信的,老骑士用一种压得并不很低的声音对侄子说道:

"根据太阳可以算出,从最后一次休息到第一次看见标记,已经走了相当长的路了,按照克拉科夫的时钟来计算,大约过了三个小时……这时候,山德鲁斯早已在他们中间了,而且也已把自己的经历告诉他们了,只要他不出卖我们就行。"

"他不会出卖的。"兹比什科答道。

"但愿他们都能相信他,若是不相信,那他就要糟了。"马奇科继续说道。

"他们为什么不相信他呢?难道他们知道我们吗?而且他们认识他,俘虏逃走也是经常发生的事情。"

"我所担心的是,如果他告诉他们,说他是逃出来的,也许他们会担心有人来追寻他,便立即动身逃走了。"

"不会的,他会让他们放心的,而且他们知道,这样的长途追踪是不会发生的。"

他们沉默了一会儿,马奇科觉得兹比什科好像在向他低声说话,于是他转过身来,问他:

"你说什么?"

但是,兹比什科却仰面望天,他不是在向马奇科说话,而是在祈求上帝赐恩于达奴霞,并保佑他这次大胆行动的成功。

马奇科也开始画起十字来,但他刚画完第一个十字,突然从榛树林里出现一个仆人朝他们走了过来,说道:

"发现了一座烧炼松香的作坊。他们就在那里面。"

"停下!"兹比什科低声说道,立即从马上跳了下来。马奇科、捷克人和其他仆从也都下了马,三个仆从奉命看守马匹,并随时作好准备,同时还要防止马匹嘶叫。马奇科对剩下的五个仆从说道:

"那边有两个士兵仆役和山德鲁斯,你们看我眼色行事,立即将他们捆绑起来,要是他们之中谁要动武反抗的话,那就砍下他的头来。"

他们立即向前走去。在路上,兹比什科还低声对他叔父说道:

"您去对付齐格弗雷德,我来对付阿诺德。"

"你可要小心!"老头儿答道,他还朝捷克人眨眨眼,向他提示,要他随时随刻作好准备去帮助他的少主人。

捷克人点头表示遵命照办,同时他深深地吸了一口气,摸了摸剑,看看是否容易出鞘。

但是,这一举动却被兹比什科发现了,于是他便说道:

"不。我要你立即朝那个篮筐奔去,在战斗进行当中,决不要离那篮筐一步。"

他们在榛树林中匆匆而又静悄悄地赶着路,但是他们没有走很远,大概只有两斯达雅远,丛林便突然中断,露出了一小块空地,上面有座熄灭了的炼松香的炉灶和两座"鲁马",那是炼制松香的人战前的住所。落日的霞光照耀着草地、炉灶和两座相距较远的茅屋。其中一座前面有两个骑士坐在树墩上,而在另一座房子的前面,是一个满面胡子的红头发粗汉和山德鲁斯,他们两个正在用破布擦着铠甲。山德鲁斯的脚边还有两把剑,显然也是等着擦拭的。

"你看,"马奇科说道,同时用力按着兹比什科的肩膀,想让他停留一会儿,"他有意拿开了他们的宝剑和铠甲,好极了!那个满头白发的一定就是……"

"前进!"兹比什科突然喊道。

他们像狂风似的冲进了空地,那边的人也立即跳将起来,但是他们还没有冲到山德鲁斯跟前,凶狠的马奇科就已经一把抓住了老齐格弗雷德的前胸,把他朝后压下去,转眼之间就把他压在了自己的身下。兹比什科和阿诺德却像两只鹰似的扭打在一起,手臂扭住手臂,开始了可怕的厮打。那个同山德鲁斯在一起的满脸胡子的日耳曼人想去拿剑,但是他还没有拿到手,就被马奇科的仆人维特一斧头打倒在地,然后他们按照马奇科的命令,把山德鲁斯捆了起来,山德鲁斯也假戏真做,还装着吓得大喊大叫的,就像一头小牛被屠夫一刀刺进了喉管那样。

但是,兹比什科虽然膂力过人,能把树枝捏出汁来,依然觉得,他这会儿不是被人抱住,而是被一头熊抱住了似的。他甚至觉得,如果他不是事先预计到有可能矛枪相接而穿上了铠甲的话,这个人高马大的日耳曼人就会折断他的肋骨,甚至脊椎骨。年轻的骑士的确把他拎了起来,可是阿诺德却把他拎得更高,甚至要把他扔在地上,阿诺德使出了全身的力气,想让他再也爬不起来。

但是,兹比什科也使出了浑身的解数,紧紧地抱住他,使得他的眼睛都出血了,随后他把腿插在日耳曼人的双膝之间,把他斜压过去,一使力便把他摔倒在地上。

实际上是他们两人都倒在了地上,而且兹比什科还被压在了下面。然而就在这瞬间,眼观八方的马奇科一看到这种情况,便把半昏迷的齐格弗雷德交给仆人,自己朝倒在地上的人奔了过去,一眨眼工夫,他用皮带捆住了阿诺德的双脚,随后他跳起,将身体往阿诺德背上压了过去,就像压住野猪那样,随后他拿出匕首,在日耳曼人的肩背上戳了一下。

阿诺德尖叫了一声,双手便无力地从兹比什科的腰间松开了,随后他便呻吟起来,他不仅是因为挨了这一刀,更主要的是他觉得他的背上突然痛得要命,痛得他都无法描述出来,因为上次和斯基尔沃瓦战斗时他的背上已受了伤。

马奇科抓住他的衣领,把他从兹比什科身上拖了下来,兹比什科爬了起来,坐在地上,他想站起来,但却站不起来,于是他又坐在地上,好一阵子坐在那里一动不动。他脸色发白,满脸都是汗水,两眼充血,嘴唇发青,出神地望着前面,仿佛神志有些不清醒的样子。

"你怎么啦?"马奇科不安地问道。

"没有什么,只是太累了,拉我一下,让我站起来。"

马奇科把双手伸到他的腋下,立即把他扶了起来。

"能站住吗?"

"能!"

"你痛吗?"

"不痛,只是喘不过气来。"

这时候,捷克人看到场地上的战斗均已结束,于是他来到一座茅舍前面,抓住那个骑士团女仆的脖子。一看到这情景,兹比什科顿时忘记了劳累,感到全身又有了力量,仿佛从来也没有同那个可怕的阿诺德搏斗过似的,他一步就冲进了小屋。

"达奴希卡!达奴希卡!"

但是,没有人回应他的呼叫。

"达奴希卡!达奴希卡!"兹比什科不停地喊叫着。

他停止了叫喊。茅屋里面非常昏黑,他一开始什么都看不见,但是,从用石头堆砌而成的炉灶后面,突然传来了急促而又响亮的喘息声,像一只藏在那里的小动物的喘息声一样。

"达奴希卡!我的上帝!是我,兹比什科!"

这时候,他在黑暗中看见了她的一双睁得大大的眼睛,显得非常惊恐,一副神志不清的模样。于是他朝她冲了过去,紧紧抱住她,但她完全认不出他来了,只想从他怀里挣脱出来,用一种喘不过气来的轻微声音一再说道:

"我怕!我怕!我怕……"

第五十五章

　　无论温柔的情话，还是亲密的温存，抑或诚挚的请求，都无济于事。达奴霞什么人也认不出来，神志也没有清醒过来。控制她整个生命的唯一感觉就是恐惧，一种小鸟被抓住时的恐惧。给她送去食物，她也不愿当着别人的面去吃，从她投向食物的贪婪目光可以看出，她已经受够了饥饿的折磨。只要人一走开，她就会像一只贪婪的小兽那样扑向食物。但是只要兹比什科一走进屋里，她就会躲进角落里，藏在一捆干啤酒花的后面。他徒劳地张开双臂，徒劳地伸出双手，也徒劳地流着眼泪去哀求她，她都不愿从那躲藏的地方走出来。即使把房间里的光亮增强，使她能更清楚地看见兹比什科的脸孔，那也白费力气。看来她不仅失去了知觉，也失去了记忆。兹比什科却目不转睛地望着她，望着她那张又憔悴又无比惊吓的脸孔，望着她那深陷下去的眼睛和她那满身破烂的衣服，一想到她落入什么人的手里，受过多么痛苦的折磨，他就止不住怒火中烧，痛哭流涕。最后他怒不可遏，气恨难平，拿起宝剑就朝齐格弗雷德冲了过去，要不是马奇科把他拉住，他准会当场宰了他。
　　于是叔侄两人就像敌人似的扭打起来。不过，由于兹比什科刚刚和巨人阿诺德鏖战了一场，身体太虚弱了，老骑士终于把他制服了，扭住他的手叫道：
　　"你疯了还是怎么的？"
　　"放开我！"兹比什科恨恨不平地道，"我的心都快碎了！"
　　"就让它碎好了！我决不放开！宁愿让你把头在树上撞个四分五裂，也不能让你玷污了你自己和我们家族的名声。"
　　马奇科像把铁钳似的紧紧握住了兹比什科的手，严厉地对他说道：
　　"你得记住，报仇的机会有的是，你可是个受过册封的骑士，你怎么能这样做？怎么能杀一个已经捆绑起来的俘虏？你这样做对达奴霞毫无用处。结果会怎么样呢？除了耻辱外，什么也没有。你也许会说，许多国王和公爵都杀过俘虏。呸，但这不是在我们的国家！他们能那样做，你却不能这样干。他们有王国、城市和城堡，可你又有什么呢？你只有骑士的荣誉。对于他们，人们不会去指责的，但是你却要受到人们的唾弃！想一想吧！我的上帝！"

出现了片刻的沉默。

"放开我！"兹比什科阴郁地说道，"我不杀他就是了！"

"到火堆那里去，我们得商量一下了。"

他牵着他的手来到了火堆旁边，这是仆人们在炼制松香的炉灶旁边点燃起来的火堆，马奇科在那里坐下来，想了一想，随后才开口说道：

"你要记住，你许过愿，要把这条老狗交给尤兰德，只有他才可以为自己和他女儿所受的苦难报仇。他一定会让他付出代价的，用不着你担心。你必须让尤兰德称心满意，必须让他去做这件事，这不关你的事。尤兰德能做的，你却不能干，因为俘虏不是他抓到的。但是他可以接受你送给他的这件礼物，他可以任意处置这个老家伙，即使是活剥他的皮，也不会受到指责，你明白我说的话吗？"

"我明白！你说得对！"兹比什科答道。

"看得出来你已经恢复了理智，如果你还受到魔鬼的诱导，那你就要想想，你还向里赫顿斯泰因和其他十字军骑士挑过战，许过愿。如果你杀死了一个手无寸铁的俘虏，要是让仆人们传了出去，那么就不会再有什么骑士接受你的挑战了，而且他们那样做合乎法则，千万不能干这样的傻事。不幸再多，也不能再为自己增添耻辱了。现在我们还是来商量一下该怎么办好，该如何行动。"

"您说吧！"年轻的侄子说道。

"我的想法是这样，那条在达奴霞身边的毒蛇应该杀掉，可是杀死女人对于骑士来说是不合适的，因此，我们只好把她送到雅鲁什公爵那里去。她早在林中行宫的时候，就曾向公爵和公爵夫人行过骗，施展过阴谋诡计，就让玛佐夫舍法庭去审判她好了。如果他们不判处她车轮碾死，那他们就是亵渎上帝的公正。只要我们还没有找别的女人来照看达奴霞，那就只好把她留下，达奴霞是需要女人来照顾她的，等我们找到别的女人,我们就把她拴在马尾巴上带走。现在,我们应以最快的速度赶到玛佐夫舍的森林地区去。"

"现在走不了,已经是黑夜了,也许上帝明天会让达奴霞的神志更清醒一些。"

"也好,让马匹休息一下,天一亮我们就动身。"

他们的谈话被阿诺德·冯·巴顿的声音打断了,他仰面躺在不远的地方,和他的剑捆成一根棍似的,他用德语喊起来,老马奇科站起来,朝他走了过去,但是他听不懂他喊什么,于是他便大声喊捷克人过来。

赫拉瓦此时忙于别的事情,不能立即过来。当他们在火堆旁商量的时候,他便走到骑士团那个女仆那里,一只手抓住她的脖子,像摇梨树那样摇晃着她,说道:

"听着,你这条母狗!快到屋里去给少夫人准备好毛皮床垫子。但在此之前,你得先给她穿上你的好衣服,把她的破衣烂衫给你自己穿上,你这条受诅咒的母狗!"

他无法控制住自己的怒火,用力摇得她眼睛都鼓出来了。他本来会扭断她的脖子的,可是他知道还得用她,便改变了主意,把她放开了,说道:

"以后我要把你吊在树枝上,你放老实点!"

她胆战心惊地抱住他的双膝,捷克人把她一脚踢开,于是她便跑进了茅屋,跪在达奴霞的脚前,苦苦哀求道:

"给我说说情,别让他们打我!"

达奴霞只是闭着眼睛,嘴里像往常那样喃喃说道:"我怕!我怕!我怕!"

随后她便完全呆住了,每逢骑士团女仆走到她的面前,都会出现这种后果。这女人给她脱下破衣服,换上新衣服,还给她铺好了床垫,让她躺在上面。达奴霞躺在那里真像个木头人或者蜡做的人。女仆自己则坐在火堆旁,害怕走出屋门。

过了一会儿,捷克人进去了,他先对达奴霞说道:

"您已经在自己人中间了,夫人,因此,以圣父、圣子和圣灵的名义,您安静地睡吧!"

他向着达奴霞画了个十字。为了不大声吓着她,他放低声音对那个女仆说:

"我要把你绑起来,让你就睡在门边。但是,如果你大声喊叫吓着了夫人,我就卡断你的脖子。起来!过来!"

他把她带出了小屋,然后按照他说的,把她捆绑起来,做完这件事后,他才来到兹比什科身边,说道:

"我已经命令那条毒蛇把她的衣服给少夫人穿上了,床铺也铺得软软的,少夫人已经睡下了,您最好不要到那边去,免得她受惊受怕的,上帝保佑,她睡过一夜,明天就会清醒的。现在您倒是该吃些东西、早早休息了。"

"我也睡在那小屋的门槛边。"兹比什科答道。

"那我就去把这条母狗拖开,让她和那具长头发的尸体睡在一起,现在您一定要吃些东西,因为我们前面,路还远着哩,麻烦也不会少。"

他一说完,便从口袋里拿出了一些熏肉和烤芜菁。那是他们在日姆兹营地时就预备好了的。但是他刚把食物放在兹比什科的面前,马奇科就把他拉到了巴顿的面前。

"你仔细地听听,这大块头想要说什么,尽管我能听懂几个词,但我弄不懂他说的是什么。"

"我把他提到火堆那边去,老爷,你们就在那里谈吧。"捷克人答道。

他脱下自己的皮带,穿过巴顿的腋下,然后把他提起往自己背上一放,这个巨人的沉重躯体压得他腰弯背驼,幸亏这个捷克人也身强体壮,把他背到火堆旁,就像扔一大袋豌豆似的把他扔在了兹比什科的旁边。

"把我的镣铐去掉。"十字军骑士说道。

"去倒可以。"老马奇科通过捷克人的翻译回答道,"如果你凭骑士的荣誉起誓,承认你是我们的俘虏,即便你不起誓,我也会吩咐从你的双膝中把剑拿开,给你的手松绑,以便你能和我们坐在一起,但脚上的绳子却不能拿掉,要等我们谈妥了再定。"

他朝捷克人点了点头,便把日耳曼人的手铐解开了,扶着他坐了起

来。阿诺德高傲地望了望马奇科和兹比什科,问道:

"你们是什么人?"

"你竟敢问我们是什么人?这与你何干?你还是自报姓名来!"

"这当然与我有干,因为我只能对骑士才会凭骑士的荣誉起誓!"

"那你就看吧!"

马奇科解开了外衣,露出腰上的骑士皮带给他看。

十字军骑士看见后大吃一惊。少顷,他才开口说道:

"这是怎么回事,难道你们到这荒无人迹的大森林中来拦路打劫吗?你们竟会帮助异教徒来反对天主教徒吗?"

"你胡说八道。"马奇科高声喊道。

这一场谈话就这样开始了,是以不友好的、傲慢的方式进行的,就像在吵架一样。然而当马奇科怒气冲冲地嚷道,正是骑士团不让立陶宛受洗,而且还引证了所有的证据,阿诺德又大吃一惊,便闭口不语了。因为事实是明摆着的,你既不能视而不见,也不能加以否认,尤其使这个日耳曼人感到震惊的是,马奇科一边在说,一边还画着十字。他说:"谁知道,你们到底在为谁服务,如果不是全体,至少你们一部分人是如此。"他之所以感到震惊,是因为在骑士团内部,也的确有这样一种舆论,认为有几个康杜尔是在为撒旦效力。他们之所以还没有受到公开的审判,是担心这会给骑士团带来耻辱。但是,阿诺德非常清楚地知道,教士中间对此议论纷纷,而且他自己都曾听到过这种事情。此外,马奇科还把他从山德鲁斯那里听来的有关齐格弗雷德的令人发指的罪行都说了出来,使这个头脑简单的巨人更是惊恐不安。

"这个和你一起前来打仗的齐格弗雷德,难道是在为上帝和耶稣服务吗?"马奇科说道,"难道你从来都没有听说过,他怎样和魔鬼在一起大声说话,低声耳语,怎样和魔鬼在一起大笑和咬牙切齿的?"

"这是真的!"阿诺德嘟哝着。

这时候,兹比什科的心里又掀起了一股新的悲痛和愤怒的浪潮,突然嚷了起来:

"你还侈谈什么骑士的荣誉?你在帮助一个刽子手、一个地狱里的魔鬼,你真丢脸!你看着一个无辜的女人、一个骑士的女儿,受到如此的折磨而无动于衷,你真可耻卑鄙!也许你自己就折磨过这个无辜的女人!可耻呀可耻!"

阿诺德瞪大眼睛,惊异地画着十字,说道:"以圣父、圣子和圣灵的名义……这是怎么回事?你是说这个上了镣铐、头脑里藏着二十七个魔鬼的姑娘吗?我……"

"可怕!可怕!"兹比什科声音嘶哑地打断了他的话,他又抓住了匕首的手柄,凶狠的目光又向躺在黑暗中的齐格弗雷德那边望了过去。

马奇科不动声色地把手放在他的肩膀上,用力按了他一下,以便他平静下来,他自己则转向阿诺德说道:

"这个女人就是斯佩霍夫的尤兰德的女儿,这位年轻骑士的妻子,现在你该明白了,为什么我们要追踪你们,你为什么成了我们的俘虏!"

"我的上帝!"阿诺德说道,"你们从哪里来?怎么回事?她疯了……"

"十字军骑士把这个无辜的羔羊绑架了,然后又把她折磨成这个样子。"

兹比什科一听到"无辜的羔羊"这几个字,便把拳头放在嘴边,咬住大拇指。无法遏止的痛苦使他的泪水大滴大滴地流落下来。阿诺德沉思地坐着。捷克人用几句话简略地向他谈起了丹维尔德的诡计、达奴霞的被绑架、尤兰德所受的苦刑和同罗特盖尔的决斗,他说完之后,大家都默不作声了,只能听到树木的簌簌声和火堆里火星爆裂的声音。

大家就这样静坐了好几刻钟。最后,阿诺德抬起了头,说道:

"我向你们发誓,不仅凭我骑士的荣誉,也凭耶稣受难的十字架发誓,我几乎没有看见过这个女人,也不知道她是谁,我没有折磨过她,也没有插手过她的事情。"

"那你还得再发誓,你会心甘情愿地跟着我们,绝不会逃走,那么我就会叫人把你全部解开。"马奇科说道。

"就依你说的办吧!我发誓!你们要把我带到哪儿去?"

"到玛佐夫舍去,到斯佩霍夫的尤兰德那里去!"

马奇科一说完,便亲自割断了他脚上的绳子,还把熏肉和烤芜菁指了指,叫他去吃。过了一会儿,兹比什科站了起来,朝小屋的门边走去,他在那里没有看见那个骑士团女仆,因为仆从们已把她带到马群那边去了,兹比什科躺在赫拉瓦为他铺好的毛皮上,决定躺在那里不睡着,一直等到天亮,希冀天明之后,达奴霞会出现好转。

捷克人回到火堆旁,想和博格丹涅茨的老骑士谈谈一直压在他心里的事情。他看到老骑士也在为什么事而伤脑筋,一点也不为阿诺德的鼾声如雷所动。阿诺德在吃饱之后感到很是困乏,睡得像石头一样死沉。

"您还没有休息,老爷?"这个仆从问道。

"睡意从我的睫毛上消失了。"马奇科答道,"愿上帝赐给一个美好的明天……"

他一说完,便抬眼去看天上的星星,又说:

"天空中已能看见熊星座了。我一直在考虑,怎样来安排这一切事情。"

"我也睡不着。脑子里都是兹戈热利兹的小姐的事情。"

"嘿,真的!又是新的麻烦!而且她就在斯佩霍夫。"

"是在斯佩霍夫。我们为何要把她从兹戈热利兹带出来?"

"她自己想去修道院院长那里,修道院院长死了,我还能有别的办法吗?"马奇科不耐烦地答道。他心里感到他负有责任,因此他不喜欢多谈这件事。

"是的!不过现在该怎么办?"

"嗨!怎么办?我把她送回家,然后只好听从上帝的旨意了……"

过了一会儿,他又接着说道:

"是的,全凭上帝的旨意,不过至少得让这位达奴霞恢复健康,像别人一样正常,才知道该怎么办。但是像现在这样要死不活的……鬼才知道!若是她既不能恢复健康……又不会死去……这样拖着怎么办,只好听凭主耶稣的安排了。"

捷克人此时此刻却一直在为雅金卡着想。

"您知道,老爷,当我离开斯佩霍夫向她告别的时候,小姐曾这样对我说过:'如果有什么事情发生,一定要赶在兹比什科前面,赶在马奇科前面回来告诉我。他们总要派人回来报告消息的,那就让他们派你来好了,你就可以送我回到兹戈热利兹去了。'"

"哎!那当然,"马奇科答道,"如果达奴霞回到了斯佩霍夫,她就不好留在那里了。当然要送她回兹戈热利兹去。我为她这个孤儿感到难过,我真的为她伤心。既然这一切全是上帝的旨意,那也就只有这样了!不过如何来安排这件事呢?等一等……你刚说过,她曾吩咐过你,要你先送消息回去,然后再送她回兹戈热利兹,是这样吗?"

"是这样说的,我已经把她说的话都向您复述了。"

"啊,是的!你可以赶在我们前面动身。而且也应该早通知老尤兰德一声,好让他知道他的女儿找着了,免得他突然高兴得送了命。就像我热爱上帝那样,这件事这样安排是最好不过的了。你回去吧!你就告诉他们,我们已经救出了达奴霞,不久我们就会和她一道回到斯佩霍夫的,你随后就把那个不幸的姑娘送到老家去。"

说到这里,老骑士深深叹了一口气,因为他实在为雅金卡难过,也为他心里的那些打算落空而悲伤。

过了片刻,他又问道:

"我知道,你是个机智而又膂力过人的汉子,但你必须小心,不能让她受到什么伤害或者遇到什么危险,因为在路上,常常会发生这样或那样的事情。"

"我一定会保护她的,哪怕掉了我的脑袋也在所不惜!我要带上几个强壮的仆从,斯佩霍夫的老爷一定不会吝惜这几个人的,哪怕要护送她到天涯海角,我也一定能平平安安地送到。"

"嗯,可不能太自信了!你还要记住,就是到了兹戈热利兹,你也必须紧紧盯住布卓佐夫的维尔克和罗戈夫的奇坦……不过,真的,何必再去提防他们呢!以前那样做,是因为我们有另一种打算,现在反正对她不抱什么希望了,一切只好顺其自然了。"

"无论如何,我都要保护好小姐,不让那两个骑士来冒犯她。因为,这位兹比什科的夫人病得这样厉害,这样虚弱……说不定会死的!"

"不错,你说得很对,她病得这样虚弱……是很难活下来的。"

"这得听从上帝的安排了。现在我们要为兹戈热利兹的小姐多想一想。"

"我应该亲自送她回到故里,这才是正理!"马奇科说道,"可是这很难办到。我现在是不能离开兹比什科的,理由很多、很重要!你也看见他咬牙切齿地想要抓住那个康杜尔,把他撕成碎片。如果这个姑娘在路上有个好歹的话,那我真不知道能不能把他阻止住,如果我不在他身边的话,那就谁也阻止不了他,这样一来,永恒的耻辱就会落在他和我们整个家族的头上了,这是上帝决不允许的,阿门!"

捷克人回答道:

"这样吧!有个最简单的办法,您把那条刽子手老狗交给我好了,让我来看管他。等我到了斯佩霍夫,把他交给尤兰德,任凭他如何处置好了。"

"愿上帝赐给你健康,你真聪明!"马奇科高兴地说道,"简单的办法,真是简单的办法!你就把他带走,只要你送到斯佩霍夫时他还是活的就行,你爱怎样办都可以。"

"您也把什奇特诺的那条母狗交给我吧!如果她在路上不给我闹别扭的话,我就把她带到斯佩霍夫去,如果她闹事,我就把她吊死在树上。"

"如果达奴霞看不见这两个家伙,也许就不会胆战心惊了,神志也许会恢复得快一些。不过你要是把这个女仆都带走了,就没有女的来服侍达奴霞了。"

"您大可不必担心,你们在森林里总能碰到当地人或者带家属逃难的农民,您在他们中间找一个好老太婆就行了,随便哪一个女人都要比这条母狗好。现在就由兹比什科骑士来照顾她好了。"

"今天你比往常聪明灵巧多了。兹比什科老和她在一起,让她经常看到他,也许就会好得快,他会像父亲、又会像母亲一样精心照看她的。就这样办吧,你何时动身?"

"天不亮就出发,现在我去躺一会儿,看来还没有到午夜哩。"

"像我说过的那样,熊星座已经升入中天了,而小鸡星却还没有出现哩!"

"感谢上帝,我们总算想出了万全之策,我心里一直放心不下。"

捷克人一说完,便伸直双脚躺在快要熄灭的火堆旁,身上盖着一件长皮袄,转眼之间便睡着了。当他醒来时,天空还没有一丝白意,依然夜静更阑,他从皮袄下面爬出来,抬头望了望星星,伸了伸有些发硬的四肢,便去叫醒马奇科了。

"是该我动身的时候了!"捷克人说道。

"到哪里去?"马奇科一面迷迷糊糊地问道,一面用拳头擦着眼睛。

"到斯佩霍夫去!"

"啊,是的!是谁在旁边打呼噜,响得连死人都能吵醒。"

"阿诺德骑士。我先往火堆上扔些木柴,然后去叫醒仆人。"

他说完便离开了,过了不一会儿,他就急急忙忙地回来了,远远地便压低声音叫道:

"老爷,坏消息!"

"发生了什么事?"马奇科随即跳了起来问道。

"那个女仆逃掉了。仆人们把她放在马群中间,把她脚上的绳子解开了,愿天雷打死他们,等到他们熟睡了,她就像条蛇似的从他们身边溜过逃走了。您去看看,老爷!"

心神不安的马奇科急忙和赫拉瓦一起来到马群那里,但是那里只有一个仆人。其余的仆人都去寻找女逃犯了。但是,在这样茫茫的黑夜里,在如此稠密的森林中,要去寻找一个人真是愚蠢至极了。过了不久,他们都垂头丧气地回来了,马奇科一声不响地用拳头教训了他们一顿,随后便回到火堆旁,因为他也无事可做了。

过了一会儿,守在小屋门外的兹比什科也无法入睡,听到响声便来到这边,想看看是怎么回事。马奇科把他和捷克人商量的事告诉了他,同时还把女仆逃跑的事也告诉了他。

"这不是什么大不了的坏事。"他说,"因为她不是在森林中饿死,就会被农民抓住,活剥了她的皮,那还得先看看她有没有被狼群吃掉。可惜的是,她未能受到斯佩霍夫的惩处。"

兹比什科引以为憾的是,她未能受到应有的惩罚,但是他却平静地接受了这个消息。他也不反对捷克人带齐格弗雷德先走,因为只要是不直接涉及达奴霞的任何事情,他都不感兴趣。他立即就说起她来。

"我明天就把她放在我的身前,和她同骑一匹马走。"他说。

"她情况如何?还在睡吗?"马奇科问道。

"有时她哼几声,不知道她是睡着了在哼呢,还是醒着时在哼,我不想进去看她,怕会吓着她。"

他们的谈话被捷克人打断了,他一看见兹比什科就大声说道:

"啊哈,少爷您也起来了,现在我该出发了。马匹都准备好了,老魔鬼也被绑在了马鞍上。不久就要天亮了,因为现在夜短天长。再见了,老爷,少爷!"

"上帝与你同在,祝你健康。"

但是,赫拉瓦又把马奇科拉到一旁,说道:

"我想拜求您一件事,万一发生什么事,老爷,您知道……比如什么不幸的事……您就派一个仆人日夜兼程地赶到斯佩霍夫来。如果我们离开了斯佩霍夫,也要让他来追上我们!"

"好!"马奇科答道,"我也忘了告诉你,你先把雅金卡送到普沃茨克去!你明白吗?你送她去见主教,并告诉他,她是谁,她是修道院院长的教女,修道院院长的遗嘱就在主教那里保存着。然后你就请求主教保护她,因为那也是遗嘱写明了的。"

"如果主教要我们留在普沃茨克呢?"

"你就一切都听从他的吩咐,按照他的意见去做!"

"好吧,就这样办!老爷,再见!"

"再见!"

第五十六章

阿诺德骑士第二天才知道骑士团女仆逃跑了的事情,他只是笑了一下,表示了和马奇科同样的意见:她不是被狼群吃掉,就是被立陶宛人打死,而且这种可能性是完全存在的,因为当地居民都是立陶宛人的后裔,都非常憎恨骑士团及与骑士团有交往的一切人员。男人们有的逃到了斯基尔沃瓦那里,有的奋起反抗,到处杀死日耳曼人。他们都把自己的亲属和牲畜藏匿在人迹罕至的原始森林深处。第二天,他们又去搜寻那个女仆,由于大家并不那样热心,因此搜寻依然毫无结果,同时也因为马奇科和兹比什科都在忙于别的事务,没有下达严厉的命令。他们叔侄两人都在忙着赶回玛佐夫舍的事情,他们本想太阳一出来就动身的,但是没有走成,因为达奴霞睡得非常熟,兹比什科不想叫醒她,晚上他听到达奴霞的哼声,猜到她没有睡着,现在她才睡熟的,于是他对这次熟睡抱有很大的希望。他两次悄悄走进小屋,凭借墙壁缝里透进来的亮光,两次都看到她紧闭着双眼,张着一张小嘴,脸色通红,完全与一个熟睡的孩子一样。兹比什科见此情景,无限激情油然而生。他深情地对她说道:"愿上帝赐予你休息和健康,我最可爱的花朵!"接着他又说:"你的苦难结束了,你用眼泪洗脸的日子也快过去了,主耶稣会保佑你的幸福有如江河的滚滚水流无穷无尽!"同时,他那颗朴素而又善良的心向往着上帝,他问自己:"我应该用什么来报答你呢?我该用什么来感谢你的大慈大悲呢?我该给教堂捐献些什么东西呢?"财富、谷物、牲畜、蜡油,抑或是其他上帝所喜爱的物品。他甚至想立即就发誓许愿,并列举出他所要捐献的祭品来。但是他情愿再等一等,看看达奴霞醒来后的健康情况,她是否能神志清醒。他还不能确定,该如何去进行感恩。

马奇科非常清楚,只有到了雅鲁什公爵的地界才能平安无事,但他也觉得还是不要去打扰达奴霞的休息好,也许这次休息可以使她得救,于是他只好吩咐仆人作好准备,备好马匹等在那里。

中午都过去了,她依旧在熟睡,叔侄两人开始感到不安了。兹比什科原先一直在屋外通过缝隙和房门朝里张望着,此时第三次踏入房内,坐在昨天那个女仆给达奴霞换衣服的那个木凳上。

他坐在那里凝视着她,她依然紧闭双眼,大约过了不到念一遍"主祷文——健康辞"的时间,她的嘴便稍稍抽动了一下,虽然闭着眼睛却像是看见了似的,轻声叫道:

"兹比什科……"

他立即跳将过去,双膝跪在她的前面,握着她那双瘦骨嶙峋的手,热烈地吻着,断断续续地说道:

"感谢上帝!达奴希卡,你认得我了!"

他的声音把她完全惊醒了,于是她在铺垫上坐了起来,睁开眼睛,又说了一遍:

"兹比什科!"

她眨巴着眼睛,惊异地朝四下里张望着。

"你已经不再受他们奴役了!"兹比什科说道,"我把你救出来了,正要一起回斯佩霍夫去!"

但是她从他的手里缩回了双手,说道:

"这一切都是由于没有得到父亲的允许才发生的。公爵夫人在哪里?"

"快醒醒吧,我的小乖乖,公爵夫人离这里很远,我们已经把你从日耳曼人手中救出来了。"

她好像没有听见他的话似的,像是在回忆什么事情:"他们拿走了我的诗琴,往墙上砸它,都砸碎了,嗨!"

"我的上帝!"兹比什科叫道。

直到这时他才看出她神志恍惚、两眼无神、双颊绯红。此时他的脑海里闪过一个想法:她一定病得很重,她两次说起他的名字,只不过是她发高烧时说胡话而已。

于是,他的心里怕得发抖了,额头上直冒冷汗。

"达奴希卡!"他说,"你看出是我,明白我说的话吗?"

但是她却低声哀求道:

"喝……水!"

"仁慈的耶稣啊!"

兹比什科一步跳出了小屋,在门前还差点撞倒了前来探望的马奇科,他朝他只说了一个字"水",便向近处的小溪飞奔而去,这条小溪在密林和苔藓中间蜿蜒流过。

不久,他便提了满满一罐水回来,递给达奴霞,她便大口大口地喝了起来。刚才已来到小屋的马奇科,看到姑娘病成这种模样,脸色立即阴沉起来。

"她在发烧吗?"他问道。

"是的!"兹比什科悲切地答道。

"她听得懂你说的话吗?"

"听不懂!"

老人紧蹙起双眉,然后抬起手来,摸了摸自己的脖子和后脑勺。

"怎么办?"

"不知道。"

"只有一种办法。"马奇科答道。

就在这时候,达奴霞打断了他们的谈话,她喝完了水,便瞪着一双大眼望着他们,说道:

"我没有得罪过你们呀,请你们开开恩呀!"

"我一直都在爱护你呀,孩子,我只希望你幸福。"老骑士不无激情地答道。

接着他对兹比什科说道:

"听着!留在这里对她毫无益处,她应该吹吹风、晒晒太阳,这样对她反而有益,你不要发呆,孩子,快把她放在原先的那个篮筐里,或者放在马鞍上和我们一起往回走吧!你明白吗?"

他说完便离开了小屋,想发出最后一道准备上路的命令,可是等他朝前一看,便突然站住了,像生了根似的。

一大队持矛执斧的步兵密密麻麻像堵墙似的包围了茅屋、炉灶和这块林中空地。

"是日耳曼人!"马奇科心中想道。

马奇科惊骇万分,眨眼之间他抓起了剑柄,咬紧牙关,像一头被群犬围住的野兽那样,准备拼死自卫。

这时候,那个巨人似的阿诺德和另一个骑士从炉灶那边朝他走了过来,快走到他跟前时说道:

"命运之神的车轮转得很快,刚刚我还是您的俘虏,如今您却成了我的俘虏了。"

他说完这句话,便傲慢地望着马奇科,就像望着一个比自己低下的仆役那样。阿诺德并不是坏人,也不是很残暴的人。但是他也具有十字军骑士所共有的秉性:他们尽管富于教养,也颇谙人情世故,但一旦觉得自己胜过别人,便再也不掩饰对战败者的蔑视。

"你们是俘虏了!"他高傲地对马奇科说道。

老骑士阴郁地朝周围环视了一眼,心里不免感到沉重,但却依然表现出应有的尊严和傲气。如果他全副武装,又骑在战马上,身边又有兹比什科,如果他们都有利剑、斧头在手,或者哪怕有一根当时波兰贵族挥舞自如的那种可怕木棍,他也会试着去冲破这矛与斧组成的围墙。然而现在,马奇科却是徒步地站在阿诺德的面前,他独自一人,又未穿铠甲,而且还看到仆从们都放下了武器,他又想到兹比什科也是赤手空拳和达奴霞一起待在小屋里。作为一个经验丰富而又久经沙场、熟谙战事的人,马奇科清楚地知道已无别法可想了,只好认栽。

于是他慢慢地从剑鞘里拔出了短剑,扔在那个站在阿诺德身旁的骑士的脚下,那个骑士也像阿诺德一样傲慢,但却彬彬有礼地用一口流利的波兰话说道:

"请问您的姓名,阁下!我不会下令把您绑起来,只要发个誓就行了。我已经看出您是个被册封的骑士,而且对我的兄长也很人道。"

"我发誓!"马奇科答道。

他说完姓名之后,便问他们,他能否自由地到小屋里去通知他的侄子不要有什么疯狂的举动。他得到准许之后,便消失在门里了,过了不一会儿,就拿着一把匕首出来了,说道:

"我的侄子身边连一把长剑也没有,他请求你们,在你们离开这里以前,能让他和他的妻子待在一起。"

"就让他留在那里好了。"阿诺德的兄弟说道,"我会派人给他送去吃的和喝的东西,我们并不会马上走的。因为我的人马太疲劳了,也需要休息一下,填填肚子。我们也请您,阁下,和我们一起共进饮食。"

他一说完,两个日耳曼人便转身朝马奇科晚上睡觉的那个火堆走去,但不知是出于傲慢,还是由于粗鲁、不懂礼貌,他们走在了前面,而把马奇科留在了后面。但这位老骑士是个阅历丰富的人,他知道在一言一行中都应遵守礼节。于是他便问道:

"阁下,请问,你们请我是作为客人呢,还是作为俘虏?"

这时,阿诺德的兄弟才感到羞愧,便止住了脚步,说道:

"请先走,阁下!"

老骑士走在了前面,但是他不想伤害他的自尊心,因为他对这个人还抱有一些期望,于是他便说道:

"阁下,看得出来,您不仅会说多种语言,而且还了解宫廷的礼仪。"

阿诺德只能听懂几个词,便问道:

"沃尔夫甘,什么事?他在说什么?"

"没有什么,他说的是实在话。"沃尔夫甘答道,显然他被马奇科捧得心里高兴了。

他们在火堆旁边坐了下来,仆从们拿来了食物和饮料,马奇科给这两个日耳曼人的教训没有白费,因为沃尔夫甘在进餐的时候,客气地先让了马奇科。老骑士从谈话中得知他们是如何陷入包围的。沃尔夫甘是阿诺德的弟弟,也率领着一支奇乌霍夫的步兵前往戈泰斯韦德尔去镇压日姆兹人的反抗,可是这支从边远地区前来的步兵队伍,未能赶上骑兵。阿诺德也不想等到他们的会合就先走了。因为他想,反正在路上会碰上从离立陶宛边境较近的城市或城堡出来的步兵队伍。这样一来,这位弟弟便迟来了几天。当他们正好经过炼松香场附近的时候,便碰上了夜里逃出来的那个骑士团女仆,她把阿诺德的不幸遭遇告诉了他。当他用德语把这件事的经过说给阿诺德听的时候,阿诺德开心地笑了,而且最后还声称,他早就预料到会有这样的结果。

但是,工于心计的马奇科,无论遇到任何的情况都能应付自如。这时,他想到,同这两个日耳曼人套套近乎定会对他有好处。于是过了一会儿,他便说道:

"做俘虏总是令人难堪的事情,不过我得感谢上帝,让我落在了你们手里,而不是别人手里。因为我相信,你们都是真正的骑士,而且也很遵守骑士的信誉。"

听到这话,沃尔夫甘闭起双眼,点了点头,虽然他依旧是副矜持的样子,却露出了满意的神情。

老骑士接着说道:

"而且您说我们的话又说得那么好!显然上帝赋予了您,阁下,多方面的才能!"

"我会说你们的话,是因为奇乌霍夫的人都说波兰话。我哥哥和我在那儿的康杜尔手下工作了七年。"

"您迟早都会接任那儿的康杜尔的!一定会是这样的!您的哥哥就不大会说我们的话。"

"他能听懂一点,却不会说,我哥哥力气大,但我也不含糊,他要比我笨一些。"

"嘿,可是我看不出来他什么地方笨。"马奇科答道。

"沃尔夫甘!他说什么?"阿诺德又问了一句。

"他在赞扬你哩!"沃尔夫甘答道。

"啊,是的!"马奇科又加了一句,"我赞扬他是个真正的骑士,这是最根本的,我老实地告诉您,我今天本想凭誓言就放了您的,让您爱去哪儿就去哪儿,只要一年之内回来就行。这种情况在被册封过的骑士中间是经常出现的。"

于是,马奇科双眼紧盯住沃尔夫甘的脸,后者皱了皱眉头,说道:

"我本来也会凭誓言释放你们的,如果你们没有帮助异教狗杂种来打天主教徒的话。"

"您说得不对!"马奇科答道。

于是又出现了像昨天马奇科和阿诺德的那种激烈的争论。老骑士尽管理由充分,但争论却进行得非常困难,因为沃尔夫甘比他哥哥更能言善辩。不过,这场争论却带来了另一种好处,那就是让沃尔夫甘了解了什奇特诺所干下的种种罪行,他们的阴险狡诈和背信弃义,同时也让他知道了达奴霞的不幸命运。对于马奇科所提出的种种坏事,沃尔夫甘无言可答。他不得不承认:报仇是正义的,波兰骑士有权这样做,他们的行动是正当的。最后沃尔夫甘说道:

"我凭李博留什的光辉骸骨起誓,我是绝不会同情丹维尔德的,人们都说他会耍弄黑色巫术①,但是上帝的威力和正义要比黑色巫术更强大有力!至于齐格弗雷德,我不知道他是否在为魔鬼效劳,但我也不会去把他追回来,因为第一,我没有骑兵;第二,如果照你们所说,他折磨了那个姑娘,就让他永世都不能从地狱中出来。"

说到这里,他画了个十字,又接着说道:

"上帝啊,请给予我死后以帮助!"

"您将如何处置那个不幸的、受苦受难的姑娘呢?"马奇科问道,"难道你们不允许把她送回家去吗?难道还要让她死在你们的地牢里吗?请你们想想上帝的愤怒吧……"

"我对那女人无所谓。"沃尔夫甘粗暴地说道,"你们两人之中可以有一个人送她回到她父亲那儿,只要他发誓以后回来,另一个则应留下不走。"

"咳!但是如果我以骑士的荣誉和圣乔治的矛起誓呢?"

沃尔夫甘犹豫了一下,因为这是发大誓。但是就在这时候阿诺德第三次发问道:

"他在说什么?"

他得知事情的真相后,便坚决反对,而且还说了许多粗话,他在这件事情上自有他自己的打算,因为他在大的战斗中已被斯基尔沃瓦打败,而在单个的决斗中又被波兰骑士俘获。作为一个战士,他清楚地知道,他弟弟的步兵队不可能再去戈泰斯韦德尔,否则又会像那些先头部队一样全军覆没,因此他们不得不返回马尔堡去。他也知道,他必须向

----
① 即以召唤妖魔鬼怪来帮忙的巫术。

大团长和元帅陈述他的失败经过，而且他也懂得，如果能把至少一个重要的俘虏带回马尔堡去，那他也就能挽回一点面子了，把一个活的骑士摆在他们的面前，比你说抓到两个这样的俘虏还要更有价值。

马奇科一听到阿诺德的坚决反对和高声咒骂，便立即决定，接受他们的条件，因为再去请求也是毫无用处的，于是转身对着沃尔夫甘说道：

"阁下，我再求您一件事，允许我去通知我侄子一声，我相信他会明白，他应该和他的妻子在一起，而我必须和你们在一起，无论如何我都得告诉他一下，这是你们的意旨，不能有讨价还价的余地了。"

"好吧，反正对我都是一样。"沃尔夫甘说道，"我们现在来谈谈赎身金的问题，令侄必须把他自己的和您的赎身金带来，因为一切都将取决于赎身金。"

"是关于赎身金吗？"马奇科问道，他很想把这个问题拖到以后再谈，"难道以后我们会没有时间来谈这个问题吗？对于一个册封的骑士来说，他的誓言和现金一样重要。至于赎金的数目吗，也可由良心来决定。我们在戈泰斯韦德尔附近抓住了一个重要的俘虏，名叫德·罗西的骑士。我的侄子——就是他抓到的——凭誓言就放了他，至于赎金的价值，连一句也没有提及。"

"你们俘虏了德·罗西先生吗？"沃尔夫甘立即问道，"我认识他，是个富有的骑士，但是，我们在路上为什么没有碰到他呢？"

"显然他走的不是这条路，他要到戈泰斯韦德尔去，或者要到拉格内达去……"马奇科回答道。

"这位骑士富有，而且出身名门望族。"沃尔夫甘又说了一遍，"你们抓到了一个大财宝。您提到这件事，很好，现在我不能胡乱放走你们了。"

马奇科舔了一下胡子，高傲地抬起了头，说道：

"我们知道我们的身价！"

"那就更好了！"沃尔夫甘说道。可是过了一会儿，他又接着说道：

"那就更好了，这不是给我们的，我们都是谦恭的教士，我们都发过誓要过俭朴的生活，而是为了骑士团，骑士团会把你们的赎金用在上帝的名望上。"

马奇科对此一言不发,只是用一种目光望着沃尔夫甘,仿佛要说:"你还是去对别人说吧!"过了一会儿,他们便开始讨价还价了。这对于老骑士说来,真是一件困难而又令他痛心的事情,因为一方面他必须承受一笔巨大的损失,另一方面,他也知道,他不能把兹比什科和他自己的身价定得太低。于是他像条黄鳝那样溜来滑去的,尤其是因为沃尔夫甘这个人,虽然举止谈吐较为文雅,但却是个贪得无厌而又铁石心肠的人。唯一的安慰是他想到德·罗西会付还给他这笔钱的,但是这也使他苦恼,因为他不得不失去德·罗西的赎身金。至于齐格弗雷德的赎身金,他根本就没有考虑过,因为他知道,无论是尤兰德,还是兹比什科,无论出多高的赎金,他们都不会放过齐格弗雷德这条命的。

经过长久的讨价还价,他们达成了赎金数目和交款日期的协议,同时也商定了兹比什科能带走多少马匹和随从。马奇科随即去告诉了他的侄子,并劝他立即离开,他显然担心那两个日耳曼人时间一长又会变卦。

"这就是骑士的命运。"马奇科叹了口气,说道,"昨天你俘虏了他们,今天他们便抓住了你!啊!这有什么办法呢!但愿上帝保佑我们又能交上好运!但是现在你不能丧失良机,你得抓紧时间,也许你还能赶上赫拉瓦,你们合在一起会更安全一些。只要你们走出这蛮荒之地,进入居民较多的玛佐夫舍地区就好了,那里的每一个贵族或者小贵族都会给你以接待、帮助和照顾。在我们的国家里,连外国人都不会被拒之门外,何况还是本国的自己人呢!对于这位不幸的达奴霞来说,也许到了那里便会豁然顿苏的。"

他边说边看了达奴霞一眼,她正处在半睡半醒之中,呼吸急促而又声音较大,一双透明的手平放在黑熊皮上,烧得颤抖不停。

马奇科向她画了个十字,说道:

"嘿,快把她带走,愿上帝恢复她的健康。我看她已是奄奄一息了。"

"不要这样说!"兹比什科悲痛欲绝地喊道。

"全靠上帝的恩威了。我去吩咐他们把马牵到这里来,你骑上就走！"

他从小屋出来后便去安排出发的事宜了。查维夏赠送给他们的那两个土耳其人把马牵来了，抬着那个垫有苔藓和毛皮的篮筐。为首的是马奇科的随从维特。过了一会儿，兹比什科抱着达奴霞出来了，这情景是那样动人，连巴顿兄弟俩都受到好奇心的驱使而来到小屋的前面，他们看到达奴霞还像个半大的孩子，她的脸简直就像教堂壁画上圣女的脸一样，她病得那样沉重，连头都抬不起来了，只是困难地靠在年轻骑士的肩膀上。他们惊讶地互相望了一眼，心中激起了对那些造成她不幸的罪魁祸首的愤慨。"齐格弗雷德的心是颗刽子手的心，而不是骑士的心。"沃尔夫甘对哥哥悄悄说道，"而那条毒蛇，虽然是她让你获得了自由，但我还是要下令鞭打她一顿。"而兹比什科像母亲抱着孩子那样抱着达奴霞，也使他们大为感动，他们看出他是多么地爱她，因为他们的血管里也流着年轻人的血。

兹比什科犹豫了一下，是把达奴霞放在马鞍上，一路上抱住她呢，还是把她放在摇篮筐里好，经过一番考虑之后，他决定还是让她躺在篮筐里，躺着远行会更舒适些。随后他走到叔叔的跟前，吻了吻他的手，向他告别。马奇科的确非常爱自己的侄子，如同爱自己的眼珠一样，虽然他不想在日耳曼人面前流露出他的激动心情，然而依然控制不住自己，还是紧紧抱住了他，把嘴紧紧贴在兹比什科那头浓密的金发上。

"愿上帝指引你！"他说，"你一定要记住我这个老头儿，做俘虏总是困苦难受的。"

"我不会忘记的！"兹比什科答道。

"愿至上的圣母赐予你幸福快乐！"

"上帝会为此和为你所做的一切报答你。"

过了一会儿，兹比什科已经上了马，马奇科突然想起了一件事情，便向他跑了过去，把一只手放在他的膝盖上，说道：

"听着，如果你追上了赫拉瓦，别去动齐格弗雷德，小心别给你自己和我这白发老人带来耻辱。尤兰德可以那样做，而你不可以去动他，你凭你的剑和骑士的荣誉给我发个誓！"

"只要您还没有回来，我就要劝阻尤兰德不去伤害他，免得日耳曼人为了齐格弗雷德而向您报复。"

"看来你很关心我的。"

年轻的骑士凄然一笑:

"您心里有数!"

"走吧!祝你一路平安!"

马匹启程了,过了不久,便消失在浓密的榛树林中。马奇科突然感到黯然神伤、形单影只。他的整个心思都在为他挚爱的侄子担惊受怕,因为在他身上寄托着整个家族的希望。但他随即就克制住了悲伤,因为他是个坚强的人,有很强的自制力。

"感谢上帝!"他对自己说,"当俘虏的不是他,而是我……"

他转向日耳曼人说道:

"请问,先生们,你们何时开拔,准备到哪儿去?"

"我们爱什么时候走就什么时候走。"沃尔夫甘答道,"我们要到马尔堡去,我们得让您,阁下,先去见见大团长。"

"咳!他们准会因为我帮助日姆兹人而将我砍头的!"马奇科心里想道。

但是,他一想到德·罗西在他们手里,而且巴顿兄弟二人也会为了赎金而保护他性命的,便放下心来了。

"其实,"他心里想道,"在这样的情况下,兹比什科既可以不必前去投案,也不用花费自己的钱财了。"

这种想法给他带来了不小的安慰。

第五十七章

兹比什科无法赶上他的侍从，因为赫拉瓦是日夜兼程在赶路，只有在不使马匹累倒的情况下才休息一会儿，马匹由于只能喂食青草，身体软弱，不能像喂食燕麦的马匹那样走长路。赫拉瓦既不顾惜自己的身体，也不关心齐格弗雷德的年老体衰。这个老十字军骑士非常痛苦，因为膂力过人的马奇科上次扭断了他的骨头，而最使他难受的是潮湿的森林中蚊蚋特别多，而他的双手又被捆着，双脚也被缚在马肚的下面，使他无法驱赶那些蚊子。赫拉瓦自己的确没有给予他任何的折磨，但对他也毫无任何的怜悯之心，只是每逢打尖时，才把他的右手解开让他进食。"吃吧！你这只饿狼，让我能把你活着送到斯佩霍夫的主人那里。"他就是用这样的话来让齐格弗雷德进食的。齐格弗雷德起初想进行绝食，但等他一听到要用小刀撬开他的牙齿，把食物硬塞进他的喉咙里，便放弃了原来的企图，以免骑士团的尊严和骑士的荣誉受到损害。

捷克人必须早早地赶在他主人们之前到达斯佩霍夫，以免他所崇敬的小姐感到尴尬。赫拉瓦为人朴素，又非常勇敢，同时也不乏骑士的感情。他清楚地知道，如果达奴霞回来后，雅金卡还依然留在斯佩霍夫的话，她会觉得难堪的。"等到了普沃茨克后，可以对主教这样说，"他想，"因为博格丹涅茨的老骑士是雅金卡的保护人，他才把她带了出来。然后，在那里再宣扬一番，说她现在是受到主教保护的，除了兹戈热利兹外，她还继承有修道院院长的财产，这样一来，即使是总督的儿子，她也是配得上的。"这样一想，他的旅途也感到轻松多了。不过，这件事老是令他苦恼：他给斯佩霍夫送去的是好消息，但对他的小姐来说则是不幸的判决。

安努尔卡那像苹果一样红润的脸蛋，也老是在他的眼前出现。这时候，只要路好走，他便会催马加鞭，想尽快赶到斯佩霍夫去。

他们常常走错路，或者不如说他们在森林中根本没有什么道路可走，不得不用砍刀砍出一条道来。捷克人只认准一个方向：朝南偏西地走去，一定会到达玛佐夫舍的，等到了玛佐夫舍地区他才会感到放心。白天有太阳指路，晚上有星星指引方向。茫茫林海，仿佛走不到尽头似的。他们在昏暗的密林中走过了多少个日日夜夜。赫拉瓦不止一次地想到，年轻的骑士绝不可能把他的妻子活着带出这荒无人迹的原始森林，因为在这里既无食物，又得不到救助，晚上还得保护好马匹，免得遭受狼群和黑熊的侵害。白天，他们还得避开成群结队的野牛，可怕的野猪常常在松树干上磨着它们的尖牙獠齿。而且在这里，如果你不会使用石弓或者长矛去猎获鹿和小野猪，你就会终日没有吃的。

"他在这里怎么办？"赫拉瓦想道，"还带着一个被折磨得奄奄一息的姑娘。"

他们常常得绕过大片的沼泽地或者深坑。由于连日春雨不断，许多地方已经积流成河，难以行走。荒野里还有许多湖泊，每当夕阳西下的时候，他们便看到在霞光映红的湖水里有成群结队的野鹿和驼鹿在嬉戏饮水。有时也能看见炊烟，表示那里已有人住。赫拉瓦有好几次想到这些森林居民点去，但见到的则是一群群野人，他们赤裸的身体上只披裹着兽皮，武器只有短锤和弓箭，眼睛从杂乱纠结的头发下面露出凶光。赫拉瓦乘他们刚见到骑士、惊奇发呆的时候，便急忙离开了他们。

但是，捷克人还是有两次受到了弓箭的袭击，还受到了"伏基利"（日耳曼人）呐喊声的追击，但他情愿逃走，也不想去向他们表明自己的身份。又过了几天，他才认为他们或许已过了边境，但是依然无人可问，不能证实。后来遇见了几个会说波兰话的移民，才知道他们终于到玛佐夫舍的国土了。

虽然玛佐夫舍的东部地区依然是一片茫茫林海，但是这一带的路好走多了，尽管这里依然人烟稀少，但是每碰到一个居民点，那里的居民并不那样惊慌恐惧，也许是因为他们并不处在仇恨的环境中，也许是由于这个捷克人能和他们一样说波兰话。然而最令他受不了的是人们

的好奇心,他们常常把这些骑者团团围住,向他们提出许多问题,等到他们得知他带着一个十字军骑士俘虏时,便纷纷说道:

"把他送给我们吧,先生,我们会处置他的!"

他们对捷克人胡搅蛮缠,使得他常常对他们发火,他不得不向他们解释,这是公爵的俘虏,这时候他们才让步。后来,他们到了人烟稠密的地方,与贵族和地主们打交道也不容易。他们都很仇恨十字军骑士,因为不论在什么地方,对他们公爵所受到的污辱都记忆犹新。那还是在和平时期,十字军骑士团就在兹沃托里亚绑架了公爵,并把他作为俘虏囚禁起来。他们并不是要"处置"齐格弗雷德,而是这个或那个强壮的贵族向捷克人提出:"把齐格弗雷德解开绳绑,我给他武器,然后和他进行一场你死我活的决斗。"捷克人则理由充分地回答他们说:复仇的权利首先当属不幸的斯佩霍夫主人尤兰德,谁都无法剥夺他的这种权利。

在人烟稠密的地方,路也好走多了,因为道路较为平坦,马匹也有了充足的饲料,喂的都是燕麦和大麦。捷克人更是日夜兼程地赶路,在圣体节前十天,他们便到达了斯佩霍夫。

他是在黄昏时刻到达的,跟上次马奇科从什奇特诺派他来报告老骑士要到日姆兹的消息时一模一样,而且也和那次一样,雅金卡从窗口一看见这个侍从便跑了出来,他立即跪倒在她的脚下,半晌说不出一句话来。但是她把他扶了起来,便立即带他上楼,因为她不愿意当着别人的面来问他情况。

"有什么消息?"她焦急得有些发抖地问道,连气都几乎喘不过来了,"他们都活着吗?健康吗?"

"都活着,而且健康!"

"她找着了吗?"

"找着了,他们救出她来了。"

"赞美耶稣基督!"

不过,当她说这句话的时候,她的脸色非常苍白,因为她的全部希望都化成泡影了。

但是,她并没有失去控制,也没有失去神志,过了一会儿,她已经完全平静下来了，重又问道：

"他们何时能到这里？"

"还要再过几天！她病了，路又非常难走。"

"她病了吗？"

"她是被折磨成病的，神志已经不大清醒了。"

"仁慈的耶稣！"

出现了短暂的沉默，只有雅金卡苍白的嘴唇在动，仿佛在默念祈祷一样。

"她还认得兹比什科吗？"她又问道。

"也许认得，但我不知道，因为我马上就离开了他们，回来向您报信，在他们到达之前先赶回这里来的。"

"上帝会报答你的。你把事情的经过说一说。"

捷克人简略地讲述了他们如何救出达奴霞，如何抓住巨人阿诺德和齐格弗雷德。他还告诉她，他把齐格弗雷德带回来了，因为年轻的骑士要把他送给尤兰德，让尤兰德亲自去向他报仇。

他刚一说完，雅金卡就说："我需要马上去见尤兰德。"

雅金卡出去后，他没有单独待多久，安努尔卡便从隔壁房间里向他跑了过来。然而，这个捷克人，也许是因为长途跋涉，劳累过度，脑子还是昏昏沉沉的，也许是太思念这个姑娘了，他一见到她，便不顾一切地拦腰抱住了她，把她紧紧压在自己的胸口上，狂热地吻着她的眼睛、脸颊和嘴唇，仿佛他早已向她倾诉了爱情，现在不过是进一步表示他的感情罢了。

的确，他在路上的时候，心里早就向她表露了他的爱情。因此，他理所当然地要吻她，没完没了地吻她，他那样用力地拥抱她，使她连气都喘不过来了。但她并不推拒，开始只是惊讶，接着便心醉神迷，像要昏了过去。如果不是有双强壮的手搂住她，她真要倒在地上了。幸好这一切并没有持续很长的时间，楼梯上便传来了脚步声，过了一会儿，卡列布神甫便走了进来。

他们立即跳开，卡列布神甫又问了他许多问题，但是赫拉瓦还未缓过气来，回答很困难。卡列布神甫还以为他是旅途劳累所致，神甫听完确切的消息,说达奴霞已经找到,救回来了,还把残害她的刽子手带回了斯佩霍夫,便两膝跪在地上,向上帝表示感谢。这时候赫拉瓦也稍微平静了一些。等神甫站起来时,他已能心平气和地把如何找到和救出达奴霞的经过,一五一十地向他重说了一遍。

"上帝救了她,"神甫听完他的话后,说道,"并不是还要让她的神志和心灵都处在黑暗中,并不是还要让她处在魔鬼的控制之中,只要尤兰德把自己的圣徒之手①放在她的身上,为她做一次祈祷,他就一定能恢复她的神志和健康。"

"尤兰德骑士?"捷克人惊奇地问道,"他有这样的法力吗?他还活着就能成为一个圣徒吗?"

"即使他还活着,那也已在上帝面前被认为是个圣徒了。等他死了之后,天堂里就会多出一个殉难者——保护神了。"

"您刚才说,尊敬的神甫,把他的圣徒之手放在女儿头上,难道他的右手又长出来了?我知道您一直在为他的那只右手向天主耶稣祈祷。"

"我说的'那双手',不过是按通常习惯说的。但是只要上帝慈悲恩赐的话,一只手也足够了。"神甫答道。

"那当然!"赫拉瓦应了一句。

不过他的声音里有点失望的情绪,因为他原以为会看到一个真正的奇迹,雅金卡的到来打断了他们的谈话。

"我已经非常小心地把消息告诉了他,免得他突然听到太高兴了,怕他受不住而丧命。他听后便立即十字形地趴在地上做起祷告来。"

"即使没有这消息,他也是整夜整夜地趴在地上祈祷,今天我相信,他定会一直祷告到早晨的。"卡列布神甫说道。

事情果然如此,他们几次去看他,每一次都看见他躺在地上。他不是在睡觉,而是在狂热地祈祷,几乎达到一种忘我的境界。

直到第二天早上,天已经大亮了,雅金卡又去看他的时候,他表示想见见赫拉瓦和那个俘虏。他们立即从地牢里提出了齐格弗雷德,齐

---

① 卡列布神甫说的"圣徒之手"中的"手"一词是复数,所以才会有赫拉瓦后面的问话。

格弗雷德的一双手交叉地被捆在胸前。所有的人都跟着托利马,一起来到了老骑士跟前。

刚一进屋,由于窗上蒙的膀胱透光性太差,再加上天昏地暗、乌云密布,暴风雨即将来临,赫拉瓦看不清尤兰德的身影。等到他那双有神的眼睛习惯了黑暗后,他才看见他依然是那样瘦削和可怜,几乎都认不出来。原来是巨人般的一个人,如今成了一副大骨头架子,脸色白得简直就像他的乳白头发和胡须一样,毫无差别。当他靠在椅子的扶手上、紧闭双眼的时候,赫拉瓦认为他简直就是一具尸体。

椅子前面摆放着一张桌子,桌子上放有一尊耶稣受难像、一壶水和一个黑面包,面包上插着一把匕首,也就是一把骑士通常用来结果受伤者性命的可怕的刀子。除了水和面包外,尤兰德早已不进其他食物了,身上光穿着那件粗麻衣,用根绳子系紧。从什奇特诺受尽苦难回来之后,这位原先是那样富有而又令人胆战心寒的斯佩霍夫骑士,就一直过着这样的生活。

尤兰德一听到他们的到来,便用脚推开了那条躺在他光脚上的驯母狼,自己向后退了退。就在这时候,捷克人才觉得他真像个死人。大家都静静地等待着,等待他做个手势想让谁先说话。但是他却一动不动地坐在那里,脸色煞白,无声无息,嘴唇微张,简直跟一个长眠不醒的死人一样。

"赫拉瓦在这里,"雅金卡终于用甜美的声音说道,"您想听他说话吗?"

他点点头表示同意,于是捷克人开始了他的第三次讲述。他简短地回顾了一下在戈泰斯韦德尔附近与日耳曼人所进行的战斗。他也讲到了他们与阿诺德·冯·巴顿所进行的搏斗和救出达奴霞的经过。为了不增加这位受苦老人的痛苦,也为了使好消息不再蒙上不安的阴影,赫拉瓦有意隐瞒了达奴霞由于长久受到残酷的折磨而招致的神志不清。

但是,由于他对十字军骑士抱有强烈的仇恨,渴望见到齐格弗雷德受到应有的惩处,便故意地强调他们在找到她的时候,她已是个胆战心惊、形容憔悴、病得很重的人,一眼就能看出,她受到了非人的对待。如果她在十字军骑士的魔掌中再待一段时间的话,她就会枯萎而死的,就像一朵受人践踏的小花枯萎死去那样。

伴随着捷克人催人泪下的讲述,天空也愈发昏暗了,云层越积越厚,预示着暴风雨的来临。堆积在斯佩霍夫上空的青铜色浓云,不住地翻滚,而且越来越浓、越来越沉。

尤兰德在听讲述的整个过程中都毫无反应,只是一动不动地听着,甚至连哆嗦一下都没有,仿佛沉睡了似的。然而,他这一切都是听得明明白白的,因为当赫拉瓦讲到达奴霞受尽折磨时,两大滴眼泪便从他那空洞的眼窝里流了出来,一直顺着他的脸颊流下,在所有人类的感情中,他唯一剩下的就是对女儿的挚爱。

接着,他发青的嘴唇便开始嚅动、念起祷词来。外面传来了远处的第一阵雷鸣声,闪电时时把窗户照得通亮。尤兰德祈祷了很久,泪水又顺着他的白胡须流了下来。最后,他停止了祈祷,室内寂静无声。时间过去了很久,依然是一片寂静,大家都感到很是不安,不知道该怎么办好。

最后,老托利马——这位尤兰德一生中的左右手、历次战斗中的亲密战友、斯佩霍夫卫队的首脑——开口说道:

"老爷,站在您面前的就是那个地狱里的魔鬼,十字军骑士团的凶狼,就是他把您伤残成这样,就是他使您的女儿受尽了折磨。请您打个手势,该怎样对待他,应如何严惩他呢?"

听了这些话,尤兰德的脸上突然一亮,他点了点头,要他们把这个凶犯带到他的面前来。

一眨眼工夫,两个仆人便抓住齐格弗雷德的肩膀,把他带到了老骑士的身前,尤兰德伸出他的那只手,在齐格弗雷德的脸上摸来摸去,像是要摸清他脸孔的轮廓,或是要永远记住他的脸形似的,随后又摸到了这个十字军骑士的胸脯上,摸着了他那交叉的双手和捆绑的绳子,尤兰德重又闭起了两眼,低垂着头。

在场的人都以为他在沉思,但不管他在做什么,这种状态都没有持续多久,过了一会儿,他便醒了过来。他把手伸向了面包,面包上插着那把可怕的匕首。

这时候,雅金卡、捷克人,甚至还有老托利马,以及所有在场的人都屏住了气息。惩罚是百分之百合情合理、罪有应得,而报复也是公正有理。可是,当他们一想到,这个半死不活的老人竟要手持匕首,摸索着去刺死那个被捆绑住了的俘虏,大家的心也都在怦怦地跳了。

但是,尤兰德抓住匕首的中央,从面包里把它拔了出来,一只手指顺着刀尖摸到绳子上,他便把捆住十字军骑士双手的绳子割断了。

大家都深感惊讶,因为他们都明白他的愿望了,而且都不敢相信自己的眼睛,他们也无法接受他的这种举动。赫拉瓦首先表示不满,接着是老托利马,跟着是所有的仆从,都在窃窃私语,只有卡列布神甫以泣不成声、断断续续的口气问道:

"尤兰德兄弟,您想做什么?您是不是想放了这个俘虏?"

尤兰德点了点头,以示回答。

"您是不想惩处他,不向他报仇,就这样放了他吗?"

尤兰德又点了点头。

人们的愤怒和不满有增无减,但神甫却不愿意这样一种前所未有的慈悲行为蒙上一层阴影,于是他转向那些在嘀咕、抱怨的人,喊道:

"谁敢反对我们的圣徒?都跪下!"

于是他先跪了下来,说道:

"我们的在天之父,愿你之名光照天下,愿你的王国降临人间……"

他一直把"我们在天之父"这篇祈祷文念完,当念到"宽恕我们的罪孽,我们也要宽恕我们的罪犯"这一句时,他的眼睛不由自主地转向尤兰德身上,尤兰德的脸上真的现出一种天神似的光辉。

这种景象,再加上祷文意义深刻的言辞,真使在场的人心如刀割,就连久经沙场的刚强战士老托利马,也在画着十字,随后便抱住了尤兰德的双腿,说道:

"老爷,为了使您的愿望得以实现,就得把俘虏遣送到边界去。"

尤兰德点头应允。

闪电更加频繁地照亮了窗户,暴风雨就要来临,越来越近了!

第五十八章

　　两个骑马的人行色匆匆,冒着狂风和阵阵瓢泼大雨朝斯佩霍夫的边界驰去。他们就是齐格弗雷德和托利马。托利马之所以要押送这个日耳曼人,是因为担心放哨的农民或者斯佩霍夫的家丁,会在路上把他干掉,因为他们对他都怀有刻骨的仇恨和可怕的复仇烈火。齐格弗雷德虽已是手无寸铁,但也去掉了手铐脚镣,狂风暴雨在他们头顶肆虐咆哮。不时有巨雷轰鸣,马惊得抬起了前腿,他们一声不响地穿过低矮的山谷,路很狭窄,两个人紧挨在一起,马镫都碰到马镫了。多年习惯于押解俘虏的托利马,现在也时时用警惕的眼神望着齐格弗雷德,好像是怕他逃跑似的。他每瞧一次都不免浑身打个寒战,因为他觉得这个十字军骑士的眼睛在黑暗中闪闪发光,就像魔鬼或幽灵的眼睛一样。托利马甚至想朝他画十字。可是他又一想如果他画了十字,那家伙就会发出吓人的叫声,变成可怕的奇形怪状,他就会牙齿发抖,心里会更加害怕。这位老战士虽然敢单枪匹马杀入整队日耳曼人中间,就像隼鹰猛扑一群山鹑那样,但他却非常害怕妖魔鬼怪,而不愿和它们打交道。他也真想给这个日耳曼人指明道路之后便立即返回,但他又为自己如此胆小而感到羞愧,于是他只好把齐格弗雷德送到边界去。

　　当他们到达斯佩霍夫森林的边缘时,雨已经暂时停住了,云层里现出一种奇怪的黄色亮光,天色也较明亮了,使得齐格弗雷德的眼睛失去了原先那种凶狠可怕的目光。不过这时候,托利马又萌发了另一种想法,他对自己说:"他们要我把这条疯狗安全地送到边界,我已经把他送到了。但是,难道就这样不受任何报仇不受任何惩处就让他走了?可他是残害我主人及其女儿的刽子手啊!难道宰了他不是顺乎天意合乎民情吗?嘿,我为什么不向他挑战,决一生死呢?的确,他手无寸铁,但是离此地一里之遥,就是瓦尔齐莫夫老爷的庄园,让他们给他一把剑或者其他武器,我就可以和他决斗了。上帝保佑,我一定能把他摔倒在地,然后就按照应该的那样宰了他,把他的头割下,埋进垃圾堆里!"托利马一面心里这样思忖着,一面不停地打量着齐格弗雷德,还缩了缩鼻孔,仿佛已经闻到了鲜血的气味似的。要战胜这种欲望是不易的,这是一场艰苦的自我斗争,直到他想起,尤兰德赐给这个俘虏以生命和自由,不仅仅只是到边界为止。如果他那样做的话,就有损于他主人的这次善举,也就会因此而减少上帝对尤兰德的报偿。他终于战胜了自己,于是他勒住了坐骑,说道:

"这里就是我们的边界,再走不远就是你们的边界了,你现在自由了,你走你的吧。如果忧虑不会折磨死你,上天的雷神不会劈死你的话,你就用不着害怕人对你的威胁了。"

托利马一说完便掉转马头回去了,而齐格弗雷德则继续朝前走去,脸上带着一种野蛮、木呆的表情,他一句话也没有回答,仿佛没有听见别人对他说过话似的。

他走上了一条较为宽广的道路,看起来他好像睡着了似的。

无论暴风雨的停息,还是天空的明亮,都转瞬即逝。天又黑了下来,仿佛已经是黑夜了。云层很低,几乎就在树木的顶上。从上面又落下了更加可怕的黑暗,好像还能听到一种急促的响声,暴风雨的天使还在阻拦着雷神的轰鸣。然而闪电以其耀眼的亮光时时划破阴暗的天空,照亮那吓坏了的大地。这时候,就能看见一条宽广的道路穿过森林,道路两旁是黑绿的林墙,道路中间是一个孤独的骑马者在行进。齐格弗雷德发着高烧,昏昏沉沉地走着。从罗特盖尔死后,绝望就一直占据着他的心灵。由复仇而犯下的种种罪行、悔恨、可怕的幻觉和灵魂的出卖,都把他折磨得花了很大力气才让自己没有发疯。有时候,他真是把持不住而向疯狂投降了。而最近这段时期所发生的事情:一路上受捷克人的严厉管制而产生的痛苦,还有在斯佩霍夫地牢里度过的那个夜晚,命运的未卜,特别是尤兰德对他的那种空前未有的、几乎是超人的恩惠和慈悲,真使他感到无比震惊,所有这一切都使他彻底崩溃了。有时候,他变得麻木不仁,完全失去了认识事物的能力,也不知道自己在做什么,但随后又是一阵热烧向他袭来,使他突然醒转,然而伴随醒转而来的是一种难言的绝望、损失和沉沦的感觉，一种一切均已成为过去、消失和完蛋的感觉，一种达到终结的感觉。他觉得他的四周都是茫茫黑夜，虚无缥缈，好像是一座充满恐怖的深渊，而他又必须跳进那座深渊去。

"去吧！去吧！"突然有一个声音在他耳边悄声说道。

他抬头一望，便看见了死神——一个骷髅骑着一匹骷髅马，全身雪白地站在他身旁，骨头还喀喀直响。

"你来了？"十字军骑士问道。

"我来了。去吧！去呀！"

然而，与此同时，他看见另一边还有一个伙伴，马镫碰着马镫地走在他身边，他的形体像人，但长着的不是人头，而是一个兽头，又长又尖，竖着一双耳朵，一头蓬乱的黑毛。

"你是谁？"齐格弗雷德问道。

那个怪物不仅没有回答，反而露出了牙齿，发出可怕的哼叫声。

齐格弗雷德闭起了眼睛，然而就在这一瞬间，他又听见了白骨的咔嗒声，比上次的更响更大，他的耳边又响起了那个声音：

"是时候了！是时候了！快点！去吧！"

他回答说：

"我去！"

但从他胸中发出的这声回答，却像是别人说的。

然后，他仿佛受到一种无法抗拒的外部力量的驱使，跃身下了马，取下骑士用的高马鞍，又解下了马笼头。他的那两个伙伴也下了马，寸步不离他的身边。他们把齐格弗雷德从路中央带到了树林的边缘。那黑色的幽灵把一根树枝拉了下来，帮助把笼头上的绳索绑在树枝上。

"快点！"死神催赶着。

"快点！"树顶上也响起了这样的声音。

齐格弗雷德依然像个沉睡的人那样，他把绳索的另一头扣紧，打成了一个活结。他踏上早已放在树下的那个马鞍，把活结套在自己的脖子上。

"把马鞍踢开！就这样！啊，好了！"

被他一脚踢开的马鞍滚开了好几步远。这个不幸的十字军骑士的躯体便被沉重地吊了起来。

只有一眨眼的工夫,他好像听见了一种嘶哑的、令人窒息的叫声,那个令人恶心的幽灵就向他猛扑过去,摇动他的躯体,开始用牙齿撕开他的胸膛,以便掏出他的心来。后来,他那双正在熄灭光芒的眼睛,正好又看到了别的东西:那就是死神化成了一片白云,慢慢地朝他飘了过来,把他裹住,最后用一种可怖的、密不透气的围幔把他紧紧包围起来,把一切都遮没了。

这时候,狂风怒号,雷雨大作。雷在路中央怒吼,发出那样可怕的轰隆声,仿佛大地都要陷入它的底层中去了。整个树林被狂风吹得弯弯曲曲的。呼啸声、嘶叫声、号啕声、树干断裂和树枝折断的嘎哒声响彻森林深处,伴随狂风而来的倾盆大雨淹没了整个世界,只有在闪电发出红光的短时间内,才能看见在路边晃荡得非常厉害的齐格弗雷德的尸体。

第二天,就在这条大道上,行进着一大队人,走在前面的是雅金卡、安努尔卡和捷克人。他们身后是马车,由四个武装有弓箭和利剑的侍从护卫着。每个车夫身边都有一把长矛和一把大斧,至于包铁皮的叉子和其他路上用得着的工具就不计其数了。这些武器对防备野兽的侵犯,抵御十字军骑士团边境上的匪帮的骚扰非常有用。雅盖沃在给大团长的书信中,在拉强日和大团长的会谈中,都曾对边界上的骚扰问题提出过抗议。

这支队伍由于有精于武功的人员和优良的防御武器,便不怕遭到进攻,因此,他们充满了自信,毫无畏惧之色。经过了昨天的暴风雨之后,雨过天晴,天气美极了,清新、宁静而又那样晴朗,如果不拣阴处去,阳光会照得人眼花缭乱。树叶丝毫不动,每片树叶上还留有大颗大颗的水珠,在阳光下光彩夺目,形成一道道彩虹。松针上的水珠活像大滴的钻石在闪闪发亮。雨水在路上汇成了条条小溪流,发出欢快的声响,朝低处流去,在低洼的地方形成了一个个浅坑浅湖。附近地区全是潮湿的、充满雨珠的,在明媚的晨光中发出了沁人的微笑。在这样的早晨,人们的心里也充满了欢乐的情绪。于是,马夫和仆从们都哼起歌来,他们很奇怪,前面的几位骑士为什么都默不作声。

他们之所以默不作声,是因为雅金卡心里非常难受。在她的生命中,仿佛有什么东西结束了、毁灭了。姑娘虽然不善于思考,也无法明确说出她身上发生的事情和她的这种情绪,然而她却能感觉到,她平生所经历的一切,如今都化成泡影,消失得无影无踪了。而她的一切希望,有如田野上的晨雾那样消散不见了,她现在需要摒弃一切、忘却一切、切断一切,而开始一种全新的生活。同时,她也想到,幸亏上帝保佑,还没有坏到极点,但是她的处境的确是令人忧伤的,而且无论如何,新的生活也决不会比已经结束的这种生活更为美好。

她的心里充满了无比的悲伤。一想到过去的生活已不复存在了,眼里止不住涌现出两行泪水,但是她却不愿哭出声来,因为她虽然非常苦恼、痛苦,但她也不想给自己再添羞辱。若是她从来也没有离开过兹戈热利兹的话,那就不会有今日的离开斯佩霍夫了。她之所以到这里来,并不仅仅是因为她不知道修道院院长死了之后该怎么办好,也不仅仅是因为不再让奇坦和维尔克为了她而向兹戈热利兹进攻,她决不会否认这一点的,决不会!马奇科也非常清楚这一点,他决不是由于这个原因才把她带到这里来的。毫无疑问,兹比什科也是知道这一点的。一想到这里,她的双颊便会发烧,心里充满着痛苦。"我过去太不自重了,所以才会有今天这样的后果。"她在心里对自己说。于是她忧虑,她对前途的担心,对过去的无限伤感,对今后生活的揪心苦闷,如今又加上了一种屈辱的感觉。

但是她那一串串令人苦恼的想法,却被一个迎面而来的人打断了。捷克人对任何事物都存戒心,于是他策马朝那个人驰去。来人肩上挂着一张石弓,腰间挂着一个獾皮袋,帽子上插着一束松鸦的羽毛,一看就知道他是个守林人。

"嘿!你是谁?站住!"捷克人为了保险一些,便喊道。

那个人急忙走上前来,脸色很激动,就像通常要报告什么重大新闻的人那样,喊道:

"前面有个人吊死在树上了!"

捷克人深感不安起来,以为这是一桩抢劫谋杀事件,于是他连忙问道：

"离这里很远吗？"

"不过一箭之遥，就在这路上。"

"他身边没有别人了？"

"没有。我把狼赶走了，它在那里嗅来嗅去的。"

捷克人一听他提到狼就放心了，因为他由此而判断出，这一带既没有人，也没有什么埋伏。

这时候，雅金卡也开口说道：

"你去看看，这是怎么回事。"

赫拉瓦策马向前走去，过了不久，他便急忙赶了回来。

"是齐格弗雷德吊死在那里。"他在雅金卡前面勒住马，大声道。

"以圣父、圣子和圣灵的名义！你是说吊死的是齐格弗雷德，那个十字军骑士吗？"

"就是那个十字军骑士！他是用马缰绳吊死的！"

"是他自己吊死的？"

"看得出来，是他自己吊死的，因为马鞍离他脚下不远。如果这是强盗干的，他们准会干脆把他杀死，然后再把他的马鞍拿走，那副马鞍很值钱。"

"我们怎么过去呢？"

"我们别到那里去，别去！"胆小害怕的安努尔卡·谢杰霍芙娜喊道，"也许他会来纠缠我们的！"

雅金卡也有点害怕了。因为她相信，在自杀者尸体周围，会聚集起一大群魔鬼。但是赫拉瓦却是个胆大的人，他什么也不怕，说道：

"唉，别怕！我还走到了他的跟前，用矛推了推他，根本觉不出有什么魔鬼在我的脖子上。"

"别去亵渎神灵。"雅金卡喊道。

"我不是亵渎神灵，我是相信上帝的威力，既然你们都害怕，那我们就绕道走好了。"

安努尔卡便求他绕道过去，但是雅金卡想了一会儿，便说：

"不能见死人不埋！那是天主教徒应该做的事情。这是主耶稣吩咐下来的,况且他总是个人。"

"呸!他可是个十字军骑士,是个吊死鬼、刽子手!应该让乌鸦和狼群去撕碎他的!"

"你别再说什么了!上帝会审判他的罪行,我们则做我们该做的事情,如果我们实现了天主的圣谕,那就什么魔鬼也不会来纠缠我们了。"

"好吧!就按照您的意旨做吧!"捷克人答道。

他向仆役们下达了相应的命令,仆役们很不情愿地听着他的吩咐,但是他们都怕赫拉瓦,只好硬着头皮去干了。由于缺少掘墓穴的铁锹,只好用叉子和斧头去挖地了,赫拉瓦也和他们一起干,好给他们做个榜样。他画了个十字,便亲手割断了吊着尸体的绳索。

齐格弗雷德的脸已经变青了,看起来真是可怕,他的眼睛睁得大大的,露出惊恐的神色,嘴也张开着,像是在吸最后一口气似的。他们很快就挖好了一个坑穴,用草叉把齐格弗雷德的尸体推下了墓穴,让他脸朝下躺着,然后便朝他身上盖土。他们还捡来了一些石头压在上面,这是按照古老的风俗,要用石头压住吊死者的坟,否则每到夜里,吊死鬼就会出来恐吓过路的人。

这里的石头到处都是,路上和苔藓下面都有。不一会儿,他们就在墓上堆成了一个小丘,赫拉瓦还在近旁的松树干上刻了一个十字,他这样做可不是为了齐格弗雷德,而是不让魔鬼在这里汇集。随后他就回到了自己的车队。

"灵魂已入地狱,尸体也已入土。"他对雅金卡说道,"我们现在可以动身了。"

他们重又上路了,但是雅金卡又跑去掰下了一根松树枝,插在坟头的石头中间。随后人人都跟着她那样做。这也是一种古老的风俗。

他们好长一段时间都是一边行进,一边在沉思,都在想着这个凶恶可怕的骑士教士,想到他所受到的这种惩罚。最后雅金卡说道:

"上帝的公正裁判是躲避不了的。甚至连'永远安息吧!'也不能为他说一声,因为对于这种人是决无慈悲可言的。"

"从您吩咐埋葬他的尸体可以看出,您有颗慈善的心。"捷克人答道。

随后他又支支吾吾地说道：

"人们在说，咳，也许不是人们，而是那些女巫和男巫在说，从吊死者身上取下的绳子或皮带，会保证你幸福，事事顺利。但是我没有拿掉齐格弗雷德的那根皮带，因为我希望您的幸福得自耶稣基督的威力，而不是来自巫术。"

雅金卡当时什么话也没有回答，过了一会儿，她叹了好几口气，才自言自语地说：

"嘿，我的幸福已经过去了，而不是在我的前面。"

第五十九章

雅金卡离开斯佩霍夫之后的第九天，兹比什科才到达斯佩霍夫的边界，可达奴霞已是奄奄一息快要死了。兹比什科想让她活着去见她父亲，看来是毫无希望了。第二天，她已经答非所问了。兹比什科看到她不但神志已经错乱，而且还身患一种无法医治的疾病，这种疾病由于她受尽折磨，经历囚禁、奴役、折磨和不断的惊吓导致精疲力竭而无法抗拒。也许是马奇科和兹比什科同日耳曼人的那场激烈斗争，使她的惊吓达到了顶点，也正是在那个时候她患上了那种病，使得她高烧不止，一直到旅途快要终结了依然未退。直到此刻，一路上总还算顺利，之所以能如此，是因为在穿越茫茫森林的整个旅程中，她始终像个死人一样昏迷不醒，人事不知，兹比什科历尽艰难困苦才把她带回了这里。走出了荒原，进入了人烟较稠的地方，来到了农民和贵族的居住点，危险和困难终于结束，人们一听到他带着的这个孩子是从十字军骑士团那里救出来的，与他们同种同族，而且还是声名显赫的尤兰德的女儿——尤兰德已被民间歌手在城市、乡村和庄园所歌唱，已经家喻户晓——都纷纷前来效劳和给予帮助，向他们提供粮食和马匹，而且敞开大门来欢迎他们。兹比什科已不再需要把她安置在马匹中间的摇篮筐里了，许多强壮的年轻人都乐于用担架来抬她，从一个村子送到另一个村子，而且是那样小心翼翼，那样精心照顾，简直把她当成了圣女似的。女人们无微不至地照料着她，男人们听说她受到那么多的苦难，都咬牙切齿，有的还立即穿上了甲胄，拿起了剑、斧和长矛，要跟兹比什科一起走，去向骑士团加倍地报仇。因为年轻愤怒的这代人认为，仅仅是以怨报怨、以牙还牙的报仇雪恨太不够了。

但是，此时的兹比什科并不想报仇，他一心想的全是达奴霞，一直处在心神不定之中。一看到她的病情一时有了好转，便心生希望，但一见她的病情明显恶化,便又感到绝望了。对于她的病情,他是再也不抱幻想了。在旅途开始时,他曾多次出现过这种迷信的想法:死神寸步不离地跟在他们的身后,只要一遇到机会,也许就在某个荒无人烟的荒野之中,便会向达奴霞扑过去,而把她的最后一口气吸完。这种幻觉,或者说这种感觉,特别在夜里出现得更为清晰,于是他不止一次地被绝望的情绪驱动着,想掉转过去向死神挑战,就像向骑士挑战一样,要与死神决一死战。可是,等到了旅程快结束时,情况则更糟了。因为他觉出死神已经不是跟在他们的后面,而是就在他们这队人的中间。尽管看不见它,但能感觉出它就在身边,它那阴森的呼气都能吹到他们的身上。他已经明白,要对抗这样的一个敌人,勇敢、力气和武器都起不了作用,只有束手无策地把他最珍贵的达奴霞的生命作为牺牲品交给它,根本不可能与它进行斗争。

　　这是一种最悲惨的感觉。而和这种感觉相连在一起的是痛苦和悲伤,是像狂风暴雨那样无法克制的痛苦,是像大海一样深不可测的悲伤。因此,当兹比什科望着他心爱的人儿时,他能不悲号呻吟吗?他能不痛苦得心如刀割吗?他用那种自责的口气对她说道:"难道我那样爱你,千方百计去找你,把你救出来,就是为了明天要把你埋入土中,从此再也见不到你了吗?"然而当他看到她的脸烧得通红、眼睛呆滞、没有表情时,他又问她:"难道你真要离开我吗?难道你不难过吗?难道你宁愿丢下我而不愿和我在一起吗?"这时候他觉得他自己也搞得昏昏沉沉的,他的心里闷得发胀,而他的那种悲痛又无法用眼泪发泄出来,因为有一种愤怒、一种仇恨阻止了他的爆发,那就是他对于折磨这个无辜孩子的那种无情、盲目和冷酷的力量的愤怒和仇恨。如果那个凶恶的十字军骑士当时还在场的话,他准会像头野兽那样将他撕成碎片。

　　当他们到达林中行宫时,他本想停留休息一下。但时值春季,行宫里空无一人。从看守那里得知,公爵夫妇已经到普沃茨克他的兄弟杰莫维特公爵那里去了。于是他放弃了到华沙去的打算,尽管华沙有御医可以给病人医治,但他还是决定尽快赶到斯佩霍夫去,而这个决定是可怕的,那是因为他觉得一切都完了,他已无回天之力把活着的达奴霞送到尤兰德的身边了。

但是，正当他们离斯佩霍夫还有几个小时路程的时候，他的心里又出现了较为明亮的希望之光，达奴霞的双颊开始转白了，眼睛也不那样模糊不清，呼吸也较为平稳，不那么响、那么急促了。兹比什科立刻就发现了这种情况，于是他吩咐停下来，进行最后一次休息，以便她能平静地喘气。他们离斯佩霍夫只有一米拉远了，这里还远离居民区。他们停留在一条耕地和草场之间的狭窄小路上，不过长在附近的一棵野梨树，正好给他们遮住了阳光，他们就在这棵大树下停息下来。仆从们都下了马，解开了马笼头，让它们去吃草，两个照顾达奴霞的女人和那几个抬着她的年轻人，由于旅途劳顿乏味，再加上天气炎热，他们在树荫下一躺便都睡着了。只有兹比什科在担架旁边守着她，他坐在梨树的一条树根上，眼睛一直望着她。

在午后的一片寂静中，她静静地躺着，双目紧闭。但是兹比什科觉得她并没有睡着。当广大草场的另一头有个割草的农民停下来，用磨刀石磨镰刀发出嚓嚓响声的时候，达奴霞稍微抖动了一下，把眼睛睁开了一会儿，然后又迅即闭上了。她的胸脯像在深呼吸似的起伏着，嘴里发出了仅仅能听见的声音：

"花真香……"

这是他们上路以来她说的第一句清醒明白的话。因为从阳光晒热的草场上，清风把阵阵芳香飘送过来。芳香中混合着干草、蜂蜜和其他香草的浓郁气味。兹比什科便认为，病人的神志清醒了，他高兴得浑身颤抖了起来。他冲动得真想一下子便扑倒在她的脚边，但是他又担心会吓着她，便克制住了自己，只是跪在她的担架旁边，俯身向着她，低声呼唤着：

"达奴希卡！达奴希卡！"

她又睁开了眼睛，对他注视良久，随后她的脸上露出了笑容，就像原先在炼松香场时那样，但神志却更清醒了，轻轻地在呼叫他的名字：

"兹比什科……"

她试图朝他伸出手去，但由于过分虚弱而无法做到，但是，兹比什科立即把她抱住了。他心潮澎湃，仿佛是获得了极大的恩惠而要感谢

她似的,说道:

"你醒来了!啊,赞美上帝!上帝……"

他无法再说下去了。有一会儿,他俩默默地对望着,只有芳香扑鼻的清风吹动着梨树叶的沙沙声,草地上蚱蜢的唧叫声和刈草人从远处传来的不清晰的歌声,才打破了这田野的寂静。

达奴霞越来越清醒了,依然在微笑着,她看起来完全像个在梦中见到了天使的孩子。然而在她的眼睛里,渐渐出现一种惊奇的目光。

"我这是在哪里?"她问道。

这时候,兹比什科高兴得只能用一串短而中断的话回答她:

"你就在我身边!离斯佩霍夫很近!我们就要见到你爸爸了,你的苦难结束了!啊,我的达奴希卡!啊,我的达奴希卡,我找你找得好苦,终于把你救出来了,现在你已脱离了日耳曼人的苦海。你不用害怕了,很快我们就要到斯佩霍夫了。你病了,但主耶稣会对你慈悲为怀!经历了多少的痛苦,流出多少的眼泪啊!达奴希卡……现在一切都好了!你只有幸福,不会有别的了。嘿,我找了你多久啊!走了多少地方啊……嘿!全能的上帝……哎!"

他深深吁了一口气,好像是一声呻吟,仿佛已把痛苦的最后一块石头从胸中扔掉了似的。

达奴霞静静地躺在那里,像是在回忆,又像是在思索什么事似的,最后她问道:

"这样说来,你没有忘掉我了?"

两行泪水从她的眼睛里冒出,顺着脸孔流落在枕头上。

"我怎会忘记你呢!"兹比什科喊道。

这一声嘶哑的喊叫比最重要的声明和誓言都要强而有力,因为他始终都是专心致志地爱着她。自从找到她的那刻起,她便成了他在这个世界上最可贵的人儿了。

但是这时候又出现了片刻的沉默;远处的刈草人也停止了歌唱,他又在磨他的大镰刀了。

达奴霞的嘴又动了起来,但她的声音是这样轻微,兹比什科听不见,只好俯身下去问道:

"你说什么？我亲爱的小乖乖！"

她又说了一遍：

"花真香……"

"因为我们就在草场旁边。"他回答说，"不过我们马上就要走了，要到你爸爸那里去，他也从俘虏中被救出来了，你将永远是我的人了。你听得见我的话吗？你明白我的意思吗？"

这时候他突然惊恐不安起来，因为他看到达奴霞的脸色发白，而且越来越苍白，脸上满是密密麻麻的冷汗珠。

"你怎么啦？"他惊恐万状地问道。他觉得自己的头发都倒竖了起来，连骨头缝里都感到一阵寒意。

"你说，你怎么啦？"他又说了一遍。

"太黑了！"她轻声说道。

"太黑了！太阳还在高照，怎么你说太黑了？"他上气不接下气地问道，"你刚才说话时神志还很清醒。凭上帝的名义，说吧，哪怕只说一个词也好！"

她的嘴唇还在动，但说不出声音来了。兹比什科只能猜出，她是想说出他的名字，她是在呼叫他。紧接着，她那双瘦骨嶙峋的手就在盖着她的毯子上面开始发起抖来，并出现阵阵的痉挛，这种情形只持续了一会儿。已经不再抱有幻想了——她快断气了。

兹比什科又惊惶又绝望地在恳求她，仿佛他的一声声哀求能把她的命唤回来似的：

"达奴希卡！啊，仁慈的耶稣！无论怎么样，你都要再留一留，至少要等我们到了斯佩霍夫呀！请你留一留，等一等呀！啊，耶稣！耶稣！耶稣！"

他的哀叫声把两个睡着了的女人惊醒了。仆从们也跑了过来，他们原来是在草地上看守马匹的。他们近前一看，便知道出了什么事。于是他们全都跪了下来，大声念着祷词。

风停了，梨树上的叶子也不再发出沙沙声了。只有祷告的声音在这广阔、寂静的田野上飘扬。

祷词快要结束时，达奴霞又张开了一次眼睛，仿佛她想再看一眼兹比什科和这个阳光灿烂的世界似的,接着她就长眠不起了。

两个女人给她合上了眼睛,然后便到草地上去采花,仆从们也跟着她们去了。他们迎着太阳,在茂密的草地上走着,恰像田野上的精灵,他们时时弯下腰来采花,呜咽着,因为他们的心里也充满了怜悯和悲痛。兹比什科跪在担架旁的阴影里,头靠在达奴霞的膝盖上,默不作声地一动不动,仿佛他也死了似的。而那些采花的人时远时近地在各处采摘着金盏草、风铃草、非常茂盛的红蝇子草,以及白色的、气味很香的各种小花,他们还在潮湿的低洼处采到了野百合花,还在休耕地的边上采到了连翘。等他们人人都采满了一大把时,便都悲伤地围立在担架的四周,开始摆放起这些鲜花来,死者几乎全被鲜花盖满了,只有脸上没有铺放鲜花,她的脸在风铃草和野百合花的衬托下,显得更加洁白、宁静,仿佛是在长眠中的欢欣的天使。

离斯佩霍夫只有一米拉远了。过了一会儿,等他们都流了一阵子伤心和痛苦的泪水之后,便抬起了担架,朝森林走去,从这里开始便是斯佩霍夫的领地了。

仆役们牵着马走在后面。兹比什科亲自把担架高举在头顶上,两个女人抱着剩下的鲜花和药草,唱着赞美诗走在前面,于是他们就在碧绿的草地和平坦的灰色耕地之间缓缓地行进着,就像一支送葬的队伍。

蔚蓝色的天空里没有一丝云彩,金色的阳光照射在整个大地上。

第六十章

他们终于带着姑娘的尸体来到了斯佩霍夫的森林中,森林的边界上日日夜夜都有尤兰德的家丁在巡逻,其中一个家丁立即赶回城堡向老托利马和卡列布神甫报信去了。其余家丁便领着这一队人先穿过一条弯弯曲曲而又坑洼不平的小路,然后才来到了一条宽阔的森林大道。出了森林之后,又经过了一大片沼泽和低洼地以及群鸟聚集的坑塘,随后才到达斯佩霍夫城堡所在的一块高地上,他们刚一走出森林来到明亮的沼泽地时,便听见了小教堂敲响的钟声,他们立即就明白了,噩耗已经传到了斯佩霍夫。少顷,他们便看见了,远处有一大队男女朝他们迎面而来。等那队人走到离他们只有两三箭远的地方时,就能分辨出来人的面目了。走在前面的是尤兰德本人,他由托利马扶着,手上还拿着一根探路棍,从他那魁梧高大的身材、两眼成了红洞孔和披在肩背上的银发,可以很容易地认出他来。他的旁边是手持十字架、身穿白法衣的卡列布神甫。走在他们后面的是斯佩霍夫的武装家丁,他们举着绣有尤兰德标志的旗帜。再后面是一群头上包有围巾的已婚女人和没有头巾的姑娘们,最后是一辆准备装放尸体的马车。

兹比什科一看见尤兰德,便吩咐放下担架,他自己一直是在担架前头抬着的,随即他便朝尤兰德走了过去,用一种充满悲痛和绝望的可怕声音喊道:

"我到处找她,终于找到了她,把她救了回来,可是她却宁愿去见上帝,而不愿回到斯佩霍夫来!"

痛苦使他支持不住了,他倒在尤兰德的怀里,抱住他的脖子,痛不欲生地哼道:

"啊!耶稣!啊,耶稣!啊,耶稣……"

一看到这种景象,斯佩霍夫的武装家丁们都无比激动,都在用矛敲打着盾牌,他们不知道还能用什么别的办法来表达出他们的悲痛和报仇的愿望。女人们都号啕大哭起来,一个接一个地用围裙擦着眼泪,或者用围巾把自己的头完全遮住,她们都呼天抢地地喊道:

"嘿!苦命啊!苦命啊,你快乐了,我们却悲痛欲绝!死神夺走了你的生命,啊!啊!"

有的女人昂起头,闭起眼睛哭喊道:

"难道你不喜欢和我们在一起吗,小花朵?难道你和我们在一起不开心吗?你把你的老父亲撇下,让他在这里悲恸不已,而你自己却在天堂的房间里走来走去。啊!啊……"

别的女人,后来还恳求死者要可怜她父亲和丈夫的悲痛和眼泪。不过她们的哭叫、她们的悲号都带有半歌唱的性质,因为农村人实在不会用其他办法来表达自己的悲痛。

这时候,尤兰德挣脱了兹比什科的拥抱,伸出了探路棍,表示他想到达奴霞跟前去。托利马和兹比什科两边扶着他来到了担架跟前,尤兰德跪在尸体旁边,用手从她的额头摸起,一直摸到她胸前交叉平放的双手,然后点了好几次头,像是想说,这正是他的女儿,他的达奴霞,而不是别人,表明他是认得他的孩子的。然后用他的一只手抱住了她,而把那只断臂高高举起,大家都能猜到他是在向上帝进行无言的申诉。这种申诉要比所有悲伤的言词申诉更有说服力。兹比什科抑制不住悲伤,脸都麻木了,他也默默地跪在另一边,像尊石像似的。四周是那样寂静,就连田野里蚱蜢的叫声和苍蝇的嗡嗡声都能听得一清二楚。最后,卡列布神甫将圣水洒在达奴霞、兹比什科、尤兰德的身上,并唱起了"安魂曲"来。唱完"安魂曲"后他便大声地祈祷了好一阵子。当他祈求这个无辜的孩子的痛苦将是那个无法无天的罪恶之杯的最后一滴,当他祈求上帝的审判、惩处、报应和判决的日子快点来临的时候,人们仿佛听见了预言的声音。

随后,大家都朝斯佩霍夫走去。但是达奴霞的尸体没有放在马车上,而依然躺在鲜花装饰的担架上,钟声一直在鸣响,仿佛在召唤和邀请他们到小教堂去,人们一边走一边唱着圣歌,走过那片开阔地,沐浴着落日的金色霞光,仿佛这位死者真是领着他们走向永恒的光辉和光明境界。现在已是黄昏时刻,牲畜正在从田野里回来,他们才进入了城堡。停放尸体的小教堂已经点起了火把和蜡烛,灯火通明。按照卡列布神甫的吩咐,七个姑娘轮流跪在尸体旁边通宵朗诵经文,直到天明。兹比什科也彻夜未眠,守护在达奴霞的灵前,清晨做早祷时,他亲自把她的尸体放进棺材,棺材是熟练的木匠连夜用一根橡木赶制出来的,棺盖上还嵌有一块金色的琥珀玻璃。

尤兰德当时并未到场,因为他突然发生了奇怪的事情。他一回到屋里,双腿就瘫痪了。他们把他安置在床上后,他便失去了知觉,也不会动作了。卡列布神甫再三和他说话,再三问他问题,都是白费力气,尤兰德既听不见,更不明白他提出的问题,他只是仰面躺在床上,眼皮向上,脸露笑容,神情欢快而又明朗,他的嘴有时在蠕动,仿佛在和谁说话似的。神甫和托利马都清楚,他是在和已经升天的女儿说话,对她微笑。他们也明白他快要死了,他灵魂的眼睛已经看见永恒的幸福了。但是他们在这个问题上却完全猜错了。尽管他既无知觉,又什么也听不见,但他就这样微笑着,过了好几个星期。当兹比什科拿着马奇科的赎身金离开斯佩霍夫的时候,尤兰德依然还活着。

第六十一章

达奴霞安葬之后,兹比什科虽然没有病得卧床不起,但却生活在麻木之中。开始几天,情况还不太坏,他走来走去,谈谈他死去的妻子,看望尤兰德,并在他床边逗留。他还向卡列布神甫谈到他叔父马奇科被俘的情形,两人还商定派托利马到普鲁士和马尔堡去打听马奇科的下落,以便为他和兹比什科如数付给巴顿兄弟赎金,这笔赎金是马奇科原先与巴顿兄弟协议好了的。在斯佩霍夫的地下库房里有的是银子。这些都是尤兰德经营有方得来的,或者是他获得的战利品。因此,神甫认为,十字军骑士只要拿到了赎金,就会毫无困难地把老骑士放回来。而且也不会非得让兹比什科亲自去不可。

"你先到普沃茨克去!"神甫对正要上路的托利马说道,"你去请公爵给你开一张证明书。否则,你遇到的第一个康杜尔就会把你洗劫一空,还会把你关起来。"

"好的!我当然知道他们。"老托利马回答说,"他们甚至对持有证明书的人也照样抢劫的。"

他走了。但是,事后卡列布神甫又感到后悔,他没有让兹比什科亲自去。他当时的确怕兹比什科由于悲痛而不能妥善处理事务,怕他凭年轻人的一时冲动而去触怒十字军骑士,招致自身的危险,所以他才没有敢让兹比什科去。同时他也知道,兹比什科由于新近丧妻,悲痛万分,要他立即离开他心爱的人的灵柩是非常困难的,况且他还刚刚经历了从戈泰斯韦德尔到斯佩霍夫这样一次可怕而又痛苦的漫长旅程。但是,他后来经过一番考虑,又觉得后悔了,因为兹比什科的情况日益严重起来。在达奴霞生前他就一直过着非常紧张的生活,耗费了全身的力气:他到过许多地方,与人多次决斗。为了救自己的女人,他穿森林、过荒原,经历了无数的艰难困苦,而今这一切都突然结束了,就像有人用剑一斩两断似的,留下的只有记忆。一切努力都已付之东流,徒劳无益,一切都已成为过去,伴随而去的有他生命的一部分。希望和幸福也随之消失了,心爱的人已经仙逝,人琴俱亡,什么都没有留下。人人都有生活的憧憬,对明天都抱有希望,对未来都有所打算、有所追求。可是兹比什科却相反,对明天毫无所求,未来也与他毫不相干;他的心情也如同雅金卡离开斯佩霍夫时的心情一样,当时她说:"我的幸福留在我的身后,而不是在我的前面了。"在他心中这种过度的失落感、空虚感和苦闷心情,更加强了达奴霞之死给他的痛苦和悲伤。这种悲伤控制了他、压倒了他,而且占据了他的整个身心,使他再也没有地方容纳其他情绪了。于是他所思所想的也净是悲伤,他精心让忧愁在心里滋长,他仅仅为悲伤而活着,而对别的事物毫无感觉。他把自己封闭起来,陷入一种半睡眠状态之中,他对周围所发生的事情视而不见、听而不闻。他身体和心灵的全部机能,他以往的那种机智灵活和勇敢精神,也都处于涣散状态了。他的目光、他的动作现在都带有老年人的迟钝性,整天整夜地不是坐在地下室里的达奴霞的棺材旁边,就是坐在台阶上让中午的阳光烤晒自己。他常常沉默不语,连别人的问话也不回答。非常喜欢他的卡列布神甫看到他这样便忧心忡忡,生怕他会像锈蚀铁一样被腐蚀坏了。他不无悔恨地想到,要是让他拿着赎金到十字军骑士团去就好了。他向当地的一位教堂司铎说道(因为他在这里没有人可与之谈心):"必须找件特别艰难的事让他去干,否则他就要垮的。"那个司铎谨慎地肯定了他的意见,而且还打了个比方,如果一个人被骨头梗住了,最好的办法就是在他的背上狠击一拳。

然而,任何艰难困苦的冒险事情都没有发生,倒是过了几个星期之后,德·罗西先生出人意料地来到了斯佩霍夫。他的出现使兹比什科大受震动。因为这使他想起了在日姆兹的征战和救出达奴霞的事情。德·罗西本人也不回避这些痛苦的回忆。相反地,他一听到兹比什科的不幸,便立即要和他一起到地下室去,在达奴霞灵柩前为她祈祷,他也不停地谈起她来,而且他作为半个游吟诗人,还为她谱写了一首歌,晚上在地下室的格子门边,他一面弹起诗琴,一面便唱了起来。他唱得那样感情真挚、那样哀婉凄楚,使得兹比什科虽然听不懂歌词的意思,却被曲调本身激得号啕大哭，而且一哭就是一夜，直到天明。

这场号啕大哭，再加上悲伤过度和没有休息，使得他精疲力竭，睡了一个长觉。等他醒来时，很明显地可以看到他的痛苦已随着泪水流去了不少，人也比前些日子要精神多了，看起来也更有生气了。他对德·罗西先生的到来非常高兴，并为此而感谢他，接着他便问罗西先生从何得知他的不幸。

罗西先生通过卡列布神甫翻译告诉他，他在卢巴夫遇见了老托利马才得知达奴霞去世的消息，老托利马被卢巴夫的康杜尔关进了牢里，他就是在牢里见着他的。他自己到斯佩霍夫来，是以俘虏的身份来听凭兹比什科处置的。

托利马被囚禁的消息，令兹比什科和卡列布神甫都十分震动，他们知道赎金全没了，因为十字军骑士一旦把钱抢到手，要想把钱要回来，那就比从他们喉咙里掏出食物来还要困难得多。发生这样的事情，就得再带一笔赎金到那里去了。

"糟糕！"兹比什科喊道，"可怜的叔叔等在那里，还以为我把他忘了哩！现在我得火速赶到他那里去。"

他转向德·罗西先生，问道：

"你知道事情发生的经过吗？你知道他是落到了十字军骑士的手里吗？"

"我知道，"德·罗西先生回答道，"因为我在马尔堡见过他了。因此我才到你这里来。"

这时候卡列布神甫开始埋怨起来，他说：

"我们把事情办坏了。不过大家都有些昏头昏脑的……我本来对托利马的机智抱有很大的期望。为什么他不先到普沃茨克去弄一张证明书来，就直接到那些强盗中间去呢？"

听了这话，德·罗西先生耸了耸肩膀，说道：

"他们才不管什么证明书哩！普沃茨克公爵，还有你们那位公爵，难道受到他们的欺压还少吗？边界上战斗和袭击终年不断，他们绝不会轻易放过。而且每一个康杜尔，甚至每一个执政官都是为所欲为，在凶狠贪婪方面真是一个赛过一个。"

"这样说来,托利马就更应该到普沃茨克去的。"

"他本来是想这样做的,但他是在边界附近的路上过夜时被抓走的。要不是他说是给卢巴夫的康杜尔送钱去的,他们早把他宰了。多亏了辩解才保住他的性命。不过这样一来,那个康杜尔就会提出证人来,说这是托利马自己说的。"

"我叔叔马奇科怎么样?身体健康吗?他在那里会不会有砍头的危险?"兹比什科问道。

"他很好。"德·罗西答道,"那里的人都非常恨维托尔德'国王'和那些帮助日姆兹人的人。如果不是为了那笔赎金,他们早就把老骑士杀头了。冯·巴顿兄弟竭力保护他,也是出于这个原因。另外神甫会也要顾及我这颗脑袋,如果他们弃之不顾,我出了事的话,弗兰德里亚、格尔德里亚和勃艮第的骑士界就会舆论哗然,群起反对他们……而且你们知道,我还是格尔德里亚伯爵的亲戚。"

"这怎么和你的脑袋有关呢?"兹比什科吃惊地打断了他,问道。

"因为我是被你抓获的俘虏。我在马尔堡对他们这样说过:如果你们砍了博格丹涅茨老骑士的脑袋,那么那个年轻的骑士就会要了我的脑袋。"

"我不会要你脑袋的,我向上帝保证。"

"我知道你不会要我的脑袋的,但是他们就怕这个,这样一来,马奇科就能很安全地留在那里。他们还告诉我,你也是他们的俘虏,只是凭了你骑士的誓言才放了你,因此我可以不必来见你。可是我告诉他们,你俘虏我的时候,你还是个自由的人。于是我就来了!只要我在你手里,他们就不敢对你、对马奇科有所伤害。你把赎金付给巴顿兄弟,你再向他们要求付两倍、三倍的赎金来赎我,他们必须付给你。我这样说并不是认为我比你们的身价更高,而是为了惩罚他们的贪婪。我痛恨他们这种德性。以前我对他们的看法不同,可是他们现在却令我讨厌了,我也很厌恶他们那种虚情假意。我要到圣地去寻找冒险生活,再也不愿为骑士团效劳了。"

"要么您就留在我们这里吧,先生。"卡列布说道,"我想,您一定会留下来的,即使他们为您送来了赎金,我也不想让您走。"

"如果他们不付赎金,我自己也会付的。"德·罗西说道,"我带来了一大队扈从和多辆满载行李的大车,这些尽够付赎金了。"

卡列布神甫把他说的话向兹比什科复述了一遍,如果是马奇科,对这些话一定是看得非常重的,但兹比什科由于年轻,对财产并不那样看重,便说道:

"以我的荣誉保证,绝不会出现像你说的这种事。你对我来说是兄弟、是朋友,我绝不会拿你的赎金!"

说完,他们便拥抱在一起,他们都感到一种新的情结又把他们紧紧联系在一起了。于是德·罗西笑着说道:

"好吧。不过这件事可不能让日耳曼人知道,否则他们就会折磨马奇科的。你们知道,他们非得赎我不可,否则,他们怕我到各国朝廷和骑士中间去宣扬他们的不义,说他们很喜欢邀请骑士来做客,为他们效劳,可是等到他们的客人一旦被俘,他们便立即撒手不管,便把他忘记了。现在骑士团非常渴望客人,因为他们害怕维托尔德,更怕波兰人和波兰国王。"

"那就照你说的办吧!"兹比什科说道,"你留在这里,或者到玛佐夫舍的任何地方去都可以。我要到马尔堡去救出我的叔父,我要在他们面前装出对你非常严厉的态度。"

"凭圣乔治起誓,你就这样干吧!"德·罗西答道,"不过,你得先听我说一件事,在马尔堡,人们都在说,波兰国王要到普沃茨克来,要在普沃茨克或者在边境的某个地方,与骑士团大团长会见。十字军骑士团非常需要这次会见,因为他们想摸清楚,如果他们在日姆兹公开向维托尔德宣战,波兰国王是否会帮助维托尔德。嘿,他们像毒蛇一样阴险滑溜。但在维托尔德身上,他们可找到他们的名师了。他们怕维托尔德,是因为他们从来摸不清楚他在想些什么,要干些什么。'他把日姆兹给了我们,'他们在神甫会上这样说道,'但他把它当成一把利剑老是架在我们的脖子上。只要他说一句话,就会爆发反对我们的起义!'事实的确如此。我以后一定要去访问一下他的宫廷。也许会有机会参加那里的比武。此外我还听说过,那里的宫女个个都美如天仙。"

"您是说,先生,国王要到普沃茨克来?"卡列布神甫插嘴道。

"是的。就让兹比什科去投靠国王的宫廷好了。骑士团大团长想争取波兰国王,便什么也不会拒绝他的。你们都知道,在必要的时候,谁都比不上十字军骑士更谦恭卑顺了。让兹比什科去参加国王的侍从队,这样你就能提出自己的事情,大肆宣扬骑士团的罪行啦!这样他们就会在国王和克拉科夫骑士面前只听他说了。克拉科夫骑士都是全世界有名的骑士,他们的评价将会传遍整个骑士界。"

"这真是好主意!凭十字架起誓,好主意!"神甫说道。

"是的!"德·罗西肯定地说,"而且办法有的是。我在马尔堡听说过,将要举行宴会和比武,因为许多外国客人都很想和国王的骑士比比高低。我的上帝,阿拉冈的约翰骑士也要来的,他是天主教国家里最伟大的一位骑士。你们不知道吗?听说他已经从阿拉冈给你们的查维夏送去了手套,以便让各国宫廷都知道,世界上决不可能有第二个能与之相匹敌的骑士。"

德·罗西先生的光临,他的举止谈话,立即把兹比什科从痛苦的麻木状态中激醒过来,他深感兴趣地听着德·罗西带来的这些消息。他知道阿拉冈的约翰,因为知道和记住所有最著名骑士的姓名是当时每个骑士义不容辞的职责。而且阿拉冈贵族的名声,尤其是约翰的名声,更是传遍全世界。还没有一个骑士在比武场上打败过他。摩尔人一见到他的甲胄,便望风而逃。大家都公认他是天主教国家中的第一号骑士。

所以,一听到他的消息,兹比什科好斗的骑士灵魂又复苏了,他非常关切地问道:

"你是说,他已经向恰尔尼·查维夏挑战了?"

"约翰送来手套,查维夏也向他回送了自己的手套,这件事发生差不多快一年了。"

"这么说来,阿拉冈的约翰一定会来了。"

"是不是一定,大家都不敢肯定,只是那么传说,十字军骑士也向他发出了邀请。"

"愿上帝保佑,能看到这样一场决斗。"

"愿上帝保佑!"德·罗西答道,"即使是查维夏被打败了——这种结果很可能出现。由于是阿拉冈的约翰向他挑战，这对于他来说，嘿！甚至对你们整个民族来说，都是一种莫大的光荣。"

"等着瞧吧！"兹比什科说道，"我现在只能说，但愿这场决斗能举行。"

"我也有这种愿望。"

然而他们的愿望当时并没有实现，据古代历史记事所载：查维夏与著名的阿拉冈的约翰的决斗是在十多年以后才在培比南诺举行的。在场观看决斗的有齐格蒙特国王、教皇本尼狄格特十三、阿拉冈国王，还有许多亲王、公爵和红衣主教。加尔博夫的恰尔尼·查维夏第一个回合就用矛把阿拉冈的约翰打下马来，获得了令人信服的胜利。不过这时候，兹比什科和德·罗西都很高兴，他们认为，即使阿拉冈的约翰不能按时前来决斗，他们也能看到盛大的骑士比武，因为在波兰有许多并不比查维夏逊色的骑士。而在骑士团的客人中，总是能找到从法国、英格兰、勃艮第和意大利来的最杰出的击剑手，他们非常愿意和人一比高下。

"你听我说，"兹比什科对德·罗西先生说道，"叔叔马奇科不在，我心里不好受，我一定要尽快把他赎回来。因此，明天天一亮我就动身到普沃茨克去。但你何必留在这里呢？你并不是我的俘虏，就和我一起走吧，去看看波兰国王和他的宫廷人员。"

"我正想请求你答应我这件事哩。"德·罗西答道，"我早就想看看你们的骑士了，而且我还听说，王宫中的宫女们个个都不是尘世间的凡人淑女，而是美得有如天上的仙女。"

"你刚刚在谈到维托尔德的宫廷时，也说过这样的话。"兹比什科提醒他道。

第六十二章

兹比什科的作风是说干就干，从不拖泥带水，如今他一想起他叔叔的苦难，更是急如星火了。因此第二天一大早，他便和德·罗西先生一道动身到普沃茨克去了。边界一带的路上，由于盗匪出没频繁，即使在和平时期也是很不安全的。许多股盗匪受到十字军骑士团的支持和保护。雅盖沃国王曾为此事向他们提出过尖锐的抗议，尽管这些控诉得到了罗马的支持，尽管他们受到警告和法律的制裁，但边境周围的康杜尔们却常常怂恿自己的武装士兵加入匪帮，他们的确不承认那些不幸落入波兰人手中的盗匪，但是却向那些带来掠夺物和俘虏的匪徒提供庇护所，不仅把他们安置在骑士团所属的村庄里，甚至还让他们藏在自己的城堡中。

正因为这样，许多旅客和边境上的居民才会常常落入匪徒们的手中，特别是富裕人家的子女常被绑架之后勒索赎金。但是这两个年轻的骑士各有一大队扈从，每人除马夫之外，都带有十多个武装的步行或骑马的仆从，因此根本不怕盗匪的袭击。他们平安无事地到达了普沃茨克。就在离城还有一米拉的地方，他们碰到了一个令他们惊喜的人。

他们在客店里见到了托利马，他是前一天才到达这里的。事情是这样的：卢巴夫的十字军骑士团执政官一听到托利马带的赎金一部分在布罗德尼查给拿走了，一部分被托利马藏了起来，便立即下令把托利马送回布罗德尼查，并指示当地的康杜尔，一定要迫使他交代出藏钱的地方，托利马便利用这次机会逃了出来。两个骑士听到他这样容易就逃出来了，都不敢相信，于是老托利马又向他们解释了一番。

"这一切都是由于他们太贪心了，布罗德尼查的康杜尔不想让更多的人知道这笔钱，便只派了很少的卫兵来押送我，也许他和卢巴夫的执政官商量好了要平分这笔钱，他们担心这件事一旦泄露出去，他们就得把大部分钱款送到马尔堡去,或者全部交还给那两个巴顿兄弟。他们只派了两个人来押送我,一个是士兵,准备在过德尔温查河时和我一起划船;另一个是个什么文书。他们不想让别人看见我们的行动,就让他们在晚上动手,你们也知道,那里离边境不远。他们给了我一支橡木桨……哎,蒙上帝的恩德……于是我就来到了普沃茨克。"

"我知道那两个人永远也回不去了!"兹比什科喊道。

托利马听了这话,严峻的脸上露出了微笑,说道:

"既然德尔温查河是流入维斯瓦河的,他们怎么能够在水中逆流而回呢?也许十字军骑士能在托伦找到他们。"

过了一会儿,他转向兹比什科,又补充说道:"卢巴夫的康杜尔抢走了我一部分钱,当日耳曼人袭击我时,被我藏起来的那部分钱,我已带回来了,交给了您的侍从保管,他现在住在公爵的城堡里,放在他那里比我带在客店里更保险些。"

"你说我的侍从在普沃茨克?他在这里干什么?"兹比什科惊讶地问道。

"他把那个齐格弗雷德押送回来之后,便和那个在斯佩霍夫住过的小姐一道来到了这里,那位小姐已经是公爵夫人的宫女了,这是他昨天告诉我的。"

兹比什科在斯佩霍夫的时候,由于达奴霞的逝世而悲痛欲绝,昏昏沉沉的,什么事也不过问,什么事也不知道。现在他才想起,他曾派捷克人把齐格弗雷德先送回来,一想到这点,他的心里便充满了悲伤和复仇的愿望。他说:

"真的,那个刽子手在哪里?后来他怎么样啦?"

"卡列布神甫没有告诉您吗?齐格弗雷德自己上吊了。少爷,您一定经过了他的坟墓。"

出现了片刻的沉默。

"您的仆从说,"托利马终于开口说道,"他本来早就要到您那儿去的,可是小姐离开斯佩霍夫之后便病了,他不得不留下来照料她。"

兹比什科从悲伤的回忆中挣脱出来,仿佛是从睡梦中惊醒一样,他重又问道:

"哪个小姐？"

"嗯，她就是您的姐妹或者您的亲戚，是和马奇科一起来到斯佩霍夫的，她穿着仆从的服装，女扮男装来的，就是她发现了我们的老爷。当时他在路上瞎摸着走路，如果不是她，马奇科骑士和您的仆从就不会认出他来了。此后，我们的老爷就特别喜欢她。而她也对他精心照拂，就像亲生女儿那样，除了卡列布神甫外，只有她才懂得他的心意。"

年轻的骑士吃惊地睁大了眼睛。

"卡列布神甫没有向我提起过什么小姐，而我也没有什么女亲戚……"

"他没有告诉您，是因为您那时候太伤心了，一点也不知道人世间的事情。"

"那位小姐叫什么？"

"他们叫她雅金卡。"

兹比什科觉得才从梦中醒过来似的，他想到雅金卡从老远的兹戈热利兹来到斯佩霍夫，真是不敢相信。她为什么要来？她来这里有什么事吗？他确实知道，这位姑娘在兹戈热利兹时很喜欢见到他、接近他，但是他早已告诉过她，他已经结婚了。因此，他根本不会相信马奇科把她带到斯佩霍夫来，目的就是要让她嫁给他的。此外，马奇科和捷克人甚至也没有向他提起过雅金卡的事……所有这一切都使他感到奇怪，也让他完全不能理解。于是他又向托利马提出了许多问题。他像个不敢相信自己耳朵的人一样，要他多说一说这个令人难以相信的消息。

但是，托利马在这件事上也说不出更多的东西来。于是兹比什科只好赶到城堡去找他的侍从，太阳西下之前便和他一起回来了。捷克人非常高兴见到他的少主人，同时也深感悲伤，因为斯佩霍夫所发生的事情他全都知道了。兹比什科也很高兴见到他，整个心灵都感觉到他那颗友爱忠诚的心，而这恰好是一个正处在痛苦之中的人所最需要的。他向他谈起达奴霞的去世，止不住悲从中来，泪水横流。他对这个侍从诉说自己的痛苦、悲伤，和他一起流泪，如同自己的兄弟一般。这一切持续了好一阵子，最后德·罗西先生又应兹比什科的请求，再唱了一遍他为死者谱写的哀悼之歌。德·罗西站在敞开的窗户之前,手弹着七弦琴,抬眼仰望着天上的星星,便放声唱了起来。

等到他们的心情大大平静下来之后,他们便开始谈起在普沃茨克要办的事情来。

"我是路过此地要到马尔堡去的。你知道,我叔叔还在那里当俘虏,我要去把他赎回来。"兹比什科说道。

"我知道。"捷克人说道,"您这样做很好,少爷。我本来就想到斯佩霍夫去请您来普沃茨克一趟的,国王就要在拉强日和大团长举行谈判了。在波兰国王跟前容易办事,十字军骑士团在国王面前不敢那样傲慢无礼,甚至会装出一副天主教徒正直公道的样子。"

"托利马对我说,你本来要到我那里去,是雅金卡·齐赫小姐的病把你留下了。我还听说,是叔叔马奇科把她带到这边来的,她还到过斯佩霍夫,这使我感到非常惊奇。你说说,马奇科叔叔出于何种原因,要把她从兹戈热利兹带了出来?"

"原因很多。首先,马奇科骑士担心,如果她毫无保护地留在家里,那么,奇坦和维尔克两个骑士就会袭击兹戈热利兹,欺侮小姐,甚至还会给她的弟弟们带来伤害。她不在家里反而会更安全些,因为在波兰,你们也知道,一位贵族无法用正当手段娶到他中意的姑娘时,便会用武力去把她抢过来成亲。但是对于年幼的孤儿,谁也不敢去欺侮他们的。因为这种罪行会受到剑子手的利剑的惩处,而且比利剑更厉害的是带来耻辱!另一个原因是,修道院院长死后把自己的财产都留给了小姐。遗产由这里的主教照管,所以马奇科骑士便把她带到普沃茨克来了。"

"但他为什么又把她带到斯佩霍夫去呢?"

"因为当时主教和公爵夫妇都离开了这里,又没有什么地方可以把她留下。幸亏把她带去了,要不是小姐,我和马奇科骑士都会错过尤兰德骑士,而把他当成一个陌生的老乞丐走过去的。直到她怜悯他,我们才把他认出来,才看出这老乞丐是谁。这一切都是上帝通过她的仁慈心肠所安排的。"

随后,捷克人又讲到了尤兰德后来离不开雅金卡,他是那么爱她,并为她祝福。兹比什科虽然已经从托利马那里知道了这些事情,但仍然听得很激动,并非常感激雅金卡。

"愿上帝赐予她健康!"兹比什科说道,"我感到奇怪的是,你们为什么都没有对我说起过她?"

捷克人有些窘住了。他为了多点时间考虑如何回答,便反问道:

"您指的是在什么地方,老爷?"

"就是在斯基尔沃瓦那里,在日姆兹的时候。"

"难道我们没有说过吗?真是不可能!我觉得我们说过的,不过您那时候想的净是别的事情。"

"你们说过尤兰德回来了,但是,对雅金卡的事却一字也没有提到。"

"嘿,也许是您记不起来了吧!到底是怎么回事,只有上帝知道。或许是马奇科骑士以为我告诉了您,而我却认为他对您说了。不过,无论当时我们对您说过什么,老爷,都是白费劲,这是毫不奇怪的。但现在我要说的是,幸好小姐在这里,她会对马奇科骑士有很大的帮助。"

"她有什么办法呢?"

"她只要向这里的公爵夫人求求情就够了,公爵夫人很喜欢她,而十字军骑士对于公爵夫人也总是有求必应的,首先因为她是国王的亲妹妹,其次她是骑士团的好朋友。现在正如你们听说的那样,斯基尔盖沃公爵①也是国王的亲兄弟,他正因反对维托尔德大公而逃到了十字军骑士团那里,他们想帮助他登上维托尔德的宝座,国王对公爵夫人非常宠信,而且,照人们所说,对她是言听计从。因此,骑士团想通过她去影响国王,要国王站在斯基尔盖沃公爵一边去反对维托尔德。他们知道,这些狗娘养的,只有推翻了维托尔德,他们才会安心。于是十字军骑士团的使臣一天从早到晚都在向她叩头作揖,大献殷勤,揣摩她的每一个愿望。"

"雅金卡也很爱马奇科叔叔的,一定会为他求情。"兹比什科说道。

---

① 斯基尔盖沃公爵死于1397年,并没有反对波兰国王和维托尔德大公,反对他们的是国王的另一个弟弟希维德里盖沃公爵。

"这是毫无疑问的！但是现在您要到城堡去,告诉她该说些什么,如何说最好。"

"我和德·罗西原本就打算到城堡去一下,我就是为此而来的。我们现在需要梳理一下头发,穿得体面一些就去。"

过了一会儿又加了一句：

"为了服丧,我本想把头发剪掉,可是后来忘记了。"

"这样更好。"捷克人答道。

他出去叫奴仆来。少顷,他就和他们一起回来了。当两个骑士正在精心打扮自己,准备到城堡去赴晚宴时,捷克人继续把国王和公爵宫廷中的一些事情告诉了他们。他说：

"十字军骑士团施展阴谋诡计企图陷害维托尔德大公,因为他们知道,只要他还活着,还受到国王的重托执掌着巨大的权力,他们就一天不会安宁。十字军骑士团的确是只怕他一个人。嘿！他们要谋害他,像田鼠那样挖他的墙脚。他们已经煽起这里的公爵去反对他了。在他们的离间之下,雅鲁什公爵也由于维兹纳①的领土之争而与他不和了……"

"雅鲁什公爵和安娜公爵夫人也在普沃茨克吗？"兹比什科问道,"我们在这里可以见到许多熟人,而且我也不是第一次来普沃茨克。"

"当然,他们都在这里。他们有许多事情涉及十字军骑士团,打算当着国王的面向骑士团大团长控诉他们的罪行哩。"

"国王的态度如何？他站在谁的一边？难道他真的要和十字军骑士团和解？真的不想拔出剑来与他们较量吗？"

"国王是不爱十字军骑士团的,据说他早就向他们发出战争的警告了……至于对维托尔德大公的态度,国王情愿要他,也不要他亲弟弟斯基尔盖沃。因为斯基尔盖沃性格浮躁,又爱酗酒……因此,国王身边的骑士们都说,国王决不会答应去反对维托尔德的,也不会向十字军骑士团保证不去帮助维托尔德。这是很有可能的,因为最近几天来,这里的亚历克山德娜公爵夫人天天去谒见国王,出来总是一副沮丧的

---

① 位于玛佐夫舍和立陶宛之间的一个小城。15世纪开始划归玛佐夫舍。

样子。"

"恰尔尼·查维夏也在这里吗?"

"他没有来。但是已经来到这里的人也够您瞧的了。如果出现动武的事,嘿,我的上帝,准会把日耳曼人打得铩羽而归……"

"那我决不会可怜他们的!"

过了一会儿,两个骑士都打扮得漂漂亮亮的,到城堡去了。当天的晚宴不是在公爵的宫廷中举行,而是设在本城执政官雅辛涅兹的安德热伊的府邸里,他的府邸非常宽大雄伟,坐落在大塔楼旁边,与城堡的城墙紧紧相连。那天晚上,夜色晴朗而又显得暖和,主人怕屋里气闷,令客人感到不舒服,便下令把桌子都摆在庭院里,院里铺有大理石,大理石中间长着一棵棵花楸树和紫杉。点燃的松脂放射出明亮的黄光,把庭院照耀得光辉灿烂,但是月亮却更加明亮:它高挂在无云的中天上,在满天繁星之中,犹如骑士的一面银盾。王室的客人们还没有到来,但是这里已云集了许多宾客,有当地的骑士,有教会的神甫教士,有来自王宫和公爵宫廷中的宫廷侍从。兹比什科认识他们中的不少人,尤其是雅鲁什公爵宫廷中的侍从和骑士,以及克拉科夫王宫中的老相识,其中有科奇赫格沃夫的克容、塔尔戈维茨的李斯、伏罗奇莫维奇的马尔钦、科贝兰的多马拉特、哈尔比莫维奇的斯塔什科,以及塔切夫的波瓦瓦。一见到波瓦瓦,兹比什科真是高兴极了。因为他不会忘记这位著名的骑士在克拉科夫期间对他的关切和爱护。

但是他无法接近克拉科夫来的那些骑士,因为玛佐夫舍的当地骑士都把他们围得水泄不通,纷纷向他们打听克拉科夫、王宫和娱乐的情况,询问有关各种战斗的经过和获胜的情况。同时观赏着这些骑士们的华丽衣着,欣赏着他们的美丽鬈发,美发上都饰有好看的发结,而且都用蛋清擦得亮亮的,当地的骑士都把他们看成是文雅和体面的榜样。

然而就在这时候,塔切夫的波瓦瓦看见了兹比什科,他把马茹尔人推开了,径直朝兹比什科走来。

"我认得你,小伙子。"他握着兹比什科的手说道,"你好吗?是从什么地方来的?我的上帝,我看到你已经束上了骑士腰带、挂上了踢马刺。别人盼望这些东西有的盼到了白发苍苍,你看起来倒是个替圣乔治效劳的好小伙子。"

"愿上帝赐您幸运,尊贵的阁下!"兹比什科答道,"哪怕我把最杰出的日耳曼骑士打下马来,也比不上我看见您身体健康更快乐了!"

"我也很高兴见到你。你的父亲在哪里?"

"他不是我的父亲,而是我的叔父,他被十字军骑士俘虏了。我正要去把他赎回来。"

"还有那个小姑娘呢?就是那个用围巾蒙住你的小姑娘,她怎么样啦?"

兹比什科一句话也没有回答,只是抬眼望天,转眼之间,他的眼里便充满了泪水。塔切夫的老爷一看到他满眼泪水,便说道:

"悲惨的命运!真的是痛苦的遭遇!现在我们到花楸树下的板凳上坐坐去吧。把你痛苦的遭遇说给我听听。"

他把兹比什科拉到了庭院的一个角落里,并排坐在板凳上。兹比什科便向他讲起了尤兰德的不幸、达奴霞的被绑架,以及他寻找她的经过,他救出了她,她又是怎样死的。波瓦瓦聚精会神地听着,他时而惊讶不已,时而愤怒难平,时而惊骇万分,时而怜悯同情,这些神情相继出现在他脸上。等兹比什科讲完后,他终于说道:

"我一定要把这些情况告诉国王,我们的君主。他也要向大团长提出克雷特科夫的小雅希科的问题,并要求严惩那些绑架他的肇事犯。他们绑架他是因为他富有,想勒索赎金。对他们说来,伤害一个无辜的孩子是无关紧要的事情。"

他想了一想,随后像是自言自语地继续说道:

"真是贪得无厌的种族,比土耳其人和鞑靼人还要坏,尽管他们心里害怕我们的国王,害怕我们这些骑士,但是他们依然不能阻止抢劫和杀戮。他们袭击村庄,屠杀农夫,淹死渔民,像野狼似的抢走儿童。如果他们不害怕的话,那不知道要坏到何种程度呢!大团长致函各国宫廷攻击我们国王,却又当面对国王恭维奉承,他比别人更清楚我们的实力。但是,忍耐总是有限度的。"

他静默了一会儿,随后他把一只手按在兹比什科的肩头上,说道:

"我会告诉国王的,他的怒火早就像壶中的开水一样沸腾了,你要相信,那些使你遭受不幸的凶手绝难逃脱严厉的惩处。"

"大人,那些凶手现在都死光了。"兹比什科答道。

波瓦瓦以非常友好的目光望着他。

"真有你的!看得出来,没有人能逃出你的手心,只有里赫顿斯泰因一人还没有还你债,但是我知道你还无能为力。我们在克拉科夫的时候也曾发过誓要和他决斗,但是要实现我们的誓言,看来只有等战争爆发了,但愿上帝保佑。因为他未经大团长的准许是不能同我们决斗的,但是,大团长又需要他的智谋,经常派他出使各国,因此大团长是不会准许他决斗的。"

"我得先把我叔父赎回来。"

"是的……我还打听过里赫顿斯泰因。他不在这里,也不会去拉强日,因为他已被派到英国去向英国国王请求弓箭手了。至于你的叔父,你可以完全放心,只要国王和这里的公爵夫人说句话,大团长就不会在赎金问题上耍花招了。"

"尤其是我手里还有一个出身名门的俘虏,德·罗西骑士,他有钱有势,也很有名望,他一定很乐意向阁下您鞠躬致敬,并和您结识。没有人比得上他对著名骑士的崇拜。"

他边说边向德·罗西先生招手,德·罗西就站在他们附近,而且已打听到和兹比什科谈话的是谁了。他急忙走上前来,认识像波瓦瓦这样著名的骑士的确使他很激动,脸都涨红了。

当兹比什科为他们作着介绍时,这位衣着讲究的格尔德里亚骑士非常彬彬有礼地鞠了一躬,说道:

"阁下,和您握手是我莫大的荣幸。如能在比武场上或在战争中和您较量较量,那就更是三生有幸了。"

听了他的话,塔切夫的这位身材魁梧的骑士笑了起来,他在德·罗西面前仿佛像座大山。他答道:

"我也很愿意在真正的比武场上和你相遇,愿上帝保佑我们不要在别的场合中相逢。"

德·罗西迟疑了一下,然后带着一种羞怯的神态说道:

"如果您,高贵的阁下,愿意公开声明,德乌戈拉斯的雅金卡不是世界上最美丽、最有德行的姑娘,那我将非常荣幸地要与您争论……并向您提出……"

说到这里他打住了,以赞美、甚至崇拜的眼神直望着波瓦瓦的眼睛,同时又以敏锐和细心的眼光打量着他。

但是波瓦瓦,也许是知道他能轻易地打倒对方,就像他用两个手指就能捏碎核桃那样,也许是他有副特别仁慈和愉快的心肠,便哈哈大笑了起来,说道:

"咳!我以前也曾向勃艮第的公爵夫人发过誓要为她效劳,她当时比我大十岁。因此,如果你,阁下,愿意声明,我的公爵夫人不比你的雅金卡老的话,那我就必须立即上马……"

听了这话,德·罗西呆呆地望着塔切夫的骑士好一会儿,然后他的脸开始抖动起来,终于放声大笑了。

波瓦瓦弯下身来,双手抱住了德·罗西的臀部,突然把他举了起来,像摇动着一个婴儿那样轻易地摇晃起他来,说道:

"和平!和平!像克罗庇德沃主教所说的那样……您赢了我,骑士,上帝可以作证,我们用不着再为什么女人决斗了。"

随即他把他抱住放在了地上,因为这时候庭院的入口处突然响起了号角声,普沃茨克的杰莫维特公爵偕同他的夫人来到。

"此地的公爵夫妇要比国王和雅鲁什公爵先到。"波瓦瓦对兹比什科说道,"虽然宴会是在执政官府上举行,但在普沃茨克,他们总归是主人。和我一起去见公爵夫人吧,因为她早在克拉科夫就见过你,她还曾为你向国王求过情哩!"

他挽起兹比什科的手,领着他走过庭院。走在公爵和公爵夫人后面的是宫廷侍从和宫女,由于国王前来参加宴会,他们个个都装扮得漂漂亮亮,衣着华丽,整个庭院便显得五彩缤纷、花团锦簇。兹比什科和波瓦瓦朝他们走了过去,老远就盯着那些人的脸看,像要寻找什么熟人似的,突然他惊奇地站住了。

他在公爵夫人身后的确看到了一张熟悉的脸孔和一副熟悉的身材,但是她却显得那样端庄,那样美丽,又那样高贵,使得他都以为是自己的眼睛看错了。

"难道她就是雅金卡？也许是普沃茨克哪一位公爵的女儿呢？"

但是，她就是道道地地的兹戈热利兹的雅金卡·齐赫小姐。当他们的眼光相互接触时，她便对他微笑了一下，笑容里充满了友情和怜悯。随后，她的脸变得有些苍白，她闭起了双眼站在那里，她那乌黑的头发上系着金色丝带。在强烈的光照下她是那样美貌。她身材高大，略显阴郁，但又是那样高雅，使她看上去不仅像一位郡主，更像一位公主哩！

第六十三章

兹比什科匍匐在普沃茨克公爵夫人的脚下,表示愿为她忠实效力。但是她起初竟没有认出他来,因为她很久没有见过他了。等他通报了自己的姓名之后,她才说道:

"啊,真是的!我还以为你是国王的某个侍从哩。博格丹涅茨的兹比什科,不错,你的叔叔,博格丹涅茨的老骑士,曾是我们这里的客人,我记得当他把你的不幸遭遇告诉我们,我和我的宫女们都不禁潸然泪下。你找到你的夫人了吗?她现在在哪里?"

"她去天国了,仁慈的夫人……"

"啊,亲爱的耶稣!不要说下去了,因为这会让我伤心流泪的。唯一令人欣慰的,是她一定到了天堂,而你还年轻,至尊的上帝啊!每个女人都是这样脆弱的创造物。但是,在天堂里这一切都会得到褒奖的,你会在那里找到她的。那么,博格丹涅茨的那个老骑士和你一起在这里吗?"

"他不在这里,他现在成了十字军骑士的俘虏,我正要去把他赎回来。"

"连他也遭到了不幸!我觉得他是个机智聪明的人,是个很了解风土人情的人。等你把他赎回来了,你们还要到我们这里来,我很高兴接待你们,说句真心话,他聪明,富于智谋,而你为人豪放随和。"

"我们会这样做的,仁慈的夫人。我这一次就是特意来求您,尊敬的夫人,为我的叔叔说几句好话。"

"好的!明天出发去打猎之前,你来见我,我那时有点空闲。"

这时候,号角声和鼓声把她的话打断了,这号鼓声宣布玛佐夫舍的雅鲁什公爵夫妇的驾临。普沃茨克公爵夫人和兹比什科正好站在入口处的近旁,因此,安娜·达奴塔公爵夫人立即看见了兹比什科,于是就笔直朝他走了过去,连主人——执政官的鞠躬致敬都没有注意到。

一见到安娜公爵夫人,兹比什科又心碎了。他在她面前跪下,双手抱住了她的双膝,默不作声,公爵夫人也朝他俯下身去,双手抱住他的双鬓,泪水汪汪地落到了他金色的头发上,完全像个母亲为她儿子的不幸而哭泣一样。

令在场的宫廷侍从和客人们惊讶不已的是,她竟哭了这样久,而且一再说着:"啊,耶稣!啊,仁慈的耶稣……"然后,她把兹比什科扶了起来,说道:

"我为她哭泣,为我的达奴希卡哭泣,也为你哭泣。上帝既然这样安排,你的一切努力都是白费,而我们现在的眼泪也是毫无作用。你现在把她和她死的情况都对我说一说,我很想听,即使要听到半夜,我也不会嫌多嫌长的。"

她也像刚才的塔切夫的波瓦瓦那样,把他带到旁边去了。客人中那些不认识兹比什科的,都在打听起他的遭遇了。这样一来,有好一阵子,大家都在纷纷谈论他、达奴霞和尤兰德。就连十字军骑士的使臣——弗里德里赫·冯·文顿和约翰·冯·桑菲尔德都在打听兹比什科的情况。前一位使臣是托伦的康杜尔,被派来谒见国王的;后一位使臣是奥斯泰罗达的康杜尔,他虽是日耳曼人,但出生在西里西亚,会说一口流利的波兰话,他轻而易举地就听出了人们谈论的事情,他从雅鲁什公爵的宫廷侍从、查别日的雅希科那里听到了整个事件的全过程,说道:

"丹维尔德和德·罗维已经受到了大团长的怀疑,认为他们在偷偷干着黑妖术。"

桑菲尔德立即意识到这种说法会对骑士团的名誉大有损害,投下阴影,就像过去落在圣殿骑士团①的身上一样,于是他赶紧补充道:

"这不过是一些流言飞语,但这不是真的。在十字军骑士中间没有这样的人。"

---

① 中世纪天主教的军事宗教修会,总部设在耶路撒冷犹太教圣殿,故名。后被斥为异端,1312年被教皇解散。

但是,站在他旁边的塔切夫的波瓦瓦则反驳他道:

"那些阻碍立陶宛受洗的人,定会讨厌十字架的。"

"我们的斗篷上都有十字架的。"桑菲尔德骄傲地回答道。

波瓦瓦却回答道:

"但是心里要有十字架才行。"

这时候,号角声吹得更响了,国王驾临了,后面跟着格涅兹诺大主教、克拉科夫主教、普沃茨克主教、克拉科夫总督,还有几位宫廷大臣和宫廷侍从。而在宫廷侍从当中,有马什科维奇的增德拉姆,他的族徽是太阳,还有年轻的雅蒙特公爵,国王的御前侍从。自从兹比什科上次看见国王以来,国王并没有多大的改变。他的脸颊依然是那样绯红,头发依然长长的,国王时时把它拢到耳朵的后面。他那双眼睛依然不停地眨巴着。兹比什科觉得唯一不同的是国王更加威严、更有气派了。因为他觉得他的王位比雅德维佳王后逝世时更加巩固了,那时候他正想要退位,而且不知道能否再复位。现在他也更加意识到了他巨大的力量和权力。玛佐夫舍的两位公爵立即随侍在国王两旁。站在前面鞠躬致敬的是日耳曼人的使节,周围是大臣和宫廷的高级侍从,庭院的围墙被不断的欢呼声、号角声和擂鼓声震得颤抖起来。

等到一切都平静下来后,十字军骑士团的使臣冯·文顿就谈起骑士团的事情来。但国王听了几句话就听出了他的含义,便不耐烦地挥了挥手,用他平常低沉的、严厉的声音说道:

"住口!我们来这里是来吃喝玩乐的,不是来看你的什么文书的。"

但是,国王为了不想让十字军骑士以为他是在生气,便又和善地笑着继续说道:

"有的是时间,将要和大团长在拉强日讨论这些问题。"

随后便对杰莫维特公爵说道:

"明天要到森林中去打猎,是吗?"

这句问话表明国王今晚除了明天打猎之外,决不谈其他事情。他酷爱狩猎,为此他很乐意到玛佐夫舍来。因为小波兰和大波兰森林较少,而有些地方人口那么稠密,森林几乎都被砍光了。

于是在场的人都是满脸春风。他们都知道,国王一谈起打猎来,便又高兴、又特别仁慈和善。杰莫维特公爵立即告诉他要到什么地方去打猎,打算猎到什么样的野兽。雅鲁什公爵也吩咐他的侍从回去,把他的两个著名猎手叫来。这两个猎人能用号角把野牛从围场中赶出来,还能扭断熊的骨头。公爵想让他们在国王面前露一手给大家看看。

兹比什科很想去向国王表示敬意,但是他无法走到国王的跟前去。雅蒙特公爵显然忘记了兹比什科在克拉科夫时对他的尖刻回答,这时候他远远地向他点头招手,非常友好地做着手势,要他想法挤到他的身边来。但是,就在这时候,有只手碰了碰兹比什科的手臂,随即便听到了一声甜美而又略带哀怨的叫喊:

"兹比什科!"

年轻的骑士转过头去,看见雅金卡就站在他身前。由于他先是忙于和杰莫维特公爵夫人的应酬问候,继又忙着与雅鲁什公爵夫人的长谈,一直没有去接近这位姑娘。因此雅金卡只好利用国王驾临引起的这阵混乱,亲自挤到了他的身边。

"兹比什科!"她又叫了一遍,"愿上帝和圣母能给你安慰!"

"愿上帝报答您!"这位年轻的骑士答道。

他感激地注视着她那双蓝眼睛,此时此刻她的眼睛里噙满了泪水。接着,两个人都默默地站在那里,虽然她像个可亲可爱的、面显忧愁的姐妹那样来到他的身边,但在他看来,她穿着那样华丽的宫装,神态又是那样雍容华贵,简直与兹戈热利兹或博格丹涅茨时的雅金卡判若两人,因此,他最初竟不敢和她说话了。而雅金卡呢,她也觉得在说了这些话后,似乎也无话可对他说了。

这种局促不安都反映在他们的脸上。不过,这时候庭院里又骚动起来了,因为国王已入席就宴了。雅鲁什公爵夫人又来到了兹比什科的身边,说道:

"这场晚宴对我们两个来说都是很难受的,不过你还是像过去那样来侍候我吧。"

因此,年轻的骑士不得不离开雅金卡。等到客人们都入席后,他便站在公爵夫人的椅子后面,为她换盘上菜,倒水斟酒。他一面侍候,一面不由自主地时时瞧雅金卡一眼。雅金卡作为普沃茨克公爵夫人的宫女，便坐在她身旁。兹比什科止不住要欣赏她的美貌。雅金卡这几年来又长大了不少，但是她的改变不仅是在身高方面，而且在于她的仪态方面，这种仪态是她过去从未有过的。从前，她总是穿件皮外衣，头发上满是树叶，因为她常常骑着马在森林中奔驰，人们不过把她看成个漂亮的乡村姑娘而已。如今一眼看去，她真像个出身名门的大家闺秀，具有高贵的血统，而且仪态万方，雍容娴雅。兹比什科同时还注意到，她过去那种愉快的神态也消失不见了。但他毫不奇怪，因为他知道她的父亲齐赫已经去世了，但是，最使他感到惊奇的是她的那种仪态万方。起初，他还以为是华丽的服饰才使她有了这样的外表。于是他从上到下依次打量着她，先是看了看那扎在雪白额头上和乌发上的金丝头带，和垂在背后的两条发辫，继而又把眼光投向她那非常合身的天蓝色衣服，衣服上镶有紫色的镶边，合身的衣裙显示出她那亭亭玉立的身材和处女的胸脯。他对自己说："真是一位郡主。"随后他也承认，不仅是衣着使她起了变化，现在她即使穿一件普通的皮衣，他也不敢像从前那样对她不拘礼节，也不能像过去那样大胆接近她了。

随后他又注意到，各种各样的年轻客人，甚至那些年龄较大的骑士，都向她投去热切而贪婪的目光。有一次他正在给公爵夫人换盘子时，突然看到德·罗西先生目不转睛地盯住她看，脸上显出一副心醉神迷的样子，兹比什科看到他这副样子，心里就冒火了。这个格尔德里亚骑士的神态也没有逃过雅鲁什公爵夫人的眼睛，她突然认出了他，便说道：

"你瞧瞧德·罗西！他一定又爱上谁了，因为他完全着迷了。"

随后，她稍微弯身在桌子上面，朝旁边的雅金卡望了一眼，又说道："的确，所有的小烛光在这支火炬面前都要黯然无光了。"

不过，兹比什科被雅金卡吸引住，是因为他觉得她是个亲人，是个他所喜爱的姐妹。他觉得他找不到一个比她更好的伙伴来分担他的悲痛，也找不到一颗比她更具同情心的心了。但是，这天晚上他无法和她多说话，一是因为他忙于侍候公爵夫人，二是整个宴会进行期间不是歌手们在歌唱，就是号角吹得震天价响，使得相邻而坐的人，也很难听清对方的说话。两位公爵夫人和宫女们都早早地离开了宴席，与国王、公爵和骑士们告别之后便回去了，而这些男士们却一直喝到了深夜。雅金卡手拿着公爵夫人的坐垫，停留了一下也就出去了，仅仅在离开的时候对他笑了一笑，点了点头。

一直到天快要亮了，兹比什科、德·罗西和他们的两个仆从才回到客店。他们都陷入了沉思之中，默默无言地走着，直到离客店不远，德·罗西才对他的侍从，那个滨海人说了些话，那个滨海人的波兰话说得很好，随即向兹比什科说道：

"我的主人想问阁下您几个问题。"

"说吧。"兹比什科说道。

这时候，德·罗西又和他的仆从谈了一会儿，随后那个滨海人窃笑了一声，说道：

"我的主人想问阁下您，在宴会开始之前和您谈话的那位小姐，到底是凡人呢，还是天使，或者圣徒？"

"请告诉你的主人，"兹比什科有点不耐烦地答道，"以前他便向我提过这种问题，使我听起来都觉得奇怪。到底是怎么一回事呢？他在斯佩霍夫时就对我说过，他要到维托尔德的宫廷去，因为他喜欢美貌的立陶宛女人。后来，出于这同一个原因他要到普沃茨克来，到了普沃茨克，他就想为了德乌戈拉斯的雅金卡向塔切夫的骑士挑战，现在他又看上了别的小姐，难道他的坚贞和骑士的信誉就是这样变化无常的吗？"

德·罗西先生从滨海人那里听到这种回答之后深深叹了一口气。他抬头望了一会儿正在变白的夜空，便这样来回答兹比什科的责怪：

"你说得对，我既不坚贞，也无信誉。我是个有罪的人，没有资格用骑士的踢马刺。至于德乌戈拉斯的雅金卡小姐，的确我向她发过誓，愿上帝保佑我坚持住这誓言，但是请你注意，等我把她在切尔尼城堡残酷捉弄我的经过告诉你后，你一定也会义愤填膺的。"

说到这里，他又叹了一口气，又望了一眼天空，这时的东方已开始出现一条白色亮带，等滨海人把他的话都译完后，他又继续说了下去：

"她告诉我说，她有个敌人是魔法师，住在森林中的一座高塔上，他每年都要派一条龙来害她，而那条龙一到春天就要来到切尔尼城墙下面,想伺机劫走她。她刚一说完,我就向她表示,我要去和这条龙斗争。啊哈,请你注意听我下面所讲的事情:我到了指定的地点,我看到一个可怕的怪物,在那里一动不动地等着我。我心里非常高兴,因为我想,要么我把命送掉,要么我把小姐从那怪物的利嘴中救出来,从而获得不朽的名声。然而,当我朝前走去,用矛猛刺那怪物时,你知道我当时看到的是什么吗?原来是木轮支撑的一个大口袋,里面装满杂草,带着一条草尾巴!我得到的不是名声,而是人们的嘲笑。后来我向两个玛佐夫舍骑士挑战,在比武场上我又被他们两个重重地打了一顿,她就这样对待我,而我却对她崇拜得五体投地,想使她成为我唯一所爱的人……"

滨海人把这位骑士的话翻译给兹比什科听时,为了忍住不笑,尽量把舌头抵住腮帮,或者时时咬住舌头。兹比什科要是在别的时候,也会忍俊不禁,放声大笑的。但是,痛苦和不幸已使他的欢愉心情丧失殆尽,于是他严肃地说道:

"也许她这样做,只是开开玩笑,而非恶意。"

"所以我才原谅了她。"德·罗西答道,"最好的证明,就是我为了她的美貌和德行,而向塔切夫的骑士提出挑战。"

"你不该向他挑战!"兹比什科更为严肃地说道。

"我知道这是去送死!但我宁愿死,也不愿永远生活在痛苦和悲哀中。"

"塔切夫的波瓦瓦先生早已忘记这件事了,明天一早和我一起去见他,跟他交个朋友。"

"我一定这样做,因为我顶喜欢他的。不过,他明天要和国王一起去打猎。"

"我们一早就去,国王爱好狩猎,但他也不讨厌休息,况且今天的晚宴这样晚才散。"

他们一早就去了,但是依然未见着。据先赶到城堡去见雅金卡的捷克人说,波瓦瓦是在国王的行宫中过夜的。不过兹比什科和德·罗西的失望却得到了补偿,因为他们遇见了雅鲁什公爵,要他们加入他的侍从队,这样他们也就能去打猎了。在前往森林的路上,兹比什科找到

了一个和雅蒙特谈话的机会,公爵告诉他些好消息,说道:

"昨天我给国王脱衣就寝的时候,乘机向他谈起了你和你在克拉科夫的遭遇,波瓦瓦骑士当时也在场,他立即把你叔父被十字军骑士抓获的事报告了国王,请求国王过问你叔父的事。国王原本就对他们绑架克雷特科夫的小雅希科和其他暴行十分愤怒。此时一听,更是火冒三丈,大声说道:'对他们,不能再用好言好语了,得诉诸武力了!得用矛来解决!'波瓦瓦是故意火上加油的。今天早晨,当骑士团的使臣等在门口,并向国王一躬到地的时候,国王都假装没有看见便走过去了。嘿,他们再也不能得到国王不帮助维托尔德大公的保证了,这一下他们是无法可想了。你放心好了,你叔父的问题,国王一定会向大团长施加压力的。"

雅蒙特的消息使兹比什科喜不自胜,而雅金卡的举动更使他心花怒放,她陪同杰莫维特公爵夫人一起到森林去打猎。回来时,她想方设法要和兹比什科并辔而行。在打猎的时候,大家都利用自由的惯例,成双成对地回来。当然也可以说不是真正的成双成对,他们相互都不是靠得很紧很近,这样可以自由地交谈。雅金卡已经从捷克人那里得知马奇科被俘的情况,便立即恳请公爵夫人给大团长写了一封信。此外,公爵夫人还请托伦的康杜尔冯·文顿,在他给大团长报告普沃茨克会谈情况的书信中也提及此事。康杜尔在公爵夫人面前扬扬得意地说,他已经在信中加写了这样一句话:"为了不使国王生气,不能在这件事情上设置阻碍。"目前大团长最关心的是尽量不去触怒国王,这样他才不会有后顾之忧,以便集中全部力量去对付维托尔德,对付这位骑士团迄今还束手无策的人。

"为了不耽误事情,我已经尽了努力,办好了我能办的这些事。"雅金卡最后说道,"国王在大的原则问题上不会迁就他的妹妹,但在这些小事情上一定会满足她的要求,我对此抱有很大的信心。"

"如果事情涉及的不是这样一伙背信弃义的人,"兹比什科回答说,"我只要去把他赎回来,事情也就完了,但是和他们打交道,就可能发生像托利马这样的情形,不但把他身上带去的钱抢光,还要把他抓起来。非得有某种势力做靠山不可。"

"我知道。"雅金卡答道。

"您现在什么都明白了。"兹比什科说道,"只要我活着,我就会对您感激不尽的。"

雅金卡抬起她那双忧郁而美丽的眼睛望着他说道:

"为什么你对我不说'你',不把我当成从小就在一起长大的人呢?"

"我不知道!"兹比什科坦率地说道,"好像我说不出口似的……而且您也不是从前的那个小姑娘了,您已经完全……像个……"

他找不到适合的比喻,雅金卡及时打断了他的这种费劲,说道:

"因为我又长大了几岁……而且日耳曼人也在西里西亚把我的父亲杀害了。"

"啊,真的!愿上帝赐予他永恒的光明。"兹比什科答道。

有一会儿他们默默无言地骑着马朝前走去,仿佛是在倾听松涛声,后来她又问道:

"你把马奇科赎回后,还打算留在这里吗?"

兹比什科惊奇地望着她,因为直到现在,他一直沉浸在悲伤和忧愁之中,脑子里还从没有想过以后的事情。因此他抬头望天,沉思了一会儿,才回答道:

"我不知道!仁慈的基督啊!我怎么会知道呢?我只知道一件事:无论我走到哪里,厄运总是跟着我走到哪里。嘿,我的命真苦啊!我把叔父赎回后,也许就要到维托尔德那里去打十字军骑士,我要实现我对付十字军骑士的誓言,也许我会战死沙场。"

听了这话,雅金卡的眼里噙满了泪水。她朝兹比什科那边侧过身来,低声对他说道,仿佛在恳求他似的:

"你不能死!绝不能死!"

他们又停止说话了。直到城墙下面,兹比什科才从折磨他的忧虑中惊醒过来,说道:

"而您,啊,而你会留在这里的宫廷吗?"

"不!"她回答说,"没有我的兄弟,没有兹戈热利兹,我真过不惯。奇坦和维尔克一定已经结婚了,即使他们还没有结婚,我也不怕他们了。"

"愿上帝能让马奇科叔叔把你送回兹戈热利兹去。他可是你真正的朋友,你完全可以信赖他,但是你可不要忘了他。"

"我向你起誓,我会像亲生女儿一样对待他。"

说完这句话,她止不住抽泣起来,心里感到无限悲伤。

第二天,塔切夫的波瓦瓦来到兹比什科住的那家客栈,对他说道:

"一过了圣体节,国王就要到拉强日去与大团长会谈,你已经列入国王的骑士队了,要和我们一起动身去的。"

听了这些话,兹比什科高兴得脸都红了。因为他参加了国王的骑士队,不仅可以避免受到十字军骑士的背信弃义和阴谋诡计的伤害,而且对他来说,这是一种莫大的荣誉。这样一来,他就属于这样一些名骑士的行列了,他们是:恰尔尼·查维夏和他的两位兄弟法鲁列伊和克鲁切克、塔切夫的波瓦瓦、科奇赫格沃夫的克容、哈尔比莫维奇的斯塔什科、比斯库皮兹的帕什科·兹沃吉伊、塔尔戈维茨的李斯,以及许多在国内外享有盛誉的、令人望而生畏的骑士。雅盖沃国王随身只带了很小一部分骑士,有一部分留在了家里,另外一些则到海外的遥远国度去冒险了。国王知道,即使率领这样一些骑士他也敢到马尔堡去,而不怕十字军骑士团的陷害。必要的时候,这些骑士能用强而有力的臂膀摧毁城墙,在日耳曼人的包围中为他杀出一条血路来。兹比什科一想到自己能与这样的骑士为伍,真是喜出望外,心里充满了无比的自豪。

因此,兹比什科在刚听到这个消息的时候,甚至忘记了自己的悲痛,他紧紧握着波瓦瓦的双手,高兴地对他说道:

"这一切都应该感谢您!是的,大人。感谢您了!感谢您了……"

"部分归功于我,而另一部分则应归功于此地的公爵夫人。"波瓦瓦说道,"但是,最主要的还得感谢我们仁慈的君主。你马上就去见他,匍匐在他的脚前,免得他责怪你不知感恩戴德。"

"我愿为他赴汤蹈火,我敢向上帝发誓!"兹比什科喊道。

第六十四章

波兰国王在圣体节前到达了位于维斯瓦河中一个小岛的拉强日，要和骑士团大团长举行会谈，会谈是在不和谐的气氛中举行的，没有达成一致的意见。既没有像两年前在同一个地方举行的会谈所达成的多项协议，也没有像两年后的会谈所获得的成果，在那次会谈中，波兰国王从骑士团手中收回了多布钦地区和多布任、博布罗夫尼克两个城镇。这些地方都是从前被奥波尔齐克暗中抵押给十字军骑士团的。雅盖沃来到那里后，十分恼怒十字军骑士团在西方各宫廷中和罗马对他进行的恶意中伤和诽谤，尤其对他们的狡诈阴险更是切齿痛恨。大团长无意谈判多布钦问题，他是故意这样做的。无论是大团长本人，还是骑士团中的其他显赫人物，每天都在向波兰人一再声称："我们不愿同你们，也不愿同立陶宛打仗。但是日姆兹是我们的，是维托尔德本人割让给我们的。如果你们保证不帮助维托尔德，对他的作战很快就会结束，那时候便是谈判多布钦的最佳时机，到时候我们定会作出许多让步的。"但是国王的枢密院大臣们都是些精明能干、经验丰富的人，他们谙熟十字军骑士团的欺骗手段，绝不会上当受骗。"你们的势力越强，你们的胆子就越大。"大臣们对大团长说道，"你们说，你们不介入立陶宛的事情，可是你们却想把斯基尔盖沃扶上维尔诺的宝座，上帝作证。这是雅盖沃家族的事情，只有雅盖沃才能决定，让谁当立陶宛的大公。奉劝你们克制一些，否则，我们伟大的国王就会惩处你们。"大团长则说，如果国王是立陶宛的真正君主，那就请他命令维托尔德停止战争，并把日姆兹还给骑士团。否则，骑士团就不得不和维托尔德进行战争，攻击他最薄弱、最致命的地方。这一场争论就这样从早上一直持续到晚上，倒来倒去的，就像迷路者转来转去一样。国王不愿让自己受到拘束，越来越焦躁不安，便对大团长说，如果日姆兹人民在骑士团的统治下生活幸福,维托尔德决不动一个手指,因为他找不到任何借口、任何理由。大团长是个沉得住气的人,而且也比其他教士更了解雅盖沃的实力,因此他尽力缓和气氛,不想触怒国王。他也不顾那些愤激而傲慢的康杜尔的怨言,而对国王大送吹捧赞扬的溢美之词。有时甚至低三下四,卑躬屈节。但是,尽管卑躬屈节,也常常带有威胁的口气。不过他这样做毫无效果。重大事情的谈判很快便破裂了。第二天,只好转向一些次要的问题。国王强烈指责骑士团支持盗匪,越界袭击和抢劫、绑架尤兰德的女儿和克雷特科夫的小雅希科,屠杀农夫和渔民。大团长竭力否认、推脱,甚至诅咒发誓,说都是背着他干的,他还倒打一耙,不仅指责维托尔德,而且也指责波兰骑士帮助异教的日姆兹人来反对十字军骑士团,他们举出了博格丹涅茨的马奇科作为例证。幸好国王已从波瓦瓦那里得知博格丹涅茨的两个骑士前往日姆兹的原因,因而毫不费劲地驳斥了对方的指责,况且还有兹比什科本人在场,冯·巴顿兄弟也是大团长的随从,他们来到这里是想和波兰骑士在比武场上较量一番。

但是比武并未举行。十字军骑士团本来打算,如果谈判顺利,便邀请波兰国王到托伦去停留数日,在那里他们会大设宴会,举行比武竞赛,以表示对国王的尊敬。但由于谈判不成功,双方都很不满意,很是气愤,都失去了玩乐的兴趣。只有在早晨的那段时间里,不是作为正式比斗,双方骑士较量了一下力气和武艺。但是,正如愉快的雅蒙特公爵所说,在这方面,波兰人要比日耳曼人强多了。因为塔切夫的波瓦瓦就比阿诺德·冯·巴顿的力气大,奥列希尼察的多布科使矛的本领和塔尔戈维茨的李斯的跳马技艺,都胜过所有人。兹比什科便利用这个机会和阿诺德·冯·巴顿谈判赎金的问题。德·罗西由于其出身高贵,又是个有钱有势的骑士,很瞧不起阿诺德,故意和他作对,声言一切赎金由他承担。但是,兹比什科从维护自己的骑士名誉出发,坚持该付多少就付多少,按照原来协议办事,尽管连阿诺德自己都要减少赎金的数目,德·罗西也从中调解,兹比什科均不答应,不接受他的缩减。

阿诺德·冯·巴顿是个直性子的人,他最大的优点就是身壮体强、膂力过人,为人也还诚实,就是比较贪财。他没有十字军骑士的那种狡猾，因此他对兹比什科也不隐瞒他降低赎金的原因。他说："我来这里不是要参加国王和大团长的谈判，我是来交换俘虏的——你可以不必付任何的赎金，就把你叔父领回去。我当然想得到一点钱的，总比一无所获好。因为我的钱袋总是空的，有时连买三杯啤酒的钱都不够，可我一天不喝他五杯、六杯就难受。"兹比什科听了他的这番话，勃然大怒："我会付钱的，因为我曾凭骑士的荣誉发过誓，我们知道自己的身价，决不降格以求，少付一个钱。"听了这话，阿诺德紧握了他的手，在场的波兰骑士和十字军骑士都对他称赞不已，说道："这样年轻就束上了骑士的腰带，挂上了踢马刺，而且是当之无愧的，因为他能完全尊奉骑士的荣誉和尊严。"

这时候，国王和大团长也达成了交换俘虏的协议。然而在俘虏的交换过程中，却出现了这样的奇怪现象，后来波兰王国的主教和大臣们都曾致函于教皇和西方各国君主，报告了这种怪事。在波兰人手里，的确有不少俘虏，但这些俘虏都是成年的男子汉，而且身强体壮，都是从边界的战斗中或者决斗中俘获而来的；可是在十字军骑士团手里的俘虏大部分是妇女和儿童，都是在夜里被绑架而来的，为的是索取赎金。罗马教皇本人就曾关心过这个问题，而且不顾十字军骑士团驻教廷的代表约翰·冯·费尔德的再三恳求，公开表示了他对骑士团的愤怒和谴责。

马奇科的事却遇到了困难。大团长并不是真正想阻止不放，而是故意刁难，以显示他的每一次让步都意义重要。他认为，凡是信奉天主教的骑士，如果自愿帮助日姆兹反对骑士团，按照法律，均须处死。尽管波兰枢密院的大臣们又一次把他们所知道的有关尤兰德及其女儿的遭遇，以及骑士团对他们父女和博格丹涅茨两位骑士的种种迫害作为依据，据理力驳，但依然无济于事。大团长作为反驳所说的那番话，恰好和杰莫维特公爵夫人以前对马奇科说过的话如出一辙：

"你们把自己说成是绵羊，而把我们看成是野狼。可是那四只参与绑架尤兰德小姐的野狼，现在一只也没有活下来，而绵羊却安然无恙地在世界上走来走去。"

这的确也是事实。然而对这个事实，在场的塔切夫骑士是这样回答的：

"是的,不过,他们哪一个是被背信弃义所杀的？而且他们死时,难道手里不都拿着利剑吗？"

大团长听了无话可答了。他看到国王蹙起眉头,双眼露出光芒,便马上让步了,他不想再刺激这个可怕的君主,以免他勃然大怒。后来,他们商定各方派出代表前去接收俘虏。波兰方面派出的使臣有马什科维奇的增德拉姆,他本来就想实地考察一下十字军骑士的实力。此外还有波瓦瓦骑士和博格丹涅茨的兹比什科。

雅蒙特公爵帮了兹比什科的大忙,是他向国王建议让兹比什科去的,因为他年轻,如果能作为王国使臣去到那里,就能够早一些看到他的叔父,而把他叔父带回来。国王没有拒绝这个小公爵的请求,因为这个年轻的公爵生性乐观、开朗、善良,而又长得漂亮,是国王和整个宫廷的宠儿,而且他从不为自己要求什么。兹比什科诚心实意地感激雅蒙特,现在他已经有了十分的把握,一定能把叔父赎回来。

"谁也不会对你与国王的关系表示忌妒,因为你站得正,尽量利用这种关系为公众的利益效力,也许可以说,没有谁能比得上你心地善良了。"兹比什科说道。

"我能在国王身边,当然不错。但我却更想到战场上去与十字军骑士较量一番,你已经和他们较量过了,我真羡慕你。"雅蒙特说道。

过了一会儿,他又补充说道：

"托伦的康杜尔冯·文顿昨天来到了这里。今天晚上,你们就要和大团长以及他的扈从队一道到他那里去。"

"然后再到马尔堡去。"

"是到马尔堡去。"

这时,雅蒙特公爵笑着说道：

"路程不算很远,但对于他们来说却是苦涩的,因为日耳曼人从国王那里一无所获,而和维托尔德也不会有什么好果子吃的。他已调集立陶宛的全部力量,正在向日姆兹进军。"

"如果国王帮助他,那就会是一场大战了。"

"我们的骑士们都在祈求上帝能有这样的战事。尽管国王不愿意有战争,以免天主教徒流血,但还是会以粮草和金钱去支持维托尔德的。此外,还有许多波兰骑士会到那里去当志愿军。"

"毫无疑问,会这样的。"兹比什科答道,"也许骑士团会因此而向国王宣战的吧?"

"嘿,不会的。"公爵说道,"只要现在的大团长还活着,就不会发生大战的。"

他的确说对了。兹比什科早就见过大团长的,现在在去马尔堡的路上,他和马什科维奇的增德拉姆以及波瓦瓦一起,几乎一直都在大团长的身边,能更好地观察他,对他也能有更好的了解。经过一路的了解,他更相信大团长并不是一个很坏的人,但是他常常不得不恣意妄为,因为整个十字军骑士团都建立在违法乱纪上,他也常常胡作非为、横行霸道,因为整个十字军骑士团都建立在胡作非为、横行霸道上,他也不得不欺骗说谎,因为他的大团长职位就是和欺骗说谎一道继承下来的,而且多年以来,他早就习惯于把欺骗说谎当成一种政治手腕。大团长也不是个残暴的人,他也害怕上帝的审判,因此他也竭力阻止那些傲慢和贪婪的骑士团的高级官员,这些人一心想发动和雅盖沃的战争。然而他却是个优柔寡断、性格软弱的人。多少个世纪以来,骑士团就习惯于伏击外国人,抢劫外国人,靠武力或者阴谋诡计去侵占邻近的地方,以至于康拉德不仅不能制止这种贪婪的掠夺,反而不由自主地随波逐流,屈服于这种势力,甚至想方设法去满足这种行为。温雷赫·冯·克尼普罗德①那种铁的纪律的时代,早已一去不复返了。那时候,骑士团就曾以这种铁的纪律而令全世界震惊。在荣京根的前任康拉德·华伦华德担任大团长的时代,骑士团便陶醉在自己越来越强大的势力之中,即使是暂时的失败也不能削弱他们的骄横跋扈,自我陶醉于荣誉、成功和人民的鲜血。原来使骑士团强盛和团结的纪律松懈了,大团长竭尽全力去约束骑士团要遵纪守法,也尽力去减缓骑士团的铁腕手段,这种手段使得十字军骑士团统治下的农民、市民,甚至教士和贵族都被压得喘不过气来。只有马尔堡近郊的农民或市民不仅丰衣足食,甚至

---

① 曾于1351—1382年担任大团长。

夸口富裕。但是在远离都城的地区，康杜尔们却专横跋扈、残酷凶狠，践踏法律和人民的权利，加紧压迫和掠夺，大肆搜刮民脂民膏，以名目繁多的苛捐杂税和借口，榨取老百姓的最后一分钱，连眼泪和鲜血都榨干取尽了。因此在整个骑士团所管辖的土地上，只有呻吟、贫困和怨声载道。有时出于骑士团利益的考虑，对有些地方，如日姆兹，大团长下令要实行温和的统治，然而这样的命令也多是一纸空文，因为康杜尔们不是阳奉阴违，就是本性残酷难改。于是康拉德·冯·荣京觉得自己像个车夫，狂马奔驰，他只好放开缰绳，任马车乱闯而感到无可奈何了。他常常被不祥的预感压得日夜不安。他脑海里常常出现这样的预言："我像勤奋的蜜蜂那样使他们繁荣昌盛，我把他们安置在天主教国家的土地上，但是他们却起来反对我，既不关心人民的灵魂，也不怜惜老百姓的肉体，这些老百姓摆脱了异教的迷途而转向对天主教和我的信仰，反而被他们当成了奴隶。他们不宣谕上帝的圣诫，也不给人民施行圣礼，却让人民受到惨绝人寰的痛苦，比在异教时期还有过之而无不及。他们把战争当成满足他们贪婪的手段，总有一天，他们的牙齿将被打落，他们的右手将被砍去，他们的右腿也会被砍断，他们才会知道自己的罪孽深重。"

大团长知道，圣布里吉达显灵时用神秘声音对十字军骑士团所作的那些指责，都是完全正确的。他也知道，这座在外国土地上，依靠欺压外国人，依赖虚伪、阴谋和残暴等手段而建立起来的大厦，是维持不了多久的。他担心这座被人民多年的血泪冲坏了墙基的大厦经不住波兰巨掌的一击，便会倾覆崩塌了。他也预料到，这辆由狂马拖拉的马车，一定会坠落深渊。因此，他只有竭尽全力，使得最后审判的时刻、天怒和失败的时刻推迟到来。由于这个原因，尽管他优柔寡断，但他认定一点：坚决反对那些傲慢和暴戾的大臣们，决不与波兰发生战争。他们责怪他懦弱和无能，都是徒劳，边界上的康杜尔们竭尽全力去挑起战争，也是枉费心机。大团长总是在战火就要爆发的危急时刻，把战火扑灭。随后他便在马尔堡感谢上帝，让他成功地阻止了那把悬在骑士团头上的剑，没有让它砍下来。

但是，他知道那种结局是必然会到来的。他确信骑士团不是站在上帝的真理一边，而是站在违法乱纪和欺骗说谎的一边，还有那种最后审判的时日快要临近的预感，都使他感到，他是这个世界上最不幸者当中的一个。如果他能力挽狂澜，使骑士团走上正道，就是要他流血甚至牺牲，那他也是在所不惜的，但是他感到已经来不及了！走上正道——那就意味着骑士团要把全部的财产和肥沃的土地交回给真正的主人。而这些财富和土地，只有上帝知道是多久以前被骑士团占有的，还得放弃一系列像革但斯克这样富有的城市。这还不够，还意味着要放弃日姆兹，放弃对立陶宛的干预，而把剑插入剑鞘，以至于最后完全从这块土地上撤走，而这些土地，骑士团已无法交还其主人了，因为原主人都不存在了。他们只有回到巴勒斯坦去，或者到希腊的某个岛上定居了，在那里保卫十字架不受撒拉逊人的破坏。但是，这是根本不可能的事情，因为这等于宣判了骑士团的死刑。谁会同意这样做呢？哪一个大团长会提出此种要求呢？康拉德·冯·荣京根的灵魂和生命都仿佛处在黑暗之中。但是，只有头脑已经发疯的人才会提出这样的主张。因此，他也只有这样走下去，走下去，一直走到上帝指定的末日到来为止。尽管他心里充满了忧虑和悲愁，但他依然只有这样走下去了。他的须发已经灰白，原来炯炯有神、明亮透彻的眼睛，如今已掩盖在浓眉的阴影之下。兹比什科从来没有看见过他脸上出现笑容，大团长的脸色并不严峻，也不阴郁，可是却像个长期受着某种痛苦折磨的人那样。他穿着甲胄，胸前挂着十字架，十字架中间的红四方形中有一头黑鹰。他的白色大斗篷上也绣有一个十字架，他的这副装扮使他显得威严、庄重而又忧郁。康拉德以前是个性情活泼的人，喜爱娱乐，即使现在他也从不放过各种大宴会、大表演和大比武，不但不放过，反而亲自过问，甚至亲自去安排这些事情。但是他既不跟那些前来马尔堡做客的显赫骑士玩在一起，又不与那些寻欢作乐的人为伍；既不为锣鼓和号角的喧嚣声所动，也不被武器的交击声所感，更不会被盛满法国美酒的酒杯所惑，所有这一切都不能使他赏心悦目。当他周围的人都在扬扬自得于国势的强大、声威的显赫、财富的充裕和权力的不可动摇的时候，当罗马皇帝和西方各国君主的使臣纷纷声称单是一个十字军骑士团就抵得上所有王国的威力而无敌于天下的时候，只有他一个不受迷惑保持着清醒的头脑,只有他一个还记得圣布里吉达显灵时所说的不吉之言:"总有一天,他们的牙齿将被打落,他们的右手将被砍去,他们的右腿也会被砍断,他们才会知道自己的罪孽深重。"

第六十五章

他们经过赫尔姆查,沿着干燥坚硬的道路到达格鲁宗兹。他们在格鲁宗兹待了一天一夜,因为大团长要在此地解决十字军骑士团城堡执政官和当地贵族之间的捕鱼问题,这些贵族的土地一直伸至维斯瓦河畔。他们再从这里转乘十字军骑士团的平底船直驶马尔堡。马什科维奇的增德拉姆、塔切夫的波瓦瓦和兹比什科,在整个航行中一直都和大团长在一起,大团长很想了解增德拉姆亲眼看到骑士团的实力后会有怎样的印象。大团长之所以很重视这件事,是因为他知道,增德拉姆不仅在决斗中是个英勇无敌的骑士,而更重要的是他还是个熟谙战略的将才。在整个波兰王国内,谁也比不上他更善于统率一支大军,列阵布兵,建造和摧毁城堡,在大河之上架设桥梁,他还熟知各国的军备情况,精通各种各样的作战方法。大团长也知道,在国王的会议上,他的意见举足轻重,对国王的影响很大。他还认为,如果骑士团的巨大财富和军队实力能让他心生惧意的话,那么战争的爆发便可以拖延一段很长的时间了。首先,马尔堡本身的情景,就会令每个波兰人胆战心寒,因为这个要塞包括上、中、下城堡。世界上还没有一座城堡能与之相比。在诺加特河上航行时,远远地就能望见高高的塔楼刺入天空。这天晴空明净,他们可以看得一清二楚。过了一会儿,等平底船驶近了,他们便能看到上城堡的教堂闪闪发亮的屋顶和层层叠叠的城墙。这些城墙只有部分没有刷色,然而大部分城墙都刷上了一层浅灰色,这种颜色只有十字军骑士团的泥瓦匠才会调制。这座城堡的宏伟壮观,都是波兰骑士所未见过的。你会觉得,那里的楼房仿佛都是建筑在另一座楼房之上的,层层叠叠,仿佛在平地上屹立着一座高山,它的顶峰就是老城堡,而斜坡就是中城堡和广阔的下城堡。一看到这个武装教士们的巨大巢穴和它那超常的威力,就连大团长那张拉长了的、郁郁不乐的脸孔也显得更加开朗了。

"马尔堡是泥做的。"大团长转向增德拉姆说道,"但是这种泥是人间力量所摧毁不了的。"

增德拉姆没有回答,他默默地望了一眼所有的塔楼和巨大的城墙,城墙上都筑有城垛。

沉默了一会儿,康拉德·冯·荣京根接着说道:

"先生,您对要塞的事情非常了解,您说说您的感想如何。"

"我觉得这座要塞是无法攻占的。"波兰骑士想了一会儿答道,"但是……"

"但是什么?您觉得有什么可挑剔的吗?"

"但是,每座要塞都会换主人的。"

大团长听了,便蹙起了眉头。

"您说这话是什么意思呢?"

"我是说,上帝的审判和判决是人眼所不能见到的。"

他又沉思地望着城墙。这时候,波瓦瓦把他的回答翻译给兹比什科听。他听了之后,便惊奇而又感激地望着增德拉姆。这时候,他觉得增德拉姆和日姆兹的统帅斯基尔沃瓦有许多相似之处。他们两个人的头都很大,就像是插进宽大的肩膀上那样。他们两个都有强壮的胸脯和同样弯曲的双腿。

这时候,大团长不想让波兰骑士的这种话占上风,便说道:

"人们都说,我们的马尔堡要比瓦维尔宫大六倍。"

"那里是在山岩上,没有这里平地的地方大。"增德拉姆回答道,"但是我看,我们在瓦维尔宫的人心胸却要更宽广。"

康拉德惊异地抬起了眉头。

"我不明白。"

"一个城堡的心,如果不是教堂,还会是别的什么吗?可是我们的大教堂却比这里的要大三倍。"

他说完,便指着城堡的小教堂,教堂圆屋顶上金色衬底的圣母像闪闪发亮。

大团长对话题的转换很不高兴,说道:

"阁下,您的回答虽很机智,但却奇怪。"

这时候,他们到达了城堡。十字军骑士团的精锐警卫部队,显然事先就已得知大团长到来的消息,都已布置在城市和城堡上了。而在码头上也有一批教士和号手在等候,这些号手每逢大团长过渡时,都要鼓号齐鸣以表欢迎。对面岸上已准备好了马匹,大团长和随从们骑上马,经过城市,穿过鞋匠门,沿着麻雀塔楼,进入下城堡,在大门口欢迎大团长的有大康杜尔威廉·冯·黑尔丰斯泰因,他只是代理大康杜尔职务,因为担任此职务已数月之久的库诺·里赫顿斯泰因被派往英国去了。前来欢迎的还有大医官、库诺的亲属康拉德·里赫顿斯泰因,大圣衣室主事卢姆彭海因,大司库布格哈德·冯·沃贝茨克,以及掌管城堡行政事务和各种作坊的小康杜尔。除了这些高级官员外,前来欢迎的还有十多个已授圣职的教士,他们负责报告普鲁士各地教堂的情况,并沉重压迫其他修道院以及世俗的教会人士,强迫他们修桥铺路、敲碎冰块。和他们一起前来欢迎的是一批世俗的教士,即不受祷告时间约束的骑士,他们身高体壮、孔武有力(十字军骑士团不接受身矮体弱的人)、肩宽膀粗、胡须浓密、目光严厉,使他们更加酷似凶狠的日耳曼盗匪,而不像教士。他们的眼里显示出大胆、自豪和无比傲慢的神情。他们不喜欢大团长,因为他害怕和雅盖沃作战。他们在神甫会上不止一次地批评大团长的软弱无能,在墙上画像嘲讽他,还鼓动小丑当面去讥笑他。但是他们一见到他都躬身问候,装出一副恭顺的样子,特别是大团长是和外国骑士一起回来的,他们都冲上前来,有的牵着马笼头,有的给他扶着马镫。

大团长下了马,立即对黑尔丰斯泰因问道:

"威纳·冯·泰廷根那里有消息吗?"

威纳·冯·泰廷根是骑士团的大元帅,也就是十字军骑士团武装力量的统帅,此时他正率领着军队远征日姆兹人和维托尔德。

"没有什么重要的消息。"黑尔丰斯泰因答道,"不过有些损失,那些蛮子烧毁了拉格内达附近的居民点和其他城堡附近的小镇。"

"上帝保佑,只要一次大的战役便能粉碎他们的为非作歹和冥顽不化。"大团长说道。

他一说完，便抬眼向天，嘴唇默默地念了一会儿祷词，祈祝十字军骑士团的马到成功。

然后他指着波兰的骑士说道：

"这是波兰国王派来的使节：这是马什科维奇的骑士，这是塔切夫的骑士和博格丹涅茨的骑士，他们是来和我们交换俘虏的，让城堡康杜尔给他们准备好客房，按照应有的礼节好好招待他们。"

在场的教士骑士们都好奇地打量着这三位骑士使节，特别是对塔切夫的波瓦瓦更是看来看去的，因为不少骑士都听到过这位声名昭著的骑士的名字。即使那些没有听说过他在勃艮第、捷克和克拉科夫宫廷中所立下的功绩的人，看到他那魁梧的身材和高大的骏马也都赞叹不已，他的战马，使许多年轻时到过圣地和埃及的人，不由得想起了那里的骆驼和大象。

有几个骑士认出了兹比什科，因为他在马尔堡的比武场上比过武，他们都热情地向他致意问候。他们都还记得，大团长的兄弟，那位身强力壮而又地位显赫的乌尔里克·冯·荣京根，对他表示出真挚的友谊和好感。他们倒不怎么注意马什科维奇的增德拉姆，可是他在不久的未来却是骑士团最可怕的摧毁者。因为他下马的时候，由于身材粗矮，肩膀又高又宽，看起来像个驼背，他双手较短，又是罗圈腿，受到了骑士团中一些年轻骑士的讥笑，其中的一个滑稽角色，甚至还走到增德拉姆的身边想对他说几句取笑的话，但当他一看到对方的眼神时，就立即失去了开玩笑的兴趣，一声不响地后退了。

这时候，城堡康杜尔便把客人们带走了。首先他们来到了一个不大的院子，里面除了学校、旧仓库和马具作坊外，还有一座圣尼古拉的小教堂。随后，他们经过尼古拉桥，进入了真正的下城堡。城堡康杜尔领着他们在雄伟城墙上走了一会儿，上面相隔不远便建有大小不一的箭楼，马什科维奇的增德拉姆对这一切都看得非常仔细。而他们的那位向导，即使你不请他，他也非常愿意把各种各样建筑物指给他们看，仿佛他巴不得要让客人们知道这一切，而且越详细越好似的。

"这座雄伟的建筑物，"他说，"你们看到左手的那一座，就是我们的马房。我们是贫穷的教士，但是人们都说，在别的地方，连骑士都住不到这种马房的。"

"人们决不会说你们是贫穷的。"波瓦瓦回答道,"但是那座建筑物,除了马房外一定还有别的什么,因为它太高了,你们总不会把马牵上楼去吧!"

"马房在下面,能容下四百匹马,上面是仓库,里面储存的粮食足够十年之用。这里是决不会受到围困的,但万一被围了,我们也决不会挨饿的。"城堡康杜尔回答说。

说完话,他又领着他们转向右边,经过位于圣瓦夫任涅茨塔和潘策尔纳塔之间的那座桥,便来到了一个大院子,这院落正好处在下城堡的中央。

"先生们,你们看,"他说,"从这里往北,上帝作证,是无法攻破的,这只不过是下城堡。其防御能力简直不能和中城堡相比,更不要说和上城堡比了。"

一道城堡壕沟和一座吊桥把中城堡和院落隔开了。等三位波兰骑士走到地势很高的中城堡大门口时,康杜尔要他们回过身来,再一次看到了四方形的下城堡的雄伟壮观:那里的房屋一座高出另一座,增德拉姆仿佛看到了整座城市似的。那里堆放有像房屋一样高的、码得整整齐齐的木头,有堆放成金字塔形的石料,还有墓地、医院和仓库。稍靠边一点,靠近中心的那座小湖的岸上,是一座由红砖建造的非常坚固的"泰姆佩尔",这是给雇工和工匠专用的大仓库和饭厅。在北城的围墙下面可以看到另一座马房,那是专门饲养骑士的战马和大团长的骏马的地方。在水磨房的旁边是一座座供仆从和雇佣兵住的营房。对面是一座四方形的房屋,专供各种情报人员和行政官员住的。然后又是商店、粮仓、烤面包房、裁缝店、炼铜厂、一座巨大的军械库、监狱和一座古老的制炮厂。每一座房屋都非常坚固,都有防守的设施,可以像要塞那样进行防守,所有的建筑物都建有围墙和坚固的掩体,围墙后面是壕沟,壕沟后面又一圈大木桩、木栅栏的西边便是涌起黄色波浪的诺加特河,北面和东面却是湖水荡漾,南边屹立着更加坚固的中城堡和上城堡。

这是个令人望而生畏的巢穴,显示出一种冷酷的力量。在这里,凝集着当时世界上两股最大的力量：宗教的力量和利剑的力量。谁要是反对其中的一种，另一种就会让他粉身碎骨。谁要敢反对这两种力量，那他就会遭到所有天主教国家的谴责，说他是在反对十字架。

到那时，骑士们就会从各地纷纷前来支援骑士团。因此，那个巢穴就像蜂房那样不断有各种各样的工匠和武装人员来来去去，也像蜂房那样喧闹拥挤。无论是建筑物的前面，还是各个入口处，无论是过道，还是在作坊里……到处都像集市那样熙熙攘攘、吵吵闹闹的。制造石弹的铁锤和凿子声、磨房的隆隆声和踏板声、马嘶声、甲胄和武器的叮当声、号角和哨子声、呼叫和命令声，响彻全城，连绵不绝。在各个庭院里都能听到世界上的各种语言，见到世界各种民族的士兵：其中有百步穿杨的英国弓箭手，他们能在百步之外射中绑在木杆上的鸽子，他们一箭就能洞穿甲胄，就像射穿布帛那样轻而易举。还有可怕的瑞士步兵，常用双手使剑作战。还有丹麦兵，他们身强力壮，但吃喝却不多。还有喜欢说笑和吵闹的法国骑士，沉默寡言而又骄傲的西班牙贵族。还有意大利的杰出骑士，他们是穿着丝绸和呢绒的最灵巧的击剑高手，而在战时则穿着威尼斯、米兰和佛罗伦萨制造的坚不可摧的铠甲。还有勃艮第的骑士和弗里兹人，以及从日耳曼各地来的日耳曼人。在他们中间转来转去的是作为主人和上司的披着白斗篷的骑士。"塔楼装满金子"，说得确切些，在上城堡大团长官邸的隔壁，有一间单独建造的房子，里面从底到顶都装满了钱币和金条、银条等贵重金属，有了这些财宝，才使得骑士团能大肆招待客人和招募大量的雇佣兵。派他们出去打仗，派他们去守卫各地的城堡，接受区县执政官和康杜尔的管理、指挥。就这样，他们凭着利剑的力量和宗教的力量，积攒起巨大的财富，建立起铁的秩序。这种秩序在地方各省中由于过于自信和陶醉于自己的国富军强，而有所破坏，但在马尔堡却按照旧有传统依然维持着。各国的君主到这里来不仅是为了与异教徒进行斗争，或者借钱，也是来学习统治的权术，而骑士们前来则是为了学习作战的艺术。在全世界，谁也比不上骑士团那样擅长管理和善于打仗。当骑士团昔日初到这里的时候，除了波兰轻率的公爵送的一个狭长地区和几座城堡外，就没有一寸土地是属于他们的了，然而现在却统治着广袤的、比许多王国还要大的领土。那里有肥沃的土地、强大的城市和设防坚固的城堡。骑士团对这片国土的统治和保卫，就像蜘蛛通过那张伸向四方的蛛网，把所有的蛛丝都抓在自己的手中。从这里，从上城堡，从大团长和"白斗篷"这里，送信的侍役把命令送到全国各地，送到握有领地的贵族手中，送到市政委员会，送到市长、区县执政官和雇佣军队长的手里。凡是这里所提出和决定的每项命令，都会被千百双铁手所执行。全国的钱财都流到了这里，谷物和各种粮食也源源不断地运来，还有从残酷压榨下的世俗教士和其他修道院（骑士团对它们都是不满的）送来的贡物。也是从这里，骑士团把魔掌伸向了邻近的国家和人民。

许多说立陶宛话的普鲁士人民都已经从地面上消灭殆尽了。立陶宛不久之前还受到骑士团铁蹄的践踏，它的胸膛被践踏得那么伤重，每次呼吸都会有血从心里喷射出来。波兰尽管是普沃夫崔的可怕战争的胜利者，可是在沃凯特克时代却失去了维斯瓦河左岸的大片土地，包括革但斯克、切夫、格涅夫和希维奇。爱夫兰骑士团也扩展到了罗斯，这两个骑士团有如日耳曼海洋的第一阵汹涌波涛，不断地向前冲击，淹没了越来越多的斯拉夫土地。

然而，乌云突然遮住了日耳曼骑士团战无不胜的阳光。立陶宛从波兰手中接受了洗礼，而雅盖沃则从美丽的公主手中接受了克拉科夫的王位。尽管有这些变化，但骑士团既没有失去一块土地，也没有失去一座城堡，骑士团却感到，现在有了一股能与之抗衡的力量，也失去了过去在普鲁士地区所存在的那种借口。立陶宛接受洗礼后，骑士团便没有任务了，也许只有回到巴勒斯坦去照管那些前来圣城朝圣的香客了。但是回到巴勒斯坦去，就意味着放弃财富、权力、权势、统治、城市、土地和整个王国，因此，骑士团就像一头被箭射中腰部的恶龙，既害怕，又狂怒地翻腾起来。大团长康拉德不敢铤而走险，一想到要和波兰国王作战便感到胆战心惊，这位波兰国王可是波兰、立陶宛和广袤的罗斯土地（那是奥尔盖德从鞑靼人手里夺过来的）的统治者。但是十字军骑士团中的大多数骑士都热衷于这场战争，他们认为，必须趁他们兵强势盛、骑士团的魄力尚未消失之时，必须趁全世界还会赶来援助、教皇的响雷尚未落在他们的巢穴之时，进行一场生死大决战。他们的巢穴现在不是靠扩展天主教的教区,而是以维护异教的存在才得以生存下来的。

这期间,他们还在各国和各宫廷中,指责雅盖沃和立陶宛实行虚假的洗礼和假装接受了天主教。他们指出,骑士团靠利剑几百年来都未能实现的事情,而雅盖沃一年之内便实现了,这是绝不可能的,于是他们纷纷出来反对波兰和它的统治者与骑士,指责他们是异教徒的保护者和靠山。除了罗马,到处都对这些指责坚信不疑,于是它像波涛那样传遍了各地,于是许多公爵、伯爵和骑士纷纷从南方和西方来到马尔堡。十字军骑士团便有了自信心,顿时觉得自己强大了。马尔堡以其惊人的城堡和坚固的防御工程使人们相信它比任何时候都更加强盛,以其巨大的财富和表面上的繁荣、安定迷惑了许多客人,更使得整个骑士团都觉得自己无比强大,永远也不可能被征服。但是,除了大团长,却没有一个公爵,没有一个骑士客人,甚至没有一个十字军骑士,看出立陶宛从接受洗礼以后所发生的变化,这种变化就像诺加特河的波涛,一方面保卫了这座可怕的要塞,另一方面又在暗中无情地侵蚀它的墙基。谁也不知道,在这个巨大的躯体上,虽然还保持着力量,但灵魂却飞离了躯体。一个初到马尔堡的人,望着这座从泥地上建立起来的城市,望着那些城墙、箭楼、大门上的黑十字架、房屋和服装,首先想到的是,即使是地狱的大门,也无法与这座北方的天主教首都相比。

不仅塔切夫的波瓦瓦和以前到过此地的兹比什科会有这样的想法,就连比他们更机敏的马什科维奇的增德拉姆也有同样的看法。他此时此刻望着箭楼上和巨大建筑物里川流不息的武装士兵,脸色变得阴沉了,不由自主地想起了骑士团威胁卡其密什国王时说过的那番傲慢的话:

"我们的势力比你大,如果你不让步,我们就用剑一直打到你的克拉科夫。"

这时候,城堡康杜尔又把他们三个带到了中城堡,他们住的客房就在这里的东房里。

第六十六章

马奇科和兹比什科长时间地拥抱在一起,因为他们一向是彼此相爱的,而且经过最近几年的共同遭遇和不幸之后,他们更加亲热了。老骑士第一眼看见他的侄子,就猜到达奴霞已经不在人世了,因此他什么也没有问,只是更紧地抱住这个年轻人,他想通过这种有力的拥抱向他表明,他不是一个孤苦伶仃的人,他还有一位活着的亲人,这位亲人随时准备与他分担痛苦。

等到眼泪已经把他们的悲哀和痛苦大大缓减了,沉默了良久之后,马奇科才问道:

"是他们把她从你手里抢走了呢,还是她死在你的怀里?"

"快到斯佩霍夫的时候,她死在我的怀里。"年轻骑士答道。

他向叔叔讲述了事情的全部经过,他的讲述时时被哭泣和叹息所打断。马奇科仔细地听着,时时发出叹息声,最后他又问道:

"尤兰德还活着吗?"

"我离开的时候,尤兰德还活着,但他已没有了知觉,活不多久了。我相信我再也见不到他了。"

"也许你不离开他更好。"

"我怎么能让您留在这里呢?"

"早几个星期,晚几个星期,不都是一样!"

兹比什科仔细地望着他,说道:

"您一定在这里生过病,您看起来真像个皮奥特罗文①。"

"尽管外面赤日炎炎,可在地牢里却又冷又潮,因为城堡四周都是水。我本来以为我会全身发霉的。呼吸也很困难,而且我的伤口又重

---

① 指死去而复活的人。

新犯了,就是那个,你知道……在博格丹涅茨用水獭油治好的伤口。"

"我记得。"兹比什科说道,"我是和雅金卡一起去捉水獭的。这些狗教士就把您关在地牢里,是吗?"

马奇科点了点头,答道:

"我对你说实话,他们不高兴看到我,对我很坏,他们非常恨维托尔德和日姆兹人,尤其恨我们中间那些帮助过日姆兹的人。我再三解释我们去日姆兹的原因,都无济于事。他们原想要砍我的头,之所以没有这样做,就是为了赎金。你也知道,他们把钱财看得比报仇更重要。其次,他们可以把我当成证据,证明波兰国王派了骑士去帮助异教徒。日姆兹人是愿意接受洗礼的,但不愿从十字军骑士手里接受洗礼,这点我们都很清楚,但是十字军骑士团却假装不知道这件事,反而在所有的宫廷中指责日姆兹人和我们的国王。"

这时候,马奇科喘不过气来,他只好闭口不说话了,等他透过气来,才又继续说道:

"我本来会死在地牢里的。但阿诺德·冯·巴顿却尽力为我说情,他是为了赎金。但是他在十字军骑士中毫无威信,大家都叫他'狗熊'。多亏德·罗西从阿诺德那里听到了我的事情,便同他们大吵了一顿。我不知道,他有没有告诉你这些事情,因为他总不喜欢宣扬自己做过的好事。不过,他在这里很有名望,因为有一位德·罗西过去曾在十字军骑士团中担任过重要职务,而现在的这个德·罗西就是这个著名家族的后代,又是个很富有的人。他当时对他们说,他本人就是我们的俘虏,如果他们把我的头砍了,或者让我死于饥饿和潮湿之中,那你就会砍掉他的脑袋。他还威胁神甫会,说他要把十字军骑士团如何对待一个册封骑士俘虏的情况,告诉所有的西方宫廷。十字军骑士害怕了,便把我送进了医院,那里空气较为清新,伙食也较好。"

"我决不会要德·罗西的一分钱,我向上帝保证。"

"敌人的钱取来当仁不让,但朋友的钱则分文不取。"马奇科说道,"我听说,已经和波兰国王签订了交换俘虏的协议。这样一来,你就用不着为我付赎金了。"

"不行,我们骑士的名誉要不要了?"兹比什科喊道,"协议归协议,我们决不能让阿诺德说我们的坏话。"

马奇科听了这话,心里很不痛快,他考虑了一下,便说道:

"那也应该和他讲讲价钱呀。"

"价钱是我们自己讲好了的。难道我们现在的身价降低了吗?"

马奇科更是心如刀割了。不过他眼里却流露出一种对兹比什科惊羡和更加挚爱的神情。

"他多么重视骑士的荣誉啊……他天生如此。"马奇科自言自语地喃喃道。

他又叹息了一声。兹比什科以为他是在为那笔付给巴顿兄弟的赎金感到痛心,于是他说道:

"您知道:钱是够我们花的,只要我们的命运不这样苦就好了。"

"上帝会给你改变命运的!"老骑士激动地答道,"我活在世上的时日不多了。"

"别说这种话!只要您被风这样一吹,您就会身强力壮起来的。"

"你说风吗?风能把小树吹弯,也能把大树吹断。"

"算了吧!您的身子骨还挺硬朗,离老还远着哩!别再发愁了!"

"只要你过得快活,我也就高兴了。不过我发愁是另有原因的,说句老实话,不仅对我是这样,对我们大家也是一样。"

"为什么?"兹比什科问道。

"你还记得,在斯基尔沃瓦军营里,当你称赞十字军骑士团强大的时候,我是怎样责备你的吗?在战场上,我们的人民个个是硬汉子。但是直到现在,我才有机会这样近地观察这些狗教士……"

马奇科说到这里,好像怕人听见似的,便压低了声音:

"现在我才知道,是你对,而不是我对。愿上帝的手保护我们,多么强大的力量,多么威猛的声势!我们骑士的手都在发痒,都想尽快与日耳曼人决一死战,但是他们不知道,所有的民族和所有的国王都在帮助十字军骑士团,也不知道他们的钱财很多,训练也更有素,城堡更坚固,军事装备更精良。愿上帝之手保护我们吧!在我们那里也和这里一样,人们都在说,战争一定会爆发。看来是会有大战的,但是大战一旦爆发,就请上帝保佑我们的王国和我们的民族吧!"

说到这里，马奇科用双手抱住自己那灰白的头，两肘支撑在膝盖上，便沉默不语了。

兹比什科于是说道：

"您看，在单个的决斗中，我们的人大都比他们强，但是说到大战，您自己去衡量一下吧。"

"噢，我已经估摸过了。愿上帝也让国王的使臣有个正确的认识，特别是马什科维奇的那位骑士。"

"我看到他脸色也很阴沉。他是一个大军事家，据说，世界上没有人比他更懂兵法的了。"

"如果这是真的，那就不会发生大战了。"

"不过，如果十字军骑士团看到自己比我们强，那么大战就一定会发生。我老实对您说，无论是战与不战，我们都不能再这样生活下去了。"

现在轮到兹比什科为自己的不幸和民众的灾难而发愁了，他低下了脑袋。马奇科说道：

"真可惜我们伟大的王国。我担心的是，上帝会因为我们的骄傲自大而惩罚我们。你记不记得，上次在瓦维尔宫，他们要砍你的头而还没有砍的时候，我们的骑士在做弥撒之前站在教堂的台阶上声称要向跛足帖木儿本人挑战，他可是四十个国家的统治者，他把砍下的人头堆成了山……至于十字军骑士，那就更不在他们话下了。他们恨不得同时向所有的人挑战！也许就是这点冒犯了上帝。"

兹比什科一回想起当时的情景，就不由得抓起自己的头发来，因为他又陷入了无限的悲痛之中。他大声嚷道：

"当时是谁从刽子手的刀下把我救出来的，难道不是她吗？！啊，耶稣！我的达奴希卡！啊，耶稣！"

他开始扯起头发来，然后又咬自己的拳头，想以此来遏止哭泣。他的心痛苦得都快要碎了。

"孩子！看在上帝的分上……安静些吧！"马奇科喊道，"你在叫什么？克制住自己吧！别大哭大叫了！"

但是，兹比什科久久不能平静下来，直到马奇科由于身体还未复原,一下子虚脱,倒在椅子上昏迷过去后,他才清醒了过来。他把叔父安放在床上,给他喝了城堡康杜尔送来的葡萄酒。他侍守着他,直到老骑士睡熟了。

第二天,他们很晚才醒来。由于休息充分,他们显得更有精神了。

"嘿,看来我的时刻还未到。我觉得,如果我能呼吸到田野的清风,那我还是能骑马的。"马奇科说道。

"使团要在这里停留几天。"兹比什科答道,"越来越多的人来找他们,请求释放在玛佐夫舍或者在大波兰抢劫时被我们抓获的俘虏。但是我们什么时候动身都可以,只要您愿意,或者您觉得身体已经有了力气可以上路了。"

这时候,赫拉瓦走了进来。

"你知道那两位使臣在干什么?"老骑士问道。

"正在参观上城堡和教堂。"捷克人回答道,"城堡康杜尔亲自给他们带路,然后到大饭厅去吃午饭,大团长也请您一起去。"

"你从早晨到现在都干了些什么?"

"我去看了那些日耳曼的雇佣兵,队长们正在操练他们,我把他们和我们捷克兵比较了一下。"

"你还记得捷克兵吗?"

"兹戈热利兹的齐赫骑士抓获我的时候,我不过是个半大不小的小伙子。但是我记得很清楚,因为我从小就对这种事情感兴趣。"

"那你觉得怎么样?"

"没什么!尽管十字军骑士的步兵不错,训练也还好,但他们是牛,而我们捷克人却是狼,假如真要发生战争的话,那阁下您当然明白:牛是不会吃掉狼的,可狼却要吃掉牛,而且狼是非常喜欢牛肉的。"

"你说得不错。"马奇科说道,显然他也悟出了什么,"谁要是碰上了你们的人,就会像碰上刺猬那样马上跳开来。"

"可是在战争当中,一个骑兵可抵十个步兵啊!"兹比什科说道。

"但夺取马尔堡还是得靠步兵。"这个侍从答道。

关于步兵的谈话到此结束,因为马奇科的脑海里又想起了别的事情,于是他说:

"听着,赫拉瓦,等我吃饱了,恢复了气力,今天我们就回去。"

"到哪儿去呢?"捷克人问道。

"那还要问,当然是玛佐夫舍,到斯佩霍夫去。"兹比什科说道。

"我们要留在那里吗?"

马奇科用询问的目光望了一下兹比什科,他们直到现在还未谈起今后行止这个问题。兹比什科也许已经有了打算,但他不想让叔叔伤心,于是他闪烁其词地说道:

"您得先把身体养好。"

"那么以后呢?"

"以后吗?您回博格丹涅茨去,我知道,您是很爱博格丹涅茨的。"

"你呢?"

"我也很爱博格丹涅茨。"

"我并不是不让你到尤兰德那里去。"马奇科慢慢地说道,"要是他死了,我们应该厚葬他。但是你听我说,你年轻,你的见识比我还差这么一节,斯佩霍夫是块不幸的地方,你在斯佩霍夫是不会幸福的,你在那里只有深沉的忧伤和痛苦,只有到别处去,你才会得到幸福。"

"您说得对。但是那里有达奴希卡的遗体。"兹比什科说道。

"闭嘴!"马奇科喊道。他生怕兹比什科又像昨天那样陷入无比的痛苦之中。

不过,兹比什科的脸上只露出忧郁和悲愁的神情。过了一会儿他才说道:

"以后还有时间来商量。在普沃茨克,您得休息一下。"

"阁下到了那里决不会得不到照拂的。"赫拉瓦插嘴道。

"真的!"兹比什科说道,"您知道,雅金卡在哪里吗?如今她成了杰莫维特公爵夫人的宫女了。咳,不过,您当然知道,因为是您把她带到那里去了。她还到过斯佩霍夫。但是令我不解的是,为什么在斯基尔沃瓦军营的时候,您连告诉都没有告诉我一声。"

"她不但到过斯佩霍夫,而且要不是她的话,尤兰德也许到现在还在用棍子探路,或者已经死在路上的某个地方,也说不定哩!我是因为修道院院长的遗产才把她带到普沃茨克的。那时候,即使我告诉你了,也等于没告诉你,因为你当时对其他的一切都不放在心上,我可怜的孩子!"

"她非常爱您。感谢上帝,幸亏什么信件都不需要了,但她还是为您要到了公爵夫人的信件,而且通过公爵夫人还要来了十字军骑士团使臣的信件。"兹比什科说道。

"愿上帝赐福于这位姑娘。世界上再也没有比她更好的姑娘了!"马奇科说道。

马什科维奇的增德拉姆和塔切夫的波瓦瓦的到来,中断了他们的谈话。他们听到马奇科昨天昏倒了,今天特意来看望他的。

"赞美耶稣基督!"增德拉姆一踏进门槛便说道,"今天贵体如何?"

"愿上帝报答您!在慢慢好转。兹比什科还在说,只要被风一吹,我就会完全复原的。"

"那是一定的!一定的!一切都会好起来的。"波瓦瓦说道。

"我已经休息得很好了!不像你们二位,我听说,起来得那么早哩!"马奇科说道。

"先是这里的人来找我们商谈交换俘虏的事,后来我们又去参观了十字军骑士团的经营管理和上中下城堡。"

"他们的经济实力很强大,城堡也非常雄伟坚固。"马奇科心事重重地低声说道。

"他们当然是很强大的。他们的教堂都是阿拉伯的装饰。据十字军骑士自己说,他们是向西西里岛的撒拉逊人学来的,在城堡的各个房间里,柱子上都有优美的雕刻,有的是单幅画的,有的是一组一组的。您可以去看看那座大饭厅。到处都建有坚固的防御工事,这样的工事在别处是见不到的。还有那坚厚的城墙,即使是最大的石弹也是啃不动的。看看这样的东西,也真叫人赏心悦目……"

增德拉姆说得这样轻松愉快,使得马奇科都惊讶地盯着他看,问道:

"他们的财富,他们的井然有序,还有他们的军队和客人,您都看到了吗?"

"他们都让我们看过了,表面上是出于殷勤接待,实际上是想让我们胆战心寒。"

"那么,您是怎么看的?"

"那有什么!上帝保佑,战争一旦发生,我们就把他们赶回去,让他们跋山涉水,渡过重洋,回到他们来时的地方去。"

马奇科完全忘记了自己还在生病,顿时吃惊地跳将起来,说道:

"到底怎么样?阁下,他们都说您思想敏锐……我一看到他们如此强盛,差点都要昏过去了……上帝保佑,您是怎样评论的?"

说到这里,他转向自己的侄子。

"兹比什科,你去吩咐把送给我们的葡萄酒拿出来,请坐,先生们。请您再说下去,对我的病来说,任何药都比不上您的意见灵验。"

兹比什科也非常感兴趣,他亲自把杯子和葡萄酒摆在桌子上,然后大家都围着桌子坐了下来。马什科维奇的老爷这样开口说道:

"防御工事算不了什么,因为凡是人的手建造出来的,人的手也就能把它摧毁。你们知道,是什么把砖砌在一起的?是石灰!那你们知不知道,是什么把人们联结在一起的?是爱!"

"我的老天爷,您的话真让人心情舒畅啊!"马奇科喊道。

增德拉姆听了这句奉承话,心里也很高兴,他继续说着他对事情的看法:

"在当地的民众之中,有的人的兄弟被我们抓获,有的是儿子当了我们的俘虏,有的是亲戚,也有的是女婿被我们关在牢里,边境上的康杜尔们命令他们来袭击我们、抢劫我们,因此,他们之中的不少人将会战死,或者被我们俘获。这里的人一听到国王和大团长已经达成协议,一大清早就纷纷前来找我们,把俘虏的名字告诉我们,我们的文书都已经记下来了。第一个前来的是本地的箍桶匠,一个富有的市民,日耳曼人,在马尔堡有住房,最后他说:'我希望我能为你们的国王和王国效劳,不仅用我的财产来支援你们,而且准备献出我的脑袋。'我把他当成了犹大,把他赶走了。但是后来来了一位奥利瓦的世俗牧师。他是来找他的兄弟的,他也这样说道:'这是真的吗,老爷,你们就要和我们普鲁士的统治者打仗了?我想告诉你们,当这里的人民在念"愿您的王国降临"时,想的就是你们的国王呀!'后来又来了两个住在什杜姆的租押土地的贵族,他们是来要求释放他们的儿子的。接着来的是革但斯克的商人,还有手工艺匠人,还有一个是克维增的铸钟匠,以及各色各样的人都来了,他们都说过同样的话。"

马什科维奇的骑士说到这里停了一下,他站起身来朝四周望了一眼,看看门外有没有偷听的人,回到座位后,便压低了声音说道:

"我对这一切询问了很久。整个普鲁士的人都非常仇恨十字军骑士团,无论是神甫、贵族,还是市民和农人,不仅那些说波兰话的人,或者说普鲁士话的人仇恨十字军骑士,甚至连日耳曼人也是一样地恨他们。只有那些不得不去服役的人才去服役。对于此地的人来说,十字军骑士比瘟疫还要可怕。这就是问题的症结。"

"嘿,但这与十字军骑士团的强大又有什么关系?"马奇科不安地说道。

增德拉姆用手擦了擦他那宽大的前额,想了一会儿,像是在找适当的比喻似的,最后他笑了起来,问道:

"你们都曾在比武场上决斗过的吧?"

"不止一次。"马奇科答道。

"那么您的看法如何?如果一个骑士,哪怕他是身强力壮、本领高强的人,如果他的马鞍肚带和马镫带都断了的话,那么这个骑士在第一个回合的较量中,难道不会从马上摔下来吗?"

"那是毫无疑问的!"

"嘿嘿!你们看,骑士团就是这样的骑士。"

"我的上帝!你在书本里根本读不到这样高明的见解。"兹比什科喊道。

马奇科的心情很是激动,他以有点颤抖的声音说道:

"上帝会报答您的。像您这样的脑袋,阁下,头盔匠得特意给您做一顶大号的头盔,现成的头盔是绝不会适合您的。"

第六十七章

马奇科和兹比什科原打算立即离开马尔堡的,但在听到马什科维奇的增德拉姆那番鼓舞人心的话的当天,他们却没有走成。因为先是在上城堡举行的午宴,后是为欢迎使臣和客人的盛大晚宴,作为国王使臣和骑士的兹比什科,均在邀请之列。而马奇科也因为兹比什科的关系,受到了邀请。午宴是在富丽堂皇的大饭厅举行的,参加的人员较少。大饭厅里有十扇窗户,非常亮堂,整个枝形的拱顶只有一根支柱支撑着,是建筑艺术上少见的风格。除了国王的骑士外,参加午宴的外国客人中只有斯瓦布的伯爵和一位勃艮第的伯爵,后者是代表他的富裕君主前来向骑士团借钱的。参加午宴的东道主,除大团长外,还有骑士团被称为四大栋梁的大臣:他们是大康杜尔、大医官、大圣衣室主事和大司库。第五大栋梁是元帅,当时正在远征维托尔德。

尽管骑士团宣过誓要过节俭简朴的生活,但用餐时使的都是金银的器皿,喝的都是马姆兹酒①,因为大团长想在波兰骑士面前大摆阔气。尽管有大量的菜肴和点心,但气氛却显得异常沉闷,因为大家都不得不保持自己的尊严,谈话也受到拘束,很不融洽。但是在骑士团大饭厅(修道院大餐厅)举行的晚宴却十分活跃,因为所有的教士和那些来不及参加元帅大军去征讨维托尔德的客人都出席了晚宴,欢乐的气氛没有被任何争论或吵闹所干扰。的确,有些外国来的骑士,知道总有一天会和波兰骑士交战,都用不满的眼光望着他们,但是十字军骑士团事先就已警告过他们,要他们保持平静,再三恳求他们不要挑起事端,因为他们害怕得罪了使臣会招致国王和整个王国的不满。但是即使如此,骑士团也依然表现出不友好的态度,因为他们在警告客人们防备狂

---

① 一种产于希腊、西班牙等国的烈性白葡萄酒。

暴的波兰人时竟然这样说道："谁若是说了什么不中听的话,他们便会立即揪下你的胡子,或者对你白刀进、红刀出。"但是,客人们看到的却是波瓦瓦和增德拉姆的举止文雅、态度和善,因此感到十分惊讶。而另一些思维敏锐的客人立即就能猜测出,不是波兰人的举止粗蛮,而是十字军骑士的舌头太过于尖酸刻薄、太过于恶毒了。

有些客人习惯了西方宫廷中那些文雅的娱乐,对于十字军骑士团的这种习惯很不理解,因为在宴会上总是有那种震耳欲聋的乐队在演奏,有游吟歌手在唱下流的小调,有小丑在插科打诨,而且还有熊和赤脚姑娘的跳舞表演。使他们更为惊讶的是上城堡竟然会出现女人。他们觉得这项禁令早已取消了,因为大团长文里赫·克尼普罗德①在位时就曾和美丽的玛丽亚·冯·阿尔弗列本在这里跳过舞。教士们解释说,他们城堡里只禁止妇女住宿过夜,但可以到饭厅里来参加宴会。他们还说,去年维托尔德公爵夫人来的时候,就住在下城堡装饰豪华的老制枪所里,她每天都到这里来下棋,棋子是金子做的,每天晚上下过棋后就把棋子送给她。

这天晚上,他们不但下了跳棋和象棋,还玩了骨骰子,玩棋掷骰的人多于谈话说笑的了,谈笑声也被歌声和震耳的乐器声盖没了。然而在一片喧嚣吵闹的声响中,也会出现片刻的沉寂,马什科维奇的增德拉姆便抓住这个时机,装出一副茫然无知的神情去问大团长:是不是所有地方的臣民都很喜欢骑士团?

康拉德·冯·荣京根回答说:

"谁爱十字架,谁就会爱十字军骑士团!"

他的回答令教士和客人都很满意。他们便因此而对他大施赞扬,他也扬扬得意地继续说道:

"凡是我们的朋友,我们都会让他过得很好,但是对付我们的敌人,却有两种办法。"

"哪两种办法?"这位波兰骑士问道。

"阁下也许不知道,从我的房间到这间饭厅,墙壁中间有一条小楼

---

① 1351年曾当选为十字军骑士团的大团长。

梯,楼梯旁边有一间圆顶的房子,如果我有幸带阁下您到那里去的话,就会向您显示出第一种方法了。"

"那倒不错呀!"教士们喊道。

马什科维奇的老爷已经猜到了,大团长所说的当然是指那座骑士团引以自豪的装满金子的塔楼,于是他想了一下,便回答说:

"以前,嘿!那是很久以前的事了,一位德意志的皇帝向我们的使臣——他的名字是斯卡尔贝克——展示了同样的一间贮藏室,说道:'我能用这些财宝打败你的主人。'但是斯卡尔贝克却把自己的贵重金戒指扔了进去,说道:'金子,金子,快到金子堆里去吧,我们波兰人更喜欢铁……'尊敬的大团长阁下,您知道后来怎么样啦?后来便是洪兹费尔德①。"

"洪兹费尔德是什么玩意儿?"十多位骑士同声问道。

"这是一处战场,在那里,谁也来不及掩埋那些日耳曼人,只好让狗去收拾他们了。"增德拉姆平静地回答道。

听了这句回答,骑士团的教士和骑士们都非常尴尬,他们都不知道该说什么好。马什科维奇的增德拉姆像是要结束自己的话似的又加了一句:

"金的打不过铁的。"

"可不是!"大团长喊道,"我们的另一种办法就是铁。阁下大概也看到了我们在下城堡的那些武器工场了吧!那里夜以继日地都在锤锤打打,制造出举世无双的甲胄和宝剑。"

塔切夫的波瓦瓦听了这话,便伸手到桌子的中央,拿了一把长约尺许的刀子,刀宽半指,是切肉用的,他把刀子一卷,像卷羊皮纸那样容易,他高高举起,以便让大家都能看见,然后他交给了大团长,说道:

"如果你们的剑用的都是这样的铁,那你们就没有什么可炫耀的。"

他得意地笑了。那些教士和骑士都纷纷离开自己的座位,拥到了大团长身边,相互传看着那把卷成一卷的刀子,大家都一声不响了,他

---

① 位于伏罗茨瓦夫附近,1109 年日耳曼军在此遭到惨败,又称狗战场。

们看到这样的力大无穷,吓得心都缩紧了。

"以圣利保留斯的头发誓。阁下,您真有一双铁手。"大团长最后说道。

勃艮第的伯爵又补充了一句:

"比铁还要好。他卷起那把餐刀来,就像是在卷蜡做的刀那样轻而易举。"

"甚至还脸不红,筋不鼓!"一个教士喊道。

"因为我们的民族勤劳朴素,他们从来也不知道像我在这里看到的这种财富和奢侈,但是他们却强健有力。"

这时候,意大利和法国的骑士们都拥到他身边,用他们那优美动听的语言对他说话,马奇科说,他们的说话声就像敲击盘子的声音一样,他们都很赞赏他的力气,波瓦瓦则频频与他们碰杯,说道:

"这种事情在我们的宴会上是屡见不鲜的,甚至一些姑娘也能把一把小刀卷成一团。"

但是那些常常在外国人面前夸耀自己身高和气力的日耳曼人,却感到了莫大的耻辱,于是他们都怒气冲冲的,以至于老黑尔丰斯泰因都止不住向在座的人嚷道:

"这对我们来说是种耻辱!阿诺德·冯·巴顿教士,你也露一手出来,证明我们的骨头也不是教堂的蜡烛做的!给他一把餐刀!"

仆役立即拿来了一把餐刀,放在阿诺德的面前。然而他不知是因为观众太多而心慌意乱呢,还是由于他手上的气力不及波瓦瓦的大呢,他只能把餐刀弯成对折,但却不能卷成一团。

于是有不少的外国客人,他们曾不止一次地听到十字军骑士对他们说,冬天就要和雅盖沃国王开战了,这会儿他们都在考虑自己的后路。他们想起了这里的冬天是非常严酷的,趁现在还来得及,还是早点回到晴空万里之下的地方去,回到他们本土的城堡去最好。

令人感到奇怪的是,现在还是七月,正是烈日当空、骄阳似火的美好季节,而他们竟会有这样的想法。

第六十八章

兹比什科和马奇科在普沃茨克没有见到宫廷里的人，因为公爵夫妇带着八个儿女到切尔斯克访问去了，他们是应安娜·达奴塔公爵夫人之邀到那里去的。兹比什科他们从主教那里打听到雅金卡的消息，她要留在斯佩霍夫照顾尤兰德，直到他离开人世。这个消息正合他们的心意，因为他们自己也要到斯佩霍夫去的。马奇科为此而大大赞美了雅金卡一番，她和尤兰德非亲非友，但她却宁愿放弃切尔斯克宫廷中的荣华和娱乐，而来照顾这个垂死的老人。

"也许她这样做，是不想错过了我们。"老骑士说道，"我好久没有见到她了，很高兴能见到她，我知道她一向都对我很好。这姑娘一定长高了，也一定比过去更漂亮了。"

"她的变化可大了。她一直都非常漂亮。我还记得她是乡下姑娘的模样，如今出落得倒可以住进王宫中去了。"

"她的变化真是这样大吗？咳！兹戈热利兹的这些雅斯琴别兹可是一个古老的家族，他们作战时的口号是'纳戈迪'（去过节）！"

出现了片刻的沉默。随后老骑士又开口说道：

"一定像我对你说的那样，她是想回兹戈热利兹去的。"

"她离开那儿倒真令我感到奇怪。"

"因为她想去照顾病重的修道院院长，而当时的修道院院长却得不到应有的照顾。同时她也害怕奇坦和维尔克。我也对她说过，对她的兄弟来说，她离开比留在那里还要更安全一些。"

"说老实话，谁也不敢去欺侮这些孤儿的。"

马奇科沉思了一会儿。

"他们也许会因为我把她带走了而向我报仇，也不知道博格丹涅茨还留下什么树没有，这些只有上帝知道！我也不知道回去之后能否制服他们,他们年轻而又身强力壮,而我却老了。"

"哎,您还是去对不认识您的人说这些话吧!"兹比什科答道。

事实上,马奇科并不十分认真说这些话的,因为他在想另一件事情,但是他只挥了挥手。

"如果我在马尔堡不生病的话,那我就什么也不怕了。"他说道,"不过这件事等我们到了斯佩霍夫以后再说吧!"

在普沃茨克住过一夜之后,第二天他们就动身到斯佩霍夫去了。

天气晴朗,道路干燥、畅通,而且安全;因为最近签订的协议,使十字军骑士团停止了边境的抢劫。此外,这两个骑士是这样的旅客,土匪最好是向他们鞠躬致敬,而不是去打劫他们。因此他们行程迅速,离开普沃茨克之后的第五天早上,就平安地到达了斯佩霍夫。雅金卡一向把马奇科当成她在世界上最好的朋友,这一次却像欢迎父亲那样来欢迎他。而他虽然已很难动感情,但见到他喜欢的姑娘这样来欢迎他,心情无比激动。当兹比什科稍后问过尤兰德的情况后,便走去看他了,也去看他的达奴霞的灵柩了。这时候老骑士才深深地叹了口气,说道:

"嗨,上帝想要的人都已经带走了,想要留下的人也都留下了,于是我想,我们的苦难和我们在荒野林海、江河湖泊中漂泊流浪的日子也该结束了。"

过了一会儿,他又补充说道:

"嘿,这些年来,主耶稣什么地方没有让我们去过呀!"

"但是,上帝的手也保护了你们。"雅金卡说道。

"真的,上帝是保护我们的。但我说句真心话,是到了该回家的时候了。"

"只要尤兰德还活着,我们就得留在这里。"姑娘说道。

"现在他的情况如何?"

"他老是仰面向天而脸露笑容,显然他是看到了天堂和天堂里的达奴霞了。"

"是你在照看他吗?"

"我在照看他。但是卡列布神甫说,天使在守护着他,昨天这里的女管家就看见了两个天使。"

"他们说,最杰出的贵族应该死在战场上,不过像尤兰德这样,死在床上也是不错的了。"马奇科说道。

"他不吃不喝,只是一直面带笑容。"雅金卡说道。

"我们去看看他。兹比什科一定在他那里了。"

但是,兹比什科只在尤兰德身边待了一会儿——因为尤兰德什么人也不认得了——他便到地下室去看达奴霞的灵柩了。他在那里一直待到老托利马找他去吃饭为止。他离开时,在火把的照亮下,他看到棺材上面摆放了许多由金盏花和矢车菊编成的花圈,而在棺材四周打扫得一尘不染的地板上,也摆放着菖蒲、驴蹄草和菩提树花,散发出一种甜蜜的芬芳。年轻的骑士一看到这番情景,止不住心情激动,便问道:"这灵柩是谁打扫装饰的?"

"兹戈热利兹的小姐。"托利马答道。

兹比什科什么也没有说,可是当他一看见雅金卡,便立即跪在她的面前,抱住她的双膝,叫道:

"上帝会报答你的好心和你给达奴希卡的那些鲜花!"

他刚一说完,便号啕大哭起来,她紧紧抱住兹比什科的头,就像一个大姐想安慰她伤心的弟弟那样,说道:

"啊,我的兹比什科,我多么想安慰你,让你心情更愉快啊!"

接着,她也泪如泉涌,泣不成声了。

第六十九章

过了几天，尤兰德便离开了人世。卡列布神甫为他的遗体祷告了一星期。尸体在这么久的时间里都没有腐烂，大家都认为这是一个上帝赐予的奇迹。整整一个星期，前来斯佩霍夫吊唁的人络绎不绝。葬礼结束后，便出现了像往常一样的平静时期。兹比什科不是到地下室去，就是拿着弓箭到森林中去，他不是去打猎，而是为了忘却，为了散心。终于有一天晚上，他来到了雅金卡、马奇科和赫拉瓦时常相聚的那间房间里，出乎他们意料地说道：

"请你们听我说，悲伤对任何人都是没有好处的，你们与其悲伤地待在这里，还不如回到博格丹涅茨和兹戈热利兹去好。"

出现了沉默，因为大家都明白，这场谈话很重要。过了一会儿，马奇科才开口说道：

"回去对我们来说固然不错，但对你也一样好。"

但是，兹比什科却摇了摇头，说道：

"不！上帝保佑我以后会回到博格丹涅茨去，但现在，我要走的却是另一条路。"

"咳！"马奇科喊道，"我说过一切结束了，可是这里却还没有完！敬畏上帝吧，兹比什科！"

"您知道我是起过誓的。"

"难道就是为了这个原因？达奴霞都不在人世了，那么誓言也就不复存在了，死亡给你解除了誓约。"

"她的死并不能解除我的誓言，除非是我自己死了。我是凭骑士的荣誉向上帝发的誓，您还想怎么样呢？我是凭骑士的荣誉发过誓的！"

有关骑士名誉的每一句话，都对马奇科产生了魔力般的影响。在他的生活中,除了上帝的圣诫和教会的训谕之外,所遵守的法则并不很多,但骑士的荣誉却是他坚决奉行的几条准则之一。

"我并没有说过,要你不遵守你的誓约。"马奇科说道。

"那您又是指什么呢?"

"我只想说,你现在还很年轻,还有时间去完成这一切的。现在你得和我们一起回去,该休息一段时间,完全摆脱这些悲伤和痛苦。然后再到你所想去的地方去。"

"我已经像在忏悔时那样,都对您实话实说了。"兹比什科说道,"您也看到,虽然我可以自由走来走去,也常和你们一起交谈,我也像所有的人那样吃喝,但是,说真心话,我的内心并不快活,也打不起精神来,我心里没有别的,只有悲伤,只有痛苦,只有眼里流不尽的伤心的泪水!"

"可是你到陌生人中间去不是更糟吗?"

"不!"兹比什科答道,"上帝知道,我要是在博格丹涅茨,人就会憔悴的。所以我告诉您,我不能回去,我不能,我需要的是战争,是打仗,因为只有在战场上我才会忘却一切。我觉得,只有实现了我的誓约,我才能对那个已超度的灵魂说道:我已经完全实现了我对你的誓约,现在可以让我走了吧。不过,现在是不能回去的!即使我回到博格丹涅茨去了,你们也不能把我留住的……"

说过这番话之后,大家都默不作声了,房间里寂静得连天花板下苍蝇的嗡嗡声都能听得清清楚楚。

"既然你在博格丹涅茨会憔悴下去,那你还是走吧!"雅金卡终于开口说道。

马奇科双手抱住了脖子,每逢他闷闷不乐的时候,总是这个样子。接着他深深叹了一口气,说道:

"哎!万能的上帝!"

雅金卡又接着说道:

"兹比什科,不过,你得发个誓,如果上帝保佑你平安无事,你就不要留在此地,而要回到我们那里去。"

"我怎么会不回去呢!当然我会到斯佩霍夫来看看,但决不会留在这里的。"

雅金卡又低声说道:

"因为,如果你是为了达奴霞的遗体,我们可以把它运回克热希尼亚去……"

"雅古希①!"兹比什科无比激动地喊道。

他在极度兴奋和感激之情的驱使下,又跪倒在她的脚前。

---

① 雅金卡的爱称。

第七十章

老骑士也特别想和兹比什科一道去参加维托尔德公爵的军队,但是兹比什科却连提也不让提这件事。他坚持一人前去,不带大队人员不带车辆,只带三个骑马的随从,第一个带食物,第二个带武器,第三个给他带睡觉用的熊皮。雅金卡和马奇科都一再要他把赫拉瓦带去,因为他是个经受过考验的忠心耿耿的仆从,但都是白费口舌。他一再拒绝,决不想多带人走,他说他要忘掉过去的痛苦。但如果赫拉瓦在他身边,就会让他想起过去所经历的一切。

在他离开之前,他们还进行了一次重要的讨论:如何处理斯佩霍夫的问题。马奇科主张把整个产业都卖掉,他认为这是个不吉祥的地方,只会给人带来失败和苦难。斯佩霍夫积累了大量的财富,除了钱外,还有武器、马匹、衣物、皮袄、贵重的毛皮、珍贵的器皿和牲畜。马奇科非常想用这笔财产去扩展他的博格丹涅茨,因为只有那个地方他才感到最亲切。他们讨论了很长的时间,兹比什科无论如何都不同意把斯佩霍夫卖掉。他说:

"我怎么能够把尤兰德的尸骨卖掉呢?难道我能这样去报答他的大恩大德吗?"

"我们已经说过,要把达奴霞的灵柩运走,我们也可以把尤兰德的遗体运去。"马奇科回答道。

"咳!他得同他的祖先葬在一起,如果把他葬在克热希尼亚,离开了祖先,他会感到孤孤单单的。我们要是把达奴霞带走,这样一来,他就要远离他的女儿了,如果把他们父女都带走,那么这里只留下他的祖先了。"

"难道你不知道,尤兰德已经进了天堂。他在天堂里天天都能看见他所有的亲人。卡列布神甫也说过他已经在天堂里了。"老骑士说道。

站在兹比什科一边的卡列布神甫说道：

"灵魂已在天堂,但遗体却在地上,要等到最后审判日才能上达天庭。"

马奇科考虑了一会儿,他顺着自己的思路接着说道：

"的确是,谁没有得到拯救,尤兰德就不能看到他,但这又有什么办法呢！"

"这全凭上帝的裁判了！"兹比什科说道,"但是上帝绝不会允许外人和这些圣徒的尸体住在一起的。我认为把这一切留在这里最好,我不会卖掉斯佩霍夫的,即使有人用一个公国来交换,我也不会换的。"

听了这些话,马奇科知道拗不过他侄子的倔强性格,只好依从了。他心里还是很喜欢他的这种性格,而且把它看得与这个青年的其他优点同等重要。

过了一会儿,他便说道：

"说老实话,尽管我不满意这些话,但他说得很有道理。"

马奇科闷闷不乐,他不知道该怎么办好。

一直都未开口的雅金卡,却提出了新的意见：

"要是能找到一个正直的人来管理和承租斯佩霍夫,那就是最好不过的事了,最简单的办法就是租出去,麻烦少而收益好。也许托利马能承租吧……不过他太老了,他适于打仗但不懂经营农庄,如果他不行,那就租给卡列布神甫好吗？"

"亲爱的小姐,"卡列布神甫回答道,"我和托利马是能照看这块土地的,不过不是我们在上面行走的那块土地,而是埋葬我们的那块地方。"说到这里,他转向托利马：

"我说得对吗,老头子？"

于是托利马把一只手放在他的尖耳朵上,问道："什么事呀？"等他们大声向他重说了一遍之后,他说道：

"说得对极了！我不会经营农庄的。我使斧比使犁更得心应手。我要是能为老爷和他的女儿报仇,那我就心满意足了。"

他伸出他那双瘦骨嶙峋、青筋凸出的手来,手指像鹰爪一样尖。随后他把他那颗像狼也似的白发苍苍的头转向马奇科和兹比什科，说道：

"尊敬的阁下，如果是去打日耳曼人，请你们一定把我带上。这是我的义务！"

他说得很对。他为尤兰德带来了不少的财富，但那是靠打仗获得的战利品，而不是靠经营农庄得来的。

在大家谈话的期间，雅金卡又沉思了一会儿，最后她又说道：

"这里最好由一个年轻而又勇敢的人来经营，因为隔墙就是十字军骑士团。我说的是这样的人，他不仅不会在日耳曼人面前做缩头乌龟，还会主动去找他们。因此，我想，倒可以让赫拉瓦来试一试，他是很适合做这种事的。"

"你们看看她出的是什么好主意啊！"马奇科喊道。尽管他非常喜爱雅金卡，但在这样重要的问题上，他那陈旧的脑子，是绝不会听取一个女人的意见的，更不用说是个长头发姑娘的意见了。

但是，捷克人从凳子上站了起来，说道：

"上帝明察我的心，我是最愿意和兹比什科少爷一起去打仗的，因为我们曾一起和日耳曼人拼搏过，而且也希望再有这样的机会……但是，如果要我留在这里，我也是会留下来的。托利马是我的朋友，他了解我……隔壁就是十字军骑士团，那又有什么关系，这样反而更好！我们可以看看，这两个邻居是谁先讨厌谁！是我怕他们呢，还是他们先怕我。主耶稣可以作证。我决不会让两位老爷吃亏，在经营管理方面，决不会只顾自己利益独吞的。这一点小姐可以为我担保，我宁愿去死上百次，也不会去欺骗她。在庄园经营方面，我懂得不多，只是在兹戈热利兹学过一些，但是我觉得，这里用剑和斧比用犁还要更多一些。不过我最关心的只有这件事，唉，算了……反正要留在这里……"

"你有什么话就说吧！"兹比什科问道，"为什么吞吞吐吐呢？"

赫拉瓦一下子给问得不好意思起来，他又结结巴巴地说道：

"小姐那么一走，大家都跟着她走了。打仗我行，耕作经营也还可以，就是留下我一个人……一个帮手也没有，小姐不在了，那个……也不在了，我真会感到孤独的……我想说的就是这个意思……小姐也不能单身一人出门远行……我真的不知道该怎么办好，如果我缺少帮助的话……"

"这小伙子都在说些什么呀?"马奇科问道。

"您脑子很灵,怎么会猜不出他的心思呢?"雅金卡说道。

"那究竟是怎么回事呢?"

雅金卡没有回答,却转身对赫拉瓦说道:

"要是安努尔卡·谢杰霍芙娜同你一起留下,你能受得住吗?"

捷克人一听,便立即扑倒在她的脚前,甚至连灰尘都扬起来了。

"能和她在一起,即使住在地狱里我也忍受得了!"他一面喊,一面抱住她的双腿。

兹比什科听到他的喊叫,不无惊讶地望着这个侍从,因为他一直都蒙在鼓里,什么也不知道,什么也未曾想到。马奇科也深感惊讶,他心里在想,女人在所有的人类事业上能起多么大的作用,而且女人往往能决定每件事情的成功和失败。

"感谢上帝,幸亏我对她们没有什么兴趣了。"他喃喃地说道。

这时候,雅金卡又转向赫拉瓦,说道:

"我们现在需要知道的是,安努尔卡是否愿和你留在这里。"

她把谢杰霍芙娜叫了出来。她出来的时候已经知道或者猜到了是怎么回事,因此她进来时,两手蒙着眼睛,头低垂着,只能看到她那头浅色的头发在阳光的照耀下显得更加明亮。安努尔卡先是站在门边,随后疾步来到雅金卡的面前,跪在她身边,把脸藏在她裙子的褶子里。

捷克人也在她面前跪了下来,对雅金卡说道:

"请您给我们祝福吧,小姐!"

第七十一章

翌日早晨,兹比什科动身的时刻来到了,他高高地骑在一匹雄健的战马上,亲人们都围住他,给他送行。雅金卡站在马镫旁边,默默无言地抬起她那双忧郁的蓝眼睛望着那个年轻的骑士,好像要在离别之前把他看个够似的。马奇科和卡列布神甫站在另一边的马镫旁,和他们站在一起的是捷克人和安努尔卡。兹比什科不停地转动着脑袋,时而这边,时而那边,和他们相互说着通常人们出远门时所说的简短话语:"祝你健康!""愿上帝指引你!""一路顺风!""时候到了,上路吧!"在这之前,他已经和大家、和雅金卡都告过别了,他还抱住过她的双脚,对她的好心表示感谢。但此时此刻,他坐在高高的马鞍上望着她,真想和她说几句美好的话,因为她仰起的那双眼睛和脸孔,仿佛在向他明确地表示:愿他早日"回来"!他的心里也充满了真挚的感激之情。

像是在回答她的默默哀求似的,他说道:

"雅古希,我对你就像对亲生姐妹一样……你知道……我不用多说了!"

"我知道,上帝会报答你的!"

"请多关照我的叔叔。"

"你也不要忘了我们。"

"如果我不死,我一定会回来的。"

"你可别死呀!"

上一次在普沃茨克,兹比什科和她谈到他要远行时,她也说了这句话:"你可别死啊!"不过,这一次更是发自内心深处。也许是为了掩饰自己的眼泪,她低垂着头,前额靠在他的膝盖上好一会儿。

这时候,三个骑马的仆人已在大门口等着上路了,他们唱起了歌:

    戒指不会丢失,

金戒指不会丢失；
乌鸦会把它衔回来，
会从战场上衔回，
送还给亲爱的姑娘！

"出发！"兹比什科喊道。

"出发！"

"上帝会指引你前进！最神圣的圣母！"

吊桥上发出了马蹄的嘚嘚声，有一匹马高声嘶鸣起来，其他的马也在大声喷着响鼻，这一队人开始上路了。

雅金卡、马奇科、神甫、托利马、捷克人和他的女人，以及留在斯佩霍夫的仆人们都一齐来到了大桥上，望着渐渐远去的旅人。卡列布神甫用十字架久久地为他们祝福，直到他们消失在高大的赤杨树林中，他才开口说道："这种信号表明，他们是不会遇到什么危险的！"

马奇科也补充了一句：

"那当然，马大声喷响鼻就是一个好预兆！"

马奇科和雅金卡也没有在斯佩霍夫待很久。两个星期之后，老骑士就和承租庄园的赫拉瓦商谈好了整个事情。于是马奇科就率领着一长列马车，由武装的仆从护卫着，同雅金卡一起朝博格丹涅茨进发了。卡列布神甫和托利马望着这一长串大车，脸上都露出了不满的神情，因为，说句实话，马奇科真可以说几乎把斯佩霍夫洗劫一空了。由于兹比什科已吩咐由他全权处理，大家都不敢出来反对。如果不是雅金卡出来阻止，他也许真要把斯佩霍夫搬空的。尽管他和她大吵大嚷过，嘲笑说这是"妇人之见"，但是，到后来他几乎在所有事情上都肯听从她的意见。

不过，他们倒没有把达奴霞的灵柩运走，因为斯佩霍夫既然不卖了，兹比什科情愿让她留在这里和她的祖先在一起。

但是，他们却带走了一大笔现金和各种各样的财富，大部分财富都是尤兰德在和日耳曼人的无数次战斗中获得的战利品，现在，当马奇科望着这一长串用席子盖住的装满财物的大车，止不住扬扬得意地想到，他可要把博格丹涅茨大大改造一下了。但是对兹比什科可能会战死沙场的担忧,又使他的愉快心情蒙上了一层阴影。但他知道侄子膂力过人,武艺高强,他又抱有很大的信心:他会平安地回来。一想到这里,他又不禁喜形于色了。

"也许这是上帝的安排。"他心里想道,"先让兹比什科得到斯佩霍夫,然后是莫奇多瓦和修道院院长遗留下来的全部财产。只要他平安地回来,我就要在博格丹涅茨给他建一座气势雄伟的城堡,到时候我们再瞧吧……"

想到这里,他又联想到,罗戈夫的奇坦和布卓佐夫的维尔克一定会不高兴见到他,甚至有可能还得和他们干一场,但是他并不担心,就像一匹老战马那样并不害怕打仗。他的身体已经复原了,他觉得浑身又有了力气。他知道这两个家伙很凶猛,但都没有经过任何骑士的训练,他能轻而易举地对付他们。不久前,他的确对兹比什科说过不同的话,那是他故意说的,目的是敦促他早日回家。

"嘿!我是条大鱼,他们不过是些鲍鱼,最好他们别来招惹我。"他想。

另一件事情也使马奇科惶恐不安:兹比什科何时回来,只有上帝知道,而且他完全把雅金卡当成自己的姐妹来看待。如果她也把他当成自己的兄弟看待而不愿等他那茫茫无期的回来,那该怎么办呢?

于是他转向雅金卡,说道:

"雅格娜,你听着。我不想说奇坦和维尔克什么,他们都是粗鲁的汉子,配不上你,你现在是位宫女了!但是你已经到嫁人的年龄了!你那去世的父亲齐赫几年前就说过,你已经长大成人了……看来真是这样的!人们都说,如果一个姑娘觉得花环太紧了,那她就会自己去找个小伙子把她的花环取下来。不说我们都明白,这个小伙子既不会是奇坦,也不会是维尔克……但你是怎么考虑的?"

"您在问我什么呀?"

"你想嫁给谁呢?"

"我……我要去当修女。"

"你不要胡说!如果兹比什科回来呢?"

但是她依然摇了摇头。

"我去当修女。"

"嗯,要是他爱上了你,再三向你求婚呢?"

姑娘听了这话,立即把绯红的脸孔转向田野那边,然而这时的风正好从田野那边吹了过来,把她轻悄悄的回答吹进了马奇科的耳里:

"那我就不去当修女了。"

第七十二章

　　马奇科和雅金卡在普沃茨克停留了一段时间,以便了解修道院院长遗嘱的内容和遗产的情况,然后去办理了应办的一些文件,随后便继续上路了。路上他们很少休息,但路很好走,也很安全,因为炎热已使泥泞地干涸了,河流也变窄浅了。道路穿过的地方都是自己好客的同胞,所以一路平安无险。到了谢拉兹后,马奇科便派出一个仆从到兹戈热利兹去报信,说他和雅金卡快到家了。雅金卡的弟弟雅希科得信后,便立即率领二十名武装仆役赶到半路上去迎接他们,并陪同他们回家。

　　他们的会合出现了热烈的欢迎、问候和无比欢欣的场面。雅希科和雅金卡是那样相像,犹如两滴水那样。雅希科长得比他姐姐更高了,小伙子像他死去的父亲齐赫一样,精神饱满,幽默风趣,同时也继承了他父亲爱唱歌的秉性,而且热情似火。他觉得自己长大了,自以为是个成熟的男子汉了,他像个真正的主人对他的仆人发号施令,他们也立即听命执行,毫不迟疑,充分显示了雅希科的威信和权势。

　　马奇科和雅金卡对他的变化感到惊讶不已,而雅希科看到他姐姐出落得更加漂亮,也更富于宫廷气质,既惊奇又高兴,他很久都没有见到他姐姐了。他还告诉他们,差点他就要去找姐姐了。那样一来,他们在家里就见不着他了,因为他非常想出去闯闯世界,长长见识,接触更多的人,得到骑士的锻炼,碰上机会就和游侠的骑士进行决斗。马奇科听了,对他说道:

　　"出去闯闯世界,了解更多的风土人情,的确是件好事。因为它会教导你遇到各种情况的时候该如何行动,如何说话,会增长你的智慧。至于决斗,最好别想,我告诉你,你太年轻了,外国骑士遇到你向他挑战,他一定会嘲笑你的。"

　　"他嘲笑过后,准会让他哭够的。如果他自己不哭,他的妻子和孩子也会为他哭的。"雅希科回答道。

他无比骄傲地望着前面,仿佛他是在向全世界的游侠骑士挑战,在向他们发出呼号:"准备死吧!"但是,博格丹涅茨的老骑士问他:

"奇坦和维尔克来找过你们闹事没有?因为这两个人都在追求雅金卡。"

"咳!维尔克死在西里西亚了。他想攻克日耳曼人的一座城堡,都快要攻克了,突然被城墙上扔下的一根圆木打中,过了两天,他就咽下最后一口气了。"

"他真可惜了。他的父亲也曾到西里西亚去攻打那些压迫我们民族的日耳曼人,还得到了不少的战利品。攻打城堡是最困难的,通常的武器和骑士的武艺都没有多大的用处。愿上帝保佑,别让维托尔德公爵去攻占城池,而应在战场上去消灭十字军骑士。那么奇坦呢,他怎么样了?"

雅希科哈哈大笑起来。

"奇坦结婚了!他娶了韦索基·布热格的一个农民的女儿,她是个远近闻名的美女,她不但长得美,而且非常聪明能干,奇坦常常不得不听从她的意志,她还把他毛茸茸的脸颊打得噼啪响,还常常揪住他的鼻子走,就像牵着一只套着锁链的熊一样。"

老骑士听了这话,真是心花怒放。

"瞧,所有的女人都一样。雅金卡,你将来也会这样。感谢上帝,和这两个家伙的麻烦没有了。不过,说句实话,他们不来博格丹涅茨捣蛋,我倒觉得奇怪。"

"奇坦是想干的,但维尔克更聪明一些,不让他干。他也曾到兹戈热利兹来问我们关于雅金卡的事情。我告诉他说,她去接受修道院院长的遗产了。当时他就说:'为什么马奇科不告诉我?'于是我就回答他说:'怎么啦,难道雅金卡是你的人,非要告诉你不可吗?'他想了一下说道:'你说得对,她不是我的人。'由于他是个机敏的人,立即就能想到,他应该站在您和我们这一边,如果奇坦要去攻占博格丹涅茨的话。他们曾在皮亚斯科夫附近的瓦维查干了一架,两人都受了伤,过后他们又在一起喝醉了。就像没有发生过什么事似的。"

"愿主照耀维尔克的灵魂吧!"马奇科说道。

他深深叹了一口气。他非常高兴,博格丹涅茨在他长期外出的情况下却没有因此而受到任何的损失。

不仅没有什么损失,反而有所增加。牛群增加了小牛,为数不多的马群也增加了两岁的小马,有的还是弗里兹的种马生下来的,长得特别高大。他发现的损失是逃跑了几个农奴,但为数不多,因为他们最多只能逃到西里西亚,那里的日耳曼人,或者日耳曼化的强盗骑士,对待俘虏要比波兰贵族更加凶残。但是那座古老的大房子却倾斜得快要倒了。室内的地面都裂缝了,墙壁和天花板都倾斜了,两百年前,甚至还要更长的时间以前砍下来的落叶松的柱梁也开始腐烂了。在所有过去博格丹涅茨的"格拉迪"大家族住过的房间里,由于夏天多雨,都已经漏满了雨水,屋顶上都有了洞孔,长满了一丛丛的红绿苔藓。整座房子都深深陷在地里了,看起来真像一朵张开来的枯萎的蘑菇。

"要是精心保养的话,还能维持下去,看来它是最近才开始坏的。"马奇科向老家人康德拉特说道。主人外出期间,就是由他照管着庄园的。

过了一会儿,他又继续说道:

"我能在这里住到死,可是兹比什科却要住城堡。"

"我的上帝!您是说城堡吗?"

"嘿,那有什么?"

给兹比什科和他的子孙建造一座城堡,这是马奇科的美好计划。他知道,一个贵族如果不住在普通的宅院里,而是住在四周有城壕和栅栏,还有守卫人员可以瞭望四周的岗楼的城堡里,邻居们便会另眼相看,他要谋求什么职务也就更容易了。马奇科自己的要求不多,但是为了兹比什科和他的子孙,却不能太小家子气了,尤其是现在财产猛增到如此丰裕。

"要是他再把雅金卡娶过来,他就能得到莫奇多瓦和修道院院长的遗产。到那时候,这一带就没有人比得上他们了。愿上帝保佑能如愿以偿。"

但是,这一切都得取决于兹比什科能否回来。他能否回来却很难确定,还得听凭上帝的安排。马奇科心里想,现在必须对天主敬奉虔诚,不能有丝毫的冒犯,而且还要竭力获得他的垂爱。为此目的,他不惜给克热希尼亚的教堂捐赠了大量的蜡烛油、粮食和野味。有天晚上,他来到兹戈热利兹,对雅金卡说道:

"明天我要到克拉科夫去了,我要去朝拜我们神圣的雅德维佳王后的陵墓。"

她吓得从凳子上蹦跳起来。

"难道您得到了什么坏消息?"

"什么消息也没有,因为不会这样快有消息来。也许你还记得,我病倒的时候,腰间有一块铁片,你还和兹比什科一起去打了一只水獭来。那时候,我曾许下愿,如果上帝让我恢复了健康,我就要去朝拜王后的陵墓。你们当时都非常赞同我的誓愿。上帝的确有许多圣徒随从,但都不及我们的王后重要,而且他们人数也太多了。我不想触犯我们的王后,特别是这件事还涉及兹比什科。"

"真的!确实如此!"雅金卡喊道,"但是您刚刚经过了长途跋涉,回到家里还不久……"

"那有什么关系!我想一下子就把全部事情做完,然后安安静静地待在家里,等着兹比什科回来。我要恳请我们的王后去向主耶稣求情保佑他,那么他身着精良的甲胄,就是有十个日耳曼人来围攻他,他也能对付得了……以后我就能怀着更加美好的希望来建造城堡了。"

"不过,您的精力真充沛!"

"那当然,我还是很健壮的。我还要和你说另一件事,雅希科不是想出门去闯闯吗?那就让他和我一起去,我是个有经验的人,我能管住他的。如果碰上什么意外——因为年轻人容易手发痒——那你知道,无论是徒步,还是骑马,是用剑还是用斧,决斗起来我都能应付自如……"

"我知道,谁也比不过您对他的爱护。"

"但是我想,不会发生什么决斗的。因为王后活着的时候,克拉科夫有许多外国骑士来观瞻她的容貌。可是现在,他们宁愿到马尔堡去了。因为那里有大桶大桶的葡萄美酒。"

"哎,不是有了新的王后吗?"

马奇科皱了皱眉头,挥了挥手,说道:

"我看见过她。我不想多说什么,你明白吗?"

过了一会儿,他又补充了一句:

"三四个星期我们就能回来。"

事情就这样决定了。老骑士要雅希科以骑士的名誉和以圣乔治的头发誓:他不会再要求到别的地方去。随后他们就动身上路了。

他们没有碰上什么危险的事情便到了克拉科夫,一路平安无事。边界上的那些日耳曼化了的小公爵和骑士匪徒都不来抢劫了,因为他们害怕王国的强大和人民的英勇无敌。朝拜完陵墓之后,他们就被塔切夫的波瓦瓦和雅蒙特公爵带进了王宫。马奇科本以为,无论是宫廷,还是行政管理人员,都会急切地向他打听十字军骑士团的情况,因为他对他们很了解,而且实地观察过他们。但是,当他和内政大臣马克拉科夫掌剑官谈过话之后,发现他们对十字军骑士团所知道的情况不仅不比他少,而且要比他多得多,真是出乎他的意料。他们对一切都了如指掌,甚至最小的细节也不例外。他们知道马尔堡和其他最偏僻的城堡所发生的种种事情和活动情况。他们知道十字军骑士团各级指挥官的情况,兵员的数目和分布情况;有多少门大炮;聚集军队需要多少时间;一旦发生战争,十字军骑士团的作战计划,等等。他们甚至还掌握了每一个康杜尔的性格,是脾气暴躁,还是谨小慎微,这一切都记载得那样详尽仔细,仿佛明天战争就会爆发似的。

老骑士心里非常高兴,因为他知道了,克拉科夫在备战方面做得比马尔堡方面还要更加精细、更加高明,也更全面。他心里在说:"主耶稣给了我们更大的勇气,当然也给了我们更多的智慧和更大的预见性。"事情也确实是这样。他还弄清了他们所获情报的来源,都是普鲁士的居民提供的,他们之中包含各个阶层的人,有波兰人,也有日耳曼人,骑士团已经激起了人们对它的仇恨,普鲁士的所有居民都把雅盖沃军队的到来看成是自己的救星。

此时此刻,马奇科又想起了马什科维奇的增德拉姆在马尔堡说过的话,他在心里一再说道:"这是个有头脑的人,聪明透顶!"

他想起了他说的每一句话,甚至有一次,当雅希科问起他有关十字军骑士团的情况时,他还借用了这位杰出骑士的精辟论断,他是这样说的:

"他们的确很强大,但你是怎么想的,如果一个骑士,即使是本领最强的骑士,他的马肚带和马镫带给人割断了,他会不会从马鞍上摔下来呢?"

"当然会摔下来,这是毫无疑问的,就像我站在这里一样。"这小伙子答道。

"哈哈!你瞧,"马奇科大声喊道,"我就是要你得出这种结论来!"

"为什么?"

"因为骑士团就是这样的骑士!"

过了一会儿,他又说了一句:

"这种话你并不能从每个人的嘴里听到,是不是?"

但是,这个年轻的小骑士还不理解这个比喻的意义,于是他便向他解释起来,不过他忘记加以说明,这个比喻并不是自己想出来的,而是句句出自马什科维奇的增德拉姆的那颗大脑袋。

第七十三章

马奇科和雅希科在克拉科夫停留的时间不长,要不是雅希科一再要求,他们可能待得还要短,雅希科想多多见识这里的风土人情,参观这里的城市景致。在他看来,这里的一切都像梦境一样奇妙无比。但是,老骑士却急于赶回家里去收割和刈草。尽管雅希科再三恳求也毫无作用。于是他们在圣母升天节就回到了家里,一个回到了博格丹涅茨,另一个则回到了兹戈热利兹的姐姐身边。

从这时候,他们就过起了这种相当单调的生活:只是忙于农田劳动和日常的农村事务。兹戈热利兹处于低洼地带收成不错,尤其是雅金卡的莫奇多瓦收成更好。但是,博格丹涅茨由于干旱,庄稼长得很差,收成不好,用不着费劲就收割完了。整个说来,博格丹涅茨的耕地就不多,而且贫瘠,大都坐落在森林边上,再加上主人长期在外,就连那些由修道院院长的仆役开垦出来的土地,也由于劳动力缺乏而荒芜,恢复原状了。老骑士虽然对每次损失都感到痛心,但他却不把这些损失放在心上,因为他知道,只要肯花钱,一切都会安排得井然有序、稳稳当当,只要他有能为之操劳的人就够了。但正是在这个问题上的把握不定,扰乱了他的生活进程,妨碍了他的劳动热情。他当然不会游手好闲。他黎明即起,驱放牲畜,查看地里和森林里的劳动情况,甚至还选好了城堡的地址,备好了建筑材料,但是,经过一天的劳累之后,当西落的太阳放射出金色和红色的万丈霞光时,他的心里就会涌起一种强烈的思念之情,同时也会产生一种他从未有过的不安情绪。"我在这里日夜操劳,费尽心机。"他心里在说,"可我那亲爱的孩子也许已经倒在某地的战场上,身上被矛刺穿了,狼群正在撕碎他的躯体。"一想到这里,他的心里就充满了莫大的痛苦,同时也迸发出强烈的爱。这时候,他就会竖起耳朵,听是不是有马蹄的嘚嘚声,那宣告着雅金卡的到来。雅金卡每天都来看望他,他也会在她面前装出一副愉快的样子,跟她谈起种种美好的事情,借以安慰自己那悲伤的心灵。

雅金卡每天总是在傍晚的时候来看他,马鞍旁边带着石弓和矛枪,以防回家时遇到什么危险。尽管这是不可能的,但她总是希望会突然碰上兹比什科已经回来了。就连马奇科自己也不敢指望他会在一年或一年半内回到这里来。但是这位姑娘的心里却总是怀着这样的希望。因为现在她每次来总是穿戴得整齐漂亮,不像从前那样穿件结带的衬衣,外面是件羊皮上衣,皮毛朝上,头发上面粘有树叶。现在她辫子上的蝴蝶结打得很漂亮,身上穿的是谢拉兹花布做的束胸的衣裙。马奇科出来迎她的时候,她见面第一句话总是这样问道:"有消息吗?"而他的第一声回答也总是这样:"毫无消息!"仿佛有人给他们记录下来似的。然后马奇科便把她引进屋里,坐在火炉边,谈论着兹比什科、立陶宛、十字军骑士团和战争。每次谈来谈去总是这些话题,翻来覆去的,但他们不仅不感到厌烦,反而觉得老是谈不够似的。

这样过去了好几个月。有时是马奇科到兹戈热利兹去,但更多的是雅金卡到博格丹涅茨来。有时由于这一带不大安宁,或者正值群熊发情的季节,老公熊出于对母熊的愤怒容易伤人,马奇科便送她回家。老骑士全副武装,因此不怕任何野兽,他对野兽造成的危险,胜过野兽对他构成的危险。这时候,他和雅金卡骑着马并排朝前走去,常常从森林深处传来可怕的声音,但是他们忘记了一切,也忘记了可能遇到的危险。他们唯一关心的是兹比什科,他们谈论的也是兹比什科:他现在在什么地方?在干什么?他有没有完成,或者快要完成他向达奴霞及其母亲许愿时许下的要打死十字军骑士的数目?他会不会很快回来?雅金卡问马奇科这个问题问过不止一百遍了。但他每次回答总是十分认真,而且要经过一番思考,仿佛他是第一次听到这个问题似的。

"您说过,对一个骑士来说,在战场上打仗没有攻打城堡那样可怕,是吗?"她问道。

"你只要看看维尔克的结果就明白了。任何武器都抵挡不住从城墙上扔下来的圆木。可是在战场上却不一样,一个训练有素的骑士,往往一个能抵十个。"

"兹比什科怎么样？他的甲胄精良吗？"

"他有好几套不错的甲胄，最好的是那副从弗里兹人那里缴来的米兰产品。一年以前，兹比什科穿上它还嫌大了些，如今他穿着正合身。"

"是不是这种甲胄能刀枪不入呢？"

"不，凡是人制造出来的东西，人也就能破坏它。米兰出的甲胄，就能用米兰的宝剑或者英国人的箭毁坏。"

"英国人的箭？"雅金卡不安地问道。

"难道我没有对你说过吗？世界上再也没有比他们更好的弓箭手了……除非是荒原中的马茹尔人，但是他们却没有英国人那样精良的弓和箭。英国人的弓箭能在百步之内射透最坚硬的甲胄。我在维尔诺城外看见过，他们个个都是神射手，百发百中，有的人甚至能射下空中飞翔的隼鹰。"

"啊，异教徒的兔崽子！你们怎能战胜他们呢？"

"没有别的办法，只有出其不意地攻击他们。那些狗杂种又是使战斧的好手。只有近体肉搏的时候，我们才能打败他们。"

"上帝的手保护了您，现在当然也会保护兹比什科的。"

"我也经常这样念叨：天主创造了我们，而把我们安置在博格丹涅茨，现在就请您设法，决不要让我们家破人亡！唉，一切都只好听天由命了。的确，要毫无遗漏地照顾到整个世界，可不是件容易的事情。但是首先，一个人总得做些东西让上帝知道你，所以不要对神圣的教堂吝啬。其次，上帝的头脑与凡人的头脑决不相同。"

他们就这样聊着天，相互安慰，相互增强信心。但是时间却日复一日、周复一周、月复一月地过去了。到了秋天，马奇科和布卓佐夫的老维尔克发生了争端，这本是修道院院长和维尔克关于森林边界的一场旧争论，修道院院长在博格丹涅茨的抵押期间，曾在那里砍伐树木，并把它占为己有。当时修道院院长还曾向维尔克父子挑战，用矛或者用剑来决斗。可是维尔克父子却不愿和一个教士决斗，诉诸法院也没有得到好处。现在，老维尔克又提出了那块土地，可是，马奇科在这个世界上最贪心的莫过于土地了，况且这块新开垦的土地非常适合种大麦，于是他本性难移，决不把这块土地让给维尔克。他们差点又要诉诸法院了。幸亏有一次，他们在克热希尼亚的神甫那里不期而遇，大吵大骂了一通之后，最后老维尔克愤愤说道："让大家来评评理好了！上帝自会主持公道，你这样欺侮我，上帝会让你的家族得到报应的！"一听到这话，固执的马奇科突然软了下来，他脸色煞白，沉默了一会儿，然后便对这位大吵大闹的邻居说道：

"听着，引起这场争端的不是我，而是修道院院长。谁是谁非自有上帝知道。但是你不该咒诅兹比什科，你把那块地拿去好了。愿上帝保佑兹比什科身体健康、平安幸福。我是诚心实意地把那块地让给你了。"

他向老维尔克伸出手去，老维尔克深知他的一贯为人，止不住惊讶万分。他怎么也不会想到，这个表面上铁石心肠的人，竟会那么爱他的侄子，竟会那样关心兹比什科的命运，他长时间地说不出一句话来。直到克热希尼亚的神甫见事情有了转机，十分高兴地用十字架向他们祝福，这时他才开口说道：

"如果是这样，那就另当别论了！我要的不是利益，因为我已经年迈了，又没有人来继承我的财产，我要的是公理。谁对我好，我就会以让步相报。愿上帝赐福于你在外的侄子，使你晚年不用为他哭泣，不要像我到老还要为我的儿子哭泣！"

他们紧紧地拥抱在一起，后来相互又推让了很久，谁都不想要那块地了。最后，考虑到老维尔克只有一人活在世上，而且确定没有什么人来继承他的财产，马奇科才答应接受下来。

马奇科随即邀请老维尔克和他一起到博格丹涅茨来，还用丰盛的美酒佳肴款待了他，因为他自己心里也非常高兴。一想到那块地上的大麦将会获得丰产，他便乐滋滋的，他还认为他已经消除了上帝对兹比什科的不满。

"只要他回来就好了。现在，土地和财产他都不缺了。"马奇科想道。

雅金卡对于他们的和解也很满意。当她听了事情的经过之后，便说道：

"现在好了。如果仁慈的主耶稣想表明他喜欢和解、讨厌争吵的话,那他就一定会让兹比什科平平安安地回来。"

听了这话,马奇科顿时满脸红光,仿佛阳光照在他脸上似的。

"我也是这样想的!"他说,"万能的上帝就是万能的上帝,不过要了解上天的力量,就得用智慧……"

"您从来不缺少机智。"雅金卡答道,同时抬头望天。她沉思了一会儿,接着又说道:

"啊,您是很爱您的兹比什科的!很爱他的,是吧?"

"谁还会不爱他呢!"老骑士说道,"那么你呢?难道你恨他吗?"

雅金卡没有直接回答,她原先坐在马奇科旁边的凳子上。这时候,她朝他移近过来,只是把头转开了,用胳膊肘轻轻地碰了碰他:

"别来烦我,我什么地方得罪您了!"

第七十四章

波兰王国的人民特别关心十字军骑士团和维托尔德为争夺日姆兹而进行的这场战争。他们都密切注视着这场战争的进展情况。有一些人相信雅盖沃会去帮助他的堂兄弟,他们就能看到一场讨伐骑士团的大战了。骑士们都渴望这场战争。全国所有的贵族都在传说,国王枢密院中的大部分克拉科夫大臣都倾向于战争,他们认为这一次是消灭敌人的有利时机,而且这些敌人从来都是贪心不足的,总是想方设法去掠夺别人,即使他们对强大的邻国有所顾忌,也遏制不住他们的掠夺本性。但是马奇科是个聪明人,阅历丰富,见识又广,他不相信战争近期就会发生,他不止一次地对兹戈热利兹的小雅希科和在克热希尼亚碰见的邻村人说过他的这种看法。

"只要大团长康拉德还活着,就不会发生任何大战,因为他比别的十字军骑士都要精明。他知道这绝不会是场普通的战争,而是一场'你死我活'的大战。由于他了解王国的实力,他是不会让大战爆发的。"

"嘿,如果国王首先向他宣战呢?"邻居们问道。

但是,马奇科却摇了摇头。

"你们瞧……我从近处观察了这一切,而且不止一次地考虑过。如果雅盖沃国王出自我们古老的国王世袭家族,是世代相传的天主教国王的后裔,他也许会首先向日耳曼人发起攻击的。但是,我们的符拉迪斯瓦夫·雅盖沃——我不想说什么有损于他尊严的话,他是个正直的君主,愿上帝保佑他身体健康——是不久前才被选为国王的,他过去是立陶宛的大公,是异教徒,最近才接受天主教洗礼的。但日耳曼人却依然在世界各地大喊大叫,说他的灵魂还是异教徒的灵魂。正是由于这个原因,他是不会首先宣战的,也决不愿意让天主教徒流血。也正因为如此，他也不会去帮助维托尔德的，尽管他心里很想那样做。因为我知道，他憎恨十字军骑士团就像憎恨麻风那样。"

马奇科这一席话使他获得了"是个聪明人"的名声，他能把每件事情都说得头头是道，解释得清清楚楚，就像摆在桌面上那样。在克热希尼亚，每逢星期天做过弥撒之后，马奇科的身边总要围上一圈人来听他说话。后来这倒成了一种习惯，只要哪个邻居听到了什么消息，就会跑到博格丹涅茨来向他请教，老骑士就会耐心向他们解释一般贵族都难以理解的那些消息。他热情接待所有来访的客人，很高兴同他们谈话。等到客人告辞时，他总是不忘用这些话来与他们告别：

"你们对我的机敏表示惊叹，但愿上帝保佑，等兹比什科回来了，你们便会感到更大的惊奇了！他是那样聪明机灵、足智多谋，真够得上进国王的枢密院哩！"

他不仅向客人说这番话，最后他总要对自己再说一遍，还要向雅金卡也说一遍。对他们两个来说，兹比什科就像童话中的王子一样遥远。春天来临，他们在家里都待不住了。燕子飞回来了，鹳鸟也飞回来了，长脚秧鸡在草原上开始鸣叫，鹌鹑在绿色的麦苗地里相互呼唤，而鹤群和天鹅依然在空中飞来飞去。只有兹比什科还没有回来。当各种候鸟从南方飞回的时候，北方长着翅膀的劲风却把许多有关战争的消息吹送过来。这些消息涉及战役和众多的伏击战斗，有的是维托尔德获胜，有的是他被打败。消息还说，由于冬天和瘟疫，日耳曼人受到了巨大的损失。最后一个好消息传遍了全国，全国民众都为之兴高采烈，那就是凯斯杜特的儿子，即英勇的维托尔德，攻占了新科甫诺，并把它彻底摧毁了，连一石一木都没有留下。马奇科一听到这个消息，便飞身上马，朝兹戈热利兹疾驰而去。

"哈！"他说道，"我熟悉那些地方，我和兹比什科到过那边，我们就是在那里和斯基尔沃瓦一起重创了十字军骑士团的，我们也是在那里俘获了正直的德·罗西。上帝保佑，这下日耳曼人可遭殃了，要夺取城堡可不是件易事。"

但是，雅金卡在马奇科到来之前，便已听说了新科甫诺被毁的消息。她甚至还听到了更多的消息，有的说，维托尔德已经开始了和平谈判。她对这后一个消息更感兴趣,因为一旦和约签订,如果兹比什科还活着的话,就一定要回家来的。

因此,雅金卡一再询问,这样的事情是否可信,老骑士想了一会儿,才这样回答她道:

"维托尔德是什么事情都做得出来的,因为他和别人完全不同,而且在所有天主教的君主里面,他是最狡猾机智的一个。当他想要向东扩张而和罗斯发生冲突的时候,他就与日耳曼人缔结和约,等他目的一达到,他就会翻过脸来打日耳曼人了。日耳曼人真拿他和这个不幸的日姆兹没有办法。他一会儿从他们手中要回来,一会儿又还给他们,而且他不仅还给他们,还帮助他们去镇压日姆兹人。因此,在我们这里,甚至在立陶宛,都有人指责维托尔德,说他不该这样耍弄这个不幸的民族,让他们流血牺牲……说句老实话,如果不是维托尔德,我也会认为这样做非常卑劣。但是我反过来一想:他不是比我更聪明吗?他不是知道他在做什么吗?我曾听到斯基尔沃瓦亲口对我说,维托尔德要把日姆兹变成十字军骑士团身上一个永远流脓的疮疤,让骑士团的身体再也好不了了……日姆兹的母亲们会源源不断地繁育子孙,流血不可惜,只要不是白流就行。"

"我只关心一点,兹比什科会不会回来。"

"上帝定会让他回来的,姑娘,老天保佑,你说得正是时候!"

但是,几个月又过去了,消息传来,说和约已经签订了。庄稼开始转黄了,谷穗沉甸甸的,小块地上播种的荞麦也开始成熟了。但是依然没有兹比什科的消息。

等第一批庄稼收割完了,马奇科就再也待不住了,他决定到斯佩霍夫去一趟,那里离立陶宛较近,容易打听到消息,同时他又可以去检查一下捷克人经营庄园的情况。

雅金卡坚持要和他一起去,但是他不肯带她走,于是他们为这件事争论了整整一个星期。直到有一天晚上,他们还在兹戈热利兹争论不休的时候,博格丹涅茨的一个小厮突然像阵旋风似的冲了进来,他光着头,赤着脚,奔到他们坐着的椅子跟前,跪下叫道:

"少爷回来了!"

兹比什科真的回来了,但他有了很大的变化,不仅人瘦脸黑,饱经风霜,一副憔悴的模样,而且神情冷漠,沉默寡言。捷克人带着妻子和兹比什科一起回来了,他急于诉说他自己和兹比什科的事情。他说,很显然,这位年轻骑士的远征获得了很大的成功,因为他在斯佩霍夫的达奴霞和她母亲的墓上放下了一大把十字军骑士的孔雀羽和鸵鸟毛。他也带回了许多缴获的战马和甲胄,其中有两副铠甲特别珍贵,可惜已被剑斧砍得伤痕累累了。马奇科非常好奇,想从侄子那里听到详细的经过,可是兹比什科只摇了摇手,支支吾吾地只回答了几句话。第三天他便病倒了,只好卧病在床。直到此时,马奇科才知道他腰部左侧受伤,断了两根肋骨,没有接正,使得他走路和呼吸都很困难,他以前给野牛撞伤的伤口这时也复发了,再加上从斯佩霍夫的一路长途跋涉,消耗了许多体力,竟使他一蹶不振,病倒在床了。这些伤病本身并无生命危险,因为小伙子年轻,又像橡树那样强壮。不过他现在感到非常疲劳,仿佛过去所受的那些苦难,如今一下子都发作起来似的,使他痛彻骨髓。马奇科起初以为,只要经过两三天的卧床休息,一切都会过去的。然而事情却恰恰相反,草药的外敷内服依然无济于事,无论是当地牧人的跌打药膏,还是雅金卡和克热希尼亚的神甫送来的汤药,都不见成效。兹比什科越来越衰弱,越来越疲惫,也越来越忧郁了。

"你怎么啦?你想要什么?"老骑士问他。

"什么也不想要,什么都无所谓了。"兹比什科答道。

一天又一天就这样过去了。雅金卡突然想到,除了普通的烦恼之外,可能还有更大的苦恼,也许是什么秘密的事情在折磨着他。于是她向马奇科谈起她的这种想法,让他再去问问兹比什科到底是怎么一回事。

马奇科毫不迟疑地同意了。可是他想了一会儿,却说道:

"也许你去谈比我去谈还要好一些,因为,就喜欢这点来说,他更喜欢你,我已经看出来了,只要你在房间里一走动,他的目光就随着你转动。"

"您看见了,是吗?"

"我说过他跟着你转动就是跟着你转动。如果你久久不来,他就老是望着门口。你自己去问他吧!"

他们就这样谈好了。可是,雅金卡却感到说不出口,她也不敢去说。雅金卡也明白,不能直截了当去问他,得先和他谈谈达奴霞,谈谈他对死者的爱情,可就是这样的事情,她也说不出口来。她对马奇科说道:

"您比我聪明,也比我更富于经验和智慧,还是您去说吧,我不行。"

不管马奇科愿不愿意,都得承担起来。一天早晨,他见兹比什科的精神比平常要好,便同他开始了这样的谈话:

"赫拉瓦告诉我说,你放了一大把孔雀羽在斯佩霍夫的地下墓室里。"

兹比什科仰面躺在床上,眼睛望着天花板,点了点头,表示肯定。

"好啊!主耶稣保佑你成功了,因为打仗的时候碰上的都是士兵,很难遇到骑士……士兵是你想杀多少就有多少,但是要杀骑士可就困难多了,你得去找他们。难道他们是自己送到你的剑下来的吗?"

"我曾多次向各种不同的骑士挑战过,在压平的地上决斗的,有一次还受到了他们的围攻。"这个年轻人懒洋洋地答道。

"你运回了不少的战利品。"

"有一部分是维托尔德公爵奖赠给我的。"

"他还是那样慷慨吗?"

兹比什科又点了点头,很显然他不愿再谈下去了。

但是,马奇科却不肯中断这次谈话,他决定转入正题,说道:

"现在你给我说实话,你把一大把孔雀羽献给达奴霞的灵柩之后,你的心情是否轻松多了?誓愿完成后,总是会很高兴的……你高兴吗?是不是?"

兹比什科把他那双忧郁的眼睛从天花板上转向了马奇科,好像很吃惊地回答说:

"不!"

"不吗?你说的什么话!我本来以为你使在天之灵高兴之后,整个事情就完结了。"

兹比什科闭上了一会儿眼睛，仿佛在思考什么事情似的，最后他说道：

"看来，人血对超度了的灵魂是毫无作用的。"

他们都沉默不语了。最后，马奇科说道：

"那你为什么又要去打仗呢？"

"为什么？"兹比什科心情活跃地说道，"我原来以为，这会让我轻松一些的，我自己也认为，这会使达奴霞和我自己都感到高兴的……但是后来却发生了奇怪的事，当我走出地下墓室的时候，我的心情依然和以前一样感到非常沉重。显而易见，人血对超度了的灵魂是毫无作用的。"

"这一定是别人对你说的，你自己是想不出来的。"

"这正是我自己的想法，我完成了誓愿之后，并不觉得现在的世界比以前更愉快一些。只有卡列布神甫肯定了我的想法。"

"在战争中杀死敌人并不是什么罪恶，咳，甚至还是光荣的事情哩，而且你杀死的都是我们民族的敌人。"

"我也并不认为自己有什么罪。我也不为这些敌人难过。"

"但你老是想着达奴霞？"

"不错。只要我一想起达奴希卡，心里就悲痛。但这是上帝的意旨！她在天堂里更美好。我早已经习惯了。"

"那你为什么还未摆脱你的忧愁呢？你到底想要什么呢？"

"我也不知道。"

"只要你休息好了，你就会身心健康起来的。你到澡盆里去洗个澡，喝杯蜂蜜酒，出身汗，再跳一跳！"

"那又怎么样？"

"你就会心情愉快起来！"

"我哪会快活起来呢？我自己是没有快乐的，向别人去借吧，又有谁会借给我呢？"

"你一定有什么心事。"

兹比什科耸了耸肩膀。

"我不快活，可也没有什么心事要隐瞒您老的。"

他说得这样坦诚,马奇科立即就断定他没有什么隐情了。马奇科便用手摸着自己那头灰白的头发,每当他认真思考问题的时候,总是这样做的。最后他说道:

"我告诉你,你缺少的是什么。你是一件事结束了,而另一件事还没有开始,你明白我的意思吗?"

"不太明白,也许是这样。"这个年轻人答道。

于是他像个没有睡够的人那样,伸了伸胳膊腿。

但是马奇科深信自己猜出了兹比什科生病的原因,他特别高兴,不用再为侄子担心了。老骑士比以前更加相信自己的聪明才智了,他心里在说:"难怪别人都来向我请教、讨主意呀!"

这次谈话的当天晚上,雅金卡来到这里的时候,她还没有下马,马奇科便告诉她说,他已经知道兹比什科需要什么了。

姑娘立即跳下了马鞍,问他道:

"哎,他要什么呢?要什么呢?快说呀!"

"你就有医他的灵丹妙药。"

"我?我哪里有什么灵丹妙药。"

马奇科搂住她的腰,在她耳边悄悄说了些什么,她立即从他的身边跳了开来,仿佛被烫着了似的。她把绯红的脸藏在马鞍垫布和高高的马鞍之间,喊道:

"您给我走开!我受不了您啦!"

"上帝可以作证,我说的是实话。"马奇科边笑边说道。

第七十五章

马奇科猜得不错,但也只猜中了一半。兹比什科的确已经走完了人生历程的第一阶段。他每次想起达奴霞都会伤心悲痛,但是他自己也说过,达奴霞在天堂里要比在公爵宫廷中好多了。他已经习惯了她的不在人世。他也感到这是无能为力的事,也只能如此了。从前他在克拉科夫的时候,曾见过教堂窗户的玻璃上绘制的那些圣女画像,真让他赞叹不已,这些画像色彩缤纷,被阳光一照更是光辉夺目;如今他也把达奴霞想象成一尊圣女像了。他仿佛看到了她身穿绿色衣裙、全身透明的侧影。她一双小手交叉在胸前,眼睛向上,弹起了小诗琴。她和一群被拯救了灵魂的天庭音乐家正在为圣母和救主儿童演奏天乐。她身上已毫无尘世的气质,成了一位那么纯洁、那么虚幻的圣女。每当他想起他在林中行宫侍奉公爵夫人之时,她竟和别人一样入席、大笑和说话,他真感到惊讶,怎么还会有这样的事!在维托尔德麾下进行征战的时候,由于忙于战争事务,他不再像丈夫想念妻子那样想念他的亡妻了,而是像个虔诚的人在想念他的保护神那样。这样一来,他的爱情便渐渐失去了尘世的因素,而变成越来越甜蜜的、像蓝天一样纯净的回忆,简直就是一种对神的崇敬了。

如果他是个身材瘦小、喜爱思考的人,他可能就会去当修道士了,他会在修道院的平静生活中把那种美好的回忆当成圣物来保存,直到灵魂摆脱了肉体的羁绊而飞向无边无际的宇宙,就像小鸟飞出樊笼那样。但是他刚到而立之年,一手能把树枝捏出汁液来,双腿一夹能让马透不过气来。他就和当时的普通贵族和小地主一样,只要童年时不死,或者未能当上教士,就会听凭自己的身强力壮而放纵自己,干起抢劫、吃喝嫖赌等勾当,要不就是很早结婚,然后一旦发生战争,就带领二十四个或者更多的像野猪一样凶狠的儿子去参战。

但是，兹比什科并不知道自己是这样的人，尤其是他一开始就病了。他那被打断的肋骨已慢慢自动长好了，只是在腰间形成了一条刚刚能看得见的鼓包，但已对他毫无妨碍，他照样又能穿甲胄和普通衣服了，一点也显不出来。疲劳已完全消失了。为了哀悼达奴霞而剪掉的那一头稠密的浅灰色头发，如今又垂到背中间了，他又恢复了昔日那种非凡的风姿。几年前他在克拉科夫被押赴刑场的时候，就像个出身名门望族的俊秀子弟，现在他长得更加英俊漂亮了，简直像个真正的王子。他的肩膀、胸脯、腰围和手臂像个巨人，可他的脸庞却像个少女；他身上的精力和生命力犹如壶中的开水在沸腾，由于沐浴和长久的休息使他的肌体得到了加强，他浑身就像着了火一样。他不知道为什么会这样。他还觉得自己依然在生病，懒洋洋地躺在床上，很高兴让马奇科和雅金卡来照拂他，他们事事处处都对他关心备至，他常常觉得他像在天堂里一样快乐。但有时候，当雅金卡不在他身边的时候，他便感到心情很坏，他忧伤苦闷，简直无法忍受，这时候，他便不停地打哈欠，伸懒腰，全身发热。他向马奇科表示，一旦他的身体恢复健康，他就要到天涯海角去打日耳曼人和鞑靼人，或者去打其他地方的野蛮人，以便摆脱这种令人难以忍受的生活。但是，马奇科不仅不表示反对，反而频频点头，深表赞同。不过同时，他又派人去叫雅金卡，她一来，兹比什科的全部出征计划便立即化为泡影，就像白雪碰上春天阳光的照射那样融化了。

　　雅金卡不管是否受到邀请，都非常乐意来，因为她已经全身心地爱上了兹比什科。当她在普沃茨克的公爵夫人宫廷和主教府邸停留的时候，也曾看见过许多漂亮英俊的、以英勇和强壮而闻名的骑士，他们常常跪在她的脚下向她宣誓，表示要为她效劳到死。可是这一位却是她自己选中的，他们青梅竹马，他是她的第一个恋人，坎坷的遭遇使兹比什科屡遭不幸，但却使她的爱情达到这样的程度，使她觉得只有他才是最可爱的人，使她更加百倍地爱他，胜过所有的骑士，胜过所有的王侯。现在，他的身体复原了，他的容貌也日复一日地变得更美更俊了。她爱他爱得几乎发了狂，把整个世界都忘得一干二净了。

　　但是她连对自己都不敢承认这一点，而在兹比什科面前更是不敢透露出一丝一毫,生怕他会瞧不起她。甚至对马奇科这位过去无话不谈的朋友,现在也小心翼翼,缄口不语了。她只有在看护兹比什科的时候才会不由自主地流露出感情来,但是她努力用别的借口来掩饰这种情感。为此目的,她有一次便对兹比什科这样说道:

"你知道,我这样照看你,那是由于马奇科的缘故。你现在觉得怎么样?告诉我好吗?"

她装着把额上的头发拢上去,她的手便遮住了脸孔。透过手指缝,她仔细地望着兹比什科。兹比什科也突然被问得脸红耳赤,像个小姑娘那样,过了好一会儿他才回答道:

"我什么也不想,你已经变成另一个人了。"

又出现了片刻的沉默。姑娘终于用温柔的、悄悄的声音反问道:

"另一个人吗?唔,那当然是另一个人了。不过,我依然是那样关心你,为你着急,上帝可以作证。"

"上帝会报答你的!"兹比什科说道。

从这时候起,他们相处得不错,但总有那么点尴尬和不自然。常常出现这样的情况:他们口头上说的是一回事,可心里想的却是另一回事,而且经常是两人都不开口。兹比什科懒洋洋地躺在床上,正像马奇科说的那样,"眼睛老是跟着她转"。因为他觉得她那样美,都不敢正面看她了。当他们的目光突然碰在一起时,他们两个人都会刷地脸红。雅金卡那隆起的胸脯起伏更快了,心也在怦怦乱跳,仿佛在盼望听到那使她灵魂融化和消失的话语。但是,兹比什科却什么话也没有说,因为他也不敢像从前那样对她胆大放肆,生怕出言不慎吓坏了她,尽管他看到了她对他的那份情意,但他却劝自己说,这不过是她看在马奇科的情意上而向他表示的一种兄妹之情而已。

有一次,他向马奇科谈起了这件事。他竭力装出一副平静的样子,甚至是冷漠的神情去和他说的,但是他自己也没有注意到,他的话越说越像是一种抱怨,半带着忧伤,半带着苦涩。马奇科耐心地听完他的话,最后只说了这句话:

"你真傻!"

马奇科一说完便出了房间,一到外面便搓起了双手,拍打着大腿,满脸喜色。

"哈!"他心里在说,"当初你轻易就能把她搞到手的时候,你却连看都不看她一眼。现在就让你着急一番吧,既然你这样傻。我现在就要着手去建城堡了。而你在这段时间里只好急得去咬嘴唇吧!我什么也不告诉你,也不会去替你把窗纸捅破,即使你叫得比博格丹涅茨的全部马匹的嘶鸣还要响,我也不会管你了。既然干柴遇上了烈火,火焰迟早总会腾起的,但我决不会替你煽风催火,因为我认为没有这个必要了。"

他不但不给煽风点火,甚至还处处与兹比什科唱反调,甚至讥讽刺激他,就像一个老练的剑师耍弄一个没有经验的年轻人那样。于是有一次,兹比什科又向他说起要去远征以摆脱这苦闷难度的日子时,马奇科便对他说道:

"当你嘴上还没有长毛的时候,我是要管着你的,可是现在你可以按你自己的意愿行事了。如果你要凭自己的能耐去办事,并决心要走的话,那你就走吧!"

兹比什科惊讶得从床上跳了起来,随后便坐在了床上。

"您怎么啦?难道您真的一点也不反对吗?"

"我干吗要反对呢?我最伤心的是我们的家族也要随着你的出走而断种绝后了,不过我只好另想办法来补救了。"

"什么办法?"兹比什科着急地问道。

"什么办法?嗯,我还能说什么呢,我虽然已经一把年纪了,可身子骨还硬朗,还有精力。当然,雅金卡是愿意找一个更年轻的人的,不过,我是她死去父亲的朋友……谁知道会……"

"您是她父亲的朋友。"兹比什科说道,"可您从来没有关心过我的事情,从来没有!从来没有!"

他突然停住了,嘴唇都颤抖起来。

马奇科说道:

"咳!既然你想去死,那我又有什么办法呢?"

"好吧!您爱怎么办就怎么办好了,今天我就动身出去闯一番世界。"

"你真傻!"马奇科又说了一遍。

说完他便走出了房间,去检查博格丹涅茨的农民和雅金卡从兹戈热利兹和莫奇多瓦派来的民工,他们是来帮助开挖城堡四周的壕沟的。

第七十六章

当然，兹比什科并没有说到做到，离家出走。相反地，大约过了一个星期，他就完全复原了，再也不能躺在床上了。马奇科对他说，现在该他们到兹戈热利兹去向雅金卡表示感谢了。于是有一天，兹比什科洗过澡，决定立即骑马到那里走一趟，他吩咐仆人从箱子里拿出他最漂亮的衣服，以换下他身上穿的那些普通的衣服。随后他又精心梳理了头发，这件工作做起来并不容易，因为他的头发不仅又浓又密，像鬃毛似的披到了背上，而且当时的骑士们在日常生活中都是把头发拢在一个蘑菇式的发网里。这样做有个好处，在出征的时候，可以减少头盔的摩擦，但是在参加各种喜庆活动、婚礼，或者到别人家里去访问小姐们的时候，就得扎成一束一束的好看的发辫，还得打上发蜡，使头发束得更紧而又有光泽。兹比什科正想梳成这样，但是被叫来替他梳头的两个女仆，却没有梳理过这种式样的头发，怎么也摆弄不好。洗过澡之后，他又松又硬的头发就像茅屋的屋顶一样，乱七八糟地纠结在一起。就连用那种从弗里兹骑士那里缴获得来的牛角梳子梳，也梳不直，梳不拢。后来，一个女仆甚至到马厩里去给他拿来了马梳子，也不中用。兹比什科心里着急，便发起脾气来了。恰好这时候，马奇科和雅金卡一起走进了房间。雅金卡在这个时候来到博格丹涅茨，真是出人意料。

"赞美耶稣基督！"姑娘说道。

"永生永世！"兹比什科容光焕发地答道，"真凑巧！我们正想要去兹戈热利兹哩，你却来到了这里！"

兹比什科的眼睛里露出了欣喜的光芒，每当他一看到雅金卡，他的眼睛就显得那样明亮，仿佛是在望着冉冉升起的朝阳。

雅金卡看到那两个女人拿着梳子给坐在凳子上的兹比什科梳理乱蓬蓬的头发，却怎么也梳不好，于是她便大笑起来。

"嘿！真是一把大扫帚，大扫帚！"雅金卡喊道，珊瑚一样的红嘴唇中露出了一口漂亮洁白的牙齿，"你简直像个稻草人，可以把你插在大麻地里或者樱桃园里去吓鸟禽了！"

兹比什科阴郁地说道：

"我们是要到兹戈热利兹去的。不过在兹戈热利兹，你是决不会这样取笑客人的。在这里你愿意怎么样取笑我都可以，因为你一直喜欢取笑我。"

"我喜欢取笑你？"姑娘问道，"哎，上帝可以作证！我来这里是请你们去吃晚饭的，我不是笑你，我是在笑这两个女人。要是我来梳的话，准保能把你的头发梳得漂漂亮亮的。"

"你也梳不好的！"

"雅希科的头发又是谁梳的呢？"

"雅希科可是你的弟弟呀！"兹比什科说道。

"那当然！"

这时候，富于经验的老马奇科决定来帮助他们了，于是他说：

"在一般贵族家庭里，年幼的骑士头发长了都是由他的姐妹梳剪的。成年结婚之后丈夫的头发则是由妻子修剪的。但是，还有一种习惯：如果一个骑士既无姐妹又无妻子的话，那么别的贵族小姐也可以替他修剪，甚至陌生的小姐也完全可以。"

"真的有这样的习惯吗？"雅金卡低垂着眼睛，问道。

"这种习惯不仅一般贵族庄园有，就是在城堡里，甚至在王宫中也是一样有的。"马奇科回答道。随即他便转向那两个女人：

"既然你们不中用，就快滚回你们的住处去吧！"

"先让她们给我送盆热水来。"姑娘说道。

马奇科和两个女人一道出去了，仿佛是去督促她们快点把水送来似的。过了一会儿，热水送来后，仆人便出去了。屋子里只剩下他们两个年轻人，雅金卡先用热毛巾用力擦着兹比什科的头发，等到他的头发变柔软了，由于潮湿而直垂下来时，雅金卡才拿起梳子，坐在青年骑士身旁的凳子上，开始为他梳理头发。

他们肩挨肩地坐在一起，两人都是那样年轻貌美，而且彼此又是那么深沉地爱着,只是两人都很发窘,相互沉默不语。雅金卡开始为他梳理头发的时候,他就觉得她那只举起的手臂和手离他那样近,使他从头到脚都颤抖起来,他不遗余力地克制住自己的冲动,才没有把她拦腰抱住、紧紧搂到怀里来。

寂静中,他们的呼吸越来越急促。

"你好像还在生病?"过了一会儿,姑娘问道,"你怎么了?"

"没什么。"年轻的骑士回答。

"你的呼吸很急促。"

"你也一样……"

他们又默不作声了。雅金卡的脸红得像玫瑰一样,因为她感觉到,兹比什科的那双眼睛一直在目不转睛地望着她的脸,于是她为了摆脱自己的窘困境地,便又问道:

"你为什么这样望着我?"

"这让你讨厌吗?"

"不讨厌,我只是问问。"

"雅金卡?"

"什么……"

兹比什科深深吸了口气,叹息了一声,嘴唇嚅动着,像是要进行一次长谈似的。但是他的勇气又显然不足以这样做,于是他只好一再说着:

"雅金卡……"

"什么……"

"……我有话不敢对你说。"

"不用怕,我只是个普通姑娘,又不是什么恶龙。"

"当然,你不是恶龙! 不过马奇科叔叔说,他想娶你哩……"

"他是想娶的,不过不是为了他自己。"

她仿佛被自己的话吓住了,立即闭口不说了。

"慈爱的上帝! 我的雅古希,你自己是怎么想的,雅金卡?"兹比什科喊道。

她的眼里噙满了泪水,动人的嘴唇抖动不停,声音是那样轻,兹比什科几乎都听不清楚了。她说：

"父亲和修道院院长都想……而我……你……你是知道的……"

听到她的这句话，欢乐有如火焰突然在他心中爆发起来，于是他双手抱住了她，把她高高地举了起来，她的身体仿佛羽毛那样轻盈。他发疯似的喊叫起来：

"雅古希！雅古希！我的宝贝！我的太阳！啊！啊！"

他这样大声喊叫，老马奇科以为出了什么事情，于是立即跑进屋里来。他看到雅金卡在他手上，大吃一惊，这件事进展得如此之快，出乎他的意料，于是他叫道：

"以圣父、圣子的名义！你小心点，孩子！"

兹比什科走到他的面前，把雅金卡放了下来。他们双双想在他的面前跪下，但他们还来不及跪下，老骑士便用那双骨骼粗壮的手臂抱住了他们，紧紧地搂在胸前，说道：

"赞美上帝！我早就知道会有这样的结果，但我还是非常高兴！上帝祝福你们！我可以放心地去死了……姑娘像纯金做的一样！上帝和人们都是喜欢的！这是真的！我已经盼到了这样的幸福时刻，那就什么都不用担心了。上帝考验了我们，但也给了我们欢乐。需要立即到兹戈热利兹去告诉雅希科。嘿！如果老齐赫还活着该有多好呀……还有修道院院长……我替他们拥抱你俩。我老实告诉你们，我对你们两个爱得有多深，我都不好意思说出来了。"

尽管他有颗非常坚强的心，但此时此刻他激动得连喉咙都哽住了。他又一再地吻着兹比什科和雅金卡的双颊。他噙满泪水，哽咽地说道："真是个像蜜一样的姑娘！"他说完便朝马厩走去，吩咐立即把马备好。

他走过房屋前面的向日葵，高兴地望着那被层层黄色花瓣环绕的黑瓜子，犹如一个酩酊大醉的人。

"真不错，一大堆葵花子！"他说道，"但愿上帝保佑，博格丹涅茨家族也会有这样多的子孙！"

随后他便向马厩走去，他一边走，一面念念有词地计算着：

"博格丹涅茨，修道院院长的财产，斯佩霍夫，莫奇多瓦……上帝永远知道该把人引到何处去的。如果老维尔克的最后时刻来到了，他的布卓佐夫是值得买过来的……庄园很不错！"

这时候，兹比什科和雅金卡也双双来到了屋外，他们欣喜、幸福而又容光焕发。

"叔叔！"兹比什科远远地喊道。

马奇科朝他们转过身来，伸开了双臂，仿佛置身于森林中那样喊道：

"喂！喂！快来！"

第七十七章

兹比什科和雅金卡住在莫奇多瓦,老马奇科却要在博格丹涅茨为他们建造一座城堡。为了造这座城堡,他花费了很大的心血。因为他想用石块和灰浆砌城墙,而上面的塔楼则用砖来建造,可是在这附近一带是很难弄到砖的。第一年,他开挖了四周的壕沟,这项工程进展很快。因为建造城堡的那块高地上,四周原先就有沟壑的,也许早在异教时代就有了这些壕沟,现在只要把沟里与四周的树木和灌木砍尽,然后再加深加固就够了。在挖深这条壕沟的时候,遇到了一股流量不小的泉水,不久便使壕沟都灌满了水,马奇科不得不设法排除积水,疏通渠道。随后在壕沟的后面又竖立起一道栅栏,接着便聚积城墙所需要的材料。城堡用的橡木柱梁是那样粗大,三个人都合抱不住一根。还积有不少的松树柱梁,埋在泥地里,或被草薛所覆盖,也不会腐烂。在兹戈热利兹和莫奇多瓦农民的大力帮助下,经过一年的备积材料之后,才得以开工砌墙了。马奇科现在正在加紧进行这项工作,因为雅金卡已经生了一对双胞胎。天堂已为这位老骑士敞开了大门,他总算能为子孙后代忙忙碌碌,操劳辛苦了。他知道"格拉迪"再也不会断种绝后了。而"邓帕·波德科瓦"也将会不止一次地染上敌人的鲜血了。

他们给双胞胎取名为马奇科和雅希科。"在整个王国里,再也找不到比这对双胞胎更漂亮的孩子了。"老人这样说道。他非常宠爱这两个孩子,他把雅金卡看得高于世界上的一切,谁要是在他面前称赞雅金卡,谁就能得到想要的东西。虽然人们因为她而羡慕兹比什科,但他们并不是为了牟取私利才去称颂她的,因为雅金卡确实是这一带草原花丛中最美的一朵鲜花,她光彩夺目,令人称羡不已。她给丈夫带来了巨大的财产,而且比财产更可贵的是她对丈夫的挚爱,她那令人眼花缭乱的美貌,她那高贵的气质,还有她那种令许多骑士都相形见绌的勇气。她生孩子之后只过了几天,便起来料理家务了,而且这对她毫无影响。后来她还和丈夫一起到森林中去打猎,或者在早晨骑上一匹骏马,从莫奇多瓦赶到博格丹涅茨,中午之前又要赶回去照看她的马奇科和雅希科。兹比什科爱她就像爱自己的眼珠一样。马奇科爱他,那些得到她好心照顾的仆人们也都非常喜欢她。每逢星期天,当她走进克热希尼亚的教堂时,欢迎她的是一片惊叹和赞美声。她那位从前的追求者,后来和一个农民的女儿结了婚的罗戈夫的奇坦,做过弥撒后,便同布卓佐夫的老维尔克一起在酒店里喝酒。当他喝得半醉之时,他便对老维尔克说道:"为了她,我和你儿子打过多次架啊,我们都想得到她,但都没有成功,对我们来说,她就是天上的月亮,高不可攀啊!"

其他人也大声宣称,只有在克拉科夫的王宫里才能找到这样的美女,除了财产、美貌和气质外,他们也对她的勇敢精神和力气赞不绝口,大家都众口一词地说道:"她真是个雄健的女人。她在森林中能用矛刺死一头熊,她不用牙齿去咬干坚果,只要放在凳子上,用屁股用力一坐,坚果就像是被磨房的石磨压碎了一样。"无论是在克热希尼亚的教区里,还是在邻近一带的村子里,甚至在谢拉兹的省城里,人们都是这样称赞她的。尽管大家都很羡慕兹比什科,但是对他能娶到雅金卡为妻并不感到奇怪,因为他也战绩卓著,赫赫有名,在这一带是无人能与之相比的。

那些年轻的地主和贵族,也都在相互谈论兹比什科打败日耳曼人的赫赫战功,说他在维托尔德公爵的麾下作战,砍死了无数的敌人,谈起他在一对一的决斗中如何制服了对手。他们说,没有一个十字军骑士能逃过他的搏击,说他在马尔堡接连把十二个骑士挑下马来,其中就有大团长的兄弟乌尔里克。他们最后还说他甚至能和克拉科夫的骑士相抗衡,连举世无敌的恰尔尼·查维夏都成了他亲密的朋友。

有些人并不相信这种神乎其神的故事。但就是这些人,一谈到战争,一谈到要选派波兰骑士去与外国骑士决斗,他们都会说:"当然是兹比什科。"然后才会轮到头发蓬乱的罗戈夫的奇坦和当地的其他大力士。但是在骑士的技艺方面,这些人和博格丹涅茨的年轻主人一比,便相距甚远了。

巨大的财产也和他的名望那样,使他获得了人们的尊敬。他和雅金卡结婚之后,便得到了莫奇多瓦和修道院院长的巨大财产。当然,这不是他的功劳,但是,在这之前,他已经得到了斯佩霍夫和尤兰德多年积攒下来的巨大财富。除此之外,人们还在窃窃私语,说博格丹涅茨的这两位骑士,光他们本人所获得的战利品,如甲胄、马匹、衣服和珠宝,就能抵得三四个村庄的进益。

因此,人们便认为,这是上帝对以"邓帕·波德科瓦"为族徽的"格拉迪"家族的特别恩施,而这个家族过去一直在走下坡路,濒于凋零衰败,除了荒芜的博格丹涅茨便什么也没有了,而今却胜过附近的所有庄园。"博格丹涅茨一场大火之后只留下一座破旧的房子,庄园本身也由于缺少劳动力而不得不抵押给一位亲戚,如今他们却在兴建一座城堡。"老人们不无惊异地说道。他们的惊讶如此之大,伴随而来的是一种本能的感觉,表明整个国家都在以不可阻挡之势去追求兴旺发达,而且遵循上帝的意旨,这种追求完全是顺理成章的事情,因此在这种惊异中并无什么恶意的成分。相反,他们却把博格丹涅茨的两位骑士引以为光荣和无上的骄傲,因为这两位骑士为他们提供了有力的证明,表明一个贵族只要膂力过人,有不畏艰难的英勇精神和敢于冒险的骑士风格,就能取得这样的成就。许多贵族一见到他们,就情不自禁地觉得家乡的天地太狭小了,就觉得不能拘囿于家园的范围之内,而应该到广阔的世界去获得巨大的财富和广袤的土地,这样一来,既能使个人发家致富,又能给王国带来好处。每个贵族家庭的这种强烈的愿望已经扩展到了整个社会,就像壶中的沸腾开水,必定要溢出来一样。只有克拉科夫那些聪明的大臣们和那位爱好和平的国王才能阻止这种势力于一时,把与宿敌的战争拖延一段相当长的时间。但是,任何人世间的力量却不能完全把它消灭,也不能阻止人们奔向伟大目标的那股劲势和坚定意志。

第七十八章

马奇科过上了他一生中最幸福的生活。他不止一次地对邻居们说,他得到的比他所希望的要多得多。年华的老去只把他的头发和胡须变白了,但却没有削弱他的力气,损害他的健康。他的心里洋溢着从未有过的快乐。过去他那副严厉的脸容,如今变得越来越慈祥和蔼了,眼睛总是善意地对人们微笑着。他深信所有的灾难都已经结束了。任何的烦恼、任何的不幸都不再会困扰他的平静生活了。生活已经像一条明快的溪流,潺潺地流过他那幸福的岁月。战斗一直到老年,老年却辛勤耕作,为他的"孙子们"扩展财产,而这又是他一生中最大的愿望。现在一切都如愿以偿了。庄园在顺利地发展着,森林也被砍伐得较稀疏了。新开垦出来的土地和过去荒凉了的土地,如今一到春天,播种下的各种作物都长得绿茸茸的。牲口也繁殖增长了,四十匹母马带着它们的小马驹在牧场上吃草,马奇科每天都要去巡视一番。牛群和羊群在未开垦的土地上和林间空地上漫步。博格丹涅茨发生了天翻地覆的变化,已经从荒凉衰败的居民点成了人丁旺盛的富有的村庄。谁要是来到了这里,远远地看到城堡的高大塔楼和尚未变黑的城墙,都会眼花缭乱的,朝阳把城堡照耀得金光灿烂,晚霞又把城堡染成了紫色。

因此,老骑士一看到六畜兴旺、五谷丰登就止不住满心的喜悦。当人们恭维他是个福星高照的人时,他也欣然承认,毫不谦让。双胞胎出生一年之后,又有一个男孩出世了,雅金卡为了表达对父亲的尊敬和纪念,便给他取名为齐赫。马奇科非常高兴地欢迎这个孩子来到人世,丝毫没有不安的情绪。即使他想到了这样下去,会使这份历尽千辛万苦挣来的产业分解成许多小股。"我们过去又有什么呢?"马奇科有一次对兹比什科谈起过这件事情,说道,"什么也没有!这都是上帝给我们的。苏里斯瓦维奇的老帕科什只有一个村庄,却有二十二个儿子,可他们并没有饿死,我们的王国和立陶宛还缺少土地吗?落在十字军骑士团手里的村庄和城堡难道还少吗?嘿,只要上帝保佑我们能把它夺回来就行了。那可是很舒适的住宅,因为那里的城堡都是用红砖建起来的,我们仁慈的国王都会把它变成总督府哩!"这是个值得注意的想法,因为骑士团当时正处在其实力的巅峰时期,而且在财富、武力和训练有素的军队方面都超越于西方各王国之上。但是这位老骑士却想把十字军骑士团的城堡作为他孙子们的未来住所,而且有这种想法的人,在雅盖沃的波兰王国里,又岂止马奇科一人呢!这不仅因为骑士团所占之地本来就是波兰的领土,而且也因为一种非常强烈的感情,它在人民的胸中奔腾汹涌,好像是在各个方面寻找突破口似的。

直到兹比什科结婚后的第四年,城堡才大功告成,而城堡的竣工完成,不仅得到了兹戈热利兹、莫奇多瓦和博格丹涅茨本村的农民的帮助,也得到了其他邻人,特别是布卓佐夫的老维尔克的鼎力相助。老维尔克自从儿子去世之后,便孤独一人活在世上。他与马奇科结下了深厚的友情,而且也非常喜欢兹比什科和雅金卡了。马奇科用战利品装饰着客厅和房间,这些战利品,有的是他和兹比什科共同在战争中缴获的,有的是他们继承尤兰德在斯佩霍夫的战利品,还有的是修道院院长遗赠的财产和雅金卡从娘家带来的陪嫁。马奇科还从谢拉兹买到了窗玻璃,把家里的房间装饰得富丽堂皇。直到结婚后的第五年,兹比什科才带着妻子和儿子搬进了城堡,因为这时候其他建筑物,如马厩、谷仓、厨房和浴室才相继建成,用石头和灰浆砌成的地下室牢固而又干燥。但是,马奇科却不顾兹比什科和雅金卡的再三恳求,宁愿留在老住宅里,而不愿搬入新建的城堡,他坚拒的理由是这样的:

"我要死在我出生的地方。你们都知道,在格奇马利特和纳温奇进行械斗的时期,博格丹涅茨被焚烧殆尽——所有的建筑物、所有的农舍,嘿,甚至连篱笆都被烧光了,只剩下了这座房子。人们都说这座房子没有被烧掉,是由于房顶的苔藓长得太厚了。但是我认为,这正是上帝的恩惠和意志,以便让我们再回到这里来,重建和发展我们的家园。在我们打仗的那些日子里,我老是担心我们连回去的地方都没有了,我这样说并不完全正确,我是说没有什么地方可供耕种,可资吃喝,而不是指没有栖身之地。你们都很年轻,那就大不相同了。不过,我是这样想的,既然这座老房子没有丢下我们,那我也不能丢下它不管。"

于是他依旧住在老房子里。不过,他很喜欢到小城堡去欣赏它的雄伟壮丽,用它来和旧的住宅相对比。同时也是去看看兹比什科、雅金卡和孙子们。他在那里所看到的一切,绝大部分都是他的杰作,因而他感到自豪,也不无惊奇。有时,老维尔克来到他这里,和他在火炉边海阔天空地聊天。有时候,老马奇科也到布卓佐夫去找他说说话。有一次他向维尔克谈起自己对"新局面"的想法时这样说道:

"您知道,有时我真觉得很奇怪。大家都知道,兹比什科到过克拉科夫的王宫城堡,见过国王,嗨,差点把脑袋都丢了!也到过玛佐夫舍、马尔堡和雅鲁什公爵那里,而雅金卡也是在富裕人家长大的,但他们过去都没有自己的城堡……可是现在,他们却像长期住惯了城堡似的……他们在房间里,我告诉您,走来走去的,不停地走来走去,向仆人们发号施令,累了就坐下来休息,像个真正的城防司令官和城防司令官夫人那样!他们还有同村长、管家和仆役们一起吃饭的餐厅,餐厅里给他们设置的凳子要高大一些,仆人们则坐在下首等待着,一直等到他们的老爷和夫人放下盘碟之后才敢离座。这就是宫廷的礼节,以致我常常不得不提醒自己,他们不是什么达官贵人,而是我的侄子和侄媳妇,他们吻我的手,安排我在首席就座,管我叫他们的恩人。"

"因此,主耶稣才这样祝福他们的!"老维尔克说。接着他忧郁地点了点头,喝了口蜜酒,用火钳拨弄了几下炉火,说道:

"可惜我的儿子死了!"

"这是上帝的意旨!"

"是的!五个大些的儿子早就牺牲了。这您是知道的。是的,这是上帝的意旨。但这一个却是他们兄弟中最身强体壮的一个,是真正的维尔克,如果他还活着的话,今天也会住在自己的城堡里了。"

"我倒宁愿奇坦给打死。"

"奇坦算老几!尽管他能背起一块石磨,但是我的儿子不知打败过他多少次。我儿子受过骑士训练。奇坦现在却在挨他妻子的耳光,尽管他身宽体胖,但却是个笨蛋。"

"嘿！真是个窝囊废！"马奇科证实说。

他乘机便把兹比什科的骑士武艺和智慧吹捧上了天，说他在马尔堡曾与第一流骑士比过武，他和公爵们交谈，"就像我和您在交谈那样"，就像在捏碎坚果那样从容不迫。马奇科还赞美兹比什科的思维敏捷和经营管理的才智，没有这种才智，城堡就会坐吃山空。但是他不想给老维尔克留下什么不好的印象，最后便用压低的声音说道：

"啊，由于上帝的恩赐，这里还是绰有余裕的，比人们所知道的还要富裕，不过请您不要告诉别人。"

但是，外界早已议论纷纷了。他们甚至夸大了博格丹涅茨两位骑士从斯佩霍夫运回来的财富，人们说，他们叔侄从玛佐夫舍运回了大桶大桶的钱币。有一次，马奇科借给科涅兹波尔的领主二十个金币，这更证实了人们关于他们财产的猜测。由于这个原因，博格丹涅茨的声望大大提高了，日益受到人们的尊敬，于是前来城堡访问的客人纷至沓来。尽管马奇科是个克勤克俭的人，但对这种情况倒是毫无微词，因为他知道，这会给他家族增光添彩的。

命名日举行得尤其排场，每年一次，都是在圣母升天节之后举行的。兹比什科举行盛大宴会，邀请邻人来参加。周围的贵族小姐和夫人们都要趁此机会前来观看骑士的武艺表演，听听大家谈天说地，并和年轻的骑士们跳舞，在松香火炬的照耀下一直娱乐到天亮。马奇科这时候看到兹比什科和雅金卡是那样雍容高雅，那样富丽鲜艳，真是两眼炯炯发光，欣喜异常。兹比什科长得更加魁梧、更加高大了。尽管他长得虎背熊腰，但他的脸却依然非常年轻。然而等到他那浓密的头发被一条紫色带子扎好，穿上金银线缝制的华丽衣服，不但马奇科，就是其他的贵族也在心里说道："我的上帝！他真像个住在自己城堡的公爵哩！"常常有些熟悉西方风习的骑士跪在雅金卡面前，恳求她成为他们心上的情人。她的身上焕发出健康、青春、力量和美貌。就连科涅兹波尔的老领主，曾经做过谢拉兹总督的，也对她的美貌惊叹不已，把她比喻为朝霞，甚至太阳。"太阳给世界以光明，甚至把老头儿也照得暖洋洋的。"

第七十九章

到了他们结婚后的第五年,所有的产业均已走上有条不紊的发展道路,已经完工的塔楼上面飘扬着绣有"邓帕·波德科瓦"族徽的旗帜,这旗帜也飘扬了好几个月了。雅金卡又幸福地生下了第四个儿子,取名为尤兰德。老马奇科有一次这样对兹比什科说道:

"一切都已天从人愿了。如果主耶稣再满足我一件事,我就死而无憾了。"

兹比什科用询问的目光望着他,过了一会儿问道:

"您也许是指和十字军骑士团的战争吧!因为除此之外您已是别无所求了。"

"我要说的,早已对你说过了。只要大团长康拉德还活着,就不会发生大战。"

"难道他会长生不老吗?"

"我也不会长生不老的,因此,我想的是另一件事。"

"那又是什么事呢?"

"唔,先不告诉你好。我现在要去一趟斯佩霍夫,也许我还要到普沃茨克和切尔斯克去拜访两位公爵。"

兹比什科对他的回答并不感到意外,因为在最近几年里,老马奇科已去过斯佩霍夫好多次了。他只是问道:

"您要去多久呢?"

"比以往的几次要久一些,因为我打算在普沃茨克多待些时间。"

大约过了一星期,马奇科便出门了。他带了几辆马车和几副精良的甲胄,"以备比武决斗之用"。在他动身之前曾说过,要比往常久一些;这次确实是比往常久多了,因为他出去半年都音信全无。兹比什科开始担心了,于是他也决定到斯佩霍夫走一趟,但他刚过了谢拉兹,便碰上了马奇科，两人便一同回家了。

老骑士回来时显得有些阴郁，他仔细询问兹比什科，在他走后这段时间里的一切情况，听到一切都很好，他便放心了，脸色也较明亮了。于是他就先谈起他这次出去的事情来。

"告诉你，我去过马尔堡了。"他说。

"去过马尔堡？"

"当然是马尔堡！"

兹比什科惊奇地望了他一会儿，随后，突然拍了一下大腿，说道：

"啊，我的上帝，我都忘记生死搏斗这件事了。"

"你可以忘记这件事，因为你已经实现了自己的誓愿。但是上帝却不允许我忘记自己的誓愿，损害自己的名誉，随意终止某件事情并不是我们的习惯。圣十字一定会帮助我的，只要我一息尚存，我就决心实现自己的誓愿。"

说到这里，马奇科的脸色又阴沉下来，现出了一副可怕而又坚决的神情。这种神情只有从前在维托尔德和斯基尔沃瓦的军营里，正要去和十字军骑士团作战的时候，兹比什科才见到过的。

"怎么样？他躲开您了？"兹比什科问道。

"他没有躲开，只是不和我决斗。"

"那是为什么？"

"他当上大康杜尔了。"

"您是说，库诺·里赫顿斯泰因当上了大康杜尔了？"

"是的！也许他们还可能选他当大团长，真难说哩！但是，他现在已经自认为可以和公爵们平起平坐了。人们说，他执掌一切权力，骑士团的一切事情都得靠他拿主意，大团长缺了他，什么事也不成。这样的人怎能和人决斗呢！只会引得别人来取笑我。"

"他们还敢嘲笑您？"兹比什科问道。他的眼里突然露出了愤怒的目光。

"普沃茨克的亚历克山德娜公爵夫人听了大笑，去吧——她说——还不如去向罗马皇帝挑战好了！她还说，向他里赫顿斯泰因挑过战的，我们知道的就有恰尔尼·查维夏、波瓦瓦、比斯库皮兹的帕什科这样一些著名人物,但他们也都没有得到应战,因为他不能那样做。并不是因为他无动于衷,而是因为他是个教士,而且又担任了如此重要的职务,他脑海里想的净是骑士团的重大事务,哪会想到这件事。与其接受挑战,不如置之不理,反而不会损害他的名誉。这就是公爵夫人说的一番话。"

"那您是怎么想的呢?"

"我感到很伤心,但我还是对她说,我还是要到马尔堡去,以便昭告上帝和世人:'我已经尽力而为了。'当时我就恳请公爵夫人想法给我个差使,并让我拿封书信去马尔堡。我知道,没有公爵夫人的书信我就保不住我的脑袋,活着从那个狼窝里跑出来。我心里是这么想的:虽然他连查维夏、波瓦瓦和帕什科都不理睬,但是,如果我当着大团长、所有康杜尔和客人的面,打他的嘴巴,揪他的胡须,那他就不能不接受挑战了。"

"您真想得出来!"兹比什科热情地喊道。

"怎么!"老骑士说道,"什么事情都是有办法可对付的,只要肩上长个脑袋就行。可惜天不从人愿,那家伙不在马尔堡。他们对我说,他出使到维托尔德那儿去了。我当时真不知道该怎么办好,是继续等下去呢,还是去追赶他,我又担心路上会错过。但是,由于我早就认识大团长和大医官,我便把这件秘密告诉了他们,说明我是为什么而来的,他们一听便立即嚷道:'这不可能!'"

"为什么?"

"其理由跟普沃茨克公爵夫人说的一样。大团长说:'如果我准许同玛佐夫舍或波兰的每个骑士决斗,那你想,我会怎么样呢?'嘿,他说得不错,他早就不在人世了。他们两个都觉得很稀罕,于是便在晚餐的时候向大家说了这件事。大家一听便立即像蜂窝炸了一样哄嚷起来。特别是那些客人纷纷喊叫:'库诺不行,我们可以!'于是我从中挑选了三个,想和他们轮番决斗。但是经过再三恳求,大团长只允许其中一个和我决斗,这个人也姓里赫顿斯泰因,是库诺的一个亲戚。"

"结果怎么样?"兹比什科喊道。

"嗯,我把他的铠甲拿回来了,可惜它被砸得稀巴烂,连一个格日温也不值了。"

"感谢上帝,您也实现了您的誓愿!"

"我最初也是这样想的,因此我感到很高兴。可是后来一想,不,这不是一码子事!我心里又感到不安了,的确,这是不一样的!"

但是,兹比什科开始安慰起他来:

"您是了解我的,在这种事情上我是决不含糊的。不过,如果遇到您这样的情况,我也就心满意足了。而且,我还要告诉您,在这个问题上,就连克拉科夫最伟大的骑士也会肯定我的意见的。甚至那个最熟悉骑士荣誉准则的查维夏本人,我相信他也会同意我的观点!"

"你是这样想的?"马奇科问道。

"您只要想一想,他们是世界上最著名的骑士,他们也向他挑过战,但是他们之中没有一个人做得像您那样多。您起过誓,要里赫顿斯泰因的命,您已经打死了一个里赫顿斯泰因。"

"也许你说得有道理。"老骑士说道。

兹比什科对于那个骑士的情况很感兴趣,便问道:

"嘿,您说说,那家伙是个年轻人还是个老头子,你们是怎么决斗的,是骑马,还是徒步?"

"他大约有三十五岁,一副长胡须直垂到腰带上。我们是骑马决斗的。上帝帮助我用矛刺伤了他,后来我们又比剑。我告诉你,血就像喷泉那样从他嘴里喷射出来,把他的胡须粘在一起,就像根冰锥子那样。"

"您以前还常常抱怨自己老了呢!"

"只要我一骑上马,或者在地上站好姿势,我就能挺得住,站得稳。但是穿着甲胄,我是再也不能一下子就跳到马鞍上去了。"

"但是,即使库诺本人也逃不出您的手的。"

老骑士轻蔑地挥了挥手,表示他对付库诺要容易得多,随后他们便一道去看马奇科带回来的那副作为胜利标志的"铠甲"。由于它破损得太厉害,已经一钱不值了,只有臀部和腿部的部分还完好无损,而且制作非常精致。

"我倒希望这是库诺的,那就好了。"马奇科阴郁地说。

兹比什科听了,便这样说道:

"只有上帝才知道什么是好。如果库诺被选为大团长,您就再也得不到他了,除非是在大战中。"

"我曾听到那边的人在私下议论。"马奇科说道,"有些人说,康拉德之后准会是库诺当选为大团长,另一些人则认为,康拉德的弟弟乌尔里克会当选为大团长。"

"我倒愿意乌尔里克当选。"兹比什科说道。

"我也一样,你知道为什么?库诺奸诈狡猾,城府很深,而乌尔里克性情暴戾,但他是个真正的骑士,能尊奉骑士的荣誉,他想跟我们打仗都想得发疯了。那里的人都在说,只要他一当上大团长,马上就会引起世界一场空前的大混乱。康拉德已经越来越衰弱了,有一次就在我眼前昏倒了。嘿,也许我们能等到这一天的到来。"

"愿上帝保佑!他们和王国又有什么新的冲突吗?"

"有旧的,也有新的。十字军骑士团总归是十字军骑士团,本性难改,虽然知道你比他强,和你打仗准会吃败仗,但他依然侵犯你、算计你,要他改是不可能的了。"

"他们可是认为自己要比所有的王国都更加强大。"

"他们也不是人人都这样想,不过有这种想法的人不少,其中就有乌尔里克。说实话,他们也确实很强大。"

"不过您还记得马什科维奇的增德拉姆说过的话吗?"

"我当然记得,而且骑士团的情况一年比一年糟。那里的教士对教士的态度,还不如那里的老百姓对我的态度那样好。没有一个十字军骑士注意到这点。那里的人都忍受不了啦!"

"那么我们也不会等很久了!"

"不会很久,但也可能要等很久。"马奇科说道。

考虑了一会儿,他又补充说道:

"不过眼下要发愤工作,积累财富,一旦发生战争就能无后顾之忧。"

第八十章

大团长康拉德过了一年才去世。雅金卡的弟弟，兹戈热利兹的雅希科第一个在谢拉兹听到康拉德逝世和乌尔里克·冯·荣京根当选大团长的消息，也是他第一个把这消息带到博格丹涅茨的。这个消息在这里，如同在所有贵族的庄园一样，引起了巨大震动。"空前未有的时代来临了！"老骑士庄严地宣告说。雅金卡立即把所有的孩子带到兹比什科的面前，她自己也向他告起别来，仿佛明天兹比什科就要出发去打仗似的。马奇科和兹比什科都清楚地知道，战争不会像火炉里的火那样立即爆发的，但是他们也深信不疑战争一定会爆发。于是他们开始做打仗的准备工作，挑选马匹、武器、甲胄，对仆人、农人和村长们进行军事训练，这些村长根据当时的法令必须骑马去应征参战的。参加作战训练的还有贫穷的贵族和小地主，他们都很乐意依附于有势力的贵族。所有的贵族庄园都在做着同样的准备工作。到处都响起铁匠铺里的锤打声，都在刷洗布满尘灰的旧甲胄。弓和皮带都用油擦得锃亮，到处都在修理马车，都在准备着粮草和熏肉。每逢星期日和节假日，人们都聚集在教堂四周打听消息，一听到和平的消息，大家便闷闷不乐，因为人人都深信，是到了与波兰民族的大敌最后摊牌的时候了。除非按照圣布里吉达的预言——敲掉十字军骑士的牙齿、砍掉他们的右手——否则波兰王国就不可能兴旺发达起来，就不会有和平和工作。

兹比什科和马奇科一到克热希尼亚教堂，就陷入人们的包围，大家都知道他们了解骑士团的情况，有与日耳曼人作战的经验。因此他们不仅想知道消息，而且也想了解对付日耳曼人的办法：怎样才能最好地打击他们，应该采用什么样的战术，又有一些什么样的规矩，哪些方面骑士团胜过我们，哪些方面不及我们。大家也想知道：当矛断了的时候，是用斧，还是用剑更容易刺破敌人的甲胄。

兹比什科和马奇科的确是这方面的行家里手,因此人们都非常细心地倾听他们的讲述。尤其是大家都深信这场即将来临的战争并不是好对付的。和他们较量的将是各国第一流的骑士,也不是小打小闹就能解决战事的,而是要彻底地打垮他们,否则就是战死沙场。那些年轻的地主骑士都在这样说道:"既然需要这样做,那就不是他们死,就是我们亡!"内心深处意识到伟大未来的这一代年轻人,不仅毫无畏惧之意,相反地,他们每日每时都更加高昂,更加振奋,但是他们并不空口说大话,也不自吹自擂,而是专心致志、坚定不移,并以准备牺牲的决心去做着战争的准备工作。

"不是他们死,就是我们亡!"

然而,时间过去了很久,战争却没有发生。人们的确在谈论符拉迪斯瓦夫国王和骑士团之间的不和,以及多布钦地区的问题,虽然这块土地几年前就赎回来了,也谈到了边界争端和德雷兹邓科的问题,这个地方许多人还是生平第一次听到。双方都为它争执不休,但战争依然没有发生。有一部分人甚至怀疑,战争会不会发生,因为争论年年有,但总是以会议、和约、互派使节而结束。这时候,又传来了一个消息,说是十字军骑士团已派使者到克拉科夫来了,波兰的使臣也去了马尔堡。还传说捷克和匈牙利的国王,甚至连教皇本人,都出来调解了。但是,远离克拉科夫,什么事也难以知道得清楚。于是种种稀奇古怪的甚至是相互矛盾的消息和谣言不胫而走,但是战争却依然没有发生。

到后来,连一生听过不少次战争威胁和签订协议的马奇科,竟也不知道该如何看待这些问题了,于是他决定亲自到克拉科夫去走一趟,以便能打听到更确切的消息。他在那里待得不久,到第六个星期便回到家了。回来时他神采飞扬,满脸喜色。到了克热希尼亚,他又像往常一样被那些爱打听消息的贵族包围住了,他只用一句问话来回答他们提出的种种问题:

"你们的矛枪头和战斧都磨利了没有?"

"怎么不利?啊,老天爷!有什么消息?您都见到了谁?"四面八方响起了呼喊声。

"我见到谁了?马什科维奇的增德拉姆。至于消息嘛,你们听了便会立即去给马备上马鞍的。"

"啊,我的上帝!到底情况如何?您快说呀!"

"你们听说过德雷兹邓科这个地方吗?"

"我们已听说过了。那不过是座小城堡,像那样的小城堡哪里都有,而且并不比你们的博格丹涅茨大多少。"

"这对于战争来说,是个微不足道的理由,是吗?"

"那当然是个微不足道的理由,比它更大的事件有的是,但都没有引发过战争。"

"你们知道,马什科维奇的增德拉姆告诉我一个关于德雷兹邓科的比喻吗?"

"那您就快说吧,我们都非常着急哩!"

"他对我说:'瞎子走路,给一块石头绊倒了,他绊倒,是因为他的眼睛瞎了,但他绊倒的直接原因却是那块石头。'德雷兹邓科就是这样一块石头。"

"什么意思?怎么会呢?骑士团还好好地站在那里!"

"你们不明白吗?那我再给你们打个比方:一碗水装得满满的,再加上一滴就会溢出来。"

骑士们的热情是那样高涨,巴不得立刻就骑上马到谢拉兹去,马奇科不得不阻止他们。

"你们要作好准备。"他对他们说,"但要耐心地等待,他们决不会忘记我们的。"

于是骑士们都在做着准备工作,但是他们又等得太久了。许多人又产生了怀疑。不过马奇科却不怀疑,正如有的人能从鸟的飞行看出春天的来临,经验丰富的马奇科也能从种种迹象中判断出战争的临近,而且还是场大战。

首先是命令在全国的所有森林和荒原中进行一次大规模的狩猎,其规模之大,连年纪最大的老人也从未听说过。成千上万的猎人参加了这次大围猎,打死了大批大批的野牛、鹿类、野猪和其他较小的野兽,森林里烟雾弥漫,熏肉就熏了好几个星期、好几个月。熏好的肉被送到各省的省会,然后再送到普沃茨克的库房里。显然这是为军队贮存食物的。马奇科知道这种行动的意义,因为维托尔德每次大规模远征立陶宛的时候,都要下令进行这样的围猎。当然也还有别的种种迹象:那就是"日耳曼人统治"下的许多农民纷纷逃到了波兰王国和玛佐夫舍。逃到博格丹涅茨一带的主要是西里西亚日耳曼骑士的臣民。这种逃亡的难民到处都有,而以玛佐夫舍最甚。在玛佐夫舍的斯佩霍夫经营庄园的捷克人,把十多个从普鲁士逃到他那儿去的马茹尔人送到了博格丹涅茨,这些人请求参加"步兵"去打仗,因为他们受够了骑士团的迫害,对十字军骑士恨之入骨,因而想去报仇。他们还谈到,普鲁士边境上的一些村庄几乎逃亡一空了。农夫们带着妻子儿女们都逃到玛佐夫舍公国来了。十字军骑士把抓回去的逃亡者都吊死,但依然不能阻止那些不幸百姓的逃走,许多人宁愿去死,也不愿在日耳曼人的桎梏下生活。后来,整个国家都充满了从普鲁士来的"乞丐"。大家都向克拉科夫涌去。他们来自革但斯克、马尔堡、托伦,甚至来自哥尼斯堡,他们来自普鲁士的各个城市和各个军事驻地。在这些人中,不仅有乞丐,而且还有教堂仆役、风琴手、修道院中的各级人员,甚至还有教士和神甫。

大家都能猜想到,就是这些人提供了普鲁士境内所发生的各种情况的情报和消息:例如关于战争的准备情况,城堡的防御、卫戍部队、雇佣军和客人们等消息。人们都在悄悄地说,各省的总督们,克拉科夫的枢密院大臣们,都同他们一起在密室中一谈就是好几个小时,听取他们的报告,并把他们提供的情况记录下来,他们有的人又偷偷地回到了普鲁士,然后又重新出现在王国里。于是消息源源不断地流向克拉科夫。国王和大臣们通过他们,对十字军骑士团的每一个步骤都了如指掌。

但马尔堡的情况却恰恰相反。一个从马尔堡逃出来的教士,在科涅兹波尔的领主那儿停留了一段时间,他告诉他们说,大团长乌尔里克和其他十字军骑士都不关心搜集波兰的情报,他们都非常自信,认为波兰王国只要轻轻一击,就会永远消灭,"连痕迹也不会留下"。他还把大团长在马尔堡的宴席上说过的话重复了一遍:"他们的人越多,普鲁士的羊皮上衣也就越便宜。"十字军骑士团愉快而又自我陶醉地准备着战争,他们确信自己的力量,也相信各个王国,甚至连最遥远的王国都会来支援他们。

但是，尽管有这许多战争迹象、准备工作和运筹帷幄，但战争却没有像人们所企盼的那样来得快。博格丹涅茨的少主人在家里也在渴望着战争，他早已把一切都准备就绪，他的心渴望着荣誉和战斗。对他来说，拖延就是一种沉重的负担。他常常责怪起他的叔叔来，仿佛战争或和平都取决于他叔叔似的。

"您那么肯定会发生战争，可是到现在，连战争的一点影子也没有。"兹比什科说道。

马奇科答道：

"尽管你聪明，但还不到家！难道你没有看到现在所发生的那些事吗？"

"如果国王在最后一刻同他们和解呢？人们都在说，国王并不想发生战争。"

"他是不想的。可是，不是他又是谁说过这样的话：'除非我不是国王，否则我决不听任别人把德雷兹邓科夺去！'可是，日耳曼人一直占据着德雷兹邓科，不肯放手。的确，国王不想叫天主教徒流血，但是，枢密院的大臣们都是些机智聪敏的人，意识到波兰力量的强大，正在逼得日耳曼人走投无路了。我还要告诉你，即使没有德雷兹邓科，也会找到别的借口。"

"我听说，德雷兹邓科是被康拉德大团长占去的，他不是害怕我们的国王吗？！"

"他害怕，是因为他清楚地知道波兰的强大，但是他无法阻止骑士团的贪婪成性。在克拉科夫的时候，他们告诉我，德雷兹邓科的领主，老冯·奥斯特，当十字军骑士团占领新马尔奇亚时，曾以从属的关系向国王纳贡致敬。因为那块土地自古以来就是属于波兰的，因此他很想让这块土地依然留在波兰王国的版图中。但是十字军骑士团却把他请到马尔堡，用酒灌醉了他，然后便得到他的签字，占据了德雷兹邓科。从这时候起，国王实在是忍无可忍了。"

"的确，这件事实在让他忍无可忍了。"兹比什科喊道。

但是马奇科却又说道：

"这件事正像马什科维奇的增德拉姆所说：德雷兹邓科只不过是

一块使瞎子跌倒的绊脚石而已。"

"如果日耳曼人把德雷兹邓科还回来,那又会怎么样呢?"

"那又会出现别的石头。不过十字军骑士团决不会吐出他们吃进肚子里的东西的,除非你把他的肚子剖开,再把它掏出来。愿上帝保佑我们能很快这样做。"

"不!"兹比什科受到鼓舞地说道,"康拉德也许会退还,但乌尔里克却不会放弃。他是正直的骑士,无懈可击,可是他非常暴戾。"

他们就这样谈论着,然而事态的发展却像一块石头,被过路人用脚一踢,便顺着山上的下坡路,呈加速度运动朝悬崖掉去。

突然,有一个消息传遍全国,说是十字军骑士团攻打并占领了古代波兰的桑托克,那地方原是抵押给了医院骑士团①的。当波兰使臣前来祝贺乌尔里克荣膺大团长的时候,这位新任的大团长却故意离开了马尔堡,并且他一上任便下令给他的朝臣们,凡与波兰及其国王的一切交往,必须采用德文,而不是拉丁文,这清楚地表明他是什么样的人。克拉科夫的大臣们在悄悄地准备着战争,但是他们知道,乌尔里克却在公开地备战,而且不只是公开的,他还以盲目自大和傲慢粗鲁的态度来对待波兰民族,连他的祖先也不敢如此,尽管那时候骑士团的势力比现在更强盛,波兰王国也要比现在更弱小。

但是,骑士团中那些性情不很急躁而又狡猾阴险的高级教士,深知维托尔德的秉性,为了拉拢他,他们不惜用厚礼和奉承去对待他,而且达到这样的程度,大概只有在为罗马皇帝生前建立神殿和祭坛时才会有那样的手段和方法。十字军骑士团的使臣们在叩见雅盖沃的总督时说道:

"骑士团有两个恩人:一是上帝,二是维托尔德。因此,维托尔德的每个愿望和每句话,对于十字军骑士说来,都是无上神圣的。"

他们恳求维托尔德担任德雷兹邓科的调解和仲裁,目的在于让国王的下属去对他进行规劝,从而挑起他们的不和,进而使他们的关系破

---

① 11世纪建于耶路撒冷,旨在医治和护送朝圣者,1309年夺得罗多斯岛并在那里建立国家,后又来到马耳他,又称"马耳他骑士团",12世纪来到波兰。

裂,即使不是永久的破裂,至少也会是较长时间的破裂。但是国王的大臣们都对马尔堡的所作所为一清二楚,因此,国王也选了维托尔德来当调停仲裁人。

于是骑士团对他们的选择感到后悔了。十字军骑士团的那些自以为了解这位大公的大臣们,其实对他的了解很不够。维托尔德不仅把德雷兹邓科割给了波兰人,而且他还预测到事件的结局,于是他又煽动日姆兹人起来反抗,对十字军骑士的脸色越来越严峻。他还从富饶的波兰土地上运来兵马、武器和粮食去帮助日姆兹人。

这种局势一出现,波兰举国上下都立刻明白:决定性的时刻就要到来了,终于到来了!

有一天,老马奇科、兹比什科和雅金卡正坐在博格丹涅茨的城堡门外,享受着晴朗的天气和暖和的阳光,一个陌生人骑着一匹口吐白沫的战马突然飞驰而来。他在大门外勒住了坐骑,把一个由杨树枝和椰树枝编成的花环丢在骑士们的脚前,高喊着"维奇①!维奇",接着又继续飞奔而去。

他们都非常激动地跳了起来,马奇科的脸色显得可怕而又严肃。兹比什科立即去吩咐仆人把"维奇"传送下去。随后他又回到了门口,两眼闪闪发亮,喊道:

"战争!上帝终于赐给了战争!战争!"

"而且是我们从未经历过的一场大战!"马奇科严肃地补充了一句。

接着他把仆役们都喊了过来,转瞬之间,仆役们便齐集在主人们的周围。

"到塔楼上去朝四面八方吹起号角来!其他人到各村去把村长叫来,到马厩去把马牵出来,把马车套上马。要快!"

他的话音还未落,仆役们便朝四面散开,去执行他的命令了。他们做起来并不困难,因为这一切都早已有了准备。人员、马匹、马车、武器、甲胄、粮草早就准备全了,现在只等上马出发了!

---

① 古代波兰国王号召全民进行征战的一种号令,用树枝编成的花环来表示。

但是在动身之前,兹比什科还对马奇科问道:"您不打算留在家里?"

"我?你怎么会有这种念头呢?"

"因为根据法律,您可以留在家里,您的年龄已经过了。而且您留在家里也好照顾雅金卡和孩子们。"

"哎,你听着,我就是等这个时候等得头发都全白了。"

只要一看他那冷冰冰的、固执的脸色,就知道一切劝说都无济于事。而且,尽管他年已古稀,但身体硬朗得像棵橡树,双手依然非常灵活,斧头在他手上一捏,都会被捏得痛叫起来。不过,说实话,只要他全身披挂,就再也不能不踏马楼便一跃跳上马背了。但是,话又说回来,许多年轻人,尤其是西方的那些骑士,也做不到这点的。要是论起骑士的武艺来,像他这样精通而又经验老到的战士,附近这一带是再也找不出第二个来了。

雅金卡显然不怕单独留在家里。因此她听到丈夫的话后便站了起来,吻着他的手,说道:

"你用不着替我操心,亲爱的兹比什科,城堡很坚固,而且你知道,我并不是个胆小怕事的人,无论是用石弓,还是用矛,我都不是新手,当祖国需要你的时候,你不要去想我们的事情。上帝会在这里保护我们母子的。"

突然,她的眼里噙满了泪水,随即便大滴大滴地顺着她那美如百合花的脸颊流了下来,她一面指着这群孩子,一面用激动得发抖的声音继续说道:

"嘿,要不是有了这些小家伙,我也会匍匐在你的脚前,恳求你把我带去打仗哩!"

"雅古希!"兹比什科喊道,双手把她紧紧抱在怀里。

她也搂住了他的脖子,紧贴在他的身上,一再深情地说道:

"我只希望你回来,我的宝贝,我唯一的人儿!我最亲爱的!"

"你得每天感谢上帝赐给了你这样一个好妻子!"马奇科用低沉的声音说道。

一个小时之后,塔楼上的族旗降下来了,表示两位主人都出门去了,不在家。马奇科和兹比什科同意雅金卡和孩子们一起送他们到谢拉兹去。于是他们吃了一顿丰盛的饭菜之后,全体人员和所有的车马都一起出发了。

天气晴朗,风和日丽,森林一片寂静,一动不动。田野里、草原上,一群群牛羊也在午休,懒洋洋地反刍着食物,仿佛也在沉思似的。由于气候干燥,路上到处是金色的尘土飞扬,而在这些成片的尘土之上,仿佛有许多火星在阳光中闪烁,兹比什科把那些火星指给妻子和孩子们看,说道:

"你们知道在尘埃之上闪闪发亮的是什么?那是矛尖和梭镖头。看起来'维奇'已经送到各地了。各地的人民都要去打日耳曼人了。"

事情也真是这样。刚走出博格丹涅茨不远便碰到了雅金卡的弟弟、兹戈热利兹的年轻的雅希科,他是个相当富有的领主,带有三支矛枪和二十个家丁。

过了不久,在一个十字路口,从尘雾中露出了罗戈夫的奇坦那个头发蓬乱的脑袋,在向他们走来,尽管他不是博格丹涅茨的朋友,可是现在,他老远就喊叫起来:"打狗教士去!"并友好地向他们问候致意,随后又消失在灰色尘雾中了。他们还遇到了布卓佐夫的老维尔克,由于年老,他的头老是晃动着,但他还是要去为儿子报仇,他的儿子是在西里西亚被日耳曼人打死的。

他们越是快到谢拉兹,路上的尘雾便越浓。等到远远地就能看到城市塔楼的时候,整条大道上都挤满了骑士、村长和武装的随从士兵。所有的人都朝集合的地点拥去。马奇科看到这人山人海的场面,看到他们个个都是身强体壮的彪形大汉,而且斗志昂扬,他们能经受艰苦生活、酷热、寒冷和各种各样的艰难困苦的考验,心里顿受鼓舞,认为这是他们必胜的吉兆。

第八十一章

战争终于爆发了。① 刚开始战斗并不那么激烈,而且对波兰人也不十分有利。在波兰军队到达之前,十字军骑士团已经攻克了博布罗夫尼克,并把兹沃托里亚夷为平地,还重新占领了不幸的多布钦地区,这块土地还是不久前经过千辛万苦才要回来的。由于捷克和匈牙利的调停,战争的风暴才平息了一段时期,接着便是休战。在休战期间,捷克国王瓦兹瓦夫要对波兰和十字军骑士团之间的争论进行裁决。

然而,在整个冬季和春季里,双方都没有停止调集军队,而且双方军队越来越接近了。后来由于受贿的捷克国王作出了有利于骑士团的判决,于是战争又不得不重新爆发了。②

这时候,恰好夏季来临了,维托尔德的"民族军"也开到了,在斯尔文斯克附近渡河之后,便和玛佐夫舍两位公爵的军队会合了。另一方面,十万全身铠甲的日耳曼军队也在希维耶奇附近安营扎寨了。波兰国王本想在德尔文策渡河之后,抄近路直逼马尔堡,但因无法在此处过河,只好回转过来从库任特尼克朝佳乌多夫开去,在摧毁了十字军骑士团的城堡东布罗夫诺(亦叫杰尔根堡)之后,也在那里安下了营寨。

无论是波兰国王,还是波兰和立陶宛的大臣们都知道,不久必定有一场大战,但是大家也都认为,这场大战最快也要再过几天才会开始。他们估计,大团长堵住国王的进军道路,就是想让自己的军队休息一下,准备以逸待劳,增强士气,以便与波兰决一死战。这时候波兰大军

---

① 战争是于 1409 年 8 月 6 日开始的,由大团长乌尔里克挑起,直接原因是日姆兹问题和波兰使臣的声明:一旦骑士团进攻立陶宛,波兰国王就会给予立陶宛以帮助。真正的大战发生在 1410 年 7 月 15 日。
② 战争后来因波兰攻占了比德哥熙而迫使骑士团停战,后因捷克国王受贿于骑士团作出了不利于波兰的判决,波兰不服,战争又于 1410 年 2 月 15 日重新爆发了。

却在东布罗夫诺停留住了一夜。夺取这座城堡，虽然不在命令之中，甚至还违背了军事委员会的计划，但依然令国王和维托尔德满心喜悦，因为城堡非常坚固，四面都是湖泊和厚厚的城墙，还有一支人数众多的守戍部队。然而，波兰骑士一眨眼之间就把它攻下了，他们的士气是那样高昂，那样不可遏止，大军还没有到来，他们就已经把城市和城堡摧毁成了一片残垣断壁。维托尔德那些野性未灭的战士和沙拉丁指挥的鞑靼兵正在废墟中追击那些负隅顽抗的日耳曼人。

但是大火并没有烧多久，就被一场短暂的瓢泼大雨浇灭了。从七月十四日到七月十五日的整个晚上，天气都是那样变幻莫测，那样雷电交加，狂风挟持着暴雨袭来，可怕的闪电使整个天空都像着了火似的，惊天动地的霹雳从东到西地轰鸣起来，连绵不断的雷电使空气中充满了硫磺味。接着又是倾盆大雨淹没了一切的声响。后来是风吹云散，云层的缝隙中可以看见星星和一轮明月。直到过了午夜，风雨才停息下来，战士们可以点起火堆来了。转瞬之间，波兰和立陶宛的军营里亮起了成千上万个火堆。战士们一面烤着他们淋湿的衣服，一面唱起战斗歌曲。

国王没有睡，他躲避暴风雨的那座房子正好处在军营的边上，屋子里正在举行军事会议，讨论攻占杰尔根堡的事情。因为参加攻打城堡的有谢拉兹军队，于是这支军队的指挥官，科涅兹波尔的雅库布和其他几位将领，都被召来解释他们为什么没有命令就攻城，国王已经派了传令官和几个侍从前来命令他们停止进攻，为什么他们不服从命令。

由于这个原因，这位总督不能肯定他是否会受到指责，甚至惩处，便随身带了十多个出色的骑士来作证，其中就有老马奇科和兹比什科，证明传令官到来的时候，他们已经攻上了城堡的城墙，正在和守城部队展开肉搏战，战斗正处于紧要关头。至于为什么要攻打城堡，他只好这样解释："军队伸展在好几里的战线上，很难做到事事请示报告。"他既然被派为先头部队，他就有责任摧毁前进路上的一切阻力，消灭所遇到的一切敌人。国王、维托尔德公爵和大臣们听了这些话心里止不住地高兴，不仅不责备谢拉兹的总督及其部队的这次行动，反而表扬了他们的英勇战斗精神，称赞他们"如此迅速就攻下了城堡，消灭了守卫部队"。这时候，马奇科和兹比什科都有机会见到王国的最高首脑：除了国王和玛佐夫舍的两位公爵外，那里还有两位全军的最高统帅：一个是维托尔德，他统率着立陶宛、日姆兹、罗斯、比萨拉比亚、瓦拉几亚和鞑靼人的队伍。另一个是马什科维奇的增德拉姆，他的族徽就是太阳，他是克拉科夫的掌剑官，波兰军队的统帅，最高军事权威。除了这些首脑外，出席这次军事会议的还有伟大的战略家和战士：克拉科夫城防司令奥斯特罗夫的克里斯丁，克拉科夫总督塔尔诺夫的雅希科，波兹南总督奥斯特罗格的森齐武伊，山多密什总督米哈沃维奇的米科瓦伊，圣弗罗里安的方丈、掌玺官尼科瓦伊·特龙巴，王国元帅布热兹的兹比格涅夫，克拉科夫的副城防司令彼得·沙弗拉涅茨，以及普沃茨克公爵的儿子杰莫维特，在他们中间数他最年轻，但是却"非常精通军事"，连国王本人也非常重视他的意见。

而在隔壁一间较大的房间里，有一批最伟大的骑士等在那里，以便随时给国王提供意见和建议，这些骑士在波兰和在国外都是声名昭著的。因此，马奇科和兹比什科在这里看见了恰尔尼·查维夏和他的兄弟法鲁列伊，古拉的斯卡尔贝克·阿布丹克，奥列希尼察的多布科，他曾在托伦的比武中一次打倒过十二个日耳曼骑士；还看见了身材魁伟的比斯库皮兹的帕什科·兹沃吉伊，塔切夫的波瓦瓦，他是他们的亲密朋友，还有科奇赫格沃夫的克容，伏罗奇莫维奇的马尔钦，他是全王国军旗的擎旗手，还有科里特尼查的弗罗里安，和在徒手搏斗中无敌的塔尔戈维茨的李斯，以及全副武装依然能跳过两匹骏马的哈尔比莫维奇的斯塔什科。还有许多来自玛佐夫舍和其他地区的著名骑士，他们被称为冲锋陷阵的人，因为每逢战斗打响，他们总是站在队伍的第一排向敌人发起攻击。所有的熟人和朋友，特别是波瓦瓦，都非常高兴地欢迎马奇科和兹比什科，并和他们谈起了过去的事情和冒险来。

"嘿！"塔切夫的骑士对兹比什科说道，"你有笔巨账要和十字军骑士团算一算了，我希望你这一次能把新账旧账都结清。"

"我将不惜流血牺牲，定将和他们算清！"兹比什科说道。

"你知道吗，你的那位库诺·里赫顿斯泰因已经是大康杜尔了。"比斯库皮兹的帕什科·兹沃吉伊说道。

"我知道,我叔叔也知道了。"

"愿上帝保佑我碰上他。"马奇科插嘴说,"因为我和他有件私事要解决。"

"算了吧!我们也向他挑过战。"波瓦瓦说道,"可是他回答说,骑士团不准许他决斗。嗯,也许这次会准许他了。"

一向以严肃著称的查维夏也这样说道:

"上帝会安排谁去和他决斗的。"

但是,兹比什科出于好奇心,立即把他叔叔的事情对他说了,同时问查维夏,他叔叔马奇科已经和里赫顿斯泰因的亲戚决斗过,并把他打死了,那是否可以算已实现了他的誓约呢?大家都齐声喊道,这已经够了。只有固执的马奇科虽然听了这意见心里很高兴,却这样说道:

"如果我和库诺本人决斗了,那我就更相信我的灵魂得救了。"

随后,他们谈起了攻克杰尔根堡和即将到来的大战,这次大战他们预料很快就会发生,尽管大团长想法阻止国王大军的推进,但他已黔驴技穷了。

正当他们绞尽脑汁,推测哪一天会发生大战时,一个高大瘦削的骑士朝他们走了过来,他身穿红外衣,头戴红帽子,叉起双手,用轻柔得像女人的声音说道:

"问候你,博格丹涅茨的兹比什科骑士!"

"德·罗西!你也在这里!"兹比什科喊道。

他拥抱了他,因为他给了他美好的回忆,他们像最亲密的朋友那样吻过之后,兹比什科便非常高兴地问他:

"你在这里,那你是站在我们这一边的了?"

"也许有许多格尔德里亚的骑士站在那一边,"德·罗西答道,"但是我作为德乌戈拉斯的领主,却应为我的主人雅鲁什公爵大人效劳。"

"那么你是继老米科瓦伊之后做了德乌戈拉斯的领主吗?"

"啊,是的!米科瓦伊死后,他的儿子又在博布罗夫里克被打死,德乌戈拉斯便成了美貌的雅金卡的产业了,而她在五年前就成了我的女人和主人了。"

"我的上帝!你把事情的经过都给我说说,好吗?"兹比什科喊道。

但是,德·罗西先向马奇科问候致意之后才回答道:

"你从前的那个仆从格沃瓦奇告诉我,可以在这里找到你,不过现在他在帐篷里等着我,在准备晚餐。虽然离这里较远,在营寨的另一端,但是骑马去很快就能到达,因此,请你们和我一起去吧!"

随后他又转向早在普沃茨克就已认识的波瓦瓦,说道:

"请您也去,尊贵的阁下,这对我是莫大的荣幸和光荣。"

"好的!我很喜欢和熟人聊聊,同时也可以顺路看看我们的整个军营。"

于是他们这几个骑士便出去骑马了,正在这时候,德·罗西的仆人给他们肩上都披上了一件雨衣,显然是事先准备好了的,当他走近兹比什科跟前时,还吻了吻他的手,说道:

"我向您鞠躬致敬,老爷,我从前是您的仆人,不过在黑暗中您认不出我来了,您还记得山德鲁斯吗?"

"我的上帝!"兹比什科喊道。

刹那间,过去的悲伤、痛苦和不幸一起涌上心头,正像几星期以前,当国王大军和玛佐夫舍公爵的军队会合时,他见到久别重逢的赫拉瓦一样。于是他说道:

"山德鲁斯!嘿,我完全记得过去的那些事情和你!你这些时间在干什么?你到哪里去了?你已经不再买卖圣物了?"

"不做了,老爷!我在德乌戈拉斯的教堂里当小职员,直到今年春天。但由于先父是个从军人员,因此,当战争一爆发,我就讨厌教堂的钟声,而萌发了对钢铁的兴趣。"

"我听到什么啦!"兹比什科喊道。他决不会想到山德鲁斯会手执利剑、矛枪或斧子来冲锋陷阵的。

但是,山德鲁斯把马镫推向他后,说道:

"一年以前,我奉普沃茨克主教之命到普鲁士去了。我立下了不少的功劳,这件事我以后再告诉您,现在请您上马吧,老爷!因为那位捷克伯爵,你们管他叫赫拉瓦的,正在我主人的帐篷中准备晚餐等你们去哩!"

于是兹比什科上了马,策马赶向前去,好与德·罗西并排前进,这样他们便可以自由交谈了,因为兹比什科对他的事情很感兴趣。

"你站在我们这一边,我特别高兴。但我奇怪的是,你过去都是在为十字军骑士团效力的。"他说道。

"拿报酬的人才算效力,我从来也没有拿过报酬。"德·罗西说道,"不。我到十字军骑士团的目的,就是寻找冒险,得到骑士腰带。你已经知道,我的骑士腰带是从波兰公爵那里得来的。后来我又在这个国家度过了不少的岁月,我认清了正义在谁的一边。除此之外,我还在这里结婚,定居下来了,难道我能站在你们的对立面来打你们吗?我现在是波兰人了。你看,我的波兰话学得不错吧,嘿,我连自己的家乡话也忘得差不多了。"

"那你在格尔德里亚的财产呢?我好像听说过,你和那边的君主是亲戚,你还是许多城堡和村庄的领主。"

"我把财产让给了我的亲戚富尔康·德·罗西,他付钱给我了。五年之前我回去过格尔德里亚一次,把那里的财富带来了,我用这些钱在玛佐夫舍添置了一些产业。"

"你是怎么和德乌戈拉斯的雅金卡结婚的?"

"啊哈!谁能了解透女人呢?她老是和我若即若离。当我终于受不了,向她声明,我痛苦极了,我要到亚洲去打仗,永远也不回来了,她突然大哭起来,说道:'那我就去当修女!'我立即跪在她的面前,两个星期之后,普沃茨克主教就在教堂里为我们祝了福,主持了婚礼。"

"你们有孩子了吗?"兹比什科说道。

"等战争过后,雅金卡就要到王后雅德维佳的陵墓去祈求她赐福于我们。"德·罗西叹了一口气,说道。

"很好。人们说,这是个可靠的办法,在这样的事情上,没有比我们神圣的王后更好的女保护神了。决定性的大仗过几天就要开始了,然后就会太平无事的。"

"是的!"

"不过,十字军骑士团一定会把你当成叛徒的!"

"不!"德·罗西答道,"你知道,我是很看重骑士荣誉的,山德鲁斯奉普沃茨克主教的差遣到马尔堡去的时候,我曾托他带了一封信给大团长乌尔里克,在那封信中,我辞去了为他服务的事情,并向他说明了我站到你们这一边的原因。"

"哈!山德鲁斯!"兹比什科大声道,"他对我说,他厌烦了教堂的钟声,而产生了对钢铁武器的兴趣。我听了都难以置信,因为山德鲁斯向来就像兔子一样胆小怕事。"

德·罗西先生大笑起来。

"山德鲁斯和钢铁打交道,只有在给我和我的仆人理发刮脸的时候。"

"是这么一回事!"兹比什科愉快地说道。

他们默不作声地走了一会儿。随后,德·罗西抬眼望天,说道:

"我本来是想请你们去吃晚饭的,可等我们赶到我的帐篷时,那该算是吃早餐了。"

"月亮还在照着哩,我们走吧!"兹比什科说道。

于是他们策马赶上了马奇科和波瓦瓦,四个人一起在营房中间的大道上前进,这是指挥官们下令在帐篷和篝火中间留出来的大道,可以畅通无阻。要想到达坐落在另一端的玛佐夫舍军团的驻地,必须穿过整个军营。

"波兰毕竟是波兰啊!"马奇科说道,"我从来没有看见过这样庞大的军队,全国各地的民众都来到这里了。"

"任何别的国王都不可能有这样一支大军,因为没有一个国王能统治这样一个强国。"

老骑士转向塔切夫的波瓦瓦,问道:

"大人,您刚才说,有多少军团和维托尔德大公一起来到这里了?"

"四十个!"波瓦瓦回答道,"我们波兰和玛佐夫舍的军团是五十个,但我们的军团没有维托尔德的那样大,他的一个军团有时达到数千人。嗨!我听大团长说过,这些乌合之众拿起汤勺来比拿剑更合适,他是在倒霉的时刻说这种话的。不过我认为,立陶宛人的斧头一定会被十字军骑士团的鲜血染红的。"

"现在我们经过的是什么军团呢?"德·罗西问道。

"是鞑靼人军团,是由维托尔德的附庸国君沙拉丁率领指挥的。"

"他们打仗怎么样？"

"立陶宛人善于同他们打仗，征服了他们的大部分，所以他们才不得不来参战，但西方骑士对付他们可是棘手得很，因为鞑靼人在撤退的时候比在交战的时候还要可怕。"

"让我们走近前去看看他们。"德·罗西说。

他们朝篝火走去，篝火周围是一群裸露手臂的战士，现在已经是夏天了，但他们身上依然穿着翻皮毛的羊皮袄。他们大部分睡在光地上，或者躺在潮湿的、受了热正在冒气的麦秸上，但是还有许多人都蹲坐在燃烧的火堆旁。有的人鼻子里哼起了野性强烈的民歌以消磨这茫茫黑夜，另外的人则敲着马胫骨来伴奏，发出一种奇怪而又刺耳的响声。还有人敲着小鼓，或者弹起绷得很紧的弓箭，有的人正从火堆里扒出冒着热气的、还带着血的烤肉，他们鼓着发青的嘴唇吹着烤肉。他们看起来显得野性十足而又令人望而生畏，很容易被别人看成是林中的妖魔鬼怪，而不把他们看成是人。火堆的烟雾里弥漫着马肉和羊肉的油脂气味，这一带还有一股烧毛的臭味，被烘烤的羊皮、生兽皮和鲜血发出的气味令人掩鼻，路的另一边有许多战马，散发出阵阵汗臭味，几百匹供换乘的骏马正在啃着脚边的青草，有的在咀嚼，有的在嘶鸣，马夫们用叫喊声和皮鞭来制止它们的叫闹。

单身匹马穿过他们是很危险的，因为他们野蛮而又凶狠。紧靠在鞑靼人后面的是较为开明的比萨拉比亚军团，他们头上都戴有角。还有长头发的瓦拉几亚军团，他们没有铠甲，只是胸前和背后挂有一块木板，板上画有幽灵、骷髅和野兽的粗劣画像。再过去是塞尔维亚人，他们现在都睡着了，可是在白天，他们的营地就像一个大乐队似的，里面有许多长笛、三弦琴、风笛等各种各样的乐器。

篝火在燃烧。天空中被风吹散的云层里，露出了皎洁的明月，我们的骑士在月光下可以清楚地看到营地的情况了。塞尔维亚人的后面就是不幸的日姆兹人。日耳曼人使他们血流成河。然而，只要维托尔德发出号令，他们就会奋起反抗。现在像是有一种预兆，他们的苦难就要结束，一去不复返了。他们就是在这种精神的鼓舞之下，由斯基尔沃瓦首领率领来到了这里。单是斯基尔沃瓦的名字就令日耳曼人闻风丧胆。日姆兹人的火堆和立陶宛人的火堆连成一片,他们同是一个民族,同说一样的语言,共有相同的风俗习惯。

但是一进入立陶宛的营区,波兰骑士们就看见了一幅悲惨的景象。在竖起的原木绞刑架上悬吊着两个人的尸体,被大风吹得摇来晃去、左转右旋,大风吹得他们连绞刑架都发出嘎吱嘎吱的响声。一看到这两具尸体,马匹都喷响鼻息,竖起了前腿,骑士们画着十字,等他们都走过去了,波瓦瓦才开口说道:

"当他们把这两个罪犯带进来的时候,维托尔德大公正和国王在一起,我当时也在国王那里。我们的主教和大臣们早就抱怨过立陶宛人在打仗时太残酷了,甚至连教堂都不放过。当这两个犯人——他们都是有钱有势的人物,显然都是以亵渎圣体罪而受到指控的——被带进来的时候,维托尔德怒不可遏,让人看了都胆战心惊,他下令让他们自己吊死。那两个不幸的人还得自己竖起绞刑架,自己去吊死,还彼此催促道:'唉,快点,否则公爵要更生气了!'所有鞑靼人和立陶宛人都更加惶恐不安了,他们不怕死,但非常害怕公爵发怒。"

"啊,是的,我想起了我在克拉科夫的时候,"兹比什科说道,"国王因为里赫顿斯泰因的那件事而对我大发怒火,当时担任国王侍役的年轻的雅蒙特公爵,便建议我立即上吊去死,他是出于好意才这样建议我的,但是当时我却想要向他挑战决斗,要不是,这您知道,他们要砍我的脑袋的话,我真想和他一比高下的。"

"雅蒙特公爵已经学会骑士的规矩了。"波瓦瓦说道。

他们一面说着话,一面走过了立陶宛的大军营和三个优秀的罗斯军团营地,其中人数最多的是斯摩棱斯克军团。于是他们来到了波兰军队的营地。这里驻有五十个军团,是所有军队的核心和精华。他们的装备更精良,马匹也更高大,骑士们的武艺也更高强,任何一方面都不比西方军队逊色。来自大波兰和小波兰的贵族骑士们,无论在身强力壮方面,还是在经受饥寒的考验方面,抑或在克服艰难困苦方面,都要远远超过一味追求舒适享受的西方骑士。波兰人的生活习惯较为简朴,铠甲却更为坚固厚实,而他们对死亡的蔑视和在战斗中的顽强拼搏,都令那些来自远方的法国和英国的骑士深以为奇。

对波兰骑士早有了解的德·罗西,这时候也这样说道:

"这里是整个力量和全部希望所在。我记得马尔堡的骑士们不止一次地抱怨说,在和你们的战斗中,每争夺一寸土地,都要付出血流成河的代价。"

"现在也快要血流成河了。"马奇科答道,"因为就连骑士团也从来没有集中过如此巨大的兵力。"

波瓦瓦听了这话,也说道:

"科日布格骑士曾被国王派去送信给大团长,他对我们说过,骑士团声称,无论是罗马皇帝,还是任何一个国王,都没有他们强大,骑士团能和所有王国作战。"

"咳!我们的兵力要比他们多。"兹比什科说道。

"是的,但他们都非常轻视维托尔德的军队,认为这样的军队不堪一击,就像瓦罐经不起铁锤一击一样。这种说法对与不对,我不清楚。"

"可说是对,也可说不对!"谨慎小心的马奇科说道,"我和兹比什科曾和他们一起并肩战斗过,对他们是有所了解的。他们的装备的确较差,马匹也较矮小,因此常常在骑士团的猛攻下坚持不住,但是他们却比日耳曼人更顽强、更勇敢。"

"不久就可见分晓了。"波瓦瓦说道,"国王一想到要使这样多的天主教徒流血,便止不住泪水横流。直到最后一刻,他都希望缔结公正的和约,但是狂妄自大的骑士团却不肯这样做。"

"一点不错,我是了解十字军骑士团的,我们都了解他们。上帝已经放好了天平,就要把我们的血和我们民族的敌人的血放上去称了。"马奇科说道。

离玛佐夫舍军营不远了,德·罗西的帐篷就在营房里面,当他们走到通道的中间,便看见一大群人站在那里,抬头望着天空。

"你们快站住,你们快站住!"人群中有人在喊叫。

"是谁在说话?你们在这里干什么?"波瓦瓦问道。

"我是克沃布教区的神甫,你们是谁?"

"塔切夫的波瓦瓦,博格丹涅茨的两位骑士和德·罗西。"

"啊哈,是你们,大人。"神甫朝波瓦瓦的坐骑走去,用神秘的口气说道,"请你们抬头看看月亮,请看月亮上面的奇妙景象。这是个充满吉兆和美妙的夜晚!"

骑士们都抬头望着月亮,月亮已经变白,快要西沉了。

"我什么也看不出来。你们看见了什么?"波瓦瓦说道。

"披着斗篷的教士正在和戴着王冠的国王战斗!你们看!就在那边!以圣父、圣子和圣灵的名义!啊,你们看,他们斗得多激烈……请上帝对我们这些罪人发发慈悲吧!"

周围一片寂静,因为大家都凝神屏息了。

"你们看!你们看!"神甫说道。

"真的,像是这么回事儿!"马奇科说道。

"真的!真的!"别人也肯定地喊道。

"哈!国王把教士打倒了。"克沃布神甫突然大声叫道,"他在对方身上踏上一只脚了!赞美耶稣基督!"

"永生永世!"

这时候,一大块乌云遮住了月亮,夜色更黑了,只有篝火把一条条鲜血般的亮光投向路上来。

骑士们继续策马前行,等他们完全离开了那群人的时候,波瓦瓦问道:

"你们看见了什么?"

"起初什么也没有看见,不过后来,我倒清楚地看出国王和教士了。"马奇科说道。

"我也看到了。"

"我也看到了。"

"这是上帝的昭示,哈,尽管国王于心不忍在流泪,但还是不会有和平的。"波瓦瓦说道。

"这将是世界上从未有过的一次大战!"马奇科说道。

于是他们默不作声地前进着,既激动,又显得十分严肃。

但是等他们就要到达德·罗西先生的帐篷时,一阵狂风袭来,其声势之大,连马茹尔人整个营地的篝火都刮得飞扬起来了。天空中飞舞着成千上万的炭柴和火星,周围弥漫着一片烟雾。

"嘿,风刮得太厉害了!"兹比什科一面说道,一面把被风刮下的雨衣揪住。

"在这阵暴风中,仿佛能听见人的呻吟和哭泣声。"

"天马上就要亮了。但是谁都不知道白天会带来些什么。"德·罗西补充道。

第八十二章

早晨的风暴不仅没有停息,反而更加猛烈,使得他们无法给国王搭好做祈祷用的帐篷。国王从出战以来每天按照惯例,都要做三次神圣的弥撒。后来,维托尔德策马前来,再三恳求国王说:由于狂风大作,祈祷还是延迟到适当的时候,到森林中僻静的地方去举行,这样不会延误行军。国王同意了他的计划,因为别无他法可行。

太阳升起时,军队便以散兵线队形前进,后面是一望无边的辎重。行军一小时之后,风势有所减弱,军旗可以打开了。放眼望去,整个田野仿佛百花盛开那样五彩缤纷。谁都无法对整个大军和引导各个军团行军的密林般的军旗一览无余。克拉科夫军团高举着一面绣有头戴王冠的白鹰的红色军旗,这是整个王国的主旗,也是全国军队的最高标志,擎旗的是伏罗奇莫维奇的马尔钦,其族徽是"普乌科扎"。他身材魁伟,是个闻名遐迩的骑士。后面行进的是国王的两个御林军团,其中一个军团的军旗是立陶宛的双十字架,另一面军旗是"追击"①,而在圣乔治的军旗下则是外国雇佣兵和志愿军的庞大队伍,大多由捷克人和莫拉维亚人组成。他们积极参战,人数很多,整个第四十九军团都是由他们组成的。他们大多是步兵,走在长矛兵的后面,他们虽然较野蛮、粗鲁和散漫,但打仗却是能手,而且十分凶猛,短兵相接,其他的步兵往往望而生畏,像狗碰上豪猪那样拔腿就跑。大镰刀、战斧、板斧,特别是铁连枷是他们常用的武器,他们使用起来真是得心应手。谁雇用,就为谁卖命,他们的唯一生活乐趣就是打仗、抢劫和杀人。

走在莫拉维亚人和捷克人军团侧翼的是波兰本土的十六个军团,他们各有自己的军旗,在这十六个军团中,有一个普热米什军团,一个

---

① 立陶宛军团的军旗,红底上绣有一名骑马追击的骑士。

利沃夫军团,一个哈利什军团,三个波尔莱军团。走在他们后面的是来自这些地区的步兵队伍,他们大多装备有短枪和镰刀。两位玛佐夫舍公爵雅鲁什和杰莫维特率领着第二十一、二十二、二十三军团。主教们和贵族们的军团共有二十二个,其中有塔尔诺夫的雅希科军团,邓钦的英德内克军团,斯佩特科的列利瓦军团,奥斯特罗夫的克容军团,米哈沃夫的米科瓦伊军团,布热杰的兹比格涅夫军团,科奇赫格沃夫的克容军团,科涅茨波尔的库巴军团,利根查的雅希科军团,克米塔军团和扎克利卡军团。此外,还有格雷费特、博布罗夫斯基和科兹利·洛基家族以及其他各种人,他们联合在一起进行战斗,他们有共同的徽号和旗帜,有共同的战斗口号——"号召"。

他们脚下的土地有如春天的草原百花盛开,姹紫嫣红。人和马有如汹涌的波涛在前进。他们的上面是一片扎有五颜六色小花饰物的长矛,他们的后面是市民和农民组成的步兵队伍,行进在一片尘雾之中。他们都知道他们在走向一场可怕的战争。但他们同时也知道,这是他们的"职责",因此他们都是自觉自愿走上战场的。

在右翼行进的是维托尔德的军团,军旗五颜六色,但上面都绘有同样的"追击"立陶宛标志。谁都无法一眼看到所有的军团。因为他们伸展在田野和森林之中,队伍宽逾日耳曼的米拉。

快到中午的时候,军队来到罗格达和坦能堡附近的村庄,便在森林边缘上停驻下来。这地方很适合休息,而且又能预防敌人的突然袭击,因为它的左边受到东布罗夫斯基湖的庇护,右边又被卢本湖所隔断,而它的前面是一片宽达一米拉的开阔地带。在这片空地的中央,地势开始向西渐渐升高,格隆瓦尔德的如茵草地便在上面,再过去稍远一些就是坦能堡的麦草屋顶和光秃而萧瑟的荒地。要是敌人从高地向森林进攻,很容易就能发现。不过,看来敌军最早也只能在第二天到达。军队停留下来是为了休息,但是熟通韬略兵法的马什科维奇的增德拉姆,即使在行军时也保持着战斗的队形。因此,他把军队安置成随时随刻都能投入战斗的姿态。他派出侦察兵骑上轻灵而又善于奔跑的战马,到格隆瓦尔德和坦能堡一带,以及更远的地方去侦察敌情,同时他还吩咐在卢本湖畔的高地上搭建了一座做礼拜用的帐篷,使得热诚于祈祷的国王能像往常那样做弥撒。

雅盖沃、维托尔德、玛佐夫舍的两位公爵和军事委员会的成员都进入了帐篷。帐篷前聚集着最杰出的骑士,他们聚在那里,既是为了在决战之前向上帝祈祷,又是为了能见到国王。他们看见国王身穿灰色的战袍,脸色严肃之中带有一种非常忧虑的神情。岁月没有使他的外表有所改变,他脸上也没有皱纹,头发也没有花白,现在他把头发拢到耳后去,动作依然那样迅捷,就和兹比什科在克拉科夫第一次看到他时一样。但是,他现在走起路来,仿佛肩上被一副责任的重担压得有些腰弯背驼似的,像是非常忧戚。军中传说,国王经常哭泣,因为他不愿看到天主教徒流血,但是流血又迫不得已。这确实是真的,雅盖沃一想到要打仗,特别是要和斗篷上和军旗上绘有十字架的人打仗,就更忧心忡忡。他真心实意地渴望着和平。波兰大臣们,甚至连匈牙利的两位调停人希奇博尔和加拉,向他说明大团长乌尔里克净是一副骑士团傲慢和自大的神态,准备向全世界挑战,也是无济于事。甚至连他派去的使节彼得·科兹布格也以主的十字架和他的鱼族徽起誓,说骑士团对和平连听都不要听,只有一个格涅夫的康杜尔冯·文德伯爵主张和平,却受到别人的嘲笑和责骂,也都是白费口舌。国王依然希望敌人会承认他的要求是正确的,他对流血感到痛心疾首,而愿以公平合理的和约来解决一切可怕的争端。

甚至当他步入帐篷前去祈祷的时候,他那纯朴而又善良宽宏的灵魂也给折磨得非常不安了。雅盖沃过去曾以火与铁光顾过十字军骑士团的领土,不过那时候,他还是一个信奉异教的立陶宛大公。可现在,他却是波兰的国王和天主教徒了。每当他看到燃烧的村庄、废墟、鲜血和眼泪时,他的心里总是担心上帝会对他发怒,特别是在战争开始的时候。要是战争不再发生,那该多好啊!然而可惜的是,不是今天就是明日,人们就要互相残杀,大地就要流满鲜血。敌人的确是无法无天的,但是他们的斗篷上都有十字,而且还受到伟大而又神圣的圣物的保护,一看到这些圣物,人人都会不寒而栗。整个波兰大军一想到它们都会胆战心惊,尽管波兰人不怕箭、不怕矛,也不怕剑和斧,但就怕这些残缺不全的圣物,就连那些英勇无畏的骑士也这样说道:"我们怎能举起手来去打大团长呢？如果他的甲胄上挂有圣物匣，匣里装有圣徒们的圣骨和我们救世主的十字架的木头！"尽管维托尔德的确在渴望着战争，迫不及待地在备战，希望战争尽快地到来，但国王一想起这些圣物的巨大威力——而骑士团正是用这些圣物来掩盖自己的为非作歹——他的心便惶恐不安了。

第八十三章

克沃布茨科的巴尔托什神甫刚做完第一次弥撒,而卡利什的雅罗什神甫等一会儿就要做第二次了。国王走出了帐篷,在帐篷前面活动着他那跪得有些酸痛的膝盖。就在这时候,一个名叫汉科·奥斯托伊齐克的贵族,骑着一匹浑身汗淋淋的马,像阵暴风雨似的疾驰而来,还没有跳下马鞍,便大声喊道:

"仁慈的君主,日耳曼人来了!"

骑士们一听这话都跳了起来,国王的脸色也变了。他沉默了一会儿,便大声喊道:

"赞美耶稣基督!你在哪里看到他们的?有多少军旗?"

"我在格隆瓦尔德附近看到了一个军团。"汉科气喘吁吁地答道,"不过,高地后面都是尘土飞扬,像是不少的人马在行进哩!"

这时候,维托尔德一听汉科的话,血直往脸上冲,双眼像燃烧的煤炭一样发光,便转向侍从叫道:

"取消第二次弥撒,给我牵马来!"

国王把手放在维托尔德的肩头上,说道:

"你去吧,兄弟!我留下,听完第二次弥撒再说。"

于是维托尔德和马什科维奇的增德拉姆跃身上马,正当他们返身要到军营的时候,第二个信使飞驰而来,他是符沃斯托夫的彼得·奥克沙贵族,老远就大声喊道:

"日耳曼人!日耳曼人!我看见了两面军旗!"

"上马!"宫廷侍从和骑士们喊道。

但是,彼得还没把话说完,又听到马蹄的嘚嘚声。第三个探马疾奔而来,随后是第四个、第五个、第六个探马接踵而至,他们都看见越来越多的军旗朝这边涌了过来。毫无疑问,十字军骑士团的整个军队已经开来,以阻击波兰国王的军队。

骑士们眨眼之间各自分开,朝自己的军团走去。在帐篷礼拜堂前,和国王在一起的只有一小队人:侍从、神甫和侍役。这时候,铃声响起了,卡利什的神甫开始做第二次弥撒,于是雅盖沃伸出双手,然后交叉成十字,抬眼望着天空,缓步进入帐篷。

国王做完弥撒之后,又重新来到了帐篷外面,这时候,他亲眼看到了探马所报的军情,因为在渐渐往高处延伸的平原边缘上,出现了一片黑黝黝的东西,仿佛在光秃的平原上突然长出了一片树林,而在这片森林的上空,五颜六色的军旗像彩虹似的在阳光中飘扬着,变幻着色彩。再往远处看去,嘿!在格隆瓦尔德和坦能堡的后面更是浓尘滚滚,灰土蔽空。国王用目光扫了一下这可怕的景象,便转向副内务大臣米科瓦伊神甫说道:

"今天的保护神是谁?"

"今天是主耶稣派出使徒的日子!"①副内务大臣答道。

国王叹了一口气。

"那么派出使徒的这一天将成为在这片土地上互相残杀的许多天主教徒的末日了。"

他用手指着那片广大而又荒凉的平原,平原中间离坦能堡大约一半路的地方,屹立着几棵千年古橡树。

就在这时候,他们给国王把马牵来了,远处有六十位枪骑兵疾奔前来,他们是被马什科维奇的增德拉姆派来担任国王卫队的。

这支国王卫队由亚历山大担任队长,他是普沃茨克公爵的次子,也就是那位谙熟兵法、善于作战、现在已是军事委员会委员的杰莫维特的弟弟。卫队的副队长由立陶宛人齐格蒙特·科雷布特担任,他是国王的侄子,是个前程远大而又抱负不凡的年轻人,只是性格急躁。

在这支卫队中有许多声名显赫的骑士,他们是:东布罗瓦的雅希科·曼日克,他是个真正的巨人,身材几乎和比斯库皮兹的帕什科一样魁伟,其力气也和恰尔尼·查维夏不相上下;佐瓦瓦·捷克男爵,身材矮

---

① 即7月15日。

小瘦削,武艺却很高强,在捷克和匈牙利宫廷中以决斗而闻名,有一次决斗他把十多位拉科西的骑士打倒在地;还有第二个捷克人,梭科尔,是弓箭手中的高手;还有大波兰的别尼亚什·维耶鲁斯和彼得·梅迪奥兰斯基;还有立陶宛贵族波霍斯特的辛柯,其父彼得是斯摩棱斯克军团的总指挥;还有国王的亲戚菲耶杜什科公爵以及雅蒙特公爵。其余的卫士都是"从几千人之中挑选出来的"波兰骑士,他们发誓一定要保护好国王,直至献出最后一滴血,决不让国王受到什么战争的危害。随侍在国王身边的,还有副内务大臣米科瓦伊神甫和文书奥列希尼察的兹比格涅夫,他是个博学多才的年轻人,能读善写,而且力气大得像野猪一样。三个侍从照管着国王的甲胄,他们是诺维·德沃尔的恰伊卡、莫拉维查的米科瓦伊和达尼乌科·鲁辛,后者专门保管国王的弓箭和箭袋。在这一队侍从中间,还有十多位传令兵,他们骑着骏马,负责传送各种命令。

侍从们给国王穿上闪闪发亮的精良甲胄,又给他牵来一匹"从几千匹马中挑选出来的"栗色骏马,这匹马从钢制的马衔里发出了响鼻的声息,这是个好兆头,空气中充满了它的嘶鸣声。它半蹲半站着,就像一只准备起飞的鸟儿那样。等国王在马上坐好,手上握着一支长矛的时候,他突然变得判若两人了。愁眉不展从他脸上消失了,他那双细小的黑眼睛开始精光四射,脸色也变得红润了,但这只是一会儿的事情,等到副内务大臣为他画着十字的时候,他又变得严肃起来,恭顺地低下了他那戴着银头盔的头。

这时候,日耳曼军队正从高地上慢慢地往下开进,经过格隆瓦尔德和坦能堡,以战斗的队形停驻在田野的中间。从地势较低的波兰军营看去,可以清楚地看到一大片披着铁衣的马匹和骑士,列成了咄咄逼人的阵势。目光更为敏锐的那些人,甚至还能看到在风中飘扬的各种军旗上所绣的标志,如十字架、鹰、格里芬、宝剑、盔甲、羊、野牛头和熊头。

老马奇科和兹比什科以前曾和十字军骑士团打过仗,认识他们军队的旗帜和番号,于是便向自己的谢拉兹同乡指出:那是大团长的两个由骑士精英组成的兵团;那是骑士团全团的主旗,由弗里德里克·冯·

华伦洛德所擎起;那是圣乔治的大旗,由白底红十字组成。他们还指出了许多其他的军旗。但是,外国客人各种各样的标志,他们便不认识了。成千上万的客人来自世界各地:拉库兹(奥地利)、巴伐利亚、斯瓦比亚、瑞士、以骑士武艺而闻名的勃艮第、富饶的弗兰德尼亚和阳光灿烂的法兰西。马奇科谈起法兰西的骑士时说,即使他们被打倒在地上,嘴里也还在胡吹牛,说大话。还有来自海洋对面的英国人,英国是神箭手的摇篮。甚至还有来自遥远的西班牙的骑士,他们由于长期和撒拉逊人作战,其英勇和荣誉都胜过其他各国的骑士,而名扬世界。

一想到不久就要与日耳曼人作战,就要与全世界最杰出的骑士们进行搏斗,这些来自谢拉兹、科涅兹波尔、克热希尼亚、博格丹涅茨、罗戈夫、布卓佐夫和波兰其他地方的贵族们,都热血沸腾,跃跃欲试了。年纪大一些的骑士,脸色严肃而又冷峻,因为他们知道摆在他们前面的是多么沉重而又可怕的任务。然而,年轻人的心却像是用皮带系住的猎犬,远远看见野兽就止不住狂叫起来。他们都紧紧握住长矛、剑柄和斧头,都勒紧了战马的缰绳,仿佛就要策马冲向前去似的。还有的人脸上发热,呼吸加快,仿佛他们的锁子甲太小了,压得他们喘不过气来。但是,那些经验丰富的战士们要他们安静下来,规劝他们说:"这场大战少不了你们的,你们每个人有的是拼杀的机会,上帝保佑别杀得太多就好了。"

十字军骑士从高地往下看那片森林地带,只看见森林边缘上的十多面波兰军旗,他们无法断定这就是波兰的全部军队。的确在左边的湖畔一带,可以看到一堆堆穿着灰衣的战士,在灌木林中也闪耀着立陶宛人通常使用的那种矛枪的枪尖,不过,也可以把他们看成侦察兵,直到从被攻占的杰尔根堡跑出来的十多个难民被带到大团长面前,经过询问他们才证实,前来抗击骑士团的是波兰和立陶宛的所有军队。

尽管他们大谈波兰军队的强大,也是白费口舌。大团长乌尔里克根本不相信波兰人的实力,因为从战争一开始他就只相信自己的力量,深信自己必能大获全胜。他既没有派出探马,也没有派出间谍,他认为无论如何总是要打场大战才能解决问题的,而这场大战的结果不会是别的,总是以敌人的惨败而告终。他过于相信自己的力量,认为过去没有一个大团长能像他现在这样聚集这样强大的兵力,他低估了敌人,当格涅夫的康杜尔——他曾私下派人到波兰调查过——告诉大团长,雅盖沃的军队要比他们估计的多得多时,他便这样回答道:

"那也算军队!嘿!我们只要花点力气对付波兰人就够了,至于其他的人,即使再多一些,也都是劣等的民众,他们使起汤勺来比使起刀枪要得心应手多了。"

他一面竭尽全力推向战争,一面心里充满着无比的喜悦。当他突然看到敌人已来到他的面前,当他看到在黑色森林的衬托下,波兰王国的鲜红旗帜在闪耀,他才确切地相信,波兰的大军已经来到他的前面了。

但是日耳曼人无法攻打现在还处于森林边缘或森林里面的波兰人,他们只有在开阔的田野上才能狠狠地打击敌人。他们不喜欢,也不善于在稠密的森林中作战。

因此,大团长便举行了一次简短的军事会议,商讨如何才能把敌人诱出森林来。

"以圣乔治的名义,"大团长喊道,"我们已经行军两米拉了,还没有休息,天气又热得烤人,我们穿着甲胄,身上已是汗流浃背了,我们绝不能坐视敌人不出来应战。"

文德伯爵是个上了年纪而又智勇双全的人,说道:

"的确,我的话在这里受到过别人的嘲笑。那些嘲笑我的人,上帝知道,说不定会临阵脱逃哩(说到这里,他朝威纳·冯·泰廷根投去一瞥),而我却准备战死沙场。但是我得按我的良心和我对骑士团的热爱来说话。波兰人绝不是懦弱可欺的,但就我所知,波兰国王直到最后一刻还在盼望和平使臣的到来。"

威纳·冯·泰廷根什么话也没有说,只是发出了轻蔑的冷笑,但大团长听了文德的话却很不高兴,于是说道:

"现在哪有时间来谈和平!我们要商讨的是别的事情。"

"要商讨上帝的事情,总是有时间的。"文德答道。

但是,那个以残酷著称的什乌霍夫的康杜尔亨利克,曾经发过誓,要在他面前摆放两把出鞘的剑,他要让这两把剑都沾满波兰人的鲜血,

这时候,他把他那张流满汗珠的肥胖的脸孔转向大团长,怒气冲冲地吠叫道:

"我宁愿去死,也不愿受辱!即使只有我一人,我也要用这对宝剑去攻击波兰的整个军队!"

乌尔里克皱了皱眉头,说道:

"你这样说可是有违你的职责的!"

接着便对其他的康杜尔说道:

"你们想一想,怎样才能把敌人引出森林来。"

于是大家各抒己见,提出不同的建议。最后格司道夫的意见却使各康杜尔和第一流外国骑士深感满意,他的意见是:派两个使者到波兰国王那里去,告知他,大团长送去两把剑,以便和波兰人决一死战,如果他们嫌战场太小的话,大团长便让军队后退一些,满足他们作战的需要。

国王正好离开湖边,要到波兰军队的左翼去,他要在那里册封一批骑士。就在这时候属下突然报告,从十字军骑士团来了两个使臣。

国王符拉迪斯瓦夫的心里又充满了希望,心跳也加快了。

"他们一定是来谈判公平的和平的!"

"上帝保佑!"教职人员都齐声道。

国王派人去请维托尔德,但维托尔德正在安置自己的军队无法前来。这时候两个使臣缓慢地朝营地走来。

在明亮的阳光下,可以把他们看得一清二楚,他们都骑了披有马衣的战马,一个使臣的盾牌在金底上绘有一只皇帝的黑鹰,另一个原是什切青公爵的传令官,他的盾上是白底画有一只格里芬。士兵们给他们让出一条通道,他们下了马,不久便站到伟大国王的面前,点了点头以表示敬意,随即说出了他们此次的来意。

"大团长乌尔里克,"第一个使臣说道,"向您,尊敬的陛下,和维托尔德公爵发出挑战,要和你们决一死战,为了激发起你们所缺乏的勇气,他特意给你们送来了这两把利剑。"

他一说完,便将两把剑放在国王的脚前,等东布罗瓦的雅希科·曼

日克刚把话翻译给国王听,盾牌上有格里芬的第二个使臣,也走上前来,说道:

"大团长乌尔里克命令在下转告您,陛下,如果你们嫌战场太小,他会和军队后撤一些,免得你们在森林里无所事事。"

雅希科·曼日克又把他的话翻译出来。于是出现了一片寂静,只能听到国王的侍从队里骑士们在默默地咬牙切齿,他们对这样的傲慢无理和侮辱性言论深表愤恨。

雅盖沃的最后希望有如烟雾一般消散了。他本来期望来的是和平和亲善友好的使者,可是现在来的却是傲慢和战争的使者。

于是他抬起噙满泪水的双眼,这样回答道:

"我们有的是利剑,但我还是把这两把剑接受下来作为胜利的预兆,这是上帝通过你们的手送来给我们的,至于战场的场地,也由上帝来决定。我现在正在向上帝祈求公正,向他控诉你们所给予我的伤害,控诉你们的无法无天和刚愎自用,阿门!"

两大颗泪珠从他晒黑的脸颊上流了下来。

这时候,侍从队里响起了骑士们的叫喊声:

"日耳曼人后退了,他们让出了战场!"

两个使臣回去了。过了一会儿,又看见他们骑着高大的战马在高地下面走着,在阳光的照射下,他们披在甲胄外面的丝绸长袍在闪闪发亮。

波兰军队以整齐的战斗队形走出森林和灌木丛,走在前面的"切尔尼"(方阵),由最雄健威武的骑士所组成,他们的后面便是主力部队,再后面便是步兵和雇佣兵。军队排成方阵前进,方阵之间留出了两条通道,马什科维奇的增德拉姆和维托尔德便在这两条通道上策马来回奔驰。维托尔德身着华丽的甲胄,但头上没有戴头盔,他像是一颗不吉祥的星星,或者被风暴卷起的一团火焰。

骑士们都深深地吸着气,稳稳地坐在马鞍上。

一场大战就要开始了。

这时候,大团长正在观察从森林中出来的国王的军队。

他久久地望着那巨大的军队,望着那像翅膀一样张开的左右两翼,望着那些彩虹般的军旗在风中飘扬。他的心里突然被一种不可知的、可怕的感觉压得喘不过气来。也许是他灵魂的眼睛看到了尸横遍野、血流成河的惨景。他并不惧怕世人,但他害怕上帝,而上帝已经在高高的天国里决定了胜利的归属……

他第一次意识到,即将到来的是多么可怕的日子,而且也是第一次感觉到,他肩上所负的责任是多么沉重啊!

他脸色煞白,牙齿发抖,眼里泪如泉涌。康杜尔们都吃惊地望着他们的统帅。

"您怎么啦?阁下!"文德伯爵问道。

"现在可不是流泪的时候!"什乌霍夫的康杜尔、残暴的亨利克说道。

大康杜尔库诺·里赫顿斯泰因撇着嘴说:

"我可要为此事而公开责备你,大团长!现在要振奋骑士的士气,而不是削弱士气的时候。说真的,我们从来没有看见过你这个样子!"

然而,大团长尽管竭力在控制着自己的感情,但眼泪依然不断地顺着他的黑胡子流了下来,仿佛哭的不是他,而是别人在他心里哭泣似的。

他终于克制住了自己,把一双严厉的眼睛转向康杜尔们,喊道:

"各回各的军团去!"

这一声令下,大家都朝自己的军队奔去。大团长朝仆从伸出手去,吩咐道:

"给我把头盔拿来!"

在双方的军队里,人人的心都跳得像锤打似的。但是进攻的号角却一直没有吹响。

期待的时刻要比战争本身的到来更令人难受。在日耳曼人和国王军队之间的战场上,靠近坦能堡那边有几棵古橡树,当地的农夫们都爬到高树上,想观看世界上从未有过的两支如此庞大军队的战斗。但是除了这一丛树木之外,整个田野都是光秃秃的,灰暗而又凄凉,毫无生机。田野上只有风在活动,上空则是死神在飞翔。骑士们的目光都不由自主地转向这凶多吉少的、寂静的平原。在空中飞驰的云层时时把太阳遮住,此时平原就像蒙上了死神的阴影。

这时候,狂风大作,森林咆哮,树叶飞舞,旋风掠过田野,抓起片片干草叶,扬起阵阵尘雾,直往十字军骑士团军队的眼里吹去。与此同时,号角、曲喇叭和哨声响彻云霄,整个立陶宛军队的一翼,有如振翅而飞的鸟群那样飞奔而出。他们按照通常的习惯立即飞奔起来。战马伸长了脖子,垂下双耳,竭尽全力朝前飞驰而去。骑兵们挥舞着利剑和长矛,高声呐喊着,朝骑士团的左翼直冲过去。

这时候,大团长恰巧就在那里。他的激动已经过去,眼里不再噙满泪水,而是闪耀着火光。因此,他看到立陶宛军队有如一片乌云黑压压地冲了过来,便转向担任左翼指挥官的弗里德里克·华伦洛德,说道:

"维托尔德首先进攻了,以上帝的名义,你也开始吧!"

他右手一挥,十四个铁甲骑士军团便投入了战斗。

"上帝和我们在一起!"华伦洛德喊道。

这些军团都平端着矛枪,开始大踏步前进。但是如同一块大石从山上滚下来,时时刻刻都在以加速度前进一样,他们也是开始慢步,接着小跑,然后以可怕的速度向前奔驰,像雪崩那样无法阻挡,要把路上的一切阻碍都摧毁殆尽。

大地在他们的脚下呻吟、颤动。

战斗马上就要打响了,而且将在全线展开。于是波兰军团便开始唱起了圣伏伊捷赫的古老战歌。千万个戴着钢盔的头仰望着天空,千万双眼睛凝视着苍穹,从千万个胸膛中发出了巨大的歌声,如同天空中的雷鸣:

> 上帝之母,圣母玛利亚!
> 你声名远扬,感谢天主。
> 你是上帝的慈母。
> 只有你才能使你的儿子
> 免除我们的罪孽,赐福于我们。

主啊,请怜悯我们!

于是,他们身上力量倍增,心里也视死如归了。在这些歌声里,在这首圣歌中,都蕴含着一种如此巨大的、不可战胜的力量,就像天空中的响雷轰鸣那样。矛枪在波兰骑士手中抖动,大小军旗在风中飘扬,空气在震动,森林中的树枝在呼号,而回声在森林深处回荡,同时又向湖泊和沼泽地,向着整个大地一再地重复着这歌声:

免除我们的罪孽,赐福于我们。
主啊,请怜悯我们……

他们又继续唱了下去:

你的圣子被钉在十字架上,主啊!
你听见我们的声音,充实人们的思想,
你听见我们的祷告,我们永远感谢你,
我们请求你,请赐予我们吧!
让人世成为我们幸福的寓所,
让我们死后能进入天堂……
主啊!请怜悯我们!

回声又把这句歌传送出去:

主啊!请怜悯我们……

就在这时候,右翼已经开始了一场激烈的战斗,而且战斗越来越向中央逼进。

马蹄嘚嘚声、战马嘶鸣声、战士们的可怕呐喊声,已经和歌声融为一体。然而,有时呐喊声停止,仿佛是由于人们透不过气来的缘故。就在这样一次间歇中间,又听到了雷鸣般的歌声:

亚当,你是上帝的农民;
你与上帝永远住在一起。
请把我们,你的子子孙孙
安置在天使们管辖的天庭!

那里有无限的欢乐，
那里有真挚的爱心。
那里能永远见到慈爱的造物主。
主啊,请怜悯我们！

森林里又回荡着"主啊,请怜悯我们"的回声。右边的呐喊声更加响亮了,但是那边的情形到底如何,谁也无法看清和分辨出来,因为这时候,站在高处观察战斗情况的大团长乌尔里克,又急忙调派二十个兵团,在里赫顿斯泰因的率领下,向波兰人发起了进攻。

马什科维奇的增德拉姆也像雷电那样向着"切尔尼"方阵疾驰过去,这个方阵全由波兰第一流的骑士所组成。他用剑指着像乌云一样滚滚而来的日耳曼人军队,同时高声喊叫着,声音之大,直把前排的战马都吓得竖起了前腿。

"向他们冲过去！杀呀！"

于是骑士们都俯身在马脖子上,把矛枪伸向前面,便向敌人冲了过去。

但是立陶宛人在日耳曼人的可怕冲击下快要支持不住了。那些装备精良、由最强壮的贵族组成的先锋部队,都纷纷倒在了地上,他们后面的部队也和十字军骑士展开了疯狂的恶斗。但是,无论他们的英勇精神,还是坚毅不屈的战斗力,抑或任何的人类力量,都不能使他们免遭歼灭和失败,怎么能有别的结果呢？一方面是全身穿着钢甲的骑士,马匹也有铜马衣保护着,另一方面尽管身材高大,力气不小,但马匹瘦小,人也只有兽皮护身。尽管顽强的立陶宛人想尽办法,但都无法伤及日耳曼人的皮肤。矛、剑、枪和装有燧石或钉子的木棍,一碰到敌人的钢甲,都给反弹回来,就像碰上了岩石和城墙一样。日耳曼骑士和战马的重压大大挫伤了维托尔德不幸的军队,他们被日耳曼人的剑斧杀得尸横遍野。他们的骨头被打断、剁碎,被马蹄践踏。尽管维托尔德公爵不断投入新的兵团,以此来堵住死神的大口,但依然是徒劳的,他们的反击也都是白费劲,他们的拼劲、他们的视死如归都无济于事,鲜血也白白地流成河了！先是鞑靼人溃逃了,继而是比萨拉比亚人和瓦拉几亚人。不久，立陶宛人的阵线也崩溃了，所有的战士都胆战心寒了。

大部分军队都向卢本湖方向逃去，日耳曼主力部队紧追不舍，继续可怕的杀戮，湖畔尸积成堆。

维托尔德另一支较小的部队，由三个斯摩棱斯克军团组成，便朝波兰军队方向撤退。他们受到了六个日耳曼兵团的追击，后来还受到那些追击立陶宛人之后返回的部队的夹击。但是装备较为精良的斯摩棱斯克人都进行了更为有效的抵抗。战斗转变成了大屠杀，每前进一步，每夺取一寸土地，都要付出血流成河的代价。其中一个斯摩棱斯克军团被杀得片甲不留了，另外两个军团还在进行绝望而狂热的抵抗。但是，已经没有什么力量能抵挡住胜利的日耳曼人。十字军骑士的一些军团像是发了战争狂似的，每一个骑士都踢着马刺，勒紧缰绳，高举着战斧或利剑，单枪匹马地朝最密集的敌军杀了过去。他们的刀和斧简直发挥出超人的效果。他们砍呀杀呀，左刺右劈，一阵猛攻，把斯摩棱斯克的骑士打得溃不成军，一直退到了波兰先锋部队的方阵旁边，而波兰军队也已经与里赫顿斯泰因所指挥的日耳曼人奋战一个多小时了。

库诺这里便没有那样轻松了，虽然波兰人无论在武器和马匹方面都要逊色一些，但在骑士的武艺方面却与十字军骑士旗鼓相当。波兰的"大树"（主力部队）抵住了日耳曼人的进攻，甚至还迫使日耳曼人后退，特别是波兰的三个精锐军团在向敌人发起进攻的时候，这三个军团是克拉科夫军团、由布罗霍奇兹的英德雷克指挥的轻骑军团和由塔切夫的波瓦瓦所带领的近卫军团。但战斗最激烈的时刻是骑士们手中的长矛折断之后，抓起剑和斧来进行的肉搏战。这时候，盾撞击着盾，人攻击着人，战马倒下，标志脱落，头盔给剑和斧砍裂，肩甲、甲胄被砍得七零八落，铁甲上沾满了鲜血，骑士们像被劈开的松树那样从马鞍上倒了下来。那些曾在维尔诺附近和波兰人打过仗的十字军骑士，深知波兰人的"冷酷无情"和"凶猛暴躁"，但新来的骑士和外国客人们都吃惊得近似害怕了。有许多骑士情不自禁地勒住了坐骑，犹豫不决地望着前面。可是当他们还没有想好该怎么办时，就在波兰人的右手一挥间丧命了。如同冰雹从青铜色的云雾中无情地打在燕麦地上那样，无情的剑砍斧劈也是那样稠密地落在双方的头上。他们打呀,砍呀,刀枪并举,大镰刀不停地挥舞,打得喘不过气来,打得凶狠毒辣,毫无仁慈之心。铠甲发出像铁匠铺里打铁的声音。死神像狂风那样吞噬着人们的生命。胸膛里发出呻吟声,眼睛无神地熄灭了,而面貌白嫩的青年被投进了永恒的黑夜中。

铁器发出的火花向上飞扬,木柄的碎片、折断的旗杆、鸵鸟和孔雀的羽饰遍地皆是。战马的马蹄践踏在死人血迹斑斑的甲胄上和死马的尸体上。谁要是受伤倒下来,他就会被马蹄践踏而死。

但是,还没有一个第一流的波兰骑士倒下来,他们以紧密的队形向前冲去,高呼着自己保护神的名字和家族的战斗口号,他们像烈火扫过干燥的草原那样,所过之处,寸草不留。塔尔戈维茨的李斯最先把奥斯特罗达的康杜尔加姆拉特缠住了。加姆拉特的盾丢了,他只好把白斗篷折起缠在手臂上,用来抵挡敌人的攻击。

李斯的利剑劈掉了他的肩甲和斗篷,把他的手臂从胳肢窝处砍了下来。第二剑又刺在他的肚子上,由于用力过猛,连剑尖都刺进了他的脊椎骨里。奥斯特罗达的士兵们一看到他们的长官被打死,都吓得大叫起来,但是李斯犹如一只雄鹰飞扑鹤群那样,立即冲进了他们中间。后来,哈尔比莫维奇的斯塔什科和科贝兰的多马拉特又前来帮助他,三个人更是声威大震,把敌人杀得一排排倒下去,犹如一群熊窜进了豌豆田里,把种在地里的豌豆弄得狼藉不堪一样。

比斯库皮兹的帕什科·兹沃吉伊也在那里杀死了一个著名的教士昆兹·阿德斯巴赫。昆兹一看见这位巨人站在他的面前,手里握着沾满鲜血的斧头,斧头上还沾有血污的头发,便吓得胆战心惊,想投降做俘虏。但是帕什科由于声音嘈杂没有听清他的话,便在马镫上站了起来一斧头劈下去,把他的头连同头盔都劈成了两半,就像一只苹果被切成两半那样。接着被砍死的还有麦克列姆堡的罗赫和克林根斯泰因,以及出身于富有的伯爵家庭的什瓦布·赫姆斯多夫、莫根兹雅的李姆帕赫和纳赫泰维兹。后来,那些惊慌失措的日耳曼人不得不在他们前面往左右两边后退了,但是帕什科依然像砍一堵摇摇欲坠的墙似的在砍杀他们。他们时时刻刻看到他,只要在马镫上一站起,但见斧光一闪,定会有日耳曼人的头盔落在马匹中间的地上。

　　虎背熊腰、力大无穷的布罗霍奇兹的安德烈也在那里大显神威,他在砍杀一个骑士的头时把剑都砍断了,那个骑士的盾牌上有只猫头鹰,而他的脸甲也做得像猫头鹰的脑袋一样。他还把年轻的骑士丁黑因生擒了过来。安德烈看到那个年轻骑士连头盔都没有了,而且长得像个孩子,还用一双孩子气的眼睛望着自己,便饶了他的性命,把他扔给了自己的随从。他当时决不会想到,这个年轻的骑士后来竟娶了他的女儿做妻子,成了他的女婿,永远住在波兰了。

　　日耳曼人发疯似的向安德烈猛扑过来,想救回年轻的丁黑因骑士,因为他是莱茵河畔一个富有的伯爵家族的子弟。但是波兰方面担当头阵的骑士也赶了过来,他们都是著名的骑士:纳德布罗日的苏米克、普沃梅科夫的两兄弟、奥赫维的多布科和齐赫·皮克纳,他们把日耳曼人堵在了原地,随后又像狮子赶野牛似的把他们赶了回去,迫使他们退到圣乔治军团那里去,并在他们中间造成巨大的损失和破坏。

　　国王的近卫军团由热莱霍夫的乔韦克指挥,也向骑士团的外国骑士们发起了攻击。具有超人力量的塔切夫的波瓦瓦能把马和人掀翻在地,把头盔像捏鸡蛋壳那样捏碎,他单枪匹马地杀倒了一大堆人。和他并肩作战的还有戈拉伊的莱什科、韦胡奇的波瓦瓦、斯克任纳的姆希奇斯瓦夫和两个捷克人索科尔与兹贝斯瓦韦克。战斗在这里持续了很长时间,因为这个波兰军团受到三个日耳曼军团的攻击。然而当塔尔诺夫的雅希科指挥的第二十七军团前来支援时,双方兵力才旗鼓相当,立即迫使敌人从原来交战的地方后退了半箭之地。

　　日耳曼人后来又被克拉科夫大军团击退得更远了,克拉科夫大军团是增德拉姆亲自指挥的。走在军团前面的是波兰最剽悍、最可怕的骑士:恰尔尼·查维夏(族徽是"苏利马")。和他并肩战斗的骑士有他的兄弟法鲁列伊,科里特尼查的弗罗里安·耶利齐克,古拉的斯卡尔贝克,还有那位著名的塔尔戈维茨的李斯、帕什科·兹沃吉伊、杨·纳温奇和哈尔比莫维奇的斯塔什科。有多少好汉在查维夏可怕的手中丧命了。他身穿黑色甲胄,就像死神一样冲杀着他们,他紧皱眉头,屏住鼻息、镇定沉着,精力集中,就像平时干活时一样。有时他伸出盾牌去抵挡敌人的攻击,然而,每当他利剑一挥,剑光一闪,总有受伤的人发出可怕的叫喊声以作回应。而他连看也不看一眼,又继续向前厮杀,就像一片黑云不时地发出雷电那样。

波兹南军团的军旗上是一只无冠的鹰,他们也在进行着生死存亡的激烈战斗。大主教的军团和三个玛佐夫舍军团在和它并肩作战,所有其他的军团也在坚定果敢和顽强杀敌方面一争高低。在谢拉兹军团里,年轻的兹比什科像头野猪那样冲入最密集的人群,他的身旁就是那个可怕的马奇科在沉着应战,他就像头狼似的在扑杀敌人。

马奇科的目光搜寻着库诺·里赫顿斯泰因,但是在这样的混战中他无法找到他,于是他只好暂时选择一些衣着华丽的骑士作为攻击的目标,凡是与他交战的骑士都遭到了不幸。离两位博格丹涅茨骑士不远,那个凶神般的罗戈夫的奇坦也在拼命厮杀,他的头盔在战斗开始时就被打落了。因此,他现在光着头在战斗,他那毛茸茸的脸孔又满是血迹,真把日耳曼人吓住了,他们以为他不是人,而是森林中的什么怪物。

双方战死的骑士从几百增加到后来的数以千计,地上净是尸体。后来,经过波兰人的顽强攻打,日耳曼人军团才开始动摇。接着又发生了一件足以令整个战场命运发生改变的事情。

那些追击立陶宛军队回来的日耳曼军团,为胜利所陶醉,扬扬得意,沉浸在胜利的喜悦中。他们从旁边攻打起波兰军队的侧翼来。

他们以为波兰国王的所有军队都已经被击溃,而断定自己已胜利在握,便一边呐喊着,一面唱着歌,像乌合之众那样一堆堆回来,可是他们突然看到前面正在激战,波兰军团几乎就要大获全胜,他们已把日耳曼军团围困起来了。

因此,十字军骑士低着头,从脸甲缝里吃惊地望着外面发生的事情,随后他们便踢着马刺,策马冲向战斗的旋涡中。

他们就这样一批又一批地攻向已经打得精疲力竭的波兰军队。日耳曼人一见来了援兵,都兴高采烈地大喊起来,以新的热情向波兰人展开猛攻。整个战线又掀起了一场恶战,地上已是血流成河。天上乌云蔽日,雷声响彻大地,仿佛上帝想要亲自参与这场大战似的。

胜利的天平开始倾向于日耳曼人这方面了……波兰军队已经有些

阵脚乱了。十字军骑士团的后备队发疯似的投入到战斗中,他们齐声唱起了凯旋的战歌:

基督复活了……

然而就在这时候,又发生了一件更可怕的事情:

一个倒在地上的十字军骑士用刀剖开了伏罗奇莫维奇的马尔钦坐骑的马腹,而马尔钦正是波兰军旗的旗手,他正高举着克拉科夫大军团的军旗,旗上有一只戴着王冠的雄鹰,这面军旗对所有波兰军队说来都是无比神圣的。战马和骑士突遭意外,都倒了下来,随着他们的倒下,军旗也摇摇晃晃地倒下了。

就在这一瞬间,几百只钢铁般的手臂朝它伸了过去。所有的日耳曼人都发出了欢快的叫喊声,他们认为这就是战争的结局,波兰人一定会惊慌失措而纷纷溃逃,他们认为敌人失败、遭屠杀和彻底消灭的时刻就要来临了。他们只要对溃败的波兰人乘胜追击就行了。

岂料,等待他们的却是无比的失望。

波兰骑士们一见军旗倒下来,的确曾绝望地同声喊叫起来,但在这种喊叫和绝望中所表示出来的不是胆战心惊,而是同仇敌忾,让人觉得那是一阵烈火落在铠甲上。双方军队中最勇猛凶狠的骑士都像雄狮那样朝那个地方猛扑了过去。军旗周围似乎突然掀起了一阵狂风,人和马都像被旋涡卷在了一起似的。而在这个大旋涡中,手臂在挥动,利剑在当当响,斧头在呜呜叫,钢铁在碰撞,以及喀嚓声、呻吟声,被砍伤的人发出的揪人肺腑的悲叫声,所有这些声音都交织成一片最令人害怕的喧嚣声,就像是地狱里的全部恶鬼都在喊叫那样。尘土飞扬,铺天盖地,而从尘雾中飞奔出许多没有骑者的战马,这些战马被吓得盲目乱跑,双眼充血,鬃毛散乱不堪。

但是这场搏斗只持续了很短的时间,在这场狂风暴雨式的搏斗中,没有一个日耳曼人活着走出去,过了一会儿,波兰军旗又重新飘扬在波兰军队的头上。风把它吹得全展开来,像一朵硕大的鲜花那样光彩夺目地飘扬着,它是希望的象征,是上帝对日耳曼人发怒的象征,是上帝赐予波兰人胜利的象征。

整个波兰军队都在向这面重新飘扬的军旗发出胜利的欢呼声。整个波兰军队都像发了疯似的向日耳曼人乱冲乱砍，仿佛每个军团的士兵和战斗力量都增加了一倍似的。

日耳曼人接二连三地受到无情的攻击，连最起码的喘息的时间都没有，更不要说休息了。他们受到四面八方的夹击，包围圈越来越紧。他们受到利剑、板斧、战斧、铁锤的无情打击。他们又开始摇摇欲坠，向后退却了。到处都发出了乞命的哀求声，到处都能看到脸色吓得煞白的外国骑士从混战中跳了出来，拼命似的任凭受到同样惊吓的战马狂奔疾驰，驮到哪里就是哪里。骑士团的教士们在甲胄外面披罩的白色斗篷，大部分已掉落在地上了。

十字军骑士团的首脑们非常惶恐不安了。他们知道，现在他们得救的希望就靠大团长了，因为到这时为止，大团长手里还有十六个军团作为后援，正准备投入战斗。

大团长站在高处综观整个战场，现在他也知道最后决战的时刻已经来临，于是他像龙卷风一样催动着带来死亡和灾难的乌云和冰雹，率领着他的铁甲兵团投入了战斗。

但是，马什科维奇的增德拉姆却比他早一步策马来到了第三线的波兰军队，这支军队迄今尚未参加战斗。增德拉姆是骑着一匹烈马来到此地的，他眼观六路，耳听八方，一直警惕地观察着战斗的进展情况。

在步兵队中，还有几支配有重武器的捷克雇佣军部队，其中的一个在战斗打响时曾出现动摇，但尚能及时地醒悟过来，留在了原地，他们撤换了自己的指挥官，现在正渴望着战斗，希望能以其大丈夫的英雄气概来弥补他们一时的软弱。但其主力依然是波兰军团，由一些未穿甲胄的穷贵族的骑兵和城市来的步兵以及数量最大的农民军组成。这些农民军由长矛、大连枷和把端装有利刃的大镰刀所武装。

"准备！准备！"增德拉姆大声喊道，像闪电似的在队伍前面驰过。

"准备！"下面的各级军官发出命令。

农民们都明白是轮到他们投入战斗的时候了，都把长矛、大连枷和大镰刀的杆柄搁在地上，人人都画了个圣十字，还往满是老茧的手心里吐了一口唾沫。

整个后备队里都响起了这种不祥的唾吐声，接着各人都拿好了自己的武器，并深深地吸了一口气。就在这时候，国王派来的传令兵来到增德拉姆的跟前，贴近他的耳朵悄声传达国王的命令，增德拉姆听完命令后便立即高举起宝剑，大声喊道：

"前进！"

"前进！看齐！走好！"各级指挥官都在喊着口号。

"前进！杀向狗教士！杀向他们！"

他们开步前进了。为了保持步伐整齐，使队伍齐步前进，他们都一起不断地喊道：

"祝 您——健 康——马——利——亚——无 限——仁 慈——的——上帝——与您——同在……"

他们像洪流似的奔流前进。走在前面的是雇佣兵兵团和城市的平民，来自大小波兰的农民，以及战前就逃到王国来避难的西里西亚人，还有来自艾尔克的马茹尔人。他们是从十字军骑士团的统治下逃出来的。整个原野都闪烁着矛枪和大镰刀的光芒。他们终于来到了战场上。

"杀呀！"指挥官们高喊着。

"杀！"

人人都像强壮的伐木者那样挥动着斧头砍向敌人，他们使出浑身解数，尽其所有的气力，朝敌人砍去。

喊叫声、砍杀声响彻云霄。

国王站在高处综观整个战场的战斗情况，不停地派出传令兵到各处去传达他的命令，由于他亲自发号施令，嗓子都嘶哑了。等他看到所有的军队都已投入战斗，他也就准备去冲锋陷阵了。

宫廷侍从们都不让他亲自去参加战斗，他们担心国王的圣体会遭到危险。佐瓦瓦抓住马的笼头，尽管国王用矛头打他的手，他依然死死抓住不放。其他的侍从都拦住了他的路，苦苦地请求、劝导和哀求。他们说即使他出战，也不能使战争立见分晓。

这时候，最大的危险却突然悬系在国王及其整个卫队的头上。

恰好这时候,大团长效仿那些击败了立陶宛而胜利返回的军队,决定攻击波兰军队的侧翼,形成包围之势。这样一来,便不得不迂回进军,他的十六个精锐军团就要经过符拉迪斯瓦夫·雅盖沃所在的那座高地的下面。

国王的侍从和卫队立即看出了情势的危险,但来不及撤退,只是卷起了国王的旗帜。国王的文书奥列希尼察的兹比格涅夫也飞身上马,朝最近的军团疾驰而去,那个军团由米科瓦伊·凯乌巴沙所指挥,也正好要去阻击敌人。

"国王被包围了,快去救援!"兹比格涅夫喊道。

凯乌巴沙不久前掉落了头盔,他从头上取下满是汗水和血污的便帽给文书看,气势汹汹地喊道:

"你看,我们不是在这里偷懒的,你这个疯子!难道你没有看到,那片乌云正在向我们压过来。如果听了你的话,那不是正好把敌人引到国王那里去?你快给我滚开,否则,我的剑就对你不客气了。"

他气喘吁吁,火冒三丈,简直忘了是在和谁说话,而且当真把剑指着他。这位急使知道了是在和谁打交道,而更主要的是这位老战士说得很有道理,于是他立即回到国王身边,把他听到的话复述了一遍。

于是国王的卫队挺身而出,组成了一堵人墙来保卫他们的国王。这时候国王也不听劝阻,策马站到了第一排。等他们把阵势刚刚摆好,日耳曼军队就到了近处,连盾牌上的族徽都看得清清楚楚。一看到他们,就连最坚定、最有胆识的骑士也不免胆战心惊,因为那些十字军骑士都是骑士界的精英。他们人人穿着精良的甲胄,骑的是像野牛一样的壮马。他们尚未参加战斗,因此个个都毫无倦色。他们像飓风一样前进,蹄声震天,喊声如雷。大团长本人身穿一件宽大的白斗篷,被风吹得鼓起,恰似老鹰的一对大翅膀,在他们前面飞驰前进。

大团长已经驰过了国王的卫队,正在向主要战场飞驰而去,因为他对路旁的这一小队骑士根本看不上眼。他没有想到国王会在这些人里面,而且他也没有认出国王来。但是突然从一个军团里走出一个魁梧的日耳曼人来,不知他是认识雅盖沃呢,还是被国王的银铠甲所吸引,也许是想表现一下他的骑士胆量,只见他低下头来,平端起长矛,直朝国王猛冲过来。

国王用马刺一踢坐骑，随从们来不及阻止他，他便朝对方冲了过去，多亏了这个兹比格涅夫——国王的年轻文书不仅精通拉丁文，而且武艺高强——否则，他们两个定会决一死战。兹比格涅夫手握一支断矛，从侧翼攻向日耳曼人，他朝敌人的头上狠击了一下，打掉了他的头盔，并把他打落在地。刹那间，国王的剑便刺进了这个日耳曼人无遮盖的前额，亲手把他打死了。

这个著名的日耳曼骑士，迪波尔德·基凯里兹·冯·迪耶贝尔就这样送命了。他的战马被雅蒙特公爵夺去，他自己则受了致命的一击而躺在地上，铠甲外面披着一件白斗篷，腰上围着一条镀金的腰带，他翻起了白眼，双脚还在地上抽动了一会儿，直到人类最大的安慰者——死神，将夜幕盖在他的头上，使他得到了永恒的安慰。

海尔姆军团的骑士们都想冲过来为他们的同伴报仇，可是大团长本人挡住了他们，对他们喊道："回来！回来！"他把他们赶向那个就要决定这一流血日子的命运的地方，也就是要把他们赶到主战场去。

这时候，又发生了一件奇怪的事情：米科瓦伊·凯乌巴沙站得离战场最近，他的确看到了敌人朝这边赶来，但是波兰的其他军团，由于尘土飞扬而未认出是敌人，还以为是立陶宛人回来参战的，因而没有作出紧急应战的准备。

只有奥列希尼察的多布科策马朝飞驰而来的大团长迎了过去，他从对方的大斗篷、盾牌和挂在胸前甲胄上的金圣物匣才认出他是大团长。尽管这个波兰骑士的力气大大超过大团长，但他不敢用矛去刺金圣物匣，于是大团长挡开了他的矛枪，只是马受了点轻伤，自己却和多布科擦身而过转了个圈子，便各自回到自己的军团去了。

"日耳曼人来了！是大团长本人来了！"多布科大声喊道。

波兰军队一听到他们的喊声，都从原地飞驰而出，直朝敌人冲杀过去。米科瓦伊·凯乌巴沙第一个率领自己的军团杀向敌人，于是又出现了一场激战。

然而，也许是海尔姆军团中有许多波兰血统的人打得不起劲，或者是波兰人锐不可当，这一次新的进攻并没有产生大团长所预期的结果。

大团长原来想,这次进攻定会把国王军队一举击溃。然而不久他便看出,是波兰人在节节推进、在砍、在杀、在进攻,仿佛铁拳打在他们身上似的,而他的骑士们与其说是在进攻,不如说是在顽强防守。

无论他高声鼓励,还是用剑催逼,都是枉费气力。他们的确在防守,而且防守得非常顽强,但是他们都没有胜利之师的那种冲动和热情,相反地,波兰人心中却有。尽管他们的甲胄被打烂了,他们身上血迹斑斑,伤痕累累,手上的武器也被打坏了,但他们咬紧牙关,屏住呼吸,发疯似的向密集的日耳曼人冲杀过去,迫使日耳曼人时而勒住坐骑,时而朝身后巡视一番,像是想知道包围他们的铁壁是否越来越紧了。日耳曼人在缓缓后退,像是要悄悄地逃脱这大屠杀的绝境。然而,就在这时候,从森林那边突然响起了呐喊声。这是增德拉姆率领着农民军投入战斗。随后是大镰刀砍在铁甲上的喀嚓声,大连枷打在铠甲上的响声,尸体越来越多,鲜血在被践踏的土地上汇成了溪河。战斗像燃烧的烈火一样在展开着,因为日耳曼人知道,只有剑才能救他们自己了。于是他们拼命地抵抗着。

战斗相持着,还不知道胜利将属于哪一方。但是后来,一股巨大的尘土突然出现在战场的右边。

"立陶宛人回来了!"波兰人兴高采烈地高喊起来。

他们说对了。很容易打散却很难打垮的立陶宛人,现在又返回来了,他们发出刺耳的喊叫声,骑着快马像狂风似的投入了战斗。

这时候,以威纳·冯·泰廷根为首的几个康杜尔都朝大团长拥去。

"快救您自己吧!阁下!"艾尔布朗格的康杜尔喊道,嘴唇都发青了,"救救您自己和骑士团吧!趁我们还没有被完全包围。"

然而,富于骑士精神的乌尔里克阴沉地望了他一眼,向上举起手来,喊道:

"上帝决不允许我离开战场,已经牺牲了这么多英勇战士,上帝决不允许!"

他大声叫喊,要十字军骑士跟着他前进,他自己也冲进了战斗的旋涡中。这时候,立陶宛人也正好赶到了,于是便出现了如此的混战,如此天旋地转，使人眼花缭乱，什么也看不清了。

大团长被立陶宛人的矛枪刺中了嘴巴，脸上也两处受伤了。他用麻木的右手抵挡了敌人的一阵攻击。最后，他的脖子被人用标枪刺中了，他便像段木头似的倒在了地上。

一大群裹着兽皮的战士，像蚂蚁似的，完全把他遮住了。

威纳·冯·泰廷根带着几个军团逃走了，而其余的十字军骑士团的军队都被波兰王国军队的铁箍围住了。战斗变成了大屠杀，十字军骑士团遭到了前所未有的惨败，简直可以说在人类历史上败得绝无先例。同样，在天主教的历史上，无论罗马大战，哥特人和阿提拉的战争，还是卡罗尔·姆罗特和阿拉伯人的战争，都从未有过这样强大的双方军队相互激战过。然而现在，交战的一方，绝大部分军队已经躺在了地上，像一捆捆麦秸。那些最后由大团长率领参战的军团都投降了。海尔姆军团的人把军旗插在了地上。其他的日耳曼骑士都纷纷逃下马来，表示愿意当俘虏，而且还跪在染满鲜血的地上。由外国客人组成的圣乔治军团，包括其首领在内的全体骑士，也都同样投降了。

但是，战斗还在继续，因为还有许多骑士团的军团宁愿战死，也不愿乞求怜悯和被俘。现在这些日耳曼人都在按照其固有的作战习惯，结成一个大圆圈，进行顽强的自卫，就像一群野猪被一群狼围住时那样进行着自卫战。波兰、立陶宛军队组成的大包围圈，不断地向那个圆圈压紧，就像蟒蛇缠住野牛的躯体那样，压缩得越来越紧。于是又是一阵刀光剑影，武器交击，连枷轰鸣，镰刀飞舞，利剑劈刺，矛枪相碰，斧头和挠钩虎虎生风，把日耳曼人砍得像一片片树木那样纷纷倒下，但他们都一声不吭地死去，死得那样阴沉，那样庄严而又英勇。

有些日耳曼人揭去了面甲相互告别，在死前做最后一次吻别。还有些人横冲直撞，像发了疯似的。也有的人像在做梦似的战斗着。最后，还有些人用匕首刺进自己的喉咙，或者扔掉自己的项圈，转向自己的战友恳求道："给我来上一下吧！"

波兰人的猛打猛冲不久就把圆圈冲散了,分割成十多个小股,这时候对于单个的骑士来说要逃命是比较容易的,但是,即使如此,这些分散的小股敌人,虽然生还无望,但都战斗得非常顽强,非常英勇。

他们很少有人跪下来乞求怜悯,等到波兰人的猛烈进攻终于把那些小股的敌人又打得四分五裂时,那些单个的骑士依然不愿做战胜者的生俘。这一天对于十字军骑士团和西方的所有骑士说来,都是一个最惨败的日子,也是一个最光荣的日子。在那个被农民军包围的巨人阿诺德·冯·巴顿的周围,他砍死的波兰人积尸如山。他显得那样魁梧,那样无敌,他站在尸体堆上面,就像竖立在高地上的一根界石柱标。谁要是走近他的利剑范围之内,谁就会像遭到雷击那样倒下。

后来,恰尔尼·查维夏·苏利姆乔克策马过来了。但他一见对方是个没有骑马的骑士,便不愿违背骑士的准则从后面去攻击他,他也跳下马来,远远地就对这个骑士喊道:

"回过头来,日耳曼人!快快投降吧,否则就和我决斗!"

阿诺德转过身来,从那身黑甲胄和盾牌上的"苏利马"族徽,立即认出了是查维夏,他心里不禁暗道:

"我的死神来了,我的最后时刻到了,因为谁都不能从他手下活着出来。但是如果我能打败他,那就能获得不朽的荣耀,说不定我的命也有救了。"

他立即向他冲了过去,两个人便在堆满尸体的地上,像旋风一样攻来攻去。由于查维夏的力气大得天下无敌,凡是和他交手的人,其父母必定会成为不幸的人。在查维夏的剑击之下,阿诺德那面在马尔堡锻造的盾牌被打碎了,他的头盔也像瓷壶一样给击碎了,强壮的阿诺德的脑袋也给劈成两半了……

什乌霍夫的康杜尔亨利克是波兰人最凶恶的仇敌,就是他曾发过誓,要把两把拔出鞘的剑都染满波兰人的血方肯罢休。现在他却偷偷地从战场上逃跑了,就像狐狸从猎人的包围中逃走一样。正好这时候,博格丹涅茨的兹比什科挡住了他的路,这个康杜尔看到剑悬在他的头上,便大声喊道:"请饶了我吧!"吓得双手交叉在胸前。这个年轻的骑士事出意外,听到他的恳求也来不及收回手来,只好顺势将剑一转,用剑背打在康杜尔满是汗水的胖脸上,然后把他交给了自己的侍从。侍从用绳子把他的脖子绑住,像牵牛似的把他牵到收容十字军骑士团俘虏的地方。

老马奇科一直在血淋淋的战场上寻找库诺·里赫顿斯泰因。这一天对波兰人说来真是天从人愿,事事顺心,因为命运之神真把库诺交到了他的手中。原来库诺和逃出这场灾祸的一小批十字军骑士藏匿在树林中,恰好是阳光照射在他们甲胄上的反光才把他们暴露在追击者的面前的。这伙十字军骑士立即跪了下来,全都缴械投降了。但是,当马奇科得知这些俘虏中间就有骑士团的大康杜尔时,就立即命令把库诺带到他的面前来,并取下了自己的头盔,问道:

"库诺·里赫顿斯泰因,你认得我吗?"

库诺蹙起了眉头,直盯住马奇科的脸看,过了一会儿,他才说道:

"我在普沃茨克的宫廷中见过你。"

"不!"马奇科答道,"你在那以前就见过我。你在克拉科夫的时候就见过我,那时候我的侄子由于年幼气盛,在路上攻击了你,被判处斩首,我求你饶他一命,那时我就向上帝许了愿,我一定要凭我骑士的荣誉发誓,一旦找到你,就要和你决一死战。"

"我知道。"里赫顿斯泰因答道,同时还傲慢地翘起了嘴,脸色突然煞白了,"我现在是你的俘虏了,如果你对我举起你手中的剑,那你就是侮辱了你自己。"

听了这话,马奇科的脸上露出一副凶相,完全像狼的脸孔。

"库诺·里赫顿斯泰因,"马奇科说道,"我不杀手无寸铁的人。但是我要告诉你,如果你拒绝和我决斗,那我就要吩咐他们用绳子把你像狗一样吊死。"

"我没有别的选择!站好!"大康杜尔喊道。

"拼死相斗,不做俘虏!"马奇科重申一次。

"拼死相斗!"

过了一会儿，他们就在波兰和日耳曼的骑士面前开始了决斗。库诺年轻而更灵巧，但是马奇科的手脚力气却远远胜过对方，眨眼之间便把库诺掀倒在地，用膝头抵住了他的胸腹。

大康杜尔的眼睛吓得都鼓了出来。

"饶命！"他哼道，嘴里流出了口水和唾沫。

"不！"马奇科无情地答道。

他拔出匕首，朝对方的喉咙里戳了两刀。库诺的喉咙咯吱咯吱地响了一阵子，鲜血从他的嘴里喷涌而出。死前的痉挛使他的躯体动来动去，随后便挺直不动了。那个骑士们的伟大安慰者①已使他永远安息了。

战斗变成了大屠杀和追捕。谁不想投降，就必死无疑。在那个时代发生过许许多多的战争和决斗，但据活着的人记忆所及，从未有过如此巨大的伤亡。倒在国王脚下的不仅是十字军骑士团，而且还是整个日耳曼，因为日耳曼的一流骑士全都参加了"条顿先锋队"，帮助骑士团不断侵入斯拉夫人的内地。

作为日耳曼精英的七百个著名的"白斗篷"中，只有十五个保住了性命。四万多具尸体躺在那个满是鲜血的战场上，长眠不起了。

中午之前还在十字军骑士团军队头上飘扬的无数旗帜，如今都落到了波兰血迹斑斑的胜利者手中，没有一面军旗留下来，或者被抢救出去。现在，波兰和立陶宛的骑士们都把它们扔在雅盖沃的脚下了。国王抬起一双虔诚的眼睛仰望天空，用激动的声音一再说道：

"这是上帝的意旨！"

他们还把一些最重要的俘虏带到他的面前。古拉的斯卡尔贝克·阿布丹克带来了什切青的卡其密什公爵，捷克骑士特罗茨诺夫斯基带来了奥列希尼察的康拉德公爵（族徽是"德雷雅"），而普热德佩尔科·科皮德沃夫斯基也把受伤之后昏迷不醒的耶日·盖斯多夫抬了来，他是圣乔治军团的指挥官，率领着全体外国来的骑士客人。

---

① 指死神。

二十二个民族参加了骑士团反对波兰的这场战争。此时国王的文书们正在登记俘虏们的名字,他们都跪在国王的面前哀求怜悯和能让他们赎身回家。

十字军骑士团的整个军队已不复存在了。波兰的追击还夺取了骑士团的庞大营寨,里面除了幸免于死的残余兵力外,还有无数的大车,大车上装着给波兰人准备的锁链,和准备胜利之后用以举行盛大宴会的葡萄酒。

太阳已经西坠,一场短促的倾盆大雨把满天的尘埃都淋压下去了。国王、维托尔德和马什科维奇的增德拉姆正准备去巡视一番战场。人们把战死的十字军骑士团首脑们的尸体都搬到他们的面前来了。立陶宛人也把大团长乌尔里克·冯·荣京根的尸体摆在了国王的面前,大团长身中数处矛伤,尸体上净是泥土和血迹。国王伤感地叹了一口气,望了望仰面躺在地上的这具魁伟的尸体,说道:

"就是这个人,他今天早晨还自以为是世界各国的最高君主哩。"

接着泪水像珍珠似的从他的脸颊上流了下来。过了一会儿,他又说道:

"但是,他是像战士那样死在战场上的,为了表彰他的英勇,我们要给他举行一次天主教式的隆重葬礼。"

于是他立即下达命令,要把大团长的尸体在湖里洗得干干净净,给他穿上华丽的衣服,在棺材尚未做好之前,用骑士团的斗篷盖上他的尸体。

这时候,士兵们又搬来了越来越多的尸体,俘虏们都分别把他们认了出来,其中有喉咙被匕首割破的大康杜尔库诺·里赫顿斯泰因的尸体,有骑士团的大元帅弗里德里克·华伦洛德的尸体,有大法衣圣器室长官阿尔贝特·斯瓦兹贝格伯爵和大司库托马什·梅海姆的尸体,还有被塔切夫的波瓦瓦杀死的文德伯爵,以及六百多具著名康杜尔和教士的尸体。仆役们把这些尸体一个挨一个地摆放在地上,都像一段段粗木头那样躺在那里。他们仰面朝天,脸色白得像白斗篷一样,眼睛睁得大大的,里面的愤怒、骄傲、战斗的狂热和恐惧都消失了。

所有缴获来的旗帜都插在他们的头前！晚风阵阵，把这些五颜六色的旗帜吹得卷起又舒展开来。旗帜的哗啦声仿佛是给死者奏起的催眠曲。在远处的霞光中，可以看到立陶宛人在拖拉缴获的大炮，这是十字军骑士团首先在阵地战中使用的武器，不过，这些大炮并未给胜利者造成任何的损失。

在高地上，国王的身边站满了最优秀的骑士，他们个个精疲力竭，气喘吁吁。他们都在望着那些旗子，望着那些躺在他们前面的尸体，就像劳累不堪的刈麦人望着他们刈下来的、捆成一捆捆的麦秸那样。这是一个付出了沉重劳动的日子，但也获得了巨大的收获。一个伟大、神圣、欢乐的夜晚就要到来了。

胜利者的脸上洋溢着无比欢乐的神情。他们个个都明白，随着这个夜晚的到来，不仅这一天的贫困和劳累结束了，一整个世纪的苦难和忧患也都结束了。

国王虽然清楚地知道骑士团这次遭到了多么惨重的失败，但他依然很是惊讶地望着他面前的惨景。最后他问道：

"难道整个骑士团都躺在这里了吗？"

副内务大臣米科瓦伊由于深知圣布里吉达的预言，便这样答道：

"他们被敲掉牙齿、砍断右手的时间，现在已经到来了！"

随后他举起手来，画着十字，不仅为躺在近处的死者祈祝，也为从格隆瓦尔德到坦能堡的整个战场祈福。在浓郁的晚霞中，在雨过天晴的清新空气中，可以清晰地看到这片广大的、水汽袅袅的、血腥的大战场，场上的残刀断矛和镰刀，以及堆积如山的马尸和人尸，尸山上还翘起一只只残臂断肢、人脚和马腿，成千上万的尸体一直延绵到这块悲哀土地的尽头，望不到边。

在这块辽阔的坟场上，可以看到仆役们在来往走动，他们收集武器，从死者身上剥下甲胄。

而在玫瑰色的天空中，一群群乌鸦、渡鸟和老鹰在不停地翻腾着，盘旋着，因看见这样多食物而高兴得呱呱乱叫。

不仅是背信弃义、胡作非为的十字军骑士团成排成排地躺在国王的脚下，而且迄今为止像洪水那样淹没斯拉夫人土地的整个日耳曼势力,也在这个赎罪的日子里,被波兰人打得分崩离析了。

光荣和赞美属于伟大而又神圣的以往岁月,属于血的奉献,而且将世世代代延绵流长下去。

第八十四章

　　马奇科和兹比什科回到了博格丹涅茨。这个老骑士还活了很长时间。兹比什科也身强体健,一直活到了那个幸福的时刻:那时候,他看见十字军骑士团的后任大团长眼里噙满泪水,从马尔堡的一座城门走了出去,而波兰的总督率领着大军从另一座城门走进了马尔堡。他是以国王和波兰王国的名义,来接管这座城市和直至湛蓝的波罗的海之畔的整个国家。

"名著名译丛书"书目

（按著者生年排序）

第 一 辑

书 名	著 者	译 者
荷马史诗·伊利亚特	[古希腊]荷马	罗念生 王焕生
荷马史诗·奥德赛	[古希腊]荷马	王焕生
伊索寓言	[古希腊]伊索	王焕生
一千零一夜		纳训
源氏物语	[日]紫式部	丰子恺
十日谈	[意大利]薄伽丘	王永年
堂吉诃德	[西班牙]塞万提斯	杨绛
培根随笔集	[英]培根	曹明伦
罗密欧与朱丽叶	[英]莎士比亚	朱生豪
鲁滨孙飘流记	[英]笛福	徐霞村
格列佛游记	[英]斯威夫特	张健
浮士德	[德]歌德	绿原
少年维特的烦恼	[德]歌德	杨武能
傲慢与偏见	[英]简·奥斯丁	张玲 张扬
红与黑	[法]司汤达	张冠尧
格林童话全集	[德]格林兄弟	魏以新
希腊神话和传说	[德]施瓦布	楚图南

书名	作者	译者
高老头 欧也妮·葛朗台	[法]巴尔扎克	张冠尧
普希金诗选	[俄]普希金	高莽 等
巴黎圣母院	[法]雨果	陈敬容
悲惨世界	[法]雨果	李丹 方于
基度山伯爵	[法]大仲马	蒋学模
三个火枪手	[法]大仲马	李玉民
安徒生童话故事集	[丹麦]安徒生	叶君健
爱伦·坡短篇小说集	[美]爱伦·坡	陈良廷 等
汤姆叔叔的小屋	[美]斯陀夫人	王家湘
大卫·科波菲尔	[英]查尔斯·狄更斯	庄绎传
双城记	[英]查尔斯·狄更斯	石永礼 赵文娟
雾都孤儿	[英]查尔斯·狄更斯	黄雨石
简·爱	[英]夏洛蒂·勃朗特	吴钧燮
瓦尔登湖	[美]亨利·戴维·梭罗	苏福忠
呼啸山庄	[英]爱米丽·勃朗特	张玲 张扬
猎人笔记	[俄]屠格涅夫	丰子恺
包法利夫人	[法]福楼拜	李健吾
昆虫记	[法]亨利·法布尔	陈筱卿
茶花女	[法]小仲马	王振孙
安娜·卡列宁娜	[俄]列夫·托尔斯泰	周扬 谢素台
复活	[俄]列夫·托尔斯泰	汝龙
战争与和平	[俄]列夫·托尔斯泰	刘辽逸
海底两万里	[法]儒勒·凡尔纳	赵克非
八十天环游地球	[法]儒勒·凡尔纳	赵克非
马克·吐温中短篇小说选	[美]马克·吐温	叶冬心
汤姆·索亚历险记	[美]马克·吐温	张友松
爱的教育	[意大利]埃·德·阿米琪斯	王干卿
莫泊桑短篇小说选	[法]莫泊桑	张英伦
契诃夫短篇小说选	[俄]契诃夫	汝龙
泰戈尔诗选	[印度]泰戈尔	冰心 等
欧·亨利短篇小说选	[美]欧·亨利	王永年

名人传	[法]罗曼·罗兰	张冠尧 艾珉
童年 在人间 我的大学	[苏联]高尔基	刘辽逸 等
绿山墙的安妮	[加拿大]露西·蒙哥马利	马爱农
杰克·伦敦小说选	[美]杰克·伦敦	万 紫 等
卡夫卡中短篇小说全集	[奥地利]卡夫卡	叶廷芳 等
罗生门	[日]芥川龙之介	文洁若 等
了不起的盖茨比	[美]菲茨杰拉德	姚乃强
老人与海	[美]海明威	陈良廷 等
飘	[美]米切尔	戴 侃 等
小王子	[法]圣埃克苏佩里	马振骋
钢铁是怎样炼成的	[苏联]尼·奥斯特洛夫斯基	梅 益
静静的顿河	[苏联]肖洛霍夫	金 人

第 二 辑

威尼斯商人	[英]莎士比亚	朱生豪
忏悔录	[法]卢梭	范希衡 等
罪与罚	[俄]陀思妥耶夫斯基	朱海观 王汶
哈克贝利·费恩历险记	[美]马克·吐温	张友松
漂亮朋友	[法]莫泊桑	张冠尧
斯·茨威格中短篇小说选	[奥地利]斯·茨威格	张玉书
海浪 达洛维太太	[英]弗吉尼亚·吴尔夫	吴钧燮 谷启楠
日瓦戈医生	[苏联]帕斯捷尔纳克	张秉衡
大师和玛格丽特	[苏联]布尔加科夫	钱 诚
太阳照常升起	[美]海明威	周 莉

第 三 辑

神曲	[意大利]但丁	田德望
吉尔·布拉斯	[法]勒萨日	杨 绛
都兰趣话	[法]巴尔扎克	施康强

书名	作者	译者
叶甫盖尼·奥涅金	[俄]普希金	智量
笑面人	[法]雨果	郑永慧
红字 七个尖角顶的宅第	[美]纳撒尼尔·霍桑	胡允桓
死魂灵	[俄]果戈理	满涛 许庆道
南方与北方	[英]盖斯凯尔夫人	主万
莱蒙托夫诗选 当代英雄	[俄]莱蒙托夫	余振 等
前夜 父与子	[俄]屠格涅夫	丽尼 巴金
白鲸	[美]赫尔曼·梅尔维尔	成时
米德尔马契	[英]乔治·爱略特	项星耀
小妇人	[美]路易莎·梅·奥尔科特	贾辉丰
娜娜	[法]左拉	郑永慧
一位女士的画像	[美]亨利·詹姆斯	项星耀
十字军骑士	[波兰]亨利克·显克维奇	林洪亮
樱桃园	[俄]契诃夫	汝龙
约翰-克利斯朵夫	[法]罗曼·罗兰	傅雷
我是猫	[日]夏目漱石	阎小妹
嘉莉妹妹	[美]德莱塞	潘庆舲
月亮与六便士	[英]威廉·萨默塞特·毛姆	谷启楠
人性的枷锁	[英]威廉·萨默塞特·毛姆	叶尊
人类群星闪耀时	[奥地利]斯·茨威格	张玉书
尤利西斯	[爱尔兰]詹姆斯·乔伊斯	金隄
好兵帅克历险记	[捷克]雅·哈谢克	星灿
城堡	[奥地利]卡夫卡	高年生
喧哗与骚动	[美]威廉·福克纳	李文俊
老妇还乡	[瑞士]迪伦马特	叶廷芳 韩瑞祥
金阁寺	[日]三岛由纪夫	陈德文
万延元年的 Football	[日]大江健三郎	邱雅芬

扫码免费领取听书券

七十余部外国文学名著经典
0元订阅,无限畅听